EL CÍRCULO
VOL.I DE PLATA

EL DESPERTAR DE LOS CLANES

El Despertar de los Clanes
Esta obra forma parte de la trilogía "El Círculo de Plata".
Primera Edición - Febrero 2018
© Laura Lozano Cochard
Todos los derechos reservados
Diseño de portada por David Lanza - LANZAestudio
Diseño de interiores y maquetación por Country Mouse Book Design
ISBN: 978-1-7752636-0-9
Amazon Direct Publishing

Para Al, el mejor compañero de aventuras.

ÍNDICE

Capítulo 1
Presagios

E L PÁLIDO RESPLANDOR de la luna iba y venía entre nubes aceleradas, creando un rápido juego de luz y sombras que le dificultaba la visión del sendero. Escuchó el amenazante silbido que hicieron las agujas de los pinos con una gélida ráfaga del norte. Subió su camisa para cubrirse el cuello y un escalofrío le recorrió al sentir los dedos helados sobre la tibia piel. Guardó las manos bajo las axilas y aceleró el paso. Había dejado Daet desde un tibio atardecer. Aunque hubiera querido salir con mayor anticipación, fue necesario esperar hasta confirmar la noticia de primera mano. A final de cuentas la espera valió la pena, pues, de ser cierto aquel otro rumor, recibiría lo suficiente para pagar el mejor destilado que hubiera probado desde hacía años. Al fin dejaría atrás las porquerías que le ofrecían en el bar de quinta que frecuentaba más por necesidad que por trabajo.

Remontando el camino desde el sur vio la loma donde acordó verse con su cliente. Se detuvo en el camino vacío, exhalando vaho con cada palpitante respiración. Al tercer aliento dio un respingo cuando una de las sombras del paisaje pareció moverse entre los matorrales hacia su encuentro. Cinco acelerados latidos después, reconoció la espigada silueta de su cliente, dio una bocanada de aire y soltó el mango del puñal que guardaba en el cinto.

Al acercarse al individuo reconoció la rendija que dejaba la envidiosa tela oscura alrededor de los ojos: lo único que había visto de él.

No necesitaba ver más, la experiencia le permitía saber de quién podía tratarse sin necesidad de ver su rostro. Aun así, tenía sus dudas, el hombre había sido en extremo discreto, una cualidad que le pareció digna de aquellos que acostumbran contratar sus servicios.

Antes de que pudiera saludarle, el sujeto se adentró en el bosque sin decir una palabra y por un segundo le perdió de vista entre los ocotes. Le siguió, esperando se detuviera a unos pasos del sendero, pero el encapuchado continuó internándose en la espesura del bosque. La rendija de pálida piel giró hacia él, como asegurándose de que le siguiera y luego continuó culebreando entre las sombras de los árboles hasta que el camino se perdió a sus espaldas, ¿para qué la precaución de internarse tanto?, ese camino estaba muerto a esas horas.

— ¿Y bien? ¿Ya está? —preguntó el de negro una vez bajo los pinos.

Asintió a regañadientes y dijo con voz rasposa:

—Sucedió ayer, poco antes del atardecer. Lo darán a conocer el día de mañana. Dicen que su Señora tendrá una reunión con el Consejo de Clanes antes de dar la noticia.

Miró al embozado sonreír con lascivia, satisfecho. Era una expresión descarada a comparación de la deferencia y el misterio con la que le había tratado las últimas semanas.

Aprovechó para beberse cada detalle: el ligero borde de tela fina que sobresalía debajo de una gastada capa de piel negra, el extraño y variante acento, y el hecho de que se mantenía al margen de Daet en la incomodidad de algún campamento cuya ubicación no había logrado descifrar aún; una actitud sin duda sospechosa para alguien tan adinerado y de alto porte. A fin de cuentas, alguien que podría pasar por un miembro de la nobleza seguramente no hubiera esperado un sólo día para alojarse en las señoriales casas de las Villas del Rey. Además, aunque su cliente había tratado de despistarle con solicitudes de información sin sentido, le era evidente cuando le entregaba información que realmente resultaba de su interés, y ésta siempre estaba relacionada con la Casa Real.

El otro cayó inmediatamente en cuenta del escrutinio del que era objeto y sacó un morral con dinero escondido bajo la capa, seguramente para darle el pago faltante y terminar cuanto antes el intercambio.

—Hay algo más—arguyó, antes de que el otro le diera unas cuantas monedas—pero costará caro.

El embozado le observó atento, esperando respuesta, pero él permaneció callado.

El otro le entregó un par de monedas de plata de mala gana y luego otras más después de otro silencio.

Sopesó el frío metal, asintiendo.

—Hay *otro* hijo, un primer nacido—soltó, esperando otra expresión que revelara algo más sobre su cliente; seguramente alguien pagaría por esa información también.

Obtuvo el efecto que buscaba: el gesto del otro se ensombreció por un momento. Era claro que desconocía el dato y que no le eran precisamente buenas noticias. Saboreó el dinero de la bolsa en manos de su cliente.

— ¿Le has visto tú mismo? —preguntó su cliente disimulando su extraño acento.

—Me costó obtener esa información—respondió, cínico, señalando con la mirada la bolsa con dinero.

Ambos se volvieron, alarmados, al escuchar el aleteo cercano de un tecolote que voló de un árbol a otro.

—Te he dado suficiente ya—soltó él cliente cuando volvió la vista al frente.

El espía le lanzó una mirada venenosa, no era la primera vez que abarataba su trabajo.

—Sí—mintió—. Se encuentra en la frontera norte, más allá del río— añadió, vengativo.

El embozado mostró las arrugas de una sonrisa irónica, como si supiera algo que el no. Lo consideró improbable, pero algo en su mirada le heló la sangre.

—Más allá del río, dices—dijo el embozado, moviendo las manos como si fuera a sacar una bolsa de dinero más grande.

El espía entonces se relajó un poco y paladeó nuevamente la potencial ganancia ¿Qué más le daba si eran sólo rumores o si inventaba la última parte? El otro se lo tragó y le pagaría una buena suma que alcanzaría para irse a calentar al bar más cercano.

—Más allá del río— repitió su cliente, ahora divertido. Sintió una corazonada de alerta. —Verás, no puede estar más allá del río, porque sería un terrible lugar para esconderse, a menos que quisiera toparse con una buena guarnición del Ejército Imperial Raganí.

«¿Ejército? ¡¿Raganí?!» Hurgó en su mente a toda prisa buscando sentido. Cuando lo encontró se quedó helado. Antes de que pudiera reaccionar sintió un profundo aguijonazo debajo de las costillas, y luego un corte más alargado hasta el ombligo. Todas sus monedas cayeron al suelo en el acto.

—Uno pensaría que un espía sabe mentir, vaya pérdida de tiempo— escuchó decir a su cliente, como hablando consigo mismo.

Mudo, e inmóvil por el dolor, cayó de rodillas. El otro se le acercó para limpiar la daga con la delgada camisa que llevaba puesta. No podía apartar los ojos del suelo, que comenzaba a impregnarse con su sangre. Su mirada se volvió vidriosa mientras veía al otro recoger las monedas limpias del suelo y desechar las agujas de pino. El dolor le cortaba la respiración mientras veía al otro alejarse.

Paso a paso, mientras su vista se nublaba, su cliente se volvió una sombra más del bosque, dejándolo a desangrarse en medio de la nada. Su último aliento formó una pequeña nube de vapor en la helada oscuridad que le engullía; por lo menos la muerte le llegaría pronto y no sentiría nada cuando las bestias nocturnas le encontraran antes del amanecer.

E VAN SUBIÓ A ZANCADAS por la escalera que abrazaba el torreón, dos escalones cada vez. Tan pronto como alcanzó la cima de la torre, una ráfaga de viento helado le alborotó el corto cabello. A esa altura, los sonidos de la explanada del palacio eran sólo un murmullo. Cerró los ojos y aspiró con fuerza el frescor previo al alba, exhalando vaho con una larga expiración.

—No veo de dónde podamos amarrar el banderín—dijo Criz, que subió justo detrás de él.

Siguiendo la mirada de su amigo, levantó la vista hacia la colosal escultura del águila blanca que coronaba el palacio del clan Nayar, el símbolo de la corona de Daet.

Ojeó hacia atrás y se distanció unos pasos para evaluar cómo escalarla. Siempre imaginó que el águila, visible a gran distancia, tendría escaso detalle en su fabricación, pero estaba equivocado: cada pluma había sido delineada con maestría, y el gesto amenazante casi le hacía parecer un ave real de descomunal proporción en regia postura; la guardiana del Palacio Real.

—Hay una barra ahí, dentro del pico abierto, ¿lo ves? — señaló a Criz.

—¡Maldita sea! —masculló el otro, viendo con fastidio a donde tendrían que subirse. Muy pocos sabían sobre el temor a las alturas de Criz.

—Haz palanca—resolvió Evan.

—Estás loco.

—Oíste a Culén: "un banderín en cada pica, cada aguja y cada torre" —respondió Evan remedando la seriedad del general, mientras se quitaba el cinturón que llevaba su espada.

—El muy cabrón quiere que nos matemos antes del torneo, más bien.

—Anda ya, haz palanca.

Criz puso una manaza sobre la otra para que Evan la usara de escalón.

Banderín en mano, colocó el pie derecho sobre las manos acunadas de Criz, que se tensaron bajo su peso, y se impulsó con manos y piernas para escalar el bastión que sostenía la estatua. Lentamente, reptó más arriba, aprovechando las hendiduras de algunas plumas para apoyar las puntas de la bota alta. Sintió la mirada de Criz clavada en él y la fuerza del viento contra el cuerpo mientras trepaba.

Alcanzó la base del ala extendida y se agarró con fuerza para impulsarse. De un brinco pasó la pierna al otro lado y en un tris se encontró montado en el cuello del águila, tan grueso como el lomo de un caballo.

La belleza del paisaje le quitó el aliento.

El Palacio de los Nayar no había sido apodado "El Nido del Águila" en vano. No sólo se trataba de una de las muestras arquitectónicas más bellas del país, sino también era la más alta, tanto por la envergadura de sus estilizados muros y torres, como por encontrarse en uno de los puntos más elevados de la sierra; sobre una meseta que hacía de descanso entre el valle y los picos montañosos. Sumado a esto, de entre las torres del palacio, el torreón de águila era el más alto, y esa águila lo coronaba.

El escaso resplandor que lograba colarse entre las nubes aborregadas daba la impresión de que Daet estaba sumergido bajo una capa de hielo cuarteado. Era una lástima, con luz suficiente hubiera sido posible que la vista alcanzara todo el valle hasta los lindes del Bosque de las Estaciones.

El río Laeth, a su izquierda, bordeaba el pie de la sierra del Guerrero

Dormido hasta perderse en lontananza, como un listón desdoblado a lo largo de una muy arrugada alfombra esmeralda. Al centro del valle, en "El Corazón de Adobe" aún no montaban el mercado, y las calles vacías parecían un tejido de piedra parda cuyas calles como hebras subían y bajaban entre miles de casas de adobe y madera. El corazón de Daet latía entre bosques sagrados y callejuelas empedradas de las que brotaban bosques en sus extremos; tras arcos y portales custodiados por guardianes de piedra.

Percibió con emoción la curvatura particular del Monte Bisonte a los lejos, el lago del clan Cardenal a un lado, y muy al sur, los escarpados campos de Las Abejas. Se veía todo, el gran ojo de la Plaza Redonda, los lejanos pantanos, y la misteriosa Colina Solar, donde ese mismo día se llevaría a cabo el funeral del Rey.

Antes de atar el banderín, forzó un poco la mirada allá abajo y llegó a distinguir minúsculas casitas de campaña y fogatas tan pequeñas y brillantes como estrellas. Estaban repartidas en la penumbra al pie de la colina, augurando el inicio de la Cumbre Quinquenal.

Con los ojos bien abiertos, deseó beberse de un sorbo la imagen, hacerla parte de sí y nunca olvidarla.

—Sí, claro, tómate tu tiempo para admirar el paisaje—. Escuchó quejarse a Criz, y el viento le pegó el fleco contra la frente cuando se volvió para hacerle una seña soez con una sonrisita.

Evan se estiró cuan largo era, buscando a tientas alcanzar la barra que vio en el pico del ave de piedra. No alcanzaba, tendría que estirarse medio cuerpo sobre el saliente de piedra, más le valía que el cuello del águila no decidiera romperse en ese instante.

El aire le silbó entre las comisuras de las orejas mientras ponderaba sus opciones. Un instante después, aferró el banderín con fuerza en la mano derecha y avanzó, abrazando el cuello del águila con piernas y brazos, hasta que su abdomen tocó la cabeza de piedra, con el pecho suspendido sobre el precipicio. Personas diminutas lo miraban con atención desde la explanada. Por fin alcanzó la barra vertical que estaba dentro del pico abierto del águila y anudó el banderín con presteza. La tela se desdobló con violencia, abofeteada por otra ráfaga helada. Tras asegurarse de que quedó bien fija, miró hacia abajo sopesando su descenso, podría llegar de un buen salto al mirador de la torre.

—¡Ni lo pienses! —amenazó Criz mientras daba un paso largo hacia atrás—No hay suficiente espacio.

Calculó la altura y la distancia hasta la rubia cresta de su amigo, se descolgó del cuello del águila como si fuera la gruesa rama de un árbol y con un salto aterrizó de pie en el escaso espacio libre entre la almena y el bastión que sostenía la estatua.

Las plantas de los pies le hormiguearon tras el impacto, se incorporó y sacudió el polvo del caftán militar de gala.

Cuando le miró con satisfacción, Criz le devolvió una mirada sin diversión.

—Vámonos, se me congelan los huevos—dijo.

Evan levantó la espada del suelo con rapidez y se ciñó el cinturón en lo que descendían por las angostas escaleras exteriores, enroscadas alrededor del torreón como una serpiente a una rama. Para cuando alcanzaron la explanada del palacio, la tropa de los aspirantes Yntaura Ácuila estaba en formación frente al general. Criz y Evan se integraron de inmediato a la comitiva de soldados, separaron las piernas y se llevaron los puños a la espalda en posición de firmes.

—¡Estás loco, hombre! — susurró Zorro a un costado, la cara pecosa negaba con una sonrisa ladeada.

Evan disimuló una sonrisa apreciando el pequeño precipicio desde donde se había descolgado hacía unos momentos.

—Parece más alto desde abajo—alcanzó a decir antes de que el general, que había estado inspeccionando los banderines, volviera la mirada hacia su pelotón.

—Bien, soldados—la voz de Lupo Culén resonó en las altas paredes del palacio y en los barandales que daban a un acantilado plagado de árboles. Bajo la inquisidora mirada del general de generales, el grupo se enderezó aún más sin dejar de ver al frente, mientras su superior se paseaba a medio pie de ellos con las manos detrás. Cada paso de sus botas era seguido por un chasquido de eco.

» Establecerán un perímetro alrededor del círculo de piedras en todo momento. Se espera que todos los clanes atiendan el funeral del rey, por lo que habrá círculos de contención desde la cresta hasta la base de la colina, pero son ustedes los responsables de salvaguardar la cumbre.

Culén paseó la mirada de un lado al otro de la fila. Llevaba el caftán de gala sobre los pantalones a juego, y las medallas clavadas en la gruesa tela olivo al nivel de su pecho tintineaban cada que hacía un movimiento enérgico.

» Womak, Donovan, —Evan y Brenda dieron un paso adelante—los quiero a cada flanco de la carroza fúnebre.

—¡Sí señor! —respondieron al unísono. Evan se encontró con la fugaz mirada de Brenda a unos pasos de distancia.

—Gléantan, a la puerta este. El clan Espadaña debe permanecer a raya, confío en que tus hombres contendrán cualquier acto violento.

—Sí señor—respondió Criz con voz grave y tranquila.

—Cardenal, Mil Fuentes, permanezcan en la puerta norte del círculo, —sin dar tiempo a que Nikker y Lorana respondieran, continuó:

» El resto permanecerá equidistante detrás del círculo de piedras. El Último Intercambio debe llevarse a cabo en total orden. ¿Está claro?

— ¡Sí señor! —atronaron los dieciséis soldados al instante.

—Las evaluaciones se nos han adelantado unos días —siguió en un tono más suave—. A partir de este momento sus labores como coroneles y capitanes serán secundarias al torneo clasificatorio. Estén seguros, soldados, de que todas y cada una de sus acciones serán tomadas en cuenta en la decisión final. No me decepcionen—. La gravedad de su tono se reflejó en la mirada de cada uno de ellos— Rompan fila —ordenó finalmente, antes de ingresar al palacio.

Al clarear el día ya estaban todos ocupando sus puestos alrededor del castillo y Evan y Brenda permanecían uno a cada flanco del gran portón haciendo guardia. Alerta del comienzo del funeral, Evan echó un ojo sobre el hombro al par de alas grabadas en las puertas que casi rozaban el techo.

Siempre le había parecido exagerada la manera en la que los Nayar ponían sus alas en todo. No les era suficiente tener un águila colosal coronando el castillo, la gárgola de la entrada o las esculturas de águilas en los jardines; sino que también la espolvoreaban en los bordados en las prendas de vestir, en la cabellera de mujeres y hombres, en hebillas, sombreros y chalecos, por no mencionar el uniforme de la guardia palaciega, que era el hazmerreír en la Villa Militar. ¡Vaya ridiculez! Por lo menos no le habían ordenado usar el uniforme de los guardias del palacio, con alas doradas bordadas en los hombros de la librea y los pantalones hueso a juego. A final de cuentas, el sólo había estado cubriendo las horas obligatorias de servicio como parte de los requisitos para las pruebas del torneo Yntaura Ácuila y nada más. Ese mundillo de pretensión y falsedad prefería dejárselo a su tío, le quedaba mejor al jefe del clan.

Echó una mirada aburrida a los ventanales a su costado, que reflejaban la tenue luz del amanecer, y regresó a sus pensamientos recurrentes sobre el torneo. No hacía otra cosa más desde hacía semanas, su mente volvía una y otra vez a lo mismo, y con cada día que pasaba y se acercaba la fecha, sentía una mezcla exacta de emoción y aprensión.

Como era natural, en nada ayudó el que hubiera sido el abuelo quien fundara el grupo de élite para el que tan duro había trabajado para poder calificar. Evan había tenido que pasar todas las pruebas e iniciar el entrenamiento tan temprano como todos los demás. Aunque nadie tuvo que obligarle a que lo hiciera, aun siendo un niño ya estaba él frente al escritorio de roble del entonces general de generales, expresando sus primeros votos.

Sólo de recordarlo sintió un apretón en las tripas. No pudo evitar sonreír de pensar que el torneo que definiría el futuro de su carrera militar estaba tan cerca después de diez años de entrenamiento. Su servicio ese día debía de ser perfecto, intachable. No se permitiría a sí mismo fallar tan cerca de las eliminatorias, no con una competencia tan reñida por uno de los codiciados puestos en la élite de los guerreros de su país: los seleccionados de cada clan para conformar el Consejo de Guerra, los Yntaura Ácuila.

—¿En qué tanto piensas que no te quitas la sonrisa? — La pregunta de Brenda lo sacó de su ensimismamiento en un tris. Se veía aún más espigada en el uniforme de gala y el negro le hacía resaltar el gris de los ojos. Le observaba del otro lado del portón con una mirada divertida y penetrante que sólo le veía cuando hablaba con él. De lejos y en una postura tan calmada nadie adivinaría su fiero carácter. Parecía casi femenina, una magnífica estatua sujetando una lanza que le superaba por mucho en altura.

—Falta sólo una semana—respondió, sin poder evitar que su sonrisa se ensanchara mientras arqueaba las cejas.

La mujer sonrió a medias y regresó la vista al frente. Para ella era más abrumador que emocionante.

Al poco rato la explanada se inundó de negro, de susurros contenidos y el desfilar de las familias más poderosas del país, portando ostentosos regalos para el Último Intercambio.

Había algo en las miradas breves entre unos y otros que poco hablaban sobre su luto por el rey, era un algo que Evan siempre veía en los ojos que se dilataban en los ropajes elegantes, en los carruajes de los más adinerados, en los saludos exagerados a quienes más poder tenían y el cómo aceleraban su deambular, tan errático como elegante, sólo para apretar el paso para negárselo a quienes consideraban inferior a ellos. Era una mezcla de simpatías forzadas y condescendencia, disfrazada de condolencia por el evento que los llevaba ahí. La muerte del rey parecía para ellos casi solo un pretexto para pavonearse y nada más.

Evan ignoró una punzada de amargura al verlos a todos.

La pedantería comenzaba a contagiarse en todas las gradas de los círculos de poder en Daet y cada día más se volvía la comidilla tras puertas cerradas en las casas de los jefes de cada clan, incluyendo la de su tío. Irritado, le alivió no ser parte de ello y, en su lugar, estar parado frente al portón, portando el uniforme del ejército antes que vestido con las mejores galas para impresionar al vecino.

Quitó la mirada de un par de señoras que saludaban con muecas reprimidas a uno de los comerciantes más prominentes del clan Alcotán cuando detectó movimiento en la media torre que daba entrada al palacio. De súbito, la muchedumbre enmudeció, dividiéndose en dos para dejar un camino al centro, mirando todos en la misma dirección.

Como un rayo de luz entre nubarrones, alcanzó a ver una figura encaperuzada de blanco que fluía más que caminaba entre la atenta concurrencia, al ritmo de graves tambores que resonaron detrás de ella.

La encapuchada, claramente una mujer de los Sabios, caminó hasta el portón del alcázar.

Si bien de frente parecía un espectro estoico de ojos vacíos, tenía dos caras más, una a cada lado de la suya propia, como si fuera tres mujeres a la misma vez. Esas tres caras le eran familiares, las había visto cientos de veces en las encrucijadas de los caminos de Daet, era el espíritu de las encrucijadas y no hacían falta más pistas para saber que venía a reclamar el alma del rey.

Una niña y una anciana, ambas con antorchas en mano, aparecieron detrás de la primera para luego colocarse a cada lado. Evan sintió el calor del fuego cuando las tres avanzaron hacia las puertas, murmurando encantamientos, y se le erizó la piel al escuchar la lengua de los antiguos. Algo en el idioma de sus ancestros le era terriblemente familiar a la vez que arcano y atemporal.

—¡Ven a mis brazos, Idelfonz, hijo del Águila Blanca! Tú que defendiste a tu nación y uniste a todos los clanes. ¡La Madre te reclama! —dijo la encapuchada, echando los párpados pintados de negro hacia atrás y liberando una mirada humana.

Al instante, seis pares de goznes de hierro chirriaron a su espalda, y detrás de las puertas entreabiertas se escuchó una docena de pasos dirigiéndose hacia la explanada.

La banda de guerra comenzó a tocar al tiempo que un féretro cargado por miembros de la familia real y los Generales Yntaura asomó por el umbral. Al saberlos cerca, Evan se enderezó de inmediato, e instintivamente se llevó la mano derecha al corazón para luego cerrarla en puño a la altura de su hombro, a manera de saludo militar.

Como un alumbramiento, el féretro salió lentamente de entre las puertas, con la Sabia como matrona a punto de recibirlo. El cosquilleo de la curiosidad hizo a Evan echar una ojeada al ataúd de madera blanca y cuando lo hizo se encontró con el grabado de un águila que reposaba tan larga como la tapa misma, mezclando rasgos humanos y bestiales en una escena fantástica repleta de árboles, criaturas míticas y plantas sagradas de un realismo impresionante.

Tan pronto un redoble de tambores anunció la presencia de la reina, se puso en firmes nuevamente, asiendo alta la lanza, y volvió la mirada al sentir que alguien lo miraba a él.

En el preciso instante que lo hizo, la reina Anturia pasaba a su lado. Su piel parecía de mármol y sus rasgos aún hablaban de su belleza legendaria. Incluso en el ominoso día, Anturia no mostraba debilidad alguna. Iba del brazo del único hijo que sobrevivió hacia la adultez, el príncipe Pátrak, un hombre tan alto como él mismo, cuyo porte gatuno era una copia del de su madre.

Los miró detenerse a unos pasos del féretro cuando los tambores resonaron a la llegada de la carroza fúnebre. El silencio se apoderó del recinto, como una criatura de ultratumba que succionase toda vida a su alrededor, y por unos instantes sólo se escucharon los sollozos de las damas de compañía de la reina y de otros miembros de la familia real cuando deslizaron el féretro sobre el piso de la carroza y lo cubrieron de nardo y alcatraces.

Justo antes de que el carro se pusiera en marcha, después de que la familia real subiera a en sendas carrozas de madera oscura, Brenda le hizo la seña de que iría al frente, por lo que Evan partió detrás del séquito. Cuando alcanzaron los herrajes de las puertas exteriores del alcázar, uno de los guardias del palacio le pasó las bridas de su caballo y Evan montó en silencio; luego recibió de vuelta la pica larga que le pasó un lobato, quien le saludó con respeto antes de hacerse a un lado para que adelantara al caballo hacia el valle postrado a sus pies.

Bajaron la larga pendiente serpenteante que conectaba el valle con el alcázar como una gota de sangre que baja por la frente. El recorrido por "La Escalera" le pareció eterno, y para cuando alcanzaron el valle, el sol era un disco de plata detrás de densos nubarrones plomizos.

Imperturbable por la tristeza del día, y cubierta por una suave pelusa de hierba fresca, la Colina Solar lucía majestuosa con su corona de túmulos irregulares de gigantescas proporciones. Bullía de actividad cual colmena de abejas y decenas de estandartes de diferentes formas, colores y símbolos ondeaban al unísono sobre miles de daetanos que abrían un apretado canal para dar paso al féretro del rey, la comitiva de la nobleza y los militares que le acompañaban.

Una delgada línea de soldados marmoleaba la masa de daetanos como una serpentina desde la base hasta la punta de la Colina, y tan pronto como los primeros generales en el cortejo fúnebre abrieron el camino como una punta de lanza la carne, cientos de militares exhalaron el saludo militar, llevándose la mano al pecho y luego haciéndola puño a la altura del hombro con una fiera exhalación.

El caballo en el que iba resopló por lo bajo como intentando contener el nerviosismo al acercarse a la masa de gente que se abría a sus costados. Con cada paso que avanzaban sobre una alfombra de pétalos magullados se internaban más y más en una nube de humo blanco, denso y oloroso. Al poco el humo se volvió sofocante y desde su montura alcanzó a ver cómo la reina respiraba a través de un pañuelo sin siquiera disimular su desagrado. Si bien era comprensible que toda la situación le fuese difícil su gesto era más bien de asco. No era la primera vez que Evan la veía así. Las veces en que le habían comandado el reforzar la guardia personal de la reina le había parecido evidente que no sólo odiaba salir de su palacio, sino que aborrecía las grandes masas, así como cualquier tipo de contacto con sus súbditos. Después de tantos años de reinado, se preguntó Evan si alguna vez a la mujer se le iría a suavizar la mirada cuando observaba a las masas que clamaban su nombre, pero parecía endurecerse cada día más.

Llegados a la cumbre de la Colina, donde los Sabios habían preparado todo para el ritual de despedida, Evan giró suavemente el hombro entumecido por sostener la lanza, y se despidió con un cabeceo de Criz, quien se alejó en su corcel para rodear el círculo interno hacia su puesto de vigilancia.

Mientras tanto, el cortejo real se replegó a su izquierda, donde un palco real les esperaba, y todos observaron cómo la carroza fúnebre fue conducida hacia un círculo delimitado por antorchas que rodeaba así mismo el círculo de monolitos. Por lo visto, los Sabios habían posicionado ese círculo de antorchas para marcar el límite que debía quedar despejado durante el ritual, y donde debería de permanecer él mismo, siguiendo las órdenes del general. Desde ahí, con su altura sumada a la del caballo, alcanzaba a ver claramente a los otros quince contendientes Yntaura en diferentes puntos del círculo, como una última línea defensiva alrededor de un tesoro.

Dio un cabeceo para saludar a Zorro, que guardaba la puerta norte del círculo, mientras que Dino comandaba las tropas al este.

Los tambores que sonaron antes en el palacio retomaron su melodía cuando la carroza que contenía el cuerpo del rey fue tirada por los Sabios hacia el círculo más privado entre los menhires, donde le esperaban los Maestros que llevarían a cabo el ritual. Al centro de todo descansaba una gran pira de madera empapada en aceite y decorada con ramas de acebo, donde colocarían el cuerpo del monarca para su cremación.

Tan pronto como detuvieron el carruaje con el féretro dentro del círculo de piedras, dos hombres y dos mujeres rodearon el ataúd para luego entrelazar sus manos formando un círculo alrededor de éste. Eran los líderes de la antigua hermandad chamánica de Daet, los únicos que poseían la llave hacia el conocimiento de las milenarias piedras que se alzaban frente a él. Eran los miembros de su orden quienes daban la bienvenida, así como despedían a cada integrante de cada familia de la veintena de clanes que conformaban Daet, eran ellos quienes unían a las parejas y las separaban, quienes ayudaban a las mujeres a quedar embarazadas con el poder de Los Dioses, quienes instruyeron a los curanderos que atendían a los soldados en la guerra, y quienes aconsejaban a todos los señores de cada clan y ayudaban a impartir la justicia, -o por lo menos eso dictaba la vieja tradición-.

El canto que rezaban era apenas un zumbido, pero fue suficiente para que todos los asistentes guardaran silencio, y por un momento pareció que la Colina Solar estuviera desierta.

Entre los suaves resoplidos de los caballos y el siseo de los cascabeles, Evan observó cómo Sándor Tecuani, el líder de los Sabios, abrió el féretro con movimientos seguros y firmes. La delgadez de su cuerpo, sus cabellos grises, y la piel apergaminada, desentonaban con el vigor de sus acciones.

Algo en su aspecto reclamaba por completo la atención de Evan. No era su tez morena y cálida, ¿serían los ojos casi amarillos que parecían poder ver a través de la piel? No acababa de entender qué era, pero algo en él le hacía ver más alto, regio y enérgico a pesar de su avanzada edad.

El hombre estaba marcado en varias partes del cuerpo. Unas marcas eran tatuajes en espirales, como el capullo de su frente o las astas en las palmas de sus manos, mientras que otras eran finas cicatrices arcanas en brazos, cuello y mandíbula.

Le vio cerrar los ojos con pesar después de mirar el cuerpo inerte del rey. Por sus últimas visitas al palacio durante las guardias, Evan sabía que el líder de los Sabios no sólo había sido un poderoso aliado político de Idelfonz, sino un gran amigo suyo a pesar de los deseos de su esposa.

Un lastimero murmullo rasgó el silencio, el canto que brotó de la garganta del viejo daba escalofríos hasta al más fuerte. Una a una, las voces de los demás Sabios se unieron al himno sin letra, seguidos al poco por las voces de todos los presentes hasta formar un nutrido coro. Los tambores resonaron nuevamente, haciendo que los vellos de sus brazos se alzaran en un escalofrío contra las mangas del uniforme. Gente desconocida entre sí se tomó de las manos y compartió el canto durante un largo momento. No se oía nada más.

Sándor dirigió hacia el féretro el humo procedente de un pequeño caldero de oro que desprendía volutas de incienso mientras continuaba la melodía. Los Sabios que rodeaban el ataúd susurraban el mismo canto, mientras que otros paseaban entre cuatro postes que marcaban los puntos cardinales, de los que pendían largos lienzos blancos, casi transparentes.

Cuando el silencio volvió a inundar el recinto, los Sabios acunaron el cuerpo entre paños hasta depositarlo con suavidad en el regazo de la pira y luego regaron polvos sobre el fallecido mientras rezaban encantamientos. Una nube de susurros, como una marejada lejana de abejas cerca de Evan, llamaron su atención de inmediato. Provenía del grupo de la nobleza, donde un hombre barbado hablaba en voz no tan baja a la reina como entre el consuelo y la contención. Mientras tanto, en la pira, otra de las lideresas de la sagrada orden, Mayari, una mujer bajita y redondeada, comenzó a narrar en la lengua de los ancestros con una antorcha en la mano, mirando hacia la familia del acaecido. El idioma era dulce y muy melódico, y por la prisa con la que se hablaba y las pausas apenas perceptibles entre una palabra y la siguiente siempre le había parecido a Evan que era más como cantar que hablar. Aunque como cualquier nieto del jefe de un clan Evan había sido instruido para comprenderlo, no era un idioma que se escuchara en la calle desde hacía mucho tiempo, y no era utilizado ya más que para ocasiones como aquella, confiriendo a lo dicho un efecto de formalidad de manera inmediata. Mayari se acercó después al cuerpo inerte y susurró al difunto lo que parecían instrucciones en lo que otros iban encendiendo las maderas en la base de la pira.

En un parpadeo, las llamas se levantaron como un gigante de fuego dispuesto a devorar al rey. La madera llevaba seca mucho tiempo y los aceites y polvos hacían que ardiera casi con premura. Sobre el grave ondular de las llamas y el crepitar de los leños de pronto se escuchó a la reina vociferar, furiosa, y de un momento al otro, se hizo un coro alrededor de ella que parecía intentar calmarla.

Evan echó una mirada atenta mientras observaba cómo el tipo barbado tomaba la mano de la mujer y casi le susurraba al oído. Su montura resolló de nuevo, dando unos pasos hacia atrás cuando las altas llamas comenzaron a engullir el cuerpo de un rey que parecía dormido, y a una cuarentena de pasos a su derecha, Criz, le regresó una mirada tensa después de ver al grupo cada vez más ruidoso.

Evan observó la periferia y se percató de que los Sabios cruzaban miradas similares, colmadas de suspicacia.

Recorrió el perímetro con la vista, todo lo demás parecía estar en calma. Miró a Brenda, que estaba más cerca de la reina, como preguntando si todo andaba bien, pero ella se resumió a hacer un mohín como si nada sucediera, y al poco los susurros se calmaron.

Pasó el tiempo y la pira siguió ardiendo, cada vez con más fuerza. El viento se llevaba un fuerte hedor a cadáver en llamas y muy alto en el cielo, los zopilotes daban vueltas rozando la base de las nubes. Se desentumió sobre su montura y agradeció que el día permaneciera nublado. Mientras que la mayoría continuaba de pie, muchos otros en la colina ya se habían sentado y esperaban en relativo silencio el inicio del Último Intercambio. Evan destensó su cuello, inclinándolo a un lado al otro y exhaló con ganas cuando un buen tiempo más tarde, de silencio y luto, el sonido de enormes caracoles anunció el inicio de lo esperado.

Ya que el cuerpo se hubiera convertido en cenizas y que gran parte de la madera fuera tan sólo ascuas, todos se prepararon para intercambiar un presente a cambio de un puñado de cenizas del difunto a fin de conservar parte de su espíritu. Aunque la tradición dictaba llevar un puñito de las cenizas a los nichos y altares de cada casa, algunos clanes incluso las esparcirían en los bosques sagrados, o las usarían para alimentar las tierras de sus campos, buscando bendecir sus frutos e ingerir parte del espíritu del rey; un rito reservado para pocos que agradeció nunca le tocara cuando su abuelo fuera jefe del clan.

Todos los presentes se incorporaron, desperezándose, y los Sabios abrieron el círculo en las cuatro direcciones para permitir el ingreso de manera ordenada hacia la pira. Siguiendo la tradición, una niña pequeña se adelantó cerca de la puerta oeste, por donde entrara el féretro del Rey, acercándose a la pira antes que nadie con un manojo de cardos en las diminutas manos. Evan vio cómo Mayari se acercó a ella y se ponía en cuclillas para explicarle hasta dónde era seguro acercarse.

—¡Alto! —una voz femenina con un fuerte acento extranjero rugió a su izquierda.

—¡Knara! —llamó la madre de la niña antes de que la pequeña tocara las cenizas.

La niña y la sacerdotisa se volvieron, sorprendidas, buscando el origen de las voces. La orden venía de la reina. Sándor, Mayari y cinco Sabios más se acercaron con celeridad al contingente de la nobleza en busca de respuestas.

Para ese momento ya se formaban cuatro grandes filas. Lejos de haber escuchado a la reina y en desconocimiento del rebumbio al alza entre el grupo de la nobleza, otros continuaron su paso hacia las cenizas, prosiguiendo con el ritual. Uno a uno, comenzaron a dejar pequeños regalos al pie de la pira: figuras de madera, tótems de piedra, mantas de intrincado tejido, herramientas de trabajo, semillas, y frutos de sus oficios. A cambio, tomaban módicos puñitos de los restos del monarca y los guardaban en saquitos o vasijas decoradas con esmero.

Sobre el barullo natural de la gente en movimiento, Evan se percató de que el zumbido entre la nobleza comenzaba a intensificarse al momento en que se iban incorporando cada vez más personas. Entre ellas, acudieron algunos sacerdotes más, como buscando resolver un problema emergente en lo que otros trataban de poner orden en el acceso a las cenizas del rey.

Evan no alcanzaba a distinguir lo que discutían, pero los vio claramente consternados, incluso molestos. Alerta, no despegó la vista de su superior, esperando órdenes y perfectamente consciente de las armas que portaba.

Entre las filas de la nobleza, observó una clara división entre dos grupos cuya discusión se iba volviendo cada vez más acalorada. El tono de la reina, exigente y enfurecido se repitió en su hijo, y luego en otro hombre que comenzó a hablar con la misma autoridad. Evan reconoció de inmediato a este último como Médomar Potomac. El hombre, calvo, de pobladas cejas y de gruesa constitución, parecía escuchar atentamente a ambas partes para luego vociferar órdenes al general con autoridad. En dos instantes, el estridente sonido de la corneta de guerra reverberó en sus oídos, dando la clara instrucción de la formación circular en posición de defensa.

«¿Defensa?» ¿Acaso comprendió bien la instrucción?

El ritual se interrumpió y quienes no entendían lo que sucedía comenzaron a empujar hacia delante forzando su paso hacia la pira. Evan buscó a su superior con la mirada de inmediato, pero no tuvo éxito, Culén estaba escuchando al Consejo de Clanes junto a otros dos generales, mientras que Brenda se retiraba de la discusión sobre su montura, para cambiar la posición de la lanza hacia arriba y enfrente. Antes de que pudiera preguntarle, la joven le clarificó con una seña ágil que debían cerrar los cuatro caminos de acceso a la pira del rey. Sin pensarlo dos veces, Evan dirigió el caballo con rapidez hacia la puerta oeste, aventando el caballo hacia quienes se empecinaban en acercarse al rey y cerrando un corro alrededor de la pira junto con los otros quince capitanes y coroneles.

Otra instrucción de las trompetas hizo vibrar cada piececilla de metal en su silla de montar y Evan avanzó hacia el frente con la punta de la lanza forzando a que la gente se replegara hacia las faldas de la colina, alejándolos del cuerpo del rey. Sin otra instrucción, permanecieron en sus lugares, apuntando las lanzas hacia el frente, aguardando otro comando.

Evan miró al frente, la gente estaba tan asombrada como él mismo, pero tras apenas un respiro de confusión, las personas no esperaron para reclamar su descontento. Al sur, justo donde Culén había advertido a Criz que guardara la puerta de entrada, sus hombres contenían a una masa fúrica que empujaba a los soldados con violencia.

—¡Tenemos derecho a rendirle honores al rey! —dijo una señora regordeta y de esmerado arreglo que estaba cerca de Evan, parecía hablar por todo su clan. Los suyos la apoyaron con palabras ininteligibles dirigidas al grupo de los Sabios, acorralados en el círculo interior. Mayari pareció aprovechar la oportunidad de responderle, como para que la reina la escuchara:

—La orden no ha venido de nosotros, ha sido una solicitud de la reina.

—¡Pero si no es sólo Su Majestad quien está en desacuerdo! —intervino Potomac al escucharla, el hombre corpulento se acercó a la mujer a zancadas y la montura de Evan se hizo a un lado rápidamente para darle el paso—Es un completo ultraje que se piense que tanta gente pueda ser partícipe del cuerpo del rey. Los funerales son tan íntimos como la familia lo permita, ¡y es una orden de la reina por todos los dioses! —sus fosas nasales se ensanchaban con una respiración acelerada.

Al reconocer a Médomar Potomac, algunos presentes parecieron dar un paso atrás. No era un hombre con quien fuera buen negocio pelear. Era conocido por la dureza con la que gobernaba las tierras que le fueron otorgadas por la familia real; y por ser uno de los primeros que, sin ser líder de un clan, hubiera obtenido un poderío sobresaliente, no sólo sobre sus amplias tierras y sus recursos, sino en la mente de los miembros más poderosos del cortejo personal del rey; evidencia de aquello era su actual posición como jefe interino del Consejo de Clanes. Quienes lo conocían sabían que de una manera u otra siempre se terminaba haciendo lo que él ordenaba, fuera o no justo, moral o llanamente legal; no sólo era infructuoso estar en su contra, sino que podía resultar incluso peligroso.

Se hizo un silencio de muerte, la tensión se podía saborear a bocanadas. Los otros esperaron la respuesta de Mayari, pero ella se tragó sus palabras con un grave gesto. Un momento después, de entre el grupo de la nobleza surgió la voz de un hombre:

—El último intercambio es privilegio del rey y derecho de su pueblo. Detenerlo es una ofensa a las raíces y a la cultura del rey mismo—. Era Sándor Tecuani quien parecía repetir en voz alta lo que acabara de decir a los otros, sólo alguien en su posición podría confrontar a Médomar Potomac sin miedo. Se hizo un silencio absoluto en derredor.

El gesto de Médomar se desfiguró en una mezcla de rabia y arrogancia, y abrió la boca, listo para responder, cuando una voz femenina de curioso acento fue la que respondió en su lugar.

—Mi esposo no era solamente daetano— dijo la reina. Quienes estaban más cerca hicieron una inclinación de cabeza. —En el momento en el que decidió unirse, sabiamente, —la reina miró a Sándor de la cabeza a los pies— al Imperio de Raganjar, depositó su confianza en nosotros para muchas cosas, entre ellas, darle un entierro digno de un rey. Es *mi* responsabilidad honrar ese deseo, y *mi* compromiso hacer que se cumpla.

La reina no esperó respuesta del Sabio, solicitó a Médomar que se acercara y profirió unas palabras en voz baja a sus allegados. Acto seguido, subió nuevamente a su carruaje con su cortejo detrás, y se alejó del sitio entre los aplausos de la nobleza, mientras que el resto de la concurrencia no creía lo que veían sus ojos.

Otra instrucción, fuera cual fuese, llegó de inmediato al general de generales, quien desde su montura comenzó a proferir la orden de cerrar el corro aún más, protegiendo el cuerpo del rey y dejando a toda otra persona fuera.

«*Pero los sabios están ahí*» fue lo primero que cruzó su mente.

No comprendía, pero, así como hicieron los demás, jaló las riendas de su montura para cerrar aún más el círculo. Cuando hizo girar al corcel para acercarse a la pira de cenizas, se topó de frente con la mirada aquilina de Sándor Tecuani, y por un instante se quedó pasmado.

Seguramente no se acordaba de él, pero Evan aún recordaba la espigada figura de Sándor en el estudio de la finca Womak cuando la crisis por la fiebre azotó a todos los clanes de la montaña. En ese entonces Sándor era el maestro de su institutor y de muchos otros. En ese entonces, como un niño, habría sido impensable negar el paso a alguien como Sándor Tecuani; pero ahora, como hombre y coronel, debía acatar la orden de su superior, más allá de lo que opinara al respecto.

—Por favor, mi señor— dijo con la boca seca a un Sándor Tecuani que no daba crédito a lo que veía, mientras Evan le pedía que se moviera para que pudiera pasar con el caballo.

Evan jamás se hubiera imaginado cometer una falta de respeto peor hacia cualquier miembro de la orden. La vergüenza le quemó el rostro conforme solicitaba el paso al extrañado grupo de religiosos para interponer su caballo entre ellos y lo que quedaba de la pira mortuoria, algo que hizo esquivando sus miradas atónitas y apretando con fuerza la mandíbula para mantener el rostro estoico.

Brenda también evitaba mirar a los ojos a los Sabios mientras avanzaba con su caballo gris para hacerles retroceder, y le devolvió una mirada de preocupación a Evan a un costado suyo al cerrar el círculo con la pira del rey a sus espaldas.

El pueblo rugió al presenciar el acto. Poco tiempo fue necesario para que algunas personas se agacharan y tomaran piedras para arrojarlas a los militares.

Los gritos y las maldiciones provenían de todos lados.

Evan se protegió la cabeza con el brazo antes de recibir una fuerte pedrada en el hombro y maldijo el momento en el que las trompetas volvieron a sonar ordenando una posición de defensa activa. Miles de soldados desenfundaron las espadas y una turbulencia violenta movió a las masas que evitaban el filo.

Las trompetas repitieron la orden de no ataque en varias ocasiones, pero la tensión había construido un denso muro entre la gente y los uniformados.

Impertérritos, o con exceso de seguridad, algunos nobles y sus sirvientes extrajeron pequeñas vasijas de sus calesas y diligencias y luego los propios generales Yntaura les permitieron pasar a la pira para que comenzaran a llenarlas con cenizas.

¿Podía ser cierto lo que estaba viendo? Al verlos, la gente alzó cada vez más sus quejas hacia los militares, que reaccionaron en el borde de la paz para contenerlos. Se volvería un charco de sangre si no hacían algo por calmarlos, y pronto.

—Esto se está saliendo totalmente de control— gritó Lorana a un lado sobre el vocerío, mirando cómo Criz lideraba a un grupo de choque en la ladera de abajo con la ayuda de su pelotón.

—Mantengamos los puestos— ordenó Evan, mirando cómo mientras unos se alejaban huyendo, otros se enfrentaban a los militares a golpes, empujones y gritos.

—Tengo que hablar con ellos—. Evan dio un respingo cuando volvió a escuchar la voz del viejo, esta vez dirigiéndose a él. Era Tecuani, que lo miraba desde la brida del caballo con gesto serio.

Evan clavó sus ojos en los del Sabio, como queriendo contagiarse de su temple, mientras desde el rabillo del ojo percibía cómo la gente se movía como olas turbulentas contra los soldados. Permitirle hablarles sería la única manera en la que podrían contener a tanta gente sin llegar a la violencia. No podía desobedecer la orden de Culén, pero sólo eso funcionaría.

Asintió con el mentón casi de manera clandestina, echando una ojeada a sus superiores, que estaban ocupados protegiendo a los allegados a la corona, y permitió a Tecuani remontar al círculo de piedras.

Los caracoles de los Sabios sonaron suaves sobre el griterío llamando al orden, pero fueron ignorados. Repiquetearon varias veces hasta que se logró una calma intranquila, pero lo suficientemente larga para que el anciano tomara la palabra.

—Nuestro rey ahora transita los velos entre Los Mundos—anunció con los brazos en alto, mostrando las palmas— ¿acaso desean que cruce entre el pánico y la violencia? —clamó a las masas—Vayan a sus casas, a sus panteones, a los bosques sagrados, y dejen ahí los obsequios que han traído para él.

—¿Por qué no nos permiten despedirnos de él, *Vuelve a ser Semilla?* —increpó un hombre corpulento de rojas ropas que Evan reconoció como parte del gran clan del Lago Cardenal—¡Tenemos derecho a despedirnos!

—Es la familia de nuestro líder la que ha solicitado se haga de esta manera, y hemos de honrar el deseo de su sangre—agregó con total solemnidad, y de cerca fue evidente cómo las palabras le rajaban la garganta de adentro hacia fuera.

Las miradas se llenaron de decepción. Algunas madres tomaron a sus hijos de la mano y echaron a andar ladera abajo mientras que otros jóvenes soltaron los guijarros que estaban prestos a arrojar y las ancianas terminaron por abandonar el recinto lo más rápido que podían. Lo había logrado. Ese día no habría sangre en la Colina Solar.

Cuando el grueso de los asistentes se hubo ido, algunos aún se acercaban para dejar sus obsequios lo más cerca al círculo de piedras, e imposibilitados para acercarse más, iban dejando los obsequios para el rey a los pies de los soldados que seguían guardando su posición.

Una joven a penas entrada en la pubertad se acercó con respeto al círculo de militares que aún guardaba la pira. Evan fue el único que le regresó la mirada y la joven se dirigió hacia él cargando lo que parecía un rollo azul brillante. La chica se acercó y tomó la brida de su caballo con delicadeza, buscando hablar con él. La silla del caballo crujió bajo el uniforme cuando Evan se inclinó para escucharla, pues parecía decidida a no hablar hasta que no tuviera su completa atención.

—Por favor, ¿podría dejar esto en la pira por mí? —le acercó el rollo para que lo tomara—. Mi abuela lo hizo para el rey y me encargó ofrecerlo personalmente cuando llegara el momento del intercambio.

Evan echó una ojeada a su alrededor, la única que prestaba atención a ellos era Brenda, todos los demás platicaban en voz baja. Miró el rollo en las delicadas manos de la joven, no era más largo que su antebrazo; parecía ser un tipo de tapiz hecho con diminutas cuentas de cristal y en la cinta que lo mantenía cerrado observó una libélula de plata con piedras preciosas engarzadas en toda su superficie: el escudo del clan Anawák. Regresó la mirada a la joven, inseguro de hacerle el favor. Tenía el porte de las familias de alta casta que le daban nombre al clan y observó al par de sirvientes que la esperaban a unos pasos. Se reconoció a sí mismo en ella y comprendió la responsabilidad que pesaba en los hombros de la joven.

—De acuerdo.

No dijo más. Desabrochó los alamares que cerraban la tela alrededor de su cuello y guardó de inmediato el rollo dentro del uniforme. La joven agradeció con una corta reverencia y se alejó con su escolta.

—No debiste aceptarlo—le soltó Brenda en voz baja.

—¿Aceptar qué? —preguntó él, volviendo la vista al frente.

La Colina Solar se fue vaciando como río en sequía. Los miembros de la nobleza habían partido con sus urnas hacía horas y se llevaron también el féretro en sus finas carrozas. Los líderes de los Sabios se mantuvieron cuan alejados podían de los militares; parecían, además, haber acordado no hablar en voz alta hasta regresar a su santuario.

Evan sintió una punzada de culpabilidad cuando los vio levantando todo lo que prepararan para el ritual, y trató de ayudar a los novicios a apagar las pequeñas hogueras de donde antes manaba el humo perfumado antes de tener que regresar a la Villa Militar.

En definitiva, de todas las maneras en las que ese día pudo haber transcurrido, lo que sucedió no hubiera estado ni al fondo de su lista mental.

Al llegar el ocaso aprovechó que no hubo nadie cerca para al fin aproximarse a los restos de la pira y hacer lo propio por la muchacha. Miró lo que quedaba de las cenizas justo al lado de sus botas y retiró el pie de inmediato al darse cuenta de que las estaba pisando. Puso una rodilla en el suelo y profirió una breve plegaria. Tomó una pizca de cenizas y las echó en un bolsillo del caftán. Luego sacó una bellota del mismo bolsillo, la semilla del sagrado roble que daba nombre a su clan, y la enterró con fuerza en el suelo para luego cubrirla suavemente con más cenizas. Miró alrededor una vez más, asegurándose que todos estuvieran ocupados en otras labores, y desabrochó los alamares para sacar el rollo de su escondite. Trató de sacarlo justo cuando el estruendo de la trompeta lo sacó de un estado hipnótico en el que no se había percatado que se encontraba hasta ese momento.

¿Era la primera vez que llamaban a formación?

Intentó sacar el rollo para colocarlo rápidamente e irse, pero estaba atorado en las costuras internas del uniforme.

Otro llamado a formación.

Haló con un poco más de fuerza, cuidando de no romperlo.

No cedía.

La trompeta sonó por tercera vez, no daba tiempo ya.

Temiendo estropear el obsequio lo acomodó de nuevo en su lugar, se abrochó el uniforme y se puso en pie antes de que cualquiera reparara en lo que estaba haciendo.

Ya en la formación no hubo ninguna palabra de parte de sus superiores. Los comentarios ahogados se escucharon sólo por lo bajo y nadie se atrevió a dar su opinión en voz alta. Era un silencio incómodo que se prolongaría aún más, pues a partir del ocaso comenzaron los tres días de luto nacional. Agradeció por adelantado el tiempo libre, le daría oportunidad para pensar en todo lo sucedido, y para consultar con Alina qué podría hacer con el rollo que sentía todavía entre las ropas.

Capítulo 2
La caza del
ciervo sagrado

U N SUAVE OLOR A MADERA y resinas perfumó la habitación conforme los rayos matinales calentaron la estancia. Era ya imposible prolongar el sueño, la luz era demasiada y un pájaro carpintero insistía en horadar la pared exterior de su dormitorio. El entablado del suelo chirrió ligeramente y un acre olor a mejunje de hierbas sustituyó al de madera.

Sonrió sin abrir los ojos.

—Para ti nunca es muy temprano, ¿verdad? —dijo con voz ronca.

Escuchó una risa suave en respuesta y sintió el peso de su hermana al borde de la cama.

—Y para ti nunca es demasiado tarde. No me percaté de que llegaste hasta que vi el caballo del ejército en el establo.

Evan abrió los ojos, desperezándose. Alina le sonrió, sostenía una pequeña canasta con huevos en el regazo. Se aproximó para besarla en la mejilla, alegrado de verla risueña y taciturna, como siempre. Aunque su hermana pequeña ya no era una niña, e incluso entraba en la edad de nupcias, le costaba trabajo verla como un adulto en veces.

—¿Qué tal estuvo el día de ayer? —preguntó ella.

A Evan llegó de golpe el recuerdo del funeral, y una mezcla de frustración e impotencia regresó a él.

—¿Tan mal? —preguntó ella.

—Fue extraño, no me imaginé que fuera a ser tan caótico—dijo antes de aclarar su garganta—Adivino que ustedes no asistieron.

—Ya sabes cómo son estos días de cambiantes —respondió Alina con un mohín como tratando de permanecer optimista—, el frío no permitió a papá caminar por la mañana, y a mediodía ya fue muy tarde para bajar la montaña.

Evan asintió, serio. Eran pretextos, nada más.

—Pues, iban a realizar el último intercambio, pero... Lo interrumpieron.

Las cejas de Alina se alzaron poco a poco, redondeando sus ojos pálidos.

—¿Cómo que lo interrumpieron? ¿Quiénes?

—La orden llegó del gener...—. Se detuvo al escuchar el rápido caminar de una sirvienta apurada por el pasillo. Mejor bajaba la voz—... de Lupo Culén.

Los labios de su hermana se tensaron y permaneció silenciosa con el ceño fruncido.

—Hubieras visto sus caras...— A su mente regresó el gesto venenoso de Potomac cuando ordenó al general bloquear el paso a los Sabios.

—Me parece natural que se sientan decepcionados.

—¿El pueblo? Sí, estaban furiosos, pero me refiero a las caras de los miembros de la nobleza—en su mente apareció el barbudo consolando a la reina—. Fue como, como si no hubiera habido sorpresa, como si de alguna manera ya se lo esperaran—. Su hermana lo miró fijamente. —Muchos pensamos al principio que se trataba de una situación real de riesgo, pero al final parece que sólo fueron órdenes de los Nayar.

Alina le miró tan consternada como silenciosa, permaneció mirando sin ver hacia el suelo de la habitación hasta que algo la distrajo. Su mirada se prendió al uniforme que estaba en el suelo. Destellos azules brotaban de éste, arrancados por el rayo de luz proveniente de la ventana sobre la cama. Evan recordó entonces el rollo. Tal vez Alina o su maestra sabrían qué hacer con él; a fin de cuentas, Mélia pertenecía a la orden de los Sabios.

—¿Qué es eso? — preguntó ella, acercándose para extraer el rollo de entre las gruesas telas, le tomó unos momentos desenredar el colgante de libélula que seguía enganchado a uno de los alamares de la prenda.

Evan asintió cuando ella pidió permiso para tomarlo y luego vio los ojos plumbago de su hermana ganar brillo cuando el rollo lanzó chispas aguamarina en su impoluto rostro.

Sentada nuevamente en la cama, se dispuso a tirar del listón de seda para deshacer el nudo en forma de nenúfar que cerraba el rollo. Un fino tapiz, elaborado con lo que parecían miles de diminutas cuentas de cristal se desdobló sobre su regazo, revelando un intrincado diseño.

Alina boqueó suavemente, acariciando la superficie con las yemas de los dedos. Se trataba de una serie de escenas, todas ellas lacustres, entretejidas con trocitos de conchas, piedras semipreciosas, cristales y ámbar. De entre cientos de formas, destacaban las de iridiscentes libélulas, estilizadas ranas de jade y peces de escamas verdes y doradas. El remolino al centro del tapiz se antojaba real entre una miríada de tonos cerúleos, que con un mínimo de movimiento asemejaba el mecer de las aguas bajo los rayos solares. La espiral albergaba el escudo del clan Anawák unido al de los Nayar: una libélula y un águila blanca.

—Esto es una obra de arte, es... como si fuera sagrado —susurró su hermana sin dejar de verlo— ¿Dónde lo conseguiste?

—Me lo dio una joven del clan Anawák, me pidió que lo colocara en la pira por ella.

—¡¿Es un regalo del Último Intercambio?! — hizo el gesto de enrollarlo de nuevo a toda prisa, apenas tocándolo, como si de un carbón ardiente se tratara.

—Tranquila, la chica sabe que yo lo tengo. Bueno—ladeó la cabeza—, debí haberlo colocado en la pira —Alina apenas tuvo tiempo de poner su cara de reprimenda—, pero no tuve oportunidad de hacerlo.

—¿Y qué piensas hacer con él? Esto ha de valer una fortuna.

—No lo sé, no podría regresarlo a la pira, ya no hay nada ahí. No sé qué haya pasado con todos los regalos que dejaron al pie de lo que ya no era nada cuando se marcharon los Sabios.

Alina frunció los labios y luego dijo:

—Creo que deberías llevárselo a ellos, sabrán qué hacer con él; a fin de cuentas, es un objeto sagrado.

—De hecho, quería preguntarte: ¿Los verás pronto?, ¿crees que podrías dárselo a tu maestra?

Alina echó otra mirada al rollo con aprensión.

—Le hablaré de él, pero no sé si ella tenga la respuesta—dijo, acariciando la suavidad de las minúsculas y pulidas cuentas, como deleitándose con la textura de su apretado tejido.

Cuando Evan se levantó de la cama en calzoncillos y levantó los pantalones del suelo, Alina ya estaba con su canasta en la puerta, dispuesta a salir.

—Haré huevos duros, y la leche sigue tibia— entrecerró la puerta con suavidad y se asomó antes de irse—. Te recomiendo que lo escondas —anotó, señalando con la mirada el rollo centelleante.

—Gracias, pero quedé Criz y con los chicos para salir de caza, y ya se me hace tarde—dijo Evan, metiendo una pierna velluda en el pantalón.

—¡Ugh! Compadezco al bosque que les de asilo—arrugó la nariz, bromista—Si encuentras un conejo, ¿me lo traes?

—Bien, veré si cae.

De la forja de su padre llegó un repiqueteo como de rítmicas campanillas. Ambos escucharon atentos el ritmo que sugería una jornada intensa de trabajo.

—Lleva trabajando así desde hace dos semanas—dijo ella, luego suspiró con una sonrisa tibia antes de cerrar la puerta tras de sí con suavidad.

Sobre el sonido distante de la forja, unas voces provenientes del exterior llamaron su atención, no reconocía de quién se trataba, así que terminó de apretar con fuerza las agujetas de los pantalones y se asomó por la ventana.

Tenían pinta de ser gente del clan que ingresaba al bosquecillo sagrado dentro de la Finca Womak. Un pensamiento pasó fugaz por su mente.

Se apresuró a enjuagarse la cara y refrescar el buche en el mueblecito de baño que tenía en la esquina de su habitación. Puso el ánfora casi vacía de vuelta en su lugar debajo del cuenco y echó una ojeada rápida a su reflejo en el pequeño espejo que usaba para afeitarse. Un par de ojos avellana le devolvió una mirada abstraída que de inmediato se desvió a su cabello.

«¿Por qué no lo pensé antes?»

Empapó sus manos y las pasó por el cabello con rapidez. Podría ofrecer el rollo al Bosque de Ánuin y ellos le mostrarían cómo hacerlo correctamente para no ofender a los espíritus.

Escondió el rollo entre su uniforme, que aventó dentro del baúl, y salió de la habitación dando un portazo.

Pasó el brazo por la segunda manga de la camisa conforme bajaba la escalera que conducía al recibidor y se detuvo un momento en la puerta para calzarse las botas altas. Sintió la piel fría al contacto con sus pies.

Asomó nuevamente por la ventana a un lado de la puerta principal y confirmó sus suposiciones: una pequeña comitiva que iba cargando unos bultos cruzaba el puente para adentrarse en el bosquecillo. Terminó de abrochar las agujetas que subían por el costado de la bota y las anudó sobre el pantalón, debajo de las rodillas. Cruzó el comedor a zancadas y se dispuso a buscar una arpillera vacía en el almacén con diligencia. Sacudió la tierra de unas zanahorias que se encontró en la mesa antes de meterlas en la bolsa, cubrió una enorme hogaza de pan con un trapo y la metió también al saco, además de un par de cuchillos, medio queso y un chorizo curado que descolgó de la estructura de metal que colgaba del techo.

—Buenos días joven, permítame le acerco el taburete... ¡Oh, se me olvida cuánto ha crecido! — La señora Lilia enrojeció y soltó una risita. Durante diecinueve años de conocerle, la señora sólo hacía comentarios con respecto a su estatura o a lo rápido que pasaba el tiempo; hasta que el otro día entró a su habitación sin saber que él se encontraba ahí. Evan no pudo hacerse notar o saludarle, pues no podía arriesgar a cortarse con la navaja de afeitar. La señora pegó un brinco cuando le descubrió y luego se ruborizó cuando le encontró en paños menores. Por primera vez la parlanchina sirvienta se quedaba muda. Desde entonces siempre le salía una risita cuando hablaba con él.

—*mpffbbff*—respondió a manera de agradecimiento, con medio panecillo de nata pendiendo de las fauces. Luego se acercó a Alina, que sacaba huevos del agua hirviendo con parsimonia para ponerlos en un saquito de tela del que salía vapor. Se tomó dos grandes tragos de una jarra de leche abandonada por alguien, tomó el saquito de huevos, y dejó un par de marcas húmedas en la mejilla de su hermana antes de salir disparado hacia la puerta trasera.

—¡Nos vemos pasado mañana! — Se despidió desde la terraza trasera del casón.

Calculó que la comitiva estaría pasando a la altura de los arbustos espinosos y se echó la arpillera a la espalda. Cruzó la terraza, alejándose del hediondo porquerizo, y se internó en el bosquecillo siguiendo el murmullo de los visitantes.

Tan pronto vio sus coloridas ropas entre los arbustos suavizó sus pasos, después de meses de la temporada de secas era casi imposible que el crujir de las hojas no lo delatara en su acoso furtivo, así que anduvo los estrechos caminos paralelos a los que recorrían los otros sin perderles la pista. Reconoció que se trataba de la familia Camlann, las largas barbas del señor eran inconfundibles, usualmente las enrollaba y ataba a la altura del cuello cuando trabajaba el barro, pero en esa ocasión las llevaba lavadas y aceitadas. Notó también que tanto él como su esposa y sus seis hijos llevaban sus mejores ropas. Seguramente cerraron el taller durante los tres días de luto nacional. Bajo las telas, supuso que llevaban vasijas u otros objetos de barro, y evidentemente se dirigían al Recinto de Tetautes, el Padre del Clan.

Al pensar en el Árbol Espíritu del Padre, el ímpetu de Evan se diluyó con cada paso que daba hasta que su pisar se volvió un murmullo, sintiendo un insospechado pesar en el pecho. Cuando alcanzó la antigua escalinata de piedra que llevaba al enorme roble, Evan respiró profundamente y dio un paso adelante con la cabeza gacha en señal de respeto. Una familiar brisa, apenas perceptible, le recorrió todo el cuerpo y le hizo sentir como si estuviera completamente desnudo; como de alguna manera lo estaba todo aquel que atravesaba el umbral del arco de piedra que daba entrada al panteón familiar.

No dio un paso más.

Sólo alguien con una aguda capacidad de observación encontraría la diferencia entre el recinto sagrado y el resto del bosque. Tal vez era la pacífica penumbra ocasionada por la espesura del follaje, o tal vez era el aire; era *diferente*. El corazón del Bosque de Ánuin de su clan estaba ligeramente más elevado que la arboleda circundante. Parecía que una mano invisible había estado desde el inicio de los tiempos para acomodar los viejos robles en líneas perfectas, caminos en espiral que sólo podían apreciarse desde el eje del recinto: un roble enorme y anciano, que escuchó cuando los ríos comenzaron a fluir y que sintió las primeras lluvias en sus hojas ya maduras. A la fecha, Evan no sabía si los murmullos que escuchaba en ese lugar eran efecto del viento entre las hojas de los encinos o si eran espíritus del Otromundo llamando su nombre.

Por un instante se olvidó por completo de lo que le había llevado ahí, cuando un escalofrío lo recorrió de adentro hacia afuera, forzándole a mirar en derredor, vigilante. Cientos de miradas sobre él le escocían la espalda, sabiéndose solo y sintiéndose acompañado a la vez. Suponía que eran los espíritus que moran los árboles y que asomaban a través de un sinfín de tallas elaboradas a lo largo de los años en cada fresno, pino y encino, en las piedras, e incluso en la tierra llana; ahí donde no había hojas o agujas de pino que las cubrieran se encontraba uno con peculiares rostros, adornados con musgo.

Fueron un par de inconscientes, Criz y él, cuando jugaban el cuento sobre la cacería de una criatura mitad hombre mitad puma que se escondiera en el bosque; él era el gran explorador Ephamelous, y Criz era Pakaal, el señor de las bestias. Habían pasado ya muchos años desde entonces, pero seguido recordaba con nitidez cómo ese día centenas de voces ensordecedoras le martillaron la cabeza tan pronto como se acercó al viejo roble. Inmóvil y aterrorizado, había sentido como si miles de espíritus lo acorralaran de un instante a otro. Momentos después, los gritos ya eran sólo susurros, y al poco se fundieron con mecer del viento entre las hojas, dejándolo con la boca seca y el corazón desbocado. No importaba el hecho de que habían ingresado por distracción, el recinto sagrado era un lugar de tumbas y altares, no uno de juegos.

«No se oye nada, estás inventando todo. Eres un crío» se burló Criz ese día cuando Evan le contara lo recién sucedido. Pero Evan ignoró sus insultos, él nunca olvidaría lo que sintió. Sabía que aquello iba más allá de tratarse sólo de voces, pero nunca tuvo la curiosidad –o el valor, tal vez– para averiguar qué había sido aquello.

Meses más tarde, recordó, una vez más se volvió a detener ante ese mismo umbral, rezagado al final de la procesión familiar, pero ese día había encontrado la fuerza para seguir andando; no podría dejar a su hermanita sola durante el funeral de su madre, así como el deseo de despedirse de ella superaba el miedo de entrar al panteón familiar. Aún con sus razones estrujadas en mano, aquella vez también había resultado escalofriante la cantidad de charas azules de pecho gris que les rodearon durante la siembra del árbol de vida de la nuera del jefe del clan; un ave que desde ese entonces asociaba con su madre de manera inmediata.

Cinco años más tarde llegó el turno de despedir a su abuelo -y de entrar al bosque una vez más- pero en ese momento sabía que el miedo no podía detenerlo, pues acababa de volverse un hombre. Aun así, lo único que deseó durante toda la ceremonia en ese bosque fue abandonarlo y nunca volver; cosa que había cumplido hasta ese preciso momento, siguiendo a la familia Camlann como perro de caza.

Arrancó la mirada de una piedra de cara infantil que lo observaba a sus pies y miró abstraído un rayo solar jugueteando con una colonia de diminutos insectos voladores que subían y bajaban haciendo espirales.

«Sólo es un bosque».

Relajó la tensión de sus hombros con una exhalación y apretó la mandíbula, sopesando sus opciones mientras la brisa arremolinaba las hojas secas en el piso. Negó en silencio, no podría entrar ahí y ofrendar algo que no le pertenecía. Ofrecer el rollo a sus ancestros sería como dar un obsequio hurtado. Tendría que encontrar otra manera de deshacerse del rollo sin atraer la mala suerte.

Dio un paso hacia el camino que salía del Bosque de Ánuin y se apresuró para encontrarse con Criz.

Apenas pasó el huerto familiar, metido hasta los codos en sus pensamientos, estuvo a un pelo de chocar de lleno con un hombre delgado.

— ¡Qué tal, Evan! —le saludó éste, esquivándolo al mismo tiempo que él.

—Nikko, no te vi. ¿Cómo estás? — el ayudante principal de su padre parecía más un hombre de letras que un herrero, pero insistía en "aprender el arte del mejor". Siempre le pareció un meloso lisonjero.

—¡Siempre aprendiendo del maestro!

Evan levantó las comisuras de los labios sin sonreír, le encantaría deformar la sonrisita de marica que ponía el tipo cada vez que hablaba sobre su padre. Cuando Nikko continuó su camino Evan exhaló, fastidiado; no podía partir tres días más sin siquiera pasar a saludar a su padre. Miró el camino a la armería, enclavada en la loma a trescientos pasos de la casa, como su madre lo solicitara hacía una veintena de años.

Conforme subía los escalones de tierra y madera, el tintineo de la fragua se fue intensificando. Saludó de paso a los trabajadores y adeptos de su padre, quienes le indicaron que el maestro estaba en la fragua. Tan pronto como la silueta de Evan extendió su sombra en el interior desde el marco de la puerta, el hombre levantó la vista del yunque para pedir que se quitara quien fuera que estuviera bloqueando el paso de la luz.

—Hijo, alcánzame el mazo que tienes a tu derecha—dijo al verlo.

Evan se lo dio y espero pacientemente a que terminara. No importaba cuanta carga de trabajo tuviera su padre, su taller estaba siempre ordenado. Las pinzas acomodadas por tamaño, los trozos de metal dentro de guacales, y los sacos de carbón guarecidos de la humedad en la pared más seca del edificio. Por eso se llevaban tan bien Alina y él, eran como dos mitades de bellota que embonaban a la perfección.

Después de varios golpeteos agudos, el metal ardiente siseó en la mezcla de agua con aceite.

—Me dijo Xavo que la situación estuvo tensa ayer —dijo su padre, limpiándose las manos en un trapo cubierto de hollín.

Ese vecino estaba en todo.

—Estuvimos al borde del combate.

—Vaya, espero que no haya pasado a mayores.

—Encerraron a unos cuantos por hacer alboroto nada más—respondió, mirando cómo su padre extraía el metal templado del cubo de agua gris.

Jéctor torció la boca y permaneció callado, observando con detenimiento la hoja metálica en la que estaba trabajando y Evan notó la creciente calva en la coronilla de su padre.

—¿Y cómo va el entrenamiento? ¿Listo para el torneo?

—Tan listo como puede estarse. Queremos visitar la arena de competición para ver qué nos espera.

—¿Las pruebas ya no son en la Villa Militar? —preguntó, eligiendo un martillo entre varios sobre la mesa.

—Dicen que para esta cumbre habrá una arena hecha especialmente para el torneo, pero aún tengo que confirmarlo.

No hubo respuesta. Su padre pareció recordar algo, se giró sin dar explicaciones y se ausentó unos momentos, cojeando un poco. Evan lo vio en peor estado que como lo recordaba, Alina abogaba que el cojeo aumentaba con el calor de la fragua en los días más fríos, pero Evan tenía sus dudas.

Su padre se acercó nuevamente y le extendió un puñal de caza tan largo como su mano. Evan asió la pulida empuñadura de madera y hueso, muy cómoda al tacto. La hoja del arma estaba afilada de un lado y aserrada cerca de la estilizada punta, brillaba como espejo y se sentía ligera. Sonriendo a su padre, Evan se arrancó un cabello y lo posó sobre el lado del filo. La fina hebra castaña se volvió dos trozos ondulados que cayeron al suelo.

—Podrías rasurarte con él—le dijo, tomando el cuchillo para insertarlo en su funda de piel de gamo.

—Muchas gracias, justo a tiempo, me voy de caza con los chicos.

—¿Después de semanas vuelves a casa para decirme que te internarás unos días con ellos en los bosques? No vaya a ser que les tomes demasiado afecto—. Los ojos de su padre chispearon y su boca se torció en una sonrisa de labios finos.

—Necesitamos sacarle la sopa a uno de los contendientes, pero te traeré algo—respondió, sonriendo de vuelta.

—¡Que sea carne, por favor! Tu hermana me tiene harto de comer con cuchara.

Evan asintió y se acercó para besar su mejilla.

Antes de que Evan cruzara el umbral de la puerta, el armero ya volvía a martillar en el yunque. Guardó el cuchillo en la arpillera, se la acomodó en la espalda y corrió escaleras abajo.

—¡Muévete, me hago viejo! —gritó Criz, recargado en la enorme piedra que marcaba la división de los dos caminos al pie de la entrada del clan y luego esperó a que Evan lo alcanzara para incorporarse.

—Te hice un favor, ¡creo que en este rato creciste un poco! — Evan lo miró de pies a cabeza, Criz lo superaba por menos de medio palmo.

—Bueno, —miró hacia su entrepierna— por lo menos ya estoy proporcionado—. Se carcajeó de su propio chiste y golpeó el hombro de Evan con ganas, quien reía a la vez que negaba con la cabeza mientras bajaban por el camino.

—¿Qué me trajiste de comer?

Evan sacó un huevo duro de la arpillera y lo lanzó al aire para que lo cachara.

—¿Uno? ¿Qué? ¿Soy un enano?

—Hiedes como uno.

Criz le sonrió con la boca llena de huevo.

Descendieron una legua hacia el sureste, evitando los caminos más abarrotados por el día de mercado.

—…si tenemos suerte encontramos un ciervo, siempre y cuando Zorro lleve a sus perros —dijo Evan, que había estado calculando la posición de la manada de acuerdo con la temporada del año y la hora del día.

—¿Qué te traías ayer rondando la pira? —preguntó Criz después de un rato de estar callado.

—¿Escuchaste algo de todo lo que te dije?

—Sí, los ciervos, los perros… Átara me preguntó qué hacías ahí. Le dije que estabas rezando—respondió encogiéndose de hombros.

Evan frunció el entrecejo y exhaló una risa.

—Una chica me pidió que pusiera algo en la pira en el nombre de su abuela.

Criz torció la boca y frunció ligeramente el ceño.

—Y lo aceptaste— adivinó.

—Parecía la hija del jefe del clan, no vi por qué no. Pero me arrepiento un poco, no pude dejarlo en la pira y ahora no sé qué hacer con él.

—¿Un regalo del último intercambio?

—Sí, y uno costoso, además. Le pedí a Alina que preguntara a Mélia qué puedo hacer con él… — hizo una pausa y agregó: —Imagino que también podría preguntarle a mi tío.

Criz se puso serio y pareció callar una respuesta. No era la primera vez que lo hacía, últimamente tenía esa reacción con ciertos comentarios suyos y eso empezaba a irritarle.

—Ya, escúpelo—lo alentó.

—Si Zorro no lleva a sus perros no pienso ponerme a buscar mierda de venado. Bruno andaba diciendo que hay una manada de pecarí instalada cerca de la Poza de Aguadulce.

Evan dejó que el tema pasara de largo, ya diría luego lo que le molestaba.

Desde lejos escucharon los berridos de los perros de Zorro. Eran cinco, pardos, orejones y de patas y hocicos alargados, y jadeaban a un lado de su amo y de Dino.

—¡A ver a qué hora! —dijo Zorro, que bajó el arco tan pronto los vio, mientras Dino arrancaba las flechas del acolchado de una vieja armadura que pusieran sobre un árbol para practicar.

—La niña tenía que trenzarse el cabello—dijo Criz. Las palmas chocaron duro cuando se saludaron. —¿Vienen las chicas? —preguntó a Dino.

—¿Había que avisarles? Quedé con Nikker en el recodo después del bosque de olmos, seguramente ya están también ahí—respondió Dino, guardando las flechas de vuelta en el carcaj.

—A ver si no se pone pesado—intervino Zorro, ensartándose el arco como morral— cuando no trae a su manada de pulgosos con él para que lo alaben se pone insoportable.

—Como sea, es el único que puede saber algo del torneo que nosotros no—dijo Evan, tomando camino.

—¿Por qué mejor no le preguntas a Culén? —sugirió Criz, retador.

Evan lo miró con fastidio.

—¿Por qué no le preguntas tú?

—Porque a ti te ama—respondió.

—Ya les dije que hace tiempo que no tengo una relación cercana con él.

—Di lo que quieras, si te atrevieras a preguntarle nos ahorrarías los berrinches de Nikker—respondió Criz.

—Ni modo, vas a tener que aguantarlo—respondió Evan, apurando el paso.

Al poco rato se encontraron con los otros, formando un escueto grupo de caza. Aunque de los contendientes Yntaura sólo hubieran llegado Nikker y Bruno, Evan esperó que además de sacarles la sopa tuviera suficientes oportunidades para observarlos, a fin de cuentas, lucharían contra ellos en unos días.

Por otro lado, tenía que mantener un tono amigable, las pruebas en el torneo serían duras y, por alguna razón, Zorro consideraba una buena estrategia el que las simpatías entre ellos se conservaran el mayor tiempo posible antes de entrar en competencia.

Nikker y Bruno fueron acompañados de un tal Leo, que supuestamente sabía mucho de caza, y un par de hombres más del clan Cardenal, que a luces no eran más que admiradores del "campeón del clan".

Montaron un pequeño campamento y Leo llevó un plato con trozos de excremento de ciervo que pasaron a la comitiva para su apreciación. Parecían piedras verdes, algunas más frescas que otras.

Criz eligió una para palpar la textura y se la entregó a Zorro, luego se talló los dedos en la hierba.

Se dividieron en tres grupos alrededor del área donde sabían que podría encontrarse la manada. Evan se coordinó con uno del clan Cardenal, que al parecer se llamaba Tordo, y con Bruno, mientras los otros dos grupos encauzarían a la manada hacia un ojo de agua para acorralarla. Evan se agazapó junto con los otros dos entre los altos pastos.

Después de un buen rato, escucharon a los sabuesos de Zorro ladrando a lo lejos y calmó al perro que tenía agarrado del cuello para evitar que corriera a su encuentro. Si la manada de ciervos corría en su dirección, habrían de ser ellos quienes retomaran la carrera para hacerles frente. Bruno y Tordo tenían los arcos listos.

Al poco tiempo, la jauría comenzó a berrear más y más fuerte, parecía que encontraron algo.

Evan se preparó para salir a su encuentro, por suerte los ciervos se encontraban cerca y podrían matar algo ese mismo día; eran afortunados, había partidas de caza que después de días de relevos, espera y recolección de nuevas muestras para los perros, se iban con las manos vacías.

Después de unos momentos, Evan escuchó un fuerte silbido y soltó al perro para luego salir disparado detrás de él. Saltaron sobre ramas y esquivaron árboles caídos con celeridad siguiendo las veloces pezuñas. Leo y Tordo corrían justo detrás.

Cuando alcanzaron el pequeño ojo de agua en la parte poniente del bosque, los perros se detuvieron en la orilla sin dejar de ladrar como posesos. Un ciervo macho adulto se encontraba a escasa distancia de ellos.

Era un magnífico ejemplar de enorme cornamenta y porte regio, su pelaje, sin embargo, era completamente blanco y mostraba espirales azules desde los muslos hasta el hocico. A salvo de las fauces perrunas, seguramente contenidas por su amo, el semental se mantenía en el borde contrario del ojo de agua con una calma antinatural, confrontando a quienes perseguían a su manada.

Evan nunca había visto algo similar. Pero bien sabía que los animales elegidos por los Sabios eran más que intocables. Maldiciones terribles recaían sobre quienes se atrevían a cazarlos, sin mencionar el probar su carne.

Evan se detuvo entre los altos pastos, derrotado ante la imposibilidad de la matanza, cuando un movimiento entre la hierba atrapó su atención: un arco a punto, sostenido por Nikker, salía de entre las espadañas.

Antes de reaccionar, Evan escuchó un agudo grito humano, como imitando un estruendoso pájaro; provenía de entre los juncos, muy cerca del animal. El ciervo se dio la vuelta en un pestañeo y corrió hacia los suyos, desapareciendo entre los brezales.

—¡Maldita sea, si lo tenía enfrente! —gritó Nikker hacia el vacío, fúrico.

Evan reconoció de inmediato a Brenda cuando salió de entre juncos y espadañas junto a Zandra y otras dos chicas a las que no conocía.

—¡¿Qué pensabas que hacías?!—bramó Brenda con las manos en el aire, gritando todavía más fuerte para alejar aún más a la manada.

—¡Ya lo tenía, maldita sea! — Nikker arrojó el arco como lo hacía cada vez que se equivocaba y parecía querer abalanzarse sobre Brenda. Evan decidió actuar antes de que se agarraran a golpes, nada inusual entre ambos.

—¿Qué ibas a hacer después con él, Nikker? —gritó Evan desde lejos, luego alcanzó a Brenda a tiempo para ver cómo se le hinchaban las fosas nasales. Por suerte la mujer no venía armada.

—¡Era un ciervo sagrado, so imbécil! —continuó Brenda a su lado. Evan la miró de soslayo, pidiéndole que se calmara.

—¿Qué creían que hacían? —dijo Zandra, detrás de Brenda. Su cabello rubio, a la altura del rabillo del ojo de Evan, lanzaba chispas blancas bajo el sol.

Nikker se internó en el bosque en dirección al campamento, profiriendo injurias hasta perderse de vista, seguido por Leo, Bruno y Tordo. Zorro silbó a sus perros para reunirlos en lo que Criz y Dino se acercaron.

—Verás— respondió Criz a Zandra, perdiendo la paciencia—, la mierda de ciervo sagrado es mierda como todas las demás, no brilla ni tiene espirales mágicas.

—Por idioteces como esta luego las cosas acaban mal, cacemos otra cosa y ya—propuso Zorro, terminando de atar a los perros.

Después de un silencio momentáneo, Brenda apuntó con humor:

—No van a cazar nada oliendo así, además, tienen la delicadeza del oso para caminar por el bosque. Es imposible no escucharlos a doscientos pasos.

Evan cayó en cuenta de que la mujer tenía el cabello mojado, por lo visto estaban bañándose cerca de ahí.

—Yo podría darme un chapuzón—dijo Dino, ya se había quitado la camisa y caminaba hacia el agua clara.

—Tal vez podamos pescar algo—dijo Zorro, y siguió sus pasos.

Evan se giró hacia Brenda y le habló en voz baja:

—Ya sabes cómo es Nikker, ¿para qué te alteras?

—No soporto al tipo, lo sabes—Brenda le miró fijamente, bajando los brazos en jarras—. No sé para qué lo invitan a cazar si sólo hace berrinches.

—Es insoportable, pero creemos que puede saber algo sobre el torneo— respondió, luego le quitó un mechón de cabello mojado que bajaba hasta su pecho y lo pasó detrás de su oreja. Brenda le dirigió una mirada pícara.

Las otras dos chicas se acercaron a ellos con interés, no le habían quitado los ojos de encima a Criz desde que los otros se fueron. Apenas iban vestidas y los camisones mojados dejaban poco a la imaginación. Criz les devolvió una sonrisa sugestiva.

Aprovecharon la escasa calidez poco antes del crepúsculo para pasar un rato de intimidad entre las hierbas al borde del agua. Los ojos grafito y la piel lechosa de Brenda reflejaron la luz anaranjada del atardecer y Evan la atrajo hacia sí para besarla. En las cercanías sólo se oía el pacífico chapotear del agua y los grillos nocturnos que empezaban a cantar; unas risitas de coqueteo subieron desde donde Criz platicaba con las otras dos chicas.

—¡Ya, ya, no hay tiempo para eso, tengo haaaambre! ¡Otros no tenemos qué comer! —prorrumpió Dino a poca distancia.

—Tu siempre tienes hambre, Dino— dijo Zorro a su lado, concentrado en afilar una vara.

Evan y Brenda rieron por lo bajo y regresaron a sus asuntos en lo que Dino vociferaba vulgaridades como canción desentonada mientras se internaba en el bosquecillo.

—¡Ya cállate! —gritó Criz entre risas.

El silencio regresó, pero algo en la paz de la tarde mantuvo a Evan alerta. Era cierta intranquilidad en las profundidades, una oscuridad insospechada dentro de sí mismo.

Brenda exhaló aire tibio en su cuello y luego se quedó mirándole. Salió de sus pensamientos y le devolvió la mirada. No estaba en absoluto concentrado, no sabía qué era lo que le molestaba, pero no dejaba de pensar en ello desde el día anterior.

Cuando Brenda estuvo a punto de decirle algo, se escuchó un grito ininteligible a lo lejos, seguido por absoluto silencio. Evan se levantó de inmediato y los perros corrieron despavoridos entre gruñidos amenazadores.

—¿Dónde está Dino? —gritó a Zorro, y vio cómo su mirada rápida repasaba el área. El pelirrojo luego empuñó la lanza recién terminada y dio un par de silenciosos brincos en dirección al grito.

Con un silbido suave Criz llamó a Evan de entre la hierba, preguntando qué sucedía; tenía el torso desnudo. Los tres se quedaron atentos cuando escucharon a los perros acercarse de nuevo.

—¡Zorro, la laaanzaaaa! —gritó Dino, que apareció corriendo entre los matorrales, inmediatamente seguido por un furioso pecarí justo detrás de él dispuesto a ensartarlo por las nalgas. Atrás iba la comitiva de perros, ladrando como endemoniados.

—¡Corre hombre, que te pilla el trasero! —grito Criz, echando carcajadas.

Dino se echó al agua rehuyendo del cerdo y Zorro aventó la lanza al pecarí, que de inmediato fue rodeado por los perros.

—¡A cenar! —anunció a todo pulmón.

La luna no saldría hasta ya entrada la noche, por lo que Evan aprovechó para instalar las trampas para los conejos en lo que estaba listo el asado. Terminó de colocar el cordel entre las ramas a una distancia prudente del campamento y se acercó al cálido sonido de la convivencia. Nikker, Bruno, y los otros habían montado una buena fogata en lo que destazaban al cerdo para cocinarlo; en cualquier momento estaría listo.

—...agarrar al lechón, que andaba buscando la mama en el macho, tomándolo por madre—narraba Dino— De por si estaba encabritado para cuando traté de agarrar al chico... ¡Me pilló de inmediato! No quedó de otra más que llegar al agua antes de que me alcanzara—. Con su gesto permanentemente cómico, Dino iba imitando la cara de los cerdos conforme contaba la historia.

—¡Con el culo ensartado como bandera en asta hubieras quedado! —dijo Tordo entre risas. Nikker estaba sentado del otro lado del fuego, lo más lejos de Brenda posible. Evan se sentó en un tronco al lado de ella al momento de una carcajada generalizada.

—Zorro, si haces los honores...—dijo Zandra, que había recolectado varias hojas de tlanepa en los alrededores y servirían a la perfección como plato. El aludido se puso en pie y Evan le pasó su nuevo cuchillo de caza para que repartiera el alimento.

—Está muy bueno, valió la pena que no cazaran al venado—dijo Ananis, una de las chicas que llegó con Brenda, mientras se chupaba los dedos.

Se hizo un silencio en derredor.

—No nos hubieran hecho nada por cazarlo—empezó Nikker —los pintados ya no tienen tanto poder como antes. Ayer lo vimos todos, una orden de arriba y a todos los acorralamos como ganado—agregó, antes de hincar el diente.

El silencio se mantuvo y Evan le miró con fijeza.

Con los párpados a media asta, Zorro le respondió como haciendo acopio de paciencia antes de responder:

—Me parece curioso cómo el resentimiento social lleva a algunas personas a considerarse suficientemente superiores como para juzgar a un sabio por las marcas que le ha dejado su oficio.

Leo bufó en tono de burla:

—Hablando así, más que soldado deberías estar con la horda de huele culos que zumban alrededor del palacio.

Evan buscó a Criz con la mirada, pero estaba concentrado en su plato.

—Sí, lo está, o por lo menos la mitad de su familia. Por eso cree que puede decir a todos cómo hablar—respondió Nikker, mordaz. Evan miró cómo Zorro no le quitó los ojos de encima. Bien como lo conocía, seguramente ya estaba pensando de qué forma regresarle el favor.

Otro silencio tensó el ambiente.

—¿Y qué si la familia de Zorro tiene cierta posición? Los Sabios merecen respeto, llamarlos "pintados" dice más de ti que de ellos—respondió Evan, comenzando a irritarse.

—Me olvidaba, Womak, que tu tío también está rondando el círculo de lameculos ¿no? —agregó Bruno, jugando a tocar el límite como el otro par de inútiles—. Parece que estamos comiendo con el maldito cortejo real.

Evan y Zorro intercambiaron miradas aburridas, no tenía caso caer en provocaciones.

—¿Y qué hay de tu familia, Nikker? Estamos exactamente en la misma posición, y te guste o no, les debemos respeto por el simple hecho de haber nacido en buena cuna—respondió Evan sin darle demasiada importancia.

—¿Qué carajos tienen sus cunas de buenas? —saltó Criz— Los allegados a la corona se hacen ricos de la noche a la mañana, y así de rápido tienen derecho a tierras que en vez de pertenecer a un clan les pertenecen a ellos. Todos son una lacra, maldita escoria.

Evan dio un respingo, no conocía la más reciente opinión de Criz sobre su familia. Nikker alzó su bota de agua hacia él antes de dar un trago.

Se hizo un tercer silencio que duró un buen rato hasta que Dino eructó con fuerza.

—Bueno, eso sí aleja a los venados.

Dino le respondió a Brenda con una sonrisa cínica de satisfacción.

—Eres un cerdo—dijo la otra amiga de Brenda, Lía, que se levantó de su sitio a un costado de Dino y se sentó cerca de Criz.

—Bueno, ¿y sabes algo del torneo o no? —preguntó Evan mirando a Nikker.

—Nada que ustedes no sepan ya.

—Oh, vamos, es obvio que Camalós te ha dicho algo—increpó Dino. Nikker negó con la cabeza, mirando su comida.

—No sé de qué están hablando—dijo.

Brenda exhaló con una sonrisa amarga.

—Quédate con tus rumores, entonces—soltó Zorro—de todos modos, estaremos en las mismas tan pronto como empiece el torneo.

—Habla por ti—fue lo único que respondió Nikker.

Brenda chistó la boca, incrédula.

—Ay, por favor. Crees que estás en ventaja…—dijo. Su risa sardónica lo decía todo.

—Vayan ustedes mismos a ver la arena, ya casi está lista—respondió

Nikker—. Luego me dicen si no creen que darán más importancia a unas pruebas que a otras...—clavó su mirada en Brenda—Y no todos son tan buenos en todas las disciplinas—terminó, antes de dar un trago más a su bota. Evan alzó las cejas con una sonrisa cuando cruzó miradas con Criz, pero su amigo esquivó la mirada. «*Otra vez*».

El campamento de cacería se levantó prematuramente a la mañana siguiente. Repartieron la carne que sobró y el camino de regreso al clan con Criz fue silencioso como una caverna, apenas se despidieron cuando regresaron a la encrucijada. Evan se echó el conejo muerto a la espalda en lo que llegaba a casa. Dejaría las cosas, tomaría el rollo y regresaría sólo a la Villa Militar, decidió.

Cuando salió a despedirse de su hermana antes de regresar a la Villa la encontró en cuclillas en el pequeño jardín medicinal en el que había estado trabajando desde que iniciara su instrucción con Mélia para ser curandera. Era su día de suerte, la maestra pelirroja estaba con ella, señalando las partes de una raíz.

Mélia podía tener la misma edad que Evan, pero siempre le había parecido mucho mayor. La piel joven y sonrosada y el cabello granate parecían un engaño a comparación de la edad que mostraba su mirada. Cada que la veía se preguntaba si sería por aquello que se decía sobre las almas que vuelven una y otra vez, donde espíritus de ancianos pueden ocupar cuerpos de bebés y nacer con la sabiduría de encarnaciones pasadas.

Él no sabía nada sobre espíritus ni reencarnaciones ni estaba para pensar en eso en ese momento, pero sí prestaba atención cuando uno de los Sabios le dirigía la palabra.

Evan sacó el rollo de la alforja para mostrárselo a la chica. Mélia lo admiró entre sus manos mientras escuchaba la historia de Evan. Luego guardó silencio, y finalmente le extendió el rollo de vuelta.

«*¿Por qué no se lleva el rollo y ya?*» pensó.

—Debes consultarlo con los ancianos—dijo ella, extendiendo el tapiz enrollado hacia él.

Evan lo recibió con el ceño fruncido. Solicitarle que ella misma lo hiciera habría sido una falta de respeto, así que se tragó sus preguntas y lo regresó a la alforja de su caballo sin más opción. Cuando se despidió de ellas le coqueteó nuevamente la idea de dejarlo en el Bosque de Ánuin de su clan, pero la descartó como lo hizo la primera vez, no quisiera hacer nada que ofendiera a los espíritus justo antes del torneo.

Después de unos momentos decidió fastidiado que no había otro remedio más que ir a entregarlo personalmente a los Sabios. De haber sabido el lío en el que se metía al recibir el obsequio le hubiera hecho caso a Brenda de no aceptarlo desde un principio; ahora tendría que encontrar un momento antes del inicio del torneo para visitar la Villa de los Alban. Si el Bosque de Ánuin le causa escalofríos no podría imaginarse lo que sería internarse en el clan de lo etéreo.

CAPÍTULO 3
SOLICITUDES
EXTRAOFICIALES

EL RÍTMICO CRUJIR de la grava bajo sus pies se alternaba con el canto de los grillos. Pronto llegaría el amanecer, y con éste el comienzo del entrenamiento diario, por lo que aprovecharía cada momento disponible para estar a solas con sus pensamientos; y la pista de la Villa Militar que se abría paso entre los altos pinos, los vados, las zanjas y los obstáculos, creaba el lugar ideal para una mente que no se acallaba con nada más.

Por alguna razón que desconocía, los recuerdos de días pasados se negaban a salir de su mente, acosándolo en silencio. Tan pronto como había despertado esa mañana, la mujer de tres caras que hacía unos días reclamara el alma del rey se presentó tan claramente en su mente que había sentido como si la tuviera frente a él en la oscuridad de su habitación, al fondo del cuartel bajo su mando. Junto con ella regresó a él el vívido recuerdo del olor acre que desprendía la pira mortuoria, y los rostros de cientos de daetanos furiosos. Pero lo que más le perturbó fue la imagen de la penetrante mirada de Sándor Tecuani al recibir de él un insulto que en el pasado se habría castigado con decenas de azotes.

Con un salto a una zanja pequeña despegó su mente de ello y siguió corriendo, mejor se concentraba en lo que venía. En poco menos de dos semanas comenzaría la disputa por el título de general Yntaura Ácuila, su sueño desde pequeño y aquello para lo que llevaba entrenando y estudiando más de la mitad de su vida.

El resultado del esfuerzo de una década se definiría en menos de lo que la luna llegaba a estar llena de nuevo, y más le valía figurar entre los campeones, o estaría destinado a quedarse para siempre como un soldado de segunda, estancado como un peldaño más que otro con más agallas y capacidades usaría para superarlo.

Aminoró el paso en la penumbra y se detuvo a recuperar el aliento. Sus brazos sudorosos desprendían calor en el frescor del alba y lo único que oía era el murmullo de sus propios latidos y el canto del cuerporruín, hasta que alguien se acercó a trote. Reconoció el caftán café claro, las botas altas y el cinturón de cuero negro, los usó durante los años de lobato cuando recién ingresó al ejército. La joven que lo portaba no alcanzaba la altura de su pecho, pero su gesto era serio y adulto. Se detuvo frente a él y le saludó con la mano al pecho y luego en puño firme a la altura del hombro.

—Buen día, lobato—regresó los honores con el mismo gesto.

—Coronel Womak, le solicita el general Culén en la comandancia, señor.

—Gracias—respondió con un cabeceo.

La lobato asintió y se despidió con otro saludo antes de alejarse de nuevo.

La oficina del líder de los Yntaura estaba ubicada en el ala este de la comandancia, un edificio de piedra de dos pisos de altura en donde se concentraba toda la actividad administrativa del ejército. El recinto era de los primeros en iluminarse al alba, cuestión que el general Lupo Culén apreciaba particularmente, pues era su costumbre comenzar a trabajar desde muy temprano. Evan no dudó un momento que el hombre ya estaría sentado a su escritorio tan temprano como era, pero regresó a los dormitorios para asearse y presentarse uniformado ante él de cualquier manera.

Antes de abandonar el cuartel ordenó a su segundo al mando que se encargara de la tropa. Era innecesario, pues hacía tres meses tuvieron reuniones para delegar sus obligaciones como coronel tan pronto se acercara el torneo, pero aun así el hábito lo dejaba intranquilo; podría ser que aún no fuera general, pero dejar sus responsabilidades a otro era casi como abandonar el puesto que se había ganado a pulso un año atrás.

Para cuando sonaron las trompetas marcando el inicio de la jornada, Evan ya se encontraba frente a la oficina del general. Los nudillos rebotaron contra la gruesa superficie de madera y esperó un rato hasta que el oficial le permitió la entrada, sólo para luego hacerle esperar unos momentos más, como siempre hacía.

El olor dulzón de la chimenea llegó a él y sus ojos se pasearon por la pared de piedra que daba al norte de la estancia, la primera vista que uno tenía al ingresar en la habitación. El muro estaba forrado con un fino mosaico de maderas en varios tonos que daban forma al emblema de los Yntaura: una estrella de nueve puntas dentro de otra similar con la misma cantidad de picos.

La chimenea, a la izquierda de la puerta, mantenía la estancia suficientemente cálida durante los fuertes vientos invernales, y un ventanal a la derecha bañaba de luz a decenas de lienzos de papel amate desperdigados en mesas, junto a mapas descoloridos y documentos encuadernados dentro de estuches de lona y piel. En cada pared había armas colgadas, además de escudos y reliquias que llevaban ahí lo que parecía una eternidad. Algunos objetos superaban su propósito como armas para cercarse más a ser una obra de arte, mientras que otros tenían más historia que belleza.

La nítida imagen de su abuelo sentado a ese mismo escritorio le hizo sonreír. El mueble de roble macizo, elaborado por el abuelo, terminaba en cada borde con tallas simétricas en serie con la forma de estrellas de nueve picos. Su padre le había contado sobre los meses que tardó el abuelo en tallar cada emblema y de cómo justificaba sus obsesivas horas de trabajo, alegando que el escritorio frente al que desfilaría cada soldado en servicio a la nación debería recordarle los nueve valores de los Yntaura.

Por alguna razón, ese recuerdo se había vuelto uno recurrente hacia los últimos meses, y pararse frente al escritorio del abuelo le transportó diez años atrás, cuando él mismo se enlistó para entrenar como futuro Yntaura Ácuila. En ese entonces era su abuelo el general de generales, dándole la bienvenida al servicio militar con la mirada severa y una ancha sonrisa. A la muerte del hombre, tanto el puesto de dirigente de los Yntaura, como el escritorio de reclutamiento, pasaron al resguardo de Lupo Culén, quien además fuera un entrañable amigo suyo.

Desde niño Evan había soñado con ocupar esa oficina cuando fuera mayor, ese santuario que olía al acero de las armas, a piel curtida y tabaco, y poder trabajar rodeado de tesoros e historia. Siempre buscaba cualquier excusa para visitarla, pero desde ese entonces su abuelo ya se había negado a permitirle visitarla cada que surgiera el antojo, así como tener favoritismos con él, y sólo le permitía la entrada en ocasiones como aquella, en la que el oficial al mando solicitaba su presencia.

Regresó al presente y permaneció como estatua en posición de descanso frente al general, observando su cabello acerado y el profundo surco que dividía su ceño en dos mientras analizaba lo que parecía un esquema de las justas del torneo. Tan pronto como cayó en cuenta del papel que tenía frente a sí en el escritorio, de un vistazo discreto, y antes de que Lupo levantara la mirada, alcanzó a ver dibujada una hoja de roble en el papel amate, el símbolo de su clan, pero cuando trató de ver el símbolo de aquél contra quien competiría en esa prueba, Lupo clavó los ojos miel en los suyos, llamando su atención mientras soltaba el lienzo para que se enrollara por sí solo.

Tal vez había sido la fama de ser uno de los soldados más jóvenes que sobrevivió a la Batalla de los Árboles lo que le mereció a Culén el puesto entre los Yntaura, su habilidad y estrategia eran legendarias; pero Evan conocía otra cara, la de un padre preocupado por un hijo que, como él, no hacía más que ver hacia su padre y su abuelo como ejemplo.

Aunque los años entre ellos no permitieron a Evan y a Nándor, hijo de Lupo, compartir cuna, crecieron como hermanos en cada una de las aventuras que orquestara su abuelo, antes de que la diferencia de edades los distanciara. Aunque habían pasado muchos años desde aquello y ahora se trataran con deferencia, "El lobo" Culén no era para él sólo el General de Generales, sino un tío adoptivo que le contara historias frente a la chimenea durante las torrenciales lluvias del solsticio de verano. Las espesas cejas oscuras, la mirada pajiza y la boca como una simple raya horizontal, inalterada por cuales fueran las circunstancias, se dirigieron a él en un respiro.

—¡Womak! —llamó. Siempre imprimía energía en sus palabras y a veces parecía divertirle la expresión de pánico en la cara de los novatos.

—Señor— Evan inclinó la cabeza rápidamente en signo de respeto.

—¿Cómo va el entrenamiento?, ¿bien? — Lupo no esperó a que Evan respondiera, no se le daba eso de hacer una conversación amena, o más bien, parecía que no le interesaba—. Toma asiento— sonó como una orden—. Como ya sabes, durante la cumbre quinquenal transcurren audiencias de carácter internacional. Algunas son abiertas, como recordarás, pero otras se llevan a cabo a puerta cerrada—hizo una pausa larga mientras removía algunos papeles sobre su escritorio. Cuando volvió a hablar, sus palabras se suavizaron: —Te necesito como guardia en unas de ellas.

Lupo clavó su mirada en él y Evan permaneció atento, sin dejar ver su incomodidad.

—Yo sé que tan cerca del torneo puede resultar una distracción— continuó su superior—pero es una tarea que no puedo confiar a nadie más, lobato—. Hacía años que Evan había subido de rango, pero Lupo le seguía llamando así, suponía que por cariño; pero también usaba ese tono cuando le solicitaba favores extra oficiales o cuando le soltaba información confidencial. Evan se removió por dentro, intranquilo. Normalmente Lupo disponía de él sin que pudiera responder una palabra al respecto, le pareciera o no, como era natural, pero había algo en las solicitudes que le hacía que siempre le daban qué pensar. En algunas ocasiones incluso había pedido "observar de cerca" a sus superiores, y entonces él terminaba enterándose de tejes y manejes de los que hubiera preferido no saber nunca.

Culén cargó su silla debajo de él para alejarla un poco del escritorio y poder cruzar una pierna sobre la otra, atento a si Evan respondía algo, pero siguió callado.

—La situación ha estado un poco…tensa—continuó, haciendo crujir el respaldo de su silla—y para algunas de estas reuniones han solicitado guardias de la más alta confianza. No pensaría en nadie más que en ti para esta tarea—terminó, mirándole con una mezcla de complacencia y rigor, como si Evan fuese a saltar de la emoción ante una solicitud de esa naturaleza.

«*¿Por qué no pedírselo a su propio hijo?*» se preguntó, justo cuando Culén retomó la palabra, como para terminar de convencerlo de acatar una orden:

—El Imperio de Raganjar estará presente en la cumbre con un nuevo dignatario, el embajador Osgalaj Ravenjut, quien no sólo está en la más alta estima de Su Majestad, sino que posee un alto rango en su país de origen. Hemos recibido la orden de tratarlo especialmente bien durante la cumbre. Nándor estará encargado de su seguridad.

«Por eso».

Evan sabía poco sobre el Imperio de Raganjar, un país, decían, "de proporciones titánicas", que ocupaba casi toda la costa este de la Península de Lethendai. Según lo poco que sabía, estaba regido por una emperatriz joven que logró llegar a la corona después de largos años de guerras internas entre las más altas casas, pocos años después de que se independizaran de dondequiera que vinieran. A Daet, el país del otro lado de la península, sólo enviaban algunos dignatarios, diplomáticos o agregados culturales que por lo general eran bastante populares entre el círculo de la nobleza Daetana; además de su reina, claro, quien era raganí.

Culén le miró, impacientándose por una respuesta.

—Será un honor, señor.

—Me aseguraré de que se tome en cuenta este servicio al momento de la valoración final—cerró Lupo.

Evan sintió un peso encima, de inmediato se imaginó la reacción de sus amigos si se enteraran de aquello. Sólo había cuatro puestos para ingresar a la élite de los Yntaura, lugares que se ganaban con sangre, sudor y lágrimas cada vez que se abrían, que no era frecuente. Debía estar agradecido, pero se sentía peor que la mierda cada vez que Lupo le trataba con favoritismos.

—Las sesiones comienzan el segundo día tras el inicio de la cumbre, pero habrá una sesión previa. Preséntate con el encargado de la guardia del palacio, Mauritio Rogdar.

Lupo derritió lacre con un mechero y luego hundió su anillo en la cera sobre una misiva previamente firmada por él.

Antes de aceptar el papel, pasó brevemente por su mente aprovechar la ocasión para preguntar a su superior sobre lo sucedido en el funeral. Pero mientras una voz en su cabeza exigía respuestas sobre el porqué de la decisión de excluir de una manera tan canalla a los Sabios, sabía por experiencia que ese tipo de preguntas nunca eran bienvenidas. Por otro lado, sintió que los favores que le solicitaba Culén le merecían la confianza para hacer preguntas incómodas.

Contrariado, su boca a penas se torció, muda, sin poder decidirse bajo la intensa mirada del general.

—Sí señor—logró decir momentos después, extendiendo la mano para recibir la misiva y acallando su mente en un instante.

—Bien, puedes retirarte. Gusto en verte, Womak— le dirigió una mueca que pasaba por sonrisa y regresó a sus asuntos de inmediato.

Evan salió de la oficina y cerró la puerta tras de sí. Regresó el picaporte a la posición de cerrado y exhaló como si llevara un tiempo conteniendo la respiración.

¿Cómo se le había ocurrido considerar siquiera hacerle esas preguntas a Culén?

Cuestionar las órdenes del general no sólo hubiera sido imprudente, sino que podría incluso poner en riesgo la imagen impoluta de obediencia que tanto se había esmerado en subrayar ante el Consejo de los Yntaura, y los esfuerzos de años por mantener una impecable reputación como soldado hubieran tambaleado en el momento menos oportuno. Tal vez se preocupaba en exceso por lo que pensarían sus superiores sobre él, pero debía tanto a su abuelo y sentía una responsabilidad tan pesada sobre los hombros que no se perdonaría el ahora traicionarse por ser incapaz de mantener su vena curiosa a raya, o por sentirse incómodo con peticiones especiales; debería de sentirse honrado, no suspicaz.

Los sonidos de la Villa Militar le dieron la pausa necesaria para relajarse. El chocar de las botas al unísono durante las marchas, el batir de las espadas, las órdenes a gritos de los superiores y las respuestas coreadas de los soldados. Debería aprovechar el día para entrenar, después de todo, él también estaría ahí entrenando a su pelotón de no ser por el tiempo de cortesía que se otorgaba a los contendientes para enfocarse en el entrenamiento antes del torneo. Hoy no iría con los chicos a ensayar las técnicas que más les gustaban, decidió, necesitaba concentrarse en el lanzamiento con jabalina y no se permitiría a sí mismo dejar el entrenamiento hasta que encontrara la técnica más confiable.

El muro con las dianas de madera forrada se encontraba a más de cuarenta pasos largos de la línea de tiro, haciendo parecer a las dianas el pequeño ojo de un pez a la distancia. Después de un calentamiento intenso y de varios lanzamientos mediocres, tomó la siguiente jabalina del suelo, no sin frustración, y sintió la madera suave y gastada al tacto. La tomó en el centro de equilibrio, hizo una carrera corta, luego una torsión de cadera, y el aire volvió a zumbar con su lanzamiento furioso. La lanza voló toda la distancia en la trayectoria correcta, pero sólo llegó a rozar el objetivo.

Exasperado, trotó hacia allí para recuperar las lanzas y seguirlo intentando. Tan pronto se inclinó para recolectar las varas, escuchó una voz masculina y burlona decir:

—No es tu mejor cara ¿eh?

Reconoció la voz de Dino y se incorporó con las lanzas bajo el brazo.

—¿No tienen nada mejor que hacer, bestias? —dijo antes de girarse y encontrar a Zorro, Dino y Criz, que sonreían burlones. ¿Cuánto tiempo llevaban viéndolo?

—¿Mejor que esto? —dijo Zorro, señalando con la mirada una lanza clavada profundamente en la hierba, a un paso de la diana: su peor tiro.

—¡Seguro! —agregó, y las pecas se juntaron en la comisura de la boca en una sonrisa torcida.

Dino desencajó con fuerza la punta metálica de otra jabalina clavada en el muro de madera sobre el que descansaba la diana para luego dársela a Evan. Éste la tomó y luego la dejó caer frente a Zorro para que la tomara, retador, y los cuatro caminaron de vuelta a la zona de tiro.

Se ubicaron detrás de la línea. Zorro tomó la lanza, la sopesó apenas tocándola, la empuñó, hizo una carrera, dio un salto y lanzó con fuerza. La vara voló unos momentos y se encajó en el borde de la diana, temblando del impacto.

El pelirrojo lo miró con sorna.

—¡Nada! No está permitido traspasar la línea de tiro—replicó Criz, pasándole otra jabalina.

Zorro volvió a lanzar, esta vez muy pendiente de la línea de tiro; pero la vara se clavó arriba de la diana, en el muro de madera, tal como le sucedió a Evan.

—Está mal trazada la línea de lanzamiento, está demasiado lejos— rezongó el pelirrojo.

—Sí, seguro, y si no la hubieras fallado la línea sería perfecta—dijo Dino, apenas aguantando la risa.

—Entonces inténtalo tú, tarado.

Dino tomó otra jabalina, el tiro fue más limpio y quedó más cerca de la diana, pero también enclavada en el muro de madera, apenas rozando la lejana diana.

—Abran paso, novatos—dijo Criz tomando otra vara, luego corrió con pasos agigantados y lanzó con ímpetu a unos pasos de la línea de lanzamiento. La lanza se clavó limpiamente en el centro de la diana y se quedó temblando.

Zorro bufó:

—¡Eso fue suerte!

Antes de que empezaran a discutir, Dino pateó las varas restantes que estaban en el suelo y dijo:

—Bueno, vamos a ir al recinto del torneo, ¿o qué?

Salir de la Villa Militar normalmente significaba diversión, pero con tanto que deseaba entrenar el paseo le pareció una pérdida de tiempo. Al poco de salir, el asombro al encontrarse con el recinto ferial venció el apuro de regresar al campo de tiro. Por lo visto, durante los tres días de luto nacional habían llegado personas a raudales a las faldas de la Colina Solar. De la noche a la mañana se había instalado una ciudad de tela, varas y bullicio.

Apostados en pequeños grupos, que comenzaban a crecer tanto que se tocaban entre sí, los pabellones de lona de cáñamo, algodón y lino fueron supliendo el tono pajizo de la hierba por los tonos intensos del bosque en otoño: rojos intensos, verdes terrosos, morados grisáceos, amarillos y cafés. Los chicos tuvieron que serpentear entre los angostos pasillos que se formaban entre las tiendas, que Evan calculó que ya llegaban a cientos. Tenía la sensación de estar visitando una ciudad miniatura que creció cual colonia de hongos durante las lluvias. Los comerciantes no desaprovecharon la oportunidad, parecía que el mercado central se reinstaló en los callejones entre muros de tela de la nueva ciudad, en busca de un lugar más concurrido. Algunos de los puestos fueron montados con telas que Evan nunca había visto, mientras que otros llamaban más la atención por los extraños objetos que vendían que por cómo fueran instalados. Por lo visto, los extranjeros comenzaban a llegar en buena hora.

—Huele a mierda—refunfuñó Zorro, estirando la boca en desagrado.

—Peor que a mierda, salgamos de aquí— Criz tomó la delantera y chocó contra un hombrecillo, que se revolvió en su túnica amarilla brillante.

—¡Cuidado, so gigante! —le gritó aquel con un marcado acento sureño.

Criz alzó las cejas y siguió su camino.

—Cada cumbre llegan más pequeños—bromeó a Evan en voz baja.

Tardaron tres veces más en cruzar el espacio saturado de tiendas, cuestión que comenzó a desesperarlos hasta que salieron de la zona más abarrotada, hacia donde recién iban llegando nuevas personas que comenzaban a armar sus tiendas alrededor de lo que parecía un corral para toros o bestias más grandes.

—¿Y ahí qué van a guardar? —preguntó Dino.

El corral era tan grande que podría almacenar fácilmente a más de cincuenta cabezas de ganado, un tanto desproporcionado para una feria que duraba apenas unas semanas.

—Están montando un tablero—notó Evan con la repentina urgencia de acercarse. Los tres lo siguieron.

Se acercó a la mujer que parecía estar a cargo, era casi tan alta como él, llevaba botas que le llegaban a las rodillas, el cabello atado en la nuca, y un traje con lo que parecía una suerte de pantalón de equitación.

—¡Buen día! —llamó Evan.

La mujer le miró de pies a cabeza y sus ojos volaron a los otros tres con una sonrisa.

—Señor, buen día, ¿la espada que trae al cinto es sólo decorativa o le da un uso? —preguntó ella en tono divertido.

Evan sonrió para sus adentros. Hacía cinco años, durante la última cumbre, no le habían permitido entrar en el torneo del rey de la montaña. Recordaba claramente lo que le había dicho el tendero: «Chico, podrás tener la estatura de un hombre, pero para esto que primero te bajen los huevos», ante la sorpresa de Evan, el hombre añadió «Mira, no voy a lidiar con padres furiosos porque a su hijo le cortaron una mano». Pero ahora era un "señor" y la invitación le supo más a desafío. Criz le acompañó aquella vez, y aunque a él sí le permitieron competir, lo eliminaron para la segunda ronda.

—¿Cuál es el premio? —preguntó Criz, divertido; por la mirada que echó a Evan, él también se acordaba de cómo lo eliminaron.

—Un medallón de oro, y con cada justa el ganador se lleva la armadura y las armas del perdedor— la mirada seductora de la mujer rompía un poco con su porte varonil; se veía claro el truco de vendedora.

Zorro silbó fingiendo asombro y dijo:

—Nada mal para un torneo de reglas sucias donde ustedes se llevan el triple en apuestas—repuso, sardónico.

—Eso y el título del rey de la montaña— la mujer pasó de inmediato su mirada a Criz, parecía que le reconocía; seguramente por aquella vez que aventó la espada con furia cuando se le eliminó del torneo.

—Yo paso, gracias—respondió Zorro, cortante.

—¿Qué hay de ustedes? Te ves interesado, chico— esta vez la mujer se dirigió a Dino.

—Tenemos ya suficiente con un torneo, gracias— Zorro hizo gesto de retirarse y llevarse a Dino con él, pero el otro no se movió un pelo de su lugar.

La mujer echó una ojeada a sus uniformes, como si de pronto reconociera las insignias, y Criz y Evan volvieron a cruzar miradas. Zorro tenía razón, no podían arriesgarse a quedar lastimados para las pruebas de los Yntaura, sin mencionar que estaba prohibido para los soldados participar en ese tipo de justas. Pero sin duda esos torneos eran divertidos; y más aún cuando se sabían aventajados por la técnica contra unos pueblerinos más violentos que valientes y más robustos que fuertes, y que, además, usaban la espada como herramienta de arado.

—¿Cuándo inicia? —preguntó Dino. Sus ojos se habían abierto de par en par cuando la mujer mencionara el premio.

—Ya que esto se ponga bueno—respondió ella mirando en derredor. Y después de un silencio, agregó: —Miren, tengo trabajo, si les interesa, vengan entonces— sin esperar respuesta, la mujer se giró y siguió con sus asuntos.

—Es una pésima idea, meterse al ruedo con necios, embravecidos y armados, que no saben ni mantener el equilibrio con el arma en mano— siguió Zorro, retomando el camino.

—Eso mientras la línea de tiro no esté "mal trazada" y termines perdiendo— la sonrisa de Dino dio paso a una risita de los otros dos.

—¡Ya te veré cuando acabes lisiado o descalificado del torneo! En primera porque no tenemos permitido participar en ello, y en segunda, porque te van a meter tantos porrazos que no vas a poder ni estirar la cuerda del arco.

—Creo que ese poste marca el inicio de la arena del torneo— interrumpió Criz, señalando una viga de varias varas de altura que podía apreciarse desde lejos, erguido como mástil, muy por sobre las tiendas de doble piso y los puestos de alto dosel. Hasta arriba del asta ondeaba un pendón sinople terminado en dos picos, con la doble estrella de nueve puntas cosida en oro.

Algo recorrió a Evan de la cabeza a los pies tan pronto lo vio. Los otros tres también enmudecieron.

Más de cerca se percataron de lo alto del poste, del palco en el que estaba encajado, y de las numerosas gradas de madera, casi terminadas. Trabajadores iban y venían con materiales y herramientas: zapadores, carpinteros y albañiles. Evan no recordaba haber visto una arena tan ambiciosa en torneos pasados. En ocasiones anteriores, el centro del evento eran los combatientes y sus luchas, pero este año la construcción de la arena principal parecía más la de un teatro. El área principal era un arenado circular que calculó de más de cincuenta pasos largos de diámetro. Debajo de las gradas descansaban palcos más cómodos, a nivel del piso, y un grupo de hombres alfombraban el estrado y montaban el techo aterciopelado. Una imagen fugaz de él haciendo el ridículo frente al jurado de los Yntaura le pasó por la mente. Detrás del palco central estaban armando otro ruedo, como para que el jurado girara su silla, y desde el mismo estrado pudiera evaluar las pruebas que se llevaran a cabo en esa otra zona.

Siguieron recorriendo el área notando cada detalle. Aún estaba en construcción, pero algunas partes ya comenzaban a tomar forma.

—Allá atrás está la pista—señaló Evan, notando sacos de arena colocados de manera estratégica, así como empalizadas de madera y zanjas que se antojaban profundas aún desde lejos.

Se acercaron a la pista de tiro, que unos cuantos albañiles estaban delineando con cal, mientras otros pasaban con una carretela de arena para rellenar el sendero previamente trazado.

—Imagino que esos postes altos son para las dianas que van colgadas para la prueba de arquería montada—reveló Dino con una mezcla de asombro y preocupación.

—No quisiera ser el hombre que cuelgue los objetivos—dijo Criz—un error y caes para romperte el cuello—agregó, y todos siguieron su mirada con aprensión.

Cerca de ahí se encontraron con postes escalonados de hasta diez varas de alto, profundamente ahogados en la tierra, hasta llegar a un par de postes altos que sostenían una viga horizontal con cuñas en los extremos, desde donde pendía una red aguada de cuerda gruesa, como una hamaca para gigantes.

—Eso se ve divertido—cantó Zorro.

—¡Maldita sea! ¿y dices que en este torneo no podemos quedar lisiados, Zorro?—Dino sonaba cada vez más intimidado.

—Sólo si tienes suerte—dijo Evan, que contó más de quince varas imaginarias entre el suelo y la red de cuerda.

—Es más fácil quedar mal por un golpe bajo de un puerco con armadura que caer desde ahí—arguyó el aludido.

—Yo no estaría tan seguro, por lo menos al puerco sabes cómo pararlo, esto te mata por sí sólo—dijo Criz.

Evan tampoco podía recordar torneos anteriores con una pista de obstáculos tan compleja. El objetivo del torneo de los Yntaura Ácuila era probar, tanto a los generales como al pueblo llano, de lo que la élite militar era capaz; pero la cercanía de las pruebas más peligrosas a las gradas con mayor capacidad denotaba algo distinto. Parecía estar hecho para divertir a los morbosos... No, no podía ser. Los Yntaura Ácuila eran una orden seria y el torneo no era cosa hecha para divertir al pueblo, sino de probar a los más hábiles de la nación y su capacidad para defenderla. Aun así, algo en él se quedó intranquilo. El tiro de jabalina le parecía ahora una de las pruebas más sencillas.

Tan pronto regresaron a la Villa Militar, sin muchos ánimos de platicar, los cuatro retomaron su entrenamiento. Para cuando llegó la noche, repasó mentalmente cada una de las diez disciplinas de las que habría de salir victorioso, haciendo hincapié en aquellas en las que no podía darse el lujo de fallar.

Una vez que los últimos soldados llegaron a los dormitorios y se cerraron las puertas, Evan se sentó en la cama, haciendo crujir las tiras de cuero que soportaban el sencillo colchón de tela doblada. Se llevó las manos al cuello y masajeó el músculo tenso, sintiendo una urgencia repentina, como si de pronto el tiempo transcurriera más rápido.

Apagó la última lucerna encendida del cuartel y echó una mirada en la negrura en dirección al baúl con sus pertenencias, donde ahora descansaba el rollo. Tendría que ir a dejarlo a la Villa de los Alban antes del comienzo del torneo, tan sólo tenerlo cerca le angustiaba. Guardar ahí una joya de tan alto valor, que además no le pertenecía, podría atraer tantos problemas que decidió no embarcar su pensamiento en ello. Sea como fuere, tendría que esperar hasta después de la reunión que Culén solicitó que guardara antes de ir a dejarlo.

Exhaló, tenso, y cerró los ojos, conjurando al viento que azotaba el techo para que se llevara sus preocupaciones.

UNA PROLONGADA RÁFAGA de viento templado se coló por los resquicios de su uniforme, agitó la crin del caballo e hizo ondear la capa a su espalda en su ascenso a Yaocalli Nayar. Tomaba media mañana subir a caballo "la escalera" que daba a las puertas del palacio, rodeado del profundo barranco que lo protegía de una invasión.

Al recorrer el sinuoso camino, iba y venía la imagen de la fortaleza a la que se dirigía. La imagen reunía cierto misticismo, parecía un palacio de marfil rodeado de rojos y amarillos liquidámbar, como un último guerrero de pie rodeado de la sangre de sus enemigos.

Evan recordó cuando visitó el castillo por primera vez, otro recuerdo recurrente de su abuelo. El general de generales y su familia habían sido invitados a la fiesta de la cosecha, y desde entonces Evan aprendió el poder que tenían los Nayar para maravillar a sus invitados; tácticas, en realidad.

En ese entonces el palacio aún no era tan majestuoso como ahora, pero estaba lejos de ser la vieja casa común del clan Nayar, cuando sólo tenía el tamaño suficiente para acoger a todo el clan en un espacio rectangular y robusto.

Con los años, la dinastía de los Nayar había mejorado el castillo al punto de arrebatar el aliento de los más acomodados y sus costumbres de lujo: ampliaron los caminos, añadieron los balcones, las galerías arqueadas y las cuatro torres. La grande, que era la más robusta, la mediana, que parecía estar a penas adherida a la fortaleza con los cimientos flotando sobre el precipicio inundado de verde y escarlata, la media torre que servía de entrada y el enorme torreón que sujetaba el águila de donde hacía apenas unos días él mismo se descolgara para colocar el banderín de luto.

Según le contara su abuelo, el recinto ya era cosa de leyenda para cuando Idelfonz mandó traer a los mejores arquitectos, constructores y artistas de las cuatro esquinas de la continental península de Lethendai para la elaboración de lo que más tarde apodó "El Nido del Águila", un palacio suficiente para asombrar a los raganís y darle la mano de una de sus más codiciadas cortesanas.

Lo había logrado, consiguió casarse con una de las mujeres más famosas por su belleza, una que logró ser la comidilla de todos los allegados a la corona durante años con las mejoras que ella misma hiciera al lugar. Pero el que más impacto causó fue cuando la mujer transformó el Bosque de Ánuin en un jardín al más ordenado estilo de Raganjar.

Sólo conservó los árboles más importantes, los arbustos silvestres fueron reemplazados por flores, las agujas de pino de los caminos fueron cubiertas con grava y donde antes hubo tallas en árboles y piedras, ahora se encontraban elegantes helechos y placas de piedra.

Lo que comenzara siendo una casa común y luego una fortaleza, ahora era el palacio donde habitaba la familia real, con enormes ventanales, sendas escaleras de piedra pulida y paredes completamente forradas de espejos y candelabros para iluminar los interiores.

Eran cambios radicales para un clan tan tradicional, pero sólo una táctica más para alzarse cada vez más alto en el Consejo de Clanes.

Otra ráfaga agitó las hojas color granate de la colonia de liquidámbar debajo de él e hizo ondear dos negros pendones que colgaban a cada lado del enrejado de herrería, ahí donde el camino se adelgazaba hasta conectar con un fino puente arqueado que conducía a la entrada en la media torre. Se apeó del caballo bajo un guardián de piedra que tenía las fauces abiertas, como si fuera a devorar a quien osara pasar por debajo del arco que guardaba, y esperó a que un hombre robusto y bajito, de tupida barba negra, se acercara a la reja.

Evan recordó en el último segundo el reservarse el saludo militar con la guardia palaciega.

—Buen día—dijo, mientras sacaba el sobre lacrado del interior del caftán del uniforme. El tipo le miró de pies a cabeza sin inmutarse—. Busco a Mauritio Rogdar—agregó.

—¿Se referirá tal vez al *Señor* Rogdar, jefe de la Guardia Real? —los ojos a media asta sólo enfatizaron lo pedante y enano del guardia.

—Al mismo—respondió, lacónico.

—¿Asunto?

—Confidencial.

El guardia observó de cerca el sello de la carta y luego posó los ojos en Evan, dilatándose en responder. En el momento en que lo hizo Evan supo perfectamente que el hombre no tenía la autoridad suficiente para no dejarle ingresar al castillo con la misiva que traía y que sólo estaba alardeando. Su puesto de guardia seguramente era el más aburrido de todos, y ponerse arriba de personajes como él le hacían el día.

El barbado se limitó a gruñir y otros dos hombres abrieron una porción de la reja lo suficientemente grande para el paso de una carreta mediana.

—Eh, lleva al hombre con el Señor Rogdar—ordenó a otro tipo que estaba sentado sin hacer nada, parecía que trataba de ignorar lo que le decía otro fulano con pocos dientes. Éste se levantó de inmediato y se acomodó el cinto. —Y tú, sirve para algo y llévate el caballo. Trata esta vez de que no se escape—soltó el de la barba.

Evan sintió las manos rasposas del hombre desdentado tomando las riendas de entre las suyas, y dejó que se llevara su montura a las caballerizas. Luego se limitó a asentir con la cabeza cuando cruzó el umbral siguiendo al segundo guardia, una pizca menos hosco que el primero, y se dejó guiar por el hombre como si nunca hubiera entrado a la enorme edificación.

Cruzaron la explanada exterior, donde se hacían remolinos con las puntiagudas hojas rojas. Fuera del murmullo de los escasos paseantes, sólo oía el eco seco de las suelas de madera contra la losa, rebotando en los muros bordeados por los altos ventanales en la faz del edificio, y el repicar de las pequeñas placas de las condecoraciones militares que tenía que llevar siempre que vestía el uniforme de gala. El guardia miró de soslayo, como buscando el origen del tintineo desde el rabillo del ojo y pareció dilatarse en su pequeño broche de plata esmaltada con la estrella de nueve puntas que lo identificaba como aspirante Yntaura. Luego echó una mirada rápida a su rostro sin dejar de caminar.

Cruzaron las puertas exteriores del alcázar, pasando otro grupo de guardias mejor encarados, y sus ojos se adaptaron a la media luz de los candelabros del recibidor, que tenía el tamaño de una casa pequeña, mientras subían la escalinata de piedra lisa.

Pasaron por una segunda puerta que daba a una amplísima sala, rematada por una chimenea que atrapaba la vista al instante. En cada costado de la misma aguardaba un enorme árbol de piedra que viajaba del piso al techo. En sus troncos estaban esculpidos diversos detalles de flora y fauna, helechos de madera y estilizadas águilas, rojas y amarillas en las plumas inferiores, que parecían blanquearse al ascender hacia decenas de mariposas con barnices de todos los colores. Las raíces de los árboles formaban un enorme leñero de hierro que guardaba maderas perfumadas, mientras que desde el interior de la chimenea brillaba un mosaico simétrico y complejo, reflejando el fuego.

Antes de que pudiera observar con mayor detalle, siguió al hombre, que cruzó otra puerta a la izquierda para ingresar en otra habitación aún más grande que la anterior, a vistas el comedor principal. Tenía mesas y sillas para un centenar de personas, tres chimeneas, delicados quinqués de plata, alfombras de tejidos intrincados, pequeñas urnas que desprendían vapores florales, altos arreglos con ramas de durazno en flor y sirvientes por doquier abrillantando aún más el metal y vidrio, sacudiendo las cortinas que adornaban cada ventanal que daba a la explanada, y desempolvando cada pulgada del lugar entre murmullos. Arriba, en los altos techos, también descansaban murales, filigranas esmaltadas y molduras con águilas.

Tan pronto como cruzaron el comedor se internaron en un pasillo que de inmediato despertó en Evan recuerdos remotos. "El salón de la memoria" recordó que se llamaba: un pasillo de más de veinte pasos de ancho y tres veces más largo acomodado a manera de galería. El recinto, con sucesivas columnas y arcos soportando el techo abombado, tenía dos enormes balcones semicirculares con la vista más maravillosa del sur de Daet. Pero el verdadero tesoro estaba dentro, era la colección personal de recuerdos del rey.

Desprendió la vista a regañadientes tan pronto como su guía llamó a una puerta de hoja doble, flanqueada por dos guardias. Apenas alcanzó a escuchar la respuesta murmurada por una mujer que entreabrió la puerta unos momentos. Se cerró la puerta y un rato después apareció un hombre de porte firme y resuelto con una barba acabada en punta y peinada con esmero.

—Señor, le busca este caballero—dijo el guardia.

—¿Sí? —preguntó Rogdar a Evan desde el umbral.

—Buen día, señor, el general Culén me envió con usted— dijo, volviendo a sacar del uniforme la carta con el sello de cera.

El rostro del hombre, un momento antes relajado y atento, dejó escapar una sutil muestra de severidad antes de volver a ingresar tras las puertas, que cerró en sus narices. Evan miró al horizonte con fastidio y respiró profundo. Sería un largo día.

Sabía bien que la Guardia Real y el ejército tenían cierta rivalidad entre sí, pero siempre lo había considerado, o bien una exageración para aumentar el sentido de pertenencia de cada bando, o bien, como una riña infantil a la que se adherían los idiotas que rogaban por un puesto en una organización u otra. Era una rivalidad con la que nunca tuvo que lidiar, pero en ese momento llegó de sopetón una serie de recuerdos vagos de historias de riñas en bares y de soldados apalabrados en peleas con guardias. Hasta ese momento se percató que quien lo acompañaba desapareció en algún momento, así que no tuvo opción más que esperar a que al otro se le diera la gana atenderle.

Al cabo de un rato, la calva castaña y la barba puntiaguda volvieron a salir de entre las puertas dejando escapar las voces de adentro, hasta que la puerta volvió a cerrarse detrás del hombre, suavizándolas de nuevo. Mauritio extendió la mano, como pidiendo nuevamente el papel que Evan le había ofrecido, y desanduvo el camino que Evan acababa de recorrer después de un muy sutil gesto para que lo siguiera. Iba leyendo mientras caminaba.

Cruzaron el comedor, a su séquito de sirvientes trajeados en negro, pasaron la sala de la chimenea rápidamente, hasta donde flotó música, voces y risas de una habitación contigua, y atravesaron la explanada sin cruzar una palabra. Pasaron otro par de guardias para ingresar a unas escaleras de caracol que subían medio piso y finalmente llegaron a lo que parecía la oficina personal del jefe de la guardia del palacio, un cuarto a medio iluminar con una mesa al centro y varias sillas de madera acolchada. Evan cerró la puerta tras de sí acatando su primera orden, y tomó asiento en una de las sillas como le fue sugerido.

Mauritio releyó la carta y la depositó con descuido en la mesa que tenía al frente. Juntó sus manos y descansó la barba en las yemas. Al cabo de un rato de observar a Evan como si se tratara de un objeto aburrido de la galería del palacio, se fijó en los pequeños broches y medallas que llevaba en el uniforme.

—Conque Womak—declaró.

—Servidores.

El hombre guardó silencio, como si tuviera que analizar profundamente la simple respuesta que acababa de darle «*¡Habla ya, hombre!*»

—¿Coronel? Eres demasiado joven para ostentar ese rango.

—Estoy preparándome para ser Yntaura desde los nueve años, el proceso es diferente en esos casos.

—*Diferente*—repitió, como dándose la razón a sí mismo, irritado.

Evan trató de suavizar su entrecejo después de fruncirlo involuntariamente, cualquier detalle contaba con estos pedantes de la guardia.

Apretó casi inconscientemente la mandíbula, no tenía punto alguno discutir con él, aunque esperaba mucha mayor seriedad del jefe de la guardia. Él tampoco estaba muy cómodo con todo el lío de tener que suplantar a uno de los guardias durante lo que parecía una sesión importante; aun así, no se trataba de lo que opinaran ellos, eran órdenes.

—La sesión con Su Majestad está prevista para hoy mismo. Preséntate con Tihiana Asdrúbal, ella te dirá qué hacer—le dijo, y luego lo despachó con la misma celeridad que con la que habían entrado en su oficina. ¿Para todo aquello había sido el paseo hasta la oficina? ¡Vaya que estos pedantes se daban importancia!

Después de preguntar a un par de sirvientes despistados y a un guardia semidormido, Evan salió en busca de la mujer hacia la zona norte del castillo, más allá de los jardines de la reina. Había tantos jardineros como abejas en una colmena ocupada. Daban forma a los arbustos, arrancaban malezas de raíz y hacían equilibrio en los estrechos caminos de grava para dejar pasar a los albañiles que iban y venían. Por lo visto, construían *otra* no modesta ampliación al ya señorial castillo.

Finalmente, llegó al almacén de armas. Aunque hacía unos buenos años los guardias del castillo no iban tan armados, por lo visto aún conservaban las armaduras completas de lo que antes fuera la guarnición militar del clan Nayar. Afuera de una modesta caseta de piedra con techos de teja oscura, tres mujeres sentadas en sendos banquillos engrasaban petos de piel y daban mantenimiento a las bisagras de un codal. Dentro de la caseta, otra mujer vociferaba órdenes a más personas que sacaban otras piezas de armadura:

—…el colmo que esto no se haya hecho ya, ladillas holgazanas. Ponlo en su lugar.

Una de las mujeres levantó los ojos al cielo, aprovechando que le daba la espalda a quien parecía su superiora.

—Maese Asdrúbal—llamó Evan.

—¿Quién llama? —la mujer viró enérgica y le miró con semblante de fuego, parecía desear quemar a quienquiera que se le atravesara ese día.

—Coronel Womak, a sus órdenes—le extendió la misiva sellada.

La mujer no se inmutó. Observó la hoja en mano de Evan, luego el uniforme, y luego subió la vista a sus ojos, impertérrita.

—A*já*—exhaló, ignorando el papel.

—El señor Mauritio Rogdar me solicitó me presentara ante usted, serviré el día de hoy en el palacio.

Ella lo miró con una mezcla de incredulidad y desdén y tomó con firmeza el papel que todavía le ofrecía Evan. Dio una ojeada al texto con esfuerzo y Evan se percató que la trenza acomodada de manera circular en la cabeza le daba el aspecto de tener un canasto por casco. Intentó no reírse de la imagen.

—Los uniformes están dentro, luego te reportas— le regresó el papel, y al instante en que Evan lo tomó, la mujer se alejó de él para supervisar las tareas de sus subordinados.

Apenas encontró un uniforme completo que le quedara intercambió el caftán militar por la librea color hueso. Salió del almacén con el uniforme en el brazo, sacudiéndole el polvo. Tihiana, que seguía ahí probando la movilidad de un guantelete de metal, lo barrió de pies a cabeza en un pestañeo, a vistas callándose algún comentario. Hubiera preferido quedarse en su uniforme, se sentía totalmente ridículo con dos hileras de botones de hueso pulido y esmaltado en dorado a lo largo del pecho, las botas bajas de piel lisa y los pantalones a juego con la parte superior.

—Mientras tengas este informe tus superiores somos nosotros— lo dijo señalando con la mirada al pecho de Evan, donde descansaba un broche de plata. Se trataba de un semicírculo terminado en dos diminutas bellotas, que, atravesado por una aguja terminada en hoja de roble, conformaba el símbolo de los Womak.

Llevaba usándolo a diario durante tantos años que ni siquiera se percató del momento en el que lo colocó sobre el uniforme, era ya algo que hacía mecánicamente cada vez que se vestía.

A pesar de que lo que decía la mujer no era cierto, sería improbable que sucediera algún evento que requiriera clarificar los rangos, por lo que no vio utilidad en corregirla. Se recordó que sólo iba a hacer guardia en un evento, y justo antes de retirarlo escuchó a Tihiana chistar la boca.

—No soporto a los mocosos venidos a más por pertenecer a familias de clanes, aquí es una sola guardia y listo—la despreocupación en la cara de la mujer y la naturalidad con la que dijo el comentario, casi como una confesión válida, se esfumaron tan pronto como ella regresó la vista a sus ojos.

Evan permaneció inmóvil, era tan raro que alguien le ofendiera tan gratuitamente, y sobre todo tratándose de una autoridad temporal, que no supo si ponerla en su sitio o ignorar la ofensa. Sabía lo que una mujer como ella necesitaba, si es que algún desgraciado se atrevía a hacerle el favor.

La mujer tomó su silencio por incomprensión, por lo que hizo el gesto de acercarse para retirar ella misma el prendedor. Evan levantó el brazo tan automáticamente como se prendió el broche, y ella de inmediato dio un respingo haciéndose hacia atrás, como evitando un golpe.

—Yo me encargo—le dijo Evan, tranquilo. Desencajó el broche y lo guardó en el bolsillo interno del uniforme militar. Luego se ató el cinturón con la espada, que se veía tosca en contraste con el terciopelo claro.

Si se molestó por el gesto, la mujer no dejó que se le notara.

Salió bien librada, las violaciones hacia la cortesía común de portar emblemas del clan de origen usualmente no se tomaban a la ligera, cuando llegaban a suceder. Supuso que ahora la guardia poco tenía que ver con las fuerzas armadas, aun así, la descortesía no pasaba desapercibida. Era clarísimo que no lo querían ahí.

—La agenda de su majestad es muy errática, así que guardarás el espacio designado a la reunión durante el resto de la jornada. Permanecerás en la puerta de la sala del consejo hasta que termine—dijo, y sin más se dio media vuelta y se marchó.

Evan respiró profundo haciendo acopio de paciencia y echó un vistazo a su sombra para calcular el tiempo que estaría ahí. Tiempo que perfectamente pudo haber utilizado para entrenar.

Caminó rumbo al sitio acordado, musitando sobre la inutilidad de la guardia y de cómo no aguantarían ni medio día bajo un ataque de Peréndimor, y llegado al sitio informó a los guardias en la entrada sobre la orden de sus superiores. Éstos se marcharon sin pedir más razones, dejando desierta la galería. Le pareció extraño, siendo que el resto del palacio estaba inundado de sirvientes, pero aprovechó la ocasión para echar un ojo.

Se asomó a una vitrina que guardaba los trozos de armas que ganaron guerras, sobre un banderín medio quemado de la Batalla de los Árboles. En las paredes colgaban relucientes armas de guerreros notables, dos báculos, y un enorme tapiz circular con el emblema de cada uno de los clanes de Daet, tal como se instauró cuando se exilió a los traidores al territorio de Peréndimor. Lo atravesó una sensación de orgullo y remembranza, mezclado con la nostalgia del tiempo que pasó con su abuelo visitando ese mismo lugar hacía muchos años. Ahora la sala lucía muchos objetos más, la mayoría de ellos refinados y de factura extranjera. Reconoció el particular estilo raganí en los elaborados candelabros dorados que pendían del techo, en las esculturas de cristal y en las brillantes filigranas que sostenían piedras semipreciosas de diferentes formas. A su lado, algunas armas parecían cacharros opacos que mancillaban tanto brillo y perfección.

Una sensación apenas familiar brotó de las profundidades, el amargo pensamiento de que había algo más allí que sólo objetos, como si éstos hubieran sido puestos ahí para mostrar el contraste. ¡Había tantas cosas nuevas!

Cubierta parcialmente por una enorme mariposa de oro rosa, reconoció la legendaria hacha de Tarazona, la jefa guerrera que liberó los bosques del oeste de los invasores del Cuello. Era un arma pesada, incluso para un hombre corpulento, y parecía aún conservar su filo. El arma por un lado mostraba un filo semicircular y del otro, un anguloso rectángulo de filoso acero, un hacha de trabajo y un hacha de guerra; el símbolo del actual clan Tarazona, nombrado en honor a su lideresa, y de dónde provenía el padre de Criz.

En contraste, su mirada regresó a la mariposa rosa que se interponía entre él y el hacha.

Engalanada con granates, amatistas y otras piedras preciosas que no reconoció, la joya portaba una leyenda en una lengua que le resultaba familiar, pero que no entendía: raganí. Alcanzó a ver el nacimiento de sus propias cejas de tanto que frunció el entrecejo tratando de leerla. Luego miró más allá y se percató que las mariposas se repetían en serie a lo largo de toda la pared. Todas desplegaban diferentes leyendas en la lengua extranjera.

El eco de zapatillas en el suelo de piedra lisa lo sacó de la oscuridad de sus pensamientos mientras regresaba a su punto de vigilancia con rapidez. Tres sirvientas uniformadas pasaron a su lado, cargadas con una vajilla de cerámica fina y cubiertos de plata. Les abrió la puerta de la estancia con celeridad y una de ellas se colgó de su mirada al pasar a un lado.

Se adentró en la sala para echar una ojeada antes de regresar a su puesto, más por curiosidad que porque pensara que pudiera haber algún peligro ahí dentro.

La Sala del Consejo era un título que se escuchaba frecuentemente en los círculos de poder, y mientras que en el Salón de Eleya se germinaban las leyes y decretos, según lo que le dijera su tío, era en esta sala donde se modificaban más adelante a puertas cerradas. Encajada en la base de la torre chica, que parecía flotar sobre el bosque, pegada al castillo casi por obra de magia, la sala tenía una vista magnífica de la floresta que yacía debajo. Era como si tras los ventanales emplomados hubiera una mar, verde, amarilla y granate, cuyo follaje oleaba con el aire de tanto en tanto.

La habitación, circular por la naturaleza de la torre, tenía gradas concéntricas desde el nivel de la puerta, arriba, hasta un estrado redondo en el eje de la sala, hasta abajo. Mientras que las gradas superiores eran de piedra blanca y desnuda, en las de abajo, que al parecer se utilizaban con más frecuencia, reposaban sillones mullidos forrados con seda.

Cerró las puertas detrás de sí al regresar a su sitio y al poco escuchó algo acercándose por el comedor: un par de zapatillas cuyos pasos golpeteaban el suelo con ritmo y seguridad, seguidos por dos pares más que sonaban como sandalias en un caminar más suave.

Una mujer hermosa, posiblemente de la familia Nayar, cruzó el umbral de la puerta hacia la galería. Detrás de su vestido de seda amarilla brillante, que flotaba siguiendo la cadencia de sus pasos, y una brillante cabellera negra semi recogida, entraron un par de hombres más. Evan se enderezó de inmediato al reconocer a la figura más alta: tenía un capullo marcado en el entrecejo y las manos con astas tatuadas sostenían firmemente un sencillo bastón de madera todavía con corteza.

Sándor Tecuani daba un paso por cada dos de la mujer que lo guiaba. A su lado estaba otro sujeto que Evan no reconoció, también vestido de pies a cabeza de algodón claro sin arreglos ni abalorios, más que un fetiche que parecía un trozo de cuerno con agujeros y que pendía de un cinturón igual de sencillo que sus ropas, ¿una flauta, tal vez? En la cabeza, sin embargo, ambos portaban una sutil corona de hojas a la usanza tradicional de la orden. Evan no distinguió si eran hojas reales o si se trataba de una obra de orfebrería de realismo impresionante, pero apostaba más por lo segundo.

Cercano como estaba, Sándor notó de inmediato el escrutinio de Evan y clavó su mirada en la de él.

Los ojos ambarinos, casi grises, del hombre cautivaron su atención como una polilla, no podía dejar de verlo por mucho que deseara bajar la mirada. Algo en él le resultaba tremendamente misterioso e inquietante a la vez que familiar y reconfortante.

Lo que pareció durar una eternidad se acabó en un pestañeo, Sándor apartó la vista y Evan se sintió despertar de un ensueño.

La mujer vestida que guiaba a los Sabios se detuvo frente a los invitados a dos pasos de Evan, y hasta él llegó un ligero perfume dulzón.

—Bienvenidos—les dijo—, necesito pedirles que por favor se retiren la corona en presencia de la reina.

Lo mencionó como si les acabara de informar sobre el estado del clima, continuando la sonrisa. Evan alzó las cejas ligeramente, ¿cómo podía ofenderlos de una manera tan cínica?

Apenas se notó la amargura en el gesto de Sándor y Evan trató de no reaccionar, aunque una sensación de fuego le recorrió el cuerpo.

—Aunque este palacio parezca no pertenecer a Daet, mientras estemos en mi país puedo ostentar los símbolos que representan a mi orden; sobre todo en una reunión de esta índole. Si la reina se siente amenazada por nuestra autoridad ese asunto no nos concierne—la voz de Sándor era suave, firme y profunda, como la de una criatura del Otromundo caminando entre los mortales.

La sonrisa de la mujer se fue enfriando hasta volverse una mueca forzada. Las palabras del viejo fueron tan terminantes que no se atrevió a decir más. Evan desvió la mirada, incómodo de vivir tan de cerca un intercambio tan íntimo y a la vez tan ajeno.

Ella enmudeció y tragó saliva antes de girarse despacio ante la puerta, entonces Evan se interpuso entre ella y la puerta para abrir la estancia y la mujer le dirigió una sonrisa de simpatía forzada sin mirarlo a los ojos. Los dos Sabios y la mujer desaparecieron detrás de la puerta.

Como chubasco, los recuerdos del funeral inundaron su mente: la mirada colérica de la gente levantando piedras para aventarles, la orden de desenfundar las armas y los enormes ojos de la chica al entregarle el rollo... ¡Si tan sólo lo llevara en ese momento! Aunque era una terrible idea entregarlo ahí mismo. Pésima.

El sonido de más pasos lo regresaron al presente.

Era la chica saliendo nuevamente de la Sala del Consejo, para desaparecer tras el umbral que daba al comedor a una velocidad trepidante. Se imaginó que no tardarían en llegar más personas, pero después de un tiempo se percató de que se equivocaba. Pasó un largo rato, y nadie se unió a los Sabios en la sala. ¿Cómo podían mantenerles esperando?

De tanto en tanto escuchaba siseos dentro de la habitación, como si alguien estuviera hilando en una rueca. Seguramente hablaban en voz baja. La Sala del Consejo era poco menos que una caja de resonancia que amplificaba cada palabra dicha desde la base. Si uno prestaba suficiente atención, podría hilar las palabras más claras con facilidad. Ahora tenía sentido el por qué Culén pidió a alguien de confianza hacer de guardia durante la reunión, si es que habría una del todo.

Al cabo de lo que le pareció una eternidad, un barullo lejano de voces, una docena de zapatillas, y el roce de las telas al caminar comenzó a acercarse, seguido de un grupo nutrido que se aproximaba desde la habitación contigua.

Primero cruzaron la puerta un par de guardias, seguidos por un hombre alto con la misma característica piel blanca y cálida, y el cabello azabache de los Nayar. El príncipe tenía los mismos ojos turquesa de su madre, su afilada nariz y el porte al caminar. La mirada altiva y la decisión de sus pasos traicionaba su fama de ser sereno. El hombre venía acompañado de un par de hombres de armas, uno aparentaba la misma edad que Evan y otro al menos diez años más.

No se trataba de guardias, sus atuendos lujosos indicaban más bien ser familiares que tal vez fungieran como tal. Detrás de ellos pasaron rápidamente dos hombres más de vestimenta extranjera con un emblema de un ave negra en el pecho. ¿De dónde provenían las voces femeninas, entonces?

Antes de terminar de formularse la pregunta, un séquito de damas de compañía, tan acicaladas como la primera en llegar, cruzaron el umbral hacia la galería. Seguidas de inmediato por ellas, entró otra mujer flanqueada por cuatro guardias más.

Había algo en la reina Anturia que le daba la impresión de ser una escultura viviente. Lo cautivó la perfección de sus rasgos a pesar de su edad, los pasos ligeros que la llevaban casi flotando de un lado a otro, los cabellos negros vueltos plata perfectamente acomodados, y un par de brillantes ojos turquesa que se fijaban en todo y en nada al mismo tiempo.

Le acompañaba de cerca un hombre barbado que portaba una vestimenta extraña. Su nariz, grande y recta, desentonaba con un par de ojos pequeños y claros. El cabello rubio se había vuelto un manojo cálido de canas castañas bien peinadas, a juego con el vello facial que conectaba un bigote poblado con una barba corta.

Tan pronto como lo vio, el hombre le regresó la mirada para regresarla casi inmediatamente a la reina y dirigirle una sonrisa pícara. Justo detrás, reconoció el rostro cuadrado, las cejas pobladas y la barba cerrada de Nándor Culén. Eso hacía al hombre canoso que acompañaba a la reina el embajador raganí.

¿Qué asunto tendría que ver un embajador, que acudía a una fiesta quinquenal, con los Sabios?

Los guardias del príncipe se colocaron a cada costado de la puerta, al lado de Evan. Los imitó cuando inclinaron la cabeza en una reverencia para dar paso al cortejo real. Era una tontería aquello, ¿cómo iba a reconocer un riesgo potencial si no miraba al rostro de quienes ingresaban en la sala? Levantó la mirada hasta que hubieron entrado todos, quedando fuera tan sólo algunos guardias y damas de compañía que se apresuraron a salir entre cotilleos.

Pasado un corto tiempo apareció otro hombre sin guardias. A zancadas, se aproximó rápidamente a la puerta de la sala. Parecía malhumorado.

Más de cerca, Evan le reconoció inmediatamente, era Médomar Potomac, quien no esperó a que le abrieran la puerta, sino que entró con diligencia por sí mismo sin esperar reverencias ni bienvenidas.

Eran todos ellos, recordó, los involucrados en la disputa el día del funeral. Seguramente se reunían para solucionar el asunto. Tal vez se trataba de una disculpa hacia los Sabios; aunque, por otro lado, nada en sus rostros indicó concordia o diplomacia, sino todo lo contrario. Algo ahí no cuadraba, y por alguna absurda razón sentía que los Sabios, aún con la protección de su estirpe, se encontraban en una posición vulnerable. Era una idea estúpida y carente de fundamento. Pero algo dentro de él se removió, incómodo.

Una mujer que había permaneció en la galería leyendo las inscripciones se retiró como si se le hubiera ordenado tal cosa y sólo quedaron Nándor y Evan, uno a cada lado de la puerta.

Nándor, quien también portaba el uniforme de la guardia real, dio un cabeceo en su dirección.

—Evan—saludó con un susurro—. Ya nadie más puede ingresar a la sala a partir de este momento—informó. Evan dio un cabeceo de acuerdo.

En un principio la reunión pareció transcurrir sin contratiempos. La voz admonitoria de un hombre mayor que parecía leer en voz alta fue todo lo que se escuchó durante un largo rato, con pocos silencios e intervenciones esporádicas. Evan pasaba el peso de su cuerpo de una pierna a otra por cuarta vez cuando escuchó a una mujer elevar la voz.

—¡De ninguna manera! —atronó la voz de la reina en las paredes de la habitación, y fue seguida por la voz grave y estruendosa de Potomac.

Evan sentía que volvía a repetirse la escena del funeral, ahora a puertas cerradas; como si fuera una danza coordinada donde los roles se repetían una y otra vez. Si su intuición era correcta, los Sabios nuevamente quedarían en desventaja. Por lo menos esta vez no estaba viendo todo el pueblo.

Ya había comenzado a irritarse por el tono en que se dirigían a ellos, cuando él mismo se frenó y descartó sus pensamientos. No tenía manera de estar seguro, en realidad, todo lo que pasaba por su mente eran suposiciones basadas en el aburrimiento de la guardia.

Giró suavemente para ver si Nándor también escuchaba, pero su atención estaba clavada en el exterior.

Evan volvió a parar oreja y las únicas palabras que susurraron las ranuras de la puerta más tarde sugerían algo relacionado con el Consejo de Clanes, el funeral y el inicio de la cumbre. Las intervenciones de Sándor Tecuani eran indescifrables, su tono de voz era suave y quedo, como obligando a la conversación a permanecer dentro de los límites de lo decoroso; pero cada vez que hablaba la respuesta que recibía parecía ser a propósito en el tono contrario.

Tras un largo rato de discusión, Evan cayó en la cuenta de que era un juego de poder, y los Sabios parecían estarlo perdiendo dentro de esa habitación.

Después de otra intervención en voz queda se hizo un silencio sepulcral. Duró tanto tiempo que Evan dudaba de si habían salido todos por alguna escotilla secreta en el fondo del anfiteatro; y momentos después las puertas se abrieron de golpe y los Sabios abandonaron la sala con paso rápido y decidido.

Las puertas se quedaron abiertas de par en par y lo único que los siguió fue una suave brisa cálida del interior de la sala.

Para cuando los dos hombres cruzaron el umbral de la puerta hacia el comedor, parecieron todos recuperar el aliento y de súbito se elevaron las voces dentro de la habitación hasta llegar al estruendo. Nándor miró escandalizado a Evan mientras tomaba una de las hojas de la puerta para cerrarla, solicitándole que hiciera lo mismo con la otra.

—¡¿Cómo se atreven?!—retumbó una voz.

—Son obsoletos, y lo saben— alcanzó a escuchar Evan justo antes de cerrar la puerta.

Poco después, las puertas volvieron a abrirse de par en par, pero nadie salió, sino que todos permanecieron en el umbral.

—Tu derecho al trono es innegable—mencionó el embajador. ¿Se estaría dirigiendo al príncipe Pátrak?

—De nuevo revivimos el día de la boda, ¡todo se repite! ¡Esos opositores retrógrados! —rugió la reina, sabiéndose en la intimidad de sus allegados de máxima confianza. Pero calló a la siguiente palabra, como si alguien le hubiera hecho una seña de que las paredes oyen.

Un instante después el príncipe salió de la sala codo a codo con Potomac, quien le hablaba en voz baja. La reina salió escoltada por el embajador raganí, quien parecía explicarle algo en voz baja. El hombre la consolaba como a una viuda y le susurraba de cerca en su idioma. Desaparecieron detrás de la puerta del comedor y Nándor se alejó con ellos, detrás de su protegido. El silencio volvió a reinar en la galería y Evan se quedó completamente solo de nuevo.

Una oleada de intranquilidad recorrió su cuerpo.

¡¿Qué diablos había sido todo aquello?! Nunca se hubiera imaginado tanta discordia a la cabeza de Daet.

En el ejército era muy distinto. Durante las reuniones nadie perdía los cabales, y los rangos se respetaban a rajatabla. Aunque todos los que estaban en la reunión gozaban del más alto rango social, nunca hubiera soñado siquiera con que alguien pudiera levantarle la voz a un Sabio. Todo ello lo perturbaba de una manera que no alcanzaba a dimensionar.

Ingresó a la sala donde todo ocurrió y sintió la tensión como si permaneciera flotando fétida. Incluso ya vacía la estancia aún se palpaba el aire viciado.

Miró por la ventana hacia "la escalera"; y allá lejos alcanzó a ver a dos Sabios vestidos de blanco sobre mansas monturas manchadas, alejándose con prisa del palacio.

Capítulo 4
La búsqueda del sabio

PREPARÓ LAS FLECHAS ENTRE los dedos de la mano izquierda, tomó el arco con la derecha y espoleó al caballo. Lo sintió ganar velocidad entre sus muslos e hizo tensión para adaptarse al movimiento natural del *tacatán, tacatán, tacatán*. El caballo aumentó la velocidad, adoptando la posición de carga que practicaban una y otra vez. Evan tensó el arco, listo. Se acercaban con velocidad a la diana. Calculó la distancia y comenzó a disparar una flecha tras otra. Primera flecha, fallo. Otra, en el blanco. En el blanco. Pasó de largo la diana y giró el cuerpo con rapidez para seguir disparando. Fallo. Fallo. Fallo. Se acabaron las flechas.

—¡Maldita sea! —masculló, jalando ligeramente las riendas para que Mensajero bajara la velocidad.

Se apeó sin esperar a que se detuviera del todo y trotó hacia la diana para recuperar las flechas. Era su novena carrera y seguía fallando casi la mitad de los tiros. ¿Qué rayos le sucedía? Estaba desencajando las flechas de la madera cuando algo llamó su atención a lo lejos, en las vallas de la pista de tiro. Se encontró con la nariz respingada y la mirada penetrante debajo del par de cejas espesas y oscuras de Nikker, quien no le quitaba los ojos de encima. Le sostuvo la mirada a la distancia, pero el otro no se inmutó, permanecía trepado en la valla de troncos. «¿Y ese qué quiere?» No era la primera vez que lo miraba durante sus entrenamientos. Terminó de recolectar las flechas, tomó las riendas del caballo y se dirigió al establo.

El olor a alfalfa fresca y estiércol lo transportó de inmediato a la cuadra de su padre, cerca del jardín medicinal de Alina, ahí donde habló con Mélia hacía unos días sobre el regalo del último intercambio. Exasperado, se forzó a volver su atención al presente cuando se percató de que divagaba de nuevo. Había sido así toda la mañana, la mínima distracción lo llevaba flotando a la deriva, sin poder concentrarse. El resultado fue patente durante el entrenamiento, pues pasó más tiempo recuperando flechas perdidas que disparando; y eso que el objetivo estaba estático, las pruebas con las dianas colgantes serían su perdición.

Se quitó el carcaj de la espalda con un movimiento violento y Mensajero respingó. Le rascó la frente para tranquilizarlo y exhaló con fuerza. El tiempo se acababa, el torneo estaba a punto de iniciar y su desempeño era patético. Como caballo terco y errante, su mente lo llevó nuevamente hasta un rincón desconocido en el bosque, donde dos coronas de hojas de roble estaban infestadas de moscas que se daban un banquete en la sangre viscosa que las recubría. Volvió en sí de golpe al sentir que alguien tomaba las bridas del caballo de entre sus manos. Fédric, el mozo de cuadra, le miraba como esperando una respuesta, ¿le había dicho algo? Evan asintió de cualquier manera, le dio las bridas y miró a Mensajero alejarse con parsimonia detrás del joven. Se sacó el arco por el cuello y luego la camiseta impregnada de polvo y sudor. Se echó un cubo de agua fresca en los bebederos, se enjuagó la boca y escupió a un lado mientras se tallaba la cara con manos ásperas.

Por lo visto, Brenda no tuvo un mejor entrenamiento que el suyo. Estaba cubierta de tierra desde la bota hasta el cabello, sólo de un lado del cuerpo, y su uniforme tenía marcas verdes de haberse tallado contra la hierba.

Al verla, Evan alzó las cejas y la chica intentó una sonrisa que salió como una mueca.

—No preguntes—dijo ella.

Su boca, capaz de una amplia sonrisa, no era más que una línea mientras se deshacía la trenza de su larga melena gruesa y castaña, sacudiendo briznas de hierba seca. Evan enjuagó y exprimió su camisa para volvérsela a poner. Luego volvió a llenar el cubo de agua para que Brenda se enjuagara, echando una mirada en derredor para ver si no había moros en la costa, como siempre. No le gustaba tener atenciones con Brenda que pudieran insinuar alguna relación, si es que eso lo era. Los soldados tenían estrictas órdenes de no relacionarse entre ellos con ningún otro interés que no fuera el de colegas dentro de la Villa.

—Me dijo Zorro que tendremos dos días francos—le dijo ella, desempolvando sus pantalones.

Evan ladeó la boca.

—Supuse que después de los tres días de luto no saldríamos hasta terminado el torneo—dijo.

—¿Subirás al clan? —preguntó ella con una sonrisa tentadora, oteando también en derredor.

Aunque el clan Womak y el Alcotán quedaran a poca distancia, esta vez Evan no creyó posible dar un rodeo en los arbustos para tener algo de intimidad.

—No lo sé, no creo—respondió distraído, Nikker los miraba de nuevo con atención. No era el mejor momento para decirle que tenía que ir a la Villa de los Alban, y lo que menos quería era que el otro se le acercara; no tenía suficiente paciencia para lidiar con él. Alejándose con naturalidad agregó:

—Te veo en la arena.

—…yo prefiero ir a la calle de la alegría a que me ayuden a relajarme— dijo Dino a Zorro con una mirada sugerente. Antes de sentarse, Evan posó en la mesa su gran tazón de caldo con cerdo y arroz, y soltó varios bollos sobre la rústica tabla de los comedores.

Criz se chupó la grasa de los dedos

—¿Vas a subir al clan? —le preguntó a medio masticar.

—No, tengo que ir al norte—le dijo Evan, antes de meterse medio bollo a la boca.

—¿Al río? —Criz partió el pan en dos y remojó el migajón en la sopa.

—Más allá. Tengo que llevar a Alina a la Villa de los Alban—mintió. Criz lo miró por un momento.

—Yo los acompaño—respondió con interés.

—Bien— fue lo único que dijo. Ya le diría luego de qué se trataba el viaje realmente.

—Zorro se queda de guardia. — La risita burlona de Dino lo decía todo.

—¿Cuántos créditos te faltan? —preguntó Evan, recordando los mil créditos de servicio que necesitaban para poder calificar como contendientes en el torneo, y que las guardias nocturnas se pagaban al doble.

—Más de los que quiero admitir—dijo Zorro sin emoción, y Evan se fijó en la profundidad de sus ojeras.

—Vas a tener que limpiar letrinas si no te apuras—anunció Criz.

Zorro se limitó a hacer una mueca. Sabía que tenía razón.

—Recomiendo que vayan armados—dijo el pelirrojo—los caminos al norte ya no son tan seguros como antes, ya van varias ocasiones en las que encuentran más cadáveres de lo normal—dijo Zorro, lúgubre, cambiando de tema.

—No creo que nos pase nada—descartó Criz—, ¿nos da tiempo de ir y regresar en dos días? —preguntó a Evan.

—Si salimos lo suficientemente temprano mañana, sí, pero tendremos que llevar buen paso.

Criz asintió, vació el vaso a tragos largos y eructó con fuerza.

—Los veo en la arena—anunció antes de levantarse, haciendo peso en la mesa.

—A ver si va nuestro admirador—mencionó Dino mientras chupaba un hueso.

—Me tiene harto, no sé qué se trae—respondió Evan después de sorber el caldo—, ahí estaba hace un rato, en el campo de tiro. No hace nada, sólo se queda viendo como idiota.

—Tal vez está aprendiendo nuestras debilidades para el torneo. No me extrañaría que pretendiera beneficiarse de nuestras fallas—razonó Zorro.

—Mejor que deje de vernos y se ponga a practicar. Podrá ser bueno en lucha, pero si no deja de perder el tiempo, hasta Zandra podrá derribarlo— dijo Evan.

—Creo que Zandra podría derribarme a mí. ¡La mujer es un jabalí! —añadió Dino con un movimiento de cejas.

Zorro prorrumpió en carcajadas.

—¡Tú lo sabrás mejor que nosotros! —dijo con una mirada sugestiva.

Evan se unió a las risas cuando Dino enrojeció un poco ante la insinuación del pelirrojo.

El ruedo, contenido por gradas e iluminado con antorchas, creaba un lugar magnífico para pelear en la frescura de la tarde. Apenas contaban con unas horas antes de la llamada a los cuarteles antes de los días francos y del inicio del torneo. Las gradas estaban repletas, había risas y silbidos, y el escándalo crecía conforme se nutría el público. Se había corrido la voz de que una de las Yntaura se prestaría como árbitro para una práctica de lucha. Áuriga era la experta en esa disciplina y finalmente cedió ante los ruegos continuos de la camada de dieciséis contendientes por el título de Yntaura para hacer un simulacro del torneo. Desde las primeras gradas, Evan la veía con atención: en cuclillas dentro del ruedo, a unos pasos de dos soldados que luchaban en lo que se reunían todos los contendientes. De tanto en tanto corregía técnicas, gritaba órdenes y recordaba las reglas.

Por mucho que Zorro odiara mostrar su cuerpo semidesnudo, alegando que se burlaban de las pecas que lo cubrían, fue el primero en ponerse los calzoncillos y la faja de piel alrededor de la cintura. De cualquier manera, no era como si tuviera muchas oportunidades de percatarse de cómo le miraban los espectadores, o de escuchar los comentarios despectivos desde las gradas; tenía suficiente en qué pensar con su primer oponente: Artham. Era considerablemente más bajo que él, pero tenía el doble de músculo. Por otro lado, Zorro era un hombre rápido y escurridizo, y su técnica consistía en mantener una defensa persistente hasta cansar al oponente y, ya que estuviera débil y cansado, hacer alguna llave para inmovilizarlo. Por lo que recordaba, Artham solía confrontar a su oponente desde el inicio, a veces derribándolo tras una carga furiosa e inmovilizándolo ya que estaba en el suelo. Tras la marca de inicio, y como Evan lo predijo, Artham se dio a la carga contra Zorro, quien detuvo varios golpes dirigidos a la cara y el hígado, hasta que Artham lo pescó por unos momentos. Zorro se liberó y comenzó a bloquear otra serie de impactos con una velocidad admirable. Áuriga bramaba una observación tras otra *¡Buena guardia! ¡Sube el ataque, no te quedes en las costillas! ¡Artham, mueve más los pies, no olvides usar los codos!* En un pestañeo, Artham alcanzó a golpear la quijada con fuerza y Zorro perdió el equilibrio, facilitando a su oponente el dejarlo atrapado entre la arena y su cuerpo, dejándolo fuera de la pelea.

Hubo risas y abucheos desde las gradas atiborradas. Ver entrenar a los Yntaura era una delicia para los soldados que Evan también había disfrutado desde lobato; un despliegue de habilidades y técnicas que resultaba motivador y entretenido para cualquiera.

—¿Quién sigue? —preguntó Áuriga al aire—. Bruno, elige a tu oponente—ordenó.

El hombre, robusto como pocos, miró entre los contendientes y clavó su mirada en Evan. Luego echó una ojeada discreta a Nikker.

—¡Gléantan! —bramó el hombretón.

Algunos expresaron su emoción cuando Criz se levantó de su asiento. No era inusual que lo eligieran como oponente. Era un reto personal para algunos, creía Evan, vencer al gigante rubio en la arena.

—Les advierto, quiero una pelea limpia—amenazó la entrenadora tan pronto Criz estuvo frente a su oponente.

Bruno cargó contra Criz tan pronto como la mujer dio la señal de inicio. Evan rio al ver la cara de su amigo al recibir el peso del otro en las costillas, le había sacado el aire. Criz cedió al empuje de Bruno, lo tomó por los hombros y giró con rapidez. Bruno salió disparado al otro lado, se recuperó y se acercó de nuevo para volver a la carga. El rubio mantuvo la guardia, su fuerte no era cansar al oponente, como Zorro, más bien aprovechaba la fuerza del contrincante para utilizarla en su contra.

Bruno lanzó un golpe hacia el torso de Criz, éste lo esquivó, frenó el impulso de Bruno hacia delante, tomándolo por los hombros, y de inmediato puso una pierna entre las de Bruno, haciendo una tijera. En un parpadeo, Criz azotó al hombre contra el piso. Lo aprisionó con la rodilla y marcó los golpes en cuello, cara y pecho.

Si la lucha se midiera por puntos, seguirían durante horas entre ataques y contraataques hasta que ambos acabaran jadeando en el suelo, pero la lucha daetana era más bien para derrotar al oponente en la menor cantidad de movimientos posibles. Casi todo estaba permitido, y se podía hacer uso de un amplio abanico de técnicas para vencer al oponente. Era una cuestión de adaptabilidad e ingenio por sobre el perfeccionamiento de una serie de movimientos.

—¡Siguientes! —declaró la entrenadora—. ¿Dónde están mis chicas? ¡Lorana, Zandra, las quiero en la arena ahora!

Las aludidas bajaron entre gritos de ánimo y Evan avanzó en su asiento para observar atentamente las tácticas femeninas. Dado que en la mayoría de los casos su fuerte no era la fuerza o el peso, dependían de la agilidad y el alcance que les daba la flexibilidad y la destreza. Ya había notado que sus golpes eran más limpios a la vez que estratégicos; así como sus enfrentamientos duraban por lo general más tiempo que los de los hombres.

Ya en la arena, Lorana avanzó con pasos metódicos, bloqueó con el antebrazo un golpe alto de Zandra y se inclinó para hacer una patada circular. Zandra cayó al piso con toda su altura, se rodó en la arena y se levantó de inmediato. Lorana lanzó otra patada, pero Zandra tomó su pierna y marcó un golpe en la rodilla que posiblemente la hubiera dejado inhabilitada. La entrenadora marcó la terminación de la pelea, y tras instruirlas, reiniciaron el combate.

—¿Se está poniendo bueno? — Dino acababa de llegar a sentarse a su lado, ya se había cambiado también. Llevaba el cabello, que llegaba a los hombros, atado con una cinta de cuero y la nariz se apreciaba aún más ancha y chueca que de costumbre.

—Primero entraron Zorro y Artham, luego Criz y Bruno, y ahora Zandra y Lorana—anunció Evan, regresando la vista a los pies de Lorana, que se movían con la rapidez de una bailarina.

—¿Criz y Bruno? Me hubiera gustado ver eso.

Evan no le respondió, miró cómo Lorana giró sobre su eje y lanzó una patada circular a la quijada de Zandra. El público hizo eco al golpe en lo que Zandra caía.

—Zandra confía demasiado en su estatura—concluyó Evan—, las mujeres pequeñas son rápidas con las piernas y prefieren patear y caer con tal de alcanzar la cara de su oponente—agregó. No olvidaría eso por si le tocaba pelear contra una de ellas en el torneo. Ya había notado las técnicas que les enseñaban a las mujeres en entrenamiento con Brenda anteriormente, pero verlas en combate era distinto.

—¡Siguiente! —exigió Áuriga.

Dino bajó a la arena y Gaián siguió rápidamente tras él. Se colocaron a una brazada de distancia y se dio la señal de inicio. Gaián lanzó un golpe tras otro, tenía un excelente gancho, pero la especialidad de Dino era esquivar con rapidez hasta dar uno o dos golpes contundentes en su oponente. Con cada golpe al aire, Dino permitió que se acercara Gaián cada vez más y más, hasta que lo tuvo suficientemente cerca; entonces, Dino tomó el brazo del otro y lo torció hasta que lo aprensó por la espalda, luego dobló la pierna entre ellos y lo alejó con una patada con mirada divertida. El otro se arqueó a la vez que frenaba el impulso y se acercó nuevamente a él con la guardia a la altura del pecho.

—El cuello—dijo Evan para sí— ¡Al cuello, Dino! —gritó entre las otras voces.

Le haya escuchado o no, su amigo esquivó otro golpe que destapó la guardia del otro, y con un giro, dio un codazo al tipo en la mandíbula. Su oponente trastabilló y Dino aprovechó para terminarlo con una patada que dejó a Gaián jadeando en la arena fina. Se dio por acabado el encuentro y Dino se limpió la boca con una sonrisa. Evan le devolvió la sonrisa desde las gradas.

—¡Womak, tú sigues! — Escuchó decir a la general.

Evan bajó de inmediato y sintió los ojos de Nikker clavados en él mientras se vendaba las manos. Se acomodó el grueso cinturón de piel que sostenía los calzones en lo que Dante se acercaba a la arena para combatirlo. Repasó lo que sabía de Dante en lo que se acercaba a él: era un tipo casi de su altura, pero mucho más denso que él. Tenía la espalda amplia y poderosa, y los brazos cortos pero anchos; era un triángulo invertido con las piernas delgadas en desproporción. A menos que fuera bueno balanceando su peso, o si no cuidada su guardia baja, no debería ser difícil derribarlo. Soportaría muchos golpes en el abdomen y la espalda, ni para qué cansarse tratando ahí. Su fortaleza parecía ser tanto el aguante como la fuerza, y si resultaba ágil con las piernas podría ser peligroso.

Inició el combate y el hombre mantuvo su posición, apoyando la teoría de Evan. Entonces probó su guardia, acercándose sólo durante el instante de un golpe al pecho que el tipo apenas bloqueó. Se confiaba demasiado. Evan no quería acabar con él demasiado rápido, había ido esa noche a aprender sobre sus oponentes, no a ponerlos en su contra o a lucirse noqueándolos de inmediato. Sin embargo, parecía que el otro sólo estaba esperando a reaccionar a sus golpes.

Dieron un par de vueltas sin mucha interacción, casi sólo midiéndose el uno al otro.

—¡Ya muévanse! —gritó alguien desde las gradas, seguido por risas.
Dante se acercó, Evan se puso en guardia, dando círculos en la arena.
«*¡Vamos hombre, haz algo!*»
El otro lanzó un golpe al cuello y una patada alta casi al mismo tiempo.
Evan los bloqueó, perdiendo la paciencia.

—¡Acábalo Womak! — Esa era la voz de Brenda.
Quería esperar, pero de cualquier manera no creyó aprender mucho
más de su oponente ese día.

Alzó la guardia, Dante avanzó a pasos metódicos y lanzó un golpe
fuerte hacia sus costillas. Esquivando el golpe a un pelo de su cuerpo,
Evan lo tomó del brazo, como si de un tronco de roble se tratara, y lo
lanzó sobre su espalda como si fuera un bulto de harina. Dante quedó
en el piso detrás de él y Evan se giró antes de que el otro se acabara de
incorporar. Entonces plantó su pie en el pecho de un Dante que no se
había terminado de levantar y lo impulsó hacia atrás con fuerza en una
patada al pecho. El otro trastabilló hacia atrás tratando de recuperar el
equilibrio y luego cargó de nuevo como cimarrón. Evan dio varios golpes
entre el torso y los hombros tan pronto lo tuvo cerca, y cuando Dante
no hizo más que bloquear sus golpes en una guardia alta, Evan bajó de
inmediato y pateó en círculo, barriendo los pies del oponente. Sintió el
suelo vibrar con la caída de Dante, a la vez que oyó el eco de su ataque
en las voces de las gradas.

Antes de que se levantara su oponente, montó su pecho, inmovilizando
sus piernas con los brazos, y el combate se dio por terminado. Evan se
levantó y le dio la mano para ayudarlo a pararse.

—Buena patada, Womak. ¡Dante, muy lento! Cuida la guardia baja,
eso es de principiantes—declaró Áuriga.

Evan se quitó las vendas de las manos y se encontró con Criz al borde
de la arena.

—Parecía baile de cortejo—se burló el rubio.

—Quería aprender cómo pelea, pero me desesperó.

—*mmhm.*

Las prácticas de combate duraron hasta pasado el crepúsculo. Brenda
peleó con Ivór, Zorro con Dilek y luego retaron un par de veces más

a Criz sólo por las apuestas clandestinas. Con un par de moretes y algunas monedas bajo la manga, Criz y Evan regresaron a los cuarteles, completamente agotados.

—Piensas demasiado, ese es tu problema—le soltó Criz.

—Y tú sólo reaccionas.

—Pues me funciona mejor que a ti—declaró el rubio.

 Su tono condescendiente lo irritó un poco.

—Apostaría a que sería fácil vencerte con una buena estrategia.

—Tú y tus estrategias no sirven en la arena, Evan ¡Alguien rápido y tan fuerte como tú te noquearía en instantes!

Era la discusión de toda la vida, y no pensaba repetirla. Mientras más se alborotaba Criz, más difícil era razonar con él.

—Eso tendría que verlo.

—¡Echa un ojo a tu memoria, entonces! —dijo su amigo, aludiendo a decenas de peleas que tuvieron creciendo juntos. Podría ser que Criz se hubiera desarrollado mucho antes que él, lo que le dio ventaja durante años, pero ahora estaban a la par en fuerza y habilidad y suficientemente cerca en altura; su principal diferencia era la técnica.

—Eso es ridículo, en la arena tienes que seguir reglas, no pelear sucio como siempre lo hacías.

—Volvamos al ruedo y demuéstralo. Muéstrame que estoy mal— retó Criz, deteniéndose de pronto, frente a la puerta entreabierta del almacén, desde donde se alcanzaban a ver los guacales llenos de petos y armaduras.

Evan negó con la cabeza con una sonrisa afectada. La voz de Criz adoptaba siempre un tinte achispado después del entrenamiento, era como si tuviera sed de seguir peleando una y otra vez; no le era suficiente el combate limpio de un torneo. Su actitud podía ser redituable para las apuestas en las peleas de bar cada que tenían días francos, pero no servía en el ejército, y menos en ese momento.

—Mañana será un día pesado, tenemos que salir al alba —le dijo Evan, retomando el camino.

Criz sonrió con sorna y Evan le miró sin diversión.

—Cierto, la Villa de los Alban—cedió Criz—¿dónde nos veremos con Alina? —. Su gesto se transformó en instantes, se veía achispado, pero de otra manera.

—No la veremos—confesó—, no quise decirlo frente a los otros, pero no voy para llevarla con los Sabios.

Criz frunció el ceño y siguió escuchando.

—¿Recuerdas el regalo del último intercambio? —preguntó. Criz asintió, serio y atento, y Evan bajó la voz: —Necesito ir a entregarlo a la Villa de los Sabios; o eso es lo que me dijo la maestra de Alina.

—¿Nos dará tiempo en dos días?

—Más vale que sí—dijo con un cabeceo—, necesito ir a dejarlo antes de que comience el torneo—dijo, y sólo de imaginarse deshaciéndose de esa carga le quitó un peso de la espalda.

—Bien, la pelea espera, pero algún día tendremos que ver quién tiene razón.

Evan asintió sin darle importancia y entró en su cuartel a poner orden en el alboroto audible desde el camino de grava.

Los gallos en las afueras de las cocinas hacían escándalo desde muy temprano. Normalmente se beneficiaba del canto proveniente de los gallineros para despertar a correr, pero para cuando comenzó el cacareo ese día, Evan ya llevaba un rato despierto y su fardo de viaje estaba listo. Se enfundó una camisa y pantalones de lana, fijó el ya familiar tapiz de cuentas lisas y frías contra su espalda y se calzó las botas de doble forro antes de cubrir sus hombros con una capa gruesa con capucha, que sujetó con el broche de bellotas.

Desayunaron los restos fríos de la cena en un comedor vacío y pidieron dos caballos en las caballerizas con su oficio de día franco firmado por Culén.

—Zorro está en la puerta sur—recordó Criz con una risita burlona ya que iban de salida.

Se dirigieron hacia el enorme enrejado del castro, y antes de montar, Criz dio un codazo a Evan y señaló el muro con la barbilla. Una figura familiar dormitaba en la atalaya.

—¡Cuidas del fuerte por nosotros, lobato, no te vayas a quedar dormido! —gritó Criz a todo pulmón. Evan se percató del sobresalto de Zorro y del de los otros guardias, y un perro ladró en la distancia.

—¡Púdrete, Gléantan! —respondió riendo la espigada silueta en la negrura. Zorro gritó un par de improperios más y les abrieron la puerta.

Criz y Evan hicieron el saludo del ejército antes de salir y rodearon los altos muros de piedra en dirección al este.

Parecía que el invierno no se quería despedir de Daet. La continua brisa helada del norte les acartonaba la piel de la cara y hacía incómoda la respiración, por lo que aminoraron el paso hasta que el tenue sol templara el aire. Exhalando una nubecilla de vapor con a cada palabra, bajaron a los campos de arado en reposo y tomaron algo de yesca de los pajares de maíz que estaban desperdigados por el terreno. Iban bordeando los pequeños grupos de casas entre los clanes a la orilla del camino, cantando tonadas de bar. Luego dejaron la vía principal y jugaron con el eco de sus voces al recorrer los pedregosos cañones que en temporada de lluvias habrían de formar un nutrido río de temporal. Acotados por riscos desde cuyas orillas se asomaban macizos de lavanda, rieron y remembraron anécdotas de su infancia luego de que Criz relatara su última conquista.

Conforme remontaron el camino hacia el norte, pasado el mediodía, llegó a ellos el humo perfumado de las chimeneas del asentamiento de los comerciantes en las afueras del clan Mil Fuentes, señal de que el transbordador del río Laeth no estaría demasiado lejos. Horas más tarde, cuando Evan comenzaba a cansarse de la cadencia constante, llegó a él el murmullo de aguas profundas y el familiar olor a madera húmeda y guijarros enmohecidos. Llegaron a la orilla del río cuando faltaba poco para el crepúsculo y hasta ese momento no se dieron cuenta de que se habían desviado demasiado hacia el este y que todavía habría que remontar río arriba para encontrar al barquero.

Con el ancho río turquesa a sus pies, alzaron la vista hacia los picos nevados de la cordillera del Guerrero Dormido, teñidos de naranja bajo un cielo sin una sola nube que sobreviviera a tanto viento. La cordillera era visible desde cualquier punto de Daet, incluso desde los valles del sur, y desde sus faldas se apreciaba de proporciones titánicas, abarcando prácticamente toda la vista.

—Seguramente ya partió la última barca—comentó Criz algo abrumado—y ya no aguanto la tripa.

—Yo tampoco. Creo que será mejor acampar y cruzar el río mañana.

Se apearon de los caballos y los ataron en un bosquecillo de encinas, necesitaban enfriarse antes de beber. Cuando se inclinó a llenar una bota en el río, notó la escarcha que se estaba formando en el borde más superficial del agua. Sería una noche gélida. Reunieron suficiente madera para mantener el fuego hasta el amanecer y asaron unas cuantas ranas de río y unas castañas tan pronto como se lograron las primeras brasas en la hoguera.

Por un largo rato permaneció cada uno en sus pensamientos. Todo lo que Evan oía era a sí mismo al masticar, el canto de los insectos nocturnos y el constante crepitar de la leña al quemarse. Sólo de pensar en dejar el regalo del rey en la Villa de los Sabios le trajo una oleada de optimismo. Terminado el asunto podría volver a concentrarse en su entrenamiento, justo a tiempo para el inicio del torneo. No había reparado, hasta ese momento, en la angustia que le generaba el tener el rollo bajo su cuidado, y sabiéndose próximo a deshacerse de él, volvió la mente hacia el entrenamiento de lucha, refrescando su recuerdo sobre las tácticas que usaba cada contendiente.

—¿Te diste cuenta de que Nikker no peleó sino hasta que ya nos íbamos? —preguntó a Criz.

El hombre estaba chupando el hueso de un anca y gruñó con desinterés.

—Ha estado siguiéndome en los entrenamientos—agregó Evan, mientras removía las brasas para sacar una castaña humeante que empezaba a chillar.

—A mí también—dijo Criz, despreocupado—, no tiene nada mejor que hacer—. Con un movimiento de ojos soltó el tema—¿Es eso lo que traes? —le preguntó. Evan lo miró, perplejo—llevas todo el día en las nubes. No quiero sonar como tu novia, pero estás raro—añadió.

Evan torció la boca hacia abajo. Creía estar bien, incluso optimista por deshacerse del rollo. Tal vez fuera eso. Entonces recordó que no le había comentado del tema.

Sacó el rollo de su escondite y se lo pasó a Criz.

—¿Es lo que vamos a ir a dejar? —preguntó con interés, limpiándose las manos en el pantalón antes de tomar el rollo.

Evan asintió con un gutural *Mmhm*.

Criz observó el objeto con atención sin deshacer el complicado nudo. Las piedras reflejaban los tonos cálidos del fuego y las cuentas, que parecían estar hechas de metales preciosos, daban la impresión de iluminarse desde dentro.

—¿Qué es?

—Parece un tipo de tapiz. El diseño es lo más elaborado que he visto y cada cuenta fue pulida con mucho cuidado. Prefiero no saber cuánto costaría comprarlo a un orfebre, son miles de cuentas.

—Mejor guárdalo antes de que algo le pase.

Escucharon una rama grande quebrarse en la negrura del bosque y ambos se silenciaron de golpe. Evan regresó el rollo a sus ropas en silencio y acercó la mano a la espada que descansaba a su lado, oyendo atento. Se miraron el uno al otro, pendientes de si uno podía oír lo que el otro no. Al cabo de un rato decidieron que seguramente habría sido un coyote o algún otro bicho.

—Hay algo más que me ha tenido tenso—confesó Evan.

Criz lo miró con interés. Le irritarían algunas partes de la historia, pero tenía que sacarlo.

—Lupo me asignó la guardia de una reunión importante—dijo Evan fijándose detenidamente en la expresión de Criz; él no lo decía, pero le irritaba sobremanera que Lupo tuviera consideraciones especiales con Evan, y con buena razón. Esta vez Criz no se inmutó.

—Resultó ser una reunión en el Nido del Águila, con la reina y unos cuantos más—siguió Evan—Fueron un par de Sabios a la reunión—agregó. Criz se encogió de hombros, como preguntando qué tenía eso de importante—. Durante la reunión tuvieron un desencuentro. La reina salió furiosa de la sala, diciendo que no querían coronarlo... Me imagino que se referían a su hijo—Criz lo miraba entre interesado y molesto—, pero antes de ella salieron los Sabios como desbocados, como si hubieran sido profundamente ofendidos.

Se hizo silencio. Criz escuchaba con la mirada perdida en el fuego.

—Creo que desde ese día he estado muy distraído—siguió Evan, pensativo—. Me he preguntado muchas veces qué sucedió después.

Criz le miró de soslayo con los labios tensos y luego volvió su atención al fuego. Ahí estaba: la mirada suspicaz de siempre. Regresó el silencio y todo lo que se escuchó fue el fuego y los grillos, con el cercano chapaleo del río.

—Ofendidos, como en el funeral—declaró Criz.

—No, en el funeral su gesto era más de sorpresa—recordó Evan—, pero en la reunión parecían furiosos, decididos a... algo.

Criz asintió lentamente y permaneció con el gesto serio, las sombras de las llamas bailaban en sus ojos zarcos. Evan hubiera apostado a que diría algo más, pero permaneció callado el resto de la noche. De cualquier manera, decidió no contarle todo lo demás que escuchó durante la reunión. En parte, porque sentía que traicionaba a Culén y su deber como soldado, y, por otro lado, no deseaba echar a andar la desconfianza de Criz; ya tenía suficiente con la que él sentía, y no era algo que quisiera alimentar.

Tan pronto como la mañana iluminó la bruma, Evan y Criz levantaron el campamento y se dirigieron al transbordador. Bordearon la costa del río, buscando el muelle, y divisaron a lo lejos la barca que regresaba vacía a la orilla. Desmontaron en el muelle, donde el barquero, un hombre con los brazos fornidos y cara de anciano. Los miró de arriba a abajo y a los dos caballos como si se tratara de una multitud.

—Cinco cobres—gruñó—, cada uno—añadió con la boca torcida. Era demasiado, pero era la única vía para cruzar el río en esa zona.

Evan sacó diez monedas de la bolsa y luego de batallar para subir a los caballos a la barca, el hombre comenzó a girar una palanca ensamblada a una rueda dentada. Entre los postes de la rueda, observó Evan, pasaba una cadena, verde de algas, que salía a la superficie desde las profundidades del río conforme alcanzaban cada nuevo tramo.

Estaban lo suficientemente cerca del nacimiento del Laeth para que las aguas corrieran profundas y lentas, pero turquesas, a diferencia del agua blancuzca que se arremolinaba en la enorme cascada del manantial que daba nacimiento al río. Siempre olvidaba lo ancho que era, y volvía a impresionarse cada vez que lo volvía a visitar. Abajo, la corriente abrazaba la base de la barca como un velo.

Estando a medio camino, ambas costas se veían apenas como una silueta borrosa detrás de la niebla, y sólo llegaban a verse pequeños barcos pesqueros en la cercanía.

Cuando alcanzaron la costa Criz permaneció tan callado que Evan podría apostar a que se sentía igual de mareado que él, así que tomaron unos momentos para reposar en la orilla tan pronto desembarcaron. La niebla era demasiado densa y no conocía la zona lo suficientemente bien como para atravesarla en esas condiciones, por lo que descansaron en una de las posadas del pequeño poblado que daba al río, parte del clan Tras la Cascada, hasta que la niebla cedió un poco y retomaron su camino hacia la montaña cuando el sol llegó al cenit.

El asentamiento permanente de los Sabios, o la Villa de los Alban, como era llamada comúnmente, estaba enclavado en un punto intermedio entre las faldas y el borde nevado. Según recordaba lo que había contado su abuelo, se trataba del último puesto de campamento que hacían los peregrinos antes de subir al gran cáliz de la montaña, donde yacía el templo de Teteonan, la diosa del caldero; la dadora de vida, muerte y renacimiento. Hacía décadas, las familias de los clanes aún le rendían tributo a La Diosa, ofreciendo obsequios y tirándolos al gran caldero de aguas templadas que escondía la montaña en su barriga, y Evan se preguntó por qué cada vez se hacía menos.

Para su suerte, los caminos más seguros para subir eran los que había marcado el agua cada año en su descenso con las lluvias de temporal. Conforme subieron pasaron amplios pastizales empinados, principalmente habitados por cabras silvestres, y se internaron en un nutrido bosque de abetos donde hubo que desmontar y seguir a pie por un viejo camino recubierto con agujas de pino.

Antes de que fuera necesario detenerse para descansar y comer llegó a ellos el humo dulzón que usaban los Sabios, por lo que siguieron el rastro oloroso hasta encontrar un claro en el bosque poblado por chozas circulares hechas de adobe con bajos techos cónicos de paja.

Unos pasos antes de las primeras chozas se encontraron con un arco formado por dos enormes troncos verticales tallados de pies a cabeza con símbolos arcanos, y con otro tronco horizontal descansando sobre éstos, que tenía una talla exquisita de un ser no completamente humano con una sonrisa eterna. Reconociéndolo como el guardián del lugar, desmontaron y pasaron debajo con la cabeza gacha como cortesía común, para luego acercarse a unas mujeres que hacían ramos con hierbas frescas que estaban tendidas sobre una tela, a la entrada de una de las construcciones. Antes de que pudieran acercarse lo suficiente para decirles nada, una de ellas los vio llegar y corrió de inmediato a otra cabaña cercana. Inseguros de cómo proseguir, aguardaron para ver si regresaba. Al cabo de un rato se acercaron a ellos varias personas con abrigos rudimentarios de piel de borrego.

—Bienvenidos, hermanos, ¿vienen más soldados con ustedes? —les dijo uno de ellos, cuya calva brillaba bajo un sol pálido, mientras miraba detrás de los caballos, interesado.

Evan estrechó su mano.

—Gracias. No, somos sólo nosotros—declaró confundido.

—Bueno, me imagino que entonces con dos deberá bastar— respondió el señor, claramente turbado por su respuesta.

—¿Esperaban a otros soldados, señor? —esta vez tocó preguntar a Criz.

—Sí, bueno—dudó, extendiendo su mano hacia los caballos—. Seguramente son muy capaces, pero se requiere de más de dos para guiar una partida de búsqueda—respondió el hombre.

Evan sintió algo en la tripa, ¿partida de búsqueda?

—Vengo por instrucción de Mélia, me ha dicho que podría entregarles un... objeto, que tengo bajo mi custodia.

—¿Mélia? —preguntó otro hombre—¿No son, entonces, los soldados que solicitamos para buscar a nuestros hermanos? —La perplejidad en su rostro de barba canosa y esponjosa lo decía todo.

Criz y Evan se miraron el uno al otro, de haber salido una guarnición de soldados para atender una solicitud en la Villa de los Alban por lo menos habrían escuchado al respecto, si no es que incluso participado en ello.

—Me temo que no, señor, pero podemos ayudar—ofreció Criz, quien había cambiado los ojos entornados y la mueca de incomprensión por entendimiento.

—Síganme—pidió el primer hombre.

Criz buscó a Evan con la mirada, quien torció la boca y levantó las cejas; y ambos siguieron al Sabio.

Evan sólo había escuchado historias sobre el lugar. Leyendas fantásticas sobre árboles parlantes, hombres que se transformaban en osos y apariciones de hadas y otros seres esféricos hechos de un fuego que no quemaba. Sin embargo, el lugar sólo parecía el corazón de un clan, y, además, uno muy pobre. Las chozas eran amplias y circulares, algunas estaban construidas con piedras marcadas por el paso de los años, y otras mostraban un viejo repellado de adobe que parecía nuevo en comparación. Algo en la distribución de las cabañas le recordó a Evan la manera en que crecían las hierbas silvestres, como si hubiesen brotado de la tierra por sí solas. Se veía que algunas incluso habían sido modificadas para permitir el crecimiento de los árboles a un costado, o tenían plantas creciendo en la techumbre como los pelos erizados en la espalda de un gato asustado.

Conforme se adentraron siguiendo al hombre, Evan encontró símbolos y rostros parecidos a los del bosque de Ánuin de su clan, pero en muros de arcilla, troncos, piedras y muebles de donde colgaban ramilletes de hierbas para secar. Mientras que algunas eran de animales con algunos rasgos humanos, otras mostraban símbolos arcanos e inscripciones antiguas y emborronadas.

Mientras más avanzaban, más poblado se veía el lugar y más sentía como si hubieran viajado a un pasado remoto. Escucharon a un maestro dando cátedra bajo un enorme encino dentro de un círculo de piedras, cerca de un grupo de bardos que cantaban y tocaban flautas y cascabeles; al lado de un jardín repleto de plantas que nunca había visto. Pasaron entre talleres de artesanos y boticas, hasta que se detuvieron ante el edificio más grande. Era también redondo y de techo cónico, pero cinco o seis veces más grande que cualquier otro de ahí. Parecía ser la casa comunal, posiblemente el edificio más viejo de todos, según elaboró Evan al observar las piedras de que estaba hecha, que parecían apiladas más que pegadas con argamasa. A diferencia del de otros clanes, su bosque de Ánuin no era un espacio reservado para la actividad religiosa, lejos de los hogares, sino que más bien parecía que ellos vivían dentro de él.

Ataron a los caballos y cruzaron el umbral de la puerta hacia la total oscuridad del cálido interior. Antes de que sus ojos se adaptaran a la oscuridad, percibió el perfume terroso y herbal del incienso que ardía en el hogar, al centro. Poco a poco sintió sobre ellos una cincuentena de miradas, y se preguntó cómo cabría tanta gente ahí, sintiendo unas ganas repentinas de escapar del aire viciado.

—Han llegado—dijo una voz femenina, seguida de un coro de susurros entusiasmados.

—¿Evan, Womak? — Otra voz femenina salió a la superficie entre el mar de miradas.

Evan reconoció el tono de voz, meloso y apagado.

—¿Mélia? —llamó.

Momentos después, la mujer se acercó a ellos y subió el rostro para reconocerlos, se veía acongojada, y su mirada era más distante que se costumbre.

—¿Han venido a la partida de búsqueda? —les preguntó.

—¿Podemos hablar afuera? —pidió Evan en un susurro, agachándose para hablarle al oído.

Al salir, el vestido blanco de la pelirroja reflejó tanta luz que los ojos de Evan lagrimearon. Criz lo volteó a ver de reojo y luego volvió a verlo, perplejo, mientras Evan se secaba las lágrimas. Seguramente pensaba que estaba llorando.

—Vine a dejar el rollo del que te hablé hace unos días, ¿recuerdas? —. Evan trató de decirlo con tacto.

—¿No están aquí para ayudarnos? — la mirada de Mélia pasó de uno a otro.

—Podemos ayudarlos, pero sólo somos dos—intervino Criz.

—Le pediré a Mayari que te vea para el asunto del rollo. Su ayuda es muy bienvenida en estos tiempos de incertidumbre—les dijo, con la mirada abierta y triste—, nuestro maestro, nuestro *Vuelve a Ser Semilla* Sándor Tecuani y su aprendiz, Nareno, llevan días desaparecidos.

Evan sintió una piedra en el estómago. Como relámpago, recordó haber visto a Tecuani negarse a retirar su corona a la entrada de la puerta de la sala de audiencias, y luego salir disparado del castillo tras haberse negado a las exigencias de la reina.

—Tuvieron una reunión en Yaocalli Nayar hace unos días y debieron haber vuelto de inmediato. Ya enviamos a varios a preguntar por ellos, pero tememos lo peor—. Mélia bajó el tono de voz cuando una persona pasó cerca—Mayari ha tenido una visión y creemos que pudieron haber sido atacados.

Evan tensó la mandíbula. El peso de tener el rollo en su poder ahora era la menor de sus preocupaciones.

—¿Vieron algo en su camino hacia acá? —preguntó Mélia a Criz, como tratando de seguir la conversación después de su silencio.

—No—dijo Criz, notando la tensión en Evan—, pero hay muchos

caminos para llegar aquí, podrían estar en cualquier parte, los caminos del norte ya no son seguros.

Evan escuchaba la conversación como si estuviera muy lejos y se forzó a concentrarse. El que no estuvieran no significaba que alguien les hubiera atacado, ¿cierto? Tenía que conservar la calma y detenerse antes de llegar a conclusiones. ¿Por qué le afectaba tanto?

—Me gustaría hablar con quién esté organizando la partida de caza— logró decir Evan.

—Nos estamos organizando allí dentro, Mayari se unirá a nosotros en cualquier momento, está en meditación.

Justo cuando Evan hizo gesto de entrar a la cabaña justo detrás de Mélia, sintió la mano de Criz en su hombro mientras lo detenía, jalándolo hacia atrás.

—¿No son los mismos que viste tú, o sí? —le preguntó como un gruñido.

—Los mismos—sentenció él en voz baja, y se giró para ir detrás de Mélia, escuchando a Criz exhalar irritado a su espalda.

—Gracias por venir, hermanos—la sala se silenció mucho antes de que Mayari comenzara a hablar—Sándor Tecuani, el maestro *Vuelve a ser semilla*, y su aprendiz, Nareno, han desaparecido. Personalmente temo que alguien les haya hecho daño.

La congregación permaneció silenciosa, pero Evan comenzó a sentir cómo aumentaba la tensión en el ambiente, ¿o era sólo él?

—Me informan que un par de soldados han venido a ayudarnos para su búsqueda—añadió la mujer bajita con voz potente, y Evan escuchó susurros apenas audibles cuando Mayari los señaló—. Confiamos en que su ayuda será beneficiosa, pidamos a Los Dioses hallar a nuestros hermanos con celeridad.

Un tambor comenzó a tocar y la congregación luego alzó suaves rezos a la diosa Tetéonan, a Tankawa y al Espíritu Niebla para ser de asistencia en su búsqueda entre golpeteos graves, cascabeles de concha y volutas de incienso. Mientras tanto, la mente de Evan daba vueltas frenéticas. No tenía una palabra para el bulto que sentía en el pecho y el estómago. Culpabilidad anticipada, tal vez.

Terminados los cantos, Criz y Evan dividieron a la congregación en dos partidas de búsqueda. Bajaron la ladera de poco en poco, caminando entre troncos, piedras, ramas y pastos, buscando cualquier pista o señal de los desparecidos. Lo estaban haciendo mal y Evan lo tenía muy presente. Esa búsqueda no era más que un paliativo. Necesitaban cuestionar al barquero, a los guardias apostados en cada atalaya de cada camino desde el palacio hacia el camino del norte, en el puerto, en las arenas que bordean el río, barriendo del este al oeste, preguntando por cualquier cadáver de caballo o humano que hubiera llegado a sus costas.

Pero no.

En lugar de ello estaban buscando bajo las piedras y en madrigueras, como si se tratara de un niño asustado que hubiera huido de casa. Fue necesario reagruparse en varias ocasiones para no perder a nadie más durante la exploración. Finalmente, poco antes del crepúsculo, los grupos regresaron a la choza grande, cansados, sedientos, hambrientos y con las manos vacías. Compartieron alimentos en silencio, cada uno lidiando con su cansancio y desesperanza. Tan pronto el sol alcanzó las copas de los árboles más altos, justo cuando Evan comenzaba a impacientarse con el asunto del rollo, Mélia lo llevó a la casa de Mayari.

La puerta estaba abierta de par en par, pero Mélia tocó a la superficie de madera nudosa con suavidad antes de entrar.

—Maestra, uno de los soldados ha venido a verla. Tiene algo importante que hablar con usted—anunció casi susurrando.

—Gracias, Mélia, ahora salgo—escuchó Evan decir a Mayari en las sombras del interior.

La mujer apareció en el umbral de la puerta, bajita y robusta como era. Evan sintió el peso de su mirada penetrante, evadió sus ojos negros y se distrajo con las suaves espirales tatuadas en su rostro maduro, enmarcado por una profusa cabellera rizada.

—Señora—se aclaró la garganta, no sabía cómo debía dirigirse a ella—, el día del funeral del rey...—habló lento y errático, no pensó, hasta ese momento, en que podría ofender a la mujer abordando el tema. La recordaba perfectamente en la Colina Solar, tratando de hacer frente con dignidad a una situación ofensiva y sin precedente. Se interrumpió a sí mismo.

—¿Sí? —preguntó ella, ladeando la cabeza. Seguramente pensaba que estaba tarado. Se obligó a concentrarse.

—Cuando nos ordenaron rodear la pira mortuoria, una joven se acercó a mí y me dio esto—Evan sacó el rollo de su escondite en la espalda. Mayari lo miró con una atención de respeto, sin emoción aparente en el rostro.

—Los obsequios del último intercambio no necesitan de intermediarios—dijo ella en tono ominoso, cerrando los anchos labios oscuros. De pronto Evan era muy consciente del tacto del tapiz enrollado que aún le ofrecía a la Sabia.

—Yo sé—se corrigió—es decir, me pidió que lo colocara en la pira, pero no tuve oportunidad de hacerlo—Evan terminó y esperó que Mayari tomara el objeto. La mujer no se inmutó.

—Por favor, tómelo—pidió, extendiendo apenas el brazo.

Mayari reaccionó, entonces, con una risa suave y profunda, casi como un ronroneo.

—¡Oh! Tú esperabas que el objeto se quedara aquí conmigo.

No era una pregunta. Evan no sabía qué responderle.

—Lo lamento—explicó ella—, pero este objeto tan no te pertenece a ti como no nos pertenece a nosotros. Deberás regresarlo a quien te lo dio—le dijo con una mirada curiosa, como si se preguntara si realmente podía ser tan estúpido como para pensar que dejaría el obsequio con ellos.

¿Hablaba en serio la mujer? ¿Realmente todo este viaje no había servido absolutamente para nada?

—Yo, verá…—. No sabía cómo explicarlo. ¡No tenía tiempo para esto! Necesitaba estar ahora en el campo de tiro practicando con la puñetera lanza para no hacer el ridículo en el torneo.

—Los Dioses son sabios, coronel, pusieron este rollo en su poder por algo, pero esa respuesta no está aquí— la mujer tomó sus manos entre las suyas y empujó con suavidad el rollo hacia él.

Patrañas religiosas. Eso es lo que estaba escuchando cuando debería de estar entrenando. «¡*Maldita sea!*» Respiró profundamente y sonrió forzadamente a la mujer.

—Bien, iré al clan Anawák, entonces—dijo casi entre dientes, esforzándose para no enviar un mensaje que pudiera ofenderla. ¡Lo aventaría en el río, eso es lo que haría con su maldito último intercambio! Entonces podría volver a su vida y a lo que sí le era importante—. Lo lamento, pero necesitamos retirarnos, debemos volver a la Villa Militar antes del amanecer y no queda mucho tiempo antes del crepúsculo.

—Sí, adelante. Muchas gracias por su ayuda. Agradezca de mi parte a su compañero rubio—la sonrisa sutil de Mayari no iba con la tristeza de sus ojos. Parecía que sólo sonreía con la mitad de su rostro.

Evan quería darle algunas palabras de consuelo, pero, ¿qué podría decirle? Había dejado pasar ya demasiado tiempo como para darle una respuesta natural ahora, así que dio un cabeceo suave en agradecimiento e hizo ademán de retirarse.

Conforme se alejó de la mujer en dirección al caballo se detuvo por un instante. Debería regresar y decirle que vio a Sándor por última vez justo antes de que desapareciera, que el anciano tuvo un desencuentro con la corona y que sus peores sospechas eran tan graves que no se atrevía ni siquiera a decírselas a sí mismo; que las consecuencias de una traición de esa talla podrían causar un conflicto inconmensurable en todo el país.

Pero no lo hizo.

Montó el caballo, chistó para ponerlo en marcha y bordeó el pequeño asentamiento para encontrarse con Criz bajo el arco de la entrada, deseando poner tanto terreno entre él y la Villa de los Alban como le fuera posible. Era tiempo de volver a casa, a la realidad y a sus responsabilidades. Al girar la cintura para dirigir al caballo sintió el rollo nuevamente en la espalda bajo las ropas. Estaba harto del polizón maldito. Tenía ganas de apretarlo con fuerza y lanzarlo al risco sobre las copas de los árboles.

Tan pronto lo vio acercarse, Criz montó y esperó a que lo alcanzara para avanzar.

—¿Qué pasó? ¿Pudiste darle el rollo?

—Vámonos, todo esto ha sido una estúpida pérdida de tiempo— refunfuñó.

Justo cuando emprendían la marcha oyeron a alguien llamar en las cercanías.

—¡Evan! —llamó Mélia en la distancia. Se había olvidado por completo de ella.

—¿Te pudo ayudar Mayari? —preguntó la chica, alzando la vista a su rostro; se veía aún más pequeña viéndola desde su montura.

—No, bueno, sí… necesito llevar el rollo al clan Anawák—declaró el, tratando de ocultar su exasperación, y antes de que ella pudiera responderle, agregó: —Te agradezco mucho, espero que pronto encuentren a los Sabios que buscan.

—¡Qué así sea! —santificó ella.

Evan forzó otra sonrisa y haló la rienda a un lado para que su montura comenzara el descenso de la ladera.

No cruzaron palabra hasta que se acercaban al río. Evan agradeció que Criz no hiciera comentarios en voz alta sobre aquello que él ya estaba decidido a ignorar, pues a veces le parecía que su amigo tenía un mágico don para leer su mente y decir en voz alta todo lo que él se esforzaba tanto por callar.

Tan pronto como observó las aguas en su lento avance por el río, regresó a él la idea de aventar el rollo y olvidarse del asunto para siempre.

—Deberíamos preguntarle al barquero si no cruzaron el río con él— propuso Criz cuando se acercaban al desgastado muelle.

—No deberíamos entrometernos, no es nuestra responsabilidad— determinó Evan, pensando en que tal vez no fuera tan buena idea aventar el rollo al río, Las Laethum seguramente se lo tomarían más en serio que él y no estaba para afrontar las consecuencias de insultar a los espíritus del río, y menos antes del torneo.

—Entonces habla con quien sí tiene esa responsabilidad—siguió Criz—, habla con Culén, te tiene en gran estima, seguramente te escucharía—insistió—. Necesitan enviar una buena partida de búsqueda, registrar los bosques como si se tratara de la última moneda en el bolsillo—luego de una pausa, en la que Evan no hacía más que ver el río con el ceño fruncido y los labios tensos, agregó: — ¿Qué significaría si la corona lo hizo?

Evan haló las riendas con firmeza para frenar a su caballo y encararse con Criz.

—¿Y decirle qué, exactamente? ¿Que tengo consideraciones propias sobre la reunión que me confió guardar? ¿Que tengo opiniones sobre algo relacionado con asuntos privados de la corona? ¡O mejor le digo que durante el funeral me quedé con un objeto del último intercambio, desobedecí sus órdenes y fui por cuenta propia al asentamiento de los Sabios, y que ahí me enteré de un crimen del que ni siquiera estoy seguro de que sucedió desde un principio!

Para cuando terminó de hablar, Evan sentía el latir de su corazón en la garganta. Criz no respondió, pero seguramente lo haría si tuviera algo que decir.

—No tenemos ninguna prueba de nada, estás asumiendo demasiado— añadió Evan—. Como siempre—soltó al fin.

—Si tú no lo haces, lo haré yo—respondió el otro, decidido.

—Sí, te lo agradeceré mucho, eso tiene mucha más lógica—respondió Evan, sarcástico.

Criz se estaba conteniendo. Se le iba transformando el rostro por mucho que quisiera ocultarlo, los hombros se le tensaban y las fosas nasales parecían duplicar su tamaño. Evan se forzó a tranquilizarse y a analizar la situación fríamente.

—Mira, si estuviéramos seguros de qué es lo que está pasando realmente yo sería el primero en pedirte que me ayudes. Sabes que no tengo miedo de arriesgarme—dijo Evan, y Criz lo miró con total incredulidad. —Tengo...—se corrigió—Tenemos, que actuar de manera inteligente ahora que está por comenzar el torneo. No podemos echar a perder el esfuerzo de toda nuestra vida, nuestra carrera, sólo por una suposición. Recuerda que ambos pertenecemos al mismo clan. Si cualquiera de los dos dice, o tan sólo sugiere, que la corona pudo haber asesinado al líder de los Sabios, no sólo nos estaremos enterrando a nosotros mismos, sino a todo el clan—añadió. Criz se relajó un poco, así que Evan aprovechó para adoptar un tono conciliador: —Tal vez sólo se perdieron, tal vez todo es una muy desafortunada coincidencia. No te adelantes a sacar conclusiones. Nosotros tenemos un deber con el torneo y eso es lo único que debería de importarnos ahora—terminó y se chupó la saliva de los labios.

Criz no respondió, pero al poco avanzó con el caballo. Evan lo tomó como un sí y retomó el camino detrás de él, dándose la razón. Todo lo que importaba era el torneo. Era ahora o nunca. Primero decidiría su futuro y luego se preocuparía por regalos del último intercambio y alucinaciones de crímenes y traiciones.

El resto del camino de vuelta fue tenso y silencioso. Tuvieron que esperar un largo rato a que llegara el barquero, alegando que con el inicio de la cumbre quinquenal los pasajeros eran cada vez más y requerían transportes más frecuentes, y que los caballos ocupaban demasiado espacio en la barca.

Para cuando llegaron a la otra orilla el firmamento era de un púrpura grisáceo que comenzaba a plagarse de estrellas. Había mucha más gente que la que hubiera esperado en esos caminos, imaginó que sería por el próximo inicio de la Cumbre. Sin ánimos de acampar, escucharon a unos viajeros comentar que pasarían la noche en las posadas a las afueras del clan Mil Fuentes, no muy lejos de ahí y tomaron la idea prestada.

Antes de alcanzar las primeras luces del poblado, varios niños les emboscaron, corriendo, gritando y colgándose de las bridas. "Señor, treinta cobres la noche, le limpio el caballo" ofreció uno, "28 cobres" gritó otro, que apenas iba calzado. Por lo visto, el clan había crecido mucho en los últimos años como para llegar hasta ahí. Evan no recordaba haber visitado esos puestos con su abuelo, y por lo visto se trataba tan sólo de un manojo de negocios, más cerca del borde del camino que del centro del clan. La mayoría de sus clientes serían mercaderes, ya que las bodegas y carretas superaban las casas y posadas. Dado que era una noche oscura, se distinguía poco qué tan allá llegaban las construcciones. A luces se veía, sin embargo, una taberna, una caballeriza y un mesón de dos pisos.

—Necesito un trago—gruñó Criz, adelantando el caballo en dirección a la taberna.

—Nuestro permiso termina al alba.

—Sí, mami—respondió Criz, sarcástico, siguiendo su camino.

Evan pensó en vaciar un par de tarros, le vendría bien adormecer la mente, pero un carruaje llamó su atención. Estaba estacionado debajo de la lámpara de aceite de un mesón y tenía un familiar sello de roble y bellotas en la puerta. Era la diligencia de su tío.

Habiendo dejado el caballo en la caballeriza del establecimiento, se sacudió el polvo del viaje y se lavó la cara y las manos antes de entrar al lugar, no quería malos tratos de parte del mesonero en un lugar tan elegante.

Sus ojos se adaptaron rápidamente a la luz tenue de las lámparas y velas, y la calidez del ambiente y los perfumes provenientes de la cocina evidenciaron un hueco en su estómago. Detuvo a una jovencita, casi una niña, que llevaba cinco platos humeantes entre los brazos.

—Disculpa, el señor del carruaje, ¿en dónde puedo encontrarlo?

La chica lo miró tensa, como tratando de hacer memoria antes de que el calor de los platos fuera demasiado.

—En la parte de arriba, señor. Permítame.

Antes de que Evan pudiera preguntar más, un hombre a luces un campesino venido a más, se arregló el pañuelo del cuello y lo abordó en tono hosco.

—¿Qué quiere? —preguntó.

—Buenas noches, estoy buscando al hombre del carruaje que está apostado fuera.

El hombre lo miró con desconfianza.

—Es mi tío, permítame presentarme, mi nombre es Evan, clan Womak.

El rostro del mesonero cambió de inmediato.

—Disculpe, es la preferencia de su pariente el permanecer en su intimidad. Pero si es necesario molestarle...

—Lo lamento, pero debo insistir—interrumpió, impaciente.

El mesonero se dio media vuelta con el rostro compungido y sin decir nada, caminó entre las mesas hasta el fondo de la estancia y desapareció tras subir las escaleras.

Tiempo después regresó sudando.

—Puede subir, tercera puerta del lado izquierdo—le dijo, y se retiró antes de que Evan pudiera agradecerle.

Encontró la puerta abierta de par en par. Limpio, cálido y bien iluminado, el cuarto que rentó su tío era digno del jefe del clan.

—¡Sobrino, qué gusto verte!, ¡y qué sorpresa! —Evan recibió el abrazo del hombre, quien le besó la mejilla y apretó su brazo—¡Cada vez que te veo estás más grande y más fuerte!

Leándor Womak, vestido con un fino caftán de terciopelo oscuro, iba enjoyado y con el cabello muy corto. De rasgos varoniles, nariz ancha y sonrisa encantadora, parte de su prestigio se debía a su buena imagen. Con los años, pequeñas canas comenzaban a surcar los cabellos oscuros como espigas secas en un campo de trigo. Hacía meses que no lo veía. La relación entre hermanos se había enfriado mucho con los años, y pasaron muchos desde que visitaran su hogar para disfrutar de una comida familiar. Evan, sin embargo, no perdió el cariño que sentía por él. No tenía edad para ser su padre, pero estaba cerca de sentirlo como uno. Leándor se acercó a la mesa y jaló una silla para Evan antes de tomar asiento.

—Fue una grata sorpresa encontrar tu carruaje.

—Y por poco no me encuentras. La sesión del Consejo de Clanes tardó más tiempo del que pensaba, pero, finalmente, elegimos a nuestro nuevo jefe, por lo menos de manera oficial. Aunque es interino, por lo pronto.

—¿Cómo así? —le picó la curiosidad a Evan, pensaba que ya era un hecho que Potomac sería el jefe interino.

Esperó que no fuera descortés preguntar, esas cuestiones normalmente sólo eran de la incumbencia de los miembros del Consejo, y por lo general, sus miembros eran muy discretos hacia fuera del mismo. Hacia dentro, sin embargo, decían las malas lenguas que era una batalla más enardecida que la que se luchara en cualquier campo.

—Es una situación algo complicada, pero por lo pronto, Médomar Potomac estará a cargo del consejo. Es un hombre astuto, creo que está haciendo un buen trabajo.

—Definitivamente es determinado—dijo Evan más para sí que para su tío.

—Así es, ¿lo conoces? ¡Vaya chico, es que te veo sabiendo de todo! Nunca dejas de impresionarme.

Su tío estuvo a poco de revolverle el cabello. Siempre fue muy cariñoso, pero seguía viéndolo como un niño. Evan sólo le sonrió y encontró un agujero de oportunidad para escabullirse en la mente de su tío y resolver algunas de las dudas que revoloteaban por su propia cabeza.

—Me parece muy bien que sepas, que lo conozcas. Estas cosas deben estar bien presentes para ti, hijo, pronto serás Yntaura y tendrás voz y voto en el Consejo de Guerra.

—Bueno, el torneo aún no comienza—aclaró Evan.

Leándor rio con sonoridad, sorprendido de su humildad.

—¡Y no dudo de ti ni un poco! —le dijo, guiándole un ojo, y le sirvió vino oscuro en la copa.

Poco después entró al cuarto la misma chica que había visto en el piso inferior, y fue llenando la mesa de platillos: cerdo asado con mantequilla y romero, bollos de maíz, corazones de hinojo y papitas horneadas, y betabel aceitoso.

Comieron con ganas y platicaron alegremente durante un rato sobre las noticias de la familia y los planes de negocio que tenía su tío para los Womak durante la Cumbre Quinquenal.

—...el pequeño Dereth mira mucho hacia ti, ¿sabes?, no me extrañaría que deseara unirse a la milicia tan pronto como cumpla los diez años. — Aunque imprimía entusiasmo en su voz, la mirada dejaba entrever algo de preocupación por su hijo—Pensándolo bien, creo que han sido las Diosas del Destino las que nos han reunido aquí hoy—dijo después, mucho más serio. Evan se metió una papa pequeña a la boca y lo miró interesado.

—Cuando tu padre declinó su derecho a ser la cabeza del clan yo no pensé dos veces en que deseaba serlo. Siempre me ha gustado codearme con quienes hacen que las cosas se lleven a cabo, y tu padre prefiere sus fraguas y sus armas. Pero tus primos no son así—su mirada era una mezcla de tristeza y aceptación. —Dara insiste en querer dedicarse a criar una familia y eso es un poco difícil cuando estás en el Consejo, sobre todo para las mujeres; y su hermano sólo piensa en seguir los pasos de su abuelo y del gigantón de su primo—ladeó la sonrisa. Aunque intentaba verlo como algo positivo, era claro que tenía sentimientos encontrados al respecto. —Alina no tiene el carácter que se necesita para estas cosas y me preocupa que la familia Womak no tenga nadie más que ofrecer al Consejo cuando yo me retire.

El rumbo que comenzó a tomar la conversación no le gustaba nada.

—Tú, por otro lado, eres un chico listo, tienes la educación de tu madre y heredaste el valor y la astucia de mi padre. Además, aprecias a tu clan—su tío miró de soslayo el broche de plata en el pecho de Evan. —Eres el mejor candidato para tomar las riendas cuando yo ya no pueda hacerme cargo.

Evan sabía exactamente qué responder. Hacía años dijo lo mismo a su abuelo y seguía teniendo la misma respuesta:

—Pero soy soldado, tío. Me halaga que pienses así de mí...—comenzó, antes de que Leándor lo atajara:

—No es sólo que lo pienso, ¡lo veo! Ya eres un hombre, Evan, en algún momento entre los entrenamientos y los juegos maduraste el doble de lo que te has estirado—lo interrumpió clavando una mirada penetrante—. Además, creo que tienes sangre de líder, y eso nunca es bueno en un soldado.

Se limpió el buche con un trago largo de vino tinto y Evan aprovechó para continuar con un discurso que tambaleó un poco en su mente después de lo que le dijera su tío. Estaba muy consciente de que tenía demasiado en la cabeza para ser sólo un soldado y era precisamente por eso que combatiría por un puesto más alto donde pensar por uno mismo y liderar no fuera un estorbo.

—Estoy juramentado al ejército y pronto lucharé por el título de Yntaura. A menos que se pueda ser Yntaura y jefe de clan al mismo tiempo, entonces podría hacerlo.

Leándor dio otro sorbo a la copa y paladeó, exhalando

—No, no se puede. Pero ¡oye!, eso no significa que no puedas ser la excepción.

Evan tensó los labios y sin pensarlo bajó la mirada. Su tío era en exceso optimista y esperaba demasiado de él, odiaba tener que decepcionarlo. Desde niño le había enorgullecido su propia habilidad para mantener a sus superiores felices y satisfechos con su trabajo, pero esta vez lo encontraba difícil y eso le pesaba. Lamentó la posición en la que se encontraba su tío, pero él tenía su camino bien trazado y no estaba seguro de desear tanta responsabilidad sobre sus hombros. Tener demasiadas ambiciones siempre le pareció el primer enemigo para llegar a la cumbre en cualquier disciplina.

Buscó en el rostro de su tío, que se mantuvo obstinadamente optimista.

—Mientras tanto, no te afectaría ir involucrándote en el tema—siguió Leándor—. Hoy platiqué con el embajador de Raganjar, Ravenjut. Tiene las ideas más interesantes sobre el comercio del río entre las dos naciones, es un hombre de gran visión—dijo sorprendido, tomando nuevamente la botella de vino. —valdría mucho la pena que lo conocieras. Por lo visto estará una larga temporada en Daet y es alguien con quien nos conviene hacer negocios—añadió antes de servirle más vino.

Evan se guardó el comentario de que ya conocía al embajador y apretó un par de nueces en el puño para romper la cáscara. Osgalaj Ravenjut parecía un hombre refinado y decente, pero se preguntó nuevamente qué tendría que hacer un embajador en una reunión que trataba algo tan interno. Incluso él se sentiría ajeno en una reunión de ese tipo. Era refinado, sí, y se veía como una persona con quien podría tener una conversación interesante, pero la gente entrometida nunca le había caído bien.

—Deberías venir conmigo a las pláticas que habrá en la cumbre al respecto—dijo su tío, antes de dar otro sorbo a la copa—, habrá una en la casa de Eleya en cosa de una semana.

«Una semana» Evan sintió la presión del torneo encima y se reprendió a sí mismo por no haber regresado con tiempo a la Villa Militar para retomar

su entrenamiento desde temprano.

—¿No habrá problema si asiste alguien que no sea del Consejo de Clanes?

—De ninguna manera, como mi sobrino puedes acompañarme sin problema, sólo hay que ser discretos; la situación en el Consejo ha estado un poco tensa. Deseábamos coronar al rey cuanto antes, pero se ha atravesado la Cumbre Quinquenal y necesitamos de la aprobación unánime de todos los miembros—parecía que su tío hablaba consigo mismo; tenía la vista fija en un lugar de la duela de madera con la mirada perdida. —Lo lamento, no quiero aburrirte—mencionó cuando regresó en sí, momentos después.

—No, adelante, me parece interesante—le dijo Evan con un cabeceo, aunque omitió decir la razón por la que quería saberlo. Si deseaba obtener respuestas debía tener cuidado de no mostrarse demasiado ávido por conocer sus secretos, así que se levantó para colocar un par de leños en la chimenea y se calentó las manos.

—Necesitamos llevar a cabo otra reunión para seleccionar al nuevo rey, aunque lo más natural sería que fuera el príncipe, claro. Sin embargo, algunos no están de acuerdo.

Evan sabía perfectamente quiénes eran aquellos que se oponían; los mismos hombres a los que estuvieron buscando todo ese día. Ahora todo cobraba sentido.

La madera tronó con fuerza y su tío dio unos sorbos más a su copa.

—…retrógradas, insensatos y faltos de visión—su tono se volvió reprimido y oscuro. —De cualquier manera, ahora no es cuándo; ya casi comienza la Cumbre. Pero verás que eso ayudará a la situación, será la oportunidad del príncipe para presentar ideas frescas y progresistas. Justo lo que nuestro país necesita para no quedarse atrás.

Una carcajada de su tío lo sacó de golpe de sus pensamientos

—¡Creo que ha sido suficiente vino para mí! —declaró él. Se aflojó el cinturón y el respaldo de su silla crujió cuando se recargó, relajándose.

—¿Son los Sabios quienes llevarían a cabo la coronación? —preguntó Evan, volviendo a su asiento y aprovechando que su tío bajaba un poco la guardia.

—Sí… y no necesariamente—respondió Leándor, como si retomara aquello en lo que estaba pensando previamente—, las cosas se han tornado un tanto complicadas, los tiempos están cambiando, para bien.

Evan clavó su atención en Leándor, pero no se dio cuenta de la suspicacia en su propia mirada hasta que instantes después sintiera un cambio casi imperceptible en la mirada de vuelta que le dirigía su tío, casi como una conversación silenciosa. Era como si de pronto Leándor hubiera dejado de verlo como un niño inocente que pregunta por preguntar para verlo como un hombre que sospecha de sus acciones. Los ojos de Leándor se entrecerraron apenas, mostrando un dejo de duda, incluso desconfianza. Por primera vez en su vida, su tío lo miraba como a un adulto, y un adulto del que desconfiaba, además. Fue como si el fuero de condescendencia que trae el cariño familiar hubiera abandonado a Evan de pronto y su tío se acabara de dar cuenta, en ese mismo instante, de que su sobrino ya no era un niño.

Era momento de cambiar de tema, así que Evan buscó desviar la conversación. Le platicó sobre la arena, sobre las pruebas del torneo y respondió a las preguntas que su tío hizo previamente sobre su padre.

Finalmente, agradeció por la cena y se excusó. Tenía que estar de vuelta en la Villa Militar antes del alba y ya estaba bastante avanzada la noche. El hombre se despidió de él tan cariñoso como siempre, aunque, por alguna razón que no alcanzaba a amasar, Evan sintió que su relación acababa de cambiar drásticamente.

Cuando salió por su caballo vio a Criz sentado en el suelo, recargado contra las caballerizas, ya medio dormido.

—Ey, vámonos—le dijo, dando un puntapié suave en sus botas gastadas.

El hombretón cabeceó y eructó con fuerza.

—No te perdiste de nada—respondió Criz con voz pastosa y aliento etílico.

Pensó en la conversación con su tío durante todo el camino de regreso, pero tan pronto como vio entre los árboles las atalayas de la Villa Militar pactó consigo mismo que no pensaría en los Sabios, ni en el rollo, que hasta ese momento seguía descansando sobre su espalda, ni en Potomac como el jefe interino del Consejo de Clanes, ni en el clan Anawák, ni en nada que no estuviera relacionado con el torneo hasta que éste hubiera pasado. A fin de cuentas, la contienda que definiría el resto de su vida comenzaría en sólo dos días.

Capítulo 5
El juramento

C ON LOS OJOS CERRADOS, sintió el pincel acariciar la línea recta de su nariz y bajar a la angulosa quijada, siguiendo con su mente el camino ondulante del mechón de pelo, que imitaba el borde de una hoja de roble hasta su mentón. El cosquilleo sobre sus brazos, pecho y espalda se fundió con el que sentía en el estómago, revuelto de emoción. Listo o no, llegó el día del inicio de la Cumbre Quinquenal.

El maquillaje era parte de la tradición, que dictaba a los orgullosos campeones de cada clan el ser los portadores de los emblemas que les representaban. Evan no era la excepción, y la artista decidió pintar hojas de roble desde el borde pantalón hasta la coronilla, así como llevaría una tupida corona de hojas frescas de roble que no estaba seguro de querer usar. Este año fueron órdenes del Consejo de Guerra que los símbolos aparecieran más sutiles de lo que se acostumbraba, alegando a la unidad entre los clanes en lugar de crear competencia entre los mismos. Sin embargo, Evan lo veía algo absurdo y carente de fundamento, la manera en la que lo decoraran, por muy sutil o exagerada que fuera, no cambiaría el apoyo de su clan hacia él; a fin de cuentas, la competencia sana entre los clanes era parte intrínseca del torneo y el espíritu competidor entre los soldados era inevitable.

Sonrió involuntariamente cuando el pincel hizo espirales por su ombligo.

—Manténgase serio —reprendió la artista.

Evan relajó los labios y sintió cómo la mujer retocaba la comisura de su boca, justo ahí donde normalmente se marcaban sus mejillas al sonreír. Sintió la piel tirante donde la pintura ya estaba seca, y un escalofrío recorrió su espalda con el frío toque del pincel. Por un momento se regocijó en la idea de que su clan era uno de los más nutridos de Daet, y que no había una sola persona en él que no le reconociera sin la necesidad de la corona de hojas de roble o el torque de bronce.

—Ya puede abrir los ojos.

Evan dio un par de pestañeos con los párpados pegajosos, permaneciendo lo más quieto posible. La joven lo miró, complacida con su trabajo, y sin dejar de sonreír añadió:

—Sus ojos parecen parte de la pintura, como un par de bellotas inmaduras—le dijo, sin poder ocultar una sonrisita por el atrevimiento.

Evan devolvió el gesto con disimulo y la chica desvió una mirada tímida para dejar el pincel sobre la mesa.

Estiró los brazos frente a sí, parecían dos gruesas ramas de roble entretejidas con hojas y bellotas. El vello, usualmente castaño y rizado, se había pegado a la piel con la pintura, y sintió la pronta necesidad de rascarse. La mujer lo detuvo justo antes de que rozara la superficie con el dedo corazón.

—Se secará muy pronto, trate de no tocar mientras tanto—le dijo, mientras cerraba los frascos de pintura con tapones de corcho para colocarlos en el estuche de madera.

Evan se despidió de la chica y se paseó con nerviosismo en el aula circular, pisando la duela ahí donde sabía que crujía menos y recordando las incontables tardes en que practicó series de ataques marciales una y otra vez; adaptándose a su propio cuerpo cambiante mientras se desarrollaba a pasos agigantados. De espaldas a sus compañeros y a los artistas que estaban en los retoques finales de su vestimenta, echó una mirada a las siluetas grises del bosque de la Villa Militar y a las nubes bajas que comenzaban a adquirir el tono anaranjado de la alborada cuando una figura espectral se acercó a él, sonriente. Brenda estaba decorada de blanco y gris, con el pecho y torso blancos, marcados con las plumas del alcotán. Sus brazos estaban moteados, y el rostro níveo, con un oscuro antifaz donde flotaban los ojos grises, divertidos. Su cabello oscuro caía trenzado a su espalda como si fuera parte del disfraz, haciéndole ver como un ave tan hermosa como letal.

—¿Crees que se note mucho si nos divertimos un rato? —susurró ella, la mirada furtiva lo decía todo.

Evan sonrió y actuó una evaluación de sus brazos y manos verdes y del blanco pecho de Brenda antes de echar una mirada a su trasero que la hizo reír.

—Podríamos decir que somos de un nuevo clan—. Guiñó un ojo, juguetón.

La puerta principal del aula chirrió sobre sus goznes de hierro y ambos se volvieron de inmediato. A través pasó la figura robusta y poblada de canas de Culén, quien cerró la puerta detrás de sí, enérgico, una vez que hubieron salido todos los artistas. Vestía la gala militar verde olivo y un gran colgante con la estrella de nueve picos se balanceó sobre el pecho al acercarse a los dieciséis competidores, quienes asumieron la posición de firmes.

—Descansen—ordenó.

El general de generales se paseó frente a ellos, observando con atención la pintura corporal y los adornos de cada competidor, asintiendo de tanto en tanto. Antes de que llegara a él, Evan tomó su torque de bronce y se lo colocó con cuidado en la base del cuello, ajustando las bellotas metálicas sobre los huesos sobresalientes de las clavículas. Luego, teniendo cuidado de no desacomodar su corona de hojas alrededor de las sienes, se alisó el cabello, ondulado hasta la nuca, y se irguió en posición de descanso.

—Womak—lo saludó Culén en voz baja con lo que parecía un asomo de sonrisa.

—General—respondió, mirando al frente.

Su superior le miró de pies a cabeza con rapidez y asintió ligeramente antes de seguir su inspección. Luego carraspeó y se dirigió a ellos con la seriedad que lo caracterizaba:

—Bien, pues no hay más, jóvenes. A partir de hoy ya no son sólo soldados, aspirantes, a partir de hoy serán contendientes al título de Yntaura Ácuila y deberán luchar por un sitio en el Consejo de Guerra— hizo una pausa para observar a sus interlocutores con solemnidad—. Su comportamiento durante el torneo será tan decisivo como su desempeño durante las pruebas. Recomiendo, como un consejo amistoso, contener el entusiasmo en la feria mientras no estén en la Villa Militar—paseó la mirada severa de uno a otro. —Las reglas son claras y más que conocidas por todos ustedes. La selección de los cuatro mejores no se basa sólo en puntos, sino que tomaremos en cuenta una serie de aciertos y desaciertos. Sus acciones hablarán más sobre su carácter que su desempeño durante las pruebas, no confíen solamente en sus aptitudes—hizo una pausa mirando fijamente a cada uno. Su barba partida se acentuaba bajo la ecuanimidad de la línea de su boca y el par de divisas del uniforme sobre cada hombro remarcaban una constitución aún vigorosa a pesar de la edad. —No quiero disturbios ni comportamientos deshonrosos durante las fiestas. No duden que la justicia militar será aplicada a quien cometa una infracción al código, dentro o fuera del recinto militar—terminó, escuchando su respuesta favorita en el silencio atento de los soldados.

A Evan no se le escapó que la mirada severa de Culén se dilató en algunas personas, incluido Criz. El hombre se silenció un momento. Luego su sonrisa le transformó el rostro, relajando el ceño como nunca se le veía.

—Mucho éxito, jóvenes, pues la suerte no existe. No lo duden, su victoria depende de ustedes y de nada más—cerró, dejando un silencio tenso. Nadie se movió un ápice por si volvía a decir algo—. Confío en que ya les fue explicado el protocolo durante la ceremonia de inauguración—añadió con soltura—ustedes irán en sus monturas detrás del Consejo de Guerra, y al llegar cada campeón irá al palco del clan que representa—mencionó finalmente. Asintió una vez, se dio media vuelta y cerró la puerta detrás de sí sin esperar una palabra de parte de ellos.

El aula permaneció silenciosa hasta que el suave sonido de trompetas lejanas distrajo a los competidores de la expectación que dejó Culén. Con la aparición de los primeros rayos solares, las trompetas convocaban a cada clan a las faldas de la Colina Solar, la Plaza Redonda donde habría de celebrarse la ceremonia de inauguración de la Cumbre. En esos momentos, en cada ciudadela y cada centro de cada clan, de toda la nación, estaría sonando la misma llamada de convocatoria. Desde la atalaya más alta de la Villa resonó la campana como un eco vibrante y sonoro. Comenzaba ya, era el día del inicio del torneo. Evan sintió un escalofrío recorrer todo su cuerpo. Era hora.

Cientos de pisadas rítmicas inundaron las explanadas cuando todo el cuerpo militar en servicio fue convocado a formación. Bajo la luz de un expectante amanecer, una armonía chillante de cornamusas al unísono rasgó el aire, acompañada de rítmicos tambores y pequeñas ocarinas al son de "La Batalla de los Árboles"; la gesta de la batalla homónima que habría de tomar lugar en las cercanías de la Villa Militar, décadas atrás; un enfrentamiento que no sólo expulsó al enemigo hacia el oeste, sino que dio nacimiento a Daet como una nación, más allá de una colectividad de clanes.

Algo en él deseó que el momento perdurara, que el torneo comenzara un par de semanas más tarde, si es que entonces fuera a sentirse preparado para las pruebas que enfrentaría. Tan pronto la música se detuvo, los nueve Generales Yntaura hicieron el saludo característico, que fue respondido de inmediato por la masa militar, e hizo eco en las murallas de la Villa. Montaron sus carros de combate de brillante cobre y enfilaron la marcha hacia la puerta sur, que ahora se abría de par en par con pesados chasquidos.

Después de que los caudillos y la banda de guerra se pusieran en movimiento, Evan montó en el corcel con la armadura de roble y tomó su lugar en el bloque designado a los contendientes, una fila de ocho pares; al lado de un Nikker pintado de la coronilla al torso marcado de rojo vibrante, excepto por un antifaz negro. Clan Cardenal, olvidaba que el hombre venía de uno de los más aguerridos clanes de Daet, quienes en un muy lejano pasado habrían de reclamar el privilegiado territorio de lo que hoy fuera el Lago Cardenal. Nikker lo miró de pies a cabeza con mala cara y adelantó su montura como después Evan lo hiciera, seguidos por una guarnición simbólica de caballería e infantería.

Para cuando la procesión militar alcanzó la encrucijada que llevaba al Corazón de Adobe, la melodía marcial comenzó a fundirse con una tonada alegre proveniente del otro camino, en una cacofonía donde los músicos peleaban por ser escuchados. Al poco, divisó una colorida compañía de flautistas en galas azules, verdes y anaranjadas, seguidos por una criatura ondulante de tela, soportada por unos diez danzantes que corrían en zigzag, logrando el efecto visual de un enorme salmón que surcaba los caminos de tierra entre los encinos amarillentos.

El ánimo del clan Mil Fuentes contagió a toda la comitiva militar que comenzaba a platicar con ánimos, cuando Lorana, unos caballos atrás, gritó llamando a su clan; a lo que ellos respondieron con redobles y una tonada alegre. Evan sonrió al ver a la chica brillando de emoción; estaba vestida con una cota de malla de escamas brillantes que la hacía ver como una carpa arcoíris. Al llegar al camino, el grupo de militares se unió en una sola fila con el del clan Mil Fuentes, con otros dos siguiéndoles detrás; cada uno con sus fanfarrias, himnos y banderines.

La emoción del inicio de la cumbre le trajo dulces recuerdos de la primera vez que asistió a una, cuando era tan sólo un crío: caminando hacia la plaza redonda de la mano de su madre para mirar a los clanes competir por la atención del pueblo durante el desfile, y luego observando con los ojos bien abiertos a los guerreros luchar por el título de Yntaura. Ahora él era uno de esos guerreros.

Le inundó una sensación de profunda satisfacción que le erizó la piel, como sabiéndose en el preciso momento del cierre de un ciclo de su vida y el emocionante inicio de uno nuevo. Seguramente su propio clan estaría ahora mismo descendiendo las cumbres hacia el centro desde los caminos del oeste para acompañarlo.

Las calles empedradas del centro de Daet serpenteaban en lo que parecían miles de caminos distintos, entretejidos en un tapiz de piedra y edificios. El Corazón de Adobe latía ese día con emoción febril y fiesta. La gente se abarrotaba en las ventanas y balcones para verlos pasar, agitando banderines y tirando flores a su paso. Juglares y bufones les saludaban desde las pequeñas plazas y se unían a la procesión. Como la lluvia que nutre al río, la concurrencia fue convirtiéndose en multitud conforme rodeaban la Colina Solar. Una magnífica águila blanca pasó rozando al cortejo militar antes de remontar los cielos, por lo visto, la comitiva del clan Nayar ya había arribado a la plaza redonda.

Pasando entre el grueso del enjambre de gente, Evan miró a un niño agitando un banderín rojo con negro sobre los hombros de su madre, y a las mujeres que arrojaban guirnaldas desde lo alto de las casas de la ciudad, chiflando a algunos de los soldados. Criz las miraba, divertido, sonriendo y comentando con Bruno, a su lado. Algunos vitoreaban al campeón que habría de representarlos en la cumbre y se estiraban para estrechar su mano, como si de conocidos se tratara.

Entre el escándalo y las fanfarrias, Evan alcanzó a escuchar una tonada conocida de tambores graves con ritmo acelerado, y agudas cornamusas que tocaban el himno épico de los Womak. Sintió un vuelco en el corazón que lo hinchió de orgullo justo cuando vio varias caras conocidas montadas en zancos, simulando enormes árboles caminantes. Se irguió sobre los estribos para ver a lo lejos y divisó a Alina en la distancia. Iba bellísima sobre la calesa de su tío, vestida de ocre, con guirnaldas de flores y hojas de roble. Alina iba platicando con su prima más pequeña, acompañando al jefe del clan y su esposa. Aunque Criz representaría al clan de su madre, el clan Tarazona, se paró sobre los estribos y silbó con fuerza en apoyo al clan Womak, en el que creció.

Poco antes de arribar a la Plaza Redonda les adelantó el clan Namók, del que provenía Dino, llevando un osezno de una correa como emblema del clan. Los hombres, vestidos con pieles cafés, hacían sonar artefactos con forma de oso que imitaban sus gruñidos.

—¡Esto es una locura! —escuchó a Dino detrás de él, emocionado, y Evan sonrió con todo el rostro.

Contar a las personas en el recinto ferial sería tan fácil como contar a las hormigas en el corazón de un hormiguero. El entusiasmo era masivo, los representantes de cada clan llevaban su propia fiesta, con bailarines acróbatas, fanfarrias y disfraces, en una explosión de música y color. Era un caos que resultaba hilarante por alguna razón que no entendía.

Encajada en la ladera de la Colina Solar, la Plaza Redonda era donde se llevaría a cabo la ceremonia. Se trataba de un gigante cuenco con forma de semicírculo hecho de piedra y tierra que podía albergar a una multitud como sólo la Cumbre Quinquenal lograba reunir. Sobre la inclinación natural de la pendiente había decenas de gradas, esculpidas a manera de una escalinata con forma de abanico. En la parte más baja, al nivel de la calle, se hubo adoquinado una vasta explanada semicircular, a la que se accedía a través de una estructura rectangular de la más delicada arquitectura, de varios pisos de altura, que fungía como palco para la nobleza. Tan pronto pasó debajo del amplio arco de la entrada, Evan recordó que cuando niño imaginaba que la plaza era el descomunal ojo de un gigante, cuyas pestañas eran las gradas, y que miraba con atención hacia el firmamento.

El público vitoreó a la llegada de las comitivas de los clanes, y una banda prorrumpió en fanfarria cuando de una se desprendieron las carrozas y calesas de la familia de cada miembro del Consejo de Clanes para dar una vuelta alrededor de la explanada y tomar su lugar en elegantes palcos elevados, adornados con pendones que ondeaban al viento. Luego las carrozas vacías abandonaron la explanada, dando paso a la comitiva militar.

La banda de guerra se hizo presente desplegándose en una rítmica cuadrícula de tambores y cornamusas. La potencia de los tambores retumbaba en el aire y hacía eco en las palmas de los espectadores, quienes estampaban con fuerza los pies al unísono. Todo el sitio vibraba y la emoción era muy contagiosa.

Los generales del Consejo de Guerra recorrieron la periferia de la explanada en sus carros hasta colocarse frente al estrado destinado para la nobleza, el cuerpo diplomático y los miembros del Consejo de Clanes. Evan y los demás contendientes imitaron el camino andado por los generales y luego se dirigieron al palco del clan que representaba cada uno.

Una mujer se llevó el caballo de Evan al tiempo que éste subía tres escalones a la tarima endoselada que fue designada a la familia Womak. Antes de tomar asiento, echó un vistazo al público, cuya división por clanes resultaba evidente por las porras que coreaban.

Inclinó hacia ellos la cabeza en saludo formal, y luego ingresó bajo el dosel para besar la mejilla de su tío, su tía y de la pequeña Dara, luego revolvió el pelo de su primo y besó la frente de Alina.

—¿Y papá? —preguntó a su hermana.

Alina tensó un poco los labios y levantó los hombros suavemente.

«*Por supuesto*» pensó con amargura al momento que tomó asiento.

Su padre no perdería la oportunidad para demostrarle lo poco que le importaba su carrera militar. Siempre estuvo en contra de que se volviera soldado. Desde niño le dejó muy claro su punto de vista en las constantes discusiones que tenía con su abuelo sobre su entrenamiento; y desde que hubiera tomado los votos como aspirante para prepararse como Yntaura su padre y él comenzaron a distanciarse como un par de barcas a la deriva, sin remos ni la voluntad para acercarse. La emoción que le había contagiado el ambiente se apagó un poco dentro de él, y prefirió concentrarse en el momento en el que le llamarían para su presentación oficial.

—¡Tienen un gran espectáculo planeado! —mencionó su tía Pía, con una amplia sonrisa y ojos risueños. Hasta entonces reparó Evan en lo emperifollada que estaba tanto ella como su hija, que parecía más una señorita que la niña que era. Su cabello estaba aceitado, perfumado y elevado en un peinado más difícil de lograr que armar una tienda de campaña de quince nudos. Los labios pintados, las mejillas rosadas, y una buena cantidad de perfume. Evan trató de disimular una sonrisa demasiado abierta para el comentario que había hecho su tía, y desvió la vista hacia el cuerpo diplomático que presidiría la ceremonia.

Se encontraban en un estrado de altas columnas de madera y sencillos techos empinados, montado especialmente para ese tipo de eventos. Además, estaba endoselado con seda y alfombrado de terciopelo, así como equipado con mesitas de servicio, amplias sombrillas y sillones de madera acojinada, alrededor de los que pululaba una flotilla de hombres y mujeres al servicio del palacio, incluida media guardia con todo y sus ridículos uniformes.

Los invitados de honor tomaron sus asientos según el protocolo, entre delicadas vasijas que exhalaban humo perfumado que se elevaba hacia el cielo despejado. Evan no reconoció más que a los generales, y al centro de todo, en una mayor elevación y al final de una escalerilla que conectaba directamente con la explanada, estaba un palco con cuatro tronos vacíos.

Con el llamado de trompetas hizo aparición un carruaje de madera oscura y pulida, tirado por corceles cuyo negro pelaje brillaba con el sol. Las águilas blancas en las puertas marcaron la aparición de los Nayar. Todos los diplomáticos y los miembros del Consejo de Clanes se pusieron de pie para recibir a la reina, y en la explanada aumentaron los vítores hasta que Anturia, el príncipe Pátrak, Médomar Potomac y el embajador, Osgalaj Ravenjut, tomaron sus lugares en el estrado.

Evan y su familia no tomaron asiento hasta que ellos lo hubieron hecho. Olvidaba lo protocolarios que eran este tipo de eventos desde que los atendiera de niño, cuando su abuelo era el líder del clan. Por mucho que fuera parte de su vida desde muy pequeño, nunca se acostumbró a tales bailes y algunos le parecían tan ridículos como el excesivo arreglo de su tía y de todas las mujeres de la nobleza con las que se empeñaba en competir.

Con una secuencia de representaciones artísticas, cantos, bailes y juglares, la ceremonia de inauguración duraría toda la mañana. Durante ésta no sólo se exhibiría cada clan, sino que se convidaría al público con la presentación de la historia sobre cada uno de los países que participarían de la Cumbre Quinquenal, que celebraba el compromiso entre las naciones; además de aprovechar para la renegociación de los acuerdos entre los aliados de la península de Lethendai, que Evan adivinaba que era el verdadero propósito de tanta fiesta.

Las trompetas llamaron al orden y un heraldo, asistido por un cono amplificador, anunció la presentación de Daet. Evan exhaló y se acomodó en su asiento, haciendo acopio de paciencia. Por lo visto, pasarían todas las exposiciones antes de que tocara su llamado al estrado. Todo esto para un evento que duraba veintiún días.

«*Tres semanas*», pensó con una punzada de prisa.

La cumbre, el torneo, y la siguiente etapa de su vida estaban al otro lado de esa gruesa puerta que retaría su habilidad. Estaba seguro de que el tiempo se pasaría como un respiro; sólo deseó que esa mañana pasara lo más rápido posible para poder regresar a trabajar en la táctica que usaría esa noche en la primera prueba importante del torneo: cacería por equipos.

Entre sus pensamientos, Evan apenas prestaba atención a los eventos que se sucedían en la explanada hasta que comenzaron por ejemplificar la batalla de los árboles. Se tomaron muy literalmente el simbolismo del nombre, poniendo a pelear a hombres en zancos, disfrazados con hojas y ramas. No faltó la ovación de su clan, por supuesto, cuando el actor que representaba a su abuelo tomó el liderazgo proponiendo una táctica arriesgada que terminó acabando con el enemigo y desterrándolo al oeste. Luego le siguió una danza curiosa de personas en disfraces simbólicos de cada clan, que giraban alrededor de una bailarina. La mujer, vestida de blanco, fue elevada por los otros sobre sus cabezas como un cisne en apareamiento, batiendo las alas del águila de los Nayar.

—Nadie tan humilde como los Nayar—bromeó Alina con una risita, y bajo la mirada severa de su tía dijo en voz más baja—¿Ves a Mélia en algún lado?

Sería más fácil distinguir una estrella de otra, pero buscó entre el grupo de los Sabios en los sitios privilegiados. Evan sintió una punzada de angustia repentina cuando tardó más de la cuenta en encontrarlos. Buscó con la mirada entre los nobles, los miembros del Consejo y en las gradas más bajas, donde estaba la nobleza extendida. No veía a nadie que se pareciera a ellos, ninguna corona de roble, nadie vestido con los blancos ropajes entre los más poderosos, ni siquiera a Mayari. Así como tampoco vio asientos vacíos en el estrado. ¿Qué estaba sucediendo? ¿Dónde estaban todos los Sabios? ¿Por qué nadie hizo un comentario al respecto en las presentaciones? Una sombra terminó de posarse en su mente, pero se reprendió a sí mismo recordando no preocuparse por aquello que no le incumbía, aunque no pudo evitar que todo el asunto le perturbara.

Terminada la presentación con una ovación de pie inició la siguiente, presidida por el embajador del lejano reino en la costa noreste de la península: Ásteros. Su abuelo le había contado que, hacía centurias, los primeros Daetanos llegaron de ahí, mezclándose con los lugareños de las primeras naciones.

—Vaya, pareciera que este año la Reina Roja no hubiera querido participar del todo—comentó su tío cuando una comitiva pequeña ocupó la explanada.

—Pero si han enviado a un embajador—comentó su esposa.

—Para llegar con una compañía más escueta que una partida de caza mejor se hubieran ahorrado el viaje. Su mensaje nos ha quedado claro—apuntó Leándor, negando con la cabeza.

La música comenzó de inmediato. Un coro de ocarinas emitió sonidos juguetones e infantiles, mientras entraban a escena unos personajes caricaturescos, mugrosos y brutos, peleando entre sí con garrotes. Los niños del público se desternillaban con cada tontería que hacían mientras caminaban sin rumbo. Un gran muro con trompetas fue colocado en la escenografía, ondeando la bandera de Ásteros. Las paredes del color de la mantequilla y los techos azules eran legendarios, se trataba del alcázar de Ásteros, una maravilla arquitectónica construida con magia sobre el mismísimo Río Laeth.

Los brutos miraron las paredes del metafórico castillo y trataron de escalarlas sin éxito. Resbalaban hasta el piso con un redoble de tambores, siempre resultando en las risas del público. Luego apareció otro encima de un caballo, formado por dos personas dentro de un traje café que apenas podía guardar el equilibrio.

—¡Abran la puerta, declaro que este palacio es mío! —dijo el caballero, pero el personaje no obtuvo respuesta. Mientras que del otro lado del muro comenzaban a arremolinarse acróbatas vestidos de soldados con plumas azules en los yelmos brillantes. El público reía con complicidad cuando los acróbatas soldados les pidieron que guardaran silencio.

—¿Quién lo exige? — preguntaron ellos.

—¡Soy el oficial de la fuerza imperial raganí! —gritó con un hilarante acento gutural. Evan alzó las cejas, sonriendo aún, y el público permaneció estático, esperando la siguiente bobada.

—¡Por favor entre, señor!

La puerta del palacio se dejó caer sobre el hombre en el caballo, seguido de una carcajada general y un redoble de flautas.

¿Acaso había declamado el personaje que era el general de la fuerza imperial raganí?

Evan echó una mirada al estrado, los rostros de la comitiva de Raganjar confirmaron lo que creyó escuchar. La sonrisa había desaparecido del rostro de la reina.

Los acróbatas vestidos de soldados salieron de las puertas del palacio buscando al caballero raganí, para encontrarlo aplastado debajo de la puerta. Los otros brutos cargaron contra los acróbatas como toros, pero los soldados astures los burlaban con ágiles acrobacias. Durante un momento en la batalla se unieron fuerzas armadas Daetanas, con cascos exageradamente altos, como era la costumbre tiempo atrás, cuando todo lo que representaban en el escenario sucediera en verdad. También se acercaron los emblemáticos soldados naranjas de Lestari, seguidos por las naves de Ciudad Etérea para ayudar en la contienda contra los raganís.

Para la sorpresa de Evan la representación de la guerra del este que sucediera en algún momento muy lejano de su historia no fue detenida por órdenes de la reina. El público se desternillaba de risa con cada golpe fallido y se asombraban con los traga fuegos y acróbatas emplumados. Cuando terminó la representación hubo muchos más aplausos de parte del público que de los palcos y el estrado. La ofensa de rememorar los tiempos cuando los Raganjar eran enemigos de toda la península no pasó desapercibida, así fuera disfrazada con un tono juguetón e infantil, incluso más así.

Los danzantes y acróbatas reverenciaron en agradecimiento y salieron de la explanada dando saltos y volteretas.

—¡Por Tetéonan! Seguro que Anturia dirigirá unas palabras—su tía lo dijo claramente esperando la respuesta de su esposo. Pero Leándor no movió siquiera los labios, con un movimiento de cejas bastó para dejar atrás el asunto; aunque Evan sabía tan bien como su tía que eso hacía siempre que prefería guardarse sus opiniones. Evan no sabía qué esperar, nunca había visto una insinuación, por no decir un ataque, tan cínico y a plena luz del día. Claro que nunca faltaba quien rememorara eventos de hacía decenios y defendiera la postura de los suyos como si les hubiera sucedido a ellos mismos; pero esas eran opiniones de mesas de bar e historias de necios. Esto era diferente, ¿o sería que la edad ahora le permitía comprender con mayor claridad algo que era parte de la normalidad?

El heraldo anunció la siguiente presentación y la reina se puso en pie, haciendo que todos en el estrado hicieran lo mismo. El vocero se atropelló a sí mismo y anunció la voluntad de la reina de dirigirse a la honorable concurrencia. Evan se adelantó en su silla, atento. La mujer, con un alto tocado enjoyado y un majestuoso vestido de cuello muy alto con plumas en los hombros, bajó medio peldaño con movimientos tan felinos y elegantes como los de una pantera. Dio apenas un paso y tomó la mano del embajador raganí. El heraldo comprendió de inmediato e hizo una amplia reverencia a la reina, quien regresó a su asiento, haciendo que todo el estrado hiciera lo mismo.

—Su majestad, la Reina Anturia del palacio real Yaocalli, líder del clan Nayar, desea dar la más cordial bienvenida al Señor Osgalaj Ravenjut, líder de la antigua casa Ravenjut y asesor personal de la Emperatriz Parvane, de la regente casa Taskalrak. Daet le da la más cordial bienvenida, así como a sus acompañantes, y agradece la presencia de tan distinguida compañía—las trompetas volvieron a sonar y el público respondió con sus aplausos—. La compañía de teatro de la cámara artística de la casa Taskalrak presentará ahora a nuestros nobles visitantes—terminó.

Una música suave flotó en el aire del medio día. En un abrir y cerrar de ojos, danzantes en varios tonos azules cubrieron con franjas de tela una buena parte de la explanada. Los movimientos cadenciosos de las telas sugerían las olas de un vasto mar de brillantes cerúleos. El sonido de flautas aterciopeladas tranquilizó los ánimos, e invitaba a seguir la suave melodía con atención. De entre las flautas surgió el canto etéreo de una mujer que parecía imitar el sonido de un animal del Otromundo; lánguido y agudo, y tan desconcertante como bello. De entre las telas ondeantes surgieron acróbatas que entraban y salían del mar. Luego un barco de madera, cargado por los danzantes, surcó las aguas hasta llegar a tierra. Las olas se apartaron y entraron en escena nuevos actores. La mujer comenzó a relatar con voz potente y conmovedora, mientras los artistas representaban el arribo de los colonizadores provenientes de Ansgar, el milenario imperio más allá de las islas de sal, en el continente del viejo sol. Con movimientos suaves y fluidos, hombres y mujeres, representados como parte de una lejana nobleza encajaban una bandera en el suelo. Los danzantes iban para aquí y para allá, obedeciendo con gracia la historia que narraba la mujer, a medio cantar, a medio hablar.

Como movidos por ráfagas de viento todo en escena se tornó caos, donde los actores envueltos en telas de distintos colores luchaban entre sí, logrando finalmente que partiera el barco de vuelta a Ansgar, y mostrando una nueva bandera tras retirar la primera, proclamando la nueva tierra de Raganjar.

El público aplaudió y los danzantes se acomodaron en una nueva disposición. Ahora el baile era armónico y gracioso, los bailarines se pasaban un gran báculo de unos a otros y bailaban en grupos circulares, sincronizados y armónicamente ordenados.

Al poco tiempo, la música, el coro y las trompetas adoptaron un tono ominoso y todo regresó al caos. Narraba que el equilibrio se había roto nuevamente y hacía falta alguien que regresara el orden a Raganjar. Se formaron dos grupos de combatientes, y lienzos de tela roja representaron un sangriento campo de batalla. Cada vez perecían más y más en el escenario, marchitándose como flores, hasta que dos grupos se delinearon con claridad.

Con notas ascendentes, la mujer señaló la llegada de un salvador: un ave danzarina, astuta como el cuervo, cuyas hermosas alas negras refulgían reflejando el sol. El público aplaudió por mera emoción y miraron cómo el ave volaba de un grupo a otro, acercándolos cada vez más y más en un diálogo mudo, mientras la cantante narraba y las cítaras tocaban. El ave viajó entre los dos bandos una y otra vez, hasta que se instaló en el grupo más nutrido de combatientes. Evan escuchó el nombre de Ravenjut y comprendió que se referían a la casa del embajador. Recordó en ese momento el ave que llevaban los uniformes de los guardias el día que hizo de guardia en el palacio. Si su memoria no le traicionaba, también lo había visto en el pecho del embajador como pendiente: un ave negra en picada.

Recordar el día del desencuentro de los Sabios con la corona sacó a Evan del hechizo del que todo el público fue cautivo durante el espectáculo. Mirando en derredor, se percató de que no había más que rostros de asombro y absoluta admiración. Por alguna razón, sintió que ahí se estaba diciendo mucho más que lo que los artistas representaban: la manera en que la reina se había puesto en pie para tomar la mano del embajador, y la forma en la que los Astures se burlaron de ellos. Era todo como una conversación entre viejos conocidos de la que Evan venía enterándose hasta ese momento. Algo se estaba diciendo, pero no entendía por completo qué.

Regresó la atención al acto cuando el último toque del ave negra sobre el grupo de combatientes les otorgó un estímulo salvaje. Rodearon a sus enemigos y parecieron reducirlos a cenizas entre sus cuerpos, mientras se fundían todos en una sola agrupación que parecía una montaña humana. Los músicos se detuvieron, y la explanada pareció una tumba.

Luego, la cantante retomó su aria etérea.

Con ella, una bailarina se alzó entre los danzantes, cual flor entre la nieve; con una falda de bailarines que de nuevo se movían con gracia y armonía. La bailarina abrió un baúl entre sus brazos, del que salieron revoloteando cientos de mariposas en una explosión de color y delicadeza.

El público estalló en ovaciones. El estrado también se fundió en aplausos y parecían dirigir todos palabras de aprobación al embajador Raganí. Las alabanzas duraron hasta que el último danzante dejó el escenario, y entonces todos tomaron asiento nuevamente. Evan aplaudió, más impresionado por el efecto que logró el espectáculo en el público que por la obra en sí.

Antes de que se llegara nuevamente al silencio, las cornamusas inundaron el recinto con su potente canto chillante, y los tambores resonaron con fuerza al adoptar un ritmo de marcha. Era hora, presentarían a los contendientes al título Yntaura.

Evan aprovechó el momento para estirar las piernas y mover su espalda engarrotada después de tanto tiempo sentado. El heraldo entonces anunció:

—Se llama a todos los clanes a presentar a los campeones que habrán de representarlos en el honorable Consejo de Guerra: Yntaura Ácuila. La tierra exige su sangre, la patria su lealtad y nuestra gente pide su espada y su brazo. ¡Adelante, guerreros, demuestren su valía!

Evan se puso en pie con energía con los tambores de fondo y recibió el apretón de manos de su tío, quien descendió a la explanada con él y lo despidió ahí mismo con fuertes palmadas en el hombro. Como pase de lista, el heraldo fue nombrando a cada contendiente uno por uno.

—¡Evan clan Womak! —rugió al fin, y Evan escuchó el entusiasmo de su clan al fondo.

Tomó carrera para alcanzar el estrado con rapidez, donde le esperaban de pie los generales del Consejo, y Lupo le señaló que se acomodara cerca de él.

Estando todos enfilados frente al estrado, esperaron hasta que la música se detuviera nuevamente.

Médomar Potomac, el jefe interino del Consejo de Clanes, bajó del estrado seguido de la misma mujer hermosa que Evan vio el día de la reunión en el palacio. La chica cargaba una canasta plateada repleta de estrellas hechas en bronce con muchos picos. Potomac se acercó a ellos entonces, y uno por uno, fue solicitando juramento.

Cuando llegó a la altura de Evan, lo miró profundamente a los ojos. Era difícil calcular la edad del hombre que tenía frente a él. Su cuerpo se veía saludable y lozano, pero mostraba sutiles ondas en la frente. Tenía el cráneo totalmente rapado y las cejas hacían que su gesto fuera insondable y pesado, con los ojos como dos pequeñas canicas azabache encerrando una mirada colmada tanto de brillantez como de misterio. Potomac tomó uno de los broches de bronce, lo colocó en la palma de su mano y sin soltarlo preguntó con solemnidad:

—¿Juras honrar a tu patria en el éxito y la derrota?

—Lo juro.

—¿Juras defender los ideales de tu clan y de los héroes que nos dieron patria?

—Lo juro.

—¿Qué ofreces a la patria que te elige como su campeón?

—Mi vida.

—Yo, Médomar Potomac, jefe interino del Consejo de Clanes, te elijo a ti, Evan clan Womak, para luchar en la contienda por el título de general Yntaura Ácuila, regido por el código militar y por sus leyes y costumbres. Que Los Dioses te acompañen y te lleven con bien al final del torneo.

—Gracias—respondió con un murmuro.

Médomar le entregó la estrella y siguió con Bruno.

Terminados los juramentos, los contendientes al título, los generales y el jefe interino del Consejo de Clanes se tomaron de las manos y alzaron los puños en unidad, primero frente al estrado, y luego hacia el pueblo, en las gradas.

Evan lo veía todo como si estuviera viviendo un sueño. El suelo de la explanada reflejaba como un espejo la luz del cielo despejado, haciendo que todo pareciera bordeado de luz blanquecina, dando un efecto onírico a lo que estaba sucediendo. Había comenzado. El juramento estaba pronunciado y no había vuelta atrás. Apretando el broche con fuerza miró hacia las montañas del clan pensando en su abuelo y en la manera en la que las patas de gallo rodeaban sus párpados cuando le sonreía, orgulloso.

Capítulo 6
Cacería Nocturna

U NA VEINTENA DE ANTORCHAS culebreó entre los árboles recortados contra un cielo moribundo; mientras el canto de las aves vespertinas, con sus píos escondidos entre los arbustos, dio paso a un coro de grillos y ululatos. Los contendientes del torneo Yntaura y sus generales recorrieron el angosto camino entre las elevaciones y barrancos de las faldas de La Escalera. Los fuertes vientos del inicio de la primavera alfombraban el bosque con hojas castañas y crujientes, hecho que Evan lamentó. Sería imposible moverse y pasar desapercibido en esas condiciones durante la prueba de cacería por equipos que estaba por comenzar.

Con la antorcha en mano, anduvo el camino detrás de sus superiores. El terreno, accidentado por donde lo viera, sería un riesgo adicional al enfrentamiento cuerpo a cuerpo que tarde o temprano sucedería. Justo cuando el cielo se plagó de estrellas, alcanzaron un pequeño claro donde formaron un círculo. El frescor del viento rebelde agitó las antorchas, mientras se aproximaban unos a otros.

Taranis, uno de los generales, y representante en el Consejo de Guerra del clan Cynara, tenía en sus manos una bolsa de piel suave, cuyo contenido cloqueaba con cada movimiento. Engañoso en su complexión compacta y la mirada abstraída, Taranis era uno de los mejores estrategas del Consejo de Clanes. Pocas veces le había escuchado hablar, pero sabía que tenía un rol importante dentro de las decisiones que se tomaban en el

Consejo; el tipo de autoridad muda que inspiraba disuadía hasta al terco y al intempestivo.

—En la prueba de cacería nocturna demostrarán su habilidad para trabajar en equipo, para respetar la cadena de mando y de adoptar roles de acuerdo con sus destrezas y debilidades particulares. Las reglas son sencillas. Se dividirán en dos equipos de manera aleatoria—dijo hablando muy rápido, haciendo sonar el contenido de la bolsa—el propio equipo decidirá quién tendrá qué rol y elegirá a su capitán, así como la mejor estrategia para vencer al enemigo. El pañuelo rojo representa la vida de cada uno, guárdenlo con fervor y cacen el de sus enemigos como una deuda no saldada. Hay dos formas de terminar la prueba: derrotando a todos los soldados del bando contrario, quitándoles la vida—mostró un pañuelo granate—, o bien, quitándoles la voluntad de seguir—mostró un pañuelo ocre de mayor tamaño—, este pañuelo es uno por equipo. Tienen entera libertad para fabricar su estrategia. El terreno ofrece sus propios riesgos. Cualquier acto de extrema violencia que busque herir de gravedad de manera deliberada restará puntos al equipo entero, lo que buscan es su pañuelo rojo a través de la lucha cuerpo a cuerpo, siempre con honor y dignidad para con su adversario.

—Habrá generales y observantes a lo largo del terreno—añadió Andarta, la general de ojos saltones y labios gruesos, quien llevaba una veintena de años en el puesto—, analizaremos sus estrategias y los enfrentamientos. Todo será tomado en cuenta, soldados. Hagan su mejor esfuerzo.

Evan deseó que Gaián estuviera en el equipo contrario, esa mañana lo había abatido en los octavos de final en la prueba de lucha y seguramente aún le guardaba resentimiento; a fin de cuentas, le costaría el doble lograr los puntos para ser Yntaura después de esa derrota.

Aunque Evan se sentía bien por esa victoria, necesitaba ser constante en las demás pruebas para calificar como Yntaura él mismo. Ser capitán de su equipo le daría una ventaja considerable en puntos en caso de resultar ganadores; aunque era un arma de doble filo: si resultaba ser del equipo perdedor, tendría que salir victorioso en la mayoría -si no es que en todas- las demás pruebas que sucederían más adelante, para calificar. Era una apuesta en la que no cualquiera desearía entrar.

—Los miembros del primer equipo, el del oeste, serán: —Taranis abrió la bolsa y fue sacando piedras con los símbolos de cada clan—: Bruno,

Ívor—los hombres se movieron para marcar la división de grupos—Brenda, Lorana—ese grupo se estaba fortaleciendo—Artham, Dante—«¡*maldita sea, que salgan Gaián y Nikker o no me dejarán ser capitán!*»—Gaián y Creioz— lástima, Criz no estaría en su equipo. Evan frunció un poco los labios. Eso lo dejaba con...—Talissa, Nikker, Zandra, Dilek, Ybaum, Evan, Bernardino y Ferdinando—continuó el general.

Por lo menos Dino y Zorro estaban en su equipo, lo que inclinaría un poco la balanza hacia su posición como capitán, siempre y cuando Nikker cooperara, cosa poco probable.

Mientras entregaban los pañuelos rojos a cada uno Evan echó un vistazo a su equipo con los brazos cruzados. Talissa era pequeña y escurridiza, su fuerte era la velocidad más que la fuerza, y llevaban una buena relación, tal vez apoyaría su estrategia. Zandra era alta, fuerte, lenta y algo confiada cuando se trataba de combate, pero a la vez era temeraria; serviría muy bien como defensa. Ybaum: corpulento y especialmente bueno en lanzamientos, lástima que no se pudiera utilizar armas, no era un corredor muy rápido y alguien suficientemente veloz podría derribarlo con facilidad. Dilek era rápido con las piernas, un excelente corredor, pero no versado en lucha. Ese mismo día Dino había peleado con Nikker y éste le dio una paliza. Su enemistad no le servía en nada para el trabajo en equipo, y tendría que colocarlos en posiciones bien separadas si quería hacerles cooperar. Nikker era fuerte, rudo, rápido y no lo pensaba demasiado antes de atacar a alguien, si alguno de ellos tenía probabilidades de derribar a Criz, además de él mismo, sería Nikker. Zorro era definitivamente una ayuda, era ágil, astuto y escurridizo, sería él quien conseguiría la bandera ocre del otro equipo.

Andarta entregó la bandera ambarina a Dino antes de alejarse varios pasos y tomar la palabra:

—El límite del terreno está marcado por el risco al este, la elevación al oeste, el riachuelo al norte y el camino al sur. Es un terreno pequeño y escarpado. Éste será el punto de reunión, ya sea que un equipo llegue con ocho pañuelos rojos o uno ocre, aquí es donde deberán reportarse. Varios observantes estaremos repartidos en el área, asegurándonos de que se sigan las reglas a rajatabla. Tienen hasta el amanecer para derrotar al enemigo. Con la llegada de la luz, será el equipo con más pañuelos rojos el que se declare vencedor, ¿está claro, soldados?

—Sí, señora—respondieron al unísono.

Evan dobló el pañuelo rojo a manera de tira, rodeó su cuello y lo anudó firmemente en la nuca mientras se alejaba con su equipo hacia el extremo este. Mientras alcanzaban el punto de partida antes de que sonara el cuerno de inicio, Dino se acercó a él con sigilo y masculló:

—Si podemos prescindir de un soldado, tengo uno en la mira a quien podría arrojar por el risco—dijo en tono de broma con algo de recelo.

—Ganas no me faltan, pero estamos bastante desaventajados de inicio. Aun así, creo que tengo un plan.

Siguieron caminando hasta la antorcha en el extremo este, Nikker parecía ya estar dando órdenes a Ybaum y a Zandra en las cercanías. Zorro regresó de un corto rondín a la periferia y se unió al grupo para crear la estrategia.

—Hay un hedor muy fuerte en el extremo este, cerca del risco—anunció, uniéndose al círculo—, algún bicho muerto seguramente. Me imagino que ellos evitarán la zona por la misma peste, sería un buen lugar para esconder la bandera—sugirió el pelirrojo.

—Si tú te quedas a cuidarla, me gusta tu plan—dijo Ybaum, su cabeza casi rapada brilló con la luz cada vez más intensa de la luna.

—Creo que lo mejor sería no esconder la bandera, que permanezca en movimiento. No va en contra de las reglas y sería más fácil cuidarla a la vez que aprovecharíamos a todo el equipo para atacar—propuso Evan.

—Es absurdo—se adelantó Nikker—, si cualquiera de nosotros lleva la bandera de equipo esa persona corre doble riesgo: ser atacado y muerto, y además perder la bandera—bufó—creo que lo que necesitamos es que la más pequeña, Talissa, se quede con ella y se esconda lo mejor posible, el olor a muerto es un buen inicio, pero yo preferiría arriba de un árbol o un lugar bien escondido—dijo, comenzando a ver en derredor—, los demás estaremos de cacería y colectaremos la mayoría de los pañuelos rojos.

—Se necesita alguien fuerte para defender la bandera ocre en caso de una emboscada, y estamos cortos en fuerza, —declaró Evan— Criz, Dante, Bruno, ellos son suficientes para desarmarnos a ti, a mí y al resto del equipo antes de que necesiten buscar tu preciosa bandera escondida.

—¿Quién te nombró capitán, Womak? —acusó Nikker casi empujando el pecho de Evan con el dedo índice, a lo que Evan sólo movió el brazo para quitarlo.

—Que sea por votación, según la mejor estrategia, ¿ustedes qué dicen? —preguntó Evan al resto del grupo.

—¿Qué dices Ybaum? Zandra, Dilek, ¿están conmigo? —insistió Nikker.

Zandra e Ybaum asintieron sin más, pero Dilek apoyó a Evan junto con Zorro y Dino.

—Talissa, tu voto es el decisivo—le dijo Zorro, y todos se volvieron a verla.

—No tengo ninguna oportunidad con el plan de Nikker—dijo ella con las manos en jarras y el cabello trigueño atado en alto—, creo que al menos Evan tiene una idea de lo que cada uno puede hacer.

¡Bien! Era capitán del equipo. Ahora más le valía hacer que ganaran.

—Creo que, de hecho, puedes ayudar mucho, Talissa. Eres rápida y pequeña, y no aguantarías ni cinco minutos en un combate contra cualquiera de los hombres del otro equipo, no sin armas—, Talissa hizo una mueca de no importarle—creo que tu deberías llevar la bandera ocre, pero deberás mantenerte en movimiento.

—¿Qué? ¿Talissa? Se la quitarán de inmediato—saltó Ybaum— ¡prefiero cuidarla yo! Al menos así tendríamos alguna oportunidad de ganar.

—No se lo esperarán. Creo que es la única estrategia que puede servir—aseguró—, Zorro y Dino conocen bien la manera de luchar de Criz y pueden quitarle la bandera si lo encuentran solo.

—Que es lo más seguro—agregó Dino—, apostaría que se propuso a sí mismo como capitán y que guardará la bandera en la entrepierna—agregó Dino.

—Tentador—dijo Nikker, sarcástico, con los ojos entornados y los brazos cruzados sobre el pecho. Evan sabía que trataría de tomar las riendas tan pronto como lo considerara necesario.

—Nikker, Ybaum, Zandra y yo saldremos a cazar a los demás, derribando a cuantos sea posible—propuso Evan—. Nikker, conoces bien las debilidades de todos, usa un poco de eso para derribar a los más difíciles: Dante y Bruno. Yo puedo con Criz.

—Por lo menos que te sirva de algo estar de fisgón durante los entrenamientos—gruñó Dino, mordaz.

Arruuu, arruuu. Retumbó a lo lejos un potente cuerno de guerra.

—Entonces, ¿yo qué? —preguntó Talissa con prisa.

—Tú serás nuestra primera baja, pero debe ser de manera en que te ignoren por completo. El que nunca encuentren la bandera nos dará tiempo para buscar la suya y cobrar tantos pañuelos rojos como podamos.

—La estás sacando de la jugada desde un inicio, Evan—arguyó Zandra—, sería lo mismo que si escondiéramos la bandera en el hueco de un árbol, Talissa no puede demostrar sus capacidades si no lucha contra nadie—agregó, frunciendo el ceño—, creo que me gusta más el plan de Nikker.

—Podré luchar de todas formas—aclaró Talissa—, y será difícil que busquen la bandera en mí una vez que me hayan abatido, creo que estoy de acuerdo con Womak—decidió.

—Bien, pues tenemos un plan—declaró Evan, tronándose los nudillos.

—Si eso dices… Creo que derribarán a Talissa y no serán tan estúpidos como para no buscar la bandera entre sus ropas en caso de que la tenga—dijo Nikker, que tenía la misma mirada de cuando se emberrinchó porque no le permitieron cazar al ciervo sagrado.

—Si tanto te preocupa, entonces, Ybaum, Zandra y yo haremos el frente de ataque y tú puedes quedarte con Talissa, si la atacan, tú te asegurarás de que no consigan la bandera ocre—declaró Evan.

—Bien—accedió al fin bajo la fija mirada de Evan. Más le valía no cambiar la jugada sin su permiso.

—Bien—repitieron los demás.

Talissa se ató la bandera ocre alrededor de la cadera, apenas sobresaliendo debajo del pantalón, y la aseguró con fuerza. Rompieron filas y cada uno salió en la dirección que debía. Si todo salía como lo planeaba, Talissa debía dejarse vencer fácilmente por su primer contrincante, mismo que Nikker acabaría, y la dejaría tirada en el suelo en calidad de muerta durante el resto de la prueba, guardando la bandera. No tenía otra cosa que hacer más que confiar en que todos harían correctamente su trabajo y estarían tan alerta como podrían estarlo. Debía derribar a cuantos pudiera en el menor tiempo posible; un equipo cansado podría ser la estrategia de Criz y Brenda.

Zandra, Ybaum y Evan avanzaron en dirección oeste de manera

metódica, atentos a cualquier crujido y tratando de hacer el menor ruido al pisar las hojas secas en su caminar felino. El primero en salir de la oscuridad fue Ívor, quien tomó a Zandra por la espalda e intentó una maniobra para arrancar el pañuelo rojo de su antebrazo. La mujer se lo quitó de encima como si se le hubiera trepado un bicho ponzoñoso. Antes de auxiliarla, Evan miró frenéticamente a su alrededor para buscar a quien lo estaría cazando a él. Bruno salió como toro de entre unos helechos y lo tiró al piso haciendo un escándalo con las hojas. Le dio unos cuantos rasguños en el cuello a punto de alcanzar el pañuelo, pero Evan se levantó antes de que consiguiera arrancarlo. Ubicó la tela roja atada a la pierna de Bruno y lo analizó de pies a cabeza como una flecha. Cargaron el uno contra el otro como cimarrones y Evan terminó de nuevo en el suelo, a la distancia perfecta para arrancar el pañuelo de su oponente, mientras el otro trataba de alcanzar su cuello una vez más. Evan bloqueó sus manotazos y jaló de la tela en su pierna con ambas manos, al momento que el otro trató de dar un paso. Bruno cayó de bruces y Evan acabó de arrancarle el pañuelo hecho jirones. Tocó su cuello para asegurarse de que aún estaba ahí su banderín, y sólo notó algo de sangre cerca de la oreja.

—Estás muerto, Bruno—le dijo, atando el pañuelo rojo de su enemigo en su pantalón.

Bruno alzó un juramento para cuando llegó uno de los guardianes y le ordenó que permaneciera en su lugar. Zandra estaba en el suelo también, ya no tenía el pañuelo rojo y no había indicios del paradero de Ybaum.

Evan recorrió el área como puma en cacería hasta que escuchó gritos y golpes al norte. Corrió hasta el lugar y encontró a Talissa en el suelo con un guardián de cerca. Entre los pinos bajos se encontraban Nikker y Brenda frente a frente, la mujer tenía la piel encendida y la trenza deshecha. Era evidente que llevaban varias rondas y que aún era muy pronto para que aparecieran los moretones de los golpes que ambos propinaron.

—¡Vamos, imbécil, no tengo toda la noche! —gritó la mujer a Nikker.

Dieron algunas maniobras hasta que Brenda estuvo en el suelo y Nikker le arrancó el pañuelo rojo de la pierna. Otro guardia se acercó a Brenda, y Evan notó que del borde del pantalón de Talissa aún sobresalía ligeramente la bandera ocre. Sólo tenía que vencer a quien faltara para llevar ventaja sobre el otro equipo.

Evan se acercó a Nikker pidiéndole el pañuelo rojo de Brenda al tiempo que Artham se acercó a la mujer para cobrar el pañuelo de Talissa. Evan ubicó a su presa y corrió para luego abalanzarse sobre él. Rodaron por una pendiente y se pusieron de pie tan pronto como se frenaron contra un árbol. Evan le lanzó un golpe tras otro, y se percató de que Artham había perdido su pañuelo rojo en algún momento de la caída. Tan pronto Artham se dio cuenta también, ambos se lanzaron cuesta arriba buscando la tela con desesperación. Artham la encontró antes que Evan, y un guardia se acercó rápidamente para observar la lucha. Con la luz de la antorcha, ambos pudieron ver lo suficiente para adoptar la posición de combate.

Evan aguardó el ataque de Artham, alargado y veloz, que se decidió por embestir las piernas. Evan cayó, rodó y se levantó de un brinco. Esquivó varios golpes y bloqueó un puñetazo de Artham destinado a sus costillas; lo agarró del brazo y lo tiró al suelo. Luego se montó en él y lo inmovilizó con una llave, presionando con fuerza su cuello contra el piso bajo su antebrazo. El pañuelo rojo estaba al final de la mano del otro. Criz apareció dentro del círculo de luz, tenía dos pañuelos atados al pantalón.

«*¡Mierda!*»

¿Dónde estaban Zorro y Dino?

Artham consiguió voltearse, aprovechando la distracción de Evan, y se revolvió como hurón para levantarse con rapidez, fuera de su alcance, antes de que Evan pudiera reaccionar. Dos instantes después Nikker salió de entre los árboles y atacó a Criz por la espalda. Para cuando Evan buscó a Artham, éste ya se había escabullido. Miró en derredor, jadeando del esfuerzo, y tan pronto escuchó unos arbustos agitarse cerca de ahí corrió tras él. Acortó la distancia con rápidos trancos y se abalanzó sobre Artham, que cayó sobre un grueso árbol caído y gritó de dolor al tiempo que su espalda crujió bajo el peso de Evan. Le arrancó el pañuelo de la mano y lo aventó tan lejos como pudo, por suerte la tela estaba tan sudada que pesaba un poco.

—¡¿Se te quebró la espalda? ?!—preguntó rápidamente Evan.

—¡No sé! ¡Maldita sea, bastardo, maldito árbol! —exclamó, arqueándose hacia atrás.

Evan vio cómo se llevaba la mano a la cintura y encogía las piernas del dolor. Por lo menos no estaba rota la columna. Gritó a uno de los observadores, que ya se acercaba y Evan se alejó a trote con el pañuelo en mano en dirección a Nikker, pero a quien se encontró en el camino fue a Dino, que parecía haberlo estado buscando, por suerte Criz no había cobrado su pañuelo, todavía.

—Tenemos los pañuelos de Brenda, Lorana e Ívor—le dijo jadeando y con el labio superior perlado de sudor.

—Yo tengo el de Bruno y el de Artham, faltan Criz, Gaián y Dante. ¿Quiénes quedamos?

—Zorro fue derribado por Criz, Talissa por Brenda, y a Ybaum no sé quién lo derribó, me imagino que Gaián; no he visto a Dilek, puede ser que también esté muerto ya.

—Bien, quedamos tú, Nikker y yo contra Dante, Gaián y Criz.

—Tardaremos años en derribarlos y ya estamos algo cansados—dijo Dino, viéndolo con fijeza—hombre, estás todo sangrado de la oreja—Evan apenas se tocó y Dino continuó: —Criz no tiene la bandera, Zorro se dio cuenta demasiado tarde. Creo que es Dante quien la tiene, Criz siempre se adelanta a los dos y Gaián no le quita los ojos de encima.

Evan miró en derredor con prisa.

«Piensa».

Necesitaba una estrategia, pero estaba demasiado cansado para crear un plan ahora, había brincado suficientes troncos y recibido suficientes golpes como para pensar bien a esa hora.

—Busquemos a Nikker—resolvió rápidamente. Eso le daría un poco de tiempo para pensar en algo. Antes de emprender carrera hacia el último lugar donde vio al hombre Dino se guardó algo en la bolsa.

—¿Tienes algún pañuelo? —le preguntó Evan viendo sus manos.

—No, es un cachivache que me encontré cerca del risco—le dijo Dino mientras saltaba una zanja detrás de Evan.

Encontraron a Nikker jadeando, recargado contra una roca, al lado de un Gaián que parecía molido a palos. Evan reconoció la silueta de dos observadores cerca de ahí y se percató de que Nikker tenía un pañuelo rojo en la mano con el que absorbía la sangre que manaba de su boca. Eso significaba que sólo quedaban dos pañuelos, y que Dante y Criz no deberían de estar lejos de ahí para enfrentarlos. La mejor forma de atacarles sería si…

Evan sintió un fuerte golpe en el torso que lo llevó al suelo. Se giró rápidamente para enfrentar a su atacante y encontró el puño de Dante a dos dedos de su cara. Apenas alcanzó a quitarse, pero Dante se sentó en su abdomen y comenzó a golpearlo con fuerza en los antebrazos, mientras Evan se protegía la cara lo mejor que podía. Dante pesaba demasiado para quitárselo de encima con una sola maniobra. En un momento de aliento, jaló la camisa del hombre; y aprovechando el instante en que se reclinó hacia su cara y el peso en su abdomen fue menor, Evan pudo soltar una pierna y luego la otra con esfuerzo para luego abrazar el cuello del otro entre la cara interior de los muslos, apretando con todas sus fuerzas y apretando las mandíbulas cuando Dante trató de liberarse de las tenazas alrededor de su cuello. No aguantaría mucho, pero la maniobra le dio suficiente tiempo a Evan para quitarse a Dante de encima con un giro y ponerse de pie nuevamente.

Miró a su adversario con intensidad buscando como loco la bandera ocre entre las ropas ¡Ahí estaba, atada en la cintura! Tenía que arrancársela, o bien, inmovilizarlo quitándole la banda roja del antebrazo. Dante se acercó de manera metódica, atento a la guardia de Evan, quien apenas pudo echar un vistazo alrededor. Dino estaba tirado cerca de él, y Criz peleaba con Nikker. Dante lanzó dos golpes fuertes directo al hígado, Evan logró moverse lo suficiente por poco, antes de pisar una rama que se quebró bajo su peso, doblando su tobillo. Dante se percató de inmediato de la mueca de dolor de Evan y se abalanzó sobre el tobillo con una patada circular. Si sólo era un torzón, una patada en el tobillo lastimado lo sacaría del torneo. No podía patear para defenderse, sería demasiado arriesgado, y no tenía la habilidad para echarse hacia atrás en un brinco de cabeza. Reaccionó en el último momento lanzándose como puma sobre Dante con todo su peso. Logró derribarlo y como rayo arrancó con fuerza el pañuelo rojo antes de que el otro lograra levantarse.

—¡Muerto! —gritó Evan a un pelo de la cara de Dante, apretando el pañuelo con fuerza. Sentía algo entre las uñas, seguramente algo de pellejo del brazo del otro.

Uno de los observadores se acercó al tiempo que Evan arrancó el banderín ocre del torso de Dante.

—¡Se acabó, malditos! ¡Ganamos! —aulló Evan hacia el cielo, sudado, empolvado y embadurnado de la sangre que le bajaba de la oreja al cuello.

Criz lanzó juramentos en lo que arrancaba el pañuelo rojo del tobillo de Nikker. Cerca de ahí sonó un cuerno, y al poco otro le hizo eco a lo lejos. La cacería acabó. ¡Ganaron!

Evan se puso de pie y sintió el tobillo que comenzaba a hincharse. Trató de caminar, apoyándose con la otra pierna, y quienes murieran durante el juego se levantaron para ir hacia el punto de partida; a donde Evan llevó la bandera ocre y los pañuelos rojos que reclamaron de sus enemigos.

Todos los contrincantes, magullados y con algo de sangre por aquí y por allá, se reagruparon con los generales. Incluso Artham estaba en pie, cosa que lo alivió; una cosa era ganar la contienda y otra muy diferente era que alguien acabara gravemente herido o incapacitado para seguir en el torneo.

Taranis les dirigió una sonrisa que se veía pequeña, encajada en un amplio mentón, y tomó la palabra nuevamente:

—El equipo del este se declara ganador por la recolección de la bandera ocre del enemigo. Womak, su capitán, será premiado con 50 puntos por su estrategia de utilizar a Talissa como señuelo y guardia de la bandera de la voluntad—a Brenda se le desorbitaron los ojos—; por otro lado, el equipo del oeste demostró una mayor habilidad en combate. Buen trabajo, soldados. Sus habilidades en estrategia y ataque cuerpo a cuerpo están a la altura de un líder militar. ¡Enhorabuena! —anunció, asintiendo con satisfacción.

—Unos carros nos están esperando en el camino sur para llevarnos de vuelta a la Villa Militar, las pruebas de lanzamiento con hacha serán el día de mañana a medio día—anunció Andarta.

Un murmullo general de cansancio fue lo que obtuvo por respuesta. Luego los competidores, los observantes y los generales tomaron las antorchas y se dirigieron hacia el camino del sur.

—¡Te escapaste por un pelo, Evan! Dante te tuvo varias veces medio inmovilizado—dijo Criz.

Evan asintió, le ardían los rasguños en el cuello y sentía el tobillo palpitarle.

—Zorro y Dino juraban que tendrías la bandera en la entrepierna y que serías el capitán del equipo—respondió, animado.

—No soy tan idiota, ni para que me agarren los huevos ni para perder puntos que todavía no me gano si hubiera aceptado ser capitán—respondió.

—¿Es prudencia lo que escucho? —preguntó Zorro, bromista.

—¡No, es tu orgullo, corriendo por los matorrales! —dijo Criz soltando una carcajada—. Este idiota creyó que abalanzándose sobre mí me derribaría de un sólo golpe—le dijo a Evan con una sonrisa.

—Si hubieras tenido la bandera te la habría arrancado de inmediato. Admite que no te esperabas el golpe—respondió Zorro, divertido con las provocaciones de Criz.

—No pudiste ni arrancarme el pañuelo, y el tuyo se te cayó como la trusa de un anciano.

Dino hizo un ruido raro y los otros tres se volvieron a verlo sin dejar de caminar.

—¿Qué es eso? —preguntó Criz—Suena como una cornamusa rasgada.

—No sé, lo encontré cerca del risco, pensé que era un tipo de flauta, pero yo creo que lleva tanto tiempo en el piso del bosque que ya se echó a perder—sopló de nuevo por el agujero y salió un sonido grave, interrumpido y reverberante, como el de un animal.

—Es como el sonido que hace el ciervo—dijo Zorro.

—¡Ja! Yo diría que suena como un pedo prolongado—respondió Dino.

—No, bestia, eso es, es un silbato para llamar a los ciervos. Los usan algunos cazadores—dijo Criz, tomándolo para verlo más de cerca.

Evan tuvo la sensación de haber visto antes ese silbato curvo. Lo tomó de entre las manos de Criz para observarlo con detalle bajo la luz de la antorcha. Era un hueso de cornamenta de ciervo, y tenía algunas tallas de formas arcanas. De pronto hizo memoria, y su recuerdo le mandó un chorro caliente de la coronilla hasta los pies y de vuelta en dos latidos.

—¡¿Dónde dijiste que lo encontraste?!—preguntó, desesperado, tratando de no gritar la pregunta. Los otros dos se detuvieron al momento y los cuatro se volvieron cuando un búho aleteó bajo hasta unas ramas cercanas y descabezó a un roedor entre las garras.

—¡Cálmate, hermano! Lo encontré en el risco, en el extremo este— respondió Dino.

—Donde el hedor a muerto— apenas musitó Evan.

Criz lo miró gravemente, parecía que él también comenzaba a temerse lo que él mismo no se atrevía a admitir para sus adentros.

Ese mismo cuerno pendía del cinto del acompañante de Sándor Tecuani, Nareno, el día que hizo guardia en el palacio. Mayari tenía razón, los Sabios no estaban perdidos.

Capítulo 7
La casa de Eleya

D ESPERTÓ CON UN SOBRESALTO en la absoluta oscuridad, una vena latía con fuerza en su cuello y el murmullo de su corazón golpeteaba sus oídos. Más allá los hombres roncaban en sus catres, y en las cercanías ululaba un búho solitario. No había signos de peligro. Pasó la mano alrededor de la boca y por el mentón y sintió los nudillos magullados y sensibles. Aún adormilado, tragó saliva amarga y abrió poco a poco los ojos arenosos en la pacífica negrura de la media noche. Aún faltaban horas para el amanecer, y más le valía descansar antes de la prueba de lanzamiento de roca.

Hizo una mueca de dolor cuando intentó acomodarse para volver a dormir, tenía el cuerpo adolorido y el costado, por donde Dante lo había tirado hacía unas horas, comenzaba a amoratarse. Sin embargo, sentía un pesar más profundo que no ubicó de inmediato y que no le permitía dormir. Estaba apesadumbrado, pero no recordaba por qué. De poco en poco, los eventos de la noche anterior cobraron nitidez y sus emociones sentido: los Sabios. El viejo y recurrente temor de fallarle a los suyos que lo perseguía desde niño lo asaltó de pronto, embargándolo con una familiaridad punzante y dolorosa. Se negó a abordar el tema, volvió a cerrar los párpados y se forzó a dormitar antes de salir a correr a la pista.

Cuando abrió los ojos de nuevo el sol ya inundaba el cuartel vacío al momento que la llamada a entrenamiento sonó con fuerza; seguramente no era la primera. Se levantó de un brinco lanzando maldiciones, se colocó el uniforme por encima de los moretones y la piel sensible, y salió apurado al punto de reunión; por suerte el dolor del tobillo era ya sólo un rumor.

—¡Señor Womak!

Evan giró sobre sí mismo buscando quién le llamaba camino a la pista de lanzamientos. Encontró a un hombre bajito con pinta de sirviente acompañado de un lobato. Ambos se detuvieron para dejar pasar a una hilera de soldados a trote.

—¿Señor Womak? —preguntó el sirviente con mirada cauta una vez que se acercó. Evan apenas aminoró el paso para saludarle e hizo la seña de que le acompañara—. Vengo de parte del señor Leándor Womak, señor— dijo el hombrecillo, que caminaba rápidamente a su costado.

—¿Están todos bien? — Evan no reconoció el miedo en su propia reacción hasta que las palabras estuvieron fuera. Lo asaltó de nuevo la sensación de fallarle a los suyos, pero la ignoró.

—Sí, señor. Me ha encomendado llevarlo el día de hoy a la Casa de Eleya, señor.

Evan se detuvo de pronto, recordando la conversación que tuvo con su tío la noche que regresó de la Villa de los Alban, y el hombrecillo volvió sobre sus pasos para verle de frente. ¿Ya tan pronto era la reunión? ¿Cómo se organizaría? La prueba de lanzamiento de roca empezaría muy pronto… ¡No tenía tiempo para otra cosa! Se talló la frente, mirando al vacío e intentando pensar; tampoco tenía cabeza para otra cosa.

—Tengo una prueba importante, ¿a qué hora comienza la audiencia?

—Me solicitó llevarlo al cenit, mi señor.

—Bien, el torneo será en la arena del recinto de la feria, espéreme en la entrada. Si no me ve para cuando tenga que marcharse, vaya sin mí.

El sirviente asintió, mirando su uniforme como tomando nota, y luego se excusó, seguido del lobato que se despidió con el saludo militar. Evan reemprendió la marcha a trote, preocupado por estar libre al momento de la reunión, pero la prueba era más importante. Se reprendió a sí mismo: «*Es lo* único *importante*».

Cuando llegó a la pista de lanzamientos todos los demás tenían pinta de llevar ahí desde el amanecer, y estaban igual de cansados y magullados que él. Habían calentado ya y se alistaban para iniciar la práctica previa a la prueba. Evan dio unas vueltas a trote para calentar y luego hizo una serie de estiramientos mientras observaba los lanzamientos de los demás. Estudió con detenimiento cómo Ybaum tomaba una de las rocas redondeadas y pulidas y la colocaba en la cuenca entre su cuello y el hombro. Después de un par de vueltas desempeñadas con maestría, lanzó la roca con fuerza exhalando un grito. La piedra cayó pesada sobre la hierba sin moverse un dedo a una veintena de pasos largos.

—No te quise despertar, te veías tan cómodo en tu catre—dijo Criz, socarrón.

—Vaya, gracias—respondió con ironía, y dio un paso hacia las balas de piedra cuando Criz lo detuvo del hombro.

—Estaba pensando en regresar al risco—le dijo el rubio.

—Tengo prisa—respondió, soltándose, e ignoró por completo la reacción del otro.

Se acercó a la pequeña pila de rocas, que tenían el tamaño de una hogaza de pan y que pesaban más que una espada larga, y se inclinó para tomar una y sopesarla antes de probar el lanzamiento.

—Me olvidaba de que el asunto te importa una mierda—insistió Criz, más serio.

Evan probó el primer lanzamiento, tratando de concentrarse en la técnica y darle poca importancia a lo que Criz le proponía, pero se engañaba a sí mismo. También pasó por su mente el regresar al risco y constatar si la pestilencia que percibieran el día anterior provenía realmente de los cuerpos de los Sabios. La piedra cayó a medio camino de las del resto de los contendientes haciendo una hendidura en la hierba. Tensó la mandíbula con el gesto fruncido a la vez, irritado, y se inclinó para tomar otra roca. Debería dejarse de especulaciones y concentrarse en su verdadero trabajo.

Criz observó su lanzamiento sin prestarle mucha atención y luego permaneció a su lado con la mirada clavada en él. Terco como siempre, seguramente no le dejaría entrenar hasta que tuviera una respuesta. Justo antes de lanzar de nuevo, Evan se volvió, exasperado.

—¿Comparado con esto? Sí, me importa una mierda. Ve tú —. No esperó la respuesta de Criz e intentó otro lanzamiento al momento que el otro se alejó sin decir más.

Evan se volvió, negando con la cabeza, e intentó practicar todo el tiempo que pudo antes de que partieran al recinto ferial.

Durante el trayecto sintió su mente saturada y a la vez no pensaba en nada. Para cuando volvió a concentrarse ya estaba en la arena, ya había cambiado el uniforme por la trusa del torneo y se presentaba a los contendientes a un público escueto; un puñado de gente comparada con el día de la inauguración. Sin embargo, era la mirada de los generales la única que importaba.

Los jueces les explicaron entonces que la prueba consistiría en tres series de tres lanzamientos, con un turno por competidor en cada serie. Era una prueba de fuerza, pero se valoraría tanto la técnica expuesta como la distancia que alcanzara cada roca.

Durante el examen la arena estaba tan silenciosa como un bosque de Ánuin, excepto por la ocasional exhalación con un grito en cada lanzamiento y los aplausos recurrentes del público. Los lanzamientos de Evan eran bastante promedio, incluso algo debajo del desempeño de los demás contendientes. Por mucho que se concentrara, no hallaba la mejor técnica. De por sí, sus habilidades siempre se limitaron al ataque frontal, ya fuera en lucha o con la espada. Evan lo sabía muy bien y por eso prefería concentrarse en las pruebas en las que podría obtener altos puntajes, pero cada una de ellas importaba.

Cuando el tercer turno llegó, Evan miró su sombra, ansioso; estaba casi debajo de él, lo que significaba que faltaba cada vez menos para la reunión de su tío. Levantó la piedra con ambas manos.

«*Aquí, ahora*» se repitió a sí mismo.

«*Quédate aquí, esto es lo único*».

¿Qué tanto se lo decía a sí mismo por reprenderse y qué tanto era un consuelo para no tener que pensar en los Sabios?

Lanzó la roca.

El resultado fue patético, incluso alguien cercano exhaló un silbido denotando lo malo que fue. Los jueces observaban atentos en lo que una mujer medía la distancia precisa con un listón atado a una vara. Evan respiró profundamente, vació su mente y se concentró en la superficie rústicamente pulida de la piedra. Calculó el impulso y el cómo debía sentirse el cuerpo para que la roca llegara a donde deseaba. Exhaló con fuerza al momento del lanzamiento. La piedra se desvió un poco, pero no sólo superó por mucho su último intento, sino que por poco alcanzó las rocas más lejanas de los otros contendientes. Finalizó la prueba tratando de superarse sin demasiado éxito y regresó a la fila, esperando que los demás contendientes terminaran la última ronda.

De entre todos, Camalós, el General Yntaura que lideraba esa prueba, sólo felicitó a Zandra e Ybaum por su desempeño: siempre sobresalientes en lanzamiento. Eran catapultas humanas que podrían dar a un objetivo fijo a más de una decena de pasos con una piedra que requería de ambos brazos para cargarse. En lo que concernía a él, los resultados quedarían en la niebla de la expectación hasta acabado el torneo, ya que los puntajes de todas las pruebas se mantendrían en secreto hasta el conteo final; por lo que la prueba terminó sin más.

De regreso a la amplia tienda de los campeones, Evan agradeció la ausencia de mayor protocolo y miró al cielo con prisa, apenas tendría tiempo de enfundarse el uniforme.

Para su suerte, el carruaje con bellotas aún aguardaba en la entrada de la arena del torneo para cuando salió. Los caballos masticaban con parsimonia dentro de sus sacos, por lo visto llevaban un buen tiempo esperándole. Trepó en un movimiento, agitando todo el carruaje, y se sobresaltó cuando vio que la cabina no estaba vacía. De inmediato reconoció el gesto adusto y permanentemente irritado de la nana de sus primos, quien le miraba con reproche desde el banquillo de piel que tenía enfrente.

—Lo lamento, no quise asustarte—dijo la nana, una mujer delgada y pequeña con el cabello entrecano y arrugas entre la nariz y los labios, que lo evaluó de pies a cabeza—Tu tío me ha solicitado que te asista con el arreglo personal, lo que me parece más que atinado. He traído ropa y toallas húmedas, pero ya veo que has tenido tiempo de zambullirte en algún bebedero de porquerizo—agregó, sumando más arrugas alrededor de una nariz fina y respingada.

Evan echó una ojeada al hombro de su caftán, donde señaló ella; estaba húmedo por el goteo de su cabello. La nana le ofreció un cepillo de madera, y después de alisarse un poco la greña, Evan se tocó el mentón rasposo para descubrir que tenía ya un poco de barba incipiente, su desarreglo era más inoportuno que nunca.

—A menos que planees rasurarte con la espada que traes ahí, sugiero detener el carruaje en el barbero, si me permites—dijo la señora; y antes de esperar su respuesta, dio la orden al conductor.

Como galera sobre la mar de casas y negocios en el corazón de la ciudad, la Casa de Eleya se levantaba señorial, rodeada por un jardín arbolado, a un costado de la Plaza de la Justicia. Lo que originalmente fuera una casa comunal de considerable envergadura, de muros altos de madera y techos empinados, había sido ampliada aún más a lo largo de los años. Sin embargo, con el fin de conservarla como un solo edificio, fue extendida hacia arriba, agregando nuevas estancias, una sobre otra, cada una con su propio techo inclinado; creando el efecto de una pirámide ordenada de casas pequeñas sobre una más grande. El edificio se remataba con una casita pequeña que, como Evan descubriera hacía años durante una escaramuza de los hombres de Peréndimor, se trataba del albergue de una gruesa campana que rezumbaba a la par de todas las alarmas del resto de Daet, llamando al pueblo a defenderse. Los diferentes tonos de madera utilizados en su fabricación, el trabajo de ebanistería y la base de piedra, le conferían un aire majestuoso, mientras que los remates como esculturas de proa de barco en cada pico le daban un carácter místico, casi tenebroso.

Desde la diligencia, Evan se percató del gentío que pululaba en el jardín alrededor del recinto legislativo, que se iba nutriendo con decenas de personas que descendían de finos carruajes. Tan pronto reconoció el otro carro de su tío bajó de un brinco. Echando un vistazo alrededor, agradeció que la nana le hubiera ofrecido pasar donde el barbero. Sólo recientemente, en el funeral del rey, había visto semejantes galas. Estar recién afeitado, con el cabello recortado, y una muda de ropa impecable y a la altura del acontecimiento restaba algo de la ansiedad que ya de por sí sentía.

Se abotonó hasta el cuello el caftán de lana azul y acomodó el cinto con la espada por quinta vez antes de acercarse a Leándor. Le encontró dando el brazo a una mujer de edad avanzada que tenía los cabellos completamente blancos, y la poca piel que mostraba su vestido se veía delgada y suave como la seda. A pesar de su edad, su postura exudaba liderazgo y recato, y por la actitud de las personas que le rodeaban, Evan adivinó que se trataba de la líder de uno de los clanes. Prestando más atención a su alrededor, se percató de que eran principalmente los líderes de los clanes quienes asistían al evento, o por lo menos de parte de Daet, pues también descendían dignatarios, a vistas extranjeros, de carruajes con el águila de los Nayar.

Tan pronto se percató de su presencia, Leándor le guiñó un ojo sin dejar de escuchar lo que la anciana le decía; con la otra mano le indicó que se acercara.

—Digualda, te presento a mi sobrino, Evan. Es uno de los contendientes al título Yntaura Ácuila, representando a los Womak.

La sonrisa de la mujer le arrugó todo el rostro, sus ojos claros dejaron entrever una mirada juvenil y tenaz. Evan extendió la mano con una sonrisa esperando un apretón de manos, pero la mujer tendió la suya hacia enfrente para que Evan la tomara entre las suyas.

—Mucho gusto, joven—dijo con cordialidad desinteresada.

—Digualda Ánuar es la líder del clan Anawák—mencionó su tío.

¡¿Acababa de decir Anawák?!

La mujer relajó la mano entre las de Evan con una sonrisa de confusión. ¡Era la dueña del regalo del último intercambio! Si tan sólo lo hubiera llevado ese día...

Su tío y Digualda dieron un cabeceo y avanzaron a su lado después de unos momentos, y hasta entonces no cayó en cuenta de que había sido de lo más descortés en quedarse viéndolos como idiota.

Dudoso de cuál era el protocolo para la imbecilidad, se colocó detrás de ellos en la fila para ingresar al recinto; totalmente contrariado. ¿Por qué no había llevado el rollo ese día? ¿Por qué no se le ocurrió que tal vez vería a alguien del clan a quien podría entregárselo y deshacerse de él de una vez por todas? Podría cabalgar hasta la Villa Militar a toda velocidad y regresar de inmediato, pero nunca podría lograrlo antes de que terminara la reunión, y se perdería de la misma.

Negó con la cabeza. No, el rollo tendría que esperar.

Al poco de ingresar al recinto, sus pensamientos viajaron vertiginosamente a un pasado distante. Estaba seguro, la última vez que había entrado a ese lugar lo hizo de la mano de su abuelo. El recuerdo lo golpeó tan fuerte que se le erizó la piel al observar el marco labrado de la entrada. Arriba, entre el portón a dos hojas, y a resguardo del techo más bajo, había un intrincado nudo de madera tallado con maestría. De la figura sobresalían tres símbolos entretejidos: un cuervo, simbolizando la inteligencia, un jabalí, simbolizando la fuerza de voluntad y un salmón, representando la sabiduría; a la vez que cada criatura pertenecía a uno de los tres reinos:

el cielo, la tierra y el agua. Alrededor del nudo de tres picos, una larga y delgada serpiente devoraba su propia cola. "Simboliza la eternidad" le había explicado su abuelo, cuando Evan preguntara horrorizado por qué la serpiente se engullía a sí misma. Sin embargo, no era el único símbolo en el edificio que desde ese entonces le inspirara fascinación, todo él estaba recubierto con antiguos símbolos guerreros, personajes de historias llenas de crímenes atroces, escenas de leyendas sobre injusticias enmendadas y moralejas de las que aún se cantaban canciones en las tabernas y burdeles; mientras que las más bellas historias se reservaban para bodas, celebraciones estacionales y la fiesta de la Cumbre Quinquenal.

Tan sólo de entrar se maravilló con lo perfectamente idéntico que se conservaba el recinto a pesar de haber pasado al menos una década desde que lo visitara. Tan pronto como entró se encontró frente a la impactante escultura de Eleya, Diosa de la justicia y mujer lechuza, la guardiana del código legal que regía el Consejo de Clanes y el Consejo de Guerra.

Se encontraba al fondo de su propia casa, alta, fuerte, regia, y labrada en la más preciosa de las maderas. Sus pies se fundían como raíces en el suelo, y su cuerpo, pulido, perfecto y alargado, terminaba en un hermoso rostro de lechuza en forma de corazón. Con los ojos cerrados y las manos descansando a cada extremo de su asiento, que era una enorme balanza, era Ella quien regía la ley marcial y, por tanto, cada acción de todos los soldados, incluido él mismo.

La miró con aprensión y tragó saliva antes de que su tío le asignara el asiento detrás del suyo propio, en la segunda fila alrededor del círculo del orador. Desde ahí podría verlo todo, incluso hasta los palcos superiores, que estaban llenos ya, así como comenzaba a llenarse el segundo nivel con personas que jamás había visto.

Había veintiún asientos alrededor del amplio estrado circular al centro del templo, colocados en semicírculo, y tocando en cada extremo a Eleya, como si ella fuera un miembro más del Consejo y a la vez lo presidiera. En su sitio ya se encontraban todos los líderes de los clanes. Reconoció al del clan Cardenal, un hombre robusto, alto y moreno, con gesto serio y una boca amplia que parecía nunca sonreír. Una mujer de avanzada edad, vestida de verde y lila, representaba al clan Cynara; detrás de ella estaba sentado un joven poco mayor que Evan, a vistas su nieto, quien habría de tomar su puesto dentro de poco.

Reconoció al padre de Brenda, representando al clan Alcotán; con su hija compartía la piel blanquecina, los ojos grises, más claros por dentro y delineados en un tono más oscuro, que hacía su mirada penetrante y acosadora. El clan Donau siempre había sido representado por matronas, y esta ocasión no era la excepción. La mujer corpulenta que lo presidía iba acompañada solamente de mujeres, todas vestidas de blanco. El abuelo de Zorro era quien regía el clan Tlatoah, igual de alto, espigado y cuyas canas sustituyeron el cabello rojo. A diferencia de Zorro, su abuelo siempre iba sonriendo y haciendo amistad con quien tuviera de frente, pero él sabía, por su nieto, que el hombre era un as para las negociaciones duras.

Los líderes del clan Hankinard y Ferley estaban sumergidos en una conversación con Médomar Potomac, figura prominente del clan Espadaña y jefe interino del Consejo de Clanes. Entre todos ellos descansaba la figura redondeada de Mayari. Se la veía seria y no hablaba con nadie, pero Evan sintió un alivio insospechado; no percatándose hasta ese momento de lo preocupado que había estado por ella.

Una ola de susurros creció en dirección a la puerta y Evan se giró sobre la silla de alto respaldo, para luego ponerse de pie para recibir a la reina Anturia y su cortejo.

Con la mirada por encima de las cabezas de los asistentes, Evan reconoció al embajador Ravenjut detrás de ella, acompañado de cerca por Nándor Culén como su guardaespaldas, y a su vez seguidos por el embajador de Ásteros, que presentaran el día de la inauguración del torneo y que vio de cerca cuando hizo el juramento.

Pasaron a su lado por el pasillo principal, que conectaba la puerta con el círculo del orador. Era casi imposible ver el rostro de la reina, así pasara tan cerca, debido a los altos cuellos de encaje almidonado que alcanzaba la altura de las mejillas de Evan. Era como si la corona de alas brillantes sobre su cabeza flotara por sí sola sobre un largo vestido zafiro.

El embajador de Ásteros tomó un lugar especial en los palcos ligeramente elevados en un tercer círculo, detrás del Consejo de Clanes. Evan no omitió que, a diferencia de éste, Ravenjut se sentó justo detrás de la reina, en el sitio que normalmente tomaban los sucesores. El príncipe Pátrak brillaba por su ausencia.

Médomar permaneció de pie después de que todos tomaran asiento y dio la bienvenida a cada uno de los líderes de clan, quienes se levantaban para recibir breves aplausos; uno especialmente largo para la reina y el clan Nayar. En breve se anunció que el orden del día giraría en torno a asuntos relacionados con el comercio del río Laeth, que unía a todas las naciones de la península. Un tema que esperó valiera suficientemente la pena como para dejar de entrenar por estar ahí.

Después de un par de intervenciones protocolarias, le fue cedida la palabra a Osgalaj Ravenjut, quien se alzó detrás de la reina para presentarse como embajador del Imperio de Raganjar y asesor personal del clan Nayar.

Había algo en su rostro que llamó su atención desde la primera vez que lo viera, pero que no alcanzaba asir: mientras que, por un lado, las arrugas de su frente le conferían un aire de sabiduría, experiencia y apertura, por el otro, la profusa barba y bigote recientemente encanecidos, dejaban poco a la vista de sus expresiones, algo digno de un hombre al que le gusta tener el control de lo que los demás ven de él, como si sus reacciones fueran involuntariamente más transparentes de lo que desearía y con ello lograra esconderlas. Aunque algunos de sus gestos inspiraban confianza y amabilidad, su mirada, por otro lado, era por demás ladina y severa. Evan apostaría que el hombre hacía un esfuerzo consciente por tratar de suavizar sus propios rasgos en las negociaciones. Seguramente era alguien que estaba muy consciente de la imagen que quería proyectar y que la utilizaba como principal recurso para lograr sus cometidos. A fin de cuentas, un gesto severo como el suyo intimidaría fácilmente a cualquier contrincante. Aun así, la sonrisa que dirigía a su audiencia podría reverberar en las mejillas; pero no se reflejaba en sus ojos.

Eso era: lo que sentía cada vez que veía al embajador era ambivalencia, por no pensar en hipocresía. Por supuesto. Era una persona en el fondo insincera y mucho más inteligente de lo que deseaba aparentar. Tan pronto lo comprendió, una defensa invisible se alzó entre él y Ravenjut. Así nunca tratara con él, no confiaba en ese tipo y se preguntaba por qué su tío lo observaba con tanta admiración.

—...tiene un potencial capital para Daet— le escuchó decir a Osgalaj tan pronto aterrizó su atención de vuelta en la sala—. Además, reabrir el comercio entre las cinco naciones a través de la navegación del río pondrá a la península de Lethendai en una posición elevada entre los comerciantes del sur, lo que reforzará el comercio de las cinco naciones, a fin de poder hacer frente a invasores del sur, o del Cuello, al oeste de Daet.

Se oyeron murmullos de aceptación entre el público a lo que el embajador acababa de decir y Evan se removió en su asiento.

El embajador de Ásteros, de largo cabello rizado y canoso, pidió la palabra, poniéndose de pie a la vez:

—El comercio, junto con la navegación interior del Laeth fue interrumpida, entre otras cosas, por la forma del río. Como varios comprobamos camino aquí, es una vía fluvial de difícil navegación, por no decir casi innavegable. No olvidemos la crisis de piratería de hacía veinte años donde se perdieron la mayoría de las cartas de navegación. Gracias a los ataques constantes, y a los peligros que ofrece el propio río, no habría hoy en día un sólo marinero cuerdo que se atreva a volver a trazarlas—mencionó.

Ahora que lo pensaba, recordó que los viejos pescadores aún hasta ese día contaban las historias de cuando los enormes barcos mercantes llegaban a la costa del río Laeth. Desde hace algunos años sólo se apreciaban barcos de pesca y uno que otro de transporte. A decir verdad, hasta ese momento se explicó por qué había cambiado tan drásticamente el uso del río. Eran algunas de tantas cosas que cambiaron en los últimos años en Daet. Los ancianos hacían muchos comentarios al respecto, pero siempre consideró normal que los viejos sintieran nostalgia.

El debate comenzó de manera ordenada hasta que alguien sugirió que las leyes de comercio y navegación fueran reescritas y las cartas vueltas a hacer:

—Podrían pagar exploradores para realizar la cartografía del río con las más recientes tecnologías—mencionó un hombre corpulento y pelirrojo, líder del clan Atalaya.

—¡Eso tomaría años! —respondió el padre de Brenda—Esas cartas de navegación seguramente pueden encontrarse por un buen precio, pero es importante comenzar pronto a construir un puerto mercantil de la talla necesaria para abrir el comercio hacia el oeste, y el mejor lugar para hacerlo es Daet.

—Yo apostaría cincuenta reses a que están en Ciudad Etérea— mencionó un hombre corpulento y con el rostro rojizo.

—Sí. Seguramente bastaría con hacerles una solicitud amable para que las entreguen—mencionó una mujer a tono de broma, oteando en derredor para confirmar que no hubiera ningún representante de ese país y levantando varias risas entre los presentes.

Ciudad Etérea, otrora uno de los reinos más poderosos de ese lado del mundo, ahora no era más que un nido de ratas, burdeles y piratas.

—¿Comerciar hacia el oeste, dijo usted? —ahora fue la representante del clan Tras la Cascada quien levantó la voz. Sus largos pendientes de plata se agitaron con el impulso enérgico—¿Qué tenemos nosotros que ver con Peréndimor? —demandó saber, estampando su bastón contra el suelo— Cualquier trato que se haga con ellos se tomará a mal y eso sólo podría traer problemas a Daet. Y, por supuesto, nuestro clan es el que más pronto se vería afectado.

—O el nuestro, Triana—levantó la voz el fortachón representante del clan Atalaya—Pero no tememos a la gente del oeste—el hombre se contuvo de lanzar un juramento, de todos los clanes, el Atalaya era el peor enemigo de Peréndimor—. Eso no puede detener el crecimiento de nuestra nación—terminó. El hombre tenía un punto, pero cayó en oídos sordos.

—El río está en nuestro territorio, Talud, y somos nosotros quienes nos veríamos más expuestos—replicó Triana, enérgica—. El paso del sur está más vigilado que un cadáver por buitres—dijo ella, y Talud clamó con orgullo—. Hay una paz de por sí frágil entre dos naciones, una vía de comercio a través de sus tierras tendría que abrirse con sangre y acero—terminó la mujer, tomando asiento de nuevo.

Susurros de aprobación viajaron por la sala en lo que Osgalaj tomaba la palabra nuevamente:

—La cuenca del nacimiento del Laeth serviría de bahía natural para que los barcos descarguen sus mercancías. El clan Mil Fuentes y el clan Tras la Cascada se verían sumamente beneficiados con esto. Además, no será necesario luchar para abrir una vía de comercio. Podría utilizarse la Ruta de los Lobos para este fin; sólo sería necesario ensanchar los caminos y colocar puestos de vigilancia de manera estratégica.

Mayari, hasta ese momento silenciosa, se levantó de inmediato. Tal vez mencionaría ahora algo sobre Sándor, aunque estuviera fuera de tema. La distancia hacía que no se apreciara el cansancio y el duelo que vio en ella unos días antes, pero saltaban a la vista sus cejas pobladas y arqueadas sobre ojos saltones y severos. Su voz era engañosamente suave, a vistas se contenía cuando dijo:

—La Ruta de los Lobos es un camino sagrado de peregrinaje para ambos pueblos. Ni se ensanchará, ni se utilizará para el comercio. Es una vía libre de sangre, que se ha respetado por su mismo carácter sacro; ningún sabio, ningún Alban y ningún miembro de las Primeras Naciones estará dispuesto a permitir que se convierta en un camino cualquiera para el paso de carretas y comerciantes.

Algunos miembros del consejo rechistaron tanto a favor como en contra y se llamó al orden. Tan pronto Anturia se puso en pie, se hizo un silencio absoluto.

—Esa decisión no descansa en los Alban—replicó—. La zona del norte de la riviera me pertenece por derecho de matrimonio—dijo con gesto decisivo y elocuente—. Esas tierras fueron obsequiadas a la casa imperial de Raganjar al momento de las negociaciones para la unión entre las dos naciones, y la decisión de qué hacer con ellas yace solamente en el clan Nayar.

Murmullos flotaron en derredor y tan pronto la reina volvió a tomar asiento, varios líderes pidieron la palabra con premura.

La líder del clan Anawák, Digualda, fue la primera en levantarse con la ayuda de un alto bastón de sauce. Médomar, quien con cada intervención iba frunciendo el ceño más y más, le cedió la palabra.

La anciana aguardó unos momentos para añadir peso a lo que iba a decir:

—La ley del Consejo de Clanes, y que Eleya me corrija si no es así— miró a la estatua de madera como si de una persona se tratase—no permite que un sólo clan tenga poder sobre una extensión tan amplia de territorio— la reina hizo gesto de responder, pero Digualda continuó, irguiéndose aún más y siguiendo con voz taimada—el rey Idelfonz, que Kerridaan le tenga en su corazón, no pudo obsequiar algo que, de inicio, no le pertenecía— Digualda se tomó un momento para elegir sus palabras—: Ese territorio pertenece a las Primeras Naciones y a los clanes antes mencionados. Estoy segura de que una negociación tan importante debió considerarse en su momento en una reunión del Consejo de Clanes, que, si no me traiciona la memoria, nunca se llevó a cabo.

Un par de personas que habían solicitado la palabra la cedieron cuando Digualda terminó de hablar.

—Lamento informarle, Señora, que dicha reunión sí se llevó a cabo— bramó la reina sin ponerse de pie—¡Pero se vio interrumpida por rebeldes y agitadores! —Anturia contenía la conmoción en una postura impecable, pero su rostro comenzaba a verse cada vez más afectado. De un momento al otro, se elevaron comentarios entre todos los presentes, al nivel del círculo y en las dos estancias superiores. Todos hablaban unos sobre otros, de manera que Evan no pudo rescatar ningún comentario completo.

Médomar llamó al orden hasta que la sala se aquietó nuevamente en lo que Evan alcanzó a ver a la reina girarse en su asiento para hablar con el embajador Ravenjut, asintiendo y hablando a media voz con él. Luego la mujer solicitó la palabra nuevamente, y habló con reserva y seriedad:

—Las leyes de Raganjar son claras en cuanto a los obsequios matrimoniales—su aseveración adquirió un ligero tono de amenaza—pero esto no tiene por qué ser problema; cuando mi hijo sea coronado rey, esta dote pasará a ser suya y Daet no habrá perdido nada.

—¡Pero si no perdió nada de inicio! —saltó el líder del clan Mil Fuentes. Para un hombre tan bajito y chato, escondía una voz tremendamente profunda. Varios asintieron a su favor y otros muchos elevaron su voz con molestia. Antes de que Médomar pudiera exigirle decoro, Mayari se levantó y alzó su voz sobre las de los demás:

—¿Qué le hace estar tan segura de que su hijo será elegido rey? —el tono en el que se dirigió a la reina era por demás irrespetuoso, como el de una niña replicando insolente a su madre. Algunas mujeres elevaron un aullido de indignación por el atrevimiento, pero Mayari continuó con la misma fuerza:

—Le recuerdo que se requiere de la aprobación de todo el consejo para que esto sea así. Este es un país donde, aunque se valora la sangre, el liderazgo se gana más que se hereda.

Un escandaloso torrente de comentarios le siguieron; de asombro, queja, o apoyo y admiración. La reina se levantó nuevamente con lo que a Evan le pareció el zarpazo de un lince.

—Si la preferencia de los Sabios está en dejarle la corona a un farsante…—exclamó con los labios tensos y mostrando los dientes como esculpidos—Entregar el reino a un embaucador, a cualquiera, entonces será sangre verdadera lo único que resultará de aquello—bramó Anturia.

Se hizo silencio, como si toda la sala contuviera el aliento. Osgalaj se levantó al lado de la reina en muestra de apoyo y todos los miembros del consejo saltaron a discutir, como truenos antes de la tormenta.

Médomar exigió orden y silencio a ton y son. Los guardias de la reina se movilizaron tan pronto como hizo ademán de retirarse sin más, mientras que las personas más cerca de ella aguardaron, estupefactas, hasta que por fin la voz de Médomar superó a las del resto:

—Señor Tomlen, Sacerdotisa. Por favor—su tono estaba entre el ruego y la represión. Los miembros del Consejo guardaron silencio y tomaron sus asientos nuevamente. Sobre las demás, la voz de la reina, intencionada sólo para sus allegados raganís, se escuchó clara y fuerte:

—Los miembros del Consejo deberán elegir sabiamente, en Raganjar nos tomamos muy en serio los pactos matrimoniales.

Evan pasaba la mirada entre Médomar, Anturia y Mayari, que pestañeaba entre la incredulidad y la rabia. Si la sacerdotisa no se contenía podía terminar meditando el resto de sus días en las mazmorras debajo de la Plaza de la Justicia. Por suerte, Médomar pasó ese comentario como si la reina no lo hubiera dirigido a la sala y siguió llamando al orden.

—Su Majestad—llamó Potomac, cauto y con decoro—, reputados miembros del Consejo, les ruego encarecidamente que volvamos al objetivo de esta reunión, que es, precisamente, discutir el aprovechamiento comercial del río Laeth en beneficio de las cinco naciones y en honor a que contamos con tan estimables invitados—el hombre calvo miró a todos desde su podio con severidad y dirigió una reverencia a los embajadores de Raganjar y Ásteros, que fueron los únicos en asistir a la cumbre—. Por favor, mantengámonos en el curso de ese debate—terminó.

Luego se acomodó el fino caftán de seda, como poniendo en orden sus ideas. Cada vez se sentía más calor en la sala, por lo que solicitó se abrieran las ventanas. La brisa refrescó un poco a los asistentes mientras las personas en los palcos superiores se abanicaban, amodorrados.

Reanudando la reunión, Ravenjut fue el primero en solicitar la palabra, y Evan se percató de que Médomar accedió algo dubitativo.

—Respetable Consejo—inició con su característico esfuerzo por suavizar el acento gutural que marcaba ligeramente las consonantes— un acuerdo comercial entre las cinco naciones nos beneficiaría a todos en gran medida. Tanto el tener acceso a bienes de tierras lejanas, así como poder exportar nuestros productos, será un beneficio mutuo que enriquecerá a todas las naciones. Este hermoso país tiene una mano de obra maestra en la fabricación de artesanías, sus armas alcanzan el más exquisito arte y sus escribanos y estudiosos podrían intercambiar ideas en los tres continentes. Ásteros, Lestari, Ciudad Etérea, El Imperio de Raganjar y Daet, todos podríamos beneficiarnos profundamente del aprovechamiento comercial del río Laeth.

Poco a poco, el debate retomó su curso hacia el tema mercantil y Médomar se mostró un poco más transigente cuando comenzaron a discutir si el tratado debería de beneficiar a otras naciones. Alguien en la sala preguntó por qué habrían de compartir los beneficios con Ciudad Etérea, o Lestari, que no se dignaron en asistir a la Cumbre.

—La razón por la que no nos acompañan en esta Cumbre los representantes de Lestari ni de Ciudad Etérea, es una que nos da mucha pena—respondió Médomar con voz suave—. Sin embargo, ¿no es esta una iniciativa para fortalecer la economía de toda la península?, ¿no es, acaso, para fortalecernos ante amenazas externas, ante invasores del sur, que amedrentan con tomar estas tierras? —se hizo silencio—. Cuando la paz tenga un precio, ¿cómo lo pagaremos?

—¡Con sangre y acero! —saltó Talud como si estuviera brindando. Médomar hizo una pausa, pero siguió su discurso sin responderle:

—Necesitamos revivir los acuerdos comerciales para protegernos entre las naciones. El código legal entre naciones dice…

El embajador de Ásteros no aguardó a ponerse de pie o a que Médomar terminara su intervención para alzar la voz, visiblemente molesto:

—Los acuerdos comerciales fueron violados y masacrados hace décadas, y la única razón por la que los representantes de las otras naciones no se encuentran aquí es, precisamente, porque se violaron el mismo día en el que…

—Se puede redactar un nuevo código—interrumpió Osgalaj, desechando su comentario, pero el embajador astur gritó fuerte. Parecía espumear de la boca:

—¿Y quién lo redactará? ¡¿Los bárbaros despechados de tu imperio que ahora batallan en las puertas de Ásteros?!—el hombre hacía ademanes en el aire, furioso— ¡Esto es un ultraje, un circo!

Evan no fue el único en dar un sobresalto. Los astures se pusieron en pie y los raganís hicieron lo mismo. Evan observó cómo Nándor, así como el resto de los guardias de la reina, asumieron la postura de protección a Ravenjut y la comitiva de la reina, alertas. Evan se encontró a sí mismo de pie por igual, muchos lo estaban. Médomar golpeó el suelo fuertemente con un largo bastón, llamando frenéticamente al orden. La líder del clan Donau comenzó a levantarse con dificultad y anunciar su retirada.

—¡Por favor! ¡Orden! —Médomar repetía lo mismo una y otra vez y hacía gestos pidiendo nuevamente la moderación de los miembros del Consejo. Leándor le ayudó a solicitar silencio, y después de unos momentos, todos se calmaron un poco. Evan regresó el brazo derecho a su costado, pues había puesto la mano sobre el pomo de la espada de manera inconsciente.

Cuando se retomó el debate, Evan volvió a tomar asiento, irritado. ¡¿Es que así eran todas las reuniones?! Estaba harto del parloteo. Se enredaban demasiado, si no en palabras protocolarias de diplomacia y compostura, se estancaban en comentarios en doble sentido dirigidos sólo a algunos.

Después de lo que sintió como décadas, el calor humano y el olor a sudor comenzó a hacerse cada vez más presente. Evan se talló la frente húmeda perdiendo la paciencia, llevaban horas debatiendo y no habían llegado absolutamente a nada. Para empeorar la situación, sus entrañas se retorcían de hambre y los miembros del consejo y los diplomáticos parecían igualmente hartos y frustrados. Ahora comprendía por qué las reuniones extraoficiales se hacían alrededor de las mesas en los casones señoriales de cada clan, con bebida y comida hasta el hartazgo. Aquí era diferente, todos estaban malhumorados y sus voluntades eran fuertes sin la presencia de bebidas que suavizaran las negociaciones. Mientras que algunos parecían seguir debatiendo sólo por hacerlo, otros ignoraban la discusión principal para enfrascarse en comentarios propios con quienes tenían sentados cerca. Como él, muchos parecían llegar a la conclusión de que ese día no llegarían a nada.

Soportó una ronda más de turnos y opiniones, que a esa altura ya era una tortura, y justo cuando estaba decidiendo irse, la sesión se dio por terminada. En realidad, no se llegó a nada, no se dieron conclusiones y las cordialidades de la despedida fueron forzadas y abruptas. Parecía que todo el mundo deseaba salir de ahí sin más.

Después de que las personalidades más importantes hubieron salido del recinto, Evan al fin pudo respirar el aire fresco y dulce de la tarde.

Su tío se acercó a él, por lo visto conservaba el buen humor por alguna extraña razón.

—¿Qué tal muchacho? ¿No te pareció emocionante? —preguntó con entusiasmo. "Emocionante" no era la palabra que Evan hubiera utilizado. —Las mentes más brillantes de Daet han estado en ese recinto, tomando las más importantes decisiones para nuestro país—añadió Leándor, buscando la mirada de su sobrino, que sólo pensaba en salir de ahí.

Evan se preguntó, mordaz, en dónde se habían escondido ese día dichas mentes. Sólo vio a un puñado de gente que discutía por tener la razón sin ánimos de llegar a ningún acuerdo; eran argüenderos con título oficial para discutir. Ahora estaba más seguro que nunca que no deseaba ser parte del Consejo de Clanes.

—Sin duda fue algo diferente—dijo alzando las cejas, irritado—te agradezco la invitación. Creo que ahora…—agregó al momento en que su tío fue abordado por otro miembro del Consejo, cuestionando sus opiniones sobre la reunión. —Necesito comer…— anunció Evan, dirigiéndose a su tío y al vacío a la vez. Intentó pasar una mueca por sonrisa y aprovechó que Leándor se enfrascaba en la conversación para esfumarse del lugar.

Se desembarazó de la multitud, dirigiéndose con energía hacia la calle principal. Estas cosas no eran para él, pensó en el camino. Prefería las acciones específicas, determinadas. Estaba acostumbrado a dominar técnicas para vencer al enemigo en cuantos menos golpes fueran necesarios. Lo que hicieron ahí ese día, por otro lado, era el equivalente a estar bailando con el enemigo sin que nadie diera un golpe, y que después de caer rendidos por extenuación, ambos se declararan victoriosos sobre su oponente. ¡Era absurdo!

Lo único que quería era estar lo más lejos de ahí y lo más cerca de una mesa bien servida. Ya tendría tiempo de pensar en todo lo que había escuchado ese día.

Capítulo 8
Inicia el combate

HABÍA DECENAS DE LUGARES para comer en el Corazón de Adobe. Desde la taberna más rancia, donde nunca se cambiaba el heno del suelo y se rumoraba que servían carne de perro, hasta lujosas posadas de tres niveles de construcción con terrazas adoquinadas, cómodas habitaciones y salones de juegos y debate. Sin embargo, Evan iba siempre al mismo lugar. En realidad, lo hacía porque era la taberna más cercana a la Villa Militar, por lo que se volvió el bar de cajón para los soldados. Además, la cerveza era barata, las prostitutas complacientes y la comida fresca, todo lo que habría de desear un soldado en un día franco.

Ya que no tendría que volver a la Villa sino hasta la noche, determinó que le quedaba aún un puñado de horas libres para rumiar el día. Apenas se hacía de noche cuando el nieto de la dueña anclaba los postigos a la pared para abrir las ventanas y sacar el humo de leña y tabaco, que flotó hacia el exterior junto con las voces animadas que adoptaban los bares tan pronto como se sentía la partida del invierno.

Por suerte, unas pocas tablas que pasaban por mesas seguían libres, esa noche prometía una buena venta para las hermanas. Las tres hijas de la dueña que atendían el negocio iban de un lado a otro con jarras de cerveza, platos sucios y leños para las chimeneas. Cuando no estaban trabajando, coqueteaban con los soldados o cantaban alguna canción para deleite de su clientela. Una de ellas estaba profundamente enamorada de Criz, y cada vez que veía a cualquiera del grupo de amigos, deambulaba en las cercanías, pendiente de si el rubio llegaba.

—Eh, Evan, ¿qué tal? —le saludó ella. Tan joven y ya le faltaba un diente a cada lado de la sonrisa. Siempre que Dino se pasaba de copas se encargaba de recordarle a todos que la chica parecía caballo por lo mismo. Era una joven dulce, en realidad, a veces sus amigos podían ser unos verdaderos patanes.

—Hola Trissy, ¿qué prepararon hoy de comer?

—Todavía nos quedan unas truchas calientes en el horno y tenemos pan de queso viejo—respondió taimada, aunque tenía el pecho sudado y el rostro enrojecido de atender a los demás con prisa.

A Evan se le hizo agua la boca sólo de saborear las hierbas de la trucha.

—Que sean dos truchas, una canasta de esos panes y una jarra grande de cerveza.

—¿Traigo más vasos? —preguntó ella, a vistas conteniendo una sonrisa tan sólo de hacer referencia a Criz.

—Por el momento soy sólo yo—dijo—, pero puede ser que en un rato lleguen los demás—añadió, guiñando un ojo.

—Bien, ahora mismo lo traigo—le dijo con una sonrisa tímida, mostrando dos hoyuelos en las mejillas.

Conforme fue saciando el apetito y las sienes dejaron de punzar, Evan tuvo mayor claridad mental para pensar en todo lo que había escuchado ese día. Aún con el sentimiento de irritabilidad y desesperación presentes, tuvo al menos un poco de paciencia para procesarlo.

Estaba impresionado con la falta de seriedad en la sesión, era inaudito. Aun así, si lo pensaba bien, la seriedad fue lo único que mantuvo la sesión en pie. ¿El problema fue, entonces, la falta de mano dura del moderador? ¿O fue la falta de rangos? Tal vez era eso. Estaba tan acostumbrado a que en el ejército los roles y los cargos eran tan evidentes, incluso en algo tan visible como el uniforme, que no podía creer que las personas que más poder ostentaban no actuaran en congruencia con su propio lugar; sin mencionar las licencias que se tomaban algunos miembros del Consejo al dirigirse a la realeza. Tal vez tenía sentido emborronar los límites de autoridad frente a Eleya, pero le constaba que uno no salía vivo, o por lo menos de una sola pieza, después de usar un tono como el de Mayari con la reina; o tal vez sólo un Sabio podría hacerlo y salirse con la suya, aunque de eso tampoco estaba seguro.

Hendió la nariz en el bollo, embriagándose con olor a queso maduro y levadura, rascó el húmedo migajón y se lo metió a la boca con avidez. Ya que lo pensaba, ese mismo podía ser el problema, todos ostentaban el mismo poder en el Consejo, a fin de cuentas, todos tenían el mismo peso en el círculo de Eleya, desde el líder del más pequeño clan hasta el representante del clan reinante, en ese caso Anturia Nayar. Sintió algo de pena ajena por ella, ¿cómo era posible que la reina tuviera que alzar la voz para hacerse escuchar? Tal vez alzar la voz estaba en la cultura raganí, pero así no era normalmente en Daet; ahí se respetaba tanto a los mandatarios que ninguno de ellos tendría que elevar la voz para ser escuchado. Jamás.

Hincó los dedos en la trucha y comenzó a espulgar las espinas al momento que se preguntó, confundido, cómo habían sido capaces en todos esos años de llegar a acuerdos con reuniones como esa. No, seguramente ese nivel de conflicto no era común, incluso para ellos. ¿Acaso no se levantó una mujer en plena audiencia de lo harta que estaba del debate? ¡¿Y qué tal la líder del clan Anawák?! Seguramente a todos se les erizó la piel cuando la anciana se levantó para enfrentar a la reina. No, seguramente eso no sucedía a menudo. La reina tenía fama de cruel, y aunque sólo eran rumores de gente pequeña, sirvientes del palacio que si se expresaran en voz alta seguramente les merecería una docena de azotes o algo peor, ese día, Anturia demostró que la fama de caprichosa y bocona no le era gratuita. El príncipe no tenía tampoco muy buena reputación, y ese día ni siquiera se había dignado a presentarse.

Chupó los jugos de la trucha de sus dedos, y desde los confines de su mente brotó como corcho a la superficie del agua la amarga idea de que los líderes ya no eran como antes. Parecía que los tiempos en los que uno se ganaba el poder y el respeto, en lugar de tan sólo heredarlo, estaban comenzando a irse lentamente; diluyéndose generación tras generación. Sea como fuere, le quedó claro que la política no era lo suyo y agradeció para sus adentros no ser el líder del clan, ni estar alistándose para serlo. Estaba convencido de que lo suyo era la milicia, la justicia real.

Dio varios tragos largos de cerveza, paladeando ese último pensamiento, inquieto con el pesar de que no estaba siendo fiel a ello tampoco. El mismo sentimiento lo había asaltado cuando viera a Eleya, sentimiento que nació el día del funeral del rey, cuando se vio a sí mismo dividido entre su respeto por los Sabios y las órdenes de sus superiores; maldito sentimiento que no lo abandonaba.

Fijó la vista en sus manos grasosas, ¿realmente estarían los cuerpos de los Sabios en la montaña? ¿Habría ido Criz a averiguar? Se limpió los dedos en el pantalón y trató de desechar la idea. Estaba exagerando, ¿quién habría de querer dañarlos? Y lo más perturbador de todo: ¿por qué todos actuaron ese día como si nada hubiera sucedido? ¿Qué acaso no estaba ahí Mayari? ¿Por qué no dijo nada? Tal vez no había nada que decir. Tal vez los Sabios aparecieron al poco que ellos se fueron de la Villa de los Alban. Tal vez alucinó, y el asociar el silbato que encontró Dino y el olor a muerto en el risco fue producto de su confusión. Incluso Mayari pudo haber anunciado algo al respecto cuando él estaba distraído con otra cosa durante la reunión.

Seguramente era eso.

La corona tenía mucho más peso en el Consejo que los Sabios, era absurdo sugerir que alguno de sus miembros los había mandado matar ¿No era así?

Por otro lado, si alguien, efectivamente, quiso hacerles daño y alguien tan importante como Sándor Tecuani fue asesinado, ¿no sería esa una noticia que volaría con el viento a los cuatro rumbos de todo Daet y más allá?

¿Por qué Mayari se guardaría sus preocupaciones para sí misma?

Si Sándor Tecuani estaba muerto, ¿por qué no se efectuó una ceremonia luctuosa? ¡¿Y, por qué todos en el Consejo actuaban como si fuera absolutamente normal el que no hubiera atendido uno de los Sabios más importantes?!

Demasiadas preguntas sin respuesta rondaban su cabeza.

Podía ser que nada de eso le incumbiera, pero... No, en realidad no tenía nada que ver con él. De estar sucediendo algo importante seguramente su tío se lo hubiera mencionado cuando cenó con él.

Quería dar fin al tema y pensar en otra cosa, pero las preguntas le acribillaban, una tras otra:

¿Qué habría sido lo que sucedió cuando se casó Anturia con Idelfonz? ¿A qué rebeldes se habría referido?

Eran demasiadas preguntas, demasiadas, pero ninguna relacionada realmente con él.

Se sacudió la curiosidad empujando el plato con desdén y devolvió la mirada a las cabezas de las dos truchas que lo observaron con ojos cocidos desde el plato. Sea lo que fuere que estuviera sucediendo, ese no era su problema.

Una punzada de culpabilidad lo regresó al presente. En lugar de perder el tiempo especulando debería estar entrenando. ¿Qué le importaban esas cosas a un soldado? De cualquier manera, no tenía manera de resolver sus dudas. El único a quien le tenía la confianza suficiente para hablar de ese tema era su abuelo y ya no estaba ahí para explicarle nada. ¡Cómo lo echaba de menos a veces! Había sido uno de los hombres más sabios que conociera y siempre tenía una respuesta atinada o alguna historia para ayudarle a comprender; cuando era pequeño estaba convencido de que no había cosa que su abuelo no supiera.

Recordó con cariño cómo al sonreír sus ojos se volvían un par de rayas rodeadas de arrugas debajo de sus cejas peludas y voluntariosas, y sonrió de vuelta en silencio. Ojalá estuviera orgulloso de él... Pero para eso necesitaba concentrarse en el torneo, seguir entrenando y alzarse como Yntaura; dejarse de debates fútiles.

El sonido de sillas al ser arrastradas sobre las tablas sin pulir del suelo lo sacó de sus pensamientos. No vio a sus amigos llegar hasta que estuvieron sentados alrededor de su mesa.

—¡Eh, Womak! ¿Dónde has estado todo el día, hombre? ¡Te perdiste la justa del siglo! —dijo Dino justo antes de empinarse lo que quedaba de su jarra de cerveza.

Zorro giró la silla para sentarse con el respaldo al frente y robó un par de sus bollos. Evan le arrebató la canasta en lo que Criz robaba otros cuantos.

Cuando la mesera se acercó a Criz con el rostro iluminado y una sonrisa de oreja a oreja, Dino escupió un chorrito de cerveza con una risita boba y luego pidieron cerveza y bollos como para un regimiento; era claro que el entrenamiento los dejó famélicos.

—Brenda le dio una paliza a Artham en la arena, ¡la hubieras visto! Tiene la flexibilidad de esas bailarinas que danzan con cintas, sólo que ella usa una espada—dijo Dino, buscando si quedaba algo en el plato sucio de Evan.

—Ya te lo digo, Evan, ¡si tú no la aprovechas, yo lo haré por ti! —dijo Criz, soltando la carcajada al tiempo que Evan le respondía con un gesto zafio, riendo abiertamente.

—No lo niego, es muy buena con la espada... Sí—dijo Evan con una mueca sugerente.

La conversación se volvió cada vez más soez conforme fluyó la cerveza y la noche empezó a caer. Después de su debate interno, platicar con sus amigos fue como una brisa fresca tras un día caluroso. Bebieron y discutieron largamente las técnicas más usadas ese día en la práctica de lucha con espada larga hasta que la taberna estuvo llena y los borrachos empezaron a hacer bufonadas.

El lugar estaba tan abarrotado que casi no se podía caminar entre las mesas y la pobre de Trissy tenía que apretujarse entre los comensales para llegar a cualquier lugar. Se disculpó por empujar a Criz cuando trató de pasar entre su silla y un grupo pequeño de clientes; acabó perdiendo el equilibrio y soltó una jarra a tope, que rebotó varias veces en el suelo antes de romperse, salpicando a todos alrededor.

Mientras la muchacha se disculpaba con Dino por el baño de cerveza y se agachaba por los restos, un hombre en la mesa contigua aprovechó para agarrarle una nalga. La mujer se limitó a mirarle con desprecio y tratar de levantarse con la dignidad que le quedaba.

Criz, que también lo vio todo, dirigió a Evan una sonrisita.

Evan sabía lo que venía: Criz se levantó cuan alto era y haló de la camisa del tipo para levantarlo de la silla.

—Discúlpate con Trissy—exigió, con el pecho casi pegado a la cara del manos largas.

La mesera se sonrojó tanto que se fundió en el color de su vestido.

Tres tipos, amigos del otro y con la misma pinta de busca pleitos, se levantaron preguntando a su amigo qué quería el gigante. Evan los miró, aburrido. Ahí iba de nuevo.

Criz no esperó respuestas, atenazó el hombro del tipo y lo empujó hacia abajo con tanta fuerza que le obligó a hincarse ante la mesera. Dino y Zorro seguían bebiendo con tranquilidad.

—Dilo más fuerte, palurdo—exigió Criz.

El tipo se arqueaba mientras Criz le hincaba las garras en el pellejo entre el hombro y el cuello.

—Una disculpa, señorita—terminó diciendo entre jadeos.

Ya que se iba a levantar, Criz le vació su cerveza en la cabeza al tiempo que elevó una carcajada.

—¡Si tan caliente estás, mejor pídele a una de mis amigas de aquí que te asista, crío! —gritó. Luego le dio la espalda, despreocupado y se volvió a sentar. Evan lo observó todo sin inmutarse. No le extrañaría que el hombre o alguno de sus amigos le regresaran el favor a Criz, pero él no movería un dedo a menos que se pusiera muy mal la cosa, como normalmente sucedía cada vez que Criz hacía el acto del salvador sólo para acostarse con una mujer.

Trissy les llevó un par de jarras de cerveza como agradecimiento, y al depositarlas en la mesa acercó el escote más de lo necesario a la cara de Criz, quien le devolvió una sonrisa llena de encanto.

—¡Bastardo suertudo! —musitó Dino con una sonrisa— Podría acostumbrarme a esto—agregó después de lamer la espuma de cerveza de su labio superior—. Nada de estar entrenando pelotones todo el día, deshaciéndome bajo el sol dando órdenes a pollos inútiles. Esto está mejor, trabajas un rato y luego a divertirte.

—Mejor no te encariñes—intervino Zorro—, lo otro es lo que sigue el resto de tu vida.

—No lo sé, hombre, me pregunto si el esfuerzo vale la pena— respondió Dino.

Evan lo miró, atento.

—Prefiero esto mil veces—dijo Dino antes de dar otro trago, luego adoptó un tono serio—: creo que debería abrir mi propia taberna.

—Es un poco tarde para pensarlo. Ya sabes, vamos a la mitad del torneo y todo eso...—dijo Criz con una sonrisa burlona—sólo llegar tomado es suficiente razón para que te amarren a un poste para azotarte.

—Olvídate del castigo—espetó Evan—, simplemente te dan una patada en el trasero y te vuelves un paria—soltó, terminante. Criz asintió y dejó su vaso sobre la mesa.

—Técnicamente, deberíamos estar entrenando para la prueba de mañana—dijo Zorro, sombrío, observando su propio tarro. Evan y Criz gruñeron en asentimiento.

—¡¿A esta hora?!—bufó Dino—Tranquilo Zorro, las espadas de la prueba apenas tienen filo—¡Y no es como si fueras a pelear contra Brenda!

—le dio un codazo.

Como si sucediera muy lentamente, Evan vio un balde de barro acercarse a la mesa como flotando sobre las cabezas de los comensales.

—¡Atrás de ti! —gritó justo al tiempo en el que Criz se volteó para recibir toda el agua encima. Olía pútrida y a orines.

El bar prorrumpió en carcajadas en lo que todavía chorreaba agua maloliente del cabello de Criz. El tipo que había humillado tiró el cazo al suelo, divertido.

—¡Cuidado! —gritó uno de los tres amigos del tipo, sarcástico—¡Son los contendientes Yntaura!

—¿No deberían estar haciendo estiramientos o algo así? —se burló otro a viva voz.

Evan, Zorro y Dino se pusieron de pie.

—¡Uy! ¡Ya se levantaron! —se burló el otro con un poste de madera en la mano.

Criz se puso de pie lentamente, quitándose el agua de los ojos. Evan se percató que él era el único que iba armado. ¿Por qué los demás no traían nada?

—¡No, no se atrevan! —chilló una mujer que se hacía paso entre los clientes— ¡Afuera, que la vez pasada dejaron el lugar como un chiquero! —chilló cuando llegó a ellos una de las hermanas—. ¡Barbajanes y borrachos, estoy harta de ustedes! —La mujer tenía una escoba en la mano y amenazaba con usarla.

Criz hizo caso omiso a sus palabras, tomó la silla en la que estaba sentado y la azotó contra el piso para zafar una pata. Luego levantó el cazo de barro y los movió en el aire frente al tarado que lo mojó fintando un par de golpes que el tipo esquivó con dificultad, hasta que Criz azotó su cabeza entre el cazo y la pata de madera. La jarra de barro se hizo añicos y el hombre trastabilló de espaldas hasta caer entre las carcajadas de las personas del bar y las de Criz. De inmediato, la testa rubia desapareció bajo las ramas de una escoba una y otra vez.

—¡Fuera, dije! —la mujer espumeaba con el rostro rubicundo.

Dino soltó la carcajada al ver cómo Criz se protegía de los escobazos pidiendo paz, perplejo y divertido a la vez con la energía de la muchacha, mientras Trissy rogaba a su hermana que se detuviera.

Evan y Zorro acordaron que lo mejor sería irse de una buena vez antes de que Criz creara una pelea de verdad, no había que abusar del permiso para salir durante la cumbre; así que pagaron y salieron de la taberna con tranquilidad.

No habían dado ni treinta pasos camino hacia la Villa Militar cuando se percataron que los cuatro tipos pretendían seguir con la pelea.

—¿Se van tan rápido? —gritó uno.

—Ya se van a dormir a sus cuarteles —respondió el otro.

—Irán a acostarse a los cuarteles—respondió el primero—pero no creo que para dormir—agregó.

Ninguno de ellos cayó en provocaciones, siguieron caminando con tranquilidad.

—¡Te estoy hablando, imbécil! —gritó uno de ellos al momento que Evan recibió una pedrada en el hombro, muy cerca de la nuca.

Se giró de inmediato para encontrar a un hombre robusto y fortachón. El tipo estaba atento a su reacción, con otra piedra en la mano. No era raro que los borrachos de a pie provocaran a los soldados para demostrar su valía, aun siendo que la mayoría de las veces terminaban medio muertos al lado del camino. Evan avanzó a zancadas, desenfundó la espada y pegó la hoja a los vellos de la barba descuidada del hombre. Era media cabeza más bajo que él, y su avidez por buscar problemas con alguien armado le hablaba de su carencia de seso.

—Mejor regresen al bar antes de que algo pase—sugirió Evan tranquilo, sosteniendo la espada contra la piel.

—Está alardeando, no pueden herir a un ciudadano sin una orden— dijo otro.

—¿Quieres comprobarlo? — Evan presionó un poco la hoja, lo suficiente para hacerlo sangrar un poco.

El tipo permaneció en su lugar y Evan no se movió un pelo. De su mentón empezó a manar lentamente un fino río de sangre y después de unos momentos, los cortos pelos y la piel sudada de su cuello se movieron cuando tragó saliva; soltó la piedra que tenía en la mano y dio un paso atrás. Por puro orgullo no se llevó la mano al cuello, mojado de rojo.

—Vámonos Nil, deja que los soldaditos regresen a la cama, ya los veremos matarse entre ellos en el torneo—le dijo otro.

Evan los observó regresar al bar y limpió la hoja en su uniforme.

—Escoria sin clan—escupió Zorro en dirección a los tipos.

Evan lanzó una mirada irritada a Criz.

—La próxima vez mantenla en tus pantalones—le dijo, azotando la espada dentro de la funda—no es un buen momento para perder el tiempo con borrachos envalentonados—resumió.

—No seas cobarde, Womak—respondió Criz, en un tono más serio de lo que Evan hubiera esperado. Era como si hubiera aprovechado la situación para decirle algo que llevaba tiempo guardando.

—¿Crees que es valiente pelear contra unos cuantos borrachos en un bar? Todo mundo lo hace ¡No hay noche en la que no haya pelea en un bar! Y yo no tengo ni tiempo ni interés en pelear con necios. Incluyéndote.

—¿Si tanto te importa tu tiempo, entonces para qué pasas todo el día entre la cháchara política cuando puedes estar entrenando? A ti lo único que te importa son tus relaciones y amiguitos en el poder.

Zorro y Dino se quedaron mirándolos, perplejos. A todas luces no tenían idea de a qué se refería Criz ni de dónde salía todo aquello.

—Lo que hago o no con mi tiempo te importa un cuerno.

—No, si el problema es que es a ti a quien le importa un cuerno— declaró el rubio. Era claro que ya no estaban hablando de la pelea del bar, ni del torneo.

—¿Otra vez con esto, Criz? —preguntó, harto.

—¿De qué hablan? —preguntó Zorro con honesta confusión.

—Hablo de que el líder de los Sabios fue asesinado, Evan lo sabe y no quiere hacer nada al respecto.

—Baja la voz, Criz—exigió Evan, oteando alrededor. Aunque el bar estaba en las afueras de la ciudad, cualquiera podría oírlos.

Zorro y Dino los miraron, estupefactos.

—¿Sabios? —preguntó Zorro en voz baja.

—¿De qué hablan? ¿Cuándo lo mataron?

—El silbato chistoso que encontraste pertenecía a su acompañante— respondió Criz a Dino.

—¡¿Y no me lo dijeron?! —saltó Dino.

—No sabemos realmente si están muertos o no. Criz está adelantando conclusiones, como siempre—aclaró Evan, sin quitarle los ojos de encima.

Zorro pasaba la mirada de uno a otro, mientras Dino hacía memoria.

—¡No seas ingenuo Evan! —pidió Criz—Sabes perfectamente que así fue. Eres el único que tiene una relación lo suficientemente cercana con

Culén como para hablar de esto con él y no te interesa hacer nada al respecto. Acéptalo, eres un cobarde.

Evan tensó la mandíbula, conteniendo su irritabilidad.

—La otra líder fue hoy a la reunión del Consejo de Clanes y no dijo nada—respondió, señalando la lejanía como si Mayari siguiera ahí—. Si a ellos no les importa hacer nada al respecto, ¿por qué habría de importarme a mí?

—¡Porque si alguien los mandó asesinar hay algo serio que está pasando y puedes hacer algo al respecto! ¡No seas marica!

—Creo que Evan tiene razón—intervino Zorro.

Criz se volvió a verle, molesto.

—Sí. Esto no es un asunto que le concierna—abundó el pelirrojo—, aun si estuviera pasando algo, si alguien mató a esos Sabios, evidentemente no fue por cualquier cosa; y la persona que haya tenido una razón para matarles seguramente no se lo pensaría dos veces para hacerle lo mismo a Evan si se involucra en el lío.

—¡Que no hay ningún lío, coño! —soltó Evan, perdiendo la paciencia.

—¡No te hagas el tonto! —exigió Criz.

—Sea lo que sea, es mejor que te quedes fuera, Evan—insistió Zorro—, cualquier cosa que hagas ahora podría afectarte gravemente en un futuro, y podría no servir de nada a final de cuentas.

—Entonces tú también crees que no debería hacer nada—soltó Criz—. No me extraña, los dos son iguales. Lo único que les importa es su apellido y sus amigos en el poder.

—¿Crees que es raro que pase eso, Criz? —respondió Zorro con paciencia—¿Crees que es poco común que maten a alguien?

—¡No a un Sabio!

—¿Qué con que sea un Sabio, Criz? —respondió Zorro con naturalidad—Los asesinatos son de lo más común. La gente se traiciona, hermanos se acuchillan por la espalda, hay crímenes pasionales y golpizas entre bandas de clanes. ¿Crees que es gratuito el que Nikker esté estudiándonos a cada momento? ¿Crees que por enfrentar a unos borrachos en un bar o por ir de soplón con Culén se resolvería algo así de grande? Eres tú quien se engaña—declaró, mirándolo con calma—Si mandaron a matar a una persona tan pesada, ¿no crees que quien lo hizo es alguien con quien ni siquiera Culén podría meterse? ¿No crees que sería estúpidamente arriesgado hacer nada sin siquiera tener una prueba?

Criz no respondió.

—Estoy asqueado con el silbato—dijo Dino en voz baja—, lo he usado, ¿saben?

—Mejor tíralo a un risco—musitó Zorro.

Criz no tuvo más que replicar y Evan no quiso seguir con la conversación. A fin de cuentas, seguían en la ciudad y cualquiera pudo haberles escuchado. Retomaron el camino que faltaba para llegar a la Villa en absoluto silencio. Cuando llegaron a los cuarteles lo único que quería era dormir y olvidarse de todo lo sucedido ese día.

Después de la discusión fuera del bar sintió el tiempo fluir como un río acaudalado. La tensión y el agobio de días pasados se relegaron a un segundo plano y, por primera vez desde que iniciara el torneo, comenzó a disfrutarlo. Tal vez fue por el apoyo de Zorro, o el que más personas supieran sobre el asunto, quitando algo del peso que sentía sobre la espalda.

De tanto en tanto lo asaltaba el recuerdo del rollo que recibiera en el último intercambio, que aún le esperaba con sus pertenencias en el cuartel. Cuando eso sucedía, los pensamientos confusos regresaban y lo distraían de las pruebas, ocasionando resultados desastrosos para su puntaje; así que decidió controlarse y dejar de pensar en ello a fin de enfocar toda su atención en el torneo. Por suerte, la templanza estuvo de su lado durante la prueba de lanzamiento con hacha, y luego logró vencer sin problemas a Lorana en los octavos de final de combate con espada. Esa noche necesitaba seguir así, sin importar contra quién le tocara pelear, necesitaba superar los cuartos de final del torneo de lucha.

Entre las paredes de tela de la tienda de los campeones, se colocó los calzoncillos reglamentarios, sujetados por un grueso cinturón que le cubría hasta la mitad de la cintura, y salió a esperar su llamada a enfrentamiento. En las gradas había sentada una multitud. Era como si el torneo de pronto hubiera ganado popularidad entre otras actividades de la Cumbre; y eso que eran muchas.

Echó un vistazo a los escalones más bajos, donde estaban los demás contendientes, y prefirió cruzarse de brazos y permanecer ahí, recargado contra el poste de madera que sostenía la estructura de la tienda; observando de cerca el desempeño de sus contrincantes potenciales. A esa altura de la contienda todos mostraban ya uno que otro moretón en el cuerpo, mientras que otros tenían vendas que resaltaban ligamentos torcidos y articulaciones debilitadas. Algunos las usaban sólo como protección, mientras que otros cubrían golpes que Zorro aseguraba fueron propinados de manera estratégica antes de las pruebas más reñidas. Aun así, pensó Evan, aunque algunos jugaran sucio, las habilidades de cada uno se notarían en los resultados. El torneo estaba hecho para ser la simulación de un combate real, uno donde apenas había reglas y donde no se daba cuartel.

Su mirada se cruzó con la de Zandra, que no le quitaba los ojos de encima. Según el tablero del torneo, ambos lucharían esa noche. No sería el único enfrentamiento mixto, los primeros en pelear serían Criz y Talissa, en lo que parecería una pelea injusta a los externos ojos del público. Sin embargo, tanto Zandra como Evan, Criz y Talissa habían pasado por el mismo entrenamiento. A decir verdad, crecieron codo a codo y tanto unos como otros conocían las fortalezas y debilidades de los demás.

Parecería que un hombre corpulento como Criz o Evan abusaría de su fuerza con mujeres como Zandra o Talissa, sin embargo, no era la fuerza lo que te daba la victoria, sino la destreza y la estrategia. Áuriga era ejemplo de ello, podría derribar a alguien como Criz en menos movimientos que cualquiera de ellos, y lo había comprobado en los entrenamientos. Aun así, Evan sabía que la pobre de Talissa, hábil pero pequeña, no tendría mucha oportunidad contra Criz; no por ser mujer como muchos abogaban, sino por las habilidades de cada uno. Criz era tan ágil como grande, y era brutal en el ruedo.

Como era de esperarse, el combate entre ellos duró poco. Después de unas patadas bien puestas cerca de la quijada de Criz, su amigo terminó por tomar la pierna de Talissa para azotarla fuertemente contra la arena. Una vez que Criz estuvo encima, Talissa intentó varias llaves, y casi logra voltear la situación a su favor, pero Criz pesaba demasiado como para que pudiera soltarse del todo.

Evan se percató de que Lorana negaba con la cabeza mientras veía la pelea, siempre alegaba que debían dividirse por sexos. Para la suerte de la chica, le tocó luchar con Brenda en la justa siguiente, una Brenda cansada de la prueba de la mañana, pero con técnicas muy estudiadas. Su enfrentamiento terminó con una patada alta brutal que llevó a Lorana al suelo como hecha de piedra. El público se alzó en vítores cuando sacaron a Lorana de la arena, al momento justo cuando Nikker entró al ruedo con Ívor.

Evan se incorporó para sentarse a las gradas, desde donde estudiaría mejor a Nikker; a fin de cuentas, si ganaba esa noche, existía una gran probabilidad de que tuviera que pelear contra él en unos días.

El ambiente de la arena era electrizante. El público mostraba tanto entusiasmo como morbo, y vitoreaba tanto cuando había golpes duros como cuando los contrincantes se volvían a poner en pie después de un buen ataque. A momentos coreaban cantaletas casi ininteligibles que terminaban en risas. A veces uno que otro gritaba algún piropo o burla y otros lo coreaban. Era como un chiste local en masa del que, irónicamente, los contendientes no eran parte.

Evan miró desde las gradas cómo silbaban a los dos hombres que estaban por luchar mientras éstos tomaban un puñado de arena del suelo para tallarla entre las palmas. Se sentía como uno de esos bichos raros de los circos ambulantes que se instalaban por temporadas en Daet. Las personas del público parecían divertirse más entre sí que por lo que sucedía frente a ellos. Los únicos poniendo atención a cada movimiento eran los generales que servían como árbitros, entre ellos Áuriga y Camalós, así como los que les observaban desde el podio, atentos a cada golpe, cada falla. Eran ellos quienes determinarían el puntaje de cada contendiente al final de la pelea según los reglamentos de los Yntaura.

El círculo de la arena estaba cerrado con antorchas para delimitar la pequeña área sobre la que lucharían, y el fuego desprendía cierto brillo de la piel, dando a los contendientes y al enfrentamiento un carácter casi místico.

Tan pronto como Nikker e Ívor iniciaron el combate el público rugió agitando banderitas rojas, parecía que la mitad del clan Cardenal estaba ahí para apoyar a su campeón. Evan se preguntó qué tanto influía eso en el tipo de golpes que propinaba Nikker, en su mayoría más aparatosos que efectivos. Sin embargo, Ívor pareció reconocer la necesidad de atención del otro como una enorme debilidad y comenzó a responder a los golpes con rapidez suficiente para no dar tiempo al otro de regodearse con sus estocadas.

Ívor terminó por inmovilizar a Nikker al tercer intercambio de golpes, y justo cuando lo tenía servido, Nikker reaccionó con violencia, zafándose con una facilidad que no había demostrado durante la pelea. Era como si en realidad su actitud de complacer al público sólo hubiera sido una táctica para engañar a su oponente. Ahora Ívor estaba cansado y una vez que estuvieron uno frente al otro en lo que parecería el ataque final, Nikker apenas lo midió antes de alzar una patada directo a la mandíbula, que noqueó a Ívor con un solo golpe. Evan se quedó pasmado, mirando cómo Nikker recibía los aplausos del público mientras los árbitros lo declararon ganador. La táctica de Nikker era ahora clara, solo había prolongado la pelea para engañar al otro.

Volvió a sonar el cuerno de llamada a los contendientes y sobre el tablero se colocaron los pendones del roble y de una figura femenina: Womak vs. Donau. Evan se puso en pie y entró en el círculo de luz, absolutamente concentrado en su oponente. Zandra le recordaba a un caballo, tenía las piernas gruesas y musculosas al igual que el cuello y el torso, también enjuto. Su destreza principal era el lanzamiento, por lo que tenía mucha fuerza en los brazos, pero Evan sabía que la mujer prefería no dar golpes que pudieran llegar a comprometer sus muñecas, lo que le daba una enorme desventaja en ese tipo de combate. A pesar de ser particularmente alta, Evan lo era más que ella por lo menos por una cabeza, lo que le daría algo de ventaja en algunas de sus tácticas; aun así, debía cuidar su guardia alta y atacar el cuerpo medio para debilitarla. La defensa de la mujer era fuerte, pero lenta, y ganaría pronto con los golpes correctos.

Sonó el cuerno de inicio y después de un par de rodeos, Zandra intentó dos patadas bajas que Evan respondió bloqueando también con las piernas. De inmediato, la mujer fintó un golpe alto mientras le propinó una patada poderosa en la pelvis que le hizo dar unos pasos atrás. Evan dio un par de saltos, retomó fuerza y midió rápidamente, la distrajo con un golpe a la cara, que Zandra estaba lista para bloquear, cuando metió su pierna entre las de ella, enganchó una de sus piernas y jaló como látigo. La inercia hizo el trabajo de tirarla, y aunque Zandra se rodó en la arena como serpiente revolcada, no tuvo tiempo de levantarse para cuando Evan saltó sobre su espalda. Casi alcanzó a inmovilizar las piernas, que movía como pez fuera del agua. Evan aprovechó la propia inercia de sus pataletas y rodaron en el suelo, forcejeando hasta que Zandra quedó boca arriba, atenazada por las piernas y con la muñeca torcida en sumisión hasta que la mujer palmeó el suelo, declarando la derrota. El cuerno zumbó, anunciando el final de la pelea y Evan soltó a su oponente para incorporarse y dar la mano a la chica, exhalando poco a poco.

¡*Wooooomak*! ¡*Wooooomak*! Escuchó al público coreando por él. Se le erizó la piel de la emoción y alzó el puño, jadeando victorioso entre sus aplausos.

Regresó a las gradas, extático, y miró cómo Áuriga tomaba el pendón de los Womak y lo colocaba al lado del de Nikker, mientras que el de Brenda descansaba al lado del de Criz. Evan se puso de pie entre los aplausos del público y regresó a la tienda bajo la mirada fija del rubio, que le veía como postergando una pelea. Para su suerte, su siguiente enfrentamiento sería contra Nikker, y no Criz, quien tendría que derrotar a Brenda. Más le valía mantenerse en forma y evitar al máximo el lastimarse en los días venideros, por alguna razón Nikker no lo soportaba, y sería implacable durante la lucha.

Ya entrada la noche, antes de volver a la Villa Militar, Brenda, Zorro, Evan y Talissa se animaron a salir un rato a la feria. Todos los demás estaban, o muy cansados y golpeados, o demasiado molestos entre sí como para salir juntos. En ellos pudo más la necesidad de divertirse después de la tensión de las pruebas, querían disfrutar de la feria, aunque fuera un poco.

Los puestos de artesanos y comerciantes estaban acomodados por gremios, y Brenda propuso pasaran entre los puestos de armas antes de comer algo. En el fondo, Evan los había estado evitando; sabía que entre ellos estaría el de su padre y no estaba en el mejor humor para enfrentarlo, por lo que caminó detrás de los demás, tratando de pasar desapercibido entre el gentío que se apretujaba entre los puestos. Era imposible ignorar el negocio de los Womak, era uno de los más grandes entre los puestos de los armeros y una buena afluencia de comerciantes entraba y salía de la tienda de doble dosel.

Al frente alcanzó a ver a Nikko, el afeminado asistente de su padre, vendiendo cuchillos y otras armas, bajo un letrero de cuero que rezaba: "Jéctor Womak, maestro armero", debajo de un roble con la copa atravesada por una espada. Con un sabor amargo en la boca, Evan pasó de largo, ignorando si su padre se encontraría ahí; recordando con desazón su constante ausencia desde que iniciara el torneo. Sonrió a Brenda, a su lado, y descartó el pensamiento de inmediato, nada arruinaría la noche de una victoria tan importante.

Pasados los puestos de las armerías siguieron los laberínticos caminos entre tiendas, carros y comerciantes ambulantes que vendían todo cuanto Evan pudiera imaginar: Juegos de habilidad y de azar, apuestas de dados, peleas de gallos, carritos de camotes horneados y cacahuates hervidos, tortitas de maíz con nata y manzanas caramelizadas. Abierto el apetito, se sentaron en una de cuatro mesas que se cerraban alrededor de un buen fuego coronado con un lechón asado. No lejos de ahí tocaban un tamborilero y un violinista sobre una tarima, mientras una mujer bailaba con dos perros vestidos con colores chillantes. Zorro tomó una lámpara de aceite que descansaba sobre la mesa para hacerla a un lado, todo el campamento de la feria estaba lleno de ellas, así como de antorchas.

—Es una receta para el desastre—determinó Zorro—. Una lámpara se inclina un poco y en menos de lo que alguien se percata ya está todo el recinto ferial en llamas.

—Eres muy dramático—exhaló Brenda de buen humor—, ¿qué no ves los cubos de agua por todos lados?

—¿Son para eso? ¡Imaginé que sería para despertar a los borrachos por la mañana para no espantar a los clientes! —dijo Talissa, animada, inclinándose sobre la mesa para jugar con la llama de la lucerna.

—No creo que haya agua suficiente para apagar un incendio si todo llega a prenderse. Nunca había visto una feria de la cumbre tan llena—dijo Evan, mirando en derredor.

—¡Y en el torneo! ¿Los han visto? Nunca pensé que habría tanta gente mirándonos—Talissa estaba más sonrojada que emocionada—. Deberían al menos pedirles que guarden silencio—enfatizó, acomodándose la parte superior del corpiño de cuero que usaban las mujeres para combatir, debajo de un blusón holgado. Evan se imaginó lo incómodo que sería recibir comentarios soeces del público mientras peleaba.

—¡A mí me parece emocionante! —objetó Brenda—Toda esa gente, muchos de ellos de nuestros clanes, que van a apoyarnos sin importar qué tal nos vaya.

—Pues cada vez son más los que se quedan atrás en el torneo, y estoy seguro de que algunos tienen a sus favoritos, aunque no sean de su clan—añadió Zorro a medio morder un trozo de chamorro de cerdo que acababan de servir a su mesa.

Evan sintió el peso de alguien más en la banca de madera donde estaba sentado y al voltear se encontró con el rostro altivo de Criz. Prácticamente no habían hablado desde que discutieran sobre los Sabios afuera del bar de las tres hermanas.

—¡Y para cómo va la contienda, puede ser que terminen peleando ustedes dos en la prueba de lucha! —dijo Talissa, mirando a Criz y a Evan con saña.

Los hombres se miraron apenas un instante, antes de que Brenda dijera:

— ¡Primero tendrá que batirse Criz conmigo!

Talissa desechó la idea de inmediato con una risita ahogada.

—¿No crees que pueda ganarle? —preguntó Brenda con los ojos bien abiertos.

—Brenda, Criz pesa tres veces más que tú. Créeme, te lo digo por experiencia propia—respondió la chica rubia.

Brenda frunció el entrecejo y se calló algún comentario mordaz.

—De todos modos, no me parece justo que pongan a los hombres contra las mujeres. Hace muchos años que dejamos de tener la misma fuerza—declaró Talissa.

—O la misma estatura—añadió Criz en lo que arrancaba un trozo de carne.

—Pues no es diferente de cómo sería en la batalla, ¿o es que todos eligen a sus contrincantes según su talla y capacidades? No. Es una cuestión de táctica, de manejo de la fuerza del oponente en su contra—puntualizó Brenda, mirando con fijeza a Talissa.

—Ya lo veremos en la arena—dijo Criz guiñando un ojo, amistoso—. De cualquier manera, para que a Womak y a mí nos toque luchar, tendrá que ganar a Nikker en la siguiente prueba… ¿Vieron la paliza que le dio a Ívor? —añadió. Criz lo logró, picó el orgullo de Evan, que se enderezó y cuadró los hombros sutilmente.

—Ganarle a Nikker no es problema. Si Brenda no termina eliminándote, veremos qué tan bien te defiendes cuando no luchas contra una mujer—le dijo.

Talissa se giró hacia él, ofendida, y dio con el puño en el hombro de Evan.

Criz no respondió, su rostro permaneció estoico como si nadie hubiera dicho nada. Evan frunció el ceño con incredulidad. ¿Le estaba haciendo la ley del hielo?

—¿Y Dino? —preguntó Criz a Zorro.

—Está en el torneo de espada—dijo él, y ante la perplejidad de los demás, añadió: —el de la feria…

—¡Qué tontería! Podrían sacarlo del torneo si se enteran. Va en contra del código marcial de protección a los otros—sermoneó Talissa.

Criz echó una mirada reprobatoria a Zorro, reprendiéndolo en silencio por bocón; no ayudaba a Dino que se lo estuviera diciendo a cualquiera. Evan se preocupó por su amigo, pero era un hombre crecido y sabía perfectamente qué se estaba jugando. Además, no pensaba pelearse también con Dino, de por sí Criz ya estaba insoportable. Tal vez debería hablar con él antes de que avanzara más el torneo y terminaran luchando el uno con el otro. Podía estar actuando como niño, pero no dejaba de ser su mejor amigo.

Cuando terminaron de cenar Criz se desapareció como si le hubiera leído la mente y Evan decidió dejarlo pasar, ya tendría alguna oportunidad para hablar cuando tuviera una mejor disposición.

Al siguiente día consideró varias veces abordar al hombre, primero durante el entrenamiento de lanzamiento con honda en la explanada de tiro, y luego durante la práctica de espada con Brenda, cuando Criz estaba en las cercanías practicando con el arco; pero simplemente no reunió suficientes ganas para hacerlo. Aun así, si lo iba a hacer debía darse prisa, bajo los términos en los que estaban, luchar contra él sería definitivamente más difícil. Cuando Criz se ensañaba contra alguien, golpeaba en el límite de lo permitido con tal de acabar lo más pronto posible, y lo que menos quería Evan eran contratiempos adicionales durante el torneo provocados por riñas personales; aunque no sabía qué tanto podría ayudar el hablar con él. Criz era demasiado obstinado y, a decir verdad, no tenía que ser él el que siempre cediera a los caprichos del otro.

Al mediodía Evan se tomó un descanso y rumbo a los comedores se encontró a Criz a un lado del camino de grava. Se detuvo, pensando en aprovechar la oportunidad, pero el hombre estaba ocupado explicando a unos soldados algunos movimientos de lucha, y en el último momento, antes de que Criz lo viera, Evan pasó de largo y decidió hablar con él en otra ocasión. Luego entró a los comedores y se formó para recibir su ración de alimento, hundido en sus pensamientos. Esa mañana y las dos anteriores había salido a correr, volviendo a su práctica de entrenamiento habitual. Estaba recobrando el control sobre sus pensamientos deambulantes y eso lo motivaba mucho. Por otro lado, hablar con Criz seguramente volvería a poner sobre la mesa el tema de los Sabios y definitivamente era algo que no quería ahora en su vida.

Se sentó a una de las mesas y trozó una hogaza de pan viejo para hundirlo en el caldo turbio, entonces reparó en que después de mucho tiempo volvía a sentirse bien, sano, en el pico de sus capacidades físicas. Le estaba yendo bien en el torneo, y por las mañanas despertaba con ánimo y energía. Incluso podría decir que estaba contento excepto por un pequeño detalle que aguardaba en el cuartel, enrollado y escondido debajo de sus pertenencias.

El tener todavía el rollo en su poder le escocía la paciencia y de tanto en tanto sopesaba algunas opciones para deshacerse de él. Aunque se le ocurrían varias, descartó todas las ideas relacionadas con la destrucción del obsequio, así pudieran ser divertidas. No podía simplemente aventar el tapiz a un barranco o regalarlo a un mercader pobre. No quería llamar la atención de las tres Caturix... No es que fuera muy devoto o espiritual, pero nunca era sabio retar a las diosas de la justicia; ellas sí que tenían maneras muy creativas de hacer pagar a los que no actuaban éticamente.

Se distrajo con un grupo de mujeres que platicaban animadamente en la banca contigua.

No, en realidad, sólo tenía una opción: regresar el rollo al clan Anawák. Y el momento perfecto para hacerlo estaba cerca. Después de la prueba de lanzamiento con honda y de los cuartos de final de espada larga al día siguiente, alcanzarían el séptimo día desde el inicio del torneo. Era tradición, se daría un día de fiesta libre de pruebas cada séptimo día durante las tres fases lunares que duraba la feria. Además, era el momento justo, antes de que la competencia se intensificara. Podría aventurarse al clan Anawák ese día y deshacerse del rollo de una vez por todas, regresar, concentrarse en el torneo y condecorarse como Yntaura.

Se levantó de su asiento, decidido.

Sólo pensar en que ya tenía un plan para deshacerse del objeto le emocionó de inmediato. Antes de volver al camino de grava consideró la locuaz idea de buscar a Criz y comentarlo con él para ver si le acompañaba, y de paso hacer las paces, pero lo descartó de inmediato. No tenía sentido tener ningún gesto con él mientras siguiera inaguantable. Era un hecho, al día siguiente de mañana iría al clan Anawák, aprovecharía su brevísimo -y torpe- encuentro con Digualda en la reunión en la Casa de Eleya para presentarse ante ella, le entregaría el infortunado rollo y dejaría el problema en manos de quien pertenecía; ya que ellos hicieran con él lo que les placiera.

Al crepúsculo del tercer día desde que sucediera la reunión en la Casa de Eleya llegaron los cuartos de final del torneo de espada larga. Evan miró fijamente a Brenda desde la banca. Se rumoraba que las justas de espada tendrían un peso importante para los jueces, y todos los contendientes estaban al borde de su asiento mirando los últimos cuatro enfrentamientos antes de las semifinales. El semblante de la mujer era impenetrable, por una parte porque tenía la armadura bien cerrada alrededor del rostro y del resto del cuerpo, y por otra porque las posiciones que adoptaba eran tan ensayadas y premeditadas que no sugerían puntos débiles. Nikker estaba en aprietos, Brenda eliminaba a sus contrincantes en menos de lo que la pelea comenzaba a ponerse buena.

¡Alcotán! ¡Donován! Coreaba el público, apoyándola. Cuando Nikker alzó alta la espada, Brenda aprovechó el descuido para golpear con fuerza en la axila. Nikker dio unos pasos de lado antes de recobrar el equilibrio, pero Brenda atacó una y otra vez en varias partes del cuerpo con tal fuerza que Nikker perdió el equilibrio nuevamente. El hombre se levantó furioso entre la misma nube de polvo que hizo al caer, haciendo sonar la pesada armadura. Cuando volvió a ponerse en pie con energía, el público ovacionó y estampó las gradas con emoción. Evan entrecerró los ojos, percatándose de que Nikker cojeaba ligeramente. Brenda lo tenía servido.

El hombre intentó un par de golpes más, sin éxito, se estaba cansando y no pensaba bien sus movimientos. Cuando alzó la espada, sumando fuerzas para un nuevo golpe, la hoja de Brenda cortó el aire hasta colisionar con la muñequera de Nikker antes de que él pudiera bajar el sable. Brenda esquivó la hoja con agilidad y aprovechó el movimiento involuntario de Nikker por protegerse la muñeca para continuar el ataque. Ella lo tomó desprevenido, y en un pestañeo amenazó al cuello a su oponente con ambas manos en la espada. Andarta marcó la sumisión de Nikker y la lucha se dio por terminada. Evan aplaudió al son del público y silbó con fuerza apoyando a Brenda, que jadeaba con una sonrisa tras sacarse el casco.

Tras Brenda y Nikker siguieron Dante y Zorro. La pelea duró el doble, fue una carrera de resistencia que terminó por ganar Dante. Zorro se rindió a la tercera vez que tuvo que levantarse del suelo, totalmente agotado. Cuando llegó el turno de Evan y fue anunciado que pelearía contra Zandra, ninguno de los dos lo tomó a bien. Recién la había derrotado en lucha y Evan tenía ya suficiente información sobre ella para vencerla en pocos movimientos, mientras que Evan esperaba tener un contrincante que resultara en un nuevo reto.

Camino a la arena, escuchando la armadura cloquear a cada paso y con los nervios bajo control, Evan observó a los generales que tenían frente a si hojas de papel amate, tinteros y rollos que rezaban las reglas del combate. Desenfundó la espada y escuchó la alarma de inicio.

Fue como si Zandra se hubiera dado por vencida desde antes de iniciar. Evan no se tentó el corazón y atacó de todas formas. Zandra se resumía a bloquear sus movimientos, deslizando hacia fuera la espada de Evan con tanta fuerza que temió que saliera proyectada muy lejos en una de esas.

Antes de que eso sucediera, en un cambio repentino de táctica, Evan acortó la distancia entre ambos y la punta de la espada chirrió contra el casco de su oponente. Un pelo más adentro y la espada hubiera penetrado por el hueco de la mejilla hasta el cráneo de la mujer. Evan esperó que los vigilantes marcaran el golpe como mortal, pero no sucedió nada. El corazón latía en sus oídos, bloqueó tres estocadas y avanzó con la rapidez que le permitía la armadura. Sintió en los puños el golpe seco que dio al costado de Zandra y siguió bloqueando los ataques y abriéndose paso en la guardia abierta de la mujer. Su aliento rebotaba tibio en el interior del casco. Retomó fuerzas y dio un mandoble alto apuntando al hombro, justo cuando ella intentó un golpe de costado. Evan exhaló por el impacto y su cuchillada perdió algo de fuerza, aun así, golpeó con todo en el hombro de la mujer, que cayó al suelo tras el ataque.

Escuchó los aplausos del público y esperó que Zandra se levantara. El golpe al hombro surtía efecto, su oponente perdió fuerza en el brazo y ahora sus bloqueos eran flojos y los ataques inconsistentes. Al siguiente intento de la mujer, Evan desvió la espada con un movimiento tan vigoroso que el acero de Zandra salió volando, brindándole la perfecta oportunidad para llevar el suyo al cuello de la chica.

El encuentro se declaró terminado. Seguramente no había ganado muchos puntos por el golpe que recibió en el costado, pero por lo menos no había perdido. Abrió su visera metálica y dio un apretón de manos a Zandra, que estaba roja del esfuerzo.

Al poco tiempo llegó el turno de Criz y Gaián.

Desde que iniciara el encuentro, Gaián y él lucharon con saña, rayando en el rencor. No sólo buscaban dar el golpe con tal de marcarlo, o de crear un diálogo equilibrado, ellos golpeaban a matar, cada vez. La gente boqueaba con cada estocada. Era impresionante cómo Criz podía recibir golpe tras golpe y seguir como si nada, como si no fuera de carne. En un breve descanso, los hombres quedaron frente a frente de nuevo, las espadas paralelas entre sí, separadas a un brazo una de la otra. Criz alzó el hierro y dirigió su golpe al cuello, Gaián lo esquivó por un pelo y acercó su cuerpo a él, aprisionando la espada de Criz entre ambos. Entonces Gaián levantó su arma y golpeó duro con el pomo de la espada en el casco de Criz, quien trastabilló hacia atrás, abrumado con el golpe. Gaián aprovechó el instante y giró con rapidez en un mandoble que hubiera cercenado la cabeza del otro. La cabeza de Criz habría rodado, literalmente. Se declaró ganador a Gaián y Criz enterró con fuerza la espada en el suelo, lanzando maldiciones al aire. Fue apenas un momento, un descuido, pero bastaba con eso.

Al finalizar el encuentro se anunció que Brenda, Dante, Evan y Gaián eran quienes pasaban a la semifinal de lucha de espada larga. Evan sintió sus labios tensarse en una amplia sonrisa. ¡Todo iba de maravilla! El público se dividió entre vítores y ovaciones.

Woomak, Woomak, escuchó en una esquina.

Su pecho se hinchió de orgullo y saludó a su clan con el guante todavía puesto.

Bajó de la tarima de un salto y alcanzó a Brenda antes de ingresar bajo la carpa de los campeones, para cambiarse.

—¡Estuviste estupenda! —dijo a Brenda, sonriendo de oreja a oreja—. Espero no me toque pelear contigo en la semifinal. La chica se volvió, sonriente, en lo que recorría la puerta de tela para ingresar a la tienda.

—¡No tendrías ni una oportunidad! —respondió juguetona, ya dentro— Mejor ve practicando esos ataques sin control o la espada se te escapará de las manos—le dijo guiñándole un ojo mientras se desabrochaba la cota de malla del cuello.

—Permíteme ayudarte con eso—le respondió Evan, quitándose los guantes con rapidez. Desabrochó la cofia, descubriendo la nuca pálida y suave de la chica y acarició su cuello con el dorso de los dedos. Antes de que los demás ingresaran en la tienda terminó desabrochando la armadura completa, pero esperaron hasta estar en completa intimidad para quitarse el resto de la ropa, en el piso superior de una posada recóndita.

—Pobre Criz—dijo ella tiempo después, desnuda sobre el colchón improvisado. Evan tenía los brazos detrás de la cabeza, luchando contra el impulso de dormir. Frunció el ceño.

—No me digas que estabas pensando en él—bromeó.

Ella rio y se puso de costado para captar su atención mientras la gravedad redondeó sus pechos desnudos.

—En realidad me apena que haya perdido a estas alturas. Gaián es un buen espadachín, pero pensé que Criz podría contra él.

—Tendrás oportunidad de pelear con él en la semifinal de lucha, no comas ansias.

—No lo digo por eso— Brenda se enderezó un poco para encararlo, hundiendo el codo en el sencillo colchón—ha estado tan raro estos días que siento que tiene algo más.

Evan trató que su irritabilidad no se reflejara en sus gestos. Estaba harto del tema, de Criz y su genio. Estuvo a punto de preguntarle a Brenda desde cuándo le importaba una mierda lo que los demás sintieran, pero se contuvo.

—No es nada, seguramente sólo está encaprichado con algo. Siempre lo está.

Ignoraba si Brenda sabía algo del asunto de los Sabios o sobre el rollo, pero esperó que no fuera así. Cada vez era más pujante la urgencia de terminar con el asunto de una vez por todas. Recordó que el día siguiente era franco y sintió el alivio de ver tan cerca el final del problema.

—¿En qué piensas? —preguntó ella, devolviendo una sonrisa que Evan no se había percatado que tenía.

—En el torneo—mintió, aprovechando para cambiar de tema—todo va como lo he planeado.

—No te pongas muy cómodo todavía, Womak; aún faltan las pruebas más fuertes.

—Yo sé—respondió. «*Y por eso mismo quiero deshacerme del rollo cuanto antes*».

Evan se levantó y comenzó a vestirse y Brenda hizo gesto de hacer lo mismo.

—Recuerda esperar un tiempo después de que yo salga antes de salir tú—fue lo último que le dijo antes de cerrar la puerta detrás de sí y salir disparado escaleras abajo.

Rumbo a la arena para recolectar su armadura, Evan consideró por última vez comentarle a Criz que iría al clan Anawák al día siguiente, sólo en caso de que se topara con él, claro. No creyó que sucediera, a esas alturas de la noche seguramente estaría bebiendo su décima cerveza o revolcándose con alguna de sus admiradoras como premio de consolación. De cualquier manera, casi podía saber su respuesta: "Ve tú solo" le respondería, haciendo como que el tema no le importaba más.

Podría apostar lo que fuera a que gran parte del distanciamiento de Criz se debía a que le tenía envidia. Su amigo hacía tanto hincapié en sus "amiguitos" y su apellido, que sabía que había algo ahí que le irritaba profundamente.

Sintió lástima. Criz no tenía el apoyo de su familia como él, pero si también alejaba a sus amigos, entonces estar solo era el resultado de su propia obstinación.

CAPÍTULO 9
VISITA AL CLAN ANAWÁK

E L MOZO DE CUADRA COMENZÓ a ensillar su montura cuando aún ululaban los búhos. El chico, de indomable cabello castaño, le echaba injurias mirando por el rabillo del ojo como si Evan no pudiera oírle. El asunto le divertía, no le extrañaría que le diera un caballo con una herradura floja sólo por haberlo despertado tan temprano. Incluso los caballerangos despertaban con el alba y no a esas inclementes horas; excepto por esas dos que iban saliendo de uno de los corrales, cubiertas desde las manos hasta los codos con sangre.

Evan miró con asombro a una de ellas, que tenía fluidos viscosos hasta en las mejillas, sin mencionar el resto del uniforme. Ambas caminaban por el pasillo de la caballeriza como si fuera cosa de todos los días pasear ensangrentado en la madrugada. De cerca, las ojeras en sus rostros delataron una noche en vela.

—…y para colmo nació blanca—dijo una a la otra.

—¿Tú te encargas del papeleo para hacerla llegar a Nimbosilva? —preguntó la más batida de sangre, mientras se quitaba inmundicia del cabello.

—¿Yo? ¡Pero si lo hice las dos veces pasadas! Si quieren su yegua blanca que vengan por ella.

Al instante en que ambas se percataron de la presencia de Evan bajaron la cabeza en gesto de respeto. Hasta ese momento no cayó en cuenta de que las había estado mirando descaradamente.

—Coronel—saludaron al unísono cuando pasaron a un lado.

—Buen día—les respondió con una sonrisa.

Una de ellas miró a la otra con mirada divertida y callaron hasta que estuvieron lo suficientemente lejos como para que Evan no comprendiera lo que decían.

La curiosidad pudo más, dado el aburrimiento de su espera.

—¿Una yegua blanca? —preguntó al caballerango.

El chico tiraba de mala gana de uno de los tantos cintos alrededor de la venosa barriga del corcel gris manchado de negro.

—Sí, señor, pero no se quedan aquí. Tenemos órdenes de hacerlas llegar a Nimbosilva tan pronto destetan a la madre.

Evan asintió en silencio, confundido, hasta ese momento había creído que Nimbosilva, la mítica hermandad de mujeres escondida en los barrancos de los bosques de niebla, era sólo una leyenda. Hechiceras, hadas, incluso criaturas que cambiaban de forma con la luz de la luna, era lo que habitaba entre las brumas; o por lo menos eso decían los cuentos que su madre le contara a luz de vela antes de dormir. Contuvo las ganas de preguntar más: ¿qué sabría sobre ello un mozo de cuadra, de cualquier forma?

Al poco su montura estuvo lista, torció la boca al mirar las poderosas patas del animal. Lamentablemente, los caballos disponibles no eran de viaje: aguantadores y lo suficientemente pequeños para caber en los angostos caminos entre las piedras de las cañadas. Nada de eso, estos caballos eran de guerra; corceles hechos para cargar contra el enemigo, valientes, rápidos y estorbosos, que además requerían de tiempos de descanso mucho mayores. No quedaba más, sólo tenía un día para ir y regresar al clan Anawák y más le valía que la noche no se cerrara sobre él cuando cruzara los laberínticos bosques entre la Villa Militar y los Prados Rojos. No debía confiarse en las veces en las que había acompañado a Zorro a visitar al clan Tlatoah; aun tratándose del mismo camino por recorrer hacia el Anawák, los bosques podían ser tan traicioneros como la lealtad de una prostituta. En un momento eran tranquilos y confiables y al otro eran un manojo de hojas al aire y agujas de pino que escondían profundos vados. Además de lo fácil que era perderse, era un lío tener que desandar medio día de camino después de toparse con un barranco y no percatarse hasta ese momento de que se había dado vuelta en el lugar incorrecto. No quedaba más que confiar en su poco practicado sentido de la ubicación.

Justo antes de trepar la bestia se acomodó con cuidado el rollo en la espalda, sujetado por el cinturón del pantalón debajo de la camisa, y se enfundó el caftán militar. Con cada alamar que abrochó hasta llegar a la rasposa barbilla se definió más y más en su mente la decisión de acabar con el asunto ese mismo día. Sonrió para sus adentros mientras subía el pie al estribo y se agarraba con firmeza de la silla, sus resultados en el torneo iban excelentemente, y estaba confiado en que las pruebas del día siguiente serían más fáciles sin la atención drenada hacia ese cabo suelto.

Las correas de piel crujieron cuando se impulsó de la silla, y el caballo se movió como buscando el equilibrio una vez que se acomodó sobre él. Agradeció al caballerango, que ajustó las alforjas cargadas con víveres, y tan pronto como cruzó la puerta este de la Villa Militar se encontró inmerso en el bosque.

Era una tontería, siendo sólo un muro el que separaba la Villa del mundo exterior, pero podía jurar que el aire era distinto. Era más fresco, cortante al entrar y vaporoso al salir; dulce, y perfumado de polen y hierba seca. Revisó que sus armas estuvieran en sitio y anduvo a buen paso, bajando poco a poco la ladera densamente alfombrada con agujas de pino y hojas secas.

Al poco tiempo la oscuridad del alba se fue encogiendo hasta resumirse a las sombras de los árboles en un nuevo amanecer. Condujo al caballo por las veredas más anchas, ya que en la época de secas las agujas de los pinos eran lisas, casi pulidas, y su montura no podía evitar el resbalar de tanto en tanto. El rítmico paso del caballo se le antojó de base para una melodía, y sin proponérselo comenzó a silbar. Siguió cantando una vieja tonada que últimamente retomaba popularidad en los bares y cruzó el primer puente natural al lado del manantial Béo entre pinos y fresnos, y conforme aseveró que iba en el camino correcto, su mente comenzó a divagar.

Hizo lo correcto al no invitar a Criz, el trayecto a solas era tan tranquilo y contemplativo que no lo cambiaría por enterarse de cada peca, lunar y curva de la última mujer con la que se había acostado; ni asentir, aburrido, ante la historia de la última pelea.

Pensándolo bien, le echaría a perder el día libre con su mal humor, seguramente no estaba muy feliz con su derrota en el último encuentro de lucha con espada. No era nada de qué preocuparse, Criz aún tenía oportunidad en el torneo de lucha, uno que muy probablemente ganaría, ...Criz, o él.

¿Podría ser?

¿Podría ser que él mismo ganara el torneo de lucha?

Resopló emocionado, eso le daría suficientes puntos para calificar como Yntaura casi por sí solo. Pero no debía confiarse, la contienda iba a medio camino. Era demasiado precipitado pensar ahora en ganarlo todo, pero se permitió a sí mismo ensoñar un rato. Si eso sucediera, celebraría durante una semana al menos, aun si ninguno de sus amigos se alegrara por él. Por otro lado, sería un golpe duro para Criz si Evan le arrancara el título de campeón de lucha, y quien sabe cómo lo tomaría, de por sí lamentaba el que estuviera actuando de una manera tan inmadura los últimos días. Había sido su mejor amigo toda su vida. ¡Y vaya que tenía buenos recuerdos de sus juegos y diabluras durante tantos años! Como cuando prendieron fuego al cobertizo del padre de Criz, una de tantas veces en las que el viejo cascarrabias roncaba con aliento alcohólico debajo del árbol de la entrada. Cuando el padre de Criz levantó una de las herramientas oxidadas, planeando dejar otra marca que su hijo recordaría para siempre, terminó quemándose la mano en el acto. El hombre gritó durante tres días buscando a su hijo con la mano vendada, mientras que Criz dormía apaciblemente en los cuartos de la servidumbre del Casón Womak, lejos de las golpizas del viejo.

Siguieron tiempos aún mejores. Una vez llegaron a la Villa Militar se fue volviendo más y más difícil hacer travesuras, pero Criz estaba feliz de haber intercambiado los moretones de las mejillas y los hombros por las cicatrices del entrenamiento.

Evan sonrió, mirando hacia el vacío, moviéndose al ritmo cadencioso del corcel. Recordaba claramente a una pequeña versión de sí mismo y a un Criz que tenía que encorvarse al punto de olerse los pies para esconderse entre los catres del cuartel y compartir los caramelos de miel y ajonjolí que robaran de los paquetes que llegaban para los generales.

Había cientos de recuerdos como ese, donde incluso los azotes y los castigos debajo del sol le sabían menos amargos por pasarlos juntos.

Exhaló, tenso.

Tal vez podría hablar con él tan pronto como estuviera de regreso en la Villa. El día siguiente sería un buen momento para hacerlo, durante el entrenamiento de la prueba de arquería, a ver de qué humor le encontraba, y siempre y cuando regresara a tiempo de Anawák, claro.

A medio día salió de la espesura del bosque y tomó el transbordador para cruzar el Río Nanda, que afluía hacia el sur desde el Laeth. Poco tiempo después, cruzó el segundo afluente hacia la planicie que llevaba al Lago Cardenal. El rojo amaranto maduro que le granjeó el apodo de Prados Rojos era ahora un amasijo de hierba seca esperando a ser quemada antes de la siembra en temporada de lluvias.

Todos los campos estaban abandonados y azotados por los meses de sequía que continuarían durante al menos tres lunas más. El sudor entre sus piernas y el pantalón le hizo temer el final del torneo, que marcaría el inicio de la temporada más cálida.

No le extrañó encontrar totalmente desolados los caminos que llevaban al clan Cardenal, excepto por un asno solitario, pastando a la sombra de un árbol. Seguramente todos estarían ahora disfrutando de la feria, comiendo caramelos y apostando en los juegos.

Una vez en la bifurcación del camino evitó la senda que llevaba hacia el clan Cardenal, sus habitantes tenían fama de ser poco amigables, además de desconfiados con los viajeros. Tomó el camino de la derecha para bordear el enorme lago con forma de cabeza de cardenal y llegar a las irrigadas tierras del clan Anawák.

Harto del movimiento, se apeó a la orilla del apacible lago para descansar un rato. El día estaba claro y un par de garzas blancas sobrevolaban las aguas tranquilas, con ahuehuetes y sauces como centinelas en sus bordes. Los pequeños botes de pescadores se agitaban con el suave oleaje y echaban redes de tanto en tanto. El sol había pasado ya sus cabezas, y la brisa acariciaba la crin del caballo.

Ambos bebieron y descansaron unos momentos en la costa invadida por los juncos. Deshizo un pequeño fardo con pan, queso y frutos secos que masticó con parsimonia en la orilla, observando a los patos antes de que viajaran al norte de nuevo. Los gritos divertidos de una camada de niños llamaron su atención. Retozaban a la orilla del lago recolectando piedras, sus madres platicaban animadas mientras abanicaban el carbón y un hombre se mecía en una hamaca.

«Si tan sólo la vida fuera tan simple».

Esa tierra se le antojó como un paraíso del que podría alimentarse toda su vida, echarse bajo la sombra de los grandes ahuehuetes y soñar con más días como esos hasta el final de su vida. Se metió un higo seco a la boca y escupió el duro rabo. A él le había tocado una vida diferente. Una vida de responsabilidad, y tal vez de poder y éxito; claro, siempre y cuando estuviera dispuesto a luchar por ganarlo.

Siempre que observaba con envidia las vidas que se le antojaban más simples y libres de preocupaciones se aferraba a la misma conclusión: que las Diosas del destino le pusieron en el vientre de su madre por alguna razón, y estaba seguro de que esa razón era por lo que trabajaba día tras día en la Villa Militar. Él estaba donde tenía que estar. Se contagió con la risa estridente de una de las jóvenes madres, y en la profundidad de su mente sintió una punzada de añoranza.

Acabó de comer y retomó su camino. Saludó a la familia de pescadores y pidió direcciones para llegar al clan Anawák, por lo que uno de ellos le ofreció ir en barca por una módica cantidad de monedas. ¿Por qué no lo había pensado antes? Sólo así se ahorraría el tiempo adicional que había tardado en llegar ahí.

La embarcación era una balsa maciza y rectangular, impulsada por un palo que fondeaba en el borde del lago y que lo llevaría por los estrechos canales que afluían hacia las húmedas tierras del este. Los caminos de agua de baja profundidad parecían los gordos dedos de una mano gigante y verde, completamente forrados de plantas acuáticas que se hundían bajo el paso de la balsa.

Los patos corrían a sus nidos y las ranas saltaban al agua tan pronto como el palo rechinaba contra el borde de madera, deslizándose entre las aguas calmas.

Se internaron en la sombra de los árboles que se cerraban cada vez más sobre el canal, con las raíces entre el lodo y la tierra, y sus lánguidas ramas caídas acariciando la superficie al ritmo de la brisa ligera. Los insectos hacían tanto ruido que era casi imposible escuchar nada más. Cuando comenzaba a creer que alcanzarían el extremo este de Daet, el paisaje arbóreo se fue abriendo nuevamente, y al fin arribaron a las lindes del clan Anawák.

Todas las balsas que hubiera imaginado en labor de pesca se encontraban encimadas en el muelle. No había un alma ahí, era como si nadie hubiera querido ir a trabajar ese día.

Las parcelas flotantes estaban desatendidas y en la costa no se veía a nadie tampoco. Lo único que agitó las quietas aguas fue su propia balsa acercándose al muelle. Las otras chocaron entre ellas con el oleaje que ocasionó su arribo, pero fuera de eso no vio más movimiento. El lugar estaba totalmente desierto.

—¿Dónde está todo el mundo? —preguntó al barquero, que se limitó a encogerse de hombros antes de pegar un salto al muelle para luego jalar la balsa con una cuerda. La escena era por demás extraña, incluso había un anafre abandonado en el que humeaban peces ennegrecidos.

Tan pronto bajó a tierra, sujetando las bridas de su caballo, pagó al remero y recorrió la orilla desértica, haciendo teorías sobre dónde podría estar toda la gente. Tal vez era un día de festejo del clan y estarían reunidos en la plaza principal, concluyó; aunque parecía que todos habían abandonado sus labores en pleno acto.

Encontró telares con líneas inacabadas y los mosquitos sobrevolaban fruta a medio picar. Pasó las casas de la costa y subió la calle hacia el corazón del pueblo. Las chozas se fueron volviendo casas cada vez más complejas, así como las calles de tierra se volvieron empedradas; pero aun así no encontró a una sola persona a quién preguntar.

Un olor a resina quemada y a humo perfumado llegó hasta él junto con el murmuro de rebumbio lejano. Tal vez habría alguien ahí que pudiera indicarle dónde estaba el casón de la familia del clan, o le explicara qué sucedía. Avanzando entre los negocios cerrados comenzó a ver algo de gente a lo lejos. Había un tendero de rostro adusto en un hediondo puesto de pescado y Evan se acercó a preguntar por el alcázar de la familia real del clan. El tipo frunció el ceño y mostró una boca con pocos dientes podridos.

—En la plaza—repitió el hombre. Era lo único que decía, una y otra vez, fuera lo que fuera que Evan le preguntara.

—Pazguato—murmuró Evan para sí, perdiendo la paciencia.

Conforme se acercó a la plaza que había señalado el hombre, el olor a incienso se fue intensificando y el caballo reparaba una y otra vez, negándose a acercarse al humo. No tuvo más opción que dejarlo atado al poste fuera del negocio de un panadero y emprender la búsqueda del alcázar. Una vez llegó a la apertura de un camino que daba a la plaza, Evan descubrió dónde estaba toda la gente. Las mujeres llevaban ramos de lirios acuáticos, y algunos hombres cargaban pequeñas vasijas con carbones ardientes sobre los que ponían a quemar la resina que impregnaba cada bocanada de aire. A todas vistas era un funeral y todo el pueblo estaba ahí para atenderlo. ¿Sería en honor al rey, tal vez? Evan aseguró el rollo en su lugar antes de internarse entre la multitud.

—Disculpe, señora, ¡señora! —llamó a una de las mujeres con el cabello velado, que sostenía un ramo de alcatraces.

La mujer se volvió de inmediato a buscar el rostro de quien le hablaba y levantó la vista para encontrarse con la de Evan. Hizo visera con la mano y le miró con atención.

—¿Cómo puedo llegar al alcázar del clan?

—Será difícil ahora, joven—la señora trató de extender la vista como buscando una vía—. Todos los caminos están llenos, pero puede intentar subir por el camino este de la colina—le informó—. Pero no creo que pueda entrar en este momento—le dijo, como reconsiderando. Se detuvo para ojearlo rápidamente, como si reparara en algo. —Los caminos que suben al castillo están saturados por el funeral.

—Disculpe, ¿quién murió?

—¿Cómo no se ha enterado? —la señora pareció genuinamente sorprendida—ha muerto la Madre Digualda. ¡Que Kerridan la tenga en su gracia! —la señora se santificó ante un Evan completamente pasmado.

Digualda, ¿muerta? Pero ¿cómo podía ser? ¡Si la vio hacía tres días! Era anciana, sí, pero no parecía tener mala salud.

La señora le miró fijamente y posó su mano en su antebrazo con suavidad, como un abrazo a medias.

—¿Era ella familiar suyo, joven? — parecía que sólo preguntaba por simpatía.

—No, pero necesito hablar con alguien que sí lo sea—respondió, absorto—, le agradezco, señora—agregó, y adoptando un tono formal que le sonó más que ominoso, dijo:

—Que La Gran Madre tenga en su seno a la difunta.

Tenía que llegar al castillo, necesitaba saber cómo murió. La urgencia se apoderó de él por alguna razón que no se detuvo a vislumbrar. Sondeó la plaza, inundada de gente y cantos fúnebres, buscando los accesos a la colina sobre la que descansaba el Alcázar Anawák, y comenzó a hacerse paso entre cientos de personas.

Se adentró en un mar de llanto, cascabeles y el asfixiante aire denso, hasta que alcanzó una de las largas escalerillas que abrazaba la edificación. El alcázar era bajo y redondeado, con terrazas, pasillos exteriores y escaleras por todos lados. Por los techos en espiral y los muros pardos se le figuró como una enorme concha de caracol, con la ancha escalinata de entrada en uno de los extremos. Estaba completamente inaccesible. Una larga fila esperaba para el último intercambio, que tomaba lugar en la pira, al centro de una amplísima terraza con un jardín de Ánuin frente al palacio.

En el frenesí de abandonar al apabullante gentío, un pensamiento atravesó su mente como relámpago: tal vez podría dejar el rollo como parte del último intercambio e irse del lugar; pero se refrenó a sí mismo de inmediato. Era Digualda, una líder de clan como lo fuera su abuelo, ella merecía más respeto que eso, tal vez incluso habían sido amigos. Lo mínimo que podía hacer sería dar el pésame a su familia.

Sacó el rollo de su escondite, apesadumbrado, y se sorprendió a sí mismo cuando el objeto de pronto careció de importancia en comparación con el luto que sentía a su alrededor. Calmó su prisa y oteó varios caminos alternativos, todos más saturados que sobre el que estaba. Ni modo, tendría que esperar a que la fila avanzase a su ritmo y rendiría sus respetos a la difunta como merecía.

Desde alcanzó a ver a la familia de la anciana, naturalmente destrozada. Una joven en particular le pareció familiar, era la chica que le dio el rollo en el funeral del rey. Tenía que hablar con ella, pero primero tendría que encontrar la forma de llegar hasta ahí. Miró fijamente las cuentas del rollo en sus manos y se reprendió una vez más, lo único que le había importado todo ese tiempo fue deshacerse del obsequio, mientras tantos sufrían una pérdida tan importante para su clan.

Regalo tras regalo, la gente avanzó cabizbaja, llevando un puñito de cenizas como último recuerdo. El río de personas frente a él se fue acortando y Evan observó más de cerca el dolor que embargaba a la familia. Dos Alban vestidos de blanco ofrecían oraciones a los espíritus, con los ojos cerrados y las palmas paralelas a la tierra. Se sentía completamente ajeno, como viendo todo como a través de una vitrina, como un intruso que observa los objetos personales en la habitación de un fallecido.

Cuando alcanzó la pira tomó el rollo con firmeza y se acercó a la chica de cabellos largos; tan sólo de verla casi pudo sentir su pesar.

—Lamento mucho su pérdida—dijo, sintiéndose inadecuado y fuera de lugar.

La mujer al principio asintió sin subir la mirada, seguramente escuchó lo mismo doscientas veces ese día, pero el hombre que la abrazaba dio dos suaves apretones en su brazo al ver que Evan permanecía ahí.

—Lamento, por igual, no haber podido colocar esto en la pira mortuoria del rey cuando usted me lo pidió—le dijo Evan, extendiendo el rollo hacia ella.

La joven abrió los ojos apenas lo suficiente para ver de qué se trataba. Luego los abrió un poco más y se soltó del abrazo del hombre para acercarse a la estafeta. La chica miró el rollo y luego le miró con fijeza. Sus enormes y redondos ojos turquesa estaban enrojecidos e hinchados por el llanto, eran dolorosamente expresivos.

—El tapiz de libélula—dijo ella, tomándolo entre sus manos. Luego las lágrimas comenzaron a resbalar por sus mejillas—. Esto lo hizo la abuela—le dijo al hombre que tenía al lado, con absoluta ternura. El otro miró el tapiz, contrariado.

—¿Quién es usted? —le preguntó él.

—Me llamo Evan clan Womak.

No pudo articular nada más sobre sí mismo.

—Quédese—rogó ella—, me gustaría tener una palabra con usted después de la ceremonia.

Evan no supo qué responder, no podía decirle que tenía que regresar a la Villa Militar y no tenía las agallas para decirle que lo sentía y dejarla sin más; así que calló sus voces interiores y asintió discretamente.

La tarde comenzó a refrescar para cuando las últimas personas fueron a depositar sus regalos a los pies de la *Familia de Nombre* del clan; ya no quedaban cenizas que llevarse. Evan miró con aprensión a cada asistente que desfilaba frente a él, recargado en la curva de la escalinata. Respiró profundo y se sumió en el recuerdo de la última vez que vio a Digualda.

Fue en la Casa de Eleya, cuando discutía con el Consejo de Clanes sobre la política mercantil del río.

No.

Así no fue. Ella discutía algo más, ¿qué fue aquello?

Trató de hacer memoria, abrumado por tanto que sucedió en tan poco tiempo.

Ella hablaba con la reina. Sí, eso fue. ¿Acaso no dijo algo a Anturia que la hizo enojar? Algo sobre los territorios al norte del río y sobre el poder de los clanes sobre extensiones de tierra.

«Sí, así fue». Asintió mirando al vacío, y comenzó a recordar la escena con la preocupación reptando por su mente: Digualda se opuso a lo que quería la reina, incluso evidenció su falta de compostura.

Cerró los ojos, tenso, buscando ignorar la pujante voz interior que asociaba la muerte de Digualda con la de Sándor Tecuani. Apretó los labios, lamentando toda la situación y forzándose a mantener la cabeza fría.

La recordó actuando como una verdadera matriarca de su clan, interviniendo a la altura de la reunión. Era sobre personas como ella que se hacían canciones y que se narraban historias. Digualda sirvió a su clan durante generaciones, era uno de los miembros más ancianos del Consejo, cuya generación ya había fallecido tiempo atrás. Era el recuerdo viviente de la grandeza de Daet, cuando el Consejo estaba constituido por gente sabia, ancianos; y cuando no había distinciones entre Los Alban, el Consejo y la corona.

Alguien extendió una mano frente a él, despertándolo de su ensoñación. Era el hombre que antes abrazaba a la joven y que ahora le invitaba a entrar al palacio. Su barba oscura le daba un aspecto mucho más severo del que sus ojos expresaban, el recorte del vello era tan perfilado y pulcro que llamó su atención. Su mirada estaba colmada de interés, y aunque decía muy poco, las palabras parecían innecesarias, pues sus gestos eran hospitalarios y en extremo decentes; evidentemente, era un miembro de la más alta casta del clan.

Evan se incorporó sobre los castaños escalones que llevaban al alcázar y se unió a la comitiva de la *Familia de Nombre*. El palacio, más chico y austero que Yaocalli Nayar, estaba amueblado y decorado con una calidez que sólo se sentía en los hogares de familias grandes y unidas. Había más retratos de ancestros que piezas de arte o armas, y por doquier se encontraban pequeñas fuentes con golosinas y fruta fresca, dispuestas como arreglos florales. Una fuerte influencia femenina se palpaba en cada habitación, una que no había visto o sentido en ningún otro castillo. Era como si Digualda hubiese muerto para expandir su alma en cada límpido muro, cada rincón floral y cada cuadro y mural con escenas lacustres.

Le condujeron a una de tantas salitas de estar, que parecía el estudio personal de la anciana, una de esas habitaciones en la que los hombres y mujeres de edad adoptan como el capullo en el que pasarán el resto de sus días. Estaba plagada de artesanías, las ventanas filtraban luz de colores a través de vitrales con libélulas iridiscentes, ranas púrpuras, caracoles y lirios, mientras que las estanterías y nichos en la pared lucían objetos con el claro sello de otros clanes; obsequios, seguramente. Al centro de la estancia brillaba un enorme móvil con libélulas hechas con los mismos cristales coloridos de las ventanas, y los hilos de los que pendían tenían caparazones de caracoles que hacían sonidos de agua con el pasar del viento. Por un momento, Evan sintió como si hubiera entrado en el tapiz de cuentas que guardó todo ese tiempo.

Al poco de haber ingresado a la estancia se unió a ellos el hombre que le invitara a pasar, quien se presentó como Darío tan pronto tomaron asiento. Resultó que él era uno más de los muchos nietos de Digualda, hermano de la chica que le diera el rollo hacía menos de un ciclo lunar, y elegido para representar a su clan en el Consejo tras la muerte de su abuela. Detrás de él entraron varias personas más a la estancia, que, por su parecido y porte, Evan identificó como el resto de la familia.

Darío extendió un vaso de cuerno pulido a Evan y luego sirvió al resto.

—Brinde con nosotros, coronel Womak—pidió—. Sí, sé quién es. Ahora caigo en cuenta que le reconozco de la inauguración de la Cumbre. Usted está contendiendo por el título de Yntaura Ácuila, ¿o me equivoco? — Evan asintió apenas y aceptó el vaso que contenía un potente destilado— Bienvenido—le dijo él. Luego levantó el vaso y declamó:

» Por una magnífica mujer, cuya repentina muerte nos llena de dolor y añoranza. Que en el seno de La Madre descanse—. Tomó un trago y, antes de que la decena de familiares brindara, añadió con amargura: — y que Las Diosas de la Justicia hagan su labor.

La sala enmudeció.

«Diosas de la justicia», reverberó en los oídos de Evan como una cigarra en primavera. *«¿Diosas de la justicia?»*. Mil preguntas quisieron salir a flote a la misma vez.

No. No se atrevería a preguntar. Ni a sugerir, siquiera.

Trató de frenar el salvaje impulso de querer entender lo que le pasó a Digualda, preguntarlo y acallar sus dudas de una buena vez, pero no era su lugar. Él no era más que un intruso en medio de la profunda llaga de una familia a la que no pertenecía.

Logró permanecer en silencio, pero profundamente turbado. El silencio era tal que se escuchaba claramente cómo alguien movía platos y cubiertos sobre una mesa en otra habitación.

Por suerte, antes de que su boca escapase a su buen juicio, la joven pasó pronto a otro tema. La chica desenrolló el tapiz con la gentileza con la que se le cambia el pañal a un recién nacido, y lo admiró durante lo que pareció una eternidad.

—Es hermoso, ¿verdad? —preguntó ella al aire. Ninguno de los presentes, ni el hombre, ni las damas de compañía, ni las señoras de la familia le respondieron, pero todos la miraron, atentos—. Ella tejió cada cuenta y mandó desenterrar las más bellas piedras del fondo del canal para completarlo—la chica acariciaba las cuentas como si de los finos cabellos de plata de su abuela se tratara—. Gracias por traerlo a nosotros en esta hora funesta, Evan clan Womak—dijo, elevando la vista a él, y todos siguieron su ejemplo. Evan descruzó los brazos, y sonrió sintiéndose torpe, sin saber cómo responder o qué hacer. Le escocía el querer saber qué le sucedió a la señora; una profunda turbación le picaba la garganta de lo mucho que deseaba preguntarlo. Carraspeó un poco.

—Sé que lo hizo para el rey, hermano, pero ¿podemos conservarlo? —rogó la chica, mirando a Darío con imploración, quien volvía a llenar su vaso. Entonces la chica jaló una silla acolchada hasta la chimenea de la estancia, se descalzó y levantó su larga falda para trepar al asiento con el rollo en la mano—Podríamos colgarlo justo aquí—propuso.

—Ese tapiz pertenece más aquí que en los pasillos del palacio de los Nayar—. Su hermano hablaba ya con la autoridad del líder del clan—, de por sí se atribuyen licencias que no les pertenecen; no veo por qué habrían de quedarse con nuestros tesoros también—añadió, mordaz.

Se escapó un ruidito de reclamo a una mujer, que Evan podría apostar que era la madre del hombre. Ésta dirigió una discreta reprimenda a Darío con la mirada y luego sonrió a Evan cuando sintió su mirada. El hombre tomó el resto de su bebida con violencia y se volvió con rapidez para ayudar a su hermana a colgar el tapiz. Su rostro lo decía todo.

Era tiempo de irse. Ya había permanecido más tiempo ahí del que el decoro dictaba.

—Les agradezco su hospitalidad, pero debo partir—anunció, extendiendo la mano hacia Darío.

—¡Oh, debe quedarse a cenar, coronel! —invitó una de las señoras mayores. Los carrizos de la mujer le conferían un aire decrépito que contrastaba con su lozana piel.

—Se los agradezco, ¡qué pena! Debo estar de vuelta en la Villa Militar antes del amanecer—luego se dirigió a Darío, quien le daba la mano—. Lamento profundamente su pérdida.

—Pero los caminos no son seguros, ya, señor Womak—musitó una de las mujeres. Su alto peinado se movió al son de su tono de preocupación. La mirada aterrorizada de la mujer le dejó claro que algo tenían que ver los caminos con la muerte de la matriarca. Todo cobró sentido.

—No sea ilógica, tía, este hombre puede cuidarse sólo—dijo Darío dando una palmada al hombro de Evan.

Evan estrechó la mano a la depresiva comitiva, uno por uno, y salió disparado en busca de su caballo. Era muy tarde ya, el crepúsculo llegaría en cualquier momento. Bajó la escalinata casi a la carrera, y se detuvo en seco cuando estuvo a punto de derribar a un hombre y una mujer que subían. La mujer, alta y robusta, se movió con los reflejos de un gato para evitar la colisión. Hacía una pareja extraña con un hombre tan alto y flacucho.

—¡Disculpen! —dijo Evan apenas deteniéndose.

Los sombreros ridículos que llevaban, decorados con plumas, estaban muy de moda entre las familias cercanas a la realeza.

La mujer se limitó a fruncir el entrecejo, mientras su esposo murmuró algo que Evan no alcanzó a oír. Seguramente eran miembros de la nobleza que llegaban a dar el pésame. Evan agradeció no conocerlos, le ahorró un buen tiempo de cordialidades y protocolos innecesarios. Pasó el carruaje que dejó a la pareja, estacionado más abajo, y siguió bajando con prisa hasta alcanzar el sitio del funeral.

Antes de irse se detuvo un momento, cortó una flor de una de las jardineras y la puso sobre los obsequios del último intercambio. La despedida duró sólo un momento y luego siguió su camino.

Dio tres vueltas por la plaza hasta que encontró al caballo, que por suerte seguía donde lo había dejado. Era de estúpidos robar un caballo marcado por el ejército, pero más común de lo que se pensaría. Montó de inmediato y espoleó al caballo hacia el muelle; si tenía suerte, podría encontrar a quien le llevara al otro lado del lago.

La noche cayó muy pronto, y para cuando alcanzó el borde del Lago Cardenal el cielo estaba colmado de estrellas. Sin tiempo que perder, se internó a trote en los senderos del bosque, bajo una media luna que transformaba todo con su luz. Más le valía apretar el paso si no quería que los lobos los olfateasen; era una locura internarse en el bosque a esas horas, y, además, solo.

Cabalgó apurado, rezando a los espíritus de lo salvaje para no perderse, y para cuando arribó a las puertas de la Villa Militar, agradeció al Dios Ciervo le llevase con bien hasta su destino. Atravesó la muralla tras identificarse en la puerta, entregó el caballo en los establos con el corazón palpitante, y arrastró los pies hasta su catre al fondo del cuartel.

En la madrugada, antes de partir hacía casi un día entero, había imaginado que volvería más temprano y que tendría el corazón ligero por deshacerse del rollo finalmente, pero no había nada más lejano a la realidad.

Tragó con dificultad, aun con el polvo del bosque en la garganta, pensando en la sorpresiva muerte de Digualda. Lo que pensaba no podía ser real, si lo fuera, algo grave estaba sucediendo en Daet. Sin embargo, Zorro lo había dicho muy bien: fuera lo que fuera que estuviera sucediendo, era algo demasiado grande como para que él pudiera hacer algo al respecto. Si realmente mandaron a matar a Digualda, y esa era la misma persona en el poder que mandó a matar a los Sabios, una sola persona no sería suficiente para hacer algo al respecto.

Sintió el sobrecogimiento previo a la llegada de una tormenta.

En todo caso... -se permitió conjeturar- si alguien decidiera hacer frente, tendría que contar con el apoyo de varios, tal vez se debería alertar a los jefes de los clanes... Bufó casi en silencio, en la penumbra de la madrugada, ¡rayaba en la fantasía! ¿En qué estaba pensando? Esto no podía llegar ahora. Él no era nadie para hacer nada, por lo menos no aún.

Se quitó el uniforme y se acostó en el delgado colchón.

¿Podría ser? Ahora él no era nadie, pero tal vez, sólo tal vez, podría, ya siendo general del Consejo de Guerra, hacer algo al respecto, hablar con las personas correctas.

Exhaló, impaciente, viendo la negrura del techo. Se engañaba. ¿Con quién podría hablar? ¿Con su tío?

El siguiente pensamiento le heló los huesos.

Recordó su plática con Leándor, cuando despotricó en contra de los Sabios, y cuando expresó su alta estima por las ideas de mercadeo en el río… a las que se había opuesto Digualda.

«*No. De ninguna manera*», lo descartó. Su tío era alguien honorable, y si estuviera enterado de la muerte de los Sabios o de Digualda, no sería capaz de callar algo tan grave.

Se giró con furia sobre la cama, forzándose a dejar de pensar y conciliar el sueño. No necesitaba esto ahora. No faltaba mucho para el amanecer y tenía una importante prueba al día siguiente. No podía perder toda la noche… no podía perder todo el día especulando sobre conspiraciones y asesinatos. Tenía ya suficientes responsabilidades en su vida como para involucrarse en algo así. Ya había hecho un pacto consigo mismo: no pensaría más en el tema hasta que terminara el torneo, y tenía que ser firme. Con suerte podría ser condecorado como Yntaura y, tal vez, desde ahí podría jalar algunos hilos para que el panorama mejorase entre los clanes. Mientras tanto, era sólo un soldado sin más capacidad que la de demostrar las habilidades que aprendió con los años. Cerró los ojos e intentó dormir un par de horas, alejándose del ensueño que fue ese día, y esperando despertar en la realidad.

TENSÓ EL ARCO UNA VEZ MÁS y sintió otra punzada en el antebrazo. No estaba listo aún, tendría que calentar un poco más o se arriesgaba a lesionarse. Todo por haber llegado tarde al entrenamiento, aunque, a decir verdad, era un milagro que hubiera despertado a buena hora después de cabalgar toda la noche. Se alejó de la línea de tiro, desde donde se veían todos los perfiles de los demás contendientes practicando los tiros, y colgó el arco y el carcaj en uno de los postes cercanos para seguir el calentamiento. De tanto en tanto se escuchaba el silencioso vibrar de las cuerdas y el fuerte *tac* de la flecha al clavarse en la pared de madera cuando se erraba el tiro.

Movió el cuello de un lado a otro y aventó el brazo hacia atrás cuan largo era; en el acto golpeó el brazo de alguien más y se volvió de inmediato para encontrarse con los ojos bien abiertos de Dilek.

—Perdona—soltó de mal humor.

—¿Dura noche? —Dilek sonrió con la boca, pero no con los ojos, como si estuviera feliz de ver a Evan impaciente. Siempre iba por ahí irritando al que se dejara.

Evan se limitó a hacerse a un lado y fijarse si esta vez no golpearía a nadie.

—Las ojeras te llegan a la nariz—se burló Dilek.

Dino, que llevaba media hora jugando con la tensión del arco, los escuchó y no perdió oportunidad.

—Preguntemos a Brenda—añadió con una sonrisita de idiota.

La aludida estaba lejos, acomodándose la muñequera en el brazo izquierdo.

Criz rio por lo bajo, cerca de ahí.

—Mejor mira si no tiene pelos en la mano, eso es más probable—dijo cáustico, antes de tensar el arco.

Dilek hizo un chiflido cómico y los tres rieron.

—Maduren, imbéciles—el hartazgo en su tono minimizó el insulto.

—Tranquilo hombre, creemos en tu hombría—le dijo Dino, aventándole una muñequera, riendo. El otro par de idiotas rieron con más ganas.

De entre todas las cosas que pasaban por su mente definitivamente no estaba de humor para chistes de púbero. Por otro lado, parecía que el humor de Criz era más accesible que en días anteriores. Luego se sintió estúpido por medir el humor del cabrón, como si eso debiera importarle.

Terminó de calentar de mal humor y se colocó a un lado de Criz en la línea de tiro.

—Fui a Anawák—le dijo mientras colocaba la flecha en el arco.

Criz gruñó en respuesta con los dos ojos entornados y soltó su flecha.

—Digualda está muerta, era la líder del clan—dijo Evan en voz baja, antes de levantar el arco.

Criz siguió disparando una flecha tras otra sin decir nada, sólo exhalaba con cada tensión del arco justo antes de soltar. Evan disparó su flecha, que dio en la diana de madera a decenas de pies de distancia.

—Creo que piensan que pudieron haberla matado—añadió antes de tomar otra flecha más.

—Me quedé sin flechas— fue lo único que dijo Criz, antes de pedir alto al fuego para que pudieran todos recuperar sus flechas en la zona de dianas. Evan lo miró alejarse al tiempo que negaba con la cabeza. Seguía actuando como una niña caprichosa, no tenía sentido ni intentar hablar con él. Esperó a que regresara para seguir disparando y no volvió a tocar el tema, ni durante el entrenamiento, ni más tarde en la prueba de arquería.

El sol caminó varios tantos y su humor fue de mal en peor. El viaje al clan Anawák y el desvelo pasaron su factura durante la prueba de tiro con arco, sentía el cuerpo débil, como una vara seca a punto de romperse bajo el mínimo esfuerzo, y su desempeño fue apenas suficiente para no humillarse a sí mismo en la arena. Agradeció, sin embargo, que toda la atención tanto del público como de los generales estuviera en alguien más: Zorro. Se ganó todas las palmas durante la prueba. No era para menos, el clan Tlatoah era reconocido por sus arqueros y Zorro era uno de los más hábiles.

Cuando terminaron, quedaron todos de acuerdo para ir a la feria, pero Evan no estaba de humor. Criz no era de los que cambiaban de opinión de un momento a otro y no estaría rogándole como novio urgido para hablar con él. De hecho, no tenía ninguna explicación que darle, así que pasó el resto de la tarde en los dormitorios con la cabeza dando vueltas al asunto hasta que se obligó a descansar; la semifinal de espada del día siguiente era lo único que debía importarle y había quedado con Brenda para practicar tras la prueba de lanza.

—¡Alargas demasiado la pierna de atrás! —gritó Brenda al día siguiente, bajo un sol abrasador. La mujer dio un golpe tras otro con la espada, haciéndole retroceder con rapidez —¡paso corto, corto, golpe! —la mujer parecía incansable. Evan golpeó con fuerza, exhalando un gruñido. Brenda dio varios pasos hacia atrás y tomó impulso para volver a cargar cuando Evan enterró la espada en la arena y se sacó el casco.

—¿Ahora qué sucede? —preguntó exasperada. Se quitó al casco por igual, su rostro estaba rubicundo y los cabellos se adherían a su frente por el sudor—. Evan se apartó el fleco de los ojos y reposó las manos en las rodillas, tomando un respiro—. ¿Desde cuándo te cansas antes que yo? ¡Sigamos! —ordenó ella, alisando su cabello hacia atrás con el grueso guante para colocarse nuevamente el casco, y se puso en guardia.

No tenía caso decirle que seguía cansado de la noche en vela de hacía dos días. Echarle la culpa a la sencilla prueba de lanzamiento de lanza de esa mañana tampoco tenía sentido.

—Debería descansar antes de la semifinal de espada—dijo sin mucho ánimo.

La chica bufó y señaló el cielo.

—Si no estás listo ahora no habrá mucha diferencia en un par de horas, Evan. Gaián te hará trizas en la condición en la que estás ahora—declaró.

Evan se limitó a hacer una mueca. Le irritaba tanto cuando se ponía de fiera mandona. Seguramente tenía razón, pero aun así no estaba de humor para seguir entrenando.

—Te veo en la arena—fue lo único que replicó antes de tomar la espada y alejarse.

Brenda permaneció con los brazos en jarras, seguramente murmuraba injurias detrás del casco.

—¡Eh! ¡Yo también necesito entrenar! —gritó ella, molesta.

Pero Evan ya había enfundado la espada y caminaba hacia los lavaderos, estaba completamente cubierto de polvo excepto donde el casco protegía la cara.

Oyó el tintineo de la cota de malla larga contra la armadura de Brenda acercándose a él, entre los choques de las espadas de los soldados que entrenaban por grupos en la arena de la Villa Militar y órdenes vociferadas a lo lejos. Evan siguió caminando hacia el banco en las lindes del ruedo como si no la escuchara aproximarse.

—¿Qué tienes últimamente?, ¿eh? —preguntó ella, acercándose a zancadas.

Evan no dejó de caminar. El tono era claramente de reproche, pero él no estaba para niñerías. En realidad, no estaba de humor para nada que no fuera darse un buen baño antes de bajar a la arena de la feria.

—Llevas meses hablando sobre lo comprometido que estás con el torneo, pero llegas tarde a los entrenamientos, tienes la condición física de un lobato gordo y parece que el torneo ya no te interesa. ¿Qué te sucede? —inquirió. La mujer no lo siguió, como esperando a que se detuviera para hablar con ella.

—Todo sigue igual—mintió, echando una mirada y evadiendo sus ojos mientras se quitaba la armadura de mala gana. En realidad sentía como si todo hubiera cambiado, pero llevaba tanto tiempo tratando de ignorarlo que no se pondría a pensar en ello en ese momento.

—Puedes mentirte a ti mismo todo lo que quieras, pero el cambio es más que obvio.

Evan respiró profundo y tensó la mandíbula. Sabía provocarlo cuando quería. Era divertido retozar con Brenda, pero ¡¿quién le dio licencia para meterse en sus asuntos?!

—No tienes idea, Brenda, no te metas en lo que no te incumbe— respondió, tajante.

La mujer no se movió un dedo, sólo elevó un poco las cejas y tensó los labios. Evan aprovechó el silencio para darse la vuelta y seguir su camino hacia los lavaderos, y ella no lo siguió.

Desnudo, se zambulló en una de las tinajas, chorreando agua templada, y permaneció sumergido cuanto le fue posible. Estaba agotado. Todos los músculos le dolían y su cuerpo exigía descanso, pero las pocas horas que faltaban para la semifinal del torneo de espada no eran suficientes para descansar, por no mencionar que aún reverberaba en su mente lo que Brenda le dijo. Eso mismo había sido aquello que le mantuvo despierto durante la noche anterior, entre otros miles de pensamientos que deambulaban cínicamente por su mente sin deberla ni temerla.

Sacó la cabeza del agua y observó con detenimiento las minúsculas burbujas pegadas a los rizados vellos de sus brazos, viendo sin ver, pensando sin pensar. Tomó una almohadilla de zacate y talló la piel con saña, deteniéndose en donde los golpes más dolorosos se transformaron en moretones purpúreos y verdes. Se pasó la almohadilla por el cuello y la tensa espalda, y miró el sinfín de cicatrices en brazos y piernas que se sumaran una a una desde que iniciara su entrenamiento. Eran parte de él ya, no serían las primeras ni tampoco las últimas. A comparación de sus compañeros tenía pocas, y se habían curado bien. Algunas eran sólo claras líneas satinadas sobre la piel, mientras que una de ellas marcaba un corte casi hasta el músculo. Se la hizo Criz por accidente durante uno de los primeros entrenamientos de espada. La cicatriz, tan larga como su palmo, iba del exterior del muslo hacia la rodilla. Si la espada hubiera tenido filo seguramente le hubiera llevado el corte hasta el hueso. Evan recordó cómo el dolor le hacía tallar los dientes al punto de sacar sangre por las comisuras de los labios hasta que lo medicaron para cerrar la herida; tenía trece años. Luego vino el estirón y la cicatriz se deformó hacia arriba como una estría rara, los vellos de la pierna por lo menos la cubrían un poco. De cualquier manera, no le importaba demasiado, eran marcas de sus entrenamientos y de todos los sacrificios que hizo para llegar a donde estaba… Y no lo estaba tomando en serio.

Exhaló y se refregó la frente con aprensión.

Brenda tenía razón, aunque estaba fuera de lugar al exigirle nada. Necesitaba esforzarse al máximo esa tarde y al día siguiente en la carrera de obstáculos. En unos cuantos días el torneo se habría acabado y todo esto sería solo una cicatriz más debajo del uniforme de general. Se obligó a esfumar sus pensamientos y se lavó el resto del cuerpo antes de alistarse para la prueba.

—¡Y el príncipe Womak se digna a presentarse! — gritó Gaián cuando lo vio, ya todos estaban en la arena y parecía que llevaban un largo rato ahí.

Evan lo ignoró, dirigiéndose a la tienda para ponerse la armadura.

—Estábamos seguros de que se te encogieron las nueces—alcanzó a añadir Gaián antes de que Evan desapareciera tras la puerta de tela, ignorando por completo las provocaciones.

La cota de malla volvió a tirar de los vellos del cuello una docena de veces en lo que terminaba de vestirse, y salió colocándose los guantes. Los generales se acercaron al cuarteto de contendientes y dictaminaron que los primeros en pelear serían él y Gaián, seguidos de Brenda y Dante. Quien ganara, pelearía por la supremacía tres días más tarde.

Todos se veían tan nerviosos como él y Brenda pareció agradecer por alguna razón el no abrir la contienda. El público que asistía a los enfrentamientos era cada vez mayor, y el eco de la multitud llegaba a ser ensordecedor por momentos. En veces pasadas, cada vez que se detenía la pelea por alguna cuestión técnica del combate, o con el fin de que los jueces anotaran las puntuaciones, el público golpeaba con fuerza todo tipo de ollas y cacharros de metal. Lo mismo hacían cada vez que alguien caía o que sucedía cualquier movimiento exagerado. Parecía que la verdadera razón por la que iban era por si alguien resultaba herido de muerte o por si llegaba a rodar alguna cabeza.

—Womak, Bupoloba, a la arena—ordenó Áuriga.

Evan elevó una plegaria tan corta como lo que tomó saludar a su oponente y desenfundar la espada. El público rugió con golpeteos metálicos, pisando duro contra el suelo. Gaián se mantuvo a larga distancia, y tan pronto inició el combate, se midieron y probaron algunas estocadas y bloqueos. Gaián alternaba su pierna de apoyo una y otra vez. Evan intentó ataques bajos para evaluar su guardia baja, pero parecía estar bien, el otro sólo lo estaba probando.

Gaián tomó la ofensiva y Evan bloqueó un golpe tras otro, se acercaron lo suficiente para intentar un golpe con el pomo, pero se separó de inmediato recordando el entrenamiento entre Criz y Gaián. Evan retomó fuerzas y entre la conversación de acero dio un fuerte golpe al casco de Gaián. El hombre se tambaleó un poco, pero aprovechó la confianza que le dio a Evan el haber dado un golpe tan fuerte que y atacó una, y otra, y otra, y otra vez. «*¡Corto, corto!*», recordó la instrucción de Brenda. Su falta de concentración le valió un par de fuertes golpes en el flanco que punzaron con fuerza. Evan exhaló y dieron más vueltas para intentar otra estrategia, pero el otro ganaba fuerzas en lugar de perderlas.

No podía perder, no ahora.

Gaián cargó contra él, Evan bloqueó un golpe, otro, otro, alcanzó a dar una estocada larga que el otro bloqueó y Evan regresó a su centro. Estaba comenzando a cansarse. ¡¿Qué mierda le sucedía?!

Después de otro atraco, embistió furioso una y otra vez, esquivó un golpe directo con una vuelta, y con la espada en ambas manos dio un fuerte golpe al hombro de Gaián. Cuando se disponía a golpearlo nuevamente en lo que el otro se recuperaba, Evan se percató demasiado tarde de que su ataque no tuvo la fuerza esperada y que Gaián presionaba fuerte la punta de la espada contra su cuello, ahí donde más desprotegido estaba. Evan hizo un abanico con la espada para quitar la de su oponente de enfrente como lo haría en entrenamiento, pensando en su siguiente movimiento, pero Áuriga marcó el ataque de Gaián como letal. ¡Había perdido!

Cerró los ojos, respirando muy agitado, y escuchó más allá del pitido en sus oídos al público excitado que coreaba: *¡Feeerleeeyy! ¡Feeerleeeyy!* Evan se sacó el casco y dio la mano a su contendiente, quien sonreía de oreja a oreja y saludaba a la audiencia. No podía creer que perdiera, pero más clara ni el agua, no tenía nada que objetar. Repasó en su mente sus últimos movimientos; seguramente estaba mucho más cansado de lo que pensaba.

¡Dioses, su primera derrota!

Exhaló largamente, y sin más, ingresó a la tienda de los campeones para cambiarse la armadura por el uniforme.

Dentro, Brenda ya estaba lista para su pelea. Apenas giró la cabeza hacia él cuando la llamaron a la arena. Evan aventó suavemente la espada cerca de la pared de tela y se quitó la engorrosa armadura y la maldita cota de malla. No debía rasgarse las vestiduras sólo por no haber ganado, debía estar orgulloso de haber llegado tan lejos en el torneo, pero algo picó en su orgullo. Si hubiera estado debidamente descansado tal vez habría ganado. No, debía ser buen perdedor. Si perdió fue porque Gaián tuvo una mejor estrategia, ¿o no?

Para cuando salió, miró a Brenda rodar en el suelo, escapando de un mandoble de Dante que iba directo a su cabeza. Miró a la chica ponerse de pie con audacia y retomar el ataque. Dieron golpes y bloqueos como una dura negociación entre mercaderes. De pronto Brenda cayó de nuevo, y cuando Dante parecía estar a punto de atacar, Brenda marcó dos cortes en las piernas. Con una buena espada, el hombre hubiera caído de fauces, desprendido de sus pies; la caída de la mujer sólo había sido un engaño.

El público rugió con el toque del cuerno que marcaba el final de la prueba. Brenda era la indiscutible ganadora.

Capítulo 10
Enfrentamientos

BRENDA LO OBSERVÓ FIJAMENTE con los ojos desorbitados y luego pasó la mirada a Zorro con la misma intensidad. Estaba de cuclillas frente al fuego, embarrada y exhausta; como todos lo estaban tras la frustrada carrera de obstáculos.

—¿Cómo pueden siquiera sugerirlo? —dijo ella casi molesta.

—Artham está en el sanatorio ahora, ¿no es así? —dijo Zorro.

—Sí, pero eso no tiene nada que ver con que Nikker estuviera cerca de él antes de la caída—alegó la mujer.

—¿Qué no? —saltó Evan—Brenda, ¡yo estaba ahí! El muy bastardo lo tiró de la red—declaró con la boca seca, todo estaba muy fresco aún.

La mujer hizo ademán de responder, pero en su lugar enmudeció y miró fijamente a la pequeña fogata improvisada que encendieron en lo que llegaban los carros para llevarlos a la Villa Militar. Sus ojos grises reflejaron el brillo anaranjado del fuego.

—Ese hijo de perra tiene que pagar, Evan—dijo Dino, por primera vez en su vida serio.

—Y me lo dices a mí—su respuesta fue casi inaudible. Trazaba líneas en la arena suelta con una flecha extraviada, a un costado de la instalación de la prueba de obstáculos.

Echó una mirada a la red de cuerdas que pendía como telaraña flácida, a quince varas de altura desde donde hacía poco cayera Artham. Evan recordó con un realismo perturbador el sonido sordo que hizo su cuerpo al estrellarse contra el suelo, combinando crujidos con un grito ahogado. No quería siquiera imaginarse el dolor del hombre al momento del impacto. Apretó la mandíbula y trató de desviar su pensamiento de la escena. Nikker también estuvo ahí, siempre a un paso de Artham, acortando cada vez más el encuentro por poco fatal: a una zancada en el vado por el que tuvieron que arrastrarse entre lodo y helechos, a una brazada de él al trepar los muros, y un pelo demasiado cerca sobre la red de cuerda suspendida sobre el vacío. Evan desvió la mirada a sus manos, que estaban llenas de ásperos callos cubiertos de lodo; aún ardía ahí donde casi resbalara de las lianas sobre la cama de carbones encendidos.

—Yo creo que simplemente fue mala suerte; ya lo dijo Áuriga y ella también lo vio—siguió Brenda, que tenía una capa de lodo seco y cuarteado ahí donde el fuego lo estaba secando.

—¿Por qué defiendes a ese imbécil? —inquirió Zorro—En serio, Brenda, ¿de qué lado estás?

—No lo defiendo, no me cae mejor que a ustedes, pero decir que tiró a Artham a propósito es una acusación muy grave.

—Ese bastardo lleva semanas observándonos—dijo Evan—, y ha usado cualquier debilidad en nuestra contra durante las pruebas. Simplemente no pudo soportar el no ser uno de los primeros en la competencia, sabe que no le ha ido tan bien como para figurar entre los cuatro mejores.

—¿No es el estudiar al contrincante parte de nuestro trabajo? —cuestionó ella—Además, ¿por qué habría de importarle a Nikker que llegara el otro antes? Bastaba con adelantar un poco y ya. Ha tenido un desempeño superior al de Artham en todas las competencias.

Evan prefirió callarse la respuesta. No era Artham tras el que había ido Nikker.

—Porque eso no es suficiente para él—respondió Zorro al instante—lo único que le importa a Nikker es que le aplaudan, le canten y lo feliciten. No podría soportar no figurar entre los primeros durante la competencia, aún si hubiera sido el mejor en todas las demás pruebas—respondió Zorro. Su cabello anaranjado parecía encenderse con el reflejo de las llamas.

—Es que no creo que se atreviera, es demasiado arriesgado hacerlo frente a todos los jueces y la multitud de gente que observa cada movimiento que hacemos.

—¡Qué va! —despechó Dino —sólo basta con tirar de un pie en un pestañeo, con mover la red con violencia en el momento preciso... O de hacer como que caes para tener una excusa para jalar al otro por el tobillo, y que por casualidad caiga a una docena de varas del suelo. Fue una suerte que Evan no cayera también, pudo haber sido él—agregó, con la silenciosa mirada de Evan clavada en él— Nikker es un hijo de puta, eso es lo que es, y con eso basta para hacer lo que le hizo a Artham. Estoy con Evan y Zorro.

—Me queda claro—musitó Brenda, y miró de soslayo.

—¿De verdad? —preguntó Evan, irónico— No lo parece. El tipo es un bufón y lo único que le interesa es hacer un buen acto frente a todos. Yo iba justo a su lado y vi claramente cómo Nikker fingió el perder el equilibrio justo en el momento en el que Artham perdió el control. ¡Qué casualidad!

—Sólo lo dices porque tienes envidia de que llegó antes que tú. Si lo viste fue porque ibas justo detrás, porque no pudiste siquiera pasarlo— espetó Brenda.

Evan bufó con una sonrisa afectada para luego decir:

—¿Envidia? Mejor que se cuide el cabrón, mañana sabrá lo que es ganar jugando limpio.

—Sí, claro—respondió Brenda, sarcástica, volteando los ojos—, eres perfecto, Evan. Tanto que no fuiste capaz de superarlo en la carrera, porque no has estado ni para llegar a tiempo a los entrenamientos, cuando vas del todo—agregó, y antes de permitirle a Evan que le respondiera, la mujer siguió con energía:—Para lo poco que has practicado no me extrañaría que Nikker te derrote mañana—confesó, y luego se incorporó como para darles la espalda y marcharse; pero como si aún no hubiera terminado giró apenas el cuerpo y lo miró a los ojos con reproche.

» Tal vez sea un bufón—dijo ella—, pero por lo menos el sí admite que disfruta de la atención—escupió, y se alejó del círculo de luz hacia donde los demás contendientes esperaban a los carros que les regresarían a la Villa Militar.

Evan permaneció con el ceño firme y partió la flecha en dos, clavando su mirada en la cadencia de la chica al alejarse. Además de ciega, Brenda había estado insoportable desde que la dejara entrenando sola. Agradeció no tener que pelear contra ella al día siguiente en la semifinal de lucha, ya vería cuánto tiempo duraba con esa falta de criterio con un rival como Criz.

Después de pensarlo un poco se aventuró a preguntar a los otros dos:

—¿Saben si Criz está entrenando con alguien para el encuentro de mañana? —trató de actuar desinteresado, pero escuchó atento.

Zorro arqueó la boca hacia abajo y negó con la cabeza en lo que empujaba uno de los leños con una varita de manera despreocupada.

—No le he visto—dijo.

Dino aplastó un mosco en su brazo, se limpió la sangre en el pantalón enlodado y luego dijo:

—Creo haberlo visto en la comandancia el otro día, pero no he hablado con él.

¿En la Comandancia? ¿Qué hacía él ahí? ¡Más le valía al bellaco no haber ido para hablar con Culén! Si creía que podría resolver el asunto cuando apenas estaba enterado de la situación estaba muy equivocado.

—¿Quieres entrenar mañana? —preguntó Dino, interrumpiendo sus pensamientos.

Evan hizo a un lado su aversión por Criz y Brenda, quienes parecían haberse puesto de acuerdo para irritarlo, y prefirió concentrarse en el odio que sentía contra Nikker. Vengar a Artham era la excusa perfecta para ser duro con él al día siguiente.

—Estaría bien—accedió con un movimiento firme de cabeza.

—Bien, te veo temprano en la arena—respondió Dino—. ¿Tú qué dices? —preguntó a Zorro, quien se encogió de hombros y luego asintió suavemente.

—Ahí los veo—les dijo Evan, que escuchó aliviado cómo llegaban los carros. Si bien la prueba de obstáculos se interrumpió a medio camino debido al accidente de Artham, y no estaba tan cansado como lo hubiera estado de haberla terminado, decidió que necesitaba dormir lo suficiente antes de la pelea del día siguiente.

Dino se puso en pie y pateó con suavidad algo de arena sobre la fogata. Cuando el humo subió hasta sus cabezas Zorro esperó unos momentos a que Dino se alejara unos pasos para preguntar a Evan en voz baja, haciéndole seña para que esperara:

—¿Qué ha sido de lo que nos contaste la otra noche, fuera del bar?

Evan frunció el ceño, confundido, no esperaba que Zorro estuviera interesado en eso; después de todo, fue el primero en aconsejarle que se mantuviera alejado del asunto de los Sabios. Sin mencionar que se había disciplinado para no tocar el tema en su mente.

—¿Por qué lo preguntas?

El otro volteó hacia un lado y el otro con la discreción con la que mira un caballo. Nadie les observaba.

—Me llegó la noticia de que los Sabios están convocando una audiencia abierta.

Evan se encogió de hombros, ¿qué tenía eso de especial?

Zorro luego dijo en voz baja:

—Quien me informó no dijo mucho, pero es más de lo que parece. No sé si tenga algo que ver con lo de...—calló un momento y Evan comprendió que se refería a los Sabios desaparecidos.

Quería preguntarle quién le informó, pero de inmediato cambió de opinión; como si conociera a todos los puñeteros informantes que merodeaban la Villa, cobrando migajas por rumores y fantasías.

—¿Dónde?, ¿cuándo?

—No me dio los detalles precisos, Evan—respondió Zorro en tono irónico.

Evan apretó la mandíbula de un lado y del otro, una y otra vez, ansioso.

—Te digo cuando sepa—fue lo último que dijo Zorro antes de asentir a Camalós a la distancia, quien les ordenaba subieran a los carros.

Ambos caminaron hacia allí y Evan se encontró con el gesto malhumorado de Nikker, quien lo observaba con atención. La visión de sus ojos lo transportó a una hora antes, cuando su rostro estaba sudado e iluminado por el crepúsculo. Su mirada era igual de venenosa, cada poro de su gesto exudando la intención agresiva que le llevó a estirar la cuerda con tanta fuerza como disimulo a la vez. Con eso fue suficiente, Artham gateaba por la red suspendida y bastó sujetarse con fuerza a uno de los extremos y que Nikker estirara el otro para que toda la red se torciera con violencia, desprendiendo a Artham como el trapo se deprende del agua al ser exprimido.

Evan había estado codo a codo con Artham, llevaba queriendo rebasarlo desde las lianas sobre los carbones y habían estado a un pelo el uno del otro antes de que Artham cayera hacia el vacío. Tras la contorción de la red Evan alcanzó a sujetarse de las cuerdas tan rápido y fuerte como pudo, sintiendo un fuerte tirón en el codo, pero para cuando estiró la otra mano para tomar la de Artham el hombre ya estaba en caída libre hacia la arena.

La intensidad del momento aún no lo había abandonado y no podía recordar con seguridad suficiente lo que sucedió como para inculpar a Nikker. Pero el asunto no se quedaría así, y menos aun cuando sabía dentro de él que Nikker había querido deshacerse de él y no de Artham.

«*Mañana veremos qué te traes entre manos*» dijo en su mente «*Atrévete a hacerme una jugada como la que le hiciste a Artham y te vas a acordar de mí*». Amenazó dentro de sí, devolviéndole fijamente la mirada antes de que el carro se pusiera en movimiento.

El día siguiente fue especialmente caluroso, por lo que terminó de entrenar con Dino y Zorro antes del cenit y agradeció que el enfrentamiento tuviera lugar por la noche. Mientras calentaba en la tienda de los campeones antes de la semifinal de lucha, movió la cabeza de un lado a otro y luego siguió con el torso, girándolo en direcciones opuestas de manera repetitiva. Exhalaba con cada esfuerzo, tratando de estar ahí y sólo ahí. Dejó a un lado sus pensamientos sobre Criz y Brenda, pospuso lo que Zorro le dijera sobre el rumor de la reunión de los Sabios, y se esforzó por permanecer en el presente de manera profunda; por primera vez de verdad desde que el torneo iniciara.

Oteó en derredor, no había pista de Nikker, ni de nadie más, así que tomó una venda de tela clara de un canasto y rodeó el codo derecho con ella, decidido a probar al hombre. Quería ver qué tan capaz sería de hacerle daño en un punto lastimado. En parte lo hacía por mera diversión, pero en el fondo sabía que lo hacía para justificarse a sí mismo cierto nivel de brutalidad en la pelea en caso de que la situación lo requiriera; aunque no era muy ético.

Miró el vendaje, dubitativo, y luego recordó a Artham cayendo hacia el vacío. Apretó la mandíbula y decidió dejar el vendaje. Claro que había un código, y no estaba dispuesto a romperlo, pero nada le impedía someter a su oponente con algo de fuerza de más.

Cerró los ojos y elevó una plegaria sencilla. Visualizó a Caturix, Hija de la Guerra. La vio como aparecía grabada en las piedras sagradas de la Villa: regia y solemne, con su peto de estrellas, empuñando la legendaria lanza de obsidiana y con las cabezas de sus enemigos grabadas en el casco como el suave relieve de un tatuaje. No pensó en nada, sólo se encomendó a ella con fervor unos instantes. Cuando la voz estridente del vocero llamó al paladín del clan Womak, dejó atrás la penumbra de la tienda, trotando hacia la arena. Nikker ya se encontraba ahí.

Llegó el momento de demostrarle que no pertenecía entre los Yntaura, quienes sí eran capaces de vencer luchando limpio. Se inclinó para tomar dos puñados de arena seca, que aún estaba tibia del sol del atardecer. Se talló con ella las manos y vertió polvo en brazos y piernas en lo que se encontró con la mirada de Nikker. Le observaba con la cabeza baja y una sonrisa afectada. Sus pequeños ojos pardos le miraban divertido en la media luz de las antorchas, el pelo le caía en la espalda desnuda y la espesa barba que se dejó crecer para el torneo nublaba su expresión. Evan se incorporó y cuadró los hombros, calculador, esperando la señal de inicio. Hizo la reverencia de rutina, primero a los jueces y luego a su oponente, con una mano encerrando el puño de la otra al nivel del pecho. Resonó el cuerno y de inmediato tomaron sus posiciones; el público atronó emocionado.

Se acercaron a distancia de combate. Nikker lanzó un golpe a la quijada que Evan esquivó, y aprovechó la posición del otro para apresar su cuello con el brazo, al tiempo que sintió los brazos de Nikker alrededor de su cintura, apresándolo como cangrejo y empujando con todo el cuerpo para derribarlo. Evan dio un rodillazo en el brazo de Nikker, conteniendo el esfuerzo del otro, pero Nikker no soltaba. Entonces dirigió la rodilla con fuerza a su costado, a la vez que luchaba por mantener su posición, sudando del esfuerzo para no permitir que el otro lograra tirarlo. Apenas se liberó un pelo, Evan intentó de nuevo dar con la rodilla en el torso hasta que Nikker al fin cedió.

Se separaron de nuevo, pero sólo el tiempo y la distancia suficientes para que Nikker intentara una patada directa al codo vendado de Evan.

«*Ya te habías tardado, bastardo*», pensó, sonriendo para sus adentros; era como si acabara de darle permiso para atacar con todo, si es que necesitaba alguno del todo.

En un instante, Evan intentó una patada a la poderosa rodilla del otro, pero el impulso fue excesivo y con el golpe perdió el equilibrio un momento, inclinándose demasiado hacia delante en dirección al suelo arenoso. Nikker aprovechó para dirigir un gancho a la cara, pero alcanzó el hombro cuando Evan se movió por mero reflejo. Evan entonces aprovechó su trayectoria para abrazar con fuerza las piernas, impulsando todo el cuerpo hacia delante para azotar a Nikker en el suelo. Desde abajo, Nikker trató de agarrarlo de la pierna, pero Evan logró esquivarlo justo a tiempo para darse la vuelta, incorporarse y encontrarse de nuevo frente a él, que también ya estaba de pie.

Volvieron a dar un rodeo, midiéndose y respirando agitadamente. Evan escuchaba los gritos del público como algo lejano y constante, pero sólo veía a Nikker.

Se abalanzó nuevamente, buscando tomarlo por la cintura, pero las manos de Nikker apresaron las suyas con fuerza, uno impidiendo el avance del otro como dos carneros en pugna. Forcejearon apenas unos momentos, hundiendo los pies descalzos en la arena hasta que Evan soltó sus manos y aferró la rodilla de Nikker haciendo una llave, preparándose para cargar su peso. El otro trató de liberarse, pero, exhalando por el esfuerzo, Evan lo levantó en un parpadeo para girar de inmediato y azotarlo con fuerza contra el suelo en el acto. Evan escuchó un estruendo lejano y la cercana exhalación de Nikker al golpear el suelo de espaldas, ambos trabados uno con el otro. Nikker comenzó a bloquear todos sus intentos por inmovilizarlo hasta que logró patearlo en el pecho, impidiendo que Evan lograra un candado que lo sometiera. Evan apartó la pierna de Nikker de su camino y se abalanzó sobre él nuevamente. El otro daba patadas en el aire con la parte superior del cuerpo bloqueada, incapaz de levantarse y arqueándose tanto como podía para no tocar la arena con toda la espalda. Evan, mientras tanto, evitaba a toda costa hacer un movimiento en falso y mantenerse centrado; podría tener a Nikker aprisionado contra el suelo, pero faltaba mucho para la sumisión y en cualquier instante Nikker podría voltear todo a su favor.

Ayudado por el sudor, Nikker se resbaló como pez entre sus manos. Buscando mantener la dominancia a toda costa, Evan recurrió a dar unos golpes al torso; pero en un desliz, Nikker cambió su estrategia y apresó su tronco con las piernas como tenazas, mientras sus manos intentaban atrancarlo. Era un movimiento audaz y efectivo que puso de inmediato a Evan en desventaja.

Evan buscó soltarse, exaltado, golpeando en las costillas hasta que Nikker logró bloquear también sus brazos. ¡Debía liberarse ahora mismo!

Una idea lo iluminó como un relámpago y, con el otro atenazado de su torso y brazos, pero con las piernas aún libres, Evan tiró con todas sus fuerzas hacia atrás, apoyándose en los muslos, firmes como acero; jaló a Nikker, que seguía aprensado a él como gato, y lo levantó cuan pesado era en el acto. Sintió el esfuerzo quemarle los muslos mientras alzaba al hombre en el aire lo suficiente para azotarlo con todas sus fuerzas contra el suelo y que así lo soltara, como estrellando un cangrejo contra las rocas. Los carrizos de Nikker vibraron cuando su cabeza golpeó la arena como barril de cerveza.

El impacto fue suficiente para que Nikker cediera, sin duda no se lo había esperado, pero Evan no lo soltó: se fue encima de él y sintió los nudillos impactar contra los antebrazos del otro, quien se protegía la cara de un golpe tras otro. Evan comenzó a sentir con emoción cómo el otro se iba cansando debajo de él. Las piernas de Nikker ya no hacían tanta presión y enfocaba todo su esfuerzo en protegerse la cara.

Después de propinar varios golpes, Evan sintió un rodillazo de Nikker en el costado. El golpe le hizo exhalar, adolorido. Contuvo el dolor apretando las mandíbulas y trató de sentarse sobre Nikker para someterlo nuevamente, empujaría sus hombros hasta que la espalda tocara la arena todo el tiempo necesario para marcar la sumisión; pero el otro recobró fuerzas e intentaba cuanta maniobra pudiera para soltarse. Las gotas de sudor resbalaban desde sus sienes hasta la cara rubicunda de su oponente, cuya mirada enfurecida de animal acorralado le exigía liberarlo.

Mientras un hilillo de sangre escurría por su labio, Nikker pateó una, y otra, y otra vez con furia hasta que Evan sintió un calambre en la rodilla. La articulación cedió involuntariamente con un dolor que le caló hasta los huesos. Temiendo no poder ponerse en pie después de eso, cayó a un lado de Nikker, protegiendo la rodilla y trató de ponerse en pie tan rápido como el otro lo hizo. Tenía que reaccionar rápido o Nikker lo tendría servido. Entre sus propias exhalaciones de dolor se percató de que el otro se protegía el costado donde recién alcanzara a golpear, mientras Evan cojeaba del lado derecho.

De nuevo estaban frente a frente, heridos.

La rodilla le punzaba, alertando a todo su cuerpo a detenerse en ese momento. Apretó los dientes ignorando la alarma y clavó la mirada en el otro, retándolo a atacar. Nikker estaba fúrico y Evan casi sonrió al saberlo tan afectado. Su gesto pareció motivarlo, ya que no esperó para abalanzarse sobre él, tomándolo por la rodilla lastimada. Fue una mala jugada, su cabeza quedó tan baja que Evan no perdió oportunidad: con la rodilla derecha aprehendida por Nikker impulsó su rodilla izquierda y golpeó con fuerza la cabeza de Nikker. El esfuerzo lo giró en el aire con todo y Nikker tomándolo por la otra pierna. Ambos cayeron y Evan saltó de inmediato sobre el otro para someterlo. Estaban pecho sobre pecho, Evan empujándolo con fuerza hacia abajo, bloqueando sus miembros e impulsándose con las piernas, aun con la rodilla punzándole. Usaría sus últimas fuerzas para someterlo; más le valía que fueran suficientes.

Nikker se revolcaba como loco, evitando tocar el suelo con la espalda. Su desesperación motivó a Evan a aprisionarlo aún más, fijando la espalda y los brazos de Nikker al suelo como clavos a una tabla. Exhaló, sudando y temblando del esfuerzo; comenzaba a cansarse mientras el otro luchaba por liberarse de la prisión. ¡¿Por qué no marcaban ya la sumisión?!

No podía arriesgarse, Evan soltó el brazo de Nikker apenas lo suficiente para tomar impulso, y justo cuando el hombre hizo un intento por liberarse, Evan descargó el puño en su pómulo. El cuerpo de su oponente cedió de pronto al fin y dejó de resistirse. Nikker quedó atontado en lo que el corazón de Evan latió miles de veces. *Rrruuuuuuu* resonó el cuerno.

—¡Acabado! —exhaló Evan, removiéndose sobre un Nikker que pestañeaba desde el suelo, respirando con todo el cuerpo.

Se levantó triunfante, pero tan pronto apoyó el pie derecho al levantarse, sintió una punzada aguda que viajó desde la rodilla por la pierna y hasta el torso. Trastabilló un poco y alzó los brazos, victorioso. Detrás del zumbido de sus oídos escuchó el grito ensordecedor del público como si estuviera dentro de una tienda de lona gruesa. La sonrisa le abarcaba toda la mandíbula.

Le dio una mano a Nikker con el público aun vitoreando, y le ayudó a levantarse; se veía desorientado y nauseabundo. Se acercaron dos soldados para llevarse a Nikker y Evan miró en derredor, saboreando su victoria. Las gradas que rodeaban la arena se le antojaron como las amplias faldas de las montañas que rodeaban el valle de Daet, y él, al centro del Valle como el Guerrero Dormido, entre los vítores y coros que rezaban el nombre de su clan.

La gente aventaba flores a la arena cuando Camalós alzó el puño de Evan, anunciándolo como finalista en el torneo de lucha. El hombre, más bajo y por mucho más compacto y peludo que Evan, le dio una fuerte palmada en la espalda.

—A las gradas, soldado—ordenó con una sonrisa—, buen trabajo.

El cuerno llamó a los siguientes competidores y Evan salió de la arena por la misma puerta por la que entraron Criz y Brenda, al tiempo que Criz palmeó su hombro, emocionado, y alzó el brazo de Evan en señal de victoria, antes de entrar a la arena entre los vítores de su clan.

Evan caminó estupefacto hacia las gradas, extrañado por la euforia de Criz al felicitarlo, a fin de cuentas, lucharía contra él si ganaba a Brenda. Pensándolo bien, seguramente sólo quería colgarse de su éxito.

Se sentó en las gradas a un costado de Zorro y Dino, quienes lo recibieron emocionados, y volvió su vista a la arena tan pronto sonó el cuerno que marcó el inicio de la siguiente pelea; ahora se decidiría contra quién pelearía en la final.

Criz le daba la espalda, por lo que no sabría lo que tramaba, pero Brenda tenía esa mirada que hacía cada vez que se proponía saltar una altura considerable o se enfrentaba a cargar algo pesado. Por lo que la conocía, sabía que la chica daría batalla hasta el punto de no poder hacerlo más. Criz, por otro lado, parecía un oso cazando un gamo. Aun así, Evan había peleado suficiente con Brenda para saber que era mucho más ágil que lo que aparentaba, y apostaría a que utilizaría eso a su favor.

Momentos después de expresar el saludo de rigor, Brenda bloqueó los intentos de Criz por aprehenderla, hasta que el hombre lo logró a la tercera oportunidad. La tomó entre los brazos, pero apenas pasó un pestañeo antes de que Brenda se soltara para comenzar una estrategia astuta: la mujer se movía con rapidez, impactando en Criz con puños, patadas y rodillazos que el otro bloqueaba, ocupando toda su atención. Ella retiraba el brazo, el pie o la pierna lo más rápido posible tras el golpe, y se mantenía a una distancia suficiente para que Criz no pudiera aprehenderla. Sin embargo, no ocasionaba mucho daño en su oponente y estaba lejos de dominarlo.

Criz, entonces, fortaleció su guardia y bajó su centro de enfoque a la vez que dio una patada de barrida hacia las piernas de Brenda. La mujer pegó un brinco alto y pateó el costado de Criz con fuerza. Pudo haberla tomado ahí mismo y bloquearla en un par de movimientos, pero no lo hizo.

Evan frunció el ceño, confundido. El hombre se estaba conteniendo, mientras que Brenda hacía todo su esfuerzo por no dejar que se acercara lo suficiente para hacer una llave que la dominase en tres movimientos. En realidad, era una situación de desventaja hacia ella, por mucho que Brenda estuviera dispuesta a probar lo contrario. La cosa con los torneos de este tipo era así, bastaba con ganarle a un puñado de enemigos débiles para llegar lejos y que luego te destrozara quien realmente tenía destreza y habilidad superiores. A esa altura era evidente que Criz se contenía y en realidad parecía que no atacaba, sino que se reducía a bloquear los esfuerzos de la otra. Pero eso se acabó pronto, cuando Brenda tomó demasiada confianza.

Después de un par de rodeos, la chica dio una patada giratoria alta, impactando justo en la blanca y amplia quijada de Criz. Evan soltó un alarido de sorpresa junto con el resto del público, impresionados con la habilidad de la chica y anticipando la reacción del gigante. Le tomó a Criz un par de segundos retomar el equilibrio, y entonces pareció perder la paciencia.

Evan se acercó al borde del asiento y la rodilla le lanzó una punzada de queja. Criz dejó que Brenda siguiera con su estrategia, pero bloqueaba y esquivaba con rapidez, evitando otra patada como la anterior.

Ambos bailaban una extraña danza de apareamiento violento hasta que Brenda tomó vuelo para, de un brinco, hacer tijera en las piernas de Criz buscando tirarlo. Fue una pésima idea, Criz era robusto como un roble y el movimiento sólo la pondría en una posición vulnerable, casi como si él lo hubiera planeado así. Tal parecía que Criz supo lo que haría Brenda. Se mantuvo rígido, con las piernas ancladas para resistir el ataque, aprovechando la estabilidad natural de su cuerpo, y cuando Brenda se acercó para atenazarlo, Criz sólo tuvo que dirigir el puño a su cara para golpearla con la misma fuerza con la que ella planeaba derribarlo.

La mujer cayó como hecha de piedra a los pies de Criz. El hombre entonces se abalanzó sobre ella y bloqueó con facilidad sus patadas sin fuerza y sus golpes mal dirigidos. Brenda había agotado su ventaja en un suspiro.

El público se levantó entre aplausos y abucheos tan fuertes que apenas se escuchó la alarma que daba fin al enfrentamiento. Evan se puso en pie sin apoyar la pierna derecha, que le latía con fuerza, y se asomó tanto como le permitió el cuello hasta que vio a Brenda levantarse con la ayuda de Criz.

El rubio alzó los puños en señal de victoria y Evan aplaudió algo contrariado.

Era un hecho: pelearía contra él en la final.

Al ver a su amigo de la infancia a lo lejos, una pequeña parte de él se alegró por su victoria, mientras un sentimiento agridulce recorrió su cuerpo como río en temporal. Evan ya lo esperaba desde hacía muchos años, desde que ambos, chiquillos, se enlistaran para ser Yntaura algún día: el conocimiento irrevocable, a la vez emocionante, a la vez ominoso, de que algún día tendría que enfrentar a su mejor amigo como aquel que se interponía entre él y su sueño.

Evan aplaudía con la mirada perdida, como viviendo una profecía. Dentro de sí mismo, la mano invisible de la realidad acomodó lo que sentía por su mejor amigo: una rivalidad picante, la furia contenida de cada injusticia infantil y una sed implacable por darle su merecido a quien sentía en veces como un arrogante hermano mayor. Evan sonrió sin felicidad. No se había percatado de cuánto tiempo había estado esperando para una oportunidad como esa.

UNA PUNZADA PROFUNDA lo despertó repentinamente. Sintió chorros de calor y frío debatiéndose en su rodilla. Abrió los ojos con sobresalto al tiempo que un hombre lo acalló, tranquilizador:

—Shhh, soy sólo yo—fue lo único que dijo, pero Evan no sabía de quién se trataba.

El hombre apenas se veía, iluminado por un círculo de luz proveniente de una lucerna que sólo dejaba apreciar una parte de la cara y sus manos trabajando en su rodilla. Estaba inclinado sobre su pierna, embadurnando la articulación con ungüentos y colocando compresas humeantes sobre la tibia piel.

Evan parpadeó lentamente como ensoñando, tratando de quitarse la arenilla de los ojos y enfocar la vista en el curandero. Vio cómo sus cejas rubias permanecieron rectas en gesto de concentración despreocupada. Tragó saliva y se echó para atrás de nuevo, observando las gruesas vigas del techo. Hizo memoria hasta entonces y recordó cómo Dino y Zorro le llevaron al sanatorio de la Villa Militar, sostenido entre ambos sin poder apoyar la pierna derecha por el golpe que Nikker le diera durante el torneo. Se pasó las manos por el cabello alborotado y exhaló, cansado. Se sentía inusualmente adormilado y se preguntó si no sería por alguna pócima que le dieran cuando llegó.

—¿Cómo voy? —preguntó a su cuidador.

—En realidad no fue nada—respondió taciturno—, la torcedura se ve peor de lo que es. Se amorató y se hincharon los músculos, pero en un par de días estarás como nuevo, reaccionas rápidamente a los cuidados.

—Pasado mañana es la final de lucha—dijo Evan, con un dejo de ruego en su voz.

El hombre negó con la cabeza sin despegar la vista de su trabajo.

—Veremos cómo responde en las próximas horas. Eres joven y tu complexión ayuda mucho; tal vez puedas usarla para entonces—. Su tono no filtraba emoción alguna; tenía la objetividad y distancia emocional típica de los curanderos, de esos que toman decisiones de vida o muerte a rajatabla sin implicaciones emocionales, simplemente derivadas del criterio y la experiencia.

Evan se apoyó en los codos, cuidadoso de no mover la rodilla. Su pierna estaba elevada sobre retazos de tela de uniformes viejos. Luego miró cómo el curandero lo vendó, colocando bolitas que parecían duras semillas para ejercer presión en puntos específicos.

—Ahora descansa todo lo que puedas. Vendré a cambiar la cataplasma recién amanezca—dijo antes de desaparecer en la penumbra.

Evan echó una ojeada alrededor, aunque no había mucho que ver en tal oscuridad. Habían colocado cortinas en la única ventana del sanatorio y sólo encontró un par de lucernas encendidas en un pequeño nicho en la pared. Dentro de éste había una escultura grande y detallada de quien parecía ser Brida, la diosa partera y de la curación, con su cuerpo hecho de plantas medicinales. Se encomendó a ella mientras cerraba los ojos y no se dio cuenta del momento en el que volvió a quedarse dormido.

Despertó de nuevo escuchando voces. Aún era de noche y no sabía cuánto tiempo había pasado desde que se retirara el curandero. Notó una sábana a un lado de su cama, suspendida desde el techo hasta rozar el suelo. Había pensado que era un muro, pero al ver ahora las sombras proyectadas por lucernas del otro lado se percató de que era una suerte de división de tela entre las camas. Varias sombras se movían alrededor de un enfermo que gemía como entre delirios.

—¿Cuál es el problema? —preguntó una voz de mujer del otro lado, directa y calmada.

—La hinchazón está cediendo, pero la fiebre no—respondió otra voz femenina.

Hubo un silencio, parecía que la primera palpaba el cuerpo del paciente, que gemía bajo la presión.

—¿Están seguros de haber colocado correctamente la rótula en su lugar?

—Estaba muy hinchado, pero lo trajeron a tiempo—respondió un hombre—¿Podría ser una reacción al preparado? —sugirió. Parecía tratarse del mismo curandero que lo había atendido a él.

Se hizo silencio y las sombras se movieron un poco sobre el paciente.

—Que sude, y apliquen compresas frescas. ¿Está lista ya la tintura de oreja de asno? —ordenó la voz femenina y después de un silencio, la misma mujer añadió —manden a llamar a los familiares, ¿de qué clan viene?

—Sí, señora. Me parece que del Espadaña. Es uno de los soldados del torneo—contestó la segunda mujer.

—Ya no más. Tendrá suerte si vuelve a caminar. Avisa al general Culén.

—Sí, señora—respondió el hombre.

A Evan le hormigueó la cara y se le aceleró el corazón. El de al lado era Artham. ¿Tendría suerte si volvía a caminar? ¡¿Suerte?!

«Maldito malparido Nikker ¡Ojalá le haya roto la nariz al muy imbécil!» pensó, pero no vio rastro alguno de otro paciente.

—Artham—susurró una vez que los curanderos abandonaron el lugar.

No hubo respuesta, seguramente le habían dado algo mucho más fuerte que a él para mantenerlo dormido. Respiró profundo, tratando de conciliar el sueño nuevamente; ya tendría oportunidad de hablar con él en la mañana.

Para cuando volvió a despertar la luz del atardecer proyectaba un rectángulo anaranjado del piso al techo a través de la única ventana de la habitación. Despertó con sed y el estómago revuelto, y no había indicios de haber nadie alrededor. Echó un vistazo a su rodilla, que ya no parecía inflamada. Se enderezó sobre la cama húmeda y caliente y se estiró para descansar la espalda. Flexionó la rodilla lastimada con cuidado y se alegró de ver que el dolor fue suplantado por una sensación de agarrotamiento en los músculos. En lo que trataba de ponerse en pie una mujer salió de la nada, ordenándole que se volviera a recostar.

—Necesito orinar—le dijo, antes de que alcanzara su cama.

Antes de responder, la mujer examinó su rodilla con diligencia.

—Trate de ponerse de pie—pidió, extendiéndole la mano para asistirle.

Evan recibió la ayuda por mera cortesía, pues se sentía suficientemente bien como para ponerse de pie sin ayuda. Una vez apoyó el pie en el suelo fresco y cargó su peso con la pierna no sintió dolor alguno en la rodilla. Fuera del letargo de sus músculos por llevar tanto tiempo acostado, parecía que la hinchazón había cedido y el dolor era sólo un murmullo. Sonrió satisfecho.

La mujer palpó los vendajes, presionando en ciertos puntos

— ¿Hay dolor? —preguntó.

—Muy poco—respondió contento.

—Iré a solicitar su alta, puede orinar en la vasija que está en esa esquina—informó la mujer antes de abandonar la estancia.

Después de desahogar su necesidad, Evan dio unos cuantos pasos casi indoloros y se alegró de estar mejor en buen tiempo para seguir en el torneo.

Llegó donde estaba la cama de Artham y tan sólo de verlo le inundó una profunda culpabilidad por sentirse tan bien tan pronto. Observándolo le pareció claro que los curanderos hablaban en un tono despreocupado para la pinta real del hombre. Profundamente dormido, se veía mucho más joven de lo que Evan estaba acostumbrado a verlo, y estaba tapado en lugares estratégicos como para controlar la temperatura corporal. Tenía, además, compresas en diferentes partes del cuerpo, unas atadas, otras sólo colocadas encima. Su costado era una gran mancha sanguinolenta, con bordes púrpuras ahí donde había aterrizado la noche de la carrera de obstáculos. Sus piernas y brazo fueron entablillados, y el otro brazo parecía un gordo fardo de tantos vendajes; seguramente era ahí donde el hueso había perforado la piel al fracturarse.

Sintió un profundo pesar por su compañero, definitivamente estaba fuera del torneo y no podría ser Yntaura nunca. Ahora entendía por qué tendría suerte si volvía a caminar.

Se lamentó por él, no había nada más doloroso para un soldado que la inutilidad e incapacidad para hacer lo único que sabe. El pesar por él alimentó el odio que sentía por Nikker, que volvió a bullir dentro de él. Tanto potencial, todo echado a perder por un golpe bajo de un rival sin honor. Rememoró la carrera de obstáculos; lo cerca que estuvo él mismo de Nikker en la competencia, tan cerca de ellos dos. Agradeció no ser él quien estuviera en esa cama y echó una mirada al altar de Brida, elevando una plegaria para la pronta recuperación de Artham. No pudo evitar exigir justicia, si alguien merecía estar en esa cama era Nikker y no él.

El sonido de unos pasos rápidos interrumpió su plegaria. Era la misma mujer, que regresó con una señora más grande, quien volvió a evaluar la rodilla de Evan.

—Me parece que está listo para irse, pero no debe hacer esfuerzos importantes con esta pierna. El general Culén me informó que el día de mañana tiene un enfrentamiento importante —dijo.

Evan se relajó un poco tan pronto como supo que el encuentro no sería hasta el día siguiente, no estaba seguro de cuánto tiempo había dormido y temía que la pelea contra Criz fuera esa misma noche.

—Le recomiendo que proteja su rodilla, si recibe un golpe similar al que lo trajo aquí saldrá en muletas y sabrán Los Dioses cuánto tiempo estará sin poder caminar—terminó la curandera, y cuando Evan le estaba agradeciendo, con una ligera reverencia, la mujer añadió en tono de amenaza:

—No se confíe.

Entre la piel delgada y rugosa de la mujer se asomaba una mirada severa bajo dos delgadas cejas.

—Sí, señora. Le agradezco por sus cuidados.

—No me agradezca, mejor cuide de su rodilla y no malgaste nuestro trabajo volviendo a lastimarse mañana.

Evan asintió con respeto.

—¿Cómo va mi amigo? —preguntó, señalando la cama contigua con la mirada.

La mujer arqueó los labios tensos hacia abajo a la vez que elevó despacio los hombros y negó ligeramente.

—Cada cuerpo responde de manera diferente. Por lo menos la fiebre está comenzando a ceder. Será afortunado si sale de aquí caminando. Espero que sea zurdo.

Evan alzó las cejas, sorprendido.

—Lo lamento mucho—confesó—, es realmente un hombre hábil—dijo.

—Y lo probó hasta donde le fue posible—dijo la señora, con un tono a vistas irónico.

Tenía razón. Era absurdo quedar lisiado por demostrar las capacidades físicas.

Evan exhaló, casi como un suspiro.

—Es nuestro trabajo, señora—dijo Evan—. Le agradezco sus cuidados y me cuidaré en la prueba de mañana—agregó, serio.

Ella asintió levemente antes de agregar:

—Expediré un aviso al general de que llevará una protección en la rodilla—. Luego dio un cabeceo breve y abandonó la habitación caminando rápidamente, como parecía ser su naturaleza. La otra mujer le extendió lo que parecía una silla de montar en miniatura con varias correas. Luego le enseñó a colocarla alrededor de su rodilla para sostener la articulación sin que Evan hiciera el esfuerzo; y se despidió de él antes de acercarse a la cama de Artham.

Evan se colocó un uniforme limpio ahí mismo, y al salir del sanatorio echó una mirada al cielo, que pasaba del violeta al azul marino. Seguramente estarían todos en la arena, viendo la final de lucha con espada, Brenda contra Gaián. Podría ir hasta ellos, pero seguramente llegaría demasiado tarde para ver nada. Además, moría de hambre y sed. Si Brenda ganaba, estaba seguro de que la manada iría a celebrarlo al bar. Caminó un corto tramo, evaluando nuevamente su rodilla, y cuando estuvo seguro de que se encontraba bien, salió a caballo por la puerta sur hacia el bar de las hermanas.

El lugar estaba a reventar. Incluso habían sacado algunas mesas para disfrutar del frescor de la noche durante los días más calurosos en el inicio de la primavera. Los tarros de cerveza se vaciaban casi con la misma rapidez con la que los servían, y apenas se les veía el polvo a las meseras que paseaban con charolas cargadas con platos sucios. El ambiente era eufórico y contagioso, y después de la tensión de la última prueba, Evan se sentía alegre y emocionado sólo de pasar entre las mesas llenas; entre carcajadas, bromistas gritones y apostadores.

Tan pronto avanzó entre las mesas escuchó el estampar de los tarros contra las mesas de madera, luego se le sumaron más tarros de otras mesas, y no se dio cuenta de que la gente lo observaba hasta que unos soldados palmeaban su espalda, felicitándolo.

—¡Por el coronel Womak! —brindó un soldado en las cercanías, y le siguió un coro de tarros alzados y alaridos en respuesta.

Evan sonrió sorprendido, a la vez que tomaba con firmeza la mano de uno de los soldados que lo felicitaba, como si lo hubiera visto antes en su vida.

Por encima de las cabezas de la pequeña multitud que parecía querer hacer un coro alrededor para escuchar la anécdota de su última victoria, alcanzó a ver una conocida cabellera rubia que observaba la escena, y Evan se dirigió hacia ahí entre agradecimientos y disculpas por abandonarlos para acercarse al rincón donde bebían los rangos más altos.

Cuando se integró a la comitiva de los Yntaura se sorprendió al encontrarlos a todos alzando el tarro y no pudo evitar notar el brazo de Criz alrededor de los hombros de Brenda mientras parecía brindar a su salud. Tan pronto como Evan se acercó, Dino se percató de su presencia y lanzó un alarido de júbilo, alzando su copa hacia él.

—¡Womak! —corearon los demás, a todas vistas achispados por la bebida.

Evan aceptó un tarro de cerveza tibia que le ofreció Zorro.

—¡Por la victoria de Brenda en la final de espada! —empezó Criz—Tan hábil con la espada…—dudó—, tan lista y…—los demás lo comenzaron a ver con una sonrisa burlona. Las palabras no eran lo suyo.

—¡Por Brenda! —gritó Dino.

—¡*Eeeeehé!* —corearon los demás, brindando.

Criz soltó a Brenda cuando Evan se acercó para felicitarla. La cargó por la cintura y estampó los labios en los de ella. Brenda le sonrió, extrañada y con la mirada chispeante; y se rio de los silbidos y los comentarios en doble sentido de los demás. Talissa, Ívor y Zandra también estaban ahí y se unieron a la broma.

—¡Y por Evan! —sugirió Talissa, casi gritando para hacerse escuchar entre las voces del bar —¡Por darle una buena paliza a Nikker y estar aquí para contarlo!

Los demás brindaron con risas y vítores. Era evidente que no era su primer ni segundo trago.

—¡Tienes que cuidarte de éste! —gritó Ívor a Criz, refiriéndose a Evan— , empiezan a llamarte "El azote del roble"—dijo a Evan, refiriéndose a quienes lo recibieran con elogios y felicitaciones hacía un rato. Evan sonrió agradablemente sorprendido.

—¡Y bien merecido! —dijo Zorro, devolviéndole una sonrisa pecosa.

Criz se enderezó un poco, lanzando una carcajada llena de sarcasmo y Evan frunció el ceño, todavía sonriendo, extrañado de su actitud. Estaba de arrogante, como siempre. Siempre se había creído más capaz que él.

—¡Tienes suerte de que te quité a Nikker del camino! —le dijo Evan, guiñándole un ojo, hablando suficientemente fuerte para que todos escucharan.

Criz hizo una sonrisa falsa a la vez que alzó las cejas, asintiendo lentamente con el mismo sarcasmo. Evan lo miró fijamente, y el buen humor se esfumó para cuando Talissa rompió el silencio:

—¡Brenda estuvo magnífica contra Gaián! —luego se dirigió a la aludida—. ¡Apuesto a que nunca se imaginó que lo atracarías de esa manera!

Evan no siguió escuchando el resto de la conversación. Toda su atención estaba sobre Criz. Pensaba en él sin detenerse en nada específico, y una tormenta de emociones inconclusas comenzó a relampaguear en su interior. Estaba más que listo para la pelea del día siguiente. Criz lo miró de soslayo e ignoró su observación constante hasta que se excusó con que tenía que irse a descansar.

Antes de que el hombre alcanzara la puerta de la taberna, Evan salió tras él. En realidad, no tenía claro qué le diría, pero sabía que no quería que se fuera antes de habérselo dicho. Iba caminando de lado entre las espaldas de las personas, esquivando a una mujer que iba con al menos diez tarros de cerveza entre los brazos y saltando un pequeño taburete abandonado que todos quitaban de su camino.

Cuando dejó atrás la nube de calor humano del bar ubicó nuevamente a Criz desatando la rienda de su caballo de un árbol cercano. Se acercó casi trotando, cuidando la rodilla a cada paso, y antes de que Criz se dispusiera a montar, Evan se adelantó y gritó lo más casualmente posible:

—¿Te vas tan temprano?

Criz buscó con la mirada quién le llamaba y tan pronto ubicó que era Evan, alzó los ojos al cielo, irritado. Por alguna razón, eso lo motivó aún más.

—He querido comentarte algo—adelantó en lo que se acercaba hasta donde estaba él. Criz lo esperaba con impaciencia silenciosa.

Ya que estaban frente a frente, habló en voz baja.

—Digualda, la líder del clan Anawák esta m...

—Muerta. Ya me lo habías dicho—cortó el otro.

—He decidido hacer algo al respecto—dijo. Criz escuchó con atención—, pero no hasta que tenga el título de Yntaura—agregó. Criz hizo ademán de replicar, pero Evan continuó—, así no habrá nada en riesgo y podremos apoyarnos de los demás generales—sugirió.

—¡Maldita sea, Evan! —atronó— ¡Lo único que te interesa es tu maldito título!

—¿Qué, a ti no? Estás tan dispuesto a tirar todo tu esfuerzo por la borda cuando llevamos toda la coña vida trabajando por esto. ¡Parece que quieres arriesgarlo todo sólo por dudas infundadas! —reprochó, la rabia de la conversación pasada recobró vida de inmediato.

—¿Infundadas? Evan, no te hagas el estúpido—rabió—. Es obvio que hay algo muy raro en todo esto, y bien que lo sabes. Eres tú el que lo has vivido, pero te niegas a verlo. Lo único que te interesa es el puñetero título—dijo. Evan hizo ademán de hablar, pero Criz siguió: —Y tampoco harás nada cuando seas Yntaura, porque entonces te volverás igual a ellos. Te subirás en tu maldito trono y comenzarás a dar órdenes para satisfacer tus propios intereses, los tuyos y los de tu pedante familia de clan. Antes de lo que canta un gallo estarás guardando secretos igual que ellos.

Evan sintió los latidos de su corazón en las orejas. La sangre se le fue a la cara y a los puños tan rápido como Criz escupió su retahíla de estupideces. No era más que un resentido social. ¡Estaba tan harto de ver su gesto arrogante!

—Tengo que ver por mi familia, no puedo hacer lo que me venga en gana, le debo respeto a mi clan —dijo, sintiéndose contener el enojo en el estómago—. Al menos yo sí tengo un honor familiar que defender. Es fácil dejarlo todo para el hijo del borracho del pueblo—aguijoneó.

Criz lo miró, furioso, sus ojos parecían a punto de salirse de sus órbitas. Tenía la cara rubicunda y el amplio pecho henchido. Evan sabía que en cualquier momento lanzaría un golpe, pero no le importaba, estaba listo para responder. Dentro de él, se sentía cercano a saciar una extraña sed, insospechada y exigente.

—Claro…—dijo Criz, dando uno paso al frente, y Evan cuadró los hombros— "tu familia"—dijo sarcástico— ¿Cuántos puntos te darán en el torneo por ser amigo de Culén?, ¿eh? ¿A cuántos estás dispuesto a lamer el trasero para calificar? Por eso no quieres decirle nada de lo que está pasando, sólo te interesa tu maldita popularidad. ¡*"Azote del roble"* mis huevos! —se burló— Tu familia es lo único que tienes, tu puñetero apellido. De no ser por ellos no llegarías a ser nadie—siguió, mientras Evan aguantaba las ganas de callarlo—. Sólo por eso me dices todo esto sobre los clanes y los muertos. Lo haces porque quieres que yo sea el que haga algo al respecto, porque tú no te atreves. ¡No eres más que un COBARDE DE MIERDA! — atronó, apuntando su pecho con el índice.

Evan respiraba aceleradamente, quería ver su maldita cara sumida en el barro, ahogándose en su propia sangre. Antes de que siquiera lo pensara, levantó el puño y sintió el fuerte impacto de los nudillos contra la quijada de Criz. El rubio no tuvo tiempo de esquivarlo y terminó de espaldas sobre el caballo. Volvió el rostro como una bestia embravecida con la mirada de fuego, dispuesto a hacerlo pedazos, pero se contuvo de responder el golpe.

—Mejor guarda tus patéticos intentos para la arena—le dijo. Luego escupió a un lado y montó el caballo.

De haber querido, Evan lo habría acribillado ahí mismo. Pero el muy bruto tenía razón, prefería derrotarlo frente a miles de espectadores; demostrarle de una vez por todas lo equivocado que estaba y lo patética que era su existencia.

Se quedó de pie viendo a Criz alejarse. Una pequeñísima parte dentro de él sintió pena por la situación, pero la calcinó de inmediato mientras los nudillos le seguían punzando. Ya mañana harían cuentas.

Un golpe tras otro, Evan hacía retroceder a Dino con todo y el peto y las tablas de entrenamiento donde dirigía las patadas. Dino sostuvo con fuerza las tablas hasta que una salió volando con una patada circular.

—¡Hombre, calmado! —le dijo, antes de ir a recoger la tabla.

Evan dio una vuelta, ansioso como oso acorralado, esperando que Dino recuperara las tablas para seguir.

—Ponte la rodillera que te envió Áuriga, al menos —dijo Zorro.

Evan atendió, malhumorado, y se acercó a tomar el pequeño peto de cuero suave con correas.

—Esta mierda me va a estorbar más que ayudarme.

—Mejor póntela o Criz...—empezó Dino.

—¡¿O Criz qué?!—atronó Evan—, no le tengo miedo a ese bastardo—dijo al momento en que tiró la rodillera a un lado.

Zorro le miró con extrañeza y Dino frunció el ceño con una sonrisa, sorprendido. Evan siguió practicando los últimos golpes en el aire.

—Más vale que te enfríes antes de la pelea, Evan. Ya sabes que es de idiotas pelear enojado.

Actuó como si Zorro no hubiera dicho nada.

—No mientras el otro esté igual de encabronado—sugirió Dino, satírico.

Evan lo volteó a ver sin decir nada.

—No tiene caso seguir entrenando, estoy listo.

Evan dio unos pasos, levantó la rodillera del suelo y se alejó dando la espalda a los chicos.

—¿Vas mañana? —alcanzó a preguntarle Zorro. Seguramente se refería a lo del ritual de los Sabios.

Evan no respondió y siguió su camino a los cuarteles.

Horas más tarde, aunque era de noche y estaba refrescando, Evan sintió cómo su cuerpo irradiaba calor tras el calentamiento de rigor, que hizo con considerable intensidad. Ahí estaba Criz, al fin. Los dos ojos azules, con la mirada penetrante del halcón. Más alto que él, pero por poco, rubio de pies a cabeza y robusto como caballo. ¿Su punto débil?: La carencia de estrategia. ¿Su punto fuerte?: La carencia de estrategia. Criz era un guerrero nato y siempre parecía superar a Evan sin importar cuánto calculara sus golpes ni cuánto planeara cada movimiento. Así que lo decidió: esa noche no seguiría sus tácticas, se dejaría llevar por el calor de su sangre y el hambre que sentía dentro por verlo caer. Cierta parte de él entraba en conflicto, Criz era, después de todo, su mejor amigo; pero estaba harto de poner eso como una excusa para mesurarse con él. Ahora era su momento, era su oportunidad, y nadie se la arrebataría de las manos, ni siquiera su mejor amigo.

Se acercaron a distancia suficiente e hicieron el saludo de rigor, y un momento después sonó el cuerno.

Se miraron, midiéndose, observando cada gota de sudor, cada mínimo movimiento. Criz avanzó haciendo carrera, brincó y lanzó un fuerte golpe en picada a su cabeza. Evan se protegió, esquivó el golpe y sintió el contacto de la rodillera con su piel al mover las piernas con rapidez. Se distanciaron y volvieron a observarse.

Evan se acercó y lanzó dos golpes rápidos a la cara y el torso. Criz los detuvo, como Evan esperaba. Medía la velocidad de sus piernas. Un gran error de los competidores que perdieran contra Criz era que no se esperaban que, siendo tan grande, fuera también rápido. Pero Evan ya lo conocía, peleó con él decenas de veces desde que jugaran descalzos en la hierba entre las faldas de sus madres. La desventaja era que Criz lo conocía tan bien como Evan a él.

Evan se acercó y dio una patada rápida al muslo de Criz, el hombre no esquivó y propinó un golpe a Evan en la quijada. Sintió el mareo resultante, pero logró controlar la pérdida de equilibrio. El público vitoreó y Criz abrió los brazos y sacó el pecho. ¡Todavía se lucía!

Evan respiró profundo, encabritado, y tomó carrera. Encogió la rodilla izquierda y pateó con fuerza al torso de Criz, éste bloqueó la patada con su propia pierna. Se distanciaron un pelo y Criz se acercó a él, retador, fingiendo un golpe del que Evan se protegió de cualquier manera. ¡Criz divertía al público! No era más que un maldito adicto a la fama.

Evan aprovechó la arrogante confianza de Criz: primero soltó varios golpes rápidos, al torso, la cara y el cuello, que el otro bloqueó. Luego Criz soltó una patada que resultó más baja de lo que debía. Evan lo aprovechó de inmediato, se prendió de su pierna con fuerza, lo cargó exhalando un grito y lo azotó contra el suelo. No quería abalanzarse sobre él, no aún.

Llegó a él un rugido desde las gradas que lo llenó de energía. Criz se levantó tan rápido como había caído y contraatacó con una patada alta. Evan lo bloqueó y atacó con un gancho al hígado. Criz dio un salto hacia atrás, y luego alzó la pierna alto, parecía que la patada estaba dirigida hacia el frente, por lo que Evan se protegió ahí, pero a medio camino del golpe, en menos de un latido, Criz cambió la dirección de la pierna, atestando el golpe contra su oreja.

Un zumbido retumbó con fuerza durante unos momentos. Evan apenas pudo protegerse la cara del ataque de Criz. Tenía que ser más cuidadoso, el otro podría ser traicionero y rápido en el ataque.

Alzó la guardia y trató de desembriagarse del golpe previo, pero Criz lo hizo nuevamente una y otra vez, hasta que dirigió la patada hacia la pantorrilla y terminó de frente en el muslo, hundiendo la rodilla derecha de Evan hacia atrás. Sintió una punzada de dolor en la rodilla y cojeó unos momentos. ¡¿Cómo se atrevía a usar su punto débil?! Pero siguió lanzando una patada tras otra, manteniendo a Evan a la distancia proporcional a sus largas piernas para evitar una fuerte colisión.

Para su suerte, aún podía apoyar la pierna derecha. ¡Maldito sea, pudo haberlo lisiado!

Liberando todo el enojo acumulado, tomó impulso, dio un giro y propinó una fuerte patada al pecho de Criz. El hombre salió lanzado hacia atrás. Evan avanzó rápidamente y continuó el ataque. Lo golpeó en el hombro y el otro reaccionó con lentitud, parecía que comenzaba a cansarse. Criz bloqueó otro golpe que Evan dirigió a la cara, y cuando alzó una pierna para tomar impulso y patear con la otra, Criz bajó y trató de agarrarla. Percatándose de su intención, Evan la bajó con rapidez y aprovechó para golpear a Criz en la base del cuello y estrellar su cara contra la arena. El impulso combinado resultó en una barrida inesperada para ambos que los llevó al suelo.

Criz se colocó sobre Evan como la fiera que protege el cadáver de su presa de otro depredador. Evan de inmediato usó las piernas para liberarse del ataque. ¡No podía permitir que lo aventajara de esa manera! Criz golpeó duro contra las costillas, y Evan encogió el abdomen, tratando de proteger tanto como pudiera abarcar con sus antebrazos. Entonces, se percató del enorme error que Criz cometió al no bloquear sus piernas. Reaccionó lo más rápido que pudo, interponiendo su pierna entre el torso de Criz y su cuerpo. Se impulsó para hacer lo mismo con la otra pierna, y en medio latido, aprehendió a Criz por el cuello con ambas piernas. Trabó sus tobillos como candado para que Criz no pudiera soltarse.

Sabiéndose en ventaja, Evan concentró toda su fuerza en las piernas mientras bloqueaba los manotazos que daba Criz, esperando que pronto se diera por vencido. Estaba como tomate por el esfuerzo de liberarse de sus piernas. Aun así, se rehusaba a hacer la seña de rendición. Criz se impulsó hacia delante como salmón, pero Evan no lo soltó y siguió apretando, exhalando del esfuerzo. El acto siguiente sería girarse para ponerse encima y someter a Criz a golpes, pero éste se puso a gatas, y en un intento desesperado de liberarse antes de ahogarse, y obstinado en no rendirse, hundió la rodilla en el glúteo de Evan.

Evan no cedió a la primera, pero a la segunda Criz le dio un golpe en los genitales con apenas la fuerza suficiente para que Evan lo soltara.

—¡Hijo de…! —exhaló Evan. Sus palabras salieron como un silbido ininteligible.

Soltó el cuello de Criz al encoger las piernas de manera involuntaria con los testículos latiendo de dolor. Criz boqueó con la cara roja y los ojos desorbitados, se quedó a gatas en el piso, entre dando arcadas y tratando de respirar.

Evan se giró tan rápido como pudo y trató de levantarse al mismo tiempo que Criz. Ambos se encontraron frente a frente, pero Evan seguía sin poder erguirse por completo por el dolor. ¡¿Por qué no marcaron la sumisión ni la falta?! Maldita sea, ¡¿dónde estaban los jueces?! Evan miró fijamente a Criz, tenía algo de sangre escurriendo por la nariz y Evan tenía un sabor salado en la boca, tal vez era la misma sangre de su oponente que cayó en su boca durante el forcejeo.

Criz se acercó rápidamente y fingió un golpe frontal para luego girarse y dar una patada a la pantorrilla de Evan. Cargado de rabia, Evan soltó un golpe a la quijada. Criz cayó hacia atrás y Evan se abalanzó sobre él. El rubio trató de liberarse con el impulso de sus piernas, pero Evan no lo soltaría, hasta que Criz dejó la guardia para tomar su mano y doblar la articulación: una maniobra legal, pero desesperada. Evan sintió tanta rabia que golpeó una y otra vez con el otro puño para liberarse, dirigiendo toda su fuerza a la cara de Criz, aún sentado sobre su amplio torso.

Debajo de él, Criz bloqueaba un golpe tras otro, y estaba tan ocupado haciéndolo, que no intentaba nada más con las piernas. Primero intentó tomar sus puños, pero Evan se soltó, luego probó regresar los golpes, pero Evan lo bloqueó. ¡Era ya suficiente sumisión! ¡¿Por qué no detenían la pelea de una buena vez?! ¡Malditos jueces! Evan volteó apenas un instante para ver hacia el estrado, pero fue suficiente para que Criz aprovechara el descuido y atestara un puñetazo bien puesto en la mejilla. Evan probó el sabor metálico de su sangre y sintió algo crujir levemente en su cuello. Entonces se giró, irascible. Plantó sus pies en el piso y elevó a un Criz prendido de él como zarigüeya. Sintió nuevamente el ardor en sus piernas al cargarlo, y como hizo con Nikker, lo azotó contra el suelo con toda su fuerza. Criz hizo un impulso sobrehumano en la dirección contraria y logró girarlos a los dos sobre el suelo. Uno daba un golpe estando sobre el otro y volvían a girar para volver a golpearse.

Perdieron el control y toda noción de las reglas de la lucha. Peleaban como perros embravecidos. Estando arriba, Evan hundió la rodilla en las costillas de Criz y le sacó el aire, y antes de que el rubio pudiera restablecerse, dio un golpe tras otro en la cara de Criz. El otro se zafó por poco y se abalanzó sobre Evan, llevando todo su peso sobre él en lo que Evan dio un codazo en la nariz de Criz, que comenzó a sangrar copiosamente. Sonó el cuerno varias veces, pero no se detuvieron. Evan recibió un fuerte golpe en la sien mientras jadeaba y seguía golpeando con la misma debilidad que Criz. Estaban exhaustos y jadeaban sin control, pero el enojo no había cedido ni un poco.

Criz se quitó de encima, por lo que Evan, cegado por la rabia, se apresuró a ponerse en pie para abalanzarse sobre él, pero varios pares de brazos lo detuvieron con fuerza y lo arrastraron hacia atrás. El otro se revolvía en el abrazo de otros pares de brazos.

Evan recobró el equilibrio y escupió un buche sangriento, todo su cuerpo latía al unísono. Criz no dejaba de sangrar por la nariz. El público vitoreaba y abucheaba enardecido, todos parecían haberse salido de control. Evan miró a Criz con odio y el otro le regresó la mirada, dispuesto a lanzarse de nuevo ante la mínima provocación. Luego miró a todos lados, respirando agitado y sintiendo cada parte de su cuerpo temblar con fuerza mientras la debilidad se iba apoderando de sus miembros. Le era imposible estirar la rodilla sin dolor. El cuerno sonó varias veces, ¿había sonado antes? No lo hubiera sabido, tenía los oídos tapados y hasta ese momento despertaba de la ceguera causada por la rabia.

Los sentaron en los extremos de la grada de los contendientes, cada uno con dos guardias al lado. Evan tenía a Camalós y a Áuriga tomándolo con fuerza, prestos a detenerlo en el acto si decidía abalanzarse contra el otro, mientras Taranis y Andarta hacían lo mismo con Criz.

Lupo Culén se levantó en el estrado, y con la mirada más severa que Evan jamás le viera, tomó los estandartes del clan Tarazona y el clan Womak y los soltó desde la altura. Los banderines se precipitaron contra la arena y se quedaron como un par de trapos sucios en el suelo. No había ganador, ambos habían perdido, y peor que eso: estaban descalificados.

Una masa feroz rugió desde las gradas, gritaban insultos incomprensibles y arrojaban verdura podrida; al tiempo que Evan despertaba del furor que se apoderara de él desde hacía días.

Los generales les ordenaron salir de la arena y los vigilaron de cerca en la tienda de los campeones, como si fueran criminales. Mientras Evan se quitaba la rodillera para evaluar el daño, Camalós alejó las armas que estaban al alcance de ambos y les exigió que tomasen asiento en lo que arribaba Lupo.

El general apareció de súbito en la puerta de tela de la tienda.

—¡Esto es inadmisible! —rugió, enfurecido— ¡La arena del Torneo Yntaura Ácuila, reducida a una pelea callejera! —Evan y Criz le sostuvieron la mirada, serios como un muerto—. ¿De esto sirve tanto entrenamiento? Debería encargarme personalmente de que el resto de su carrera militar estén limpiando letrinas y puliendo las botas de los lobatos. ¡¿Me escuchan?! —vociferó.

—¡Sí, señor! —dijeron al unísono.

—No me importa si son de los mejores soldados—dijo, como respondiendo a un comentario que nadie hizo—. Son quienes mejor conocen las reglas del combate. ¡Este comportamiento merece corte marcial!

Evan observó, temeroso, la reacción silenciosa de los demás generales. Si bien no replicaban a Culén, parecían no estar de acuerdo con él. Sintió una piedra en el estómago. Después de la rápida respiración que le dejara la pelea, ahora sentía cómo le faltaba el aire. La angustia comenzó a mezclarse con el sabor sanguinolento en la boca y el zumbido en el oído. ¿En qué momento habían llegado las cosas tan lejos?

—Debió haberse declarado por terminada la pelea mucho antes— declaró Áuriga con voz potente.

—No se detuvieron cuando toqué el cuerno—respondió Camalós.

«¿Sonó el cuerno?»

—Nada justifica un desempeño tan pobre—. A Culén le temblaron los carrillos del enojo cuando lo dijo.

Todos guardaron silencio y Evan oía un corazón diminuto en sus oídos, palpitando como enloquecido, asfixiado por un torbellino de emociones sin nombre. Elevó su mano apenas lo suficiente para que sólo él se diera cuenta de cómo temblaba. Había perdido los cabales. Todo él aún vibraba del esfuerzo de la pelea y sus nudillos estaban raspados y sangrados, con los bordes cubiertos de polvo gris.

Subió la mirada para ver a Criz, quien seguía sangrando con ganas de la nariz.

—Traigan a un curandero para este hombre—ordenó Taranis, que estaba de pie con los brazos cruzados a un lado del aludido, y un soldado salió disparado de inmediato de la tienda.

—El consejo evaluará su posición en el torneo y se les informará el resultado pasado el día de permiso. Deberían irse arrestados, ambos— declaró Culén.

—General, con todo respeto, estos hombres requieren de atención médica—dijo Taranis.

Evan miró con aprensión a Lupo y éste lo ignoró por completo con un movimiento gélido. El general sopesó durante unos momentos y luego exhaló, conteniendo parte de su rabia.

—Preséntense ante mí el día después de mañana—dictaminó—, el Consejo determinará su castigo para entonces—anunció, y extendió el saludo de rigor antes de salir de la tienda de manera tan intempestiva como lo hiciera al entrar.

Evan exhaló, hecho un manojo de nervios. Pudieron haberlos encerrado o haberles hecho pasar castigos terribles. Sabía de casos de muerte por insolación de soldados insolentes, a quienes desnudaban y dejaban bajo el sol abrasador durante días; del corte de lengua por crear rumores, o la castración si se les encontraba yaciendo con otro soldado; cuando eran dos hombres quienes yacían, se les colgaba de un árbol, sangrando hasta la muerte de los genitales castrados.

Sintió un escalofrío sólo de pensar en todo lo que podrían hacerles. Por alguna razón, Lupo estaba siendo en extremo suave con ellos. Evan intuyó que era por el dilema político en el que se metería si llegaba a insultar a alguno de los dos clanes. Nunca se había sentido tan deshonrado en toda su vida.

Perdió la mirada en algún punto entre la pata de una silla y el piso de la tienda. Podría ser que todo estuviera acabado. Todo por perder el control en una maldita pelea. La granizada de pensamientos comenzó en su cabeza. Criz...

No.

Él no fue.

Por mucho que le irritara admitirlo, no fue su culpa, ambos hicieron movimientos ilegales, y ahora mismo sólo se oían sus gotas de sangre cayendo sobre la estera del piso.

Volteó a verlo con aprensión y firmeza y Criz le devolvió la mirada. Durante el pestañeo previo a que Evan desviara los ojos nuevamente, reconoció que ya no había odio en la mirada de Criz, sino algo diferente. Ya había visto ese gesto con anterioridad: cada vez que su amigo llegaba a su casa buscando refugio después de una de las golpizas de su padre. Evan entonces abrazaría el cuello de su amigo y lo llevaría a su cuarto, donde extendía el mullido jergón en el que dormía cada que pasaba lo mismo.

Tan pronto como salieron los demás generales, Evan se puso en pie con esfuerzos, arrancándose del recuerdo; y esperó a que llegara el curandero. El día siguiente sería, con seguridad, uno de los días más difíciles de toda su vida; en la espera para saber si había estrangulado él mismo su propio futuro.

Capítulo 11
El clan del ave
de fuego

D ESDE QUE DESPERTÓ BASTÓ con parar oreja para recordar que era día feriado. Dado que los soldados podían abandonar los cuarteles desde el alba, bajo la promesa de volver sobrios y listos para trabajar al amanecer del día siguiente, para cuando Evan se levantó de la cama, aletargado y adolorido, el silencio del cuartel fue suficiente para adivinar que encontraría la Villa Militar semi desierta tan pronto saliera de su dormitorio.

Sin embargo, eso no era lo que necesitaba ese día.

Habría preferido escuchar el habitual estampar de las botas contra la grava en las marchas matinales de los lobatos, o el salir a correr a la pista y encontrarse con grupos diversos practicando estrategias de defensa y ataque; o incluso volver unos meses atrás, cuando despertaba con energía y optimismo desde el alba para entrenar a su pelotón.

Pero su presente era muy distinto. La rodillera era un mal necesario del que no se podría deshacer esta vez, varias partes de su cuerpo estaban hinchadas, y como le habían untado ungüentos en cada moretón, sentía todo el cuerpo engrasado y pastoso. Sumado a ello, el silencio de la Villa y los ecos repetidos de instrucciones a los solitarios grupos remanentes sólo alimentaban su angustia y desánimo.

Se levantó de la cama sin tener en realidad una razón de peso para hacerlo, sacó la ropa sucia del baúl de madera donde almacenaba sus contadas pertenencias, e hizo un fardo con dos juegos sucios de su uniforme. Antes de ingresar a los lavatorios, saludó con un cabeceo discreto y desganado a un pequeño grupo de soldados que daban mantenimiento a sus botas, como enmudecidos por el silencio de la Villa; y dio vuelta en el recodo frente a las instalaciones reservadas para los generales.

Aún no tenía acceso a los suntuosos baños de los rangos más altos, donde el agua se entibiaba con potes de agua hirviendo con sales aromáticas, y uno se sentaba en mullidos asientos de zacate para asearse.

Por lo menos los lavatorios de los soldados estaban tan vacíos como los cuarteles, y los toneles tenían agua limpia, y aún fría antes de entibiarse por los rayos matinales.

Tiró el fardo de ropa sucia al pie del muro de madera que delimitaba la habitación sin techo y se metió en uno de los toneles sin desvestirse para lavar la ropa que usaría ese mismo día.

No supo cuánto tiempo pasó medio sumergido en las aguas gélidas. Por lo menos había estado lo suficiente como para acostumbrarse a la temperatura inclemente del agua. Prometía ser un día caluroso de primavera, uno de esos días soleados y relajados donde la feria estaría abarrotada de gente, pero él no podía ni pensar en nada, ni tampoco es que quisiera. Su plan era quedarse ahí todo el día hasta que se hiciera de noche, dormir y presentarse ante Culén para escuchar su veredicto al día siguiente.

Tan sólo de mencionar el nombre en su mente se le revolvió el estómago. Se quedó pasmado, como idiota nuevamente, viendo al vacío como parecía su nueva costumbre, dejándose llevar a la deriva sin pensar demasiado en sus acciones. Miró las yemas de sus dedos, como envejecidas por el agua, y quitó el corcho de una garrafa de barro que colgaba de los bordes de madera del tonel. Vertió el líquido jabonoso sobre un zacate que antes hundió en el agua clara para suavizarlo, se quitó las ropas, que flotaron a la superficie, y luego las talló con el jabón, concentrado en la tarea e incapaz de pensar en mucho más. Se frotó con el zacate de la cabeza a los pies, y talló su cuero cabelludo, la única parte del cuerpo que no le dolía.

Los golpes del torneo comenzaban a cobrar su factura y el cuerpo no dudaba en punzar quejumbroso a cada movimiento. Salió del agua y se pasó aceite por el cuerpo y el cabello, y para cuando exprimió su ropa con la mente vacía, su estómago comenzó a gorgotear.

Antes de dirigirse a los comedores se desvió a la lavandería. El pequeño cobertizo con hornos a la intemperie donde calentaban aguas que olían a lavanda estaba lleno de trabajadores con las manos teñidas de verde y la piel despellejada de años de trabajar la lejía con la que lavaban los uniformes. Sopesó unos pocos cobres, y tras entregarlos a una de las niñas, dejó el fardo sucio sobre una abundante pila de hierbas con flores amarillas que usaban para refrescar el tinte de los caftanes.

Los comedores se veían extraños con tan poca gente y permanecían tan silenciosos como un bosque de Ánuin, incluso las cocineras se habían tomado el día, y el largo tablón donde colocaban los alimentos parecía la mesa de un agricultor en invierno.

Cogió unos panes viejos, tres raciones de huevo cocido, una jarra de leche diluida con té y tomates suficientes para una mesa entera. Echó un vistazo, y, sentado a uno de los largos tablones de madera, encontró la testa pelirroja de Zorro agachada sobre un plato hondo.

Se sentó al lado de su amigo a comer en silencio. Zorro le miró sin decir nada y continuó comiendo, con cara de comprender algo que Evan no le dijo. Ya cuando iba a medio desayuno y se había olvidado de la presencia del otro, escuchó:

—Te haría bien salir y distraerte.

Evan alzó las cejas sin despegar la vista del tomate mordido que tenía en la mano.

—Dani me insiste en que la acompañe a la cuestión que te dije el otro día, ¿por qué no vienes con nosotros?

Evan escuchó cómo sus muelas machacaban la pulpa dura y ácida antes de asentir. En realidad no tenía ganas, pero tampoco serviría de nada quedarse todo el día en la Villa, sintiéndose una mierda y sin poder bajarse del molino de pensamientos, que sólo daban vueltas en su mente sin llegar a ningún lado. Así que regresó al cuartel con la ropa húmeda aun puesta, se ató el cinturón con la espada sobre el pantalón que reservaba para los días francos, y salieron a caballo poco después de que el sol abandonara las copas de los árboles más altos.

Después de un tiempo se internaron en la vasta masa arbórea que abarcaba desde los precipicios, a un costado de La Escalera, hasta el río al norte, y abajo, rozando las lindes del Corazón de Adobe. El sendero era una vereda poco transitada, parecía ser un camino antaño concurrido que con el tiempo la maleza volvía a recobrar como suyo.

Zorro tenía razón, la salida le aligeró un poco la carga. Se sentía estúpido por estar tan a la suerte de sus emociones, tan arcanas como contradictorias, así que hizo el esfuerzo de ponerlas a un lado y enfocarse en algo útil.

—Es una suerte que no nos hayan encerrado ayer—dijo al fin, después de estar callado todo el trayecto. Tuvo que repetirlo para sacar a Zorro de su ensimismamiento y luego agregó: —Culén dijo ayer que el asunto merecía corte marcial.

Zorro negó con la cabeza.

—Está loco. No es para tanto—dijo, viendo al frente y moviéndose con la cadencia del caballo.

—He construido muchas historias en mi mente de todo lo que podría pasar. Honestamente no sé qué prefiero.

—No fue tu culpa que no detuvieran la pelea, la reacción de Culén fue muy exagerada. Estoy de acuerdo con que se violaron algunas reglas, pero no merece corte marcial. Él nunca te castigaría con esa dureza. Además, no creo que quisiera perder el favor de tu clan.

—¿A qué te refieres?

—Lo sabes mejor que yo, Evan. Tu abuelo era el héroe personal de Culén, jamás le haría nada a su nieto favorito.

Evan se removió en la silla de montar, incómodo. Sabía que lo que decía Zorro era cierto, pero odiaba el pensamiento recurrente de que se arrebujaba como cachorro bajo el brazo protector de su clan. Despreciaba los tratos especiales que le daban todos por lo mismo y se preguntó cuándo sentiría al fin que lograba algo por sus propios méritos.

—Prefiero la corte marcial a esos favoritismos.

—Seguro Criz no piensa igual.

Evan se volvió a ver a Zorro de inmediato. No había visto a Criz desde la noche anterior y un torrente de imágenes fugaces cruzaron por su mente, de Criz en la prisión de la Villa, o sometido a castigos a los que él no. Zorro pareció leer sus pensamientos cuando dijo:

—Tranquilo, está en el sanatorio, pero él no está tan calmado como tú... que es poco.

—Pensé que no le importaba mucho el torneo. No ha parado de echarme en cara que es lo único que me importa, como si a él le diera lo mismo.

—¿Bromeas? Criz lleva entrenando duro el mismo tiempo que tú o yo, o incluso más. Cada vez que íbamos con nuestras familias él se quedaba en la Villa como si no tuviera hogar al que regresar, ¿recuerdas?

Era cierto. Fueron incontables las veces en las que le propuso planes divertidos a Criz, partidas de caza con su familia, días de pesca y celebraciones a las que siempre respondía de la misma manera: «voy a probar las nuevas lanzas» decía, o «Estoy ayudando a los zapadores a colocar nuevos obstáculos en la pista». Siempre había una excusa, y Evan sabía perfectamente por qué lo hacía. Era obvio que no quería regresar a casa, con su padre. La vida de Criz siempre había sido mucho más dura que la suya. A decir verdad, su vida fue un campo de flores en comparación, y estaba siendo un niñito llorón al compadecerse de sí mismo.

Ambos permanecieron silenciosos, Zorro guiando a Evan por una senda que nunca había recorrido. El repiqueteo de los pájaros carpinteros sobre las cortezas de los pinos y el viento cálido del sur fue todo lo que hubo durante un largo rato, hasta que escucharon un murmullo lejano.

Evan alzó la vista a un enorme arco de adobe, o lo que quedaba de él. Estaba derruido y quemado, pero aún se apreciaba como una reliquia que algún día habría de ser el orgullo de un clan; aunque ahora sólo se conservara el esqueleto y estuviera cubierto en la base con musgo y una colonia de caracoles.

Evan frunció el ceño. Parecía la entrada a un clan, pero no había ninguno en esa parte del bosque, no que él recordara, al menos. En el punto más alto del arco había una figura animal también rota y quemada de la que no pudo adivinar su forma original. Sólo quedaba en ella lo que se formó en su mente como una oreja puntiaguda, el resto estaba cuarteado e incompleto.

Pasaron debajo del arco sobre un camino a medio cubrir por hierba alta y el chirrido de los grillos. El clan, o lo que quedaba de él, pareció haber sufrido la misma suerte que el arco de la entrada. Lo que antes eran casas, mostraban marcas de un gran incendio que consumió cada borde de adobe, cada puerta y cada postigo; todas las construcciones estaban demolidas por partes o habían sufrido las inclemencias del tiempo hasta el punto de verse como parte del paisaje boscoso. Como cualquier otro clan, ese también tenía una plaza redonda, cuyo eje era un alto poste coronado con el guardián del clan, pero ahí sólo había sobrevivido una base solitaria, tal vez el guardián fue derribado o robado hacía décadas.

—¿Qué es aquí? —preguntó.

—¿No lo reconoces? ¡Vaya! Tanto hablas sobre lo mucho que tu abuelo te enseñó sobre Daet que me parece curioso que no lo reconozcas— respondió el otro—, aunque tampoco me extraña que tu abuelo no te haya hablado sobre él—agregó, suspicaz.

Evan lo miró, estupefacto. Por supuesto que no lo reconocía.

—Son las ruinas del clan del Ave de Fuego—respondió, avanzando entre un viejo pozo chamuscado y una verja oxidada.

Trató de hacer memoria, rascando entre los mapas y las historias que su abuelo y su tutor habrían de contarle de niño. Creyó recordar a Wontak hablarle sobre él y su mente no tardó mucho en rememorar la historia de la Batalla de los Árboles. Frunció el entrecejo tan pronto como las palabras de odio del abuelo salieron a flote desde algún confín de su mente.

—Mi abuelo sí me habló de este lugar—dijo con desprecio—. No era más que un nido de traidores y criminales.

—Te recomiendo que bajes la voz—fue todo lo que respondió Zorro, antes de acercarse a un árbol y apearse del caballo.

Evan torció la boca, algo inconforme con el simple hecho de estar ahí.

—Tranquilo, hombre. Ahora sólo es un lugar donde los Sabios hacen rituales pacíficos—dijo Zorro con una sonrisa, negando con la cabeza y palmeando su espalda intentando relajarlo.

Ató al caballo y sacudió su blusón verde. Era afortunado que en ese caluroso día de primavera no tuviera que usar el caftán del uniforme.

—¿Nandi? —dijo una voz femenina cerca de ahí—. ¡Qué gusto verte! —Su hermana saltó para abrazar a Zorro. Evan rio con un ronquido bajo, a veces se le olvidaba que Zorro en realidad se llamaba Ferdinando.

Zorro la abrazó con fuerza y besó su mejilla.

—¿Recuerdas a Evan?

—Sí, claro, ¡qué tal! — la chica dio un cabeceo a manera de saludo.

Evan comprendía por qué a Zorro le molestaba tanto que Criz hiciera chistes sucios sobre tirarse a su hermana. La chiquilla extraña y pecosa se había vuelto una mujer de una belleza felina en una corta temporada.

—¿Sólo vienen ustedes dos?

Zorro asintió y la joven miró alrededor como revisando que no hubiera nadie más. Evan imitó su precaución por mera costumbre y luego la siguieron a través del bosque.

Evan, Zorro y, si bien recordaba su nombre, Danila, caminaron por lo que era claramente un atajo incómodo. Sus cabezas reflejaban el brillo del sol con tal fuerza que Evan sentía como si siguiera dos refulgentes llamas rojas a través del bosque, el cabello granate de Dani, que llegaba hasta su cintura, incluso se movía como una.

Después de una estruendosa caminata entre ramas y arbustos, el paisaje se abrió para dar paso a un claro que albergaba a una multitud. En los alrededores muchos árboles mostraban marcas de un viejo incendio y había enormes troncos caídos hacía años, sobre cuyos restos ahora crecía la maleza; incluso muchos de los árboles que seguían en pie habían perdido la gruesa corteza exterior. Era evidente que fue un incendio devastador, pero que estaba lejos en el pasado.

Al acercarse un poco más se percató de que el lugar no era un claro natural del bosque sino un espacio abierto por la mano del hombre. Había tocones por aquí y por allá que algunos asistentes, sobre todo la gente mayor, usaban como banquillos. Al centro del claro Evan alcanzó a ver varios sacerdotes y sacerdotisas en su tradicional atuendo blanco que caminaban sobre una plataforma curiosa.

El evento era, a todas luces, un pacífico ritual de Los Alban. Exceptuando aquel día fúnebre hacía unas semanas, no recordaba cuántos años habían pasado desde la última vez que atendiera una de sus celebraciones. Aún más viviendo en la Villa Militar, donde se perdía de muchas de las costumbres y fiestas tradicionales del bosque de Ánuin de su clan.

Recordando lo tupido del bosque sagrado y los miles de rostros por todos lados, cayó entonces en la cuenta de que se encontraba en el bosque de Ánuin de ese clan, y de inmediato sintió un escalofrío, mirando los tocones de los árboles bajo una nueva luz. ¿Quién se atrevería a quemar las tumbas de los ancestros? Pero su mente le respondió en un pestañeo:

Élanher Womak habría sido capaz de hacerlo. Su abuelo fue un hombre ejemplar, honorable, templado y, aunque serio, con un sentido del humor avispado, pero cuando llegaba a mencionarse ese clan, Evan siempre le había visto una vieja sombra de odio arraigada en la mirada.

Se reprendió a sí mismo por estar ahí, seguramente su abuelo no lo vería con buenos ojos.

Parecía ser un ritual inofensivo, sin embargo. Los Sabios bajaron de la tarima sobre la que estaban, y ahora danzaban en círculos alrededor de ella. Daban vueltas sosteniendo antorchas apagadas, hasta que comenzaron a encenderlas pasando el fuego en cadena mientras continuaban su danza circular.

Bajo el sol intenso, imaginó que estarían sudando copiosamente debajo de las túnicas blancas y las coronas de flores y ramas. Había decenas de personas en el claro del bosque. Mientras que algunos de los asistentes hacían música y el canto etéreo de una mujer flotaba en el aire, otros bailaban al ritmo de los cascabeleos, el repiqueteo del tambor y las ocarinas que imitaban sonidos de pájaros.

Evan se cruzó de brazos bajo la sombra de un árbol en las lindes del claro, observando tranquilo a las bellas bailarinas con cascabeles en los tobillos y muñecas, así como tejidos en sus trenzas, adornadas con coloridos listones.

De entre los danzantes una mujer subió nuevamente a la curiosa elevación. Con ambas manos sujetaba un aro metálico con púas agrupadas en pequeños asteriscos repartidos alrededor del aro, como una corona de bellas espinas que lanzaban destellos bajo la luz del sol. La mujer iba completamente desnuda y su piel lechosa reflejaba la blanca luz del sol mientras daba vueltas en su propio eje, alzando tanto el aro como el rostro hacia los cielos, cantando una dulce plegaria. Parecía estar en alguna suerte de trance, a la vez que seguir sus movimientos con la mirada resultaba involuntariamente hipnotizante.

Los demás también observaban el ritual con serenidad, era un ambiente familiar donde los niños retozaban entre los árboles en derredor, las jovencitas acompañaban el baile despreocupado de las sacerdotisas, y los hombres observaban relajados o hacían música. Al cabo de un rato de más bailes y declamaciones, la rodilla comenzó a molestarle, por lo que se recargó en el tronco de un fresno. Sin querer, presionó uno de los incontables moretones de su cuerpo al recostarse y exhaló, sobrellevando el dolor de la espalda.

Conforme el sol se alzó hasta el cenit, finalmente el ritual pareció concluir. Era entonces ya bastante la gente que había tomado asiento, y que se protegía con sombrillas de tela. Muchos de ellos sacaban ánforas con hidromiel, agua o vino, y bebían con parsimonia como esperando que algo más sucediera.

Con todos sentados Evan no se percató hasta ese momento de que la extraña tarima redonda en la que ritualizaban los Sabios era en realidad el tocón de un árbol que habría sido legendario por su tamaño. La base era suficientemente ancha como para que una decena de personas tomadas de la mano la rodearan. Había sido cortado casi hasta el pie y luego chamuscado, seguramente como parte del castigo que cayera sobre el clan por sus nexos con el oeste. Aun así, los Sabios celebraban sobre él y a la vez funcionaba como una elevación estratégica para dirigirse a las personas, volviéndose un tipo de podio emblemático.

Miró con atención cuando alguien subió al tocón para hablar. Se trataba de una figura pequeña, orgullosa y regordeta. Era Mayari. Evan se enderezó para ver con atención.

—¡Hermanos! —comenzó ella con una voz mucho más potente de lo que se esperaría de alguien de su talla—. Agradezco a Los Dioses que estén entre nosotros, y que nosotros estemos con Ellos en este día de fuego, de flores y del equilibrio entre la luz y la oscuridad.

Todos los rostros se volvieron hacia ella y murmuraron algo en respuesta. Evan no tenía idea de a qué se refería, pero se preguntaba si alguien que no tuviera la instrucción de Sabio les entendería del todo. Durante el ritual habían llegado más personas, que tapizaban la hierba alrededor del tocón central y llegaban hasta las lindes del claro; calculó más de doscientas. Algo que llamó su atención fue que no había una mayoría clara; parecía ser gente de todos los clanes, con una predominancia del clan Tlatoah, reconocibles por los bordados simétricos en sus ropas y los abalorios en sus cabellos. Ahora entendía por qué Zorro, hijo de la familia del clan, hizo una aparición con su hermana ahí mismo, parecía como si su clan tuviera algo que ver con la organización del ritual, algo extraño e inusual.

—En este tiempo de fuego, celebramos el equilibrio entre la noche y el día, entre la complementariedad de los opuestos, entre cazador y presa, entre la vida y la muerte. ¡Es el tiempo, hermanos, de que sepan la verdad! —siguió Mayari, su voz reverberaba en todo el claro, como si los árboles desearan amplificar su mensaje—La oscuridad envuelve a nuestra nación, ahora más que nunca—La sacerdotisa hablaba con grandes gestos y una potencia de voz que seguramente aprendió como parte de su entrenamiento inicial como Sabio, para poder cantar gestas y contar las historias de su pueblo—Esta oscuridad nos acecha a todos, y está entre nosotros—amenazó— a plena luz del día, disfrazada con elegantes ropajes y fanfarrias.

El público asintió con cabeceos, murmullos y palabras de aliento. Evan reconoció a Mélia en el círculo más inmediato, con la mirada elevada hacia su maestra. En realidad, todos los Sabios que había visto alguna vez se encontraban ahí, excepto por Sándor y su aprendiz.

» Los extranjeros han venido con una doble cara. Han envenenado el juicio del Consejo de Clanes, quienes ahora buscan sólo lo mejor para sí mismos—continuó, agravando su tono—. Los Raganjar han venido con ideas venenosas disfrazadas de crecimiento para Daet; con propuestas para construir, pero sobre sitios sagrados, y abrir el comercio, pero violando rutas sacras y matando a los nuestros. *Sán*...—La mujer pausó, haciendo acopio de fuerzas— Sándor Tecuani, nuestro *Vuelve a ser semilla*—Mayari miró al suelo con pesar dramático— ha sido asesinado.

Evan se sorprendió y escuchó su misma reacción en el resto de los asistentes. Varias mujeres chillaron entre el gentío, que se agitó en respuesta.

» ¡Ha sido brutalmente asesinado junto a Nareno, su fiel aprendiz, amigo, y maestro de muchos!

Evan sintió el enojo comenzar a bullir entre la gente, quienes expresaban su pesar en voz alta, así como el llano dramatismo de algunas personas.

—¿Quién le ha matado? —cuestionó un hombre.

—¡¿Quién?!—repitió otro.

—¡Habla la verdad, Mayari! —alentó una mujer cercana a ella.

La mujer guardó silencio esperando a que todos callaran, añadiendo aún más intensidad a lo que diría a continuación:

—¡El clan del Águila Blanca! —rugió ella al fin.

La gente gritó, molesta, injurias, chillidos e ideaciones desproporcionadas. Las palabras "venganza", "sangre" y "corona" culebrearon entre las personas, mientras Mayari los observaba con ojo de águila. Evan sintió como si le hubieran aventando carbones encendidos a la cara.

«¡¿Cómo pueden?! ¡Se arriesgan a…!»

No podía terminar de hilar ni un sólo pensamiento. Sintió la mirada atenta y aprensiva de Zorro y lo miró fijamente de vuelta, atónito. Su amigo luego se volvió hacia su hermana, quien también gritaba palabras de aliento, como sugiriéndole que mejor guardara silencio.

Evan no sabía qué hacer ni cómo reaccionar. Esta información no era nueva para él, lo llevaba pensando desde el día en que vio a ese par de hombres abandonar el palacio en sus caballos manchados. Si esta gente supiera que él lo sabía desde entonces seguramente lo lincharían sobre el tocón del árbol y lo sacrificarían cual toro antes del invierno. Pero había un largo trayecto entre una suposición fantasiosa y una acusación pública de esa gravedad. No sabía qué era peor para cada bando, merecer esa reacción de los Sabios en tu contra, o sufrir la pena por el crimen de sedición por hacer acusaciones tan fuertes; que, además, estaban tan infundadas como sus propias suposiciones.

Miró los árboles quemados de alrededor y se llevó las manos a la cabeza, boquiabierto.

¡Era una locura hacer eso, y además ahí! ¡Ese clan, ese árbol! ¡Los traidores! Todo era simbólico, era como ver el resurgimiento de la Batalla de los Árboles, cuando unos clanes se alzaron contra otros; *ese* clan en específico. Evan no soportaba estar ahí y ser parte de ello. Pero, por otro lado, una parte de él quería ir corriendo al tocón de ese árbol y gritar la verdad sobre todo lo que había vivido, y todo lo que sabía sobre los crímenes sospechados; crímenes que tal vez no fueron realizados por la corona, pero sí por lo menos de parte de un grupo indeterminado de allegados al poder.

La colisión de ambas emociones en su interior le colmó de intranquilidad y alerta, mientras que la rabia del público escaló a ritmo trepidante. Algunas personas comenzaron a sugerir una insurrección, y otras gritaban injurias, alimentando el enojo de los otros. Mientras unos discutían entre ellos, en otra zona comenzaban a formarse grupos con opiniones similares. Fue como ver nuevamente la escena del funeral, justo antes de que comenzaran a lanzar piedras a los soldados; hasta que alguien sopló un caracol con fuerza varias veces y la gente regresó al orden de mala gana. Con cada llamada el silencio fue mayor.

Mayari volvió a tomar la palabra:

—¡Pero este es el momento del renacimiento, de las ascuas volverá a nacer el ave de fuego! —clamó con voz potente, y el público atronó, unísono y atento—. Debemos actuar con inteligencia—declaró Mayari, calmando a las masas como una madre acallaría a sus hijos— ¡El cielo ha marcado ya el momento de actuar! —decretó, señalando el firmamento.

«¿Y qué harán? ¿Salir con antorchas y quemar el palacio?». Ni todas las personas ahí congregadas superaban una de las divisiones del ejército, que les darían muerte antes de llegar a la base de La Escalera. Tragó saliva, ¡era una locura! Todo aquello era un disparate que fácilmente se saldría de control. Se imaginó a la gente saliendo del prado como un rebaño de vacas asustadas, corriendo hacia el precipicio.

» ¡Pero necesitamos a un líder! —clamó la mujer, y Evan clavó la vista en ella de inmediato—. Es momento de que conozcan al verdadero heredero de la corona de Daet—finalizó, haciéndose a un lado y extendiendo la mano hacia abajo, como para ayudar a alguien a subir al tocón del árbol junto a ella. Tanto Evan como Zorro, Dani y todos los demás, se quedaron pasmados al escuchar eso último.

Un hombre subió, tomado de la mano de Mayari, y luego rodeó los hombros de la mujer, a vistas henchida de orgullo.

Tan sólo de aparecer en escena todos los presentes callaron de inmediato. Era un hombre robusto, que parecía duplicar la estatura de la mujer, y de una constitución intimidante; pero lo que más llamó la atención de Evan, y seguramente de todos los ahí reunidos, era la falta de color en su piel y cabello. Su pelo reflejaba la luz del sol como las suaves ondas en las aguas del río, y los anchos brazos parecían hechos del más límpido mármol. Desde donde lo veía, Evan no alcanzó a ver cejas o pestañas, solo un par de ojos grises y mansos sobre una gruesa nariz muy recta. Era como ver una estatua blanquecina del fallecido rey Idelfonz.

Si bien no era delicado y elegante como el príncipe Pátrak, parecía más bien un líder guerrero sacado de una de las leyendas que se contaban a los niños durante la temporada de lluvias.

Era casi imposible calcular la edad del hombre, sobre todo confundiendo la blancura de su cabello por canas, pero no podría ser más viejo que su propio padre. Era como el venado sagrado que vieran en el bosque hacía unas semanas. ¿Acaso sería la misma criatura, míticamente transformada en hombre?

—Es un hombre de las hadas— escuchó decir a Dani, azorada.

El hombre abrió la boca, pero en lugar de un sonido del Otromundo salió una voz potente y varonil que chocaba con el exterior feérico. Empezó a declamar con fuerza y vigor, y de pronto pareció más joven.

Sin embargo, no hablaba en la lengua común, sino en la de los ancestros.

La fluidez con la que la hablaba lo impresionó. Su madre le había enseñado algunas canciones en esa lengua cuando era niño, pero su padre le instruyó claramente el nunca cantarlas fuera de casa. Era un recuerdo insignificante que ahora cobraba sentido. Entendía muy poco lo que el hombre decía, excepto por el comienzo: «Yo soy Rordán, hijo legítimo del rey Idelfonz» había dicho.

¿Podría ser esto cierto? ¿Por qué nunca escuchó sobre esto en toda su vida? ¿Por qué no hubo rumores, al menos? Parecía que los Sabios mantuvieron en riguroso secreto durante todos esos años a un niño al que, por su estampa de nacimiento y la manera de dirigirse a las demás personas, parecía ser un educando suyo. El hijo de un rey que parecía un espectro del Otromundo, educado por los Sabios. ¡Eso sólo pasaba en los cuentos! ¿Podría tratarse de un ardid?

El hombre siguió declamando lo que parecía un poema antiguo, algo así como una estrofa perdida del himno de la Batalla de los Árboles, mientras todos escuchaban atentos. Lo que Evan escuchó a continuación le heló la sangre: el casi sordo recorrer de decenas de espadas al abandonar sus fundas de madera al unísono, y el movimiento intensificado de cotas de malla en un avance sutil.

Evan y Zorro giraron el rostro de inmediato, buscando el origen del sonido con urgencia; sin mucho éxito. Evan desenfundó en un abrir y cerrar de ojos y retrocedió para internarse rápidamente entre los arbustos detrás del fresno, alejado del círculo de gente. Zorro tomó a su hermana y la jaló hacia la penumbra con discreción mientras ambos buscaban frenéticos el origen del sonido. Al parecer sólo ellos dos lo habían identificado, a fin de cuentas, era uno con el que vivían día a día. Todos los demás seguían inmersos en el poema.

—¡¿Qué sucede?!—exigió saber Danila, tirando de su brazo para soltarse de su hermano.

Zorro le hizo seña de que callara con un movimiento marcado.

Evan surcó con la mirada detrás de cada arbusto frondoso y cada tronco chamuscado, y entonces los encontró: en dirección este, caminando hacia el norte, a pocas varas de la gente más alejada, en el otro extremo del círculo. Era una guarnición nutrida de soldados uniformados y armados con espadas largas y escudos que permanecía quieta, como aguardando instrucciones. Se movían entre la maleza de manera sigilosa, en cacería. Sabrían Los Dioses cuánto tiempo llevaban ahí acechando. Seguramente sólo debían dispersar a la gente, Evan ya se había enterado anteriormente de escaramuzas del estilo que no pasaban a mayores. Pero ellos ya habían desenfundado.

Entonces el sonoro cuerno de guerra rasgó el mágico velo que rodeaba el claro. Todos los asistentes volvieron el rostro buscando el origen del sonido y el orador enmudeció en el acto.

Evan ubicó al portador del cuerno. Llevaba el uniforme de capitán, así que se dispuso a acercarse, seguramente podría negociar con él; pero justo cuando se levantó, Zorro lo jaló con fuerza hacia abajo.

«*¡¿Estás loco?!*» dijo a señas, y Evan permaneció agazapado y confundido, cuando desde el anonimato del bosque, una potente voz anunció:

—¡En el nombre del Consejo de Clanes, y bajo el comando del general de generales Lupo Culén, quedan todos los presentes bajo arresto por el acto de sedición! ¡Ríndanse o perezcan!

Todo sucedió en dos pestañeos: la gente volteó en todas direcciones, a vistas sorprendida, pero fuera de unos cuantos que permanecieron sentados, sin saber qué hacer, la mayoría huyó al bosque como gamos asustados. No contaban, sin embargo, con que había soldados entre esos arbustos también, pues la guarnición había hecho una alineación de media luna alrededor del grueso del círculo y para ese entonces ya les rodeaban. No era una amenaza, sino una emboscada.

Los soldados comenzaron a avanzar entre quienes buscaban huir, implacables, como cegando el trigo en cosecha. Amagaron a unos cuantos mientras otros se hacían paso hacia los Sabios, golpeando con escudos, puños y espadas a quienes oponían resistencia. Varios soldados acorralaron a la gente en un grupo al centro del claro a base de golpes y empujones, como si rodearan a una manada de bestias. No lejos de donde ellos se encontraban, agazapados y en la parte más lejana del ataque, Evan vio a un hombre que se interpuso entre los soldados y su familia, solo para ser perforado por la espada segundos después, regando el suelo de rojo. La gente gritaba desesperada, y por mucho que rogara les perdonaran la vida, eran golpes y cortes lo que recibían como respuesta. Pero no todos perecieron de inmediato, en otra zona algunos ya habían saltado al ataque contra los soldados con machetes y espadas oxidadas, entrando en un combate efímero y mortal.

Evan se incorporó entonces, dispuesto a saltar al ruedo, pero su mente no pudo decirle qué hacer, si poner orden con los soldados o defender con su propia espada a la gente acusada de sedición. Estaba completamente pasmado, incapaz de decidirse mientras decenas morían cuando Zorro lo jaló nuevamente por la camisa para llevarlo hacia el bosque, llevaba a su hermana de la otra mano.

—¡Pero los van a matar a todos! —le gritó Evan con la espada empuñada y las botas como ancladas al suelo.

—¡Y harán algo peor contigo! —respondió Zorro agitado, sin dejar de tirar de su brazo en dirección al bosque.

Evan se dejó ir con él sin dejar de mirar atrás a cada instante, inseguro de querer alejarse. Miró cómo las personas corrían en todas direcciones, reusándose a entender que estaban acorraladas, como hormigas en una inundación, entre gritos, golpes y chorros sangrientos. A través de los delgados troncos de la hierba alta alcanzó a ver a una mujer rogando por la vida de su hijo, pero fue cegada también, cayendo muerta al instante. Entonces Evan se detuvo en seco y regresó los pocos pasos que había avanzado para buscar con mirada frenética a los Sabios, pero sólo alcanzó a ver el tocón del árbol ya desierto.

Miró la escena con el corazón a trote y la espada en mano. Los soldados comenzaron a aprehender a quienes no opusieron resistencia, mientras otros morían a patadas bajo la defensiva de los hombres y mujeres que habían ido al ritual armados y listos para defenderse.

Entonces enfundó el sable, no pelearía contra los suyos, ni moriría por los otros. Dio la espalda al coro de gritos y golpes secos, y sin pensarlo más, corrió detrás de Zorro hacia la espesura del bosque.

Los tres se dirigieron a la carrera hacia los caballos, que por suerte estaban en la dirección contraria en la que los soldados habían aparecido. Con la sangre acumulada en las orejas, trepó en el caballo de un brinco y siguió al de Zorro entre veredas que el otro conocía mejor. Conforme se alejaban por un camino entrecerrado, revisó una y otra vez si alguien los seguía.

Siguieron cabalgando bosque adentro sin tener idea de cuánta tierra habían puesto entre ellos y los soldados, mientras el bosque se cerraba cada vez más en su descenso hacia una cañada húmeda y resbalosa. Las lianas que colgaban largas de los árboles, el musgo y el camino pedregoso les impidieron seguir a caballo, así que se apearon, boqueando, y escucharon atentos con los oídos tapados y latiendo con fuerza: o los gritos habían cesado, o se encontraban ya suficientemente lejos.

Tampoco escucharon el cuerno dando orden de retirada. Ahí sólo oían el canto de las aves, ajenas a la barbarie humana, y el paso del agua del riachuelo cercano.

Evan se acercó al agua a unos pasos de ahí, se enjuagó la cara y bebió compulsivamente, y tan pronto regresó, miró cómo Zorro se inclinó hacia su hermana y con el dorso de la mano le propinó una bofetada. Poco después, Danila sollozaba sobre una piedra, mientras Zorro revisaba las patas de los caballos, asegurándose de que no se hubieran lastimado en el camino accidentado. El hombre temblaba de furia.

—¡¿Sabías lo que esto era, no es así?!—exigió colérico a su hermana.

Ella murmuró apenas.

—¡Habla fuerte! —gritó.

La chica lo miró con ojos enrojecidos, colmados de reclamo.

—¡Su causa es justa, tú mismo oíste lo que dijeron! —chilló, airada.

Miró fijamente a su hermano, y levantó la cara.

—¿Me estás diciendo que eres tan estúpida como para creer en artimañas? ¡¿Sabes lo que hubiera pasado de haber sido vistos ahí, Danila?!—no se esperó a que la joven contestara— ¡Hubieran acusado a todo el clan de alta traición! ¡Somos los malditos representantes de la familia del clan! —Zorro se jaló la camisa, gritando a su hermana, quien le sostenía la mirada—¡Y Evan! —lo señaló— ¡Evan representa a SU clan! ¡¿Es qué estás mal de la cabeza?!

—No sabía que él vendría—contestó ella, mordaz.

Zorro hizo gesto de volver a levantar la mano, pero Evan le sostuvo el brazo. Sentía la misma furia que Zorro, el hombre tenía razón, pero no tenía punto alguno, ni era el momento ideal para descargarla contra su hermana.

Evan respiró profundo, haciendo acopio de la claridad mental de la que fue capaz, y trató de concentrarse cuando escucharon un ruido en las cercanías. Desenfundó de inmediato y avanzó en dirección al sonido, dispuesto a defenderse de los soldados, pero fue sólo una roca suelta que rodaba por la pendiente. Volvió a enfundar y se pasó las manos todavía húmedas por el cabello, estupefacto; no podía comenzar a entender lo que había visto. Seguía impactado y con el cuerpo alerta en caso de un ataque inminente. Apretó la mandíbula de un lado y del otro en lo que creaba un plan.

Zorro lo miró fijamente sin decir nada, y Evan le sostuvo la mirada, alerta.

No se percató, hasta ese momento, de lo estúpido que hubiera sido meterse con los soldados. Zorro le salvó la vida al detenerlo, seguramente habría evitado algunas muertes, infringiendo otras, hasta que lo aprehendieran y colgaran por traición.

—Gracias por detenerme—dijo a Zorro, firme.

Él sólo asintió, mirando a su hermana de soslayo, con algo de arrepentimiento en la mirada. No tenía caso preguntarle si sabía algo más al respecto, era obvio que esto era tan sorpresivo para su amigo como lo era para él mismo.

—…tantas muertes—susurró Danila, sollozando.

—¿Cómo te enteraste de esta reunión? —le preguntó Evan.

—Un grupo del clan Anawák lo organizó todo.

—Por supuesto…—murmuró.

No era de extrañarse. Recordó el odio en la mirada de Darío y lo cerca que estuvo de decir que su abuela había muerto por asesinato a manos de alguien cuya identidad era protegida por un mínimo de decoro. Zorro lo miró, confundido.

—Digualda, la líder de su clan. Murió hace poco, y tenían la sospecha de que fue asesinada—explicó Evan.

El otro lo miró con aún más perplejidad.

—Fui a entregar un regalo que tenía desde el último intercambio, y me enteré por pura suerte—terminó.

—¿Un regalo del último intercambio? —preguntó Zorro con cara de no entender nada, ni de su amigo, ni de su hermana, ni de nada de lo que estaba pasando; mientras Danila observó a Evan con iguales partes de interés y desconfianza, sin decir nada.

—¿Qué pasará con los Sabios? —preguntó Evan al aire. Se le revolvía el estómago sólo de saber que ahora mismo podrían estar inmolando a Mayari o a Mélia, y pidió a Los Dioses que Alina no estuviera en esa reunión acompañando a su maestra; aunque su hermana era más astuta que Danila como para evitar meterse en problemas.

—Sé que tienen un asentamiento al norte, pero nadie sabe en dónde está exactamente —respondió la joven. Evan hizo gesto de hablar, pero ella siguió:

—No la Villa de los Alban, hay otro lugar, pero sólo pocos lo conocen —pausó para luego añadir: —No los culpo por esconderse—soltó, mirando en dirección a donde sucediera el ataque.

—¿Qué diablos está pasando? —preguntó Zorro al vacío, negando con la cabeza.

Evan se quedó silencioso, buscando respuestas, mirando entre el suelo y la roca sobre la que estaba sentada Danila.

—Será mejor que regresemos a la Villa Militar—dijo tiempo después.

—¿Qué hago con Dani? —preguntó Zorro, abierto a sugerencias.

—Puedo regresar sola—dijo ella, cada vez menos convencida bajo la mirada furiosa de su hermano mayor.

—Lo mejor será que permanezca alejada de los caminos. Si alguien nos reconoció lo mejor que podemos hacer es aparecer en donde sí deberíamos estar, y hacerlo cuanto antes. Dani puede ir a la casa de mi padre, no estamos lejos del camino que lleva al clan Womak—le dijo a Zorro, para luego dirigirse a la chica— Alina te pondrá algo ahí—Evan señaló su mejilla.

Zorro asintió y anduvieron sobre la cañada rumbo al norte.

Anduvieron en silencio un largo rato, escuchando el crujido que hacían las herraduras sobre la pedregosa costa del riachuelo y el constante chapaleo del agua. Nadie tuvo ánimos de hablar hasta que alcanzaron el camino que subía la montaña. Después de asegurarse de que estuviera vacío, salieron al camino principal.

Evan miró las patas enlodadas de los caballos y recordó que debían regresarlos esa misma noche, y debían volver cuanto antes a la Villa, evitando a toda costa encontrarse con los soldados en los caminos o levantar la más mínima sospecha en caso de haber sido vistos.

—Me gustaría dejarte un caballo, pero tenemos que regresarlos a la Villa esta noche—dijo a la chica—. Vas a tener que subir a pie hasta el clan Womak. La subida es larga y pesada, pero llegarás antes del anochecer y es un camino seguro.

Zorro lo miró, aprensivo.

—Cuando llegues a la finca Womak, pregunta por Alina Dannah. Es muy importante que digas *Dannah*. Mi hermana te recibirá sin hacer muchas preguntas. Pasa la noche ahí y pide que un carruaje te lleve hasta tu clan al día siguiente.

Danila asintió todavía con los ojos llorosos y la nariz enrojecida.

—Ni una palabra de esto a nadie, ¿entiendes? —ordenó Zorro a su hermana— Si te preguntan, fuiste a ver a la hermana de Evan de vacaciones y llevas ahí una temporada, ¿de acuerdo?

Ella asintió mirando al suelo. Zorro apretó los labios y la miró en silencio, conteniendo la preocupación. Luego el pelirrojo volvió al caballo y ambos cabalgaron a marcha acelerada hacia la Villa Militar.

Para cuando alcanzaron la puerta este de la Villa estaban sudados y cubiertos de polvo. Entraron por el portón fingiendo tranquilidad y buen humor, como si regresaran de un paseo a caballo por los campos aledaños. Una vez pasados los centinelas, Evan encontró que la Villa seguía desierta por el día franco, y no había pistas del regreso de los soldados involucrados en el ataque. El mundo seguía como si nunca hubiera sucedido nada, como si ese día no hubieran masacrado a decenas de personas.

El pensar en la ausencia del más mínimo luto por lo que esa misma institución hiciera esa mañana, esa sobre la que caminaba ahora mismo y de la que formaba parte, le comenzó a bullir la sangre en silencio; y recorrió el camino hacia las caballerizas sin comprender del todo lo que estaba despertando en su interior.

Camino a los cuarteles pasó detrás de la comandancia, donde se encontraba la oficina de Culén. Se detuvo en el camino de grava y subió la vista hasta el ventanal del que antes fuera el despacho de su abuelo. No pensaba en nada, sólo sentía el corazón encogido y cómo la tensión se concentraba en sus hombros y brazos, inundado por un sentimiento sin nombre. Aunque innombrada, la emoción no le era ajena, era la misma que fue creciendo dentro de él desde hacía casi un mes, el día del funeral del rey. Era como un niño dentro de una mujer embarazada, pero este ente lo consumía desde dentro; y ahí donde lo devoraba, iba dejando un rastro de vacío y opresión. Luego el engendro se le subía a la cabeza y le susurraba ideas disparatadas y violentas. Entonces Evan hizo lo mismo que hiciera las otras veces, aunque cada vez con más dificultad: apartó la atención de ello y volvió a sus asuntos.

El silencio en su mente se prolongó un largo rato. No sabía cuánto tiempo había pasado desde que volvió, y tampoco le interesaba. Deambulaba en la Villa Militar como un visitante aburrido. Se llevó sus uniformes húmedos de la lavandería al cuartel, y luego preguntó por Artham en el sanatorio, pero el hombre seguía dormido. Criz tampoco estaba ahí. Después de un rato salió por detrás del sanatorio hacia el bosquecillo de la Villa y comenzó a caminar. Sus pasos se volvieron un trote continuo y finalmente empezó a correr.

Perdió la cuenta de las vueltas que dio a la pista cuando llevaba cinco, e ignoró el dolor de su rodilla, un paso tras otro. No se sentía cansado; al contrario, le estimulaba el mismo combustible interno que mantenía su mente acallada.

Seguía corriendo cuando notó que ya era de noche, entonces se detuvo en un recodo y se puso en cuclillas. Tenía la boca seca, las sienes le latían con fuerza y no podía relajar su respiración desbocada. Una a una, sus exhalaciones comenzaron a colmarse de emociones, emociones que no entendía, pensamientos que nunca llegaban a la superficie, imágenes que lo acosaban una y otra vez, recordando con detalle a un hombre sangrando en la hierba, con los ojos aún abiertos e inexpresivos, y a su mujer empujando a sus hijos detrás de ella, haciendo frente a los soldados. Se escuchó a sí mismo respirar cada vez más fuerte. *«¡No eres más que un cobarde de mierda!»* resonaron las palabras de Criz en su mente. Exhaló como dando arcadas hasta que terminó gritando con las piernas temblorosas. Fue un grito de rabia, como un vómito contenido que le quemó al salir por la garganta, con los ojos cerrados con fuerza.

Permaneció como estaba, en cuclillas mirando el suelo, tocando el piso con los dedos y los cabellos haciendo cortina alrededor de su cara. No podía llorar. Habían pasado tantos años desde la última vez que llorara que se preguntó si se le había olvidado cómo se hacía. Pero no tenía ganas de llorar, él quería golpear, quería matar. Quería desollar vivo a quien fuera capaz de hacer la atrocidad de asesinar a familias desarmadas e inocentes por defender el bienestar de quienes ya de por sí tenían poder. Los odiaba, los odiaba más allá de las fronteras de lo pensable y se odiaba a sí mismo por no haber hecho nada. Abrió sus compuertas internas, selladas hasta ese momento con apatía y resignación, y dejó que el odio lo embargara y erizara cada vello del cuerpo.

Apretó la mandíbula con fuerza, se apartó los cabellos de la cara y se levantó como un gigante de piedra. La cara de Culén pasó por su mente como un relámpago y las emociones y los pensamientos volvieron a revolverse en su interior. Luchó por no pensar, no hacer, no sentir, nada.

Cuando llegó a su catre para descansar, recordó que al día siguiente darían el veredicto sobre la pelea que tuvo con Criz y sobre su futuro como Yntaura, pero sólo torció la boca con absoluto desinterés y con una mueca desechó el pensamiento. Se tiró en el catre y cerró los ojos.

S E ENCONTRÓ DE PIE EN EL BOSQUE de Ánuin del Clan. Lo atravesó el escalofrío que le daba cada vez que estaba ahí; sin embargo, algo más prolongó la sensación de alerta y temor: un grito agudo perforó el aire como flecha hasta llegar a él. El corazón se le aceleró de pronto, sabía que aquel grito era de Alina.

Salió disparado en su búsqueda, sin saber dónde mirar, sin saber hacia dónde ir; se sentía totalmente perdido a la vez que una urgencia mortal le embargaba. No podía detener su respiración agitada, y el corazón latía con tanta fuerza que parecía querer trotar hasta salir por su garganta. Miró en derredor, entre árboles, hojas que caían lentamente y caras macabras, y escuchó nuevamente el grito; pero esta vez procedía de otro lado. Corrió en esa dirección y se detuvo, de nuevo perdido en el silencio prolongado. Momentos después oyó otro grito, y luego otro, y otro; venían de todos lados, lo rodeaban y martillaban sus oídos.

Corrió hacia su casa, buscando frenético a su hermana, esquivando obstáculos de la pista de competencia y dando un salto para no pisar a Artham, que se retorcía en el suelo. Evan lo miró, aturdido y confundido, pero no se detuvo a pensar en él; siguió corriendo hacia la entrada de su casa. Ahí estaba Alina, de rodillas en el suelo. Alguien le había arrancado las ropas, y sus brazos, hombros y pecho estaban cubiertos de sangre. Su miraba perdida veía hacia el cielo. A un lado de ella, estaba su padre echado en el suelo, atravesado por una lanza y ahogándose en su propia sangre.

Gritos lejanos llamaron su atención. Todos y cada uno de sus amigos, sirvientes, familiares y conocidos; todos perecían en un campo de batalla, masacrados por sus compañeros soldados. Evan veía con pánico cómo brillaban las espadas al descargarse sobre sus víctimas, y luego alzarse nuevamente, manchadas de rojo. Desenfundó la espada para ir en su defensa, pero su arma no estaba ahí. Cuando miró hacia abajo, buscándola, se encontró a sí mismo desnudo y vulnerable. No tenía armas, no tenía uniforme, no tenía nada.

Quiso dar un paso hacia su hermana, pero sus pies se arraigaron a la tierra, como si cada dedo hubiera echado profundas raíces que le impedían avanzar. Miró aterrorizado sus manos deformes, estaban completamente torcidas, como las de un leproso, con cada dedo podrido e inútil.

Cuando alzó la vista nuevamente, se vio a sí mismo a unos cuantos pasos, armado y uniformado, y con la mirada colmada de perversidad. Él era uno de soldados que masacraban al clan, y estaba a punto de descargar un golpe mortal para acabar con su padre. En un pestañeo, tomó posesión del cuerpo de ese otro yo, vestido de soldado. Bajó la vista a su padre debajo de él, moribundo; e incapaz de detener el golpe, sintió cómo la espada entre sus manos cercenó la cabeza de su padre de un sólo tajo.

Su estómago se revolvió al punto de dar arcadas y se despertó girándose a un lado para expulsar un vómito que nunca salió. El ruido de la batalla se extinguió de pronto. Todo era oscuro, pacífico y silencioso. Estaba en los cuarteles, sano y salvo. Fue sólo un sueño, una maldita pesadilla.

Se tocó las manos con desesperación, esperando sentirlas normales. Seguían grandes, ásperas y derechas. Respiró hondo e intentó tragar saliva, pero tenía la boca completamente seca. Una gota de sudor resbaló por la frente y aterrizó en su muslo velludo. Sus manos temblaban y su respiración era entrecortada. Tras varios respiros profundos se obligó a recuperar la calma, repitiéndose que sólo había sido una pesadilla. Casi nunca soñaba, pero cuando sucedía era con un realismo espeluznante.

Sintió el piso frío con las plantas de los pies y se puso de pie con pesadez para acercarse a un jarrón con agua que descansaba sobre una cornisa.

—Coronel—llamó alguien desde la división de la pared que marcaba su estancia.

Evan pegó un brinco gatuno y alcanzó la espada que descansaba a un costado de su cama. La funda salió volando para chocar con la pared opuesta, en lo que la punta metálica se acercó al cuello de una figura pequeña que tenía los ojos muy abiertos. Antes de atacar, Evan observó cómo la persona sujetaba una lámpara de aceite con una mano y con la otra mostraba rendición; la persona había dado un salto atrás del susto. Era casi un niño, un muy estúpido niño; pálido y enclenque.

—El general Culén mandó llamarle—le dijo, titubeando—. Lamento la intromisión, señor—agregó casi sin voz.

«*Lobato imbécil*» Evan se aguantó las ganas de golpearlo. Bajó la espada de inmediato y caminó a zancadas hacia la funda con un gesto de pocos amigos. Enfundó el arma y se acercó a su uniforme.

—¿Ahora es cuando me busca? —le preguntó, sin estar seguro de si le preguntaba al mensajero o si el comentario era para sí mismo.

—Sí, señor, me mandó llamarle tan pronto rompiera el alba—dijo el otro, que miraba con fijeza cada movimiento en lo que Evan se calzaba el pantalón y las botas.

—Iré enseguida—notificó, mientras se abotonaba los alamares del caftán sobre la camisa.

El otro permaneció en la entrada de la división, viéndole vestirse. El tipo no tenía ni idea de protocolo.

—Vete ya—ordenó Evan con impaciencia.

—Con su permiso, señor...Womak. — tragó saliva— coronel—dijo rápidamente, para luego dar un saludo rígido y alejarse sin más.

Evan posó el cinturón con la espada de su abuelo sobre el uniforme y luego se dilató sintiendo la dureza del pomo, como aferrándose a la realidad. Se echó otra ojeada a las manos y se dirigió a la salida del cuartel, que se tornaba gris con la luz del alba.

Si bien Evan avanzaba a trancos, como era su caminado natural, su mente iba tan revolucionada que sentía cada paso como eterno. Con las imágenes de la masacre del día anterior todavía frescas en su mente, otra parte de sí ofrecía ideas que luchaban por hacerse paso entre pasillos mentales tan angostos como el espacio entre los catres de los soldados que dejaba detrás: ¿Qué tal si lo que presenció ayer fue la impartición rutinaria de justicia? ¿Qué tal si todo el asunto era algo natural con lo que había que lidiar como soldado? Sintió un peso adicional en la espalda y tensó la boca. ¿Qué tipo de soldaducho era que se impactaba ante el derramamiento de sangre? ¿Acaso no vivió enfrentamientos contra las lacras del oeste? ¿No fue, precisamente, por sus méritos durante ese enfrentamiento que calificó para entrenar como Yntaura?

Recordaba con tanta nitidez la ancha sonrisa de su abuelo ese día, tan inusual como ver un oso blanco. El hombre le palmeaba la espalda, orgulloso. Permanecían de pie, sudados y entintados con la sangre del enemigo tras una escaramuza de Peréndimor. En ese entonces no le impactó el derramamiento de sangre, ni siquiera el que él mismo ocasionó. Tenía catorce años, y con tan sólo un puñado de años de entrenamiento sobresalió en el campo de batalla por sobre soldados mayores que él. Recordaba ese momento como aquél en el que se hizo hombre, el día en el que se percató de que quería ser soldado el resto de su vida; cuando decidió entregar su lealtad entera al ejército, tal como su abuelo y sus ancestros lo hicieron antes que él. A partir de entonces, su deber como soldado estaría por encima de cualquier otra cosa en su vida.

Cruzó el umbral del cuartel, todavía inmerso en sus pensamientos. Recordó con claridad lo que deseó ese día, y su compromiso sería de por vida, pero ahí estaba ahora, cinco años después, dudando sobre su promesa, y preguntándose por qué le había afectado tanto el enfrentamiento del día anterior.

Esas personas eran rebeldes. Sus palabras estaban tatuadas con sedición y traición. Ellos conocían la ley y sabían a lo que se arriesgaban cuando convocaron al ritual.

Evan negó con la cabeza, en parte reprobando sus acciones y en parte lamentando lo sucedido. «*Pero eran Sabios*» dijo una voz en su interior, en un susurro suave y furioso, agregó: «*...eran daetanos*». Cerró el puño y saludó al guardia nocturno del cuartel, quien se irguió de inmediato para reciprocar los honores.

Camino a la comandancia no estaba muy seguro de lo que le diría a Culén. Una parte de él deseaba rogarle clemencia para que no lo descalificara por su comportamiento en la final de lucha, y otra parte de él deseaba reclamarle a golpes por las vidas cobradas en su nombre el día anterior.

Se sentía partido en dos, desgarrado de dentro hacia fuera, como si dos enormes lobos tirasen de cada extremo de su cuerpo, luchando por quedarse con el mayor trozo de carne. Pero sólo había un lobo al que tenía que enfrentarse en ese momento, y ese era "el lobo" Culén.

Subiendo la escalinata de madera hacia su oficina, la imagen de Lupo flotó en su mente, y regresó a él el recuerdo de su primera batalla. Lupo también había estado a su lado el día del enfrentamiento con el oeste. De hecho, fue él quien sugirió a su abuelo obsequiarle la espada que ahora colgaba de su cinto.

Evan sacudió la cabeza de nuevo, como deseando que los espíritus que le acosaban y susurraban al oído rehuyeran con el movimiento, como si se tratara de un mosco molesto. Se arregló el uniforme, carraspeó y llamó a la puerta de roble recién encerado.

—Adelante, coronel—escuchó a Lupo decirle desde la habitación. Ya le esperaba.

Su ceño fruncido y la tensión en la mandíbula se aligeraron tan pronto como abrió la puerta, con un ápice de cobardía infantil por el hecho de tratarse del recinto de su abuelo. En lo que dio el primer paso, el caos de su mente se alineó, como soldados llamados a formación. De pronto lo tenía todo muy claro: lo que él presenció el día anterior fue un acto rebelde que fue extinguido como una fogata antes de que quemase todo el bosque. Luego miró el muro de madera detrás del escritorio, y la estrella de nueve picos dentro de otra igual se tatuó en sus ojos, en su mente, en su alma. ¿En qué estaba pensando? Debía seguir trabajando por ser Yntaura, debía luchar contra el recuerdo obsesionante de la chica desnuda, danzando con la corona de estrellas de plata antes de que todo fuera sangre.

Asumió la posición de descanso frente al oficial superior y miró a Lupo, incapaz de sonreír de vuelta, ¿acaso Lupo le estaba sonriendo?

—¿Quién se murió, chico? —bromeó el hombre.

«¡¿Es una maldita burla?!»

La estupefacción dio paso a la ira.

Evan trató de relajar el ceño, por mucho que lo sintiera como grabado en piedra.

—Sé que estás preocupado por lo que sucedió.

Evan frunció aún más la frente, contrariado. ¿Acaso Lupo sabía que él presenció el altercado en el clan del Ave de Fuego?

—¡Pocas veces he visto una lucha tan emocionante! —dijo el general, con las cejas bien altas.

Evan exhaló un aliento contenido, se refería a la pelea con Criz. ¡Vaya! Eso tenía sentido, al menos. Lo que no tenía sentido era el por qué parecía tan relajado con el asunto. ¿Qué no les había amenazado con la corte marcial?

—La gente rugió cuando di fin a la prueba, pero no podemos permitir un despliegue tan infantil y poco profesional en un torneo Yntaura Ácuila—. Su ceño al fin se iba haciendo más severo. Por lo menos ahora cobraba sentido.

—Lamento mucho mi actuar, señor, estuvo completamente fuera de lugar. Comprenderé si ello afecta la evaluación de mi desempeño en la competencia—dijo Evan, apretando una mano con la otra a su espalda, manteniendo bien fija la posición de descanso.

—De ninguna manera, Womak—dijo el otro, muy para la sorpresa de

Evan—. Has tenido un desempeño extraordinario… como siempre. Igual Gléantan—le dijo, sentado muy recto en su sillón de piel—. Vino conmigo el día de ayer a disculparse. Su nariz parecía una papa podrida—agregó, y luego estudió a Evan de la cabeza a los pies y dijo: —¡Creo que por cómo estás tú, podemos declararte campeón a ti! —dijo con un asomo de risa.

Evan no se sentía cómodo del todo, ni con el entusiasmo de Culén, ni con su criterio empañado. Llegó a sospechar que incluso podría estar tomado, aunque nunca le vio tocar una copa en su vida. El hombre pareció leer su rostro.

—¿Por qué te parece tan extraño, Evan? —preguntó con una sonrisa ladeada—. Mi familia es lo más importante para mí.

«¡Maldita sea!». El golpe de muerte fue volver a pasar tinta sobre el favoritismo que tenía con él y su familia. Criz tenía razón, ganaría el título de Yntaura sólo por el beneficio de ser amigo de Culén y no por mérito propio. El sentimiento recurrente de no ser suficiente resonó en su interior como una piedra lanzada a un pozo profundo. Evan no sabía cómo actuar, Culén le estaba viendo con esos ojos de ave rapaz, y seguramente buscaba una reacción más agradecida que el estoico gesto en su rostro. Estaba más que tenso, sin saber qué esperar y sin entender del todo la afable y despreocupada actitud del otro.

El hombre se levantó de su escritorio, y muy consciente de la espada en su cinto, Evan lo siguió con la mirada mientras el general se acercaba a la chimenea y tomaba el atizador.

—Las pruebas terminan el día de hoy—le dijo desde ahí, viendo hacia la chimenea y acomodando las ascuas—. Encárgate de mostrar un excelente desempeño durante la prueba de arquería montada hoy por la tarde y mañana serás condecorado como Yntaura Ácuila—. Lo decía con una naturalidad que repugnó a Evan. El hombre le sonrió desde la chimenea y luego se volvió para tomar un par de leños de una rejilla para acomodarlos sobre los carbones.

Sintió un cosquilleo de emoción de saber que sería Yntaura, una parte pequeñita de él se alegró de poder tener ahora el puesto de general para poder hacer algo con respecto a los Sabios, pero de inmediato el sentimiento se volvió una sombra glacial en su pecho. Seguramente muchos de ellos perecieron el día anterior.

Bajó la mirada, pesaroso, viendo el escritorio de su abuelo. Debería contentarse, ir a su tumba en el bosque de Ánuin y decirle: ¡Lo logré, abuelo! Pero no había felicidad en ese logro, no encontraba honor ni gozo en él. De todas las veces que soñó con ese momento, la realidad no era ni remotamente parecida a ninguna de ellas, y eso le horadó el pecho.

Sin saber qué más decir o pensar, enfocó la vista en los papeles que tenía Lupo en su escritorio, en lo que el hombre avivaba el fuego con un pequeño fuelle. Entre éstos encontró el diagrama del torneo, con puntajes y observaciones debajo de los símbolos de cada clan, incluido el suyo. Sin mayor interés, siguió su recorrido con la mirada sobre la superficie del escritorio hasta que se detuvo en algo que llamó su atención. Evan reconoció de inmediato el formato de misiva oficial para comandar el apoyo de las fuerzas armadas a enfrentamiento. Él mismo sostuvo alguna de ellas en el pasado; eran fácilmente identificables por la abundancia de firmas, sellos y formalidades adornando el texto. Una como esas le llevó a su primera batalla, así como a otras subsecuentes. Sin embargo, había algo curioso en ésta. Hasta arriba la hoja lucía un lacre negro con un símbolo que le saltó a la vista: un ave negra descendiendo en picada.

No era el símbolo de ninguno de los clanes, pero ¿dónde vio ese símbolo anteriormente?

Como golpe a la cabeza, lo recordó con la misma claridad de cuando lo viera por primera vez. Fue en Yaocalli Nayar, sobre uno de los hombres que entró a la sala del consejo, de donde luego salieron los Sabios que desaparecieron más tarde. Ese lacre negro pertenecía, ni más ni menos, que a la Casa Ravenjut, el sello personal del embajador Osgalaj.

Las piezas en su mente se acercaron unas a otras con la prisa de dos magnetos y sintió su corazón acelerarse en un torbellino de pensamientos. Esa era una misiva interna de ataque controlado, ¡¿qué diablos hacía el símbolo de Ravenjut ahí?! Al lado del sello negro descansaba el de la corona, y también el del Consejo de Clanes... El sello de las bellotas también estaba ahí.

Evan sintió cómo sus ojos saltaban de sus órbitas en un sobresalto mudo. El recuerdo del discurso de los Sabios el día anterior acribilló su mente, todo lo que dijeron sobre los Raganjar tomando poder sobre el consejo... lo que gritaba Mayari poco antes de que iniciara la matanza, los Raganjar tomando poder sobre Daet, el Consejo de Clanes en contra del pueblo. Estaba viendo, ni más ni menos, que la misiva para la matanza del clan de Ave de Fuego, y Ravenjut la encabezaba.

Se quedó como petrificado y permaneció atónito, viendo por la ventana y a la vez alerta de cada mínimo movimiento de Culén, quien aún acomodaba los leños, impertérrito de la revolución en la mente de Evan y de la rapidez trepidante con la que había perdido la confianza en su superior.

Sin mirar fijamente sus movimientos, Evan se percató que Culén volvía a ponerse en pie y sintió su mirada desde el rabillo del ojo. Seguramente el general se preguntaba por qué no decía nada, pero Evan no podía articular palabra. Sin tiempo para comprender por qué, lo único que deseaba era que Lupo no se percatara de lo que recién descubriera. Evan se mantuvo quieto con la mirada lejana, como un insecto fingiendo su muerte. Culén entonces se acercó con disimulo a su escritorio, como si cayera en cuenta de los papeles que ahí había. Los revolvió con discreción y naturalidad, no sin un sutil apremio. Evan fingió ignorarlo de manera casual, no quería que Lupo siquiera sospechara que había visto el documento; sin embargo, alcanzó a notar que el hombre entremetió la misiva entre las fibras gruesas de otros escritos para luego sentarse a su escritorio frente a él, como si nada hubiera pasado.

Evan se mantuvo en su lugar sin decir una palabra hasta que Culén lo vio con fijeza. Entonces pasó lentamente la mirada desde la ventana hasta el hombre, cuya actitud había cambiado por completo de un momento a otro.

—¡A entrenar, muchacho! —le dijo, como si tuviera nuevamente diez años, forzando una mirada de represión cariñosa.

Incapaz de decir o hacer nada más, Evan dio un cabeceo y giró sobre sí mismo para salir por donde había entrado.

Cerró la puerta tras de sí, pasmado.

Capítulo 12
Estrellas y
Revelaciones

CERRAR LA PUERTA DE LA OFICINA de Culén fue como el quiebre de una presa que contenía todas sus sospechas, cada vez más numerosas desde hacía semanas. No terminó de girar el picaporte cuando diferentes ideas y voluntades comenzaron a chocar entre sí en su interior. Los lobos estaban hambrientos y se gruñían el uno al otro desde cada lado de su mente.

Pensó en los Sabios sin saber qué sentir. Sí, eran rebeldes, pero tenían razón, ¿o no era así? Exhaló con rabia. ¡¿Qué le estaba sucediendo?! Si tan sólo hacía unos momentos estaba completamente seguro de lo que pensaba. Tensó los labios y negó con la cabeza. Estaba agotado de pensar, no había dejado de hacerlo desde hacía quien sabe cuántos días, o semanas, o años. Apretó los dientes antes de bajar las escaleras, no podía con todo al mismo tiempo. Si no podía poner un pie frente al otro sin dejar de pensar, mucho menos sería capaz de clavar una flecha disparada desde el caballo hacia un objetivo móvil a la distancia. Aquietó a los lobos en su interior como quien detiene una pelea entre perros a chorros de agua; si él no tenía control sobre sí mismo estaba perdido.

Tan pronto como cruzó el umbral de la comandancia se propuso dedicar el resto del día al entrenamiento previo a la última prueba y posponer todo lo posible sus dudas y elucubraciones. La luz matinal era naranja intenso, prometiendo un día caluroso, y con el abrazo del aire tibio se sintió refugiado de su propia mente.

Temprano como era, la Villa Militar ya estaba despierta. A sus oídos llegó el lejano chocar de las espadas de madera desde los salones redondos, y una nube de polvo se alzaba cerca de las caballerizas, donde otro grupo hacía su trote matinal. Unos guardias iban y venían cargando víveres entre una carreta y las cocinas, y arriba en las atalayas ya se efectuaba el cotidiano cambio de guardia.

Regresar al entrenamiento fue un antídoto para la confusión mental. Cada actividad cotidiana que realizaba le daba un respiro: llegar a los establos, devolver el saludo a los soldados de su pelotón, sentir la pulida y densa madera de las flechas, y el suave trabajar de los músculos. No sentía más la emoción y anticipación del torneo, y un peso en el pecho lo acompañaba a todas partes, pero volver a lo cotidiano mantenía su mente ocupada; una mente que sin ese hueso que roer, seguramente empezaría con ideas disparatadas y estrategias violentas y sin sentido.

Tan pronto le vio el caballerango llegar a las caballerizas con el carcaj en mano, se levantó de un salto para alistar a Mensajero. Ya sobre el caballo, Evan palmeó y acarició el cuello tibio del animal mientras ambos calentaban en la arena circular. La brisa acariciaba su cara y el trote continuo alrededor de las vallas le recordó con puntualidad todos los golpes recibidos recientemente. Por mucho que la lógica dictara que había tenido que pasar un buen tiempo para que sucedieran tantas cosas, haciendo cuentas se percató de que, en realidad, llevaba tres semanas recibiendo un golpe tras otro sin tener mucho tiempo para recuperarse. Los efectos de las peleas aún lanzaban punzadas con el sube y baja del caballo, pero por lo menos ese día no sentía la necesidad de ponerse la rodillera, y, por lo general, ya se sentía mucho mejor.

Cuando comenzó a practicar tiros en las dianas fijas sintió un pellizco ligero en el costado derecho al estirar la cuerda del arco, y agradeció para sus adentros que ese día terminara el torneo. Aunque, por otro lado, el ente que lo devoraba por dentro parecía dormir mientras entrenaba, por lo que preferiría mil veces caer agotado por el cansancio físico que no poder dormir de tanto pensar debido al ocio.

Hacia el mediodía el calor se volvió insufrible, y en las explanadas sólo quedaron los soldados que no tenían otra opción más que seguir órdenes con el sol dorándoles la piel. Si bien el aire que lo abrazaba sobre el caballo en movimiento era refrescante, era difícil enfocar la vista en objetivos lejanos con la clara grava reflejando el sol con tanta intensidad. Así que entrenó hasta que comenzaron a sonar las campanadas del comedor, llamando a los soldados por grupos a comer, y cuando la cuarta campanada sonó, Evan entregó el caballo y se dirigió a los comedores con Zorro y Dino; Criz había encontrado cualquier excusa para no ir.

Camino al comedor, pasó nuevamente frente a ellos el pelotón que entrenaba Evan, un grupo de cerca de 150 lobatos que en ese momento trotaban al unísono en la explanada. Al pasar al lado de ellos, el capitán sustituto ordenó el saludo de rigor, y en respuesta, todos chocaron puño en pecho y luego lo dejaron a la altura del hombro sin dejar de trotar. Dino, Zorro y Evan regresaron los honores.

—¿Cuál es el punto de ser Yntaura si uno vuelve a sus mismos compromisos después de quebrarse la espalda en el torneo? — la pregunta de Dino era retórica, pero no era la primera, ni la tercera vez que la planteaba.

Zorro se volvió a verlo con la expresión de quien escucha las necedades de un borracho.

—Insisto, Dino, ¿para qué sigues aquí si no te interesa el título? —le respondió, perplejo y divertido a la vez.

—No lo culpo, honestamente yo también me pregunto para qué hacen tanto teatro para seguir haciendo lo mismo una y otra vez—dijo Evan, serio.

Dino y Zorro se volvieron a verlo, esperando se tratase de una broma, pero luego ensombreció su ceño y ambos permanecieron estupefactos.

—¿Escuché bien? ¿El coronel "lo único que importa es el ejército" Womak dijo lo que creo que oí? —soltó Dino, irónico.

Evan negó con la cabeza con una sonrisa ladeada y dijo:

—Sólo espero que ser general valga la pena, y que tanto lío y tanto maldito golpe sirva de algo.

Zorro le miró atento, pero a diferencia de Dino, había comprensión en su mirada. Aun así, su aire de sabihondo lo irritó un poco y prefirió dejar el tema. No quería hablar sobre lo que sucedió el día anterior, ni sobre lo que vio esa mañana en la oficina de Culén. No era el lugar, ni el momento, ni tenía cabeza para explicar nada. Luego Dino cambió el tema y no se volvió a mencionar nada al respecto durante la comida.

Para cuando retornaron a los cuarteles para uniformarse antes de la prueba, Evan pasó a un costado de la cama de Dino. Trató de no mirarlo fijamente, pero no podía evitarlo, la espalda del hombre parecía haber recibido una veintena de azotes. Había cardenales con forma de línea sobre la espalda, el torso, los hombros y las costillas.

—¡Hombre! —exclamó, acercándose—, ¿qué...? — No alcanzó a terminar la pregunta cuando su mente ya le estaba respondiendo: el torneo de espada de la feria.

No tenía caso sugerirlo, era obvio por qué no podía ir al sanatorio para que le untaran alguna pomada o le dieran algo de beber para el dolor.

—Dino, si descubren que has estado peleando por fuera te sacarán del torneo antes de lo que termina la Cumbre—le dijo en voz baja, y echando un vistazo por si había gente cerca sólo vio a un grupo de soldados bromeando en una esquina.

Dino apenas se sobresaltó cuando le habló, y continuó vistiéndose como si los golpes no le dolieran.

—¿Haría alguna diferencia si me descalificaran? —le dijo, alzando las cejas y con los párpados a media asta—Creo que es obvio que no debería de ser uno de los contendientes, ni siquiera me interesa ser general. Además, ya no falta mucho para la final y el torneo se está poniendo bueno—agregó, fajándose el blusón.

—¿Cómo puedes decir eso? Eres uno de los mejores soldados que conozco.

Dino exhaló una risa amarga y dijo:

—Sabes que eso no es cierto, y sabes tan bien como yo que sólo estoy aquí porque mi madre se dejó coger por uno de los generales cuando ella buscaba una excusa para sacarme de la casa—respondió, sentándose al borde de la cama para calzarse las botas.

Evan estaba consciente de ello, pero también había peleado con él y conocía sus capacidades; por otro lado, se recordó lo duro que podía ser Dino consigo mismo.

—Además, estoy harto del ejército. Con el dinero que gane en el torneo tendré suficiente para ya no requerir el salario y buscarme otra cosa que hacer—agregó su amigo.

—Parece que ya lo has pensado bastante—cedió Evan, recargándose contra la pared. Una vez que Dino se fijaba algo en la mente, no había razones ni leyes que le hicieran cambiar de opinión.

—A veces me gustaría tener las ganas que tú tienes—dijo Dino, terminando de atar los cordones— Sabes lo que quieres y luego peleas por ello sin importar nada más—apuntó, pasándose un cepillo por el corto pelambre, e ignoró por completo el gesto inconforme de Evan—. Y por eso mañana te nombrarán general y serás un líder de miedo en el ejército—agregó con una ancha sonrisa y la mirada apagada. Cuando Evan permaneció en silencio, Dino sólo palmeó su hombro antes de dejarlo solo en el dormitorio.

Evan miró con detenimiento el deterioro de la pared en lo que el otro se alejaba e hizo una mueca; no se atrevía a decirlo en voz alta, pero en realidad ya no estaba tan seguro de querer eso. Algo había cambiado muy profunda y drásticamente dentro de él en menos tiempo del que hubiera pensado, pero se negaba a profundizar en ello. Estaba tan cerca del final del torneo y del inicio del resto de su vida que no se permitió pensar en ello siquiera.

Alejarse de sus propios pensamientos le mantuvo ocupado todo el rato hasta el momento en que se enteró de que todos ya se habían adelantado a la arena. Por pura suerte, uno de los oficiales en la comandancia se apiadó de él y le otorgó un carro para llegar a tiempo; los caballos que utilizarían para la prueba ya también estaban allí, descansados.

Aun con el retraso, y para su propia sorpresa, estaba más relajado de lo que esperaría de sí mismo. Por momentos, incluso, se preguntaba si podría hacer un absoluto ridículo en la prueba y si de todos modos Lupo tendría las pelotas para premiarlo de todas formas. Tal vez podría hacer alguna idiotez, como pararse de cabeza sobre el caballo, como hacían los acróbatas de la feria, o declamar sandeces con cada tiro fallido. Exhaló una risita triste, sabiéndose incapaz de hacer algo así. No. Haría su mejor esfuerzo a pesar del bajo interés que tuviera en ese momento. Ahora se sentía así por la huella que había dejado la masacre en él, pero tal vez se le pasaría en unos días; tal vez cambiaría de opinión sobre querer ser Yntaura en un futuro y… De nuevo sintió la cabeza revuelta.

Exhaló, malhumorado, por quinta vez ese día, harto de sí mismo. Se había prometido no pensar en otra cosa que no fuera el torneo hasta que se acabara y eso sería esa misma tarde. Sería fiel a su promesa, haría su mejor esfuerzo en esa prueba y punto.

Hasta ese momento había estado evitando acercarse a los demás contendientes, a esas alturas del torneo no podría esperar más que animosidad de parte de algunos de sus compañeros. Si bien los resultados de las pruebas no eran públicos, se rumoraba mucho entre las paredes de los terraplenes, cerca de las letrinas y en las mesas del comedor, sobre quiénes iban a la cabeza, quiénes hicieron un buen trabajo durante las pruebas, y quiénes sólo se dedicaron a humillarse a sí mismos frente a todo el mundo. Afortunadamente para él, no figuraba entre estos últimos, pero no podría decirse lo mismo de todos. Aun así, al ingresar en el recinto para la competición de arquería montada, se encontró con que el grupo de soldados estaba más relajado de lo que esperaba; tal vez fuera por el hecho de que ese día terminaba el torneo.

Todos, sin excepción, tenían vendado algún lugar del cuerpo, o se les alcanzaban a ver grandes moretones en brazos o piernas. En el caso de Criz, la nariz estaba hinchada y amoratada; sin mencionar a Artham, por supuesto, que por razones obvias no estaba presente.

Las pistas de tiro de dianas móviles eran simples, y la construcción de la del torneo imitaba a la perfección aquella en la que practicara desde chico en la Villa Militar; en donde un pequeño campo de tiro se había transformado en una estancia de tiros de especialidad; pero aun conservando los carriles originales desde donde los soldados aprendían a disparar desde hacía décadas. El lugar luego fue someramente techado, y de las vigas que sostenían el techo pendían, de cuerdas y cadenas, viejos discos de madera forrada que se usaban como dianas. Su uso era sencillo: poco antes de que el arquero tomara carrera, otra persona impulsaba las dianas en diferentes direcciones, mientras que el arquero montado pasaba a galope a una buena distancia en el carril paralelo a la línea de dianas, intentado dar en el blanco las más veces posibles. Lograrlo no era nada fácil; dar en el blanco era al inicio inalcanzable, ya que el arquero estaría más preocupado por empatar su cuerpo con el sube y baja del caballo, tirar de la cuerda del arco por suficiente tiempo hasta estar en el ángulo correcto

-cosa que resultaba tremendamente cansada después de unos momentos-, y apuntar lo más precisamente posible. Era una disciplina agobiante que requería de días y días de práctica, y él estaba muy magullado de todas las demás pruebas como para sobresalir en ello ese día.

A un lado de la pista de tiro de la arena habían sido colocadas pocas gradas, que para esa hora ya estaban bien concurridas, y los jueces estaban repartidos en fila a lo largo de la pista. Tan pronto como se acercó a los demás competidores, en lo que Zorro se alistaba sobre su montura para ir primero, Evan escuchó a Brenda gritarle desde cierta distancia:

—Siempre temprano, Womak—dijo sarcástica.

Algunos de los contendientes se volvieron a verlo y regresaron a sus asuntos de inmediato, entre ellos Criz, que platicaba con Dino y Zandra; a quienes parecía compartirles consejos de técnica. Todos los demás comenzaban a prestar atención a Zorro, quien ya iba por la mitad de la pista disparando flechas a una diana tras otra, dejándolas balancearse en un baile errático tras clavar en ellas; era obvio para todos quién sacaría la mejor puntuación ese día.

Tan pronto como Zorro terminó su primera carrera, Evan se percató de que Brenda lo miraba con ese gesto de animosidad cáustica mascarada de interés. Sabía que cuando estaba así era mejor ni acercarse a la chica, aunque desde hacía tiempo que se le habían quitado las ganas de hacerlo, de cualquier manera.

No se molestó siquiera en contestarle, cargó el carcaj con suficientes flechas para las tres rondas y comenzó a calentar la espalda en lo que lo llamaban.

Cuando fue convocado a presentarse, tal como lo acordó consigo mismo, evitó siquiera mirar a Culén durante la prueba en espera de que eso le ayudara a posponer su enojo. Tan pronto como montó y tiró de las bridas para conducir al animal a la pista de tiro, se decidió a atender como debía. Hizo lo que se exigía de sí mismo de la mejor manera que sus capacidades le permitieron, sin mucho afán de nada, y luego retornó a las gradas para ver cómo le iba a los demás competidores.

Talissa y Zorro fueron los mejores por mucho, y se merecieron las palmas del público, además de las de los generales.

Terminado el asunto lo invitaron por unos tragos al bar de las hermanas para celebrar el final del torneo, pero se zafó del plan sin necesitar muchas excusas. Sólo deseaba ir a la cama y dormir hasta la ceremonia de condecoración al día siguiente.

De regreso en los cuarteles se quedó en calzoncillos, se pasó un lienzo húmedo por el cuerpo, y luego se untó los menjunjes que le indicaron los curanderos antes de echarse en el catre. Quería que todo terminase de una buena vez y regresar a la normalidad. Pero, ¿qué normalidad era esa?, ¿había en realidad una "normalidad" a la que pudiera volver? Y no sólo eso, no sólo no regresaría al entrenamiento, sino que ya nunca más volvería a las prácticas diarias con los demás contendientes, ni con su pelotón; ya nada sería como antes. Pero había algo ahí que le inspiraba una nostalgia aun mayor, algo más que le resultaba funesto sobre su futuro. Algo cambió drásticamente, y no era algo externo, sino que estaba profundamente enraizado dentro de él, pero no sabía qué era y estaba harto de intentar entenderlo. Por mucho que deseaba desembarazarse de la idea, el recuerdo obsesionante de su abuelo no lo dejaba en paz. Eran recuerdos aleatorios de cuando era niño y su abuelo le llamaba la atención por cosas nimias. Cada esto sucedía Evan regresaba al presente y se recordaba que ya era un hombre, y que su abuelo ya no estaba ahí para regañarlo, pero el sentimiento de fallarle no lo dejaba en paz.

Se dio la vuelta sobre el catre, como tratando de dar la espalda a todo lo que no entendía -o que no quería entender- y se esforzó por conciliar el sueño lo antes posible.

REMOJÓ EL PAÑO EN AGUA TIBIA y talló la pastilla de jabón enérgicamente, para luego untarse la espuma en las mejillas y el cuello con premura. Además de que no tenía mucho tiempo, el único espejo que tenía era diminuto, y no recordaba a quién prestó su navaja de afeitar. Sin más opción, sacó el cuchillo de caza que le dio su padre, esperando no rajarse el rostro en el intento.

Si bien afeitarse no era reglamentario, era un entendido grupal que se practicaba en todos los niveles del ejército. Excepto por alguno que otro muy seguro de sí mismo como para dejarse crecer la barba. Al lobato al que se le veía con vello incipiente normalmente se le trataba como alguien que aún no se integra al ambiente militar y se volvía constante objeto de burlas. Por eso, aunque a los más jóvenes apenas les saliera pelusa en las mejillas, rasurarse a toda prisa por las mañanas era un ritual propio de los cuarteles masculinos.

Terminó de afeitarse como lo hacía religiosamente cada dos días y agradeció que para la ceremonia de clausura del torneo pudiera usar el caftán de gala en lugar de andar semidesnudo con la piel pintada y una corona de hojas de roble. Se calzó las botas recién engrasadas y pinchó la tela con el broche de bellotas.

Cuando salió del cuartel hacia la explanada a pasos rápidos, engalanado y nervioso, ya estaban listas las calesas para asistir en grupo a la Plaza Redonda, el mismo recinto donde hacía tres fases lunares fuera la ceremonia de inauguración de la Cumbre. Esta vez, a diferencia de aquella fiesta, no habría una larga fila haciendo fanfarria hasta la plaza, sino que la banda de guerra tocaría ya instalados en el recinto. Esperó que la ceremonia de condecoración fuese mucho más sencilla, pero por mucho que deseó hacer memoria, no recordó cómo fuera en veces anteriores. La última vez que se celebró un torneo Yntaura en una Cumbre Quinquenal fue cuando el general Rudianos se unió al Consejo de Guerra. En ese entonces Evan tenía tan sólo cuatro años, y lo único que recordaba no era más que imágenes aisladas, tomado de la mano de su padre, viendo a su abuelo en el podio de los generales.

El día prometía ser uno de los más calurosos del año. El aire era seco y cálido, y la brisa escasa. Esperando que Bruno se acomodara en el carro antes que él, algo en las cercanías llamó su atención. Allá arriba, entre la penumbra del follaje de un grupo solitario de árboles, un par de ojos negros le observaban con fijeza. En el momento en que la silueta del búho tomó forma ante sus ojos, se percató de que había otro, tan negro e interesado como el primero, mirándolo sin pestañear.

—¿Subes, Womak? —preguntó Dilek desde el carro.

—Sí—respondió abstraído, y para cuando regresó la vista a las aves, una de ellas ya extendía sus alas para perderse entre las ramas.

Tan pronto como bajó la vista nuevamente, se encontró con el entrecejo fruncido de Criz, que le miraba desde el carro con una mezcla de seriedad e interés. Ambos soñaron con ese día cientos de veces desde niños; sin embargo, Evan nunca imaginó que esas serían las circunstancias en las que terminaría sucediendo. Devolvió la mirada al otro, arqueando las comisuras de los labios casi imperceptiblemente, sosteniendo su mirada, y lamentó que la realidad resultara tan distinta de lo que ellos hubieran deseado.

Subió a la calesa, que se agitó bajo su peso, y Culén le vio desde su propio carro, dirigiéndole una mirada de interés, como invitándole a acercarse; pero Evan se limitó a cabecear a manera de saludo y permaneció donde estaba. No quería más tratos especiales, no quería saber más sobre sus acuerdos turbios ni sobre sus misivas secretas, y definitivamente había perdido toda confianza en él.

Los carros se pusieron en movimiento y después de lo que pareció un trayecto eterno a paso de tortuga y con el sol quemándoles el cuello, arribaron a la Plaza Redonda. Los contendientes Yntaura se separaron del resto de la comitiva para internarse en la tienda de los paladines hasta que fueran llamados a presentarse, antes de que la selección de los nuevos generales fuese anunciada. Evan se asomó entre las cortinas de tela que pendían de los gruesos troncos que formaban la estructura de la tienda para echar un vistazo.

Las gradas eran un caleidoscopio de color, y tal como en el día de la inauguración de la cumbre, los escalones semicirculares estaban bien nutridos desde antes de que iniciara la ceremonia. Estaban ahí personas de todos los clanes, de todas las edades y tan diversos como se esperaría en Daet.

Una leve brisa agitó la tela, llevando a él el olor de piedra caliza calentada al sol. Evan no recordaba años pasados en los que hiciera tanto calor y la Plaza Redonda se sentía como una olla sobre fuego. En medio de la explanada principal, incluso, parecía haber una capa de agua que se extendía como un gran charco humeante, pero Evan sabía que esa agua realmente no estaba ahí; no era más que un chiste cruel de Los Dioses en los días más áridos para que la gente rogara por el pronto retorno de las lluvias.

Una gruesa gota de sudor tibio bajó por su espalda debajo del uniforme, se estaba derritiendo cual vela al fuego. Regresó a la tienda y buscó un ánfora de agua en lo que iniciaba la ceremonia. Bebió a tragos largos y ruidosos, y cuando Brenda detuvo su caminado nervioso para fulminarlo con la mirada, Evan le extendió el vaso, ofreciéndole un poco; la chica negó y continuó su paseo expectante.

Resultaba evidente quiénes creían que podrían ser ascendidos a general ese día: mientras que unos deambulaban nerviosos entre los sillones y la mesita con frutos, otros platicaban animadamente, como si disfrutaran del evento como un espectador más. Dino y Talissa ni siquiera estaban con ellos, parecían solicitarle algo a uno de los sirvientes en la puerta trasera de la tienda. Evan bajó la vista a la copa vacía y se acercó para solicitar más agua.

—¿Cómo dices? —preguntó Talissa a la sirviente.

Evan recién se acercó se percató de la tensión en el rostro de Dino. Mirando más de cerca a la mujer con la que hablaban, notó algunas lágrimas corriendo por sus mejillas.

—Lo acaban de decir— dijo ella. Sus ojos castaños se colmaron de lágrimas nuevamente y se secó la nariz con el dorso de la mano, para luego limpiarse en un delantal grisáceo; con la otra mano cargaba un ánfora vacía.

Evan miró a Dino con la pregunta en el rostro: *«¿qué sucede?»*

Dino le pidió con un gesto de la mano se inclinase un poco para hablarle en voz baja.

—Acaban de hacer un pronunciamiento en el patio de la Casa de Eleya. Los Sabios ahora son traidores a la corona—le dijo en tono de gravedad, con una voz que casi nunca le escuchaba—, algunos que fueron acusados de traidores acaban de ser ejecutados en la Plaza de la Justicia.

Evan iba frunciendo el ceño más y más en lo que las ideas salían a flote en su mente. ¿Cómo podían atreverse a hacerlo? ¿Bajo qué autoridad? ¿Por qué motivo? Pero conforme se iban haciendo las preguntas, él mismo se respondía.

—¡¿Por qué tardan tanto?!—vociferó Nikker del otro lado de la tienda.

Todos se volvieron a verle, pero nadie le respondió. Era cierto, la ceremonia ya debía haber empezado para entonces.

Cuando Evan volvió el rostro para ver a la sirviente, ésta ya se daba media vuelta para salir de la tienda, Evan la siguió fuera y la tomó suavemente del antebrazo para que le esperara.

—¿Quién lo ha pronunciado? —le preguntó.

—El vocero...Lo dijeron en la plaza—respondió ella con voz dulce. Su cabello negro enmarcaba un rostro cansado.

—Pero ¿qué fue lo que dijeron? —preguntó Evan, dejando escapar un tono desesperado sin querer.

—Dijeron que los Sabios son ahora traidores a la corona—dijo ella, y sus ojos se aguaron nuevamente. Parecía intimidada, pero no era el efecto que Evan quería causar en ella. La mujer se reservaba lo que sabía, como si Evan fuese a reprocharle algo, o como si fuera a haber consecuencias por entablar una conversación con él. Se veía incómoda y parecía no querer decir más.

—De acuerdo, gracias—respondió él con un cabeceo.

La chica se alejó con el ánfora vacía y se limpió las lágrimas de la mejilla.

Cuando regresó a la tienda, Talissa y Dino seguían platicando del asunto, Zorro y Brenda se les habían unido.

—¿Pero dijeron por qué? —preguntó Brenda a Talissa con la mirada tensa y confundida.

Talissa negó, al tiempo que Zorro intervino:

—No creo que den muchas explicaciones al pueblo llano—dijo suavemente, mirando a Brenda.

—Nos dijo algo de un impostor—dijo Talissa con los brazos cruzados— pero no entendimos mucho—agregó.

Zorro, Brenda y Evan se volvieron a ver a Dino buscando saber más.

—...qué no se dejen engañar por impostores—aclaró él, con las manos en jarras.

Zorro y Evan intercambiaron miradas tensas cuando afuera resonaron los cuernos anunciando el arribo de la comitiva real. Todos los contendientes se acercaron poco a poco a la entrada de la tienda para ver el arribo de las diligencias a un costado del palco real. Seguramente el retraso se debía al anuncio que acabaran de dar en la Casa de Eleya.

Evan se quedó mirando fijamente al suelo, preocupado. El costo por cometer traición era la muerte, el anuncio no era menos que una sentencia para todos y cada uno de los Sabios de todo Daet, y no dudaría ni un poco que los ejecutados fueron algunos de los sobrevivientes de lo sucedido en el clan del Ave de Fuego. En ese mismo momento podrían estar cazando a los inocentes que lograron huir.

Su mente comenzó a inundarse con recuerdos de la matanza y la preocupación lo llevó a la sensación de hundirse lentamente en un pozo de desesperación anticipada, al momento en que regresó al recuerdo vívido del sueño de hacía unos días, en el que él y sus compañeros aniquilaban a su clan entero.

Sintió un apretón suave en el antebrazo y se encontró con la mirada aprensiva de Talissa.

—Están comenzando a llamarnos—dijo ella.

Despertó de su ensimismamiento y tragó saliva, otra vez tenía la boca seca. Él no pondría una mano sobre ningún Sabio, sin importar las consecuencias. Se asomó por la rendija que dejaba la tela y levantó la mirada hacia el palco donde ahora mismo Culén y el resto de los generales recibían a la reina y su comitiva. Él no quería hacerlo, pero tal vez en unos momentos sería parte de su responsabilidad darles caza si lo nombraban general Yntaura.

La banda de guerra comenzó a tocar el conocido himno con todo el público de pie, por obvias razones no había ni un solo Sabio a la vista. De todos los momentos que había tenido para pensarlo, ese era el menos indicado, y Evan sabía que no tenía punto alguno regresar a ello, pero si subía a ese podio y era nombrado general, estaría traicionándose a sí mismo si no definía de una vez por todas de qué lado estaba. A pesar de la premura, no pudo evitar hacerse la pregunta en ese mismo momento: ¿Qué pasaba si Lupo tenía razón y los Sabios sí eran traidores? Tenía que considerarlo al menos alguna vez, pero negó para sus adentros:

«*¡Él está en contubernio con el embajador! ¿Por qué otra razón obedecería una misiva sellada por Ravenjut?*»

«*Sí*», respondió la otra voz en él, pero ¿qué tal si el embajador sí tenía las ideas progresistas que dijo su tío? ¿Qué tal si todos ellos tenían razón y en realidad los Sabios eran estas personas retrógradas, pertenecientes a un mundo del pasado, gente que ya sólo las mentes sencillas del pueblo llano, como la sirvienta del ánfora, admiraban y seguían? ¿Estaba faltando a su casta al momento de siquiera considerar que ni su superior ni sus familiares tenían razón?

La respuesta le vino desde dentro, haciéndole negar con la cabeza en su mudo debate interno: Eso no podía ser. Los Sabios eran personas respetables, estudiaban toda su vida, fueron los primeros jueces de paz, ¡fueron quienes fundaron las leyes en Daet, por todos los Dioses! Sí, ahora había curanderos, pero ¿quiénes les enseñaron los arcanos secretos de las plantas si no los Sabios? ¿Quiénes fueron los primeros en probar mejunjes sobre sí mismos y crear recetas mágicas para bajar la fiebre y salvar a los enfermos hacía decenios? Eran los mismos mejunjes que hacía unos días sanaron sus golpes.

«No», decidió; ni su tío, ni Lupo, ni la reina; nadie de ellos tenía razón; los Sabios no eran una banda de arcaicos traidores a la patria, era gente de bien, era gente honorable y conocedora.

Evan negó una y otra vez con la cabeza, a la vez que sentía encima la mirada de sus compañeros. La boca le supo amarga, pero ya no había agua. Ahora a esos mismos Sabios se les cercaría y mataría como ganado enfermo. Él lo tuvo que hacer, él fue parte de esa enorme falta de respeto desmerecida hacia Tecuani mismo el día del funeral. Y ahora sería forzado a hacerlo de nuevo, pero en esta ocasión la instrucción sería darles muerte.

El ente hecho de pura rabia y conmiseración que vivía dentro de él comenzó a levantarse con más fuerza que nunca. A lo largo de su vida conoció a pocos Sabios, pero ninguno de ellos hizo jamás un acto violento, ninguno de ellos alzó la mano contra otro, eran gente de paz, ¡¿por qué la necesidad de matarlos?! No era justo, y formar parte de quienes alzaban la mano contra inocentes le hacía hervir la sangre.

No quería ser parte de ello.

Hasta ese momento se permitió ver dentro de sí mismo, correr el velo de la deshonra que sentía por pensarlo siquiera, y darse cuenta de que el sueño de ser general había abandonado el trono en su mente y en su lugar ahora sólo había ira y un vacío supurante.

—¡Evan! —exigió una voz familiar.

Se volvió de pronto para encontrarse con la mirada de algunos compañeros que aún quedaban en la tienda. Era Criz quien lo sacaba abruptamente de la oscuridad de su mente.

—¡Clan Womak! —escuchó gritar fuera.

Se atropelló a sí mismo con urgencia, aterrizando en el presente de golpe, y salió de la tienda de inmediato. La luz de fuera lo cegó unos momentos, al tiempo que escuchó al público prorrumpir en vítores. Se sentía como si acabara de llegar del Otromundo a la blanca explanada de la Plaza Redonda.

Había tanta luz que apenas si podía mantener los ojos entreabiertos para ver su camino. Una chica muy guapa le tomó del brazo para escoltarlo hacia el elevado palco de los contendientes, desde donde varios de ellos ya esperaban sentados.

No regresó en sí hasta que estuvo sentado bajo la sombra de las telas del palco abierto destinado para los contendientes. De entre todas las ideas que martillaban su cabeza, el estruendo del público y las demandas de atención de parte de los superiores en el palco de la realeza, un único sentimiento, firme y claro, emergió de las profundidades de su ser: no quería ser parte de eso.

¡No quería ser parte de eso! Se demandó con fuerza.

Pero ya era demasiado tarde. De pronto se sintió como un ciervo acorralado por una manada de lobos. Reparó en el error en el que estuvo todo ese tiempo hasta que estuvo sumido en el lodo de los pies a la cabeza.

Su respiración se hizo cada vez más lenta y dificultosa, y el mundo exterior desapareció.

Sintió el sudor bajando por su frente, y entonces, se vio sí mismo desde fuera por primera vez: Ahí estaba, al fin había llegado el día en el que lo nombrarían Yntaura Ácuila, el día en el que se volvería general, a sólo un paso más de la posición que tuvo su abuelo, hacia su sueño de siempre; era el día del comienzo del resto de su vida, pero no era feliz.

Simplemente no quería estar ahí. Ese no podía ser su presente, y no tenía por qué aceptarlo. Miró sus manos callosas sobre su regazo, su uniforme recién teñido de verde, la insignia de coronel en el hombro, y se llevó las manos a la cara, completamente abrumado. No escuchaba nada de lo que sucedía a su alrededor y su corazón comenzaba a acelerarse como últimamente sucedía seguido. El maldito sudor le seguía bajando detrás de la oreja, y su aliento era lento e insuficiente cuando recibió un codazo suave.

Evan se volvió a su izquierda y vio a Bruno, viéndole muy serio.

«¿Dijo algo?»

Evan no le respondió, sólo se le quedó mirando fijamente.

Detrás de Bruno se asomó Lorana para observarlo por igual, y miró a ambos como desde el Otromundo. Ante la falta de respuesta, ambos regresaron su vista al frente.

Declamando desde el palco más elevado, Culén se le antojó lejano como la luna. Todos parecían escucharlo atentamente, pero Evan no hilaba una palabra con otra de lo que decía. Comenzó a escuchar un pitido en sus oídos y se obligó a regresar. Respiró una y otra vez y aflojó el cuello alto del caftán, ignorando el calor abrasador que lo estrangulaba con cada respiración, y trató de concentrarse en lo que decía:

—...probar su valía no sólo como soldados sobresalientes, sino como hombres y mujeres dispuestos a demostrar el compromiso con nuestra nación. Es por esto que llamo a los contendientes Yntaura Ácuila al estrado para recibir los honores.

A lo lejos, los voceros repetían para el público el mensaje de Culén, y sus palabras rebotaban en las expresiones del público.

Llegó el momento. ¿Cómo sucedió tan rápido?

—¡Por el clan Alcotán, llamamos a Brenda, hija de Dálata!

Sonaron los cuernos y el público aplaudió y vitoreó.

Siguió a Brenda con la mirada cuando hizo carrera para subir al estrado, y aplaudió al son de las masas. Luego miró cómo Áuriga colocó un broche en el uniforme de la mujer para después estrechar su mano en felicitación. Brenda estaba flamante de contenta, apenas podía mantener el rostro serio, inundado de emoción; era evidente el orgullo que sentía por su logro.

Quedaban tres lugares más de los cuatro nuevos generales para el Consejo de Guerra, y prestó atención con los nervios de punta.

—¡Por el clan Ferley, llamamos a Gaián, hijo de Árebol!

El público hizo un eco emocionado al aviso de los cuernos por segunda vez, cuando Gaián siguió el mismo trayecto que Brenda, con su caminado soberbio, la frente bien en alto, el cabello perfecto y la sonrisa pícara. Se tomó su tiempo para subir al palco de la realeza, donde le esperaba Camalós con el broche de nueve puntas.

Después de los aplausos, la explanada volvió al silencio.

—¡Por el clan Womak, llamamos a Evan, hijo de Dannah, y nieto del Gran General Élanher Womak! —declaró Culén.

Los demás generales respondieron con el saludo marcial, ¿dijeron su nombre? Escuchó a los voceros repetir en la lejanía.

En efecto, lo llamaban.

Sintió los pies como de piedra al instante que dos voluntades chocaron dentro de él, enmudeciendo su mente en un instante. Sin embargo, su cuerpo se puso en pie como si tuviera mente propia. Bajó del palco de los contendientes para atravesar un corto trayecto en la explanada y luego subir al estrado como poseído por un ser calmo y templado.

El pitido en sus oídos se volvió más y más fuerte con los vítores de fondo y el sonar de los cuernos de guerra. Subió los escalones alfombrados hacia el estrado, que se le antojó más alto de lo que parecía a la distancia. Andarta le esperaba con un broche en la mano, se detuvo a un costado de Gaián para recibir los honores, y tan pronto vio a la mujer a los ojos se percató de que algo en la mirada de Andarta hacía parecer como si escondiera algo.

Evan, sudado y tratando de espabilarse entre el calor y la confusión, miró sus ojos, protuberantes y castaños, buscando qué escondía, como si pudiera saberlo con tan sólo desearlo. La mujer, alta y robusta, le solicitó se inclinara para poder colocarle el broche. Evan obedeció sin rechistar, aunque sentía que algo no estaba bien, sin llegar a vislumbrar qué, entre la marejada de pensamientos sin forma. Recibió un apretón de manos de la morena a manera de felicitación, y al poco terminaron los aplausos y los cuernos callaron nuevamente.

—Finalmente, ¡por el clan Tarazona, llamamos a Creioz Gléantan, hijo de Núria!

Evan miró a Criz levantarse de su asiento en el palco de los contendientes, era el cuarto Yntaura, ¡lo eligieron!

El hombre trotó con ligereza hacia el estrado para recibir su broche, aún tenía la nariz amoratada de la última pelea. Cuando llegó al estrado y se colocó a un lado suyo, por lo menos algo encajó en la imagen que Evan se creó durante tantos años, cuando ensoñaba con la llegada de ese día. Nunca se imaginaría que fuera bajo esas circunstancias, sin embargo.

Reviviendo su pesar, notó que en todos esos años no hubiera tenido forma de saber sobre el problema actual de la corona con los Sabios, ni una pista sobre que el destino lo pondría en ese lado de la lucha, en el otro extremo de lo que se esperaría de un soldado.

El sentimiento se volvió profundo y desmoralizante, si bien por una parte estaba orgulloso por su logro, por la otra, sentía como si acabara de recibir una maldición disfrazada de oro.

Camalós colocó el broche en el uniforme de Criz y luego tomó su lugar con los demás generales. Tomaron asiento al tiempo que un largo aplauso de todo el público despidió a Culén del estrado, y Evan observó curioso cómo Osgalaj Ravenjut se puso de pie para acercarse al balcón del orador.

—Gracias, general Culén—dijo él, antes de pasarse la mano por la barba perfectamente recortada. ¿Qué diablos hacía el embajador tomando la palabra en esa ceremonia? La imagen en sí misma no encajaba, incluso sus ropas eran distintas a las que se usaban en Daet, por no mencionar el carisma innecesario y las sonrisas pícaras que no cuadraban en una ceremonia militar. Tan pronto como el tipo se dispuso a hablar, Evan bajó la vista al broche que sostenía la capa en el hombro del embajador, e iba frunciendo el ceño más y más mientras revivía con nitidez el recuerdo de su maldito lacre en la misiva que reposaba en el escritorio de Culén.

—Es para mí un honor conocer a los soldados más sobresalientes de Daet—anunció el embajador— y darles la más honrosa de las bienvenidas a la recién instaurada Guardia Especial del Palacio Yaocalli Nayar— apuntó. El hombre dirigió una sonrisa cálida a los miembros del palco, que aplaudían en asentimiento.

¿Escuchó bien? No sabía que los generales Yntaura eran parte de la Guardia del Palacio… pero no, rectificó, no lo eran. A decir verdad, no estaba enterado de un solo general que fuera parte de la Guardia del Palacio. De hecho, recordó, la guardia se autogobernaba y se administraba fuera del ejército.

Esto olía muy mal. ¿Guardia especial, dijo?

Recibió un suave codazo en el brazo y se giró con disimulo para ver reflejada su estupefacción en el rostro de Criz, quien le miraba como preguntando si él comprendía. A lo lejos, todos sus compañeros parecían estar tan asombrados como ellos.

—...sus habilidades y arrojo de valor y destreza serán una parte íntegra de la filosofía de la corona, próximamente a ser tomada por el príncipe Pátrak.

«¿Nueva corona? ¿Pátrak? ¡¿De qué se trata todo esto?!»

Los voceros iban repitiendo todo y el público vitoreó unos momentos más tarde.

«¡No, no aplaudan, bastardos!».

¡El premio era ser un Yntaura Ácuila, ser generales, ser parte del consejo de guerra, no ser los malditos perros amaestrados de la guardia del palacio!

Bajó la mirada para ver su broche y se sintió ver doble. ¡¿Cómo no lo vio antes?! No era un broche de general, no era uno del ejército siquiera, era un par de alas de blanca plata, el símbolo del clan Nayar y el sello particular de la Guardia del Palacio.

Le palpitó el cuello a la vez que sentía su furia gorgotear en su estómago, y dirigió la mirada con odio hacia el embajador.

—Mis más sentidas felicitaciones, jóvenes. Son un orgullo para nuestra nación.

«¡¿NUESTRA?!».

Respiraba como toro encabritado, y veía al embajador como si pudiera degollarlo con la mirada. Aborreció su maldita cara, su barba perfecta, su acento gutural y toda su existencia.

«¡Perro bastardo, bájate del estrado, maldito extranjero!».

Sintió la imperiosa urgencia de escupir a sus pies, quería levantar la voz y exigir lo que era suyo. Sentía cómo le hormigueaba la cara, que comenzaba a sentir cada vez más caliente, mientras miraba al resto de los presentes en el palco real. Los odiaba a todos, a todos y a cada uno. Todos eran parte del mismo bando. Todos hacían sólo lo que les importaba a sí mismos, y eran injustos. Traidores. Lacras.

Giró la cabeza con disimulo para ver a los miembros de la guardia, rodeando a la familia real, y por un momento se descubrió a sí mismo midiendo las fuerzas de los sujetos contra la suya propia, como planeando un ataque frenético.

Pero se contuvo, haciendo acopio de templanza, tratando de disimular su respiración cada vez más pesada. Era absurdo, no podía considerar siquiera hacer algo así. No podía pensar en mucho, pues, aunque la confusión y la rabia lo ahogaban sin dejar espacio para la razón, aún no había perdido la cabeza; si lo hacía, ellos le harían el favor de cortarla por él para que la perdiera de verdad.

Después de que Ravenjut volviera a tomar asiento, el público aplaudió largamente y la banda de guerra comenzó a tocar, dando fin a la ceremonia. Evan se giró y encontró su furia reflejada en el rostro de Criz, y luego miró a Brenda y a Gaián, esperando la misma reacción, pero Brenda sólo pareció sorprendida mientras que Gaián conservaba su sonrisa perfecta.

«Terminó»
Pestañeó, mirando al horizonte, incrédulo. Todo estaba acabado. Era el golpe final en una lucha dispareja, efímera y traicionera.

Evan pasó la mirada por todos los generales en el palco, exigiendo respuestas, pero cada una de las miradas que se toparon con la suya le evitaron.

Áuriga desvió el rostro tan pronto como se encontró con sus ojos: todos ellos lo sabían.

Negó con la cabeza, seguramente planearon todo esto desde antes del torneo. Malditos. Cerró los puños cuando las manos le temblaron del coraje, la impotencia y la indignación. Podría matar al embajador ahí mismo por metiche, quería arrancarles la cabeza a todos, uno por uno.

Culén aplaudía y los miraba con una mezcla de simpatía forzada y diplomacia mascarada de inocencia. Evan clavó su mirada en la de él y negó con la cabeza, los dientes apretados con fuerza; si pudiera lo agarraría a golpes ahí mismo hasta deformar su maldita sonrisa de hijoputa hipócrita.

Poco a poco, las personas comenzaron a ponerse en pie para abandonar el palco conforme otro vocero hacía los honores de nombrarles antes de su descenso. Eso eran todos ellos, realeza: intocable, codiciada por todos, pero podrida por dentro.

Evan observó cómo Criz se giró hacia ellos de golpe, llevando su mano hacia el broche de las alas para arrancárselo, a la vez que conservaba una tranquilidad furiosa de la que no le pensaba capaz. Con el broche estrujado en su puño, Criz dio un paso hacia Culén.

Adivinando lo que se disponía hacer, Evan se interpuso entre él y los generales.

—No lo hagas, Criz—susurró apenas.

Evan lo conocía lo suficientemente bien como para saber que tenía que detenerlo o terminaría haciendo algo de lo que seguramente se arrepentiría el resto de su vida. Una parte dentro de él le dijo que detener a Criz era también detenerse a sí mismo y a su antojo desbocado por encajarles el maldito broche en la cara.

» Si regresas ese broche será un problema tras otro—agregó en el tono más conciliador que pudo, sin dejar de mirarlo fijamente a los ojos, mientras la guardia de la reina se movilizó en su descenso parsimonioso por la escalera alta del palco.

Criz le regresó una mirada venenosa, sus labios se volvieron una fina línea descolorida, pero un atisbo de su mirada le sugirió que estaba de acuerdo con él. Luego sus ojos se desviaron a espaldas de Evan, y el gesto se ensombreció. Cuando Evan se volvió, se percató de que Camalós reciprocaba la mirada intensa de Criz; ambos ya habían tenido roces en el pasado.

» Déjalo ir, Criz—pidió en voz baja, lento y calmado, en lo que Áuriga les invitaba a bajar del estrado. La reina se acababa de poner de pie y se despedía de los generales, y todos los guardias se estaban movilizando.

Criz regresó la vista a Evan, los ojos azules resaltaban salvajes en el amplio rostro; pero Evan cuadró los hombros y le hizo frente con aplomo, sin saber él mismo de donde sacaba la templanza.

Lo miró fijamente, pidiéndole que se calmara, hasta que el hombre cedió y giró sobre sí mismo para bajar los escalones hacia la explanada. Evan exhaló con fuerza y luego miró su propio broche, sujetado en su caftán de gala a un costado del de su clan, y evaluó la situación apenas un segundo. Al mirar el puntiagudo palillo metálico descansando en la horma del broche se sintió tentado a quitárselo y aventarlo a la cara de Culén, pero regresar el broche, no aceptar el nuevo cargo, rechazar de una manera tan contundente algo que supuestamente era un honor, tendría consecuencias más que funestas. No sentía más que repulsión por todo el acto, incluido ese maldito símbolo que no estaba dispuesto a aceptar como suyo, pero hacer cualquier cosa en ese momento sería una segura sentencia de muerte, si no física, simbólica al menos.

Se percató que Taranis lo observaba atento y le regresó una mirada aprensiva. El general se puso en pie como si fuera a acercarse a decirle algo, pero permaneció atento y silencioso. Evan no sabía si estaba alucinando, pero creyó ver algo de comprensión en la mirada de su superior. Tragó saliva y bajó del estrado con la poca dignidad que le quedaba.

Al pie de la escalera, su tío le esperaba con toda la comitiva del Consejo de Clanes. Miró claramente cómo el rostro de Leándor pasó de la felicidad a la estupefacción cuando Criz no sólo ignoró la felicitación del jefe del clan, sino que se alejó furioso hacia la tienda de los contendientes, dejando a todo el consejo plantado.

Cuando Evan alcanzó el último escalón, su tío se adelantó hacia él con el optimismo renovado.

—¡Sobrino querido, muchas felicidades! —le dijo Leándor, con una sonrisa hasta las muelas y vestido en sus mejores galas.

Evan apenas recibió su abrazo y le miró sin un atisbo de sonrisa. Su tío parecía conocer la razón de su molestia, seguramente él también lo sabía. ¡Por supuesto, el único imbécil en toda la escena era sólo él!

—Es un cambio de planes, ¡pero no deja de ser un enorme honor! —le dijo el otro, como jugando a tomarse en serio las preocupaciones de un infante; su rostro exudaba soberbia y autoridad, y su cinismo sólo ayudó a crisparle el orgullo.

—Disculpa si no lo agradezco—dijo Evan en un tono grave, evidente contenido.

Se giró y dejó a su tío y al resto del Consejo atrás.

—¡Evan! —llamó el otro, como el adulto que exige orden al niño desobediente. Pero lo ignoró y siguió caminando hacia donde dejó al caballo, tenía que largarse de ahí.

—Por favor, discúlpenlo, está indispuesto— Escuchó a su tío decir a sus espaldas, excusándose.

«"*Indispuesto*"». ¡Maldita sea! Estaba encabronado, harto, confundido.

Caminó a zancadas buscando a Criz, pero no había pista de él.

Se paseó como oso enjaulado, tratando de concentrarse con miles de ideas martillándole la cabeza. No tenía caso buscarle, y tampoco era como si quisiera estar con él ahora, no quería estar con nadie, necesitaba alejarse. Necesitaba pensar sin público, sin realeza, sin nadie.

Entró en la caballeriza para buscar al caballo que le asignaron para ir a la celebración y recorrió el pasillo tres veces sin encontrar al animal, hasta que se topó de frente con Brenda.

—¡Ey! —lo llamó la mujer. Sus labios iban tirantes de una oreja a la otra, y le miraba como si pidiera un abrazo de felicitación, incluso le abría los brazos como esperando que se acercase. Llevaba puesta una corona de flores y no paraba de sonreír.

Evan la miró de reojo, evitándola, y se pasó de largo buscando al caballo.

—¡Oye! —se quejó ella.

Pensó ignorarla, pero su rabia ganó y se giró para darle la cara.

—¡¿Cómo puedes estar tan contenta?!—exigió saber.

—¿Cómo puedes no estarlo tú? — preguntó ella, estupefacta. Su sonrisa se fue atenuando poco a poco, pero aún parecía querer contagiarle su optimismo.

—Sí escuchaste, ¿o no?, hicimos todo esto, todos estos años, ¡todo este maldito esfuerzo... para nada! —lo dijo más fuerte de lo que hubiera querido, necesitaba contenerse, pero en lugar de eso dio una patada a una de las puertas de los caballos y varios de ellos se agitaron en respuesta.

—¡Cálmate, Evan! —ordenó ella, repentinamente molesta—. Creo que no está del todo mal. Es un gran honor ser parte de la Guardia del Rey.

—Maldita sea, mujer, no te atrevas a decirme qué hacer—escupió—. Si quieres dejarte coger por ellos, hazlo, ya no me interesa.

La sonrisa de Brenda terminó de desaparecer en el acto, la mujer acortó la escasa distancia entre ellos y atestó un puñetazo en la quijada de Evan que lo impulsó hacia atrás, haciéndole tropezar y luego azotar pesadamente sobre una de las puertas de la caballeriza, que se agitó con fuerza en respuesta.

Brenda se dio media vuelta, recogió la corona de flores que se cayó con el movimiento y salió de los establos agitando la mano con la que le había golpeado.

Evan la siguió con la mirada y se lamió el punzante labio buscando sangre, pero sólo probó la sal de su sudor. Se incorporó y, entre maldiciones, abrió la puerta del caballo del ejército que tuvo más cerca. Lo sacó de mala gana, montó y cabalgó hasta dejarlo todo atrás.

CABALGÓ HASTA DESAHOGAR PARTE de la furia contenida. Pasado el umbral de la ira, sus pensamientos se tornaron inconexos y violentos, no tenía caso pensar en nada ahora, ni siquiera le interesaba. Así que se concentró en la ardua subida hasta su clan: una pendiente angulosa con un camino terroso que culebreaba entre encinos amarillentos y lavandas azul intenso. No podía volver a la Villa Militar, no podía siquiera pensar en volver a ver a Culén; no así, lo golpearía hasta que la frustración lo abandonase.

Entumecido por la revolución en su interior, acalló su mente y siguió su camino en la pendiente montañosa hasta que alcanzó las puertas de su clan. Pasó entre los pétreos troncos de dos enormes robles de piedra, cuyas ramas se tocaban formando un arco, al lado del que descansaban las viejas atalayas y puestos de vigilancia. Aunque los muretes rugosos de adobe que rodeaban el frente del clan estaban picados por las inclemencias de los temporales, unos trabajadores iban renovando el repellado, aprovechando el calor y el aire seco.

La entrada al clan aún conservaba la magnificencia de un pueblo que se enorgullecía de sus orígenes. La ciudadela Womak era particular en su ánimo de conservar la estructura en la que el propio bosque iba engordando, permitiendo que fresnos y abedules crecieran a sus anchas, incluso abriendo los caminos empedrados o sobresaliendo por los costados de las casas. Las plazas se habían construido ahí donde el bosque eligió crear los claros, así como poco se alteró la senda que trazaba el viejo río Bo a lo largo de todo el clan hasta la enorme caída de agua en los confines de la montaña. Muchas casas, incluso, estaban enclavadas en la tierra misma, haciéndolas húmedas y cálidas en los duros meses de la temporada lluviosa. En esos meses no se podía sobrevivir en los territorios del clan Womak sin una buena cantidad de leña seca para mantener las chimeneas encendidas todo el tiempo, y tan sólo de respirar el perfumado humo de la madera del madroño, Evan se supo en casa.

Apenas saludó a la guardia del clan, y trató de pasar desapercibido mientras cabalgaba por el camino empedrado que llevaba a su hogar. Mostró la mínima cortesía a quien le saludó, y apresuró el paso entre los pinos, las casas de adobe, los marchantes y los pastores con sus cabras. Cruzó el arqueado puente sobre el delgado río y se aproximó a la Finca Womak, la propiedad más grande de todo el clan, como era de esperarse.

Desde la empalizada de la entrada, un caminito de tierra serpenteaba entre los árboles y se dividía ahí donde un letrero marcaba el acceso hacia el taller del armero. Detuvo al caballo y escuchó su resuello cansado mientras sopesaba qué hacer, por mucho que sintiera el peso de la responsabilidad de ir a saludar a su padre en realidad no era a él a quien quería ver, así que continuó su camino sobre la corta hierba entre los manzanos hasta el establo, donde el mozo le saludó con entusiasmo. Evan respondió con un remedo de sonrisa, se apeó del animal, y sin mencionar una palabra, se internó en el bosque de Ánuin y desapareció entre sus sombras.

Un paso tras otro recorrió el camino de hojas y agujas de pino trazado por los años del paso de las aguas de temporal. Mientras se internaba sintió un aire familiar, como si cada paso le acercara más y más a sí mismo por alguna razón que no se detuvo a reflexionar. Los rostros tallados en algunos árboles estaban tan gastados y deformados que lograban un efecto terrorífico, mientras que otros sonreían con los ojos cubiertos por los líquenes.

Dobló en la escalinata de piedra que llevaba al recinto de Tetautes, seguro de a dónde le llevaban sus pies. El ambiente era electrizante a la vez que hipnotizaba los sentidos por razones que Evan nunca alcanzaría a comprender. Había cierta cualidad mágica en la manera en la que la luz se filtraba a través de las ramas y tocaba las tumbas de los ancestros, como si alguna fuerza superior los mantuviera vivos a través de sus rayos.

Detrás de un denso arbusto de piracanto en flor encontró la tumba de su madre. Si bien el árbol sembrado el día de su entierro tenía el tronco aún delgado, justo delante de éste descansaba una talla de madera de tamaño natural, guardándolo.

Algo en la mirada de madera capturó la de él. Era en parte como mirar a un espejo, en parte como mirar a Alina y en parte como tomar un viaje a los recuerdos más dolorosos de su pasado. Dio un paso adelante y se arrancó de la mirada de su madre con un pesar renovado en el pecho. Ahora, ese día también sería parte de esos recuerdos. Miró al suelo, afrontando un pesar largamente anticipado, y continuó su camino hasta la tumba de quien fuera el jefe del clan.

Los jefes permanecían en un círculo externo más amplio, guardando las tumbas de quienes protegieron en vida. Conformado en parte por grandes piedras acomodadas hacía décadas, y en parte por robustos troncos vivos, el círculo externo contaba la historia del clan a la vez que su esencia, en un acomodo tan mudo como simbólico.

Finalmente, sus pies lo llevaron hasta donde tenía que llegar.

Su mirada se quedó prendida de la talla del rostro de su abuelo. Sentía como si su espíritu emanara de la piedra, como si realmente lo tuviera frente a él. El escultor había capturado con un realismo impactante la contradictoria mezcla de dureza y bondad que le caracterizó en vida. Sus cejas peludas y caóticas, los labios delgados aún relajados y la robusta nariz. El rostro sonreía sin una sonrisa, y permanecía severo y pacífico a la vez. La versión de piedra de su abuelo permanecía de pie, tan alta como fuera el hombre en vida, luciendo la espada que ahora pertenecía a Evan grabada en su cinto, y sujetando una gran rama de roble como símbolo de la jefatura del clan; el torque en su cuello había sido fabricado con una liana de bronce, apagada por el tiempo.

Durante todos esos años Evan planeó decirle algo en ese día. Siempre imaginó que iría como como Yntaura Ácuila a presentarle sus honores. Una y otra vez ensayó en su mente cómo se lo diría, no le importaba que fuera una escultura, sabía que su abuelo estaba ahí. Pero llegó el día, estaban frente a frente y él no lo había logrado. Llegaba ahora, como hombre, como soldado, como contendiente Yntaura... pero con las manos vacías.

Sostuvo la mirada al par de iris pétreos y vacíos, hasta que sintió su propio espíritu doblegarse, y todo el peso del cansancio y sus propias expectativas lo llevaron al suelo. Sus piernas perdieron fuerza y posó una rodilla en el suelo cubierto de follaje. Cerró los ojos, apenas húmedos, y se sentó a los pies de la talla estoica de su abuelo. Quería permanecer ahí el resto de su vida, convertirse en piedra y volverse su propia tumba. No más intentos de grandeza, no más esfuerzos fútiles contra quienes poseen el poder último sobre su vida. Jaló la pierna estirada hasta pegarla a su pecho y descansó la frente en su rodilla empolvada.

Perdió la noción del tiempo contemplando la quietud del bosque, y trató de no pensar en nada. Esas últimas semanas fueron una locura, todo sucedió tan rápido y estaba tan al antojo de sus emociones, tan a la suerte de los eventos exteriores, que se sintió como un esclavo de toda la situación. Comenzó a tomar pequeños trozos de madera podrida del suelo y a quebrarlos entre las manos. Recogía las bellotas de los robles, horadadas por los gusanos, y les quitaba el capuchón para luego lanzarlas contra otros árboles. Piedra por piedra, vio derrumbarse la muralla de negación que él mismo construyó desde el principio, cuando se rehusaba a ver algo tan claro, tan obvio.

Como pequeñas gotas, los recuerdos de su entrenamiento comenzaron a llover en su memoria, con espadas de palo y alaridos infantiles. Recordaba con una dolorosa nitidez las primeras noches después de los arduos entrenamientos; noches en las que no podía acostarse sin que el agudo dolor de espalda le robara el aliento tras haber corrido decenas de veces por la pista de la Villa Militar, cargando baldes con piedras en los hombros para transformar el cuerpo de niño en el de un guerrero.

Negó con la cabeza y exhaló, mirando la bellota entre el dedo índice y el pulgar. Todos los sacrificios hechos, cada golpe recibido, las noches alrededor del fuego en los campamentos de batalla contra las escaramuzas del oeste, calándole el frío bajo la lluvia y el granizo. Cada corte recibido, cada cicatriz que marcaría su cuerpo por el resto de su vida. El sabor de la victoria, el saberse protector de los suyos y la cálida sensación de merecimiento a cada ascenso en el escalafón. Y aun así se sentía hueco, como esa bellota.

—Todo fue para nada—se dijo sin ganas.

Estrelló la semilla contra una piedra cercana y miró con desprecio el broche de alas de plata. Tomó otra una piña del suelo, la lanzó con fuerza contra la misma roca, y gozó mirarla estallar en pedazos en el acto.

Pero ya no quería ser parte de eso, ese pasado ya no existía, así como el futuro prometido resultó sólo una historia de fantasía. No estaba dispuesto a seguirse esforzando por una causa que no apoyaba.

Hasta ese momento no se había permitido ser franco consigo mismo y admitir para sus adentros que desde el funeral algo se había desencajado dentro de sí mismo. Desde el principio sólo había querido liberarse de tener que admitirlo, había preferido hacerse el loco, pero ahora era imposible. No quería matar a los Sabios, y, en definitiva, no quería ser parte de la maldita guardia de un rey que no había hecho lo mínimo por ganarse el respeto de su gente, ni siquiera lo conocía. No pudo negarlo más tiempo, uno de los lobos en su interior había matado al otro y ahora casi podía verlo frente a él, jadeante y orgulloso, con las fauces sangrientas.

No sería parte de aquello, decidió.

Se rehusaba a ser la espada comandada por la corrupción de Culén para asesinar a inocentes, como sucedió en el clan del Ave de Fuego. No sería el sabueso que cazara a quienes sabía que no levantarían la voz contra el poder a menos de que fuera por una injusticia real. ¿Cómo podría el Consejo de Clanes aprobarlo? ¿Cómo podían traicionar a sus propios miembros? ¡Era inaudito! ¿Cómo podían salirse con la suya tan fácilmente? ¿Es que nadie lo estaba viendo? ¿Es que acaso todos tenían intereses personales por sobre los de la gente? Estrujó otra piña y volvió a lanzar. Seguramente Potomac, el jefe del Consejo de Clanes, también estaba involucrado. ¿De qué otra manera se permitiría un ataque tan cínico en contra de los Sabios, miembros de su mismo Consejo?

«¡Que Eleya los vea!», pidió.

¿Y si ellos mismos estuvieron involucrados en la muerte de la líder del clan Anawák tras su roce con la reina? ¡Incluso su tío podría estar con ellos en la decisión de declarar enemigos a los Sabios!

Negó nuevamente con rabia. Maldito Consejo, maldito Ravenjut, maldita reina caprichosa... Maldito mundo, todo se estaba cayendo a pedazos.

No era justo. No era justo para él y no era justo para los otros tampoco.

Una parte de él le recordó que en realidad sólo estaba adivinando, que no tenía pruebas de todo ello; pero de algo sí estaba seguro, y era que Culén, Ravenjut y el Consejo de Clanes liderado por Potomac firmaron la deleznable misiva del ataque en el clan del Ave de Fuego, así como todos parecían también saber sobre lo de la guardia del rey y el fiasco del torneo Yntaura. ¡Malditos fueran todos!

La rabia se descargó sobre su cuerpo y un sabor amargo le inundó la boca por segunda vez en el día. Estaba harto de sentir, y de pensar, pero no podía quedarse así. No podía quedarse en el suelo, lamentándose como un niño cuando el mundo se oscurecía poco a poco. No sabía qué podría hacer, ahora no contaba con las herramientas ni el conocimiento para hacer nada, pero de algo estaba seguro: no se quedaría de brazos cruzados.

Ignoró el hambre y la sed, y permaneció anclado a la tumba de su abuelo hasta que cayó la noche, rumiando su coraje y alimentándose de su autocompasión. Estaba acostado, mirando las estrellas a través de un hueco entre el follaje sobre su cabeza, cuando escuchó pisadas sobre las hojas crujientes de roble. Iban en dirección a él y cada vez se acercaban más, así que se levantó para ver de quién se trataba, recargándose sobre sus codos y observando atento.

—Sabía que te encontraría con el abuelo—le dijo Alina con una sonrisa. Su piel lechosa resaltaba entre las sombras del bosque como con luz propia.

Su hermana se sentó en el suelo a un lado suyo y mientras hurgaba en su bolso tejido, Evan miró su vestido de fiesta y cómo llevaba trenzado el cabello, con esmero, y decorado con florecillas malva.

Alina le extendió pan con tomate y un salchichón curtido. Luego miró fijamente su mentón y ladeó los labios; seguramente el golpe de Brenda ya se notaba.

—No es nada—le dijo—¿Fueron a la ceremonia? —preguntó, incorporándose para recibir la comida.

—*Mmhm*—asintió ella dando una mordida al pan. Sonreía con la mirada, de largas pestañas oscuras.

Evan resopló con ironía.

—La primera vez que padre se presenta y es en el momento en el que me dan una estocada por la espalda—dijo. Arrancó un trozo de pan y se metió un gran bocado.

Alina frunció ligeramente el ceño y permaneció escuchando. Evan exhaló y comenzó a jugar con la hogaza de pan, arrancando bolitas de migajón y dejándolas en los pliegues del pantalón de su uniforme. En realidad, no quería hablar sobre ello, ni siquiera con la persona a quien más confianza tenía en el mundo.

—Nuestro tío tenía planeado un gran banquete—dijo ella—, la tía Pía estaba encantada de tener a la mitad del Consejo en su casa, pero creo que papá se alegró de que no estuvieras ahí—agregó—. No me mires así, no lo digo porque no haya querido verte... No sé cómo explicarlo, era como si se alegrara del mensaje que enviaste al no estar ahí.

—No sabía de la celebración. Me imagino que eso es lo que me iba a decir mi tío cuando lo dejé en la Plaza Redonda.

No le encontraba sentido, si su tío sabía que la condecoración no sería la de Yntaura Ácuila no tenía caso celebrar, a menos que él también pensara como Brenda, y lo que quisiera festejar fuera el que ahora tendría a alguien en Palacio, haciéndole de oreja particular.

—De cualquier manera, no hubiera ido. Que se quede con su banquete, corrupto de mierda.

—¡Evan! — Los ojos casi grises mostraron tanta estupefacción como reprimenda.

Cierto, ella no sabía nada sobre el asunto. Aun así, no le pareció sabio compartirle sus amarguras; era una chica tan dulce que no quería asustarla con historias de traición e insurrección. De pronto se le antojó nuevamente pequeña, chimuela y con bucles enlistonados, con la mirada siempre distante y nostálgica. Parecía una escultura de mármol mirando la tumba de su madre.

—Aún extraño a mamá—le dijo ella cambiando de tema—no la he olvidado.

—No creo que nunca la olvidemos—respondió con una mezcla de nostalgia y cariño.

—Es curioso, pero siempre que pienso en ella lo primero que me viene a la mente es su olor.

—Flores de otoño—recordó Evan con un asomo de sonrisa. Ella olía como la suave miel de las florecillas blancas que plagaban los bosques en otoño.

Alina le sonrió con la mirada triste y se acostó a un lado suyo. Evan la abrazó y puso su otro brazo detrás de su cabeza para ver las estrellas. Permanecieron callados un buen rato, escuchando las hojas al ser arrastradas con la brisa y los silbidos que hacía el viento al pasar entre las raíces levantadas. Los grillos y las cigarras parecían batallar por hacer el mayor estruendo, inundando el bosque con su música.

Entre el correr de las nubes, Evan fijó la vista en los cientos de puntos brillantes en el cielo más allá. A veces el firmamento se le antojaba como un árbol después de una lluvia al atardecer, donde cada gota, unas lejanas, otras cercanas, brillan capturando la luz del crepúsculo; era como descansar debajo de un árbol cósmico con estrellas pendiendo de cada hoja.

Tan pronto como se despejó el cielo, se percató de una figura curiosa, era una suerte de círculo de estrellas. Tal vez Alina reconocería la constelación y le contase la historia como su abuelo solía hacerlo.

—¿Ves ese círculo que se forma ahí? —señaló Evan.

—¿Te refieres a ese, entre el guerrero, la luz del oso y la serpiente? —. Evan no veía ninguna de las otras, pero no debía haber muchos círculos formados de estrellas. —Es el Círculo de Plata—le dijo ella— ¿Ves esa estrella más grande y brillante? —preguntó Alina—Mélia me ha dicho que esa no viaja con las demás, por lo que normalmente no está cerrado el círculo, pero cada determinado tiempo esa estrella se coloca en esa posición, cerrándolo— su hermana reflexionó unos momentos y luego añadió: —Es un asunto importante para los Sabios, lo mencionan seguido.

Como relámpago, regresó a Evan el recuerdo de la chica desnuda sosteniendo una corona de estrellas hacia el cenit, poco antes del ataque en el clan del Ave de Fuego. Se quedó prendido del círculo distante sobre sus cabezas, e identificó que una de las estrellas era claramente más grande y brillante que las demás, era la única que no lanzaba destellos ¿Sería por eso que la chica señalaba al cielo aquella vez? Un escalofrío sacudió su cuerpo de dentro hacia fuera.

—¿Y cada cuánto tiempo sucede eso? —preguntó.

Sintió a Alina encogerse de hombros bajo su abrazo.

—No lo sé, sólo unos pocos son afortunados en aprender sobre los astros y sus movimientos. La enseñanza que llevo es más bien sobre hierbas, hongos y raíces... las estrellas de los campos—. Sonrió sin dejar de ver el cielo.

Evan permaneció pensativo y silencioso durante un rato, no sabía si ese círculo de estrellas tuviera algo que ver con todo lo que estaba sucediendo, pero sin duda le parecía enigmático a la vez que aterrador. Sólo Los Dioses sabían lo que destinaban para los hombres.

Su hermana se acurrucó pegada a él y él cerró su abrazo para calentar sus finos hombros y besó su frente. La sentía como un frágil pajarito entre sus manos. No le importaba que muchas chicas de su edad ya estuvieran casadas, o incluso ya fueran madres, siempre vería a su hermanita como la pequeña niña que era cuando murió su madre.

Eran tan jóvenes cuando pasó y fueron días tan difíciles para toda la familia. Todos perdieron a alguien, la fiebre amarilla no distinguía casta ni clan. En cuestión de semanas una gran parte del clan del roble pereció bajo sus influjos. Los Sabios lo explicaron como un desequilibrio entre los clanes, pero Evan estaba muy pequeño para comprenderlo, lo único que sabía era que su madre enfermó, y que no podía siquiera entrar a la misma habitación para abrazarla y pedirle que le cantase. Su abuelo lo llevó lejos durante una temporada con tal de no estar cerca, a él y al pedante hijo de la mejor amiga de su madre, el pequeño Creioz. Se hicieron mejores amigos en ese viaje por Daet, y cuando a su regreso afrontaron juntos las muertes de sus madres fue cuando se hicieron hermanos.

Un escalofrío lo recorrió nuevamente. Tenía que buscar a Criz, no importaba ya lo que le dijo, o quién dio el primer golpe; no dejaría de ser su hermano. Exhaló, sintiendo culpabilidad por no haberse podido contener durante la pelea, y se preguntó dónde podría encontrarlo para hablar con él. Tal vez lo hallaría a esas horas en la taberna de las hermanas.

Evan se incorporó, despertando a Alina de su ensueño.

—¿Qué sucede? —preguntó adormilada

—Necesito buscar a Criz.

—¿Ahora? —preguntó, incorporándose, mientras tallaba sus antebrazos para calentarse.

Evan se puso de pie para quitarse el caftán y cubrir a su hermana cuando vio algo moverse entre los árboles. Entrecerró los ojos tratando de dilucidar de lo que se trataba. El bosque estaba tranquilo y en penumbra, la luna vieja apenas salía por el horizonte, pero algo se movía entre los troncos con sigilo y premura a la vez. Parecían un puñado de espectros encapuchados, caminando con maestría entre piedras, ramas y raíces en un silencio sobrenatural.

Evan dio un respingo, no lograba identificar de qué se trataba, de tanto en tanto se confundían con las sombras de los propios árboles, y se preguntó si no serían los espíritus del bosque, pensando si tal vez no les habían ofendido al estar ahí. Llevó sus manos al pomo de la espada, pero el escalofrío que lo recorrió de pies a cabeza indicó que no se trataba de algo que pudiera dañarse con un sable o perforarse del todo. Dio un paso atrás, sintiendo sus defensas alzarse, cuando uno de los espectros se acercaba a ellos. Cubrió a su hermana, y desenfundó la espada.

—¿Mélia? —preguntó Alina, asomada a un costado suyo.

La figura encapuchada se descubrió la cabeza y Evan reconoció a la chica pelirroja, de inmediato sintiéndose un estúpido por creer que sería otra cosa que una persona.

—Alina, no tengo mucho tiempo, pero tengo que decirte algo de vital importancia.

«¿Cómo supo que estaba Alina aquí?».

—Hagas lo que hagas, escúchame bien, no debes ir al campamento norte.

Alina parecía contrariada. Tenía las manos de su maestra entre las suyas y la escuchaba con atención.

—¿Qué ha pasado? —preguntó la chica.

—No hay tiempo para explicar—dijo Mélia, para luego levantar la vista y clavar la mirada en la de Evan. Su rostro se transformó en uno de preocupación—prométeme que no irás—dijo ella, regresando su vista a Alina y acunando en su mano la mejilla de su hermana. Nadie debe saber que estuviste estudiando con nosotros.

—Lo prometo—murmuró apenas en respuesta.

—Mélia, ¿qué sucede? —preguntó Evan en voz baja.

La mujer pareció dudar, lo veía como si fuera una amenaza potencial, pero finalmente pareció decidir que no quedaba más remedio que confiar en él.

—Tendremos el mismo futuro que nuestro *Vuelve a ser Semilla* si no partimos ahora mismo. Sólo así podremos salvar lo que queda.

—¿Sándor? —preguntó Alina, contrariada.

Evan se sorprendió al escuchar el nombre, y las piezas embonaron en su mente. Era obvio, huían del decreto de la corona.

Mélia asintió apenas, la tensión en su rostro era más bien de alerta.

—Estarán a salvo siempre y cuando se mantengan fuera de los caminos—se atrevió a decir Evan— los soldados no conocen las veredas más bajas del bosque, y es muy tardado y arriesgado meterlos entre las cañadas.

Mélia lo miró a los ojos como exclamando una bendición enmudecida y asintió con entendimiento.

—Que La Madre les proteja—bendijo.

—¿Volveré a verte? —preguntó Alina con lágrimas en los ojos.

Mélia la abrazó con fuerza y la besó en la mejilla antes de volver a cubrirse el rostro y regresar con el grupo de Sabios en fuga.

Alina permaneció con los grandes ojos abiertos de par en par, inundados.

—No entiendo qué sucede—dijo ella. Su rostro compungido parecía querer contener las lágrimas más allá de la preocupación.

—Yo tampoco—declaró él, serio, mientras veía a Mélia volverse una sombra y continuar su camino por el bosque en total silencio. —Volvamos a casa—propuso, decidido, levantando el bolso tejido del suelo y quitándole las hojas y la tierra—tengo que buscar a Criz.

Capítulo 13
La Coartada

EL BAR DE LAS HERMANAS ESTABA vacío y en penumbra cuando llegó. Se pasó la mano por el cabello sudado, mirando en derredor sin estar seguro de qué hacer. Era una locura buscar a Criz por toda la ciudad. Además, todo estaba demasiado fresco: la traición de Culén, el decreto contra los Sabios, y el escalofriante presentimiento del comienzo de algo terrible con su partida. Tal vez debería regresar a la Villa Militar, descansar y dejar pasar unos días antes de hacer algo más; necesitaba aclarar su mente.

Cuando se dispuso a montar el caballo y buscarse un lugar donde dormir, escuchó un profundo ronquido cercano. Se trataba de un hombre y una mujer que dormían al aire libre, como mucha gente pobre hacía en la primavera. Mirando la espesa cabellera enredada de la mujer, recordó que los veía ahí siempre que iba; el par de borrachos eran ya parte del mobiliario exterior de la posada. Al preguntarles por él, la mujer ubicó rápidamente a Criz y le comentó que seguramente estaría en cierto antro de la ciudad que su amigo frecuentaba de tanto en tanto. Desconocía el por qué la mujer sabía eso sobre Criz, pero prefirió no averiguar todo lo que ellos podían ver y escuchar sobre los clientes frecuentes. Tras darle unas monedas, Evan no tuvo otra opción más que dirigirse a los negocios en las lindes de la feria en búsqueda de su amigo.

Contrario a lo que pensaría, los negocios de la feria parecían no dormir.

Si bien los tenderos artesanos ya habían bajado las telas de los puestos hacía horas, muchos otros negocios seguían abiertos, y pequeños grupos de gente ruidosa deambulaba entre las fogatas que iluminaban un poco el camino, a la luz de la luna que ya se alzaba sobre ellos. Algunos músicos, incluso, seguían serpenteando entre negocio y negocio, pidiendo monedas por canción. El aire era más cálido abajo en el valle, y la noche se prestaba para pasear hasta tarde por las olorosas y polvorientas callejuelas.

Pasó lentamente al lado de uno de los grupos esporádicos de mala pinta que platicaba alrededor de un fuego improvisado afuera de un bar, mientras se asomaba por las ventanas de los establecimientos permanentes. Los pasos del caballo hacían eco en las paredes del angosto callejón adoquinado; y de tanto en tanto agachaba la cabeza bajo las ropas colgadas entre dos ventanas altas. Ignoró los comentarios hostiles de parte de los vividores citadinos y continuó asomándose en cada negocio hasta que finalmente halló el antro al que se refirió la mujer como "El ojo rosa", al que reconoció por unas formas curiosas y ondulantes esculpidas en las paredes con yeso rosado.

Encontró a Criz en un cuarto de tres paredes, dentro de lo que hacía tiempo fueran baños públicos. Estaba desnudo y acostado en el piso al lado de una vieja tina con agua turbia, con pinta de haberse caído de un carruaje en movimiento. Había cojines y sábanas hediondas desperdigados a su alrededor, que Evan pensó que habrían de servir para las rameras del burdel. Pateó suavemente su pie para despertarlo, pero el hombre no dejó de roncar hasta que le tiró medio balde de agua de la tina.

Criz se levantó de inmediato, se tambaleó un poco y se recuperó de un instante al siguiente. Pareció ubicarse en unos pestañeos y lo miró de soslayo.

—¿Qué quieres, Womak? ¿Viniste a divertirte? —le dijo, en parte fingiendo diversión, y en parte con una voz ronca que sugería desprecio. Todavía tenía amoratada la nariz.

—Gracias, prefiero no morir por contagio—respondió con el mismo tono, y de inmediato se reprobó a sí mismo; esa actitud no le ganaría la buena voluntad de Criz.

—¡Ve a cogerte a Brenda, entonces! —gruñó el otro, dándole la espalda mientras buscaba sus pantalones.

—No creo que eso suceda nuevamente—respondió Evan, tocándose el mentón donde Brenda le diera el puñetazo. Criz lo volteó a ver, esta vez genuinamente divertido, y atragantó una carcajada.

—Siempre me pareció una perra frígida—confesó con una sonrisa cínica.

—Criz, necesito que te espabiles, tenemos que hablar—pidió, pasándole los pantalones que colgaban de un sillón raído y con la tela grasosa ahí donde apoyaba uno la cabeza.

De atrás de una tina se asomó una cabellera femenina medio despeinada. Luego la mujer se puso en pie y miró con fijeza a Evan.

—Hola, soldado—le dijo ella, mirándolo de pies a cabeza como midiéndolo— ¿te gustan las morenas? —tenía el gesto de quien iba a salir en busca de alguien cuando otras dos mujeres asomaron como marmotas desde donde salió la primera.

—Gracias, pero no será necesario. Sólo vengo por él—señaló al hombre que intentaba ponerse los pantalones como si se tratara de una de las pruebas más dificultosas del torneo.

—¿Por qué no regresas a tu banquete y me dejas seguir con el mío?, ¿eh? —preguntó Criz, amarrándose el cabello con una tira de cuero. Ante la inminente partida de su cliente, las mujeres comenzaron a salir de la habitación y Criz las miró ir, sobreactuando su desconsuelo.

—Criz, esto es en serio—. Era la última vez que se lo pediría.

El hombre respiró, exasperado, y dio una nalgada a la última mujer que se encaminaba a salir en cueros de la habitación.

—Bien, más vale que valga la pena—le dijo, prendido de las figuras que abandonaban el recinto.

La gran mayoría de los contendientes Yntaura provenían de las familias más renombradas de cada clan. En realidad, no es que fueran los más hábiles de su comunidad, tanto como que fueron pensados para servir de esa manera desde pequeños, instándolos a una educación exigente y precoz, tanto física como mental. Todos ellos habían sido separados de sus familias desde que eran tan sólo unos críos para recibir la instrucción militar, mucho antes de la edad mínima para comenzar una carrera en el ejército. Sin embargo, el entrenamiento no tenía nada de infantil: desde que uno se volvía lobato le dejaban muy claro que sólo era una de las piedras sobre la que se construía el escalafón militar, y que hacer el mejor esfuerzo por dominar la técnica podría no bastar si otro estaba destinado a ser Yntaura en su lugar; y sucedía seguido que, si la familia de nombre del clan mandaba a un niño mimado para entrenarse como representante Yntaura, con frecuencia los regresaban a sus casas con una carta de invitación a que mejor se dedicaran a la curación, las leyes, o al mando y administración, que eran las otras profesiones más altas en la escala social.

Zorro había hecho sus mayores esfuerzos para sobresalir en un campo que cada vez le parecía a Evan más claro que no era su fuerte. Él debió haberse dedicado a las leyes, como la mayoría de sus familiares. Era inteligente, tenía buena memoria y su fría imparcialidad era ideal en el gremio. Sin embargo, su amplia familia necesitaba expandir sus campos de acción y sus conexiones en el ejército, y al ver en él una vena atlética tan poco común, al jefe del clan le pareció atinado concentrar la carrera de su nieto en la milicia.

Evan no sabía por qué recordaba todo aquello a esas horas, asomándose por cada uno de los establecimientos enfilados en la calle en busca de sus otros dos amigos. De alguna manera se percató de que todo el día se había dedicado a pensar en su propia desgracia cuando en realidad él había sido el "afortunado" en ser elegido. Torció la boca, ya no tan seguro de estar haciendo lo más inteligente al buscar a los otros; ya se esperaba la mirada de Zorro, llena de amargura, al escuchar su retahíla de autocompasión. Con cada gesto y cada palabra con la que imaginó que su amigo reaccionaría, Evan fue recapacitando; tal vez no era lo mejor abordar el tema esa noche. A Dino no le importaría, ya varias veces había declarado que no tenía interés alguno en seguir en el ejército, pero la de Zorro era otra historia.

La Calle del Ámbar, coloquialmente llamada "de la alegría" era frecuentada por soldados, viajeros poco exigentes y hombres y mujeres solitarios. Estaba repleta de burdeles, normalmente atestados, bares de vasos que apenas enjuagaban antes de darlos al siguiente cliente, y hostales con chinches y pulgas en las camas. Era el lugar preferido para pasar los días francos; jugando, apostando y pasando el rato entre mujeres de la vida alegre. No era precisamente el lugar en el que se esperaría ver a un contendiente Yntaura, pero al parecer, Criz, Zorro y Dino se propusieron gastar una ingente suma de su generoso sueldo para celebrar el cierre del torneo, mismo que era más que bienvenido por los locales. Los otros dos hombres, por lo tanto, estarían en otro establecimiento cercano; aún despiertos, esperó Evan.

Iban rumbo a la taberna donde Criz recordaba haberles visto por última vez cuando Evan preguntó:

—¿Por qué te buscas putas cuando una cuarta parte de las mujeres de Daet se quiere acostar contigo? — Lo preguntó en parte por mera curiosidad, pero también para intercambiar unas palabras de tanto en tanto para ver qué tan borracho seguía el otro, que caminaba a su lado, abstraído. Esperando su respuesta, oteó por un par de ventanales circulares que daban a una taberna con música, ahí tampoco estaban los otros dos.

—¿Tú crees que me cobran? —preguntó Criz, divertido y arrogante a la vez.

Evan permaneció callado, bien sabía que sí; tal vez no tanto como a un viejo bizco, pero él sabía lo que Criz había estado dispuesto a pagar por la prostituta famosa en turno sólo para luego andar narrándolo en los cuarteles; no entendía por qué la necesidad de mentir. En todo caso, regresando a lo que sí le importaba de su respuesta, parecía que una buena comida bastaría para recuperar la lucidez del rubio.

Casi al final de la calle, al costado de un ruidoso establecimiento de donde salían las notas de un violín barato y los cantos de a quien le suena mejor la voz con un par de tragos encima, había una posada pequeña, de no más de uno o dos cuartos a juzgar por su escasa altura y su pinta de casa particular. De la construcción original conservaba una puerta pequeña, y la cocina ampliada sobresalía hacia las jardineras exteriores. Para la sorpresa de Evan, estaba atestada de gente, y el calor húmedo hizo que muchos de los presentes se pusieran demasiado cómodos. Zorro platicaba animadamente con un grupo de personas que Evan no había visto en su vida y Dino pasaba el rato estorbando cerca de la barra, coqueteando con una camarera que decidió abrirse el blusón. Evan se acercó a Dino con tal de hablar con la mujer y pedir una de las habitaciones de arriba. Ella le informó que una se había vaciado hacia poco y los guio al lugar.

Tan pronto entraron vieron que las sábanas de la cama estaban revueltas y aún había platos sucios y copas regadas en el suelo, pero los cuatro esperaron pacientemente a que la mujer los retirara y tendiera la cama. Cuando la camarera se retiró, Dino abrió de par en par los postigos de una ventana pequeña, alegando sobre el olor a rancio de la habitación, antes de tomar asiento en la mesa central frente a la chimenea en ascuas. Criz llegó un poco después, había aprovechado para echarse un cubo de agua en lo que limpiaban el cuarto, y se sentó a la mesa con los cabellos aun goteando sobre los hombros.

—¿Y ahora que se traen? —preguntó Zorro en lo que se sentaba a un lado de Criz. Estaba más tranquilo de lo que Evan esperaba. Conociéndolo, herviría de envidia un par de semanas hasta que le encontrara el lado negativo de lo que había perdido, como para sentirse mejor consigo mismo. Aun así, Evan no quiso abordar el tema hasta que hubieran comido lo suficiente para que los efectos del alcohol los abandonaran.

—Espero que no tarden en subir la comida—fue lo primero que dijo.

—No venimos a brindar, ¿o sí? No tengo nada que celebrarle al bastardo de Culén—soltó Criz. Evan notó que Criz no tenía puesto el broche de plata y tan pronto como se percató del suyo creyó extremadamente pedante usarlo en esos momentos, pero era muy tarde para quitárselo.

—¿Qué se trae con eso de la guardia real? Aún serán Yntaura, ¿no? —preguntó Dino de manera infantil. Siempre se le salía el niño interior después de unas copas.

—¿Tú qué crees, genio? Todo nuestro plan se fue a la coña—Criz se contuvo de darle un zape— Mejor traga algo antes de que sigas preguntando idioteces.

Alguien abrió la puerta y al poco flotó un plato con una gallina asada por el umbral, seguido del grueso cuerpo de la tendera cargando otra charola con aguamiel y bollos con el otro brazo. Depositó la comida en la mesa, dio un cuchillo y un vaso a cada uno, sacó unas papas hervidas de entre las bolsas de su delantal que luego depositó en la mesa, y salió tan silenciosa como entró. El pollo estaba duro en unas partes y casi crudo al centro, pero no quedaron más que los huesos antes de que comenzaran a comer las papas a rodajas.

—Maldito Culén—gruñó Criz, seguido de un poderoso eructo. Se golpeó el pecho e hipó al tiempo que tiró el último hueso de pollo en el plato frente a él. Veía hacia la mesa sin prestar atención a los vasos casi vacíos ni al resto del cadáver de pollo que permanecía al centro.

Evan lo miró de soslayo y se chupó la grasa de los dedos. Pensó en abrir la boca, ¡tenía tanto que maldecir! Ver a los otros tres tan enojados como él sólo alimentaba su rabia y sus ganas de buscar a Culén y desfigurarle el rostro. Tan sólo de pensar en el tiempo y esfuerzo invertidos, y en su sueño despedazado, regresó a él el ardor que sintiera todo el día en las tripas. Exhaló, harto, y se cruzó de brazos, apoyando los codos sobre la mesa. Si bien tenía ganas de despotricar sobre el tipo, el torneo y sobre la maldita ceremonia de ese día, había un tema más importante que necesitaba poner en la mesa.

—Los Sabios están abandonando Daet—soltó a los otros tres.

Dino se volvió a verlo con interés por mera cordialidad, pero los otros dos parecían demasiado ocupados digiriendo la comida y el tema parecía importarles lo mismo que si les estuviera hablando sobre la higiene de su padre. Después de un largo silencio de desinterés, Zorro se volvió a verlo.

—Bueno, es obvio, después de que…—empezó, con un movimiento de mano que sugería absurdo abordar el tema.

—Claro que es obvio, pero lo digo porque mañana nos pedirán que comencemos a buscarlos, y yo no sé ustedes, pero no pondré una sola mano en ninguno de ellos, ni ayudaré a que se repita lo que pasó en el clan del Ave de Fuego.

Zorro lo miró fijamente, su boca de por sí fina se resumió a una pasa inconforme.

—Evan, tú mismo los viste, están planeando una insurrección contra la corona, ¿qué otra reacción se esperaría de los Yntaura?, ¿que se les deje hacer lo que se les venga en gana? —exhaló una risa—¡Claro, pasen—se removió en la silla como dando paso a una multitud imaginaria—, Yaocalli Nayar es de ustedes; ahora podrán llenarlo de plantitas y dormir en los jardines reales! —dijo, sarcástico. Luego se puso muy serio, reflejando el rostro molesto de Evan, y agregó—: Despierta, Evan. Por muy bien que te caigan, la ley es la ley.

—Tengo razones para creer que están en su derecho de hacerlo, y que necesitan de nuestra protección para lograrlo—dijo Evan, uniendo las manos y posándolas frente a él en la mesa.

Dino se levantó de su silla tejida de mimbre y echó un ojo al pasillo antes de volver a cerrar la puerta. Zorro bufó y murmuró algo sobre la falta de criterio, y Criz le miró con una mezcla entre molestia y flojera; era evidente que no le interesaba el tema ni le hallaba punto alguno a hablar de eso en ese momento.

—A buena hora te importa—comentó, echándose hacia atrás y relajando el vientre.

—El embajador está metido también en el asunto, él mismo firmó la orden para la matanza—dijo Evan a Zorro.

—¡¿Pero de qué carajos están hablando?!—exclamó Dino, —¿embajador? ¿cuál embajador? ¡La ciudad está llena de embajadores, estamos en la cumbre, por si no se han percatado.

—No seas idiota, se refiere a Ravenjut—respondió Criz.

—¿El de la barbita delineada? —preguntó Dino sugiriendo una sonrisa burlona.

—Es raganí y se está metiendo en todos los asuntos importantes de Daet—dijo Evan, presionando el dedo índice sobre la superficie de madera—Es como si fuera el maldito consejero personal de la reina, y me consta que está en contubernio con Culén y con el Consejo de Clanes en el asunto de los Sabios.

—A menos que haya tenido que ver con la decisión de meternos a la guardia, no veo por qué habría de importarnos—dijo Criz, moviendo la cabeza de un lado al otro con fastidio.

—No sé si tenga que ver con eso—admitió Evan, perdiendo la paciencia —pero es un hecho que algo está pasando. Gente inocente está siendo asesinada y ahora nos van a pedir a nosotros que...

—¿Por qué sigues actuando como que te interesa, si cuando realmente pudiste hacer algo no estuviste dispuesto a hacer nada? —le interrumpió Criz, y no le despegó la mirada de encima hasta que respondiera.

Evan sabía que se refería a cuando se negó a hablar sobre la desaparición de los Sabios con Culén. Entonces vio su oportunidad para ahondar en el tema, aún si los otros no estaban en un momento precisamente receptivo.

—...Y qué bueno que no fui con Culén cuando desaparecieron los Sabios, en lo que a mí concierne, puede ser que él haya estado inmiscuido en el asunto desde el inicio. ¡Lo veo ahora todo mucho más claro!

Zorro permaneció callado, igual que Criz. Con la mirada clavada al centro de la mesa, pero escuchándolo, a fin de cuentas. Evan supo que esta sería la única oportunidad que tendría para exponer lo que pensaba. Aunque sonara aventurado hacer tantas suposiciones y llegar a conclusiones tan descabelladas, una parte de él necesitaba explicarlo a los otros para entenderlo de paso. Se rascó la cabeza y exhaló, para luego tomar aire y empezar a contarles todo lo que había visto en las últimas semanas.

Les narró todo, desde el rollo que le dio la chica del clan Anawák en la pira mortuoria del rey, y luego el desencuentro en la sala del consejo en Yaocalli Nayar. De tanto en tanto se distraían, pero lo estaban escuchando. Describió la discusión en la casa de Eleya sobre las leyes de comercio del río, y luego ahondó en la desaparición de Sándor, misma que Criz podría constatar; y les recordó el silbato que encontró Dino la noche de la prueba de cacería.

Antes de que Criz decidiera desviar el tema para hablar sobre el torneo, Evan les repitió las palabras del nieto de Digualda, quien sospechaba que la muerte de su abuela fue por asesinato, y no por cualquiera, sino por la corona misma. Luego Zorro contribuyó a relatar la matanza del clan del Ave de Fuego y finalmente les contó sobre el sello en la misiva que vio el día anterior en el escritorio de Culén. Cuando terminó, y se sirvió el último chorrito de hidromiel, sus rostros no decían mucho, pero por lo menos lo habían escuchado todo el rato. No hicieron preguntas, y sus comentarios se resumían a gruñidos y exclamaciones suaves.

Si bien se veían cansados todavía, parecían más despiertos y meditabundos que al inicio. Evan rogó en su interior que realmente no le estuvieran dando por su lado. Sabía que si ni siquiera sus mejores amigos le creían nadie más lo haría. Cuando terminó de hablar, tenía una jaqueca punzante y los otros tres parecían columpiarse entre sus propios pensamientos, el sueño y las palabras de Evan.

—¿Por eso te desaparecías en los entrenamientos? —preguntó Zorro, bostezando.

—¿Eso es todo lo que te importa de lo que acabo de decir? —atronó Evan—¡Sí! No podía concentrarme en el torneo sabiendo que algo estaba pasando.

—Pero nada de eso tiene que ver contigo... ni con nosotros. ¿De qué diablos nos sirve saber todo esto? —preguntó Criz de manera retórica.

—No lo puedo creer, y menos de ti. ¿Qué no eras tú el que me decía que tenía que hablar con Culén por la desaparición del Sabio?

—Sí, y me dejaste muy claro que primero está nuestro futuro, ¿no?

Entonces deberíamos primero averiguar quién fue el hijo de puta que nos traicionó a todos—declaró Criz, empujando el plato con sobras para recargar los codos en la mesa.

—Esto nos compete a todos, Criz. Estoy seguro de que en unas horas nos llamarán para preparar una cacería de sabios, y necesitamos hacer todo lo posible por no encontrarlos.

—¡Como si fuera tan fácil encontrar a un puñado de personas en todo Daet! No lo lograríamos ni siquiera si lo intentáramos de verdad, nos tomaría semanas—alegó Zorro.

—Bueno, pues propongo que ni siquiera lo intentemos. Sus vidas dependen de nosotros.

Se hizo el silencio que a veces hacían cuando consideraban que Evan exageraba. No lo hacían frecuentemente, pero había sucedido en suficientes ocasiones para que Evan reconociera ahora su crítica silenciosa.

—Yo quiero saber quién decidió no darnos el título Yntaura y meternos con los peleles de la guardia del palacio—dijo Criz, de pronto más interesado en la plática.

—¿Cómo que quién? Es obvio que Culén tomó la decisión —intervino Zorro, también más interesado.

—Bastardo—secundó Dino.

—Yo no estaría tan seguro, les digo que el embajador está susurrando a cada momento a la reina, y con lo que vi en la oficina de Culén, tal vez el embajador también tuvo algo que ver. ¿No fue él quien lo anunció? —arguyó, aprovechando un último aire para retomar el tema, pero todos volvieron a guardar el mismo silencio.

—¿Qué tal si le preguntamos a Culén? —sugirió Criz, con un tono que picaba al interés, sus manos entrelazadas sugerían que cocinaba un plan.

—Estás loco, dudo que se rebaje a dar explicaciones de nada. Nos mandará azotar si se nos ocurre hacerle esas preguntas—dijo Zorro.

—No me refiero a Culén padre…

—Nándor—completó Evan. No era una idea descabellada, a fin de cuentas, era el guardaespaldas de Ravenjut, seguro sabría mucho más de lo que imaginaban, y definitivamente tendría más respuestas que él ahora.

—El tipo tiene que saber lo que se trae su papito entre manos, y si no puede explicar el porqué de lo de la guardia del rey, por lo menos pagará por lo que hizo el padre—dijo Criz.

No era precisamente lo que Evan tenía en mente, pero podría ser un inicio para enterarse de lo que realmente estaba pasando y poder convencer a los otros de hacer algo por los Sabios. El plan tenía muchos riesgos, pero estaba harto de considerar miles de opciones antes de hacer cualquier cosa; ¿a dónde lo había llevado aquello, finalmente?

—Hace unas horas estaban por aquí algunos de sus amigos y los escuché hablar sobre una tienda en la feria donde las deudas de las apuestas se pagan con chicas—dijo Zorro—estaban planeando ir antes de que acabara la Cumbre.

—Yo paso, estoy a dos de la final del torneo de espada. Si gano tendré suficiente plata para poner un negocio—anunció Dino, jugaba con la punta del cuchillo en las yemas de los dedos.

Los otros tres lo miraron, perplejos.

Dino chistó la boca, incrédulo.

—Ni se extrañen—dijo—, sabían que me saldría tan pronto como tuviera oportunidad. Y ahora, con esto de que nunca seré Yntaura, no tiene sentido quedarme entrenando bastardos todo el día hasta que me muera.

Zorro le dio una palmada en la espalda y todos callaron unos momentos.

—Hay que estar al pendiente de dónde va a estar Culén hijo para aprovechar la primera oportunidad, no debe ser difícil hacerlo hablar—dijo Criz, retomando el tema.

Evan quería sugerir algún plan más astuto, pero por las miradas de los demás supo que no era su persona favorita en ese momento. A decir verdad, se comportó como un verdadero cretino en varias ocasiones las últimas semanas, así que mejor se tragaba sus tácticas.

La apatía de Criz por el tema le pareció realmente fuera de lo común. Tal vez tuviera fama de bravucón, pero Evan lo conocía de suficientes años para saber que el motor de las golpizas que daba estaba más asociado con enmendar injusticias que por amor a la pelea, que en parte también tenía. Seguramente sólo le ponía trabas a su plan por el enojo que sentía desde hacía semanas y por la pelea en el torneo. Por suerte no lo descalificaron como Yntaura por la pelea, de haber sido así seguramente no estarían sentados a la misma mesa en ese momento. Miró a su amigo de reojo, quien tenía la mirada clavada en la pequeña chimenea de hierro, hundido en sus propios pensamientos. No, seguramente Criz estaba tan interesado en el asunto como él, pero simplemente era demasiado orgulloso como para mostrarse complaciente. Era cuestión de tiempo, razonó. Más le valía que fuera así, necesitaría de su ayuda si quería hacer algo por los Sabios.

Todos permanecieron silenciosos, esta vez por un largo rato. Los cantores de la taberna vecina habían callado hacía tiempo y de las mesas de afuera llegaban apenas murmullos. Entre los ladridos de perros lejanos, poco a poco comenzó a sentir los efectos del desvelo; pronto amanecería y se le secaban las ideas. Finalmente, algo amodorrados, los cuatro estuvieron de acuerdo en un plan: verían la manera de hacer hablar a Nándor lo más pronto posible.

Uno a uno, se fueron quedando dormidos, dos en las sillas, otro en la cama y otro sobre el baúl al pie de ésta; partirían a la Villa al romper el alba.

LA SALA DE AUDIENCIAS de la Villa Militar era lúgubre aún en los días más soleados y calurosos; si bien se agradecía el frescor y la humedad interior, las paredes de piedra y la escasez de ventanas hacían necesario colocar tantas lucernas y velas para alumbrarlo que parecía más un altar que un cuarto de estrategia. Aun así, Evan no estaba seguro de que el escalofrío que sentía se debiera al frescor del recinto, una parte de él le sugería que más bien provenía de su interior, como si alguna llama se hubiera extinguido en algún momento entre el día anterior y esa ventosa mañana. Por alguna razón desconocida sentía como si todo Daet hubiera cambiado drástica y silenciosamente, sin que nadie se percatara de la gran sombra que acababa de caer sobre todos ellos.

Por enésima vez, desdobló y luego volvió a cerrar la solicitación que le entregaron tan pronto como ingresó a la Villa Militar esa mañana. Para su tranquilidad, parecía que todos los demás contendientes también recibieron una, ya que comenzaban a llegar a cuentagotas, poco antes de la hora de la cita.

Tamborileó en la mesa y estampó la suela de la bota de manera rítmica en el suelo. Luego miró de soslayo a Brenda, sentada apaciblemente a la misma mesa central, ignorándolo por completo. Con las yemas de los dedos, rozó la rugosa superficie de las alas de plata, prendidas de su uniforme, y luego recargó la cara entre el dedo índice y el pulgar, mirando al vacío.

Los goznes rechinaron con el peso de la puerta al entreabrirse, y todos volvieron el rostro hacia la entrada con anticipación. Tan pronto como escuchó la voz de Culén, Evan se levantó de la silla y se acomodó el uniforme. Todos lo hicieron.

El hombre entró con naturalidad a la sala platicando con Camalós, seguido de Andarta, Taranis, Áuriga, y Rudianos. Evan no le despegó los ojos de encima, no se esperaba sentir tanta rabia con sólo verlo. Culén terminó su conversación tan pronto como ingresaron y tomó su asiento en la mesa más grande y alargada de la estancia alrededor de la cual ya estaban todos sentados.

—Pueden tomar asiento—ordenó Culén una vez que estuvo sentado. El murmullo de las telas y el rechinar de las sillas de piel inundó el lugar por unos momentos.

Mientras Lupo removía papeles sobre la mesa, Evan revivió con nitidez extraordinaria tanto la imagen como el asombro que sintió al ver el sello de Ravenjut en la misiva del ataque sobre el escritorio de Culén, pero se forzó a concentrarse. Se distrajo echando un vistazo al enorme tapiz con el mapa de Daet colgado en la pared. Lo había visto por última vez hacía años; cuando descansaba sobre varias mesas, repleto de figurillas de madera y rodeado del Consejo de Guerra en plena toma de decisiones. Al verlo en ese entonces había entornado los ojos, extasiado; pero ahora que recordaba su fascinación, no pudo evitar que la imagen que antes le enchinara la piel de la emoción ahora se ensombreciera bajo una nueva mirada, adulta y decepcionada de conocer la verdad sobre el ejército que siempre admiró tan ciegamente.

—Ser un contendiente Yntaura Ácuila, como ustedes bien saben, es un honor a la vez que una responsabilidad—empezó Culén. Su mirada era seria y penetrante, apenas alumbrada por el rústico candelabro que pendía sobre sus cabezas—. Si bien sólo cuatro han sido elegidos, todos ustedes han sido entrenados para servir a su patria, y eso es lo que harán.

Evan frunció el ceño, confundido.

¿Elegidos para ser Yntaura? ¿De qué se trataba aquello? ¿No había dicho el embajador que serían parte de la guardia del rey?

Por la puerta entraron más personas con jarras y vasos, y comenzaron a servir agua a quienes lo desearan. Criz bebió al menos tres vasos, uno tras otro, y luego se masajeó las sienes en lo que escuchaba a Culén.

—En estos tiempos, cada vez más álgidos, requerimos de la mayor fuerza, la mayor constancia, la mayor disciplina. Y no podríamos exigir menos de ustedes, nuestra unidad de élite, para apoyarnos—dijo el general, exigiendo la completa atención de su audiencia con la mirada.

—Como algunos de ustedes saben ya—empezó Andarta, la agrupación conocida como "los Sabios" por unos, o "los Alban" por otros, fueron declarados traidores el día de ayer—estableció, paseando la mirada de unos a otros igual que lo hiciera Culén—. Si bien la decisión descansa en el Consejo de Clanes, es nuestro deber responder a la demanda de cumplimiento de la justicia—reveló, seria.

Evan se removió en su silla, incómodo. Comenzaba a sentir ardor en la parte baja de la garganta y su corazón se hacía presente con impactos suaves. Tenía la vista clavada en la mujer. No sólo estaba terminantemente en contra de todas las decisiones que tomaran últimamente, sino que comenzaba a sentir la necesidad física de levantarse y decir lo que pensaba.

—Cardenal, Mil Fuentes—llamó Culén.

Nikker y Lorana se pusieron en pie. Nikker torció la boca como royendo la parte interna de sus carrizos, podría envenenar a Culén con la mirada, y evidentemente no le importaba si éste lo tomaba como una ofensa.

—Sus pelotones abarcarán la zona Oeste. Desde el clan Mil Fuentes hasta el paso hacia Peréndimor, al sur.

—Sí señor—respondió Lorana de inmediato. Nikker pareció atragantarse con las palabras, pero finalmente asintió.

—Kinwuar.

Zorro se puso en pie, siempre con el porte felino que lo distinguía.

—Tu grupo rodeará el Corazón de Adobe y las inmediaciones de la feria hasta el puesto de avanzada de tres molinos, a la mitad del camino que lleva hacia Avándar.

—Sí, señor—respondió el otro, tomando asiento nuevamente tras la orden, y echando una mirada rápida a Evan.

—Labóck—llamó Culén en lo que Dino se puso en pie. El general revolvió unos papeles en la mesa, como buscando lo previamente acordado, y luego pareció improvisar—Te necesito en la zona noreste, arriba del río, aprovecharemos que algunos comerciantes alegan desapariciones en esa zona.

—Si señor—respondió, acatando la orden.

—Es la zona en las cercanías de tu clan, ¿es así?

—Así es, señor—respondió Dino con un asentimiento vigoroso.

A Ybaum y a Zandra les fue ordenado barrer del centro hacia el Bosque de las Estaciones, al extremo este, y Bruno e Ivór se encargarían del extremo norte. A Evan no se le escapó que a ninguno de los cuatro nuevos miembros de la guardia les dieron órdenes. Pidió la palabra y Culén demoró una eternidad en otorgársela, hasta después de dar precisiones sobre el terreno a cubrir. Tan pronto como otorgó el permiso de palabra, Evan se puso en pie de un brinco.

—Me ofrezco como voluntario para las partidas de búsqueda, señor. Mi grupo es uno de los más nutridos y podemos hacer un buen trabajo en las barrancas al sur este.

Lupo le miró con deferencia, como si repentinamente se le hubiera terminado la paciencia y amabilidad mostrada en el pasado. El hombre juntó las cejas sin responder y Evan parpadeó con nerviosismo, tal vez no debió haber denotado que omitieron una zona primordial en la búsqueda, pero eran los caminos que sabía Evan que los Sabios tomarían primero.

—Siéntate, Womak—respondió el hombre, su cabello acerado parecía casi castaño en la penumbra.

Evan tomó asiento, obediente y confundido—Dificilmente tomarán la ruta de los pantanos, y el agua haría una mejor labor que tu grupo para refrenarles si decidieran tomar ese camino. Tengo otra tarea para ti.

Evan permaneció firme, con el corazón latiendo en la garganta, ardiente de tener que tragarse su orgullo, mientras Nikker, como siempre, le clavaba una mirada con iguales partes de odio y atención.

—En cuanto a Gléantan, Donován, Bupoloba y Womak—dijo Lupo. Evan volvió a ponerse en pie, agitando las llamas de las velas cercanas—, tendremos una reunión con Mauritio Rogdar, jefe de la Guardia del Palacio, para afinar detalles sobre la nueva guardia del rey. Dado que la guardia entrará en vigor hasta la coronación de nuestro nuevo rey, aún contamos con tiempo suficiente para negociar responsabilidades y puestos. Taranis les informará con anticipación sobre todos los detalles—terminó.

Así que la guardia no era del palacio, sino del príncipe. A cada momento cambiaban el plan. Dejando el tema de la guardia por completo, Culén retomó el asunto sobre las partidas de búsqueda y no volvió a tocar el tema. Conforme pasaba el tiempo, Evan se sentía más y más inquieto, esperando alguna oportunidad para abordar nuevamente el tema, pero la reunión se dio por terminada con la misma formalidad con la que inició, poco tiempo después de la última intervención de Culén.

El nerviosismo de Evan se tornó en preocupación. Le hubiera gustado poder ser parte de la búsqueda de los Sabios. Lo que había dicho Culén era una reverenda estupidez, los Sabios tomarían esa ruta sin dudarlo, conocían el terreno como las aves acuáticas que ahí anidaban, y el Bosque de las Estaciones les daría un refugio sin igual. Además, no cualquier soldado tendría las agallas para entrar en ese bosque, y menos en la búsqueda de los Sabios, quienes comandaban a los seres feéricos que lo poblaban. Tal vez quienes entrarían ahí para buscarlos no eran tan ignorantes ni supersticiosos como para creer en eso, pero la razón también les desaconsejaría ingresar en bosques que parecían cambiar de forma de la noche a la mañana, según decían.

Al poco tiempo de terminada la reunión sonó la campana de las cocinas que llamaban a su grupo a comer y los cuatro tomaron asiento en la mesa más alejada de todas. En una de las largas mesas de pino gastado y deforme del comedor, Evan y Zorro observaban de cerca un primitivo mapa trazado sobre un lienzo robado de papel amate. Necesitaban crear una táctica de distracción a manera de facilitar el escape de los Sabios. Junto con Criz, trataron de acordarse de los accidentes en el terreno por los que podrían esconderse, mismos que las partidas de búsqueda tendrían que evitar a toda costa.

Dino se sentó a un lado de Criz, haciendo peso sobre la tabla de la mesa y moviendo el mapa sin querer. Criz le exigió que no moviera la mesa cuando el chico puso un frasco mediano sobre el mapa, interrumpiendo la planeación, y el rubio se contuvo de dar un manotazo para quitarlo.

—¿Qué es esto? —preguntó, señalando la botella.

Zorro la tomó con cuidado y comenzó a examinar el contenido.

—Las mujeres lo llaman "suelta lenguas"—dijo Dino, alzando las cejas, emocionado—, es un preparado que se mezcla con agua o alcohol para hacer hablar a los maridos.

Criz frunció el ceño y lo tomó de las manos de Zorro para quitar el corcho y olerlo. El semblante se le transformó de inmediato.

—Huele a mierda—declaró, tapando la botellita y extendiéndola a Evan.

—El olor es de una raíz que luego de sacarles la sopa los deja dormidos—explicó Dino con una sonrisa malévola.

Evan le devolvió la sonrisa y miró las hierbas que flotaban dentro de la esférica botellita con una chispa de esperanza.

—Es perfecto. Ahora sólo necesitamos ver cómo haremos que Nándor se lo trague—le dijo.

Tan pronto como salieron de los comedores se sorprendieron de ver al hijo de Culén en la Villa, estaba parado afuera de la comandancia como haciendo guardia. Evan apostaría su mejor cuchillo a que Ravenjut estaría dentro del edificio, aunque recordó que algunas veces había visto a otros hombres protegiéndolo, y que no siempre estaba Nándor con él. ¿Podría ser que el embajador no estuviera realmente ahí y Nándor estuviera en descanso? Sería demasiado afortunado, una oportunidad única que seguramente no se daría de nuevo.

Silbó muy suave para llamar la atención de los otros tres, y les señaló a Nándor con una mirada discreta. Necesitaban un plan para separarlo de los demás y encontrar la forma de hacerle beber el líquido por sí mismo antes de que Criz se lo refundiera por el gaznate. No sería una tarea fácil, los soldados eran por naturaleza desconfiados, y no quería hacer nada que levantase sospechas. Ya era de inicio arriesgada la misión de drogarlo en sí misma.

Los cuatro pasaron a un lado de Nándor, quien ahora conversaba con un colega de su padre, e intercambiaron miradas y señas mudas como hacían en la cacería. Cuando vieron a Nándor ingresar en el edificio detrás del otro, acordaron separarse, sin quitar un ojo de encima de la puerta, hasta que alguien le viera salir y avisara a los demás; tal como hacían con los alces.

Evan sabía que tenía que encontrar la manera de aislarlo, y tenía que ser ahí mismo, en la Villa Militar. La gloria de los días francos en abundancia y los pases de salida injustificados se terminaron junto con el torneo, y si no lo hacía ahora, no podría hacerlo después.

Criz, Zorro, Dino y Evan vigilaron de cerca todo el rato, encontrando una excusa para permanecer cerca. Evan y Criz fingían aceitar sus botas en las inmediaciones del cuartel, que daba a la comandancia, y Zorro y Dino permanecieron afuera del comedor, platicando con naturalidad y mirando de soslayo a cada momento. En el instante preciso en que Nándor salió de la comandancia y se dirigió a su cuartel, Taranis pasó a un lado de los otros dos y les ordenó algo que Evan no alcanzó a oír. Evan lo siguió con disimulo hasta su dormitorio, y luego alcanzó a hacer una seña a Criz desde la entrada cuando vio a Nándor salir hacia la pista.

Por lo visto, el hombre tenía un día de descanso y en lugar de actuar como cualquier otro soldado, él decidió pasarlo en la Villa Militar. ¿Por qué no le extrañaba? Nándor no se rebajaría a ir a tomar a un bar o a revolcarse a la Calle de la Alegría, siempre actuaba como una extensión de su padre y se manejaba como si fuera más casto que las sacerdotisas de Nimbosilva. Algo en él le recordaba a una cría de zarigüeya, de esas que se quedan prendidas de la madre. La manera en la que, aún como adulto, Nándor seguía dependiendo de su padre era no sólo ridícula sino deshonrosa para un soldado.

Siguió el trayecto del hombre con una mirada disimulada y asintió al gesto de Criz a lo lejos, que decía «yo lo sigo».

No se sentía muy cómodo con la idea de que Criz fuese quien lo siguiera, lo creía perfectamente capaz de darle un porrazo en la cabeza, esconderlo hasta que despertara y hacerle beber el líquido a la fuerza.

Los siguió con la mirada, primero a Nándor, que se internaba en el camino que llevaba a la pista y luego a Criz detrás de él. Entonces se le ocurrió una idea. Evan trotó a su cuartel y se colgó una cantimplora a la espalda con rapidez. Camino a la pista, alcanzó a ver la cabellera rojiza de Zorro hablando con Taranis y silbó suavemente para que le viera ingresar en el bosquecillo detrás de Nándor y Criz.

Trotó un corto trayecto, atento de si veía a cualquiera de los dos.

Tenía ya calientes los músculos de las piernas para cuando se encontró con el hijo de Culén y se mentalizó para actuar natural. Lo saludó de paso y le rebasó con presteza. Nándor apenas le prestó atención.

Evan aceleró el paso, apurado, y encontró a Criz más adelante. Seguramente esa era la segunda vuelta de Nándor y Criz ya le esperaba con alguna estrategia. Se dirigió a donde distinguió a Criz, agazapado, y trotando hacia él le mostró la cantimplora en lo que se acercaba corriendo. Tenían poco tiempo para vaciar el contenido de la botellita antes de que Nándor pasara por ahí.

—¿Cuánto se le echa? —preguntó Criz en voz baja, acelerado.

—No lo sé, ponla toda—lo apuró Evan, los pasos del otro ya se escuchaban acercarse.

Apenas alcanzó Criz a vaciar el envase antes de que Evan saliera disparado al final de la curva que Nándor comenzaba a tomar.

Evan retomó el trote hasta una zona apartada de la pista y se detuvo, esperando a que Nándor le alcanzara, atisbando entre las agujas de los pinos bajos para verlo cuando se acercara.

Tan pronto como le escuchó acercarse, actuó como si bebiera para que Nándor le viera. Venía a un paso tan calmado que Evan tuvo tiempo suficiente para empezar a dudar del plan. No sabía cómo funcionaría el brebaje, ni si haría efecto siquiera… Nándor no era especialmente pequeño, y aunque Evan sabía poco sobre brebajes, supuso que sería como el alcohol, donde en algo intervenía el tamaño de uno con la cantidad que tomaba y el efecto que tenía.

Se recargó en una gran piedra y actuó como si estuviera exhausto a unos pasos de un Nándor enrojecido del esfuerzo. El hombre se le acercó y puso las manos en jarras respirando a bocanadas, el sudor escurría desde las sienes hasta acumularse sobre el labio.

—¡Unas semanas fuera del entrenamiento y es como si nunca lo hubiera hecho! —le dijo, sonriendo con su rostro leonino y la barba a medio crecer.

—¡Uno no puede dejarlo ni un sólo día! —dijo Evan, gritando un poco más de la cuenta, esperando que Criz los escuchara y fingiendo la sonrisa más natural. Le ofreció el pellejo de agua de manera casual y Nándor lo tomó, agradeciendo.

—Bebe todo lo que quieras, ¡yo no puedo más! —le dijo, tocándose el estómago.

Nándor hizo gesto de brindar con la cantimplora y comenzó a beber a tragos largos.

Evan trató de no mirarlo con fijeza, todo él estaba concentrado en la esperanza de que Nándor no se percatara del sabor o del olor a coles hervidas de la pócima. Luego, ya que lo miró beber con ganas, sintió un piquete de preocupación. ¿Qué sucedería si el brebaje le hacía daño? Estuvo pensando todo ese tiempo en qué pasaría si no funcionaba, pero no se detuvo a pensar en la posibilidad de que funcionara demasiado bien. Dino había dicho que tenía una raíz que los dejaba dormidos, pero ¿qué tal si fue demasiado y Nándor no despertaba, jamás?

Lo miró beber un poco más y algo de la preocupación le abandonó cuando Nándor le regresó la cantimplora aún con algo de agua; por lo menos no lo bebió todo.

Se preguntó qué sucedería a continuación, y su mente le sugirió un montón de escenarios. Unos trágicos y exagerados, como de Nándor cayendo muerto de súbito, y otros improbables y fantásticos, como que el hombre comenzara a explicar absolutamente todo lo que Evan buscaba saber. Luego ambos retomaron la carrera y Evan esperó el momento en el que el líquido hiciera efecto. Anduvieron un poco más, Evan adaptándose a la baja velocidad de Nándor, cuando escucharon tres pares de pisadas más, acercándose en su dirección, pero aún lejos. Cuando Evan comenzaba a preocuparse al no ver efectos en el hombre, Nándor comenzó a actuar extraño. El tipo disminuyó la velocidad y pareció buscar algo en qué apoyarse.

—¿Todo bien? —preguntó Evan, en parte fingiendo sorpresa y en parte preocupado por el efecto del brebaje.

—Sí—dijo Nándor, y se esforzó en sonreír, pero más bien pareció una mueca—solo voy a descansar un poco.

Evan se detuvo a su lado y escuchó cómo las pisadas se acercaban a ellos. Nándor se recargó en un viejo tronco caído y bizqueaba como si viera doble.

—¿Estás bien? —repitió Evan. Estaba genuinamente atento a sus gestos, se preguntaba si así debía funcionar el bebedizo.

—Sí, el ejercicio me relajó más de la cuenta—le dijo.

«Está haciendo efecto».

—Oye, ¿y cómo ha sido trabajar para el embajador? ¿Cómo es él? —probó. Se imaginó que sería una pregunta inocente que no levantaría sospechas en caso de que el brebaje no hubiese funcionado.

—Pues…— Nándor hizo una pausa tan larga que Evan se preguntó si no se quedaría dormido antes de la cuenta. Criz, Dino y Zorro ya los habían alcanzado, pero Nándor pareció apenas darse cuenta.

—Ha sido un tanto raro—soltó Nándor con una risita.

Evan evitó sonreír abiertamente al mirar a Criz, que se agachó a un lado. Nándor mostraba los mismos ojos entrecerrados y la sonrisa idiota de quien ha tomado demasiado.

—¿Qué carajos es esto de la guardia del rey? —preguntó Criz abruptamente.

—Es una precaución—contestó Nándor, como si fuera normal que apareciera de pronto el rubio a hacerle preguntas—...con el alza del Príncipe Bastardo, el Consejo teme una insurrección.

Criz echó una mirada a Evan. Ninguno de los dos tenía idea de qué estaba diciendo.

—¿Por qué no nos nombraron generales? ¡¿De quién salió la orden de no nombrarnos Yntaura?!—preguntó Criz. La pregunta hizo eco en Evan, a manera de punzada dolorosa.

Nándor miró al cielo y dijo:

—Un cuartel, una corte, la unidad hará la fuerza. Un sólo líder—dijo él, adoptando un tono optimista, como repitiendo una canción escuchada una y otra vez.

—Sólo éste es pedante hasta drogado—dijo Dino, inclinado sobre Nándor, como los otros tres.

—Y quién más será ese único líder más que Culén—dijo Criz con un bufido.

—Es el único preparado para el puesto—aseguró Nándor, tranquilo y sonriente. Evidentemente confiaba en su padre, como era de esperarse.

—Hablas como si no hubiera Consejo de Clanes—le dijo Zorro, como enseñando a un niño a ser astuto.

—No—dijo Nándor—La riviera es de la reina y su hijo es el heredero. Ellos amenazaron con tomar el río, pero el chamán negó el paso a su ruta sagrada—dijo Nándor, como respondiendo a una pregunta que nadie le hizo.

—Yo creo que se nos pasó la mano, este tío ya quedó tarado—dijo Dino.

Pero Evan no creyó que lo estuviera del todo. El chamán, la ruta sagrada, ¿podría estarse refiriendo a Sándor y la ruta sagrada de la que se habló durante la reunión del Consejo? ¿Qué tenía que ver eso con Culén? ¿Y a quienes se refería con *"ellos"*? Quería preguntar sobre los Sabios, la razón real por la que les estaban persiguiendo. ¡Quería saber tantas cosas!

—¿Quién dio la orden de nombrarnos la guardia del rey? —se le adelantó Criz. Evan puso toda su atención en Nándor, Criz sólo quería tener razones para odiar a Lupo Culén.

—Ser Ravenjut—respondió Nándor sin rechistar.

—¿El embajador? —preguntó Zorro. Criz y Evan se miraron con igual medida de extrañeza. Antes de que pudieran preguntarle algo más, Nándor siguió hablando.

—Es un hombre brillante, ¡la visión del Este al Oeste! — mientras hablaba, Nándor veía hacia el camino desierto como si de una vista panorámica se tratara—Un verdadero estratega, él los unirá a todos—su rostro se transformó en uno de esperanza.

Criz, en cambio, tenía el mismo gesto que cuando olfateó el contenido de la botellita.

—¡No tiene sentido! —exclamó—Dino, esta mierda no funciona— refunfuñó.

—Está hablando, ¿no? —se defendió el aludido.

Evan vio cómo luego Nándor fijó la vista en él.

—Mi padre te ama, Evan. Él te preferiría como hijo—le dijo; y Evan le regresó la mirada con pena. Nikko, el asistente de su padre, pasó por su mente como un rayo—¡Me lo ha dicho! —exclamó Nándor, con la voz algo apagada—, «Evan el increíble, Evan el general Yntaura»— parecía que Nándor se cantaba a sí mismo un arrullo de cuna.

—Este imbécil se va a quedar dormido en cualquier momento, te voy a matar a Dino—maldijo Criz, y se agarró la cabeza como si de ahí pudiera sacar una solución al asunto.

Nándor entonces cerró los ojos y su respiración se hizo más profunda con cada inhalación hasta que se quedó profundamente dormido. Evan le tocó una vena notoria en el cuello y sintió sus fuertes latidos.

—Por lo menos no lo matamos—dijo—, y al menos sacamos algo de información.

Criz bufó una vez más—Sí, que Culén está enamorado de ti, ¡vaya descubrimiento! —escupió, sarcástico.

—No creo que todo haya sido una fantasía—dijo Zorro.

—Todos saben que Culén adora a Evan, no jodas—respondió Criz.

—No me refiero a eso, bestia—respondió Zorro—escuchaste lo que dijo del chamán. Creo que se refería a Sándor Tecuani, ¿no es el sabio que mataron primero, Evan?

—Sí, el que no estuvo de acuerdo con utilizar la ruta sagrada. Eso podría ser el origen del problema con los Sabios—declaró, antes de empezar a pellizcarse la cara interna de los cachetes con los dientes.

—¿Y quién fregados es el Príncipe Bastardo? —preguntó Criz.

—¿Y cómo carajos puedes ser príncipe si no tienes padre? —preguntó Dino.

—¡Son puras estupideces! —exclamó el rubio con los brazos al cielo.

Evan no supo qué responder, pero el nombre se grabó en su mente, que parecía sugerirle algo muy obvio, pero a la vez incomprensible en ese instante.

—¿Qué hacemos? ¿Lo dejamos aquí? —preguntó Zorro.

—Ganas no me faltan de llevarlo a los establos y dejarlo con los pantalones abajo en una de las caballerizas. ¡Ya me imagino la cara de los caballerangos! — Criz se rio de su propio chiste y Dino se emocionó de inmediato.

—No vamos a arrastrarlo a través de media Villa. Yo digo que lo dejemos aquí dormido—sugirió Zorro.

—Yo sé por dónde llevarlo—dijo Dino, y pidió a Criz que le ayudara a cargarlo.

—Es una pésima idea, sólo déjenlo aquí y ya—pidió Evan.

—Si despierta aquí sabrá que algo tuviste que ver con todo esto. Si lo dejamos en otro sitio no entenderá nada y creerá que todo fue parte de una alucinación—razonó Criz, rodeando su cuello con el brazo de un Nándor profundamente dormido—Ahora, si me permites, voy a llevar a mi compañero al sanatorio—le guiñó un ojo a Evan, y se alejó con Nándor colgado entre sus hombros y los de Dino, como tres borrachos que salen cantando de una taberna.

—Pésima idea—repitió Zorro.

Evan exhaló, tenso, y le dio un codazo sugiriendo que salieran de ahí antes de que alguien los viera.

Desde su camastro, con la cantimplora colgando de la pared, Evan miró fijamente las sombras del techo. Rumiaba lo que había dicho Nándor una y otra vez, haciendo el esfuerzo por memorizar cada palabra. Aun así, no comprendía la mitad de lo que dijera el hombre y de tanto en tanto se preguntaba si lo que dijo era real o si había sido el brebaje.

«Un cuartel, una corte»

¿De qué hablaba? ¿A quién se refería cuando decía que "ellos" amenazaron? ¿A quiénes? No tenía ni pies ni cabeza.

Se sentía confundido, agotado y harto. Pensaba en sí mismo como miembro de una guardia de la que no quería ser parte y definitivamente no sentía por Culén el amor que Nándor dijo que le profesaba su padre. Claro que tenía muy presente los favoritismos del general con él, pero los veía más como un estorbo, una razón para alimentar la envidia de sus compañeros -sin mencionar la del hijo del general-, más que un beneficio personal. No había ningún honor en llegar lejos por el cariño que te profesan tus superiores.

Seguramente Culén pensaba que le hacía un favor al hacerlo parte de la guardia, pero no se percataba de la rabia que le causaba el saberse traicionado. De cualquier manera, según su hijo, la orden de volverles parte de la guardia del rey no había salido de la boca de Culén, sino de "Ser Ravenjut". Tal vez sólo lo había dicho para proteger a su padre, pero en caso de que no fuera así... ¿Qué se traía ese tipo entre manos? «La visión del Este al Oeste» había dicho Nándor. ¿Se habría referido a unir a Daet con los territorios de Peréndimor? ¡Habría que ser uno de Los Dioses para lograr meter a un daetano y a un cerdo del oeste en una misma habitación sin que se maten el uno al otro! Era una locura. Todo eso era una locura. Los eventos simplemente no tenían conexión. Lo que dijo Nándor no tenía sentido y tratar de encontrar respuestas le estaba provocando una terrible jaqueca. Tal vez Criz tenía razón y Nándor sólo estaba alucinando, pero en el fondo se temía que hubiera sido descaradamente honesto y que sólo estuvieran viendo el primer brote de una mala hierba de profundas raíces. Si ese fuera el caso, todo debería provenir de un mismo centro; de manera que, si lo pensaba un poco, ese chispazo de información debería llevarlo al origen del problema. Aun siendo una locura siquiera pensarlo, su razón le dijo que ya sabía muy bien quién podría darle las respuestas a lo que buscaba. El único hombre, pensó, al que llegaban todos los hilos, y esa persona era *"Ser Ravenjut"*.

Capítulo 14
El jabalí, el zorro,
el ciervo y la liebre

ERA LA VÍSPERA DEL CIERRE de la Cumbre Quinquenal. Evan había pasado los últimos tres días resolviendo los pormenores de su sustitución en el programa permanente de entrenamiento en el que trabajó cada día durante los últimos tres años. Era, a lo poco, un cambio que no tenía previsto y que le resultó sorpresivamente sensible tan pronto como le dio la espalda al capitán que oficialmente asumía las actividades que otrora fuesen su responsabilidad. Trató de empujar el sentimiento a un lado, apilándolo sobre el rencor y la frustración a la que ya comenzaba a acostumbrarse. Sin embargo, ahora había algo nuevo que no era capaz de identificar, una emoción naciente de la parca despedida de sus lobatos y el inexplicable buen humor de Lupo los últimos días, algo que le mantenía balanceándose entre la nostalgia y el mal humor. Sobre todo ello, lo que más le hacía tensar las mandíbulas todo el día, es que sabía muy dentro de él que esto era sólo el comienzo de lo que sería su nueva vida.

Tan pronto como dio la espalda a su pelotón y escuchó a más de ciento cincuenta soldados acatar la orden de trote, un lobato le atajó el camino.

—Órdenes del general Culén, señor—le dijo el hombre, extendiendo un papel de fina elaboración, doblado en tres y con su apellido escrito en letras grandes al reverso. Tan pronto como Evan rompió el sello el lobato ya se alejaba, por lo visto era una notificación que no requería de respuesta inmediata.

Se sorprendió al ver el escudo de armas del clan Nayar coronando el interior, grabado en relieve en la clara hoja, y se apresuró a leer debajo en caligrafía impecable, y brillante tinta café:

Su majestad, la Reina Anturia Nayar, viuda de Idelfonz, y su hijo, el Príncipe Pátrak clan Nayar, solicitan su presencia al atardecer en el Honorable Palacio Yaocalli Nayar con motivo de la celebración del banquete de la Cumbre Quinquenal.

Más abajo, en la angulosa letra de Culén rezaba:

«Hoy es día franco, reunión con Ser Rogdar en dos días».

A diferencia del sello exterior, marcado sobre un lacre perfecto y con un fuerte perfume a resina, el de Culén, de cera a medio tintar, fue aplicado rápidamente y se escurrió al secarse con la carta en movimiento. Dobló la invitación con parsimonia, pensando qué hacer con su día libre; y por primera vez comprendió la euforia de los lobatos en día franco; no podía esperar a salir y gozar de algo de libertad.

El festejo del cierre de la cumbre, que iniciaba al caer la noche del día anterior al cierre civil, era materia de leyenda. Lo que sucedería ese día sería motivo de pláticas en bares durante los siguientes cinco años. Así quienes hablaran sobre él no hubieran sido invitados al gran banquete, lo que ahí se servía, la música que se tocaba, cómo iban vestidos los exclusivos asistentes, y un sinfín de detalles insignificantes sobre el evento serían la comidilla de incontables tardes de bordado de las señoras; mientras que lo que acontecía en el pueblo era el combustible de alocadas anécdotas de jóvenes y viejos, donde situaciones casuales se exageraban de boca en boca hasta convertirse en auténticas leyendas. La realidad era más humilde, pero no por ello menos divertida; la gente bebía y comía hasta el hartazgo; los artistas ofrecían espectáculos en las plazas y la música inundaba las alamedas y callejuelas. En la feria, los mercaderes remataban todo lo que no se había vendido, y quienes esperaron al final para comprar a mitad de precio ofrecían duras negociaciones dignas de presenciarse. Las calles se atestaban por lo mismo, tanto de comerciantes como de gente en busca de un buen rato antes de que comenzaran las faenas de la temporada de lluvias.

Sólo de recordar, una sonrisa surcó su rostro. Imaginó que no le haría mal divertirse un poco, con todo lo que había estado sucediendo últimamente. A decir verdad, no advirtió hasta ese momento en la falta que le hacía, y un sentimiento de urgencia por salir de ahí le picó las ganas. Era una lástima que tuviera que asistir esa noche al palacio, pensó, guardando la invitación en el caftán que se desabotonó camino al cuartel, seguramente le pedirían que hiciera guardia o algo por el estilo; ni siquiera quería retomar el tema de cuánto odiaba la idea de ser parte de la guardia, y por lo visto, tan pronto terminara la cumbre, sería en ese mismo Palacio donde comenzaría la siguiente etapa de su carrera militar.

Pero ahora era un hombre libre, y más le valía celebrar el último día en la vida que conocía.

Al llegar a los cuarteles encontró a Criz aceitando sus botas de gala en el escalón de la entrada; a un lado suyo descansaba una invitación igual a la suya.

—Imagino que también vas a Yaocalli por la tarde—le dijo, haciendo un fardo apretado con su caftán. Criz no se molestó en subir la vista y sólo gruñó en respuesta.

Evan se sentó a su lado en el escalón y comenzó a desabrochar sus propias botas. Jaló el bote con grasa y empapó un retazo de tela vieja que soltó de la madeja de Criz. El otro estaba concentrado puliendo la piel y mascando un palo dulce.

—Creo que te debo una disculpa—dijo Evan, tentando terreno, en lo que sacaba las agujetas.

Criz permaneció concentrado.

—Fui un verdadero cretino. Creo que se me pasó la mano en el torneo—le dijo. No le importaba ya cómo había empezado el asunto, o si una voz en él aún alegaba que Criz inició el conflicto, simplemente no le interesaba seguir discutiendo. Ahora sólo sentía sed por regresar a la normalidad.

—Bien—dijo el otro, su nariz se veía algo torcida desde la pelea.

Evan alzó las cejas.

—Y lamento haberte desfigurado la nariz—le dijo, asomando una sonrisa—. Aunque te hice un favor, ahora te verán más interesante las mujeres—bromeó.

Criz se volvió a verlo, completamente serio.

—Con gusto te regreso el favor, imbécil—respondió. Y al poco brotó una sonrisa ladeada.

Evan rio por lo bajo, pasando la tela por las comisuras entre la piel y la suela de madera.

—Creo que me aflojaste un diente—puntualizó Criz.

Evan soltó una carcajada sonora.

—Eso te pasa por no tener estrategia—le dijo.

Criz rio al tiempo que fingía hastío por el tema.

—Oye, ¿planeas estar de sirvienta todo el día o haremos algo en nuestro último día franco? —soltó Evan.

—¿Qué tienes en mente? —preguntó Criz, con mirada divertida.

—No sé, hombre, sólo quiero salir de aquí. Estoy harto de todo esto.

—Creo que sé a dónde podemos ir—respondió el rubio con una mirada sugerente.

Antes de que el sol alcanzara el cenit, Zorro, Dino, Criz y Evan ya estaban en el corazón de la feria.

—¡Vamos maldita, coooorrreeeee! —gritaba Dino a la gallina a la que apostaron, entre las risas de los demás, trepado en las vigas de madera y sosteniéndose apenas lo necesario para no caer dentro del corral. Estaba rodeado de otra veintena de hombres que también apostaron y que gritaban como enloquecidos. Todo sería más fácil si las gallinas no tuvieran un capuchón de halcón en la cabeza, o si supieran que era una competencia, a todo esto. El resultado era un puñado de aves corriendo en círculos con una línea de meta y tres veces más hombres que aves gritando órdenes como posesos.

Cuando terminó el remedo de carrera, Dino recibió un par de monedas e invitó los cuernos de cerveza dulce, que estaba aguada y no tenía mucho de haber sido hecha; era notorio que era el último día de la cumbre y que lo mejor ya se había vendido. Paseando entre los puestos vieron ya poca mercancía, la de menor calidad, a los marchantes más pobres ofreciendo pequeñas sumas a los tenderos, y a las madres que llevaban a sus hijas a probarse los vestidos en remate.

Entre la algarabía y el movimiento de la feria, de un brío contagioso, una de las jaulas de hierro oxidado capturó la vista de Evan, regresándolo de inmediato al mismo sitio oscuro que lo acechaba desde hacía semanas. Suspendida sobre la Plaza de la Justicia, solían meter a varios criminales en ella, a veces tantos que apenas cabían de pie. A últimas fechas sólo servía para mostrar al pueblo a los malhechores de los que había que cuidarse, o a aquellos que fueran ejecutados en defensa de la ley; y ya había pasado un buen tiempo desde que encerraran a un criminal para dejarlo morir.

Por un momento hubiera podido jurar haber visto a Mayari y a Mélia en una de ellas.

Enfocó mejor la vista y afirmó que en realidad estaba vacía, su mente le jugó una broma pesada. Tragó saliva, regresando la vista al frente, y buscando desprenderse de la imagen sombría. Podría apostar por que sacaron los cuerpos de los ejecutados por traición hace unos días procurando la higiene de los paseantes ese día de feria.

La sensación de que alguien lo veía lo sacó de la oscuridad de sus pensamientos, capturando su atención a la vez. Era una danzante de cuerpo voluptuoso que reunía a un pequeño público alrededor de ella y que no le quitaba los ojos de encima. Iba apenas vestida con telas de colores que dejaban entrever un generoso escote, llevaba conchas en los tobillos y las muñecas, que sonaban con cada movimiento, y el largo cabello castaño ondulando rozaba sus caderas. Un grupo de admiradores hizo un corro alrededor de ella y aplaudían al son de los movimientos con los que hacía música. Criz le dio un codazo a Evan y le dirigió un comentario lascivo en voz baja, casi inaudible entre tanto bullicio. Evan negó, sonriendo, le dio otro trago a su cerveza y aventó una moneda a la muchacha, que le guiñó un ojo.

Siguieron caminando entre la gente, contagiándose del buen humor. Pasaron al lado de un puesto de dulces colmado de abejas, y luego compraron cacahuetes hervidos, que comieron en otro círculo; alrededor de un hombre maquillado que declamaba versos en doble sentido en lo que empezaba una función de teatro infantil.

Tras varias carcajadas generales del público, Evan notó que una gran cantidad de personas se había unido a la audiencia. El suelo estaba plagado de niños de todas las edades, que se discutían los mejores lugares lo más cerca posible de la baja tarima circular que fungía como escenario. A sus pies, una niña pequeña y harapienta peleaba con otro niño por un minúsculo hueco para sentarse. Evan la miró desde lo alto y ésta le dirigió una sonrisa con pocos dientes.

—¿Quieres ver desde arriba? —le preguntó, a lo que la pequeña asintió con ganas.

Evan pasó su bebida a Criz y sentó a la niña en sus hombros.

—¡Agárrate fuerte, eh! —avisó, justo cuando el espectáculo daba inicio.

El narrador, un hombre obeso de potente voz que llevaba un cómico sombrero, altísimo y de colores, comenzó a relatar el inicio de una vieja fábula infantil; mientras otros instalaban telas pintadas simulando un fondo de bosque. Cuando el escenario se llenó de actores disfrazados de animales, Evan trató de hacer memoria de cuándo había sido la última vez que viera en escena una de las famosas fábulas de Daet. Seguramente no era más grande que la niña sentada en sus hombros, que ahora aplaudía, divertida.

A la primera escena entraron animales parlantes que se lamentaban de una gran sequía, las tortugas, las garzas y los sapos se quejaban con los ciervos y los zorros sobre la falta de agua, y lo difícil que era acercarse al último arrollo que fluía por miedo a ser devorados por los depredadores. Entonces entró a escena un hombre vestido de tejón y Evan recordó la historia de golpe; su madre se la había repetido con paciencia cada una de las decenas de veces que le rogara por escucharla nuevamente.

Trataba sobre un tiempo difícil en el bosque, cuando todos los animales tuvieron que acordar una Ley de Tregua que declaraba una zona de no cacería en las cercanías de la única fuente remanente de agua. El tejón, fingiendo altruismo, se ofreció para vigilar que la ley se cumpliera, proponiendo otorgar tiempos equitativos entre cazadores y presas, con el objetivo de que nunca se encontraran ahí.

Los niños de la audiencia jadearon ansiosos cuando el embustero tejón propuso al puma y al coyote no desperdiciar la oportunidad de tener a todos los animales que comen hierba a tan fácil disposición. Éstos aprovecharon la oferta, acordando que no se lo comerían a él con tal de que confundiera los turnos entre los bandos, a fin de que cazadores y presas se topasen en un momento vulnerable y éstos se dieran un festín sin igual.

Cuando lo esperado sucedió, y varios animales cayeron presas de las manadas de coyotes y pumas, el tejón faltó a su palabra y acusó a los cazadores de faltar a la Ley de Tregua. El oso, rey del bosque, castigó a los depredadores que faltaron al pacto y cedió al valiente tejón el agua más dulce y fresca, premiando su loable labor.

Sin embargo, cuatro animales conocían bien las artimañas del tejón, y fue entonces que la liebre, el zorro, el ciervo y el jabalí decidieron exponer la verdad. Se organizaron para atrapar al tejón y dejar en evidencia su falta al acuerdo del bosque ante todos los demás animales.

Evan escuchó la risa de la niña cuando los cuatro justicieros lo atraparon y lo llevaron a la jaula que el hombre había escondido en el bosque. Y luego el público abucheó y aventó cáscaras de cacahuete al escenario cuando el actor vestido de tejón pedía clemencia desde la jaula. Al final del último acto el hombre se comió al tejón y las lluvias reaparecieron de pronto, regresando al bosque tanto el agua como la paz.

Evan recordó con nostalgia las voces que hacía su madre para personificar a cada animal, y cómo Alina y él jugaban una y otra vez la misma historia.

La obra terminó con grandes aplausos y el griterío volvió a inundar la plaza. Evan bajó a la niña, que corrió con los niños más inquietos, jugando la misma historia; y propuso buscar un lugar para comer antes de subir al palacio.

—Creo que es hora de regresar a la Villa Militar—anunció pesaroso, tiempo después. Estaban sentados a una de las mesas dispuestas alrededor de un azadón lleno de gallinas, ajos y cebollas rostizadas—¿Ustedes también van a lo de Yaocalli Nayar?

Zorro y Dino asintieron sin mucho ánimo.

—¿Saben de qué se trata? —preguntó Dino, limpiándose los dientes con la uña.

—Es la fiesta de la cumbre. Hacen un banquete cada cinco años— respondió Zorro, concentrado en contar las monedas restantes después de pagar al tendero. Si bien Evan no recordaba haber ido a una, sí tenía el vago recuerdo de su abuelo alistándose para asistir al evento.

—Pensé que nos encargarían hacer de guardias—dijo Evan, poniéndose de pie al mismo tiempo que todos los demás.

—No lo creo, seguramente es un premio de consolación por haber cambiado las reglas del juego al final del torneo. Normalmente a esa fiesta sólo van los más allegados a la corona y los miembros del Consejo de Clanes—respondió Zorro.

—Pues definitivamente no irán todos, si siguen declarando traidores a miembros del Consejo se quedarán sin muchos invitados—dijo Criz, con los ojos a media asta.

Se hizo una pausa momentánea y Evan escupió lo que recién pasaba por su mente:

—Apuesto a que «el embajador»—gesticuló—estará ahí—aventuró, entrecerrando los ojos como si quisiera verlo a través del orificio de un picaporte.

Criz se quedó pensativo y Evan lo miró con la esperanza de que apoyara su plan. Seguramente sería la única oportunidad que tendrían para acercarse al tipo.

—Es una locura, Evan—intervino Zorro—, el palacio tendrá más guardias que invitados. No sólo asisten los miembros del Consejo, sino todas las familias de las Villas del Rey—aclaró. Su mirada rogaba que no hicieran un plan tan estúpido con tan poco tiempo para refutarlo.

—Aun así, no creo que tengamos otra oportunidad como esta—dijo Criz.

—Exacto—apoyó Evan.

—Es demasiado arriesgado—determinó el pelirrojo, y comenzó a hablar lo más disimulada y puntualmente posible—El «embajador»—gesticuló— será prácticamente intocable, estará rodeado a cada momento. Si fue difícil con «el hijo del otro», imaginen ahora con la persona a la que protege. Lo que proponen es un suicidio—agregó, serio.

—No si le hacemos beber la misma cosa que consiguió Dino la vez pasada—dijo Criz, y volteando hacia Dino agregó: —¿todavía tienes?

Dino trató de hacer memoria encogiendo los labios.

—No—dijo al fin, negando con la cabeza.

Evan y Criz de inmediato comenzaron a buscar otras vías.

—Podemos secuestrarlo—sugirió Criz.

—¡¿Qué?! ¿Acaso han perdido la cabeza? Estamos hablando de la misma persona, ¿verdad? — Zorro sonreía como si le estuvieran haciendo una broma que se negaba a creer.

—Bueno—se corrigió Criz—, no secuestrarlo, pero podemos encontrar la manera de apartarlo de los demás, y hacerle unas preguntas—respondió Criz.

—Sí, seguramente te invitará a su habitación para tomar el té y te dará amate y un tintero para que lo anotes todo y no se te olvide nada—respondió Zorro, sardónico.

—¿Puedes conseguir más del bebedizo, Dino? —preguntó Evan.

—No lo sé, me costó trabajo conseguirlo la primera vez, pero podría preguntar a las cocineras, una de ellas lo hace.

—Bien, hazlo. De cualquier manera, no hay que despegar un ojo del tipo, a donde vaya, nosotros estaremos observando. Puede haber alguna oportunidad para abordarlo; tal vez no necesitemos del brebaje, tal vez sea suficiente lo que beba durante el banquete para hacerlo hablar.

Zorro lo escuchaba, negando con una sonrisa sarcástica, en lo que avanzaron hacia la salida norte de la feria.

—Es una estupidez lo que están hablando, no saben lo que hacen—dijo entre dientes.

—En realidad no hemos planeado nada aún—aclaró Evan—, sólo estoy proponiendo no quitarle los ojos de encima, uno nunca sabe las oportunidades que se pueden presentar—terminó.

Zorro dejó que los otros dos avanzaran antes de decir a Evan:

—Te olvidas de con quién estás hablando, Evan, si estás de calientahuevos con Criz esto no va a terminar bien—respondió, amenazante.

Evan sabía a qué se refería, y sabía que Zorro tenía razón: no era una buena idea motivar a Criz y prometerle una pelea donde no iba a haberla, esas cosas nunca acababan bien.

—No pasará nada, ya verás—trató de tranquilizarlo—, no estaría de más tener las respuestas que buscamos.

—¿Y sí buscan las mismas? Porque veo claramente que a ti te interesa saber unas cosas mientras que Criz sólo busca su venganza. En verdad esto me parece la peor idea que han tenido—confesó con las cejas alzadas, a la vez que negaba con la cabeza.

Zorro no le dio oportunidad de responderle, pero tampoco hubiera sido muy convincente. Él mismo sabía que las probabilidades de lograr sacarle algo a Ravenjut eran ínfimas, y que correrían una gran cantidad de riesgos que llevaban la balanza hacia la posibilidad de que algo grave sucediera.

Ya en la Villa Militar se bañó, se afeitó y se colocó el uniforme de gala siguiendo las más estrictas normas de vestimenta: las botas lustrosas, el cinturón aceitado, el largo caftán de gala en la medida precisa sin estar ni flojo ni demasiado entallado.

Se pasó un poco de aceite de almendras por el cabello y el cuello, y echó un único vistazo al espejo. Luego se colgó el broche de bellotas en el pecho a un lado de las alas de plata y posó el torque sobre el cuello alto del caftán antes de salir de los cuarteles hacia la comandancia, donde les esperaban sendas carrozas con el sello del ejército. Evan y Criz alcanzaron la última, y aprovecharon el trayecto para afinar los detalles del plan.

—…estoy de acuerdo en que hay que hacerlo hablar—dijo Evan sentado en el banquillo de la diligencia—, pero me parece absurdo siquiera preguntar cualquier cosa relacionada con el torneo, será demasiado obvio— remarcó, recordando con claridad lo que le dijera Zorro más temprano.

Criz le miró con una mezcla de franqueza y sarcasmo.

—Por supuesto que no podemos preguntarle nada al respecto, sería por demás estúpido—respondió, y Evan lo miró, atento e incrédulo—Yo sé lo que dije—siguió el otro—, y sí, estoy encabronado, y no, tampoco me da miedo hacerle algo a ese imbécil… ganas no me faltan. Pero estoy de acuerdo en que no tiene sentido alguno preguntarle sobre de quién salió la decisión de nombrarnos parte de una puñetera guardia y arrebatarnos el título de generales. Igual que a ti, también a mí me preocupa la situación de Daet—terminó, franco. Ahí estaba la mirada del Criz que conocía: honesta y sin la altivez con la que trataba a algunos sin estar consciente de ello.

—Pensé que no te importaba.

—Vamos, Evan, es obvio que sí. Fui el primero en decirte que algo andaba mal y me da gusto que hayas recapacitado; pero hemos perdido mucho tiempo, muy valioso, para averiguar lo que está pasando.

—Ya habíamos quedado en que hubiera sido un error ir con Culén— aclaró Evan—, pero me gustaría entender qué es lo que está sucediendo, y ahora con este desmadre de la guardia tenemos muy poco campo de acción; tendremos muchos ojos encima.

Criz se le quedó mirando, irritado.

—Exacto, tenemos poco tiempo, y por eso necesitamos hacer hablar a Ravenjut hoy mismo.

—¿Sabes si Dino consiguió la pócima?

—Lo mismo te iba a preguntar yo a ti.

—Espero que sí—dijo Evan—pero si no, tenemos que pensar en otro plan, y sobra decir que la idea de secuestrarlo está fuera de la mesa.

Ambos se quedaron callados, sus cabezas seguían el movimiento cadencioso de la carroza y de tanto en tanto veían los árboles pasar lentamente a su lado mientras subían la pendiente hacia el palacio.

—He pensado mucho en el significado de lo que dijo Nándor—dijo Evan, rompiendo el silencio, tranquilo de saber que nadie más escuchaba. Criz lo miró con absoluta atención—Entiendo lo del chamán, también lo de la ruta sagrada, hablaron sobre eso en la reunión de los clanes de la que te platiqué—lo miró para ver si lo seguía—, e incluso creo saber a quién se refirió con el tal Príncipe Bastardo que mencionó al principio, cada vez estoy más seguro de que se referían al hombre blanco de la reunión en el clan del Ave de Fuego.

—¿Blanco?

—Sí, pero no como tú o yo, blanco como el venado sagrado, ¿recuerdas?

Criz entrecerró los ojos y se llevó la mano al mentón, para luego ver a Evan con atención, al fin parecía estarlo convenciendo.

—Y no sólo eso, su parecido con Idelfonz era impactante.

—¿Crees que sea su hijo?

—¿Por qué otra razón lo llamarían el príncipe bastardo si no?

—¿Y lo será de verdad? —cuestionó Criz con suspicacia.

—No lo sé—respondió honesto—pero necesitamos buscarlo, aunque gracias al edicto contra los Sabios ahora será casi imposible.

Ambos permanecieron silenciosos digiriendo sus pensamientos hasta que Evan dijo los suyos en voz alta:

—Con lo que aún no doy es con a quienes se refirió Nándor con «ellos amenazaron» cuando dijo lo del río.

Criz posó las manos sobre las rodillas e hizo una mueca.

—No le encuentro sentido—dijo—, pero puede ser que tampoco lo tenga—sugirió.

—Yo creo que sí lo tiene—adelantó Evan—, sólo que Nándor hablaba como en su propio idioma; no lo entendemos porque no tenemos todas las piezas.

—Lo que más se me quedó grabado en la mente fue lo de la visión del este al oeste—dijo Criz—, ¿a qué carajos se habrá referido?

—También a mí—confesó—, me preocupa que el embajador esté planeando algo, tal vez una alianza con Peréndimor.

Criz entornó los ojos y alternó la mirada rápidamente entre Evan y el horizonte.

—Un cuartel, una corte… algo así dijo, ¿no? —recordó Criz, inquieto— ¿Y si se refiere a volver a unir Daet con Peréndimor?

—¡Sería una locura! —dijo Evan cuando el otro llegó a su misma conclusión.

—Sería revivir la Batalla de los Árboles—declaró Criz.

Ambos callaron nuevamente y Evan trató de escarbar en su memoria como perro encerrado, y sin encontrar nueva información, exhaló, fatigado.

—No vale la pena seguir tratando de entender lo que dijo, además ya no sé la diferencia entre lo que dijo y lo que creo que recuerdo que dijo— aseveró Criz, cruzando una pierna sobre la otra y acomodando la espalda contra el respaldo de madera.

Evan se quedó pensativo, si bien compartía la confusión, sentía que había algo muy evidente justo frente a él, sin que fuera capaz de abrir los ojos y verlo.

—Tendremos que preguntarle al tal "Ser Ravenjut"—terminó Criz, sacándolo de sus pensamientos.

Evan asintió, distraído, cuando la carroza se detuvo al final de la larga fila de carruajes para ingresar al palacio. Por mucho que repasaba una y otra vez las someras pistas que recolectó en las últimas semanas, no encontraba un hilo conductor claro. Si bien sabía que Ravenjut podría ser parte del origen de todo aquello, otra parte de él le recordaba insistentemente que en realidad no sabía nada, que no tenía pruebas y que sólo hacían castillos en el aire.

Una vez arribaron a la cúspide no tuvo mucho tiempo para seguir pensando. Con el inicio del crepúsculo el palacio parecía olla en ebullición, con una larga fila de carruajes que se verían de lejos como agua chorreante en la parte más alta de La Escalera. Uno por uno, los carruajes fueron descargando gente, como golondrinas que llevan comida a sus polluelos, depositando a las personas en el camino que llevaba al pulido suelo de la explanada principal, quienes se volvían el objetivo del cotilleo desde las carrozas que aún no arribaban al área de descenso.

Había un mundo de gente, gran parte desconocida para Evan. Todos iban vestidos con sus mejores galas, y apostaría que incluso se les exigió a los sirvientes tomar un baño antes de atender a los distinguidos invitados. Las mujeres lucían largos vestidos de seda o terciopelo, en su defecto del más suave algodón. Iban delineados con pedrería o fina piel para realzar el escote y la cintura, o decorados con delicados volantes y zapatillas de piel de conejo. Llevaban elaborados peinados, trenzados y ajustados con peinetas enjoyadas, mientras que los hombres portaban túnicas o caftanes bordados con piedras finas y discretas, y zapatos de costosa confección.

Cuando tocó el momento de descender, Evan se tocó el cuello del uniforme, repentinamente consciente del torque que lo identificaba como de la familia real de su clan. Luego se volvió para ver a Criz y lo encontró notoriamente incómodo.

—Acabemos rápido con esto—dijo el rubio sin media sonrisa, y avanzaron entre la gente buscando al embajador.

Oteó en derredor, asombrado con la decoración. Hubiera podido confundir el palacio con aquel de la reina de las hadas en el Otromundo. Grandes esferas de vidrio soplado pendían de la estructura que sostenía enormes lienzos de tela a manera de techo temporal. Se le figuraron como las gotas de lluvia en una telaraña, estaban iluminadas con el naranja crepuscular y cientos de velas colocadas en altos quinqués de bronce. La explanada principal fue engalanada con guirnaldas de flores y hierbas aromáticas, y una decena de músicos amenizaba el arribo de los invitados, que se enfilaban sobre largas alfombras hacia el trono de la reina.

—¡Abundante Madre! —escuchó decir a Dino—¿Vieron alguna vez algo parecido?

Pero antes de que alguien respondiera, notó que un grupo de mujeres los veían con atención, ocultando su cotilleo detrás de sus amigas y lanzando miradas curiosas y poco tímidas.

—¿Quién invitó a los lobatos? —preguntó un joven cerca de ahí. La pregunta parecía ir dirigida hacia otro vestido igual de galán que él, y a una mujer que los barrió con la mirada desde la coronilla hasta las puntas de los pies.

—¡Pero si son los contendientes Yntaura Ácuila! —respondió el otro con un tono despectivo, haciéndose notar.

Criz apenas les dirigió la mirada y se volvió hacia Dino

—¿Y Zorro? —preguntó.

Dino se encogió de hombros y luego dijo:

—Vamos a comer algo, muero de hambre.

Se hicieron paso entre la multitud al tiempo que Evan se preguntó de dónde salía tanta gente de alta alcurnia. Mientras que algunas de las familias antaño conocidas por su riqueza vestían de manera fina y discreta, muchos otros, si no es que la mayoría, eran rostros que Evan nunca había visto en las reuniones del Consejo de Clanes, o las fiestas que organizara su tía o su abuelo. Era gente que se hacía notar con abalorios sobrecargados, peinados con plumas altas y aparatosas que repetían lentamente cada movimiento de sus portadoras, o ropajes bordados del cuello al piso.

Miró por encima de la coronilla de los asistentes buscando a su tío, y de inmediato prefirió ni siquiera verlo; mejor se concentraba en buscar al embajador. Comenzó a sentirse incómodo entre tanta gente, tratando de hacerse paso entre la multitud, hasta que arribó a un espacio abierto. El olor a abrigos de piel, aceites aromáticos y aliento fue reemplazado por aquel de lechón asado, cebollas caramelizadas y vino.

—¡Al fin! —exclamó Dino, antes de acercarse a las mesas.

Evan jaló de su hombro para detenerlo un momento, con Criz a un lado.

—Todos con los ojos abiertos, necesitamos encontrar al embajador— recordó.

—No será necesario—dijo Criz, quien luego señaló con la mirada una de las mesas más alejadas, sobre la alta tarima donde comería la familia real. El hombre estaba de pie con su copa alzada, sonriendo a un creciente público, mientras los invitados seguían siendo nombrados por un vocero para presentarse ante la reina y depositar regalos a sus pies. A esa distancia no se escuchaba lo que decía el embajador, pero le veía hablar mientras buscaba una mesa con buena visibilidad desde la que observarle todo el rato no se viera forzado, a fin de no levantar sospechas. No podía ser una mesa cercana, sin embargo, esos lugares estaban reservados para los invitados reales, mientras que a él seguramente le tocaría sentarse en las últimas mesas; donde luego del banquete la servidumbre se sentaría a comer las sobras.

Sin despegar los ojos de Ravenjut, Evan serpenteó entre las mesas a fin de encontrar el mejor lugar.

—¡Oh, aquí están, qué afortunada coincidencia! —escuchó cerca.

Evan buscó el origen de la voz y se topó con el rostro divertido de Lupo Culén, que llevaba una mano sobre el hombro del infame Médomar Potomac.

—Womak, ¡Gléantan!, qué afortunado encontrarles.

Evan y Criz compartieron una mirada brevísima, ambos notaron la excesiva alegría en la voz del general.

—Ser Potomac, me gustaría presentarle a dos de los miembros de la nueva Guardia Real, Evan clan Womak, y Creioz Gléantan, también del clan Womak.

—Señor—saludó Evan con un cabeceo, y una mano extendida. En realidad, no requería que Culén presentara a Potomac. Cualquier persona en la esquina más remota de Daet habría escuchado hablar sobre él, y la mayoría de ellos se enteraba más pronto que tarde de los brutales tratos que tenía con los trabajadores de sus tierras, antes que su puesto como jefe interino del Consejo de Clanes. El hombre le parecía nefasto, y no necesitaba tratar con él para saber cómo era; conocía demasiado bien a su tipo: gente apoderada que no provenía de la familia del clan y que no tenía la mínima noción de las tradiciones de las viejas dinastías, como para expresar mucho respeto cuando trataba con ellos.

—Womak, ya veo—dijo el hombre, taimado, como era su costumbre—. Descendiente de Élanher Womak, imagino—mencionó con deferencia. Su cabeza completamente rapada brillaba con la luz de las velas mientras que su mentón mostraba una profusa barba oscura.

—Sí señor, el general era mi abuelo.

—Bien—dijo el otro, dirigiendo una mirada furtiva a Criz, quien no se molestó en sonreír siquiera—bien—repitió, pasando la mirada a Evan nuevamente—. Pues disfruten la velada, que tendrán mucho trabajo próximamente—el hombre palmeó a Criz en el hombro, como haciendo notoria su falta de cortesía, y se retiró, excusándose. Culén le siguió como perro faldero.

El rostro de Criz parecía uno tallado en madera, su boca era apenas una fina línea y su mirada acentuaba lo rasgado de sus ojos.

—Vamos a esa mesa antes de que alguien más se siente—dijo a Criz y a Dino, quien les había alcanzado ya dando mordidas a un bizcocho blanquecino.

Se sentaron a la mesa desierta, Evan calculando el lugar con la mejor vista directa sobre Ravenjut. Un sirviente se acercó con un ánfora llena de vino y Evan puso de inmediato la mano sobre la copa indicando que no tomaría, mientras que Criz extendió la suya como borracho de taberna y bebió a tragos antes de pedir que la llenara nuevamente.

Evan no se dio el tiempo de bajar la vista a la mesa hasta que resolvió que Ravenjut no se alejaría del lugar más que para saludar a las personas que lo buscaban, y hasta ese momento no vio que otros ya se habían sentado a su alrededor; y sumando a la incomodidad de los soldados, los otros parecían todos conocerse entre sí. La gran mayoría de los asistentes ya había tomado asiento también, y un grupo de flautistas amenizaba la velada por sobre las animadas voces de los invitados, quienes ocuparon sus lugares según los viejos protocolos de rango social.

Pocas veces en su vida vio un banquete tan pletórico de manjares. No sólo había al menos tres lechones por mesa, los pequeños cerdos iban acompañados de purés de papa y de camote dulce, cebollas caramelizadas, tortas de maíz y harina de cacahuete ahogadas en miel, mazapanes de almendra, frutos secos y vino a pedir de boca. Cada invitado fue provisto de un cuchillo, un trinche, y un pañuelo de tela, y todos comían y platicaban con ganas, ayudados por sirvientes impecables, que sabían la manera precisa de destazar a cada animal. Y eso era en las mesas más alejadas. En las más cercanas a la reina, donde seguramente estarían sus tíos, iban ya en el tercer tiempo, con nuevos platillos cada vez, que degustaba antes la familia real que el resto de los invitados. Frente a la fría mirada de la reina se iban presentando platillos con aves cocinadas con esmero y decoradas con sus propias plumas y bellos frutos frescos.

Observando detenidamente, Evan reparó en que las personas que estaban ahí reunidas, a pesar de ser decenas y decenas, parecían saberse parte de una misma élite, algo así como los mejores frutos de una cosecha escasa. No se escapó a sus ojos, sin embargo, que no todos ellos conocían los modales de mesa, y que algunos ya comenzaban a lucir los efectos de beber el vino con demasiada rapidez, claro signo de falta de educación.

—¿Y... es usted un general? —preguntó una voz femenina a un costado de Criz. La mujer, con los ojos almendrados y saltones, y una amplia sonrisa, parecía sólo querer llamar la atención de un Criz que sólo atendía a su copa y su plato.

Criz no respondió y se limitó a dirigir una sonrisa forzada.

—Coroneles—respondió Evan a la joven, que ya comenzaba a ofenderse por la respuesta del rubio.

—¡Oh! Qué interesante—respondió ésta, asintiendo de más y haciendo que su peinado se agitara con el movimiento. Dino no le quitaba los ojos de encima al tocado de plumas turquesas que parecía peligrar en encenderse en cualquier momento con las velas que alumbraban la mesa.

—No me imagino qué hacen los coroneles en tiempos de paz—dijo un hombre gordo al lado de la mujer, zampando un buen trozo de turrón de yema—¡Los han de poner a construir puentes! Vaya inutilidad de título—dijo el que parecía el padre de la chica.

—No más inútil que muchos miembros de nuestra sociedad. Además, uno nunca sabe cuándo empezará una guerra, la gente es estúpida y banal, y los conflictos están a la orden del día—respondió Criz, sombrío, dando otro trago largo a su copa.

Evan clavó la vista en la copa otra vez vacía de Criz, para luego mirarlo con seriedad, más le valía no pasarse esa noche.

—Sí, sí, bueno, sin duda yo no me tentaría el corazón en mandar a la guerra a muchos de esos miembros inútiles—dijo el señor tocándose el gordo bigote. Actuaba con la petulancia de quien cree tener más poder del que ostenta, o la comprensión sobre lo que habla, en todo caso.

Evan frunció el ceño y permaneció callado, irritado ante la idea de lo fácil era el que cualquiera de las personas de ahí se creyera con el derecho de montar un conflicto por cualquier nimiedad. Actuaban como si desde su peldaño social, tan pequeño como sus mentes, tuviesen derecho sobre las vidas que consideraban inferiores.

Se hizo un silencio prolongado y el tema se dio por terminado, aunque el señor estaba visiblemente ofendido por que ninguno de ellos le hubiera respondido. Evan luego se aseguró por décima vez de que el embajador siguiera en su sitio. Ahora cuchicheaba chistes con la mujer que había visto en el palacio el día de la reunión de la reina, justo antes de ponerse de pie al son de unas campanillas que llamaron la atención de todos los invitados. Los músicos se detuvieron y todos los comensales se volvieron a ver al hombre.

—Quiero agradecer a todos ustedes por honrarnos con su presencia—atronó, con una de sus sonrisas gallardas—. Es para la casa real un honor recibirles en nuestro humilde recinto—dijo él. Un aplauso generalizado resonó en la explanada en respuesta—Doy la palabra a nuestro más distinguido miembro, y futuro rey de Daet—anunció el embajador.

La gente volvió a aplaudir largamente con un ímpetu autoalimentado. Como si algo les emocionara y entretuviera más allá de ver al príncipe incorporarse en su asiento para decir unas palabras. Era una anticipación exagerada, como si todas las personas ahí reunidas esperaran con ansias desbordantes algo que tenía que ser más que ver al príncipe hablar. Era como si esperaran con ganas ya verlo coronado.

El hijo de la reina ascendió con su figura espigada después de tantos aplausos, y apoyó las manos sobre la mesa de la familia real, dispuesto a tomar asiento inmediatamente, pero se detuvo cuando la reina le dirigió una mirada que le hizo erguirse nuevamente, como cambiando de opinión.

—Hoy brindo, con esta generosa comida y magnífica compañía—dijo, alzando una amplia copa dorada—, por mi padre, Idelfonz, señor de Daet, líder de los veinte clanes y águila blanca de nuestra nación.

El público alzó también la copa, el vaso y la bota y repitió «¡Por el águila blanca!», y todos dieron un sorbo.

Antes de sentarse, Pátrak alzó la copa nuevamente hacia el embajador y dijo:

—Brindo también por nuestros amigos y los líderes a los que ellos representan ¡Larga vida a la Emperatriz Parvane! —el público repitió eso último, y Evan escuchó cuchicheos entre la gente. Desconocía quién era la tal emperatriz. —Brindo por los líderes de este gran país y por mi madre, Anturia, Reina de Daet, ¡y duquesa de la casa imperial de Raganjar! —terminó el príncipe, besando la mano de su madre, que sonreía ligeramente desde su elevado trono de madera oscura.

El aplauso fue largo y generoso. Evan y Criz intercambiaron miradas con los brazos cruzados y retomaron su vigilancia una vez que el príncipe y el embajador volvieron a tomar asiento y que los músicos retomaron su aria. Cada vez se sentían más y más incómodos de estar ahí.

Pasó una gran parte de la noche, y mientras que en su mesa ya no llegaba más comida y la mayoría de los comensales la habían abandonado, en las de los miembros de la corona se seguía brindando y comiendo hasta el hartazgo. Evan, Criz y Dino permanecieron sentados mientras el mundo iba y venía en derredor.

—¿Dónde está Zorro? —preguntó Criz, perdiendo la paciencia.

—No sé—dijo Dino, recolectando migajas de la mesa con el dedo índice—lo perdí de vista en las carrozas, tal vez está con su abuelo.

—O se acojonó—gruñó Criz.

—No es su estilo, no ha de tardar en llegar—dijo Evan, mirando a Brenda en la lejanía. Nunca la había visto de vestido, parecía brillar desde dentro. Casi no reconoció a Artham, quien iba de su brazo por un lado y una muleta por el otro. Tan sólo recordar lo que escuchó decir a los sanadores sobre que tendría suerte si caminaba de nuevo hizo brotar el coraje reciente. Artham había sido dedicado además de hábil, y merecía algo mejor que eso. Todos merecían algo mejor que lo que recibieron. Levantó la copa, y dio un trago largo de hidromiel, pasando la amargura, y continuó con su vigilancia mientras la gente bailaba en otra zona de la explanada.

—Hasta que los encuentro—dijo Zorro. Se le veía un poco más rojo que de costumbre. Jaló una silla y se sentó a la mesa con una bolsa de tela café en las manos.

—Hasta que llegas—respondió Criz, aburrido, jugando con la cáscara vacía de una nuez.

—¿Tienes la pócima? —preguntó Zorro a Dino; a lo que éste respondió sacando un frasquito de alguna parte de su uniforme.

Zorro, entonces, removió algo en la bolsa y apenas dejó entrever lo que Evan tardó en reconocer como una máscara de jabalí.

—Así no corremos el riesgo de que nos reconozca, como Nándor a Evan—dijo con una sonrisa.

Evan la miró con sigilo, parecía estar hecha con la piel de un jabalí a la que no le retiraran el pelambre a propósito.

—¿Cómo las conseguiste? —preguntó, echando otra mirada furtiva al embajador, que seguía en las inmediaciones.

—La compañía teatral que vimos hoy fue contratada para dar una obra especial a la reina, y tienen una carreta llena de estas cosas en la caballeriza.

—Perfecto. Ahora sólo tenemos que encontrar nuestra oportunidad para apartar a Ravenjut del resto—dijo Criz, inclinándose hacia ellos y poniendo los codos sobre la mesa, llena de platos sucios.

—No será fácil, lleva toda la noche turnándose entre todos los que le

quieren saludar—dijo Dino— Ya ni pensar en ponerle algo en la bebida...
¿ya vieron que el chico prueba todo lo que bebe?

Los otros tres miraron con atención.

—Que siga bebiendo, entonces. Tendremos que encontrar nuestra
oportunidad—dijo Criz—. Hasta los ricos mean—agregó, mirando al
embajador asentir a lo que le decía una mujer con un gran tocado de
conchas pulidas.

Después de lo que sintió como una eternidad, la compañía teatral hizo
su aparición y los presentes volvieron a brindar antes de otra ronda de baile.
La mayoría de los invitados estaba ya algo achispada por la bebida, las
mesas se veían abandonadas y la mejor comida se había agotado. Algunas
personas, sobre todo los que iban con niños pequeños, así como los más
ancianos, abandonaron la fiesta después de la presentación teatral. Evan
sintió los ojos arenosos y el peso de las últimas semanas comenzaba a
hacerse presente en sus hombros cuando vio al embajador levantarse de
su mesa.

Con todo el sigilo del que era capaz, se levantó después de hacer una
seña a los otros, y siguió de lejos al embajador por los pasillos externos del
alcázar, y luego alrededor del torreón hacia los jardines. De tanto en tanto
se detenía al borde de un muro para no acercarse demasiado. Sabía que
Criz, Zorro y Dino les seguían entre las sombras, pero tan pronto como
salieron a los jardines detrás del palacio, Evan esperó que no estuvieran
demasiado lejos.

Así como Evan intentaba no ser visto por nadie, se percató de que
Ravenjut actuaba de la misma manera, evitando encontrarse con gente que
con toda seguridad lo detendría para intercambiar algunas palabras. Le
vio avanzando rápidamente entre las impecables y penumbrosas jardineras,
y él también dejó atrás el murmullo de la fiesta y la música hacia donde
cantaban los grillos, acercándose a los olores de las caballerizas. Evan se
detuvo detrás de un enorme ciprés, buscando gente en derredor, y escuchó
la muy particular imitación de un colimbo que hacía Dino: estaban en
sus talones.

Evan respondió con un silbido suave en la penumbra y luego miró
cómo el embajador se internó en las caballerizas. Le siguió de cerca,
observando con atención cómo daba instrucciones a quien parecía su

guardia. Evan buscó frenéticamente a Nándor, repentinamente consciente de que no le vio en toda la noche, y que bien podría ser él con quien estuviera hablando Ravenjut entre las sombras.

Se pegó lo más que pudo a la pared de piedra, protegido por un seto con forma de mariposa.

Para cuando entró a las caballerizas no hubo rastro del embajador ni de los caballerangos, pero alcanzó a escuchar cómo se cerraba la pequeña puerta de un carruaje en las cercanías, e inmediatamente después, escuchó a los caballos emprender la marcha.

Aceleró el paso y buscó un caballo para seguir al embajador. Los otros tres ya se habían puesto una suerte de túnicas que cubrían el uniforme y llevaban sus respectivas máscaras en las manos.

Evan sacó a uno de los caballos de su caballeriza, asegurándose de no estar tomando uno que fuera fácilmente identificable, y tan pronto como trepó al caballo, Zorro le aventó la bolsa café con su túnica y la máscara. Justo antes de seguir el rastro de la carroza de Ravenjut, vio con el rabillo del ojo a los otros tres sacando a sus respectivos caballos, y emprendió la marcha a toda velocidad.

Con la túnica ya puesta, Evan siguió al embajador con menor cautela que la que tuviera en el palacio. De no estar en movimiento, seguramente sentiría con mucha más fuerza el pulso contra el cuello, sentía la intensidad de la persecución de la cacería.

Los otros tres lo alcanzaron pronto y todos conservaron una distancia prudente con la comandancia en la que iba el embajador. Negra, igual que las túnicas, la comandancia se perdía entre las sombras de los árboles del camino que torcía hacia el norte.

Después de un tiempo alcanzaron un tramo ideal, cubierto por las copas de los árboles que crecían a cada lado del camino; desierto a esas horas de la noche.

En ese momento una parte de él quiso cambiar el plan y mejor seguirlo hasta verle alcanzar su destino, ver por él mismo lo que se tenía entre manos; pero arriesgaría demasiado la oportunidad de tenerlo tan cerca y tan poco protegido. Estaba muy cerca y había muy poco tiempo para actuar.

—Hay dos tipos con él—le gritó Criz con el caballo a trote, y le señaló que se pusiera la máscara, antes de ensartarse él mismo la careta de jabalí.

Era demasiado tarde ya para cambiar el plan. Criz, como jabalí, llevaba la delantera.

Evan tomó la bolsa café y encontró unos cuernos de venado unidos al resto de la cara vacía del animal. Sacó la máscara y se la acomodó lo más apretada posible. Temió que los cuernos le estorbaran al momento de maniobrar, pero no había tiempo para quitarlos ahora. Criz se acercó vertiginosamente a la comandancia, dispuesto a derribar al conductor.

Zorro y Dino avisaron a Evan que flanquearían el otro lado, y antes de lo que canta un gallo, el conductor salió volando a la orilla del camino, rodando cual saco de patatas del carro de un campesino; chocó con un tronco, y Evan observando atentamente que no se levantara mientras pasaba de largo sobre el caballo a trote.

Para cuando volvió la vista al frente, un hombre con máscara de zorro y Criz de jabalí refrenaron a los caballos de la diligencia, en lo que un tejón abría la portezuela del carruaje en movimiento, conducido ahora por el de la máscara de zorro. Evan reconoció a Dino detrás de la máscara de tejón, quien se apartó con brusquedad cuando desde dentro del carruaje salió una espada amenazante. Por el otro lado del carro, Criz aprovechaba la disminución de velocidad para entrar en la comandancia como gigante visitando la casa de un gnomo. Un hombre salió volando y rodó en el suelo para luego tratar de ponerse en pie. Por el talle y la velocidad con la que se levantó, Evan supo que se trataba de un guardia. Tan pronto se acercó, dio una patada al hombre desde el caballo. El tipo tardó demasiado en ubicar de dónde venía el ataque y la patada de Evan lo mandó directo hacia un espino en el que se quedó encajado; eso les granjearía algo de tiempo.

Para cuando Evan alcanzó el carruaje éste ya estaba prácticamente detenido.

Vio a Dino peleando a puño limpio con otro hombre que había perdido la espada hacía unos instantes, arma que Zorro recuperó tan pronto detuvo a los caballos para ayudar a aprehenderlo. La carroza ya estacionada se movía con violencia, y Evan deseó que Criz no estuviera golpeando al embajador.

Acortó la poca distancia a trote y saltó del caballo para trepar como rayo en la carroza.

—¡Dame la bolsa! —gritó Criz.

Evan tomó rápidamente la bolsa café de las máscaras que llevaba atorada entre la silla y el lomo del caballo. Trepó a la comandancia y apenas reconoció el gesto de terror en la cara del embajador antes de cubrirle la cabeza con la tela.

Criz y Evan cargaron al embajador hasta el bosque cual saco de grano y trataron de internarse lo más que pudieron, mientras Dino y Zorro reunían a los caballos y quitaban la comandancia del camino. De la bolsa de tela café llegaban maldiciones con un cargado acento Raganí.

—¡Malditos! ¡No tienen idea de quién soy, libérenme de inmediato! —rugía con la voz ahogada por la tela, en lo que los otros dos lo cargaban, corriendo bosque adentro.

—¡Ayuda! ¡*Falnaj*! —exclamaba el otro.

—¿Cuántas personas crees que hablan raganí aquí, imbécil? Cállate o te matamos—dijo Criz, jadeante.

—¿Quieren oro? ¿Cuánto quieren? Tómenlo de mi bolsillo.

—No estamos aquí para robarle, sólo vamos a charlar, embajador—dijo Evan—le quitaremos la venda cuando se calme.

Evan vio la mirada de Criz a través de los agujeros en la máscara de jabalí. Evidentemente prefería que dejara puesta la bolsa. Azotaron la espalda del hombre contra un tronco y lo amagaron con fuerza.

—Así que saben quién soy, malditos, ¡¿qué quieren?! Libérenme y tal vez les dé una muerte rápida. Si saben quién soy, son realmente estúpidos como para creer que se van a salir con la suya.

—¿Por qué declararon traidores a los Sabios?

—Así que de eso se trata—el embajador comenzó a rabiar aún más— ¡malditos, bastardos, como el supuesto príncipe que siguen! No nos doblegaremos ante argucias nimias de un grupo de charlatanes y magos de quinta—farfulló.

Evan retiró la bolsa café de la cabeza del embajador, esperando que cooperara; sólo para verle espumear de la rabia. Ahí donde no había barba, encontró un rostro rubicundo e hinchado, con un par de arañazos abultados. El embajador miró las máscaras y las túnicas con desesperación

—¡Espurios, les ordeno que me liberen de inmediato!

—¿Para qué quiere el paso sagrado y qué relación tiene con Peréndimor? —exigió Evan.

—Retrógrados inútiles. Populistas convenencieros, ¡Déjenme ir ya, se los ordeno!

—¡¿Qué parte de que te calmes no entiendes, anciano de mierda?!—rugió Criz, agarrándolo de la túnica y presionando la nariz del embajador con la nariz de cochino de la máscara—aquí somos nosotros los que hacemos las preguntas, extranjero—su voz se escuchaba ahogada por el antifaz.

El embajador se quedó prendido de sus ojos, y Evan detectó el miedo en la mirada y el sudor que bajaba de la frente rubicunda del tipo.

—¿Para qué quiere el paso sagrado? ¿Qué es lo que planea con Peréndimor? —repitió Evan, desenfundando la espada desde dentro de la túnica. El embajador trató de ver sus pies, como buscando una pista de quién se trataba.

—No te importará quiénes somos si estás muerto. ¡Responde! —amenazó Evan, con la espada rozando los vellos más cortos del cuello del embajador y presionando lo suficiente para lacerar la piel.

El tipo comenzó a reírse con rabia y tomó aire para gritar con todas sus fuerzas. Dino y Zorro se acercaron rápidamente.

—¡Eh! ¡Dense prisa! —gritó Zorro.

—¡Habla, maldito! —ordenó Criz.

—¡AYUDA! ¡Ayúdenme! —el embajador empezó a gritar como poseso.

—¡Maldita sea! —bramó Criz, y luego atestó un golpe certero en la sien del hombre que lo dejó inconsciente.

Evan se talló el cuello con desesperanza ahí donde la máscara le daba comezón. Movió al tipo, pero estaba noqueado y comenzaba a amoratarse la sien. Respiró profundo, haciendo acopio de toda su paciencia, mirando hacia el cielo. Tenía ganas de gritar a Criz y volver a golpearlo como lo hizo en el torneo, pero no tenía sentido enojarse ahora.

Zorro, irónicamente con la máscara de zorro, y Dino, de tejón, se acercaron entre las ramas con un ave enjaulada.

—Hasta que callaron el imbécil este, se escuchaba todo hasta el camino—dijo Dino.

—No podemos quedarnos mucho tiempo—dijo Evan—¿Qué traes ahí? —preguntó a Zorro.

—Es un halcón. Trae un mensaje en código. Creo que debimos haberlo seguido y nada más.

Evan sopesó la situación unos momentos.

—Podemos liberarla y ver hacia dónde va—sugirió Criz viendo al ave.

—¿Sabes lo rápido que vuelan estas? Jamás nos daríamos cuenta de a dónde va, ni aunque fuéramos una.

—Y el mensaje, ¿hay forma de saber qué contiene? —preguntó Evan.

Zorro negó con aprensión.

—Aún si pudiéramos comprender el código, que ya de por sí es difícil, lo más seguro es que esté escrito en raganí—explicó.

Dino habló desde su máscara de tejón:

—¿Por qué no lo encerramos y lo forzamos a hablar cuando despierte? —sugirió.

—Es demasiado arriesgado —dijo Evan, tratando de recuperar la paciencia—. Además, no creo que nos diga nada, así le quememos los pies con carbón. Esto es demasiado, estamos tomando ya muchos riesgos al quedarnos aquí con él.

—Deberíamos dejarlo muerto y ya. Botarlo en la mitad de la plaza—dijo Criz.

—No sabemos a dónde iba este mensaje—respondió Zorro—, en realidad no sabemos…

—¡Es obvio que no sabemos absolutamente nada! —atronó Criz—Pero estamos aquí con un embajador inconsciente, a la mitad del bosque, y tenemos que ver cómo terminamos con esto—soltó desesperado, a punto de quitarse la máscara.

—No te la quites…jabalí. Puede despertar—dijo Evan. De pronto llegó a él la respuesta—. No es una mala idea dejarlo en la plaza—dijo sugerente.

—Muerto—aclaró Zorro, en parte preguntando.

—No necesariamente. Di.. —carraspeó—, tejón, voy a necesitar tu vestuario…

Poco antes de romper el alba, Evan cruzó la puerta de la Villa Militar junto con sus tres camaradas. Aún tenían algo de tierra en las uñas y Evan no podía quitarse de la nariz el olor a hierro viejo y sudor, pero le inundaba un sentimiento de satisfacción al saber que, en cuestión de horas, el pueblo recibiría su mensaje; cuando vieran al embajador vestido de tejón, dentro de la jaula que pendía sobre la Plaza de la Justicia, ahí donde se mostraba al pueblo a los peores criminales a fin de que se les reconociera.

Capítulo 15
Persecución

L A FALTA DE ACTIVIDADES COTIDIANAS ralentizó el tiempo de una manera fastidiosa. Si bien aprovechaba el tiempo para ejercitarse y entrenar, por otro lado, le daba una dolorosa cantidad de tiempo libre que su mente usaba para cuestionarlo todo, una y otra vez. Durante su caminata matinal se regodeó en la satisfacción que le producía el haber puesto en su lugar a una persona cuyo potencial para dañar a Daet iba creciendo cuanto más pensaba en ello. Aun así, una molesta vocecilla le recordaba que en realidad estaba en el mismo lugar que hacía dos noches, y que no pudo sacarle ninguna información realmente valiosa al embajador. A tiempos se sentía encerrado, cada vez con más ganas y a al mismo tiempo con menos posibilidades de influir en una situación por demás injusta para los Sabios y para el pueblo llano.

Harto de pensar, se dirigió hacia las caballerizas en el ánimo de abstraerse en una actividad más absorbente.

—¡Ahí estás! —le dijo Zorro, caminando rápido hacia él.

—Hola *Zo...*—alcanzó a decir Evan antes de que el pelirrojo lo agarrara por el uniforme para arrastrarlo hacia el pasillo angosto, entre los establos y el muro noreste de la fortaleza.

—¡¿Qué pasa?!—preguntó Evan, confundido, dejándose arrastrar a traspiés hasta que alcanzaron la pared en la que lo estampó.

Zorro miró en derredor asegurándose de que estuvieran lo

suficientemente lejos para que nadie los oyera.

—¡Ey! —se quejó Evan, incorporándose—¿Qué te pasa, hombre? —increpó, soltándolo de su uniforme, pero Zorro lo volvió a estampar contra el muro de madera.

—Están hablando en las murallas sobre lo que pasó con el embajador —escupió, tratando de hablar lo más bajo posible y sin soltarlo de la camisa; el verde acuoso de sus ojos se tornó bravo e irascible.

Evan se soltó, contagiado de la alarma, pero sin comprender del todo por qué aquello era algo malo. Zorro parecía no entender por qué no reaccionaba como él, histérico.

—Están cazando a los responsables. Al parecer alguien vio a cuatro tipos meterlo en la jaula.

Contra la pared, Evan se enderezó y cuadró los hombros.

—¿Y qué si alguien vio? Es evidente que no saben quién fue o ya nos habrían buscado—le dijo, pero Zorro no lo escuchaba. Veía hacia el vacío con respiración agitada.

—Hombre, cálmate, no ha pasado nada—dijo Evan sin dejarse contagiar del temor del otro, que negaba casi bufando.

—Todo esto fue una estupidez, una locura—empezó Zorro—¿Por qué no pudiste haberte quedado callado? ¡¿Cuál es tu maldita necedad de estarte metiendo donde no te llaman, Evan?! —bramó.

—Esto es importante, Zorro, si vieras lo que yo he visto…—dijo, mirándolo fijamente y dándose cuenta de que no sólo no estaba convenciendo al otro, sino que el hombre parecía tan fuera de sí como si estuviera dispuesto a entregarse en ese momento—. Mataron a un líder de los Sabios, mataron a la líder del clan Anawák, ¡Matan a todo aquel que se atreve a oponerse, y piensan hacer lo mismo con todos los Sabios! No pienso estar de lameculos en la guardia de un rey que no tiene el más mínimo respeto por su pueblo y que se deja mangonear por una reina que ni siquiera es daetana y que obedece a los intereses de un país al otro lado del maldito continente—rugió, quedándose sin aliento.

—¿Estás escuchando lo que dices? —reprendió con los ojos entrecerrados, incrédulo— Hablas como ellos, como los rebeldes del clan del Ave de Fuego.

—¡Y mira cómo les fue tan sólo por hablar! ¡Los mataron como rebaño enfermo!

Evan comenzó a respirar agitadamente, recordándose a sí mismo no alzar la voz por si alguien estuviera cerca.

—¡Exactamente! —lanzó Zorro—sólo que tú no tienes nada que ver en ello, y hablas como si fueras experto en el tema.

—¡Sé del tema, estuve ahí, me consta! —exclamó, señalando su pecho.

Zorro respondió, apenas templado:

—No, Evan, no tienes la más remota idea de en lo que te estás metiendo.

—¿Y tú sí? —replicó Evan, retador.

Zorro clavó la mirada en la de él y respondió serio, conteniendo la rabia:

—Por lo menos conozco mis propios límites. Si sigues con esto vas a acabar mal. Tú y Criz se están tomando demasiadas licencias. Lo que están haciendo es absurdo—bajó la voz— además de ilegal—esperó a que Evan respondiera, pero no lo hizo—¿Quieres hablar de justicia? Van a encontrar a cuatro pobres diablos y ellos van a pagar por lo que hicieron.

—Hicimos—corrigió Evan.

—Conmigo ya no cuenten para sus juegos rebeldes—dijo Zorro, clavando la mirada en la de Evan como si le retara a sostenerla.

—¡Bien! —respondió.

Zorro dio los primeros pasos para marcharse, pero regresó de inmediato con violencia.

—Eres más inteligente que esto, Evan. Esto lo esperaría de Criz, pero nunca de ti, ¡¿qué diablos te está pasando?! —exclamó, y luego se marchó negando.

Evan le vio alejarse, apretando las mandíbulas; luego caminó fúrico de vuelta a las caballerizas para seguir su entrenamiento, pero no tenía sentido ya.

Camino a los cuarteles, aun sintiendo la vena del cuello palpitando con violencia, se encontró con Lorana.

—Culén nos llama a formación—le dijo ella sin dejar de caminar en dirección a la comandancia.

—¿En la comandancia? —le preguntó, con el estómago repentinamente encogido.

—En la sala de audiencias.

—Ahora mismo voy —respondió.

Su corazón estaba desbocado. Se molestó consigo mismo por sentirse tan vulnerable ante Culén. Era totalmente irracional, pero no podía detenerlo a voluntad.

Miedo, eso era lo que tenía Zorro. Era un maldito cobarde. Sólo le importaba su reputación y la de su familia. Era incapaz de pensar en alguien más que no fuera en sí mismo, fue un error contar con él.

Entonces, la preocupación emergió de su interior... ¿Y si a Zorro se le ocurría entregarse? Estarían perdidos. Sintió su estómago volver a encogerse. No había tiempo para pensar en eso ahora, se dirigió a la sala de audiencias y esperó que la cita con Culén no tuviera nada que ver con el embajador.

Tan pronto como llegó a las puertas de madera de la sala de audiencias se percató de que la voz de Culén llegaba de atrás del edificio. Al rodearlo vio a todos los contendientes Yntaura en formación en faz al muro. Criz le lanzó una mirada que no supo interpretar hasta que avanzó más y vio que frente a ellos estaban los generales, acompañados del embajador Ravenjut.

El hombre tenía un cardenal ahí donde Criz lo había golpeado dos noches atrás, y tanto su postura erguida y orgullosa como sus finas ropas, parecían gritar a todo el mundo la posición social de la que provenía. El ver a alguien con tales galas no encajaba con el muro de piedra, los altos torreones de vigilancia y los terrosos uniformes de los soldados.

Evan se obligó a mantener la calma y evitar a toda costa que alguna emoción se permeara en su rostro, mientras se integraba a la formación en posición de descanso.

—Bien, creo que estamos completos—comenzó Culén—. Soldados, les presento al general Osgalaj Ravenjut, comandante administrativo de la tercera división del ejército imperial raganí, y embajador de honor del Imperio de Raganjar en Daet—Culén miró de reojo a Ravenjut como asegurándose de haber dicho correctamente sus títulos, y luego continuó— Él es el responsable de la formación de la nueva Guardia Real y ha venido el día de hoy, junto con Ser Rogdar—mencionó, señalando al tipo con el uniforme color hueso—, Jefe de la Guardia del Palacio Yaocalli Nayar, para informarles sobre sus responsabilidades como parte esta nueva división.

—Será una selección—aclaró Ravenjut al general, mirando fijamente a los contendientes.

—El general Ravenjut solicitó conocerlos en persona para seleccionar a los mejores y determinar quién ocupará qué puesto—dijo Culén, en lo que Ravenjut se acercó a Nikker, primero en la fila, y comenzó a examinarlo como si fuera un mercader en la inspección previa a una inversión; en lo que Rogdar comenzó a hablar:

—Nuestro objetivo es seleccionar a los mejores para la creación de una élite de clase militar—dijo, jactancioso—. Crearemos una Guardia Real que será la envidia de los cinco reinos.

Evan no veía a Rogdar regodearse, e intentaba ignorar el pensamiento quemante de que el torneo no había servido para nada mientras observaba con atención cada gesto, cada palabra en voz baja, cada aguda observación que compartía Ravenjut con Culén. Verlos juntos, y oírlos hablar tan abiertamente sobre la traición hacia sus sueños como general no le ayudó en nada a mantener la calma.

Se detuvieron unos momentos en un Criz serio como la muerte, que evadía el contacto visual con Ravenjut.

—Es uno de los cuatro ganadores del torneo. Tiene un desempeño ejemplar en…— No alcanzó a oír nada más de lo que Culén decía al embajador.

Cuando llegaron a la altura de Talissa, Ravenjut pidió separar a los hombres de las mujeres en dos filas distintas y continuó con Bruno.

—¿Nándor no es parte de la selección? —preguntó Ravenjut, a lo que Culén respondió como pavorreal que su hijo estaría honrado de ser parte de la guardia.

—Estos soldados… ¿tienen experiencia en combate? —preguntó Ravenjut en lo que cambiaban la formación.

—Estamos en periodo de paz, desde la última guerra no ha habido más que escaramuzas de parte del oeste, sin embargo, algunos de ellos participaron en la defensa de nuestro territorio desde muy jóvenes, algunos de manera excepcional.

El embajador ronroneó por lo bajo y luego dijo, casi para sus adentros:

—los soldados en tiempo de paz son… como muñecas en una vitrina. Habrá que darles un buen uso.

La espalda de Evan se tensó con fuerza al escucharlo, ¿acaso pretendía iniciar una guerra pronto? Clavó su mirada en el embajador cuando llegó su turno, aunque el hombre le ignoró por completo. Lo veía a él y al resto de los soldados como si evaluara un caballo en una feria y nada más.

—Evan clan Womak—lo presentó Culén, en lo que Ravenjut lo miraba de pies a cabeza. —Destaca en lucha y estrategia. Es él quien le comenté que sería un buen elemento como jefe de la guardia. Ha entrenado a pelotones en tiempo récord, siempre con excelentes resultados.

—Gracias, señor—dijo Evan con un cabeceo. Permanecía mirando al frente sin poder soltar la tensión en las mandíbulas. Había que quedarse callado, pero no toleraba que hablaran sobre él como si no estuviera presente.

Ravenjut alzó la vista de inmediato a su rostro, buscando su mirada, y Evan clavó los ojos en los claros iris del otro.

—De acuerdo—dijo el embajador al terminar su examen—Creo que he terminado de elegir.

—Aún faltan las féminas, señor—señaló Culén, y Ravenjut calló unos momentos, indeciso.

—¿Alguna de ellas figuró como ganadora del torneo?

—Una de ellas, señor, Brenda clan Alcotán—Culén hizo gesto de llamar a Brenda, pero Ravenjut lo detuvo con un suave movimiento de la mano.

—Bien, la integraremos en la selección. Eso es todo—ordenó casi murmurando, la sonrisa carismática que le vio hace unos días no se hizo presente en ningún momento.

—Soldados, eso es todo. Pueden volver a sus actividades—anunció Culén—. Tan pronto como Ser Rogdar y el general Ravenjut nos informen sobre su decisión, ésta les será transmitida.

Rompieron filas sin muchos ánimos. La mayoría de los contendientes parecían callar su extrañeza, mientras que otros no podían evitar sonreír ante una segunda oportunidad para sobresalir después de no haber sido elegidos como Yntaura tras el torneo.

Evan se alejó de ellos lo más pronto que pudo y se encaminó hacia los cuarteles cuando Criz se unió a él en el camino.

—Creo que me reconoció—le dijo Criz entre dientes.

—¿Cómo te reconocería si nunca te ha visto?

—Lo juro, había algo en su mirada. Él sabe.

Evan miró en derredor y saludó de un cabeceo al capitán sustituto antes de internarse en los cuarteles.

—Son tus nervios—aseguró—. Al tipo lo acaban de bajar de una jaula, ha de mirar así a todos—dijo, caminando hacia el final del cuartel, que a esa hora estaba desierto.

—Antes de que llegaras hablaron sobre eso—dijo Criz cuando alcanzaron el dormitorio de Evan— dijeron que hay un grupo de personas rebelándose en contra de la corona y del Consejo de Clanes, que actúan en nombre de "un tal Príncipe Bastardo".

—De nuevo con el Príncipe Bastardo—dijo Evan, pensativo, una vez que alcanzó su dormitorio.

—Necesitamos encontrarlo—declaró Criz, y después del silencio de Evan, que trataba de pensar en la manera de llegar a él, Criz preguntó: —¿has hablado con Zorro?

—Más que hablado—dijo Evan, irritado y alzando las cejas—el muy imbécil me regañó como si fuera mi madre.

—Está muy raro. Yo le hablé antes de la formación, pero ni siquiera se volvió a mirarme.

—Déjalo, ya se acojonó—criticó Evan, removiendo entre sus pertenencias en un nicho de la pared—Está fuera—anunció, sacando su navaja de afeitar.

Criz alzó las cejas y luego frunció el ceño con una sonrisita sarcástica.

—¿Cómo encontramos al príncipe? —preguntó después.

—No lo sé—dijo Evan, untando jabón en la barba incipiente—. Si encontramos a los sabios seguro lo encontramos a él también—agregó, con la boca torcida frente al espejo.

—Las partidas de búsqueda…

—Exacto—replicó—, podemos pedirle a Dino que averigüe por nosotros en lo que se acomoda lo de la puñetera Guardia Real.

—De acuerdo—. Criz le dio una fuerte palmada en la espalda y Evan se apartó de inmediato la navaja del rostro con un poco de sangre.

—Tarado—dijo, riendo por lo bajo, en lo que veía a Criz alejarse por el pasillo.

No tuvieron oportunidad de hablar con Dino hasta la mañana del día siguiente, pero Evan lo tenía ya todo planeado. Entrar a la guardia, después de todo, no era tan mala idea; siempre y cuando pudieran encontrar al

Príncipe Bastardo. Evan podría resultarle especialmente útil al hombre desde esa posición; pero para eso primero tendrían que encontrarle.

—Pero, no te entiendo, ¿cuándo salen las partidas de búsqueda? —preguntó Evan a Dino, sentado a las mesas del comedor. Prácticamente no había tocado su budín de trigo y menudencias.

—Algunas ya están en el campo desde el día de hoy, pero yo he retrasado la salida de la mía. Alegué que estábamos cortos de armas, así que tengo un día más para planearlo todo—dijo Dino, mojándose el labio inferior.

Criz y Evan se vieron el uno al otro, confundidos.

—Planear… ¿encontrar a los Sabios? —adivinó Evan.

—El quedarme allá arriba—respondió Dino, serio.

Los otros dos se quedaron perplejos.

Dino bajó la voz e hizo gesto de que se acercaran un poco.

—Es la ocasión perfecta—explicó animado—…el subir a mi clan. Hoy por la noche será la final de espada, me han estado esperando, mi contendiente está furioso, pero no he tenido oportunidad de salir del castro desde que fuimos al palacio. Si gano tendré suficiente plata para retirarme del ejército.

—Sí, pero…—comenzó Criz, pero Dino siguió:

—Investigué lo de los comerciantes desaparecidos que dijo Culén el otro día con un guardia del muro que es de mi clan, y me dijo que la cosa ha estado fea. Resulta que ha habido asaltos y desapariciones desde hace más de un mes en el paso oriente al norte del río… ¿Qué tal si a mí también me…desaparecieran? —terminó con una mirada sugerente.

Una sonrisa asomó por el rostro de Dino, era evidente que lo había pensado mucho, pero era aún más evidente que no lo suficiente; y que no se daba cuenta de que era el plan más estúpido de la historia.

—¿Y tú crees que dejarán que desaparezca un capitán, así como así? —preguntó Evan.

—No me importa… conozco bien los terrenos del norte, seguramente mejor que cualquier citadino.

—Sí, pero ¿te esconderás toda la vida? —preguntó Evan, incrédulo.

—Daet es muy grande, hermanos, y a los clanes del norte nadie les hace caso…varios ni siquiera figuraron en la cumbre, ni en el ejército a todo esto. Yo tampoco hubiera figurado de no ser por…

—Sí, sí, porque tu madre se revolcó con el general... *bla bla bla*— remedó Criz. Evan lo vio, riéndose, Dino les había contado la historia hasta las náuseas.

Los tres guardaron silencio un rato en la mesa semi desierta de un comedor atestado.

—Necesitamos que nos ayudes en algo, aunque puede complicarse con tu plan, pero creo que puede funcionar, aun así—dijo Evan. Con la atención de Dino, continuó: —Necesitamos que, si te encuentras con alguno de los Sabios, o con alguien que creas que pueda saber... que averigües dónde está este...—bajó la voz—«Príncipe Bastardo» del que hablan.

Dino frunció los labios y los ladeó, pensativo.

—Bien—dijo al poco tiempo—, pero sólo si ustedes me ayudan a salir hoy en la noche.

—¿Cómo? —preguntó Criz con la boca llena, de tres mordidas había acabado su comida.

—Necesito salir hoy en la noche para la final del torneo. Si no voy hoy, declararán ganador al otro y mi plan se va al traste.

—Bien, veré si se me ocurre algo, quédate cerca por si se presenta una oportunidad—pidió Evan.

Dino asintió, zampando un bocado completo de pan, y Evan comenzó a mordisquear el hígado tibio. Algo se le tenía que ocurrir.

Sin noticias sobre la decisión del embajador ni de Rogdar, Evan se sentía tan útil como un guisante en su vaina. Así que, después de comer, decidió salir a correr a la pista para sacar algo de vapor. Cuando Criz se le unió comprendió que estaban en la misma situación, y después de unas vueltas, permanecieron un rato a la orilla del camino, viendo pasar a los lobatos en entrenamiento.

—Estoy harto de esto, me voy a hacer viejo antes de que algo pase— dijo Criz, aventando una piedra sobre la copa de un alto pino.

—Dímelo a mí—. Evan tomó otra piedra e intentó lo mismo—¿Has hablado con Zorro?

—Lo vi organizando a su pelotón para la búsqueda, creo que también salen mañana, junto con las tropas de Dino.

—Por lo menos ellos tienen algo que hacer—respondió Evan, buscando otra piedra que aventar.

Pasada la horda de lobatos que levantaron una nube de polvo, escucharon pisadas acercarse a ellos sobre el camino de tierra y la curva reveló a una persona que no llevaba uniforme. El pequeño maletín cruzado en el pecho y los zapatos gastados lo delataron como mensajero.

—¿Coronel Womak? —preguntó el pequeño hombre. Tenía la clásica constitución de quien camina todo el día, delgado y correoso. Evan y Criz se incorporaron de la piedra en la que estaban recargados.

—Servidor.

—Ser Rogdar le envía un comunicado—dijo el mensajero, girando la contra del broche metálico de su maletín para extraer un papel.

Criz y él intercambiaron miradas.

¿Sería tan rápido? ¿Acaso ya habían tomado la decisión y le llamaban a ocupar su puesto? Evan tomó la carta. El papel, de factura simple, carecía de sellos y decoraciones, y sólo contenía un breve mensaje:

Se solicita la urgente presencia del coronel Womak en el honorable Palacio Yaocalli Nayar a medio día.

Evan volteó el papel, pero no decía nada más.

—¿Sabe usted dónde puedo ubicar al coronel Gléantan?

—¿Está bromeando? —preguntó Criz.

—No, señor—dijo el mensajero, perplejo.

—Soy yo, Creioz Gléantan. ¿Hay una carta también para mí?

El mensajero volvió a revolver el interior de su maletín y extrajo un papel idéntico al de Evan y lo entregó sin más. Una vez se excusó el hombre, intercambiaron sus papeles para notar que decían lo mismo, con la única diferencia del nombre. Ambos alzaron los ojos al cielo. Claramente no llegarían a Yaocalli Nayar antes del mediodía, aunque el sol regresara sobre sus pasos. No había tiempo que perder.

Camino a los cuarteles para enfundarse el uniforme de gala, se encontraron con Dino para avisarles que saldrían de la Villa Militar y acordaron argumentar en la puerta sur que Dino los acompañaría como refuerzo en el camino. Si bien no contaban con un permiso para él, era su única oportunidad para salir del castro, por lo que esperaron con todas sus fuerzas que el guardia en turno no fuera quisquilloso; ni siquiera los coroneles podían salir a su antojo de la Villa Militar.

Pidieron tres caballos en la caballeriza y cruzaron los dedos para que dejaran pasar a Dino, después de todo, si no salía esa tarde, era posible que el plan de Criz y Evan para buscar al Príncipe Bastardo se complicara aún más.

—El capitán Labóck nos acompaña como refuerzo—anunció Criz a la guardia, quien examinó los papeles con recelo.

—¿Retorno? —cuestionó la mujer.

—Hoy mismo por la noche—anunció Evan.

La centinela gruñó suavemente y ordenó la apertura de las pesadas rejas.

Los tres hombres hicieron el saludo del ejército y pasaron debajo de la barbacana y a través del doble enrejado de hierro. Tiempo después, tan pronto como llegaron a la bifurcación del camino, uno hacia el sur y el otro hacia el oeste, se despidieron de Dino y le desearon suerte en la final del torneo.

El camino al palacio era largo, pero cubrieron la mayor parte a trote brioso antes de la empinada subida de La Escalera. Antes de comenzar el ascenso, se detuvieron en las inmediaciones de un conjunto de casas en las cercanías de un pozo.

Evan se pasó las manos húmedas por el cabello calentado por el sol y bebió al lado del borde de piedra, mientras echaba un vistazo a las pintorescas casas y sus jardincitos, listos para el arribo de las lluvias. Las pequeñas parcelas familiares estaban ya deshierbadas y la gente comenzaba a sacar las herramientas de labrado para aflojar la tierra. Más allá, algo llamó su atención: un hombre de aspecto muy diferente al de las familias de campesinos que vivían ahí. En lugar de la mirada humilde y los zapatos polvosos y gastados de la gente de esos lares, tenía unas botas demasiado finas, y una capucha muy costosa como para su uso en el campo, o en esa temporada de calor, en todo caso. La silla de su montura, además, no era de viaje, por lo que tampoco parecía ser un visitante. Era corpulento, pero no tenía el tipo de músculo que forma el trabajo duro en el campo, ni la barriga típica de los mercaderes, y definitivamente no mostraba la higiene o los modales de quien vive en las Villas del Rey. Estaba recargado contra una pared, platicando con otros tres con una pinta similar de barbajanes y sicarios.

—*Pssst*—llamó Evan suavemente.

—Sí, ya los vi—respondió Criz, antes de dar otro trago de agua y actuando con total naturalidad—Se detuvieron aquí al tiempo que nosotros—dijo.

Evan echó una ojeada a su espada, en la correa de la silla del caballo, y se aseguró de que Criz también llevara la suya.

—De verdad tienen que ser estúpidos si creen que robar a un par de soldados es una buena idea—dijo Criz, antes de montar nuevamente.

Dejó unas monedas al señor del pozo y montó con parsimonia. En realidad, no tenían pinta de ladrones, o por lo menos no de baja monta. El chaleco de uno de ellos, largo hasta las rodillas, dejaba entrever una suerte de cinturón para armas que lo rodeaba como el esqueleto de un pantalón, con correas desde la cintura hasta las rodillas. Aunque no llevaba armas en éste, Evan no dudaba que el hombre supiera cómo usar las que cabían ahí.

Siguieron su camino sin despegar la vista de los otros cuatro, que desaparecieron detrás de ellos en la primera curva del camino; pero ambos permanecieron silenciosos y alerta. Hasta que, pasado un rato, poco antes del ascenso a La Escalera, Evan escuchó a varios caballos acercarse a la carrera.

Anticipando el asalto, ambos giraron sus monturas para hacerles frente. Eran tres de los cuatro hombres, a cincuenta pasos largos de ellos. Tan pronto como los ubicaron, los tres aumentaron de velocidad, cargando hacia ellos.

Criz desenvainó la espada y Evan sacó los pies del estribo. Rogó por que los otros no llevaran espadas largas, o estarían en problemas; la tela del uniforme de gala serviría sólo de ropaje para su cadáver.

—¡¿Dónde está el cuarto?!—preguntó Evan instantes antes de la colisión.

El primero en acercarse rodeó a Criz, evitando el aguijón de su espada, y el siguiente, con el sable en alto, se acercaba a Evan a gran velocidad. En el último instante, antes de que el otro estuviera suficientemente cerca para dar la estocada, Evan sacó la pierna del estribo y se impulsó sobre la silla del caballo para propinar una fuerte patada en el pecho del hombre, sujetándose con fuerza para no caer en el acto. El otro perdió el equilibrio y cayó del caballo a espaldas de Evan. Criz apenas podía contra los otros dos, que daban mandobles desde sus monturas. Evan desenvainó con rapidez y desde el caballo desvió la espada del otro hacia arriba, antes de que ésta cayera sobre un Criz que perdió la suya en algún momento. El impulso lo acercó con violencia hacia su oponente, y, con ambas manos en la empuñadura, bajó los puños con presteza, propinando un duro golpe a la coronilla del hombre. Al impactar, sintió algo desencajarse con un sonoro *clac* en el cuello del otro, que se desmayó sobre el caballo.

Al momento, el otro hombre a caballo saltó sobre Criz, llevándolo al suelo.

En lo que Criz rodaba para incorporarse y tomar la espada que había perdido, Evan, aún montado, chocó sables con el que buscaba descargar la espada sobre el rubio. El hombre que Evan tirara del caballo, ahora a pie, vio su oportunidad y se fue sobre Criz con la espada al frente, dando estocadas a diestra y siniestra. Cuando Evan picó los costados del caballo, cargando contra el otro, éste sólo retrocedió con rapidez y lanzó un agudo silbido. Por el rabillo del ojo, entre jadeo y jadeo, Evan alcanzó a ver al cuarto sicario, el más corpulento, al final del camino. Con otra ojeada advirtió de que llevaba un arco listo, con la aguda flecha apuntando hacia su pecho; acabaría como alfiletero si no pensaba en algo más que repeler al otro.

—¡Criz, el cuarto! —gritó, antes de jalar las bridas del caballo, que reparó asustado.

—¡Alto! —gritó el otro con voz potente, acercándose.

El oponente de Criz estaba ya desarmado y dando bocanadas en lo que volvía a ponerse en guardia.

—Tenemos a su amigo, si no vienen con nosotros, está muerto— amenazó el arquero.

Evan seguía en el caballo y fabricaba una estrategia para acabar con los dos cuando una corazonada le hizo detenerse a razonar.

—¿Labóck? Se llama—dijo el del arco, acercándose cada vez más.

Evan no bajó la guardia, muy consciente de la ubicación de su segundo oponente.

—¡Hijos de perra!, ¡¿qué quieren?!—gritó Criz con la espada en puño.

El cuarto estiró la cuerda del arco y apuntó directo a su pecho, y Criz alzó los brazos en señal de rendición.

—Tiren las armas—ordenó, sin acercarse demasiado.

Evan levantó los ojos al cielo, frustrado, tirando su espada al suelo; mientras Criz se la dio a su atacante con un perjurio.

—Tarján está muerto—informó el oponente de Evan al del arco.

—Trae su caballo—ordenó el líder, todavía con el arco armado, listo a tensar cuando fuera necesario—a ustedes los están esperando—les dijo a Evan y a Criz, que seguían en seña de rendición; y justo cuando Evan planeaba desarmar al del arco, le escuchó decir: —a la primera que nos hagan, matamos a Labóck.

«*No si todos mueren primero*» pensó Evan, mientras ideaba cómo noquear al que tenía cerca y desarmar al otro, pero nunca encontrarían a Dino... si es que realmente lo tenían.

Evan se apeó, amenazado por la espada de su abuelo, mientras el otro desmontaba al muerto para botarlo a un lado del camino y luego reunir a los caballos. Luego, ya que les ataron las manos y los amordazaron, uno de ellos hundió los nudillos en el estómago de Evan, haciéndole exhalar por el buche de tela sucia.

—Esto es por Tarján, imbécil—le dijo al oído.

Los ataron a los caballos y les hicieron correr detrás de ellos un largo trayecto bosque adentro. Evan se arrepintió de no haber luchado, ahora eran completamente vulnerables, y haber accedido a acompañarlos bien podría ser una sentencia de muerte, pero no creyó que mintieran sobre tener a Dino.

Llegaron a las ruinas de una vieja cabaña abandonada, cuyo techo de madera quemada por los años se caía a pedazos. No había nada en derredor más que bosque y no se veía a nadie fuera. Los sicarios se apearon y los dirigieron hacia la cabaña, cuyo interior estaba en media penumbra. Sólo se distinguía un cuarto pequeño y lúgubre, posiblemente un establo, y arriba un desván cuyo piso roto e incompleto daba al área de abajo. Frente a ellos había otro hombre, que por lo visto los estaba esperando. El tipo, alargado y vestido con una túnica oscura que dejaba entrever la piel cerosa, ordenó al cuarto y a los otros dos que los amarraran a dos pilares que sostenían el segundo piso de la cabaña.

Firmemente amarrados, les retiraron las mordazas.

—¿Qué quieren? —demandó saber Criz de inmediato.

—¿Dónde está Labóck? —exigió saber Evan, casi al mismo tiempo.

Se escuchó un forcejeo en la parte de arriba y reconoció la voz de Dino en un gemido.

—No, no, verán, las preguntas acá las hago yo—dijo el otro, tranquilamente. Les daba la espalda frente a un fogón, donde tenía un estuche con herramientas. Luego se volvió a verlos con unas pinzas extrañas en la mano. El mango era alargado y en lugar de tener filo parecían algo similar a un cascanueces. Tenían las dimensiones perfectas para separar las articulaciones de los dedos.

Evan tragó saliva, dispuesto a cooperar.

—Sabemos que ustedes atacaron a Ser Ravenjut hace dos noches, ¿creían que nadie los vio?

—Nosotros no fuimos—dijo Criz—tienen a las personas equivocadas.

El hombre chascó la lengua, negando, para luego decir:

—No juegues niño. Ten cuidado con lo que dices o puedes perder la lengua—amenazó, mirando a Criz con una lascivia que le heló la sangre. No había que ser muy inteligente para saber que el tipo era un torturador profesional, bastaba con mirarle acariciar la pinza como un juguete preciado.

—Ahora díganme—pidió, jalando un banquillo para sentarse frente a ellos como si fuera a tomar el té—¿cuál es su relación con el Príncipe Bastardo?

—No sabemos nada sobre él—dijo Evan, esforzándose por que su voz no permeara la aprensión que sentía.

—Oh, vamos—pidió, con una sonrisa amarilla—, esto puede ser tan sencillo y eficiente como ustedes quieran que sea—. Les hablaba como a un par de críos.

—No supimos de su existencia hasta ayer mismo—declaró Criz con iguales partes de honestidad y desprecio.

El verdugo tomó un respiro profundo como reuniendo paciencia, y volvió a dirigirse con pasos lánguidos hacia donde estaban las otras herramientas. Aprovechando que sólo Criz lo veía, Evan movió las piernas evaluando qué tan apretado estaba el amarre de los pies. Si se movía con suficiente sigilo, podría sacarse la bota y liberar la pierna. El torturador echó una mirada breve, y justo antes de que reparara en lo que hacían sus pies, Evan habló de súbito para atraer de nuevo su mirada hacia arriba:

—De acuerdo, pero para hablar queremos ver a Labóck—exigió.

El hombre le respondió de nuevo espaldas, como gato aburrido:

—Su amigo está ocupado en estos momentos.

—El trato fue que no lo mataran si veníamos—espetó Criz.

Evan movía la pantorrilla haciendo círculos para soltarse de la bota con la mayor discreción.

—No, el trato es que viviría lo suficiente hasta traerlos aquí—dijo, volviéndose con algo aparatoso en la mano—. Ahora, veremos si prolongamos ese tiempo. ¿De acuerdo? — Escuchó Evan, en lo que el hombre se acercaba nuevamente, apenas meneando la túnica oscura, y portando un extraño guante de metal. Evan no detectó hasta ese momento un acento peculiar, no era raganí, pero tampoco daetano.

—No es de extrañar la falta de honor en un cerdo del oeste. ¡Maldito puerco de Peréndimor! —dijo Criz antes de escupir a sus pies.

El otro sonrió levemente y exhaló una risa.

—Ah, la pasión de los guerreros, …siempre tan cerca de la llana estupidez—dijo como cantando, antes de tomar impulso y propinar una fuerte bofetada con el guante metálico en la mejilla de Criz.

—Creo que tú eres el inteligente del grupo, chico—dijo después, impertérrito del buche sangriento que expulsaba el otro. La parte blanca de sus ojos estaba turbia y su aliento hedía a bilis— ¿Tú sí me vas a decir lo que necesito antes de que los matemos a los tres?

Evan se limitó a asentir, conteniéndose, y escuchando a Criz exhalar como toro.

—Bien, algo de cordura—asintió el otro—. Ahora, ¿cuál es su relación con el Príncipe Bastardo?

—No hemos tenido contacto directo con él, pero nos han llegado sus órdenes para atacar al embajador.

—Sí, ¿y el numerito de la jaula, eso fue parte de la pasión militar o una sugerencia del tal… Príncipe?

—Parte de lo mismo—mintió Evan, tratando de aflojar la bota con total sutileza. Aunque una parte de él quería escupirle la verdad, su instinto de supervivencia había tomado el mando de su boca.

Alguien más entró en la cabaña y todos giraron el rostro a la puerta. Era Nándor.

Evan se prendió de su mirada con la repentina seguridad de que

Ravenjut mismo estaba cerca.

—¡Maldito Culén, eres tan traicionero como tu padre! —gritó Criz con un hilillo de sangre en medio del labio.

—¿Dónde está el Príncipe Bastardo ahora? —preguntó el verdugo, recobrando su atención con el gesto adusto.

—No lo sabemos, sólo recibimos sus órdenes por ave—respondió Evan, templado.

—Ya veo, bien—dijo el hombre, que se giró hacia sus herramientas, frente al fogón; en lo que Nándor caminaba a la parte trasera de la cabaña con naturalidad, como si ver a un par de conocidos ser torturados fuese parte de su día a día.

El hombre de Peréndimor sacó entonces un hierro al rojo vivo del fogón.

—¡Ahora, quiero la verdad! —amenazó, acercándose a Criz.

—¡¿Quieres la verdad, pedazo de mierda?! Si no liberan a Labóck ahora mismo acabarás con ese hierro clavado en el culo—le respondió Criz, señalando el metal con los ojos, y con las manos atadas a la espalda.

El hombre entonces acercó el hierro al cuello de Criz, y un pelo antes de que tocara la piel, Evan terminó de liberar su pie de la bota para dar una fuerte patada al hombre, que alcanzó a lanzarlo contra la mesa frente al fogón.

Nándor apareció mientras Evan trataba de soltarse las manos con rapidez. Ya que habían usado la misma cuerda para atar los pies y las manos, los nudos comenzaron a ceder hasta que liberó un puño que acabó en la quijada del hijo de Culén. Aprovechó en lo que el otro se recomponía para soltar a Criz, que se retorcía para liberarse cuanto antes.

Nuevamente, Nándor se abalanzó sobre él, a lo que Evan respondió con un rodillazo al estómago que le daría unos momentos en lo que hacía un plan. Entonces el verdugo se fue sobre él, lanzando estocadas con el hierro candente. Evan lo desarmó en dos movimientos, dio un codazo en la sien, y luego lo empujó hacia el banquillo con una patada. Recogió el atizador al rojo y volteó, en guardia, para hacer frente a Nándor.

Criz ya había subido al primer piso, donde ahora se escuchaban golpes sordos entre el rechinar de la madera del piso viejo.

Sin perder tiempo, Nándor desenfundó y dio un mandoble al frente. El salto que dio Evan hacia atrás para esquivarlo no fue suficiente, por lo que la punta de la espada alcanzó a cortar el uniforme del hombro a la cintura en una curva que comenzó a mojarse de sangre.

—¡Maldito traidor! —gritó Evan, con la parte más fría del atizador en la mano, que, aun así, estaba demasiado caliente como para sostenerlo mucho tiempo— ¡Tu padre nos ha traicionado a todos y ahora ayudas al enemigo como lameculos que eres! —gritó antes de abalanzarse contra él.

—¡No hemos hecho otra cosa más que servir al país! —gritó el otro mientras esquivaba un golpe directo a la cabeza.

—¡Lo han servido al enemigo, los raganís se apoderan de Daet, y tú les estás ayudando! —gritó Evan, furioso, hasta que no aguantó el calor y soltó el atizador antes de abalanzarse sobre Nándor. Golpeó su quijada con el codo, le dio un gancho en el costado y lo dejó noqueado en el suelo, sangrando profusamente de la boca, cuando escuchó fuertes golpes en la parte de arriba.

Trepó las escaleras desvencijadas a toda velocidad y encontró a dos tipos en el suelo que estaban muertos o noqueados, y a otro más en sus últimas... ¡Por todos los Dioses, era Dino! Tenía la cara abultada y manchada de sangre que seguía manando de la nariz; además de varios cortes en el cuerpo que goteaban en la madera porosa e impregnada de rojo. Había alguien más en la habitación detrás de Criz, a quien el rubio tenía arrinconado.

—¿Dónde están los otros? —le preguntó Evan, justo al momento en que reconoció a quien estaba detrás de Criz.

—Ravenjut—dijo Evan, asombrado.

El tipo estaba sentado en una silla como si fuera un trono, con Criz respirándole a media pulgada, cual lobo defendiendo un cadáver. ¡¿Qué carajos hacía ahí el embajador?!

—¿Qué va a ser, Creioz? —preguntó el extranjero, como perdiendo la paciencia.

¿Acaso estaban conversando? ¿Qué estaba sucediendo? ¿Ravenjut sólo lo distraía en lo que llegaban los otros tres matones? Sin tiempo que perder, Evan se giró hacia Dino y comenzó a buscar señales de vida. Desesperado, trató de sentir su respiración con la mano, que le temblaba ensangrentada.

—¡Lo mataron! —gritó Evan, pero no hubo respuesta.

—Preferiría morir antes que servir a un maldito raganí, hijo de puta—

respondió Criz a lo que Ravenjut le había dicho—. Mataste a Dino, bastardo. ¡Dime por qué! —rugió, sin soltar al embajador.

—No me dejaré amedrentar por un par de soldados muñeca que no conocen la guerra—dijo Ravenjut, con una templanza de hierro—. Ya pronto conocerán lo que es un verdadero ejército imperial y su pequeño mundo daetano despertará del sueño de los imbéciles.

Entonces Evan vio cómo Criz perdió los cabales: Levantó al embajador por la fina túnica y lo aventó contra la pared con violencia. No estaba escuchando ya, su rostro mostraba un odio y una urgencia que superaba cualquiera de sus peleas anteriores.

Con el embajador a gatas, tratando de incorporarse, Criz tomó impulso, y cuando Evan se percató lo que planeaba, su pie estaba ya en el aire.

—Criz, ¡NO! —gritó Evan con el corazón desbocado, al tiempo que la patada aterrizaba en la mejilla del embajador, que hizo girar su cuello violentamente, enviándolo medio camino hacia el final del desván, desde donde cayó de cabeza al piso de abajo.

Evan se quedó pasmado, escuchando a Criz exhalar como bestia embravecida, y luego corrió a asomarse por el borde roto del piso para ver cómo un charco de sangre comenzaba a formarse alrededor de la cabeza del embajador. Nándor estaba a un lado, aún en el suelo.

Criz se fue hacia Dino y comenzó a buscar signos de vida.

—Hermano, ¿estás vivo? —preguntó, desesperado. Le tocaba el cuello y trataba de sentir su respiración como un loco—¡Dino, responde! —gritó Criz, al borde del sollozo—¡Maldita sea!

—¿Tú lo puedes cargar? —preguntó Evan después de inspeccionar la herida que le hiciera Nándor en el pecho, que comenzaba a picar con ganas. Por suerte era más o menos superficial, medio paso más cerca y Nándor lo hubiera partido de un tajo.

Criz no respondió, pero levantó a Dino en vilo y se lo echó a la espalda para luego bajar la escalera después de Evan.

Ya abajo, Evan desató su bota del poste para ponérsela de nuevo, cuando escuchó a Nándor gemir; comenzaba a mover los ojos debajo de los párpados. Evan clavó su mirada en él, repentinamente dubitativo.

—¡Acaba con él! —ordenó Criz, con Dino en la espalda, como pidiéndole hacerlo por él, antes de dirigirse a la salida y dejarlo solo en la cabaña; con el verdugo tirado como muñeco de trapo sobre el banquillo, al embajador con una aureola sangrienta en el suelo y a Nándor pestañeando a un lado.

La cabeza le palpitaba y la herida del pecho seguía manando cortos flecos de sangre. Levantó una espada del suelo, dispuesto a cortar de tajo la cabeza de Nándor, pero, como relámpago, la imagen del sueño en el que cercenaba la cabeza de su padre se apoderó de él en un instante, haciéndolo dudar con los brazos laxos, sintiendo el pomo áspero y frío. No podía, no tenía las agallas para matar a quien fuera casi de su sangre. Bajó la espada y respondió a Criz en la entrada:

—Ya está medio muerto—exhaló, sin saber si se lo decía a sí mismo como justificación o en respuesta a Criz, y lo dejó en el suelo de la cabaña.

Evan salió de la cabaña antes que Criz, empuñando la espada al frente, buscando a los otros tres; a quienes ubicó alejados de la cabaña a un lado de los caballos. No entendía por qué no entraron para defender al embajador. ¿Acaso corrieron con suficiente suerte como para que no los escucharan?, ¿o simplemente no les pagaron para ello y se reservaron de entrar?

Uno de ellos los vio acercarse y avisó a los otros dos, que se incorporaron de inmediato en posición defensiva. Sus rostros mostraban una mezcla de miedo y asombro en la mirada que Evan no comprendió.

—Su puñetero jefe está muerto—anunció Criz en lo que caminaban a trancos en su dirección—. Entreguen nuestras armas y caballos y los dejaremos vivir—gritó con Dino en la espalda.

Los tres se vieron los unos a los otros, indecisos, antes de que Evan se dispusiera a cargar contra ellos con la espada a dos manos, que tenía el mango pegajoso por la sangre. Sólo uno de los tres se puso en guardia, mientras que los otros dos aventaron sus armas en rendición.

—Será suyo todo lo que encuentren dentro, síganos y correrán la misma suerte que los otros—anunció Evan.

Los ataron a un árbol, les arrebataron las armas, tomaron un caballo adicional para llevar a Dino, y cabalgaron lo más fuerte y lo más rápido que pudieron para salir del lugar, hasta que se detuvieron debajo de un enorme tejo en medio del bosque.

—¿Qué hacemos? —preguntó Evan, sin poder ocultar la desesperación en la voz.

Criz tenía el rostro desencajado, y Evan supo que no pensaba muy claramente.

—Creo que Dino sigue vivo, pero no por mucho tiempo—alcanzó a decir.

—Necesitamos llevarlo con un sanador. Tal vez haya algo que se pueda hacer todavía—propuso Evan. Por mucho que se esforzara, no podía ofrecer ninguna otra opción más inteligente ni viable. La sangre le colmaba la cabeza y no podía pensar correctamente, cada vez se sentía más débil.

—Volvamos a donde el pozo, tal vez haya alguien ahí que pueda ayudarnos—sugirió Criz, luego hincó los talones en el caballo y avanzaron a trote en dirección a la villa sin decir más.

Tan pronto se acercaron a la orilla de la aldea, una mujer los vio y gritó aterrorizada antes de entrar corriendo a su casa. Era natural, Evan tenía todo el frente del uniforme ensangrentado y llevaban un hombre medio muerto en un caballo.

Para cuando llegaron a la pequeña plaza del pozo la gente ya había huido al verlos. Personajes como ellos eran evitados por cualquiera que tuviera dos dedos de frente.

—¡Por favor, necesitamos ayuda! —gritó Criz al vacío, con su montura girando y bufando, llevaba de la mano la rienda del caballo que llevaba a Dino, y miraba alrededor sabiendo que le estaban escuchando y mirándole entre las rendijas de las puertas y ventanas.

—¡Hemos sido atacados en el camino y nuestro amigo está herido de gravedad! —gritó Evan—¡Necesitamos urgentemente de un sanador!

Esperaron un momento, pero nada; ni siquiera estaba el señor del pozo, y las gallinas picaban el suelo de un corral desierto.

Cuando estuvieron a punto de perder la esperanza, una puerta se abrió de par en par, y de ahí salió una mujer con una horca de madera en posición desafiante.

—Soy partera—gritó.

La mujer temblaba desde la testa ceniza hasta los pies enfundados en piel agujerada.

Evan elevó una plegaria en lo que se apeó del caballo lo más suavemente posible para no asustarla.

—Es nuestro amigo, ha sido atacado gravemente y no sabemos si sigue con vida, por favor, ayúdennos.

—¡Gran Madre! —murmuró la mujer para sí, viendo el estado de Evan y de Dino.

—¡Por aquí! —dijo ella, dándose la vuelta y caminando rápidamente hacia una de las cabañas cercanas, donde ingresaron sin perder tiempo.

La mujer ordenó que depositaran a Dino sobre un jergón en el suelo y se apresuró a buscar signos de vida. Puso un espejo debajo de su nariz, y después de unos momentos se volvió hacia ellos.

—Han tenido suerte, está vivo, pero no lo estará mucho tiempo si no recibe los cuidados adecuados.

—¿Qué podemos hacer? —saltó Criz.

—Primero necesito examinarlo—dijo ella sin volverse a verlos, comenzando a quitarle las ropas.

Evan sintió un vuelco en el corazón. No podrían llevarlo al sanatorio de la Villa Militar, ¿o sí? Si esta mujer pudiera sanarlo, Dino tendría con seguridad la vida que quería para sí, desaparecería para el ejército. En cambio, si lo llevaban de vuelta, posiblemente se recuperaría antes, pero tendría que regresar a su encierro, para siempre, además de que no podrían dar explicaciones de lo que le pasó; y menos si Nándor regresaba a la Villa y los delataba.

Mientras tanto, Criz no dejaba de mirar por la ventana, como si estuviera esperando a sus atacantes en cualquier momento.

—Me fijé en que no nos siguieran—dijo Evan, como respondiendo a la pregunta que Criz no hizo. Su amigo se giró a verlo, se veía un ápice más calmado, pero era apenas perceptible.

—¿Cree usted que sobreviva? —preguntó Criz a la comadrona, pero ella no respondió, mientras apoyaba la oreja en el pecho de Dino.

Ambos guardaron silencio y permitieron que la mujer examinara a su amigo. Criz volvió la vista a la diminuta ventana nuevamente.

—¿Estás seguro de que Nándor no se movía? —preguntó Criz, mirando por la ventana.

Evan abrió los ojos en par en par. ¿Por qué lo preguntaba?, ¿estaba ahí?, ¡¿Criz le estaba viendo?!

Criz se giró hacia él esperando la respuesta, y Evan apenas se tranquilizó.

—No—confesó.

—¿Cómo de que no? ¿No dijiste que estaba muerto? —preguntó Criz, de nuevo acelerado.

—Apenas se movía, Criz...—comenzó a justificarse, el alma se le encogió tan sólo de pensar que Nándor podría darles caza por su culpa.

—¡Pero lo dejamos ahí Evan, maldita sea! —se lamentó, llevándose las manos a la cabeza con desesperación.

—¿Crees que hubiera sido mejor matarlo? ¡Es el hijo de Culén, Criz! —dijo Evan, sintiendo cada vez más el ardor en el pecho.

—¡No lo sé! Todo está jodido, maldita sea—bramó, su pecho se movía de arriba abajo con cada respiración, y mirando de un lado a otro, propuso con urgencia: —deberíamos largarnos de aquí y nunca volver.

Evan se miró las ropas ensangrentadas, la espada de su abuelo en la funda y su mano derecha tintada con sangre seca.

—¿Se puede quedar con usted? —aventuró a preguntar a la partera antes de responder a Criz.

—¿Aquí? —miró la mujer en derredor—no, no sé... me hacen falta preparados y no tengo plata suficiente para conseguirlos.

Antes de que terminara de hablar, Evan se desprendió el broche de su clan, que por suerte seguía atado a su uniforme rasgado. En ese momento cayó en la cuenta de que las alas de plata cayeron al suelo en algún momento del ataque.

—Señora, le ruego—dijo, acercándose—, tome este broche, soy de la familia de nombre del clan Womak. Mi hermana, Alina, le dará todo el dinero que necesite para su cuidado; pero debe mantenerlo en absoluto secreto y no revelar ninguna información sobre él a nadie, ¿estamos de acuerdo?

La mujer miró la alhaja como indispuesta a recibir algo de tanto valor, o a quedarse con un hombre moribundo en su diminuta vivienda. A pesar de sus canas y de su delantal de años de labor como comadrona, parecía intimidada por el valor de la joya, pero algo en su mirada le decía a Evan que estaba a la altura de la situación y que no temía quedarse a cargo de él.

Evan entonces tomó su mano con suavidad y posó el broche en la palma. Sin soltarla la miró a los ojos y le dijo en un ruego:

—La vida de mi mejor amigo, mi hermano, está en sus manos.

La mujer se quedó sin palabras. Asintió levemente y luego se quedó mirando su pecho con fijeza.

—Esa herida necesita limpieza—le dijo.

—No tenemos tiempo para eso—arguyó Criz.

—¿A dónde piensas ir? —preguntó Evan, de pronto abierto y confiado con la mujer que empapaba un retazo de tela clara en un líquido oloroso.

En poco, sintió una fuerte punzada de ardor frío en el pecho, que se sentía como un carbón ardiente deslizándose por su piel, mientras la partera pasaba el paño empapado sobre el pellejo abierto. El líquido remanente le escurría entre los dedos mientras tallaba su herida. Evan apretó la mandíbula y se aferró al respaldo de una silla cercana.

—Es una suerte que no requiera puntadas... ¡pero por poco! —dijo ella mientras vaciaba más líquido en la tela, saturando la habitación de un olor acre y mentolado.

—No lo sé, sólo tenemos que irnos de aquí antes de que Nándor nos encuentre—dijo Criz, ignorando la escena.

—Tampoco es como si tuviéramos muchas opciones—dijo Evan con la voz entrecortada.

Criz se acercó a él y la mujer se apartó un poco para atender a Dino.

—¿Cómo que no tenemos muchas opciones? ¡Tenemos que largarnos de aquí y no regresar, eso es lo que tenemos que hacer!

—¿Y luego? Irán tras mi padre, o encarcelarán a Alina hasta que yo aparezca, ¡conoces la ley! —exclamó, todavía con el velludo pecho palpitándole.

—Pues tampoco podemos quedarnos aquí.

—No podemos huir Criz, sería admitir que todo esto fue nuestra culpa. Tal vez esto esté más jodido de lo que debería estar, pero no soy un cobarde, y no dejaré que mi familia pague mi condena.

—¿Prefieres quedarte a que te maten?, ¿prefieres que nos cuelguen a los dos por haber matado a un hijoputa que bien merecido se lo tenía?

—No debiste hacerlo, todo pudo haberse salvado si no lo hubieras hecho—tronó Evan, con el coraje a flor de piel.

—Si hubieras matado a Nándor no tendríamos que huir ahora.

—No, pero Culén nos hubiera cazado el resto de nuestras vidas y, de paso, se hubiera cobrado con mi familia—se defendió, señalándose al pecho—, y ni siquiera estoy seguro de que haya sobrevivido.

—Tenemos que largarnos de aquí—repitió Criz, mirando a la comadrona limpiar la cara de Dino.

—¿Y hacer qué, exactamente? ¿Vivir en el exilio? ¡Prefiero que me maten! —confesó Evan, sintiendo ahora por dentro el mismo ardor que sintiera en la herida hacía unos momentos.

Criz se volvió a verlo, entrecerrando los ojos como si le hubiera hablado en otro idioma, y dijo:

—¡De verdad que te propones ser estúpido a veces! —inculpó, y luego empujó con violencia otra silla y se giró hacia la ventana para seguir vigilando—. Admítelo, no hay otra cosa que hacer más que huir—estableció Criz, exigiéndole entendimiento.

Evan se talló la cara con desesperación sentado en el borde de la mesa; con Criz tapando la única ventana, la penumbra luchaba contra la poca luz que se colaba por la techumbre de paja.

—¿Y a dónde iríamos?

—No sé... a Avándar, a las tierras del sur, ¡a donde sea! —dijo Criz.

—¿Y qué hay de los Sabios? ¡¿Qué hay del Príncipe Bastardo?! Tal vez él nos pueda ayudar.

—No hay tiempo para buscarlo, ya—dijo Criz, y agregó, musitando: —Ni siquiera sabemos si no es un impostor.

Criz comenzó a calmarse un poco y a tocarse los moretes de la cara.

—Usted es curandera—dijo Evan a la señora, que ahora limpiaba las heridas de Dino en brazos y piernas, como cortes delgados y meditados. La mujer levantó la mirada a penas lo suficiente para atender el llamado.

—¿Sabe usted dónde podemos encontrar al Príncipe Bastardo? —preguntó Evan. Pero la señora se limitó a negar, confundida.

—Es absurdo—reprochó Criz, negando también—, necesitamos desaparecernos por lo menos una temporada. Tal vez si subimos al clan podríamos escondernos ahí un tiempo y luego buscarlo.

Evan no encontraba otra salida y estaba exhausto de pensar. Tomó asiento y se llevó las manos a la cara, tallándose con fuerza los ojos.

—No en el bosque del clan—dijo Evan, dando una oportunidad al plan de Criz—. Podemos escondernos en el bosque de caza. ¿Recuerdas donde vimos al venado sagrado? Luego podríamos ir al norte, buscar a los Sabios. Podemos cruzar el río por la mañana.

—¿Hasta mañana?

—No podemos cruzar hoy, y menos en este estado. Deberíamos esperar a la noche para irnos de aquí.

—¡¿Y por qué no ponemos una puñetera bandera en el techo que diga que aquí estamos para que vengan a arrestarnos?!—respondió Criz con sarcasmo.

La partera se volvió a verlos.

—La herida en tu pecho se volverá a abrir si cabalgas ahora—dijo ella— y si se ensucia no te doy más de una semana antes de que la piel empiece a supurar—informó—, podrías morir de fiebre.

Criz lanzó un bufido, inconforme que ahora hasta la mujer opinaba.

—Debemos quedarnos, Criz, así al menos podríamos ver a Dino despertar y explicarle todo, necesita saber que debe seguir el plan como si hubiera muerto.

—¿Muerto? —preguntó Criz.

—Sí, eso es lo que él quería, y ahora tiene la oportunidad perfecta, pero necesita conocer la situación y saber que necesita esconderse. Esta señora lo sanará y podrá ser un hombre libre después de esto.

—¿Y si lo vienen a buscar antes de que pueda andar y se lo llevan a él? Estará muerto de verdad—dijo Criz, como empezando a dudar sobre si lo mejor era marcharse.

Ambos callaron y Evan echó una mirada a Dino, que hacía gestos de dolor con el líquido.

—¿Cree que podamos llevarlo con nosotros? —preguntó Criz, con pocas esperanzas.

—Piden demasiado, no puedo decirles que sobrevivirá si se queda, pero si se lo llevan, no creo que tenga oportunidad alguna—sentenció ella, limpiándose las manos en el delantal. —No tengo mucho, pero puedo ordeñar a la cabra y remojar algo de avena—dijo la mujer, mirándolos atenta.

Criz y Evan intercambiaron miradas. No había más opción, tenían que esperar a que Dino despertara, al menos, rogando a Los Dioses que Nándor no les encontrara antes.

El sol cayó al oeste como hacha de verdugo, y el bosque no era más que una masa negra recortada contra el cielo plomizo cuando Evan y Criz prepararon un fardo con las pocas reservas que la mujer pudo conseguir en las casas aledañas. Dino no despertaba aún, pero su pulso era notorio y comenzaba a sudar. Si iban a huir en algún momento, sería en ese. La comadrona tendría que explicarle todo como le indicaron.

Evan y Criz se acercaron a Dino, el sudor perlaba su frente magullada con un gran cardenal oscuro. Los ojos seguían tan hinchados que no podría abrirlos, aunque quisiera.

—Tenía la esperanza de que despertara antes de partir—dijo Evan.

—No hay tiempo ya, tenemos que irnos—respondió Criz, con la mano sobre el hombro de Dino.

Los dos hombres se incorporaron con la mirada inundada de preocupación, y se echaron el fardo a la espalda cuando alguien golpeó con fuerza a la puerta de la cabaña.

Criz y Evan intercambiaron miradas nerviosas.

—¡Soy yo Dora, abre pronto! —gritó una voz femenina y juvenil.

La comadrona se apresuró a la puerta y levantó la traba de madera para abrirla apenas una rendija. Era una chica de no más de trece años con la cara enrojecida, y que no paraba de jadear.

—Hombres, caballos, ¡vienen para acá! —alcanzó a decir entre un aliento y otro.

Criz se abalanzó a la puerta y la abrió de par en par.

—¡¿Quiénes?! —bramó.

La chica se sobresaltó cuando le vio, tragó saliva y respondió aun jadeando:

—Vienen con antorchas, sus caballos son enormes—chilló.

—¿Dónde vienen? —preguntó Evan, acercándose a la puerta en dos zancadas, alarmado. Sólo el ejército o la guardia del palacio tenían esos corceles.

—Llegarán en cualquier momento—dijo la chica, juntando las gruesas cejas con los ojos bien abiertos.

Criz lanzó una injuria.

—¡Debimos habernos ido hace horas! —rabió, paseándose desesperado.

Evan permaneció callado, su mente como rayo. Podrían irse por atrás de la casa, podrían ir a los caminos del norte, alejarse tanto tiempo como pudieran, pensó, mientras de lejos llegó el murmullo rápidamente creciente de pisadas de corceles sobre el camino de tierra dura.

Miró a Criz asomarse por la minúscula ventana.

Tal vez podrían buscar el asentamiento secreto de los Sabios, ofreció su mente como enloquecida, cuando otra parte de sí le dijo que era cuestión de tiempo que les encontraran… Otra parte dentro de él, la más fuerte, y posiblemente la más necia, quería quedarse ahí; esa parte quería permanecer en donde estaba, así como deseó viajar a la villa de los Alban antes del torneo, aquella que le impulsó a viajar al clan Anawák a la mitad de las pruebas, y la misma que quiso regresar al clan del Ave de Fuego a defender a las familias poco antes de ser asesinadas por los soldados.

Huir no era una opción. No. Él se quedaría hasta las últimas consecuencias. A fin de cuentas, habían sido emboscados, forzados a actuar de esa manera; tal vez la justicia los respaldaría.

En cuestión de un par de pestañeos, una guarnición de caballería estuvo en medio de la plaza de la aldea. El pozo se veía chico entre los caballeros, armados y uniformados, y entre ellos estaba Nikker, sosteniendo una antorcha con una mano y tomando la brida con la otra. Era su pelotón el que inundaba la plaza. Hasta ese momento recordó Evan que a él y a Lorana se les había asignado ese terreno para cazar a los Sabios.

Justo como hicieran cuando ellos se acercaron al centro de la plaza, todos los pueblerinos se habían vuelto a esconder cuando escucharon a la chica acercarse a la casa de la comadrona loca que dio guarida a los forajidos.

—Soy el capitán Nikker clan Cardenal—gritó, con absoluto silencio en derredor—. Este pueblo alberga a dos criminales que se hacen pasar por coroneles del ejército. Entréguenlos y no habrá repercusiones en sus propiedades.

Además del ondeante fuego de las antorchas, todo lo que se oía eran los insectos nocturnos. El caballo de Nikker se mecía de un lado a otro, impaciente, dejando ver a Evan que justo detrás estaba Nándor sobre otro caballo, echado sobre la silla como un costal a medio llenar.

—¡Sé que están ahí, respondan o acaten las consecuencias por desobedecer a la ley! —bramó Nikker, acercando la antorcha a la seca techumbre del granero comunal. Esa gente estaría perdida sin la siembra del año.

Evan cerró los ojos y exhaló, tirando la última barrera de resistencia en su interior.

—Si no nos entregamos ahora, entrarán y verán a Dino—sentenció.

Criz calló en asentimiento y dirigió una mirada preocupada a su amigo, que sudaba desde el jergón.

—¡Dar techo a criminales les convierte a todos ustedes en lo mismo! —gritó Lorana.

Evan echó una mirada rápida a Criz, ambos lamentaban la situación, pero sabían que no había más opción. Depositó el fardo que tenía en la espalda en la mesa de la curandera.

—No olvide nuestro acuerdo—pidió a la mujer, y luego abrió la puerta para entregarse.

El hombre caminaba con rapidez los largos pasillos bordados con arcos. Sus ropajes oscuros se camuflaban en cada sombra de cada columna, proyectada por el sol del amanecer. Dobló en la esquina y siguió a paso acelerado entre fuentes y pequeñas jardineras arregladas con mano experta. Para cuando alcanzó los jardines externos del palacio, el techo abovedado de la casa de cristal y hierro forjado surgió frente a él. Apresuró el paso, los cuatro hombres que le acompañaban detrás imitaron el ritmo, y la fina arena de los caminos crujió bajo cinco pares de zapatillas de gamuza. Llegados al mariposario, los guardias abrieron la puerta para dar paso de inmediato al general Ravenjut, quien ordenó a su escolta esperar afuera con un gesto sutil.

Dentro, el ambiente era húmedo y viciado. Aún en el frescor del alba, la casa de cristal era más cálida que el exterior. Osgalaj sacó un suave pañuelo del bolsillo de su largo chaleco, secó el sudor de su frente y se peinó la barba por quinta vez.

—Heme aquí, majestad—anunció.

Como le fuera indicado con insistencia desde hacía años, se arrodilló y aguardó a que su llamado fuese atendido.

No había más sonido que el murmullo lejano de goteo, su respiración agitada y los desquiciantes aleteos de miles de mariposas, que invadían cada flor y cada hoja de cada planta y enredadera del recinto favorito de la emperatriz. Una de ellas se posó sobre su cabello, y sintió las finas y largas patas del animal bailoteando entre las canas.

Resistió el impulso de dar un manotazo para ahuyentarla.

¿Acaso su llamado no fue escuchado? No soportaría estar ahí mucho tiempo.

El susurrante roce de la seda se acercó a él como la niebla a la montaña. Sintió un cosquilleo en su cabello y la mariposa se había ido. Levantó apenas la vista cuando vio el puntiagudo extremo de la zapatilla de seda carmín, y la suela de blanco cedro frente a él.

—No debería temer a las mariposas, Ser Ravenjut.

La voz femenina era suave, seria, y tan delicada como sus pasos entre las cunas de moisés que bordeaban los angostos pasillos del mariposario, el santuario personal de la matriarca.

No se levantó sino hasta que la joven tocó su hombro con el abanico que utilizaba exclusivamente para este propósito.

—Salve, emperatriz Parvane—murmuró Osgalaj, antes de ponerse en pie y dar tres pasos atrás, muy consciente de no mirarla directamente—¿Solicitó verme, majestad?

—¿Cómo está mi ejército, ser Ravenjut? —preguntó ella, y sin esperar la respuesta, agregó: — Necesito una guarnición lista para partir. He recibido una inquietante carta de mi prima.

Dada la prohibición de mirarla a los ojos, Osgalaj escuchó con suma atención el tono y el énfasis que daba a cada palabra para desvelar el significado detrás de lo que decía; siempre había algo más allá.

» Pobrecilla—siguió la emperatriz—, en ese lugar tan alejado de todo, tan rústico. Los autóctonos buscan arrebatarle parte de la dote que recibió al casarse con su rey—explicó.

Interpretó el silencio como el momento idóneo para responder:

—Su majestad, cuenta usted con una guarnición numerosa, lista para...

—¿Sabe por qué me parecen fascinantes las mariposas? —interrumpió ella, mientras veía de cerca al insecto que otrora tuviera Osgalaj en sus cabellos, limpiándose las antenas sobre la mano de procelana—Es su potencial, sin duda— dijo la joven emperatriz, y luego calló unos momentos. Osgalaj comenzó a sentir el sudor resbalando hacia las cejas y de inmediato volvió a extraer el pañuelo. De nuevo sólo se escucharon los aleteos.

» Una mariposa, como una persona, nace con el único valor de su potencial. Su misión en la vida, entonces, es abandonar la inmundicia, gestarse como un nuevo ser y luego volar, casi flotando, victorioso en su transformación—continuó ella, su voz como si fuera un ser del paraíso.

Por fuerza del hábito, Osgalaj miró a su interlocutora, como buscando el sentido de lo que quería decirle, pero tan pronto como sus ojos se encontraron, la joven lanzó una mirada tan intimidante que logró que Osgalaj desviara la suya hacia los bucles trigueños de Parvane, quien continuó hablando con la misma calma:

» Pero hay veces en las que, aún después de esa transformación, la belleza... no lo es—. La emperatriz alargaba las palabras, y hablaba lentamente, con mariposas revoloteando alrededor de su cabello—La transformación no ha sido suficiente—dijo ella, y luego cerró los dedos marfil alrededor de la mariposa, que aleteó frenéticamente para escapar, mientras la mujer apretaba con fuerza. Luego extendió los dedos y dejó caer un par de alas rotas y el feo cuerpo del insecto, cuyas

patas temblaron en el suelo. La emperatriz, entonces, extrajo un pañuelo de seda de la manga de su vestido, decorada con un finísimo encaje, y se limpió la palma de la mano.

—Todos tenemos el potencial, ser Ravenjut, pero para algunos resulta inalcanzable—continuó ella—. Es la ley de la vida que pone a cada criatura en su debido lugar—agregó, mirando en derredor con languidez.

Osgalaj evitó enfocar la vista en sus amplias faldas de fino tafetán, o en el detallado encaje que devoraba cada borde de ellas.

—Vaya a Daet—ordenó—. Reporte la situación actual y aconseje a mi prima sobre la correcta manera de ayudar a esas criaturas a alcanzar su verdadero potencial. Si pretenden asociarse con el Imperio, deben aprender que es de terrible educación pedir de vuelta lo obsequiado—terminó.

Osgalaj asintió con una reverencia.

—El... el—titubeó, tratando permanecer serio, conteniendo la euforia de saber su plan en movimiento. Se aclaró la garganta—¿Deberé colaborar con el general Ragernack, mi señora? —aventuró a preguntar, el tipo sería un estorbo si quedaba a cargo.

—Por último—agregó ella sin levantar un ápice la voz—utilice la fuerza necesaria para ayudar a Daet a recordar que son ellos quienes necesitan de nosotros. Usted queda a cargo, general— y en tono solemne, terminó: —no me decepcione.

Tan pronto la emperatriz dio unos pasos, distanciándose nuevamente, Osgalaj se apresuró a arrodillarse y luego la miró alejarse como un ser etéreo entre el jardín de orquídeas.

Cuando la emperatriz se perdió entre las flores, Osgalaj miró las alas rotas y el cuerpecillo inmóvil del insecto, y sintió como poco a poco una amplia sonrisa comenzó a dibujarse en su rostro. Todas las piezas se acababan de acomodar como por la mano divina misma; no había tiempo que perder, debía dejar instrucciones claras a Murdoj antes de su partida.

Capítulo 16
Consecuencias

H ABÍA UN EFECTO CURIOSO en las rocosas paredes de la cárcel subterránea de la Plaza de la Justicia. Lo que uno dijera ahí hacía tanto efecto en los oyentes como el goteo de una letrina, imperceptible al poco de la primera palabra, mientras que decirlas afuera, como hombre libre, como coronel, haría que se levantaran varias cabezas, al menos. Pero seguramente él ya no era ninguno de esos dos, probablemente ya no era soldado, siquiera; perdió lo poco que le quedaba de dignidad cuando vomitó tras el trigésimo azote. Los primeros doce fueron por abandono de puesto sin permiso, y los siguientes veinticuatro por atacar a otro soldado.

Poco importó que exigieran una audiencia tan pronto los aprehendieron las tropas de Nikker a punta de espada, con seguridad alertadas por Nándor. Ni siquiera los llevaron de vuelta a la Villa Militar. Los desnudaron y azotaron en los postes de la Plaza de la Justicia como a un par de criminales de mercado; y mientras usaron sus últimas energías para exigir una corte marcial para denunciar el ataque, llegó la orden del general de generales de ponerlos de inmediato bajo tierra entre cuatro paredes, bajo los pies de Eleya.

Pero aún faltaba lo peor. Peor que caer vertiginosamente por la escalera militar que le tomó toda su vida escalar, peor que perder todo el respeto de sus iguales, peor que el que sus superiores hicieran oídos sordos ante la exposición de una verdadera injusticia. Lo que faltaba era el juicio por asesinato de un diplomático extranjero, y no había mucho misterio sobre la naturaleza de la pena que había que pagar.

Encorvado en la inmundicia de la celda, donde la orina hacía de la tierra lodo, Evan agradeció que esa noche fuese especialmente fresca, y que el calor de los días anteriores no se hiciera presente para sumar al ardor punzante e imposible de ignorar de su espalda latigueada. Sin saber por qué, el cuerpo no paraba de temblar de tanto en tanto, e incapaz de conciliar el más ligero vilo, se conformó con cerrar los ojos y esperar que todo sucediera lo más rápidamente posible.

De pronto, se escuchó el rechinar de goznes metálicos y luego el azote de una reja. Los pasos apurados le hicieron pensar que iban a verle a él, y abrió los ojos de par en par al momento que una figura se detuvo en la puerta de su minúscula celda.

Frente a los listones de hierro aparecieron unas suaves botas de gamo. Evan subió la vista con el letargo que da la desesperanza. Desde el polvo orinado a sus pies su vista se prendió del filo planchado de un largo caftán claro. Estaba impecable, perfumado con lavanda y cosido con puntadas pequeñas y simétricas. La pulcritud casi le hacía desprender luz en la oscuridad de su encierro.

—¿Mataste al embajador? ¡¿Es cierto?!—exigió saber Leándor con firmeza y un dejo de desesperación en la voz.

Evan no levantó la vista.

—Yo no lo maté—. Su voz salió ronca a causa de la sed y sentía la boca pegajosa.

—Ten—le dijo, y Evan levantó los ojos hacia el talante compungido de su tío, quien extendía una cantimplora con agua a través de la reja.

Evan contrajo el abdomen rajado para levantarse poco a poco, evitando a toda costa mover la piel lacerada de la espalda, y se incorporó con lentitud hasta pararse derecho. El cuero le ardía y punzaba, cálido. Tomó la bota y bebió a tragos largos, había algo más que agua, pero se terminó todo el contenido de todos modos y dio una bocanada para dimitir la sensación de ahogo.

—¿Qué pretendían hacer? —cuestionó Leándor. Tenía los ojos enrojecidos y sus amplias ojeras se extendían desde los párpados hasta casi la nariz—¿qué se proponen...—se interrumpió a sí mismo, viéndolo como si no quisiera hacerlo, como si no supiera si debía ver o no. Evan sólo llevaba el pantalón y las botas del uniforme, que a esas alturas estaban más que sucios y ensangrentados—¡Es que no sé cómo actuar, ni qué decirte!, nunca me imaginé esto de ti, no puedo creerlo—agregó, con las cejas altas y los ojos entornados en un ruego.

Evan no supo qué responder. Aún ahí, encerrado y con una espada pendiendo sobre su cuello, la rabia contra su tío se acrecentaba a cada momento.

—Lo mismo pensé cuando descubrí que traicionas a Daet—espetó. El coraje eclipsó el dolor y el agotamiento, como una bestia que sale de su cueva tras una larga hibernación, hambrienta.

—Pero ¿de qué estás hablando, niño? —preguntó con una mirada afectada, como si su paciencia y cariño se hubieran agotado de súbito.

—Tú eres parte de lo mismo—inculpó Evan con la voz ronca—¡Lo vi con mis propios ojos! Apoyas decisiones en el Consejo que atropellan a los Sabios, firmaste una maldita misiva para matarlos a todos como ovejas—alzó la voz cuando su tío abrió la boca—¡Te has vendido al embajador y has corrompido a nuestro clan con tus intentos de encajar en un grupo al que no perteneces! —recriminó.

Los temblores involuntarios regresaron y tuvo que cerrar los ojos para ignorar las heridas punzantes en la espalda.

Leándor abrió los ojos de par en par, con el ceño fruncido y los labios presionados uno contra otro.

—¿Cómo te atreves a acusarme de tal cosa? Eres tú el que estás tras las rejas, ¡no yo! —gritó—Eres tú la desgracia para el clan. Eres tú…—dijo, conteniéndose con la cara enrojecida—quien no se merece el apellido de mi padre.

Evan clavó la mirada en la de su tío, como si pudiera carbonizarlo con el fuego que sentía por dentro. Con sus palabras, una vieja y profunda herida se abrió en su interior, como grieta en la tierra. Su boca se colmó de amargura, y decidió escupirla hasta agotarla:

—Ravenjut estaba detrás de todo. De él salió la orden para que no fuéramos Yntaura, fue él quien quiso deshacerse de los Sabios y todos los miembros del Consejo le apoyaron en cada, —apuntó con el dedo índice a su tío—maldita, decisión—terminó. Antes de que le respondiera, Evan siguió, impertérrito de los gestos del otro—. ¿Qué pasó con Digualda, tío? ¡¿Dónde está Sándor Tecuani?! ¡Están muertos! —rugió Evan, azotando la reja, espumeando del coraje y con el corazón queriéndose salir por la garganta.

Leándor estaba como pasmado, y le lanzaba una mirada asesina del otro lado del metal; con la vena de la frente protuberante en la cara rubicunda.

—Estás demente—afirmó con ligereza—. El dolor te incapacita para pensar con claridad—masculló mientras Evan se paseaba en la celda como oso acorralado—¿Es este truhan el que te ha seducido hacia la locura? —preguntó su tío, señalando a la celda contigua, y Evan se volvió a ver a Criz, quien se había desmayado tras el cuadragésimo azote y ahora gemía entre pesadillas y temblores.

—No fue necesario, yo mismo lo vi todo—reveló—. No puedo creer lo ciego que fui durante tanto tiempo. ¡En nuestra misma casa! El líder de nuestro propio clan—expulsó Evan—…Diste tu apoyo para que los malditos raganís hicieran lo que se les viniera en gana. ¡Traicionaste a los Sabios! ¡¿Acaso planean matar a todos los que no estén de acuerdo con ustedes?!—dijo Evan, boqueando—Me das asco—escupió, prendido de la mirada del otro.

Su tío cerró los ojos y tensó las mandíbulas con fuerza. Guardó silencio por un momento, y forzando el tono más firme y seco que Evan jamás le había escuchado, dictaminó:

—Es claro que no estás en pleno uso de tus facultades para participar en un juicio. Trataré de salvar tu vida el día de mañana—hizo una pausa, echándole una última mirada antes de darse la vuelta— pero, honestamente, no veo para qué—confesó. Luego se dio media vuelta, caminó el pasillo y salió sin más.

Evan permaneció tieso, con los brazos extendidos sobre la reja oxidada, incapaz de moverse más allá de los escalofríos repentinos. Todo su cuerpo estaba petrificado, y la cabeza comenzó a martillarle. Se sentó nuevamente, soportando el dolor de los tirones de la piel lacerada y llena de sangre seca. Se percató de que la bota seguía en su mano y la aventó con fuerza al muro de enfrente; donde rebotó y golpeó la reja, que cascabeleó en respuesta. Encogió las piernas, recargó la frente en la mano, y silenciosamente comenzó a llorar de rabia y dolor, de tristeza y frustración.

Abrió los ojos pastosos con dificultad, tratando de enfocar la pequeña rendija por la que pasaba luz sobre su cabeza. Ya había pasado el tono grisáceo del alba, incluso el naranja plomizo de las primeras horas, y ahora el cielo vibraba azul y despejado. Debieron haberlos llamado ya a juicio, pero las rejas no se movieron un ápice. Se volvió a la celda contigua sintiendo un tirón a la espalda, y vio a Criz beber un vaso de agua por la que rogó toda la noche hasta que desesperó al guardia. Su espalda parecía la tabla de picar de un carnicero; por mucho que los azotadores estuvieran entrenados para no llevar el castigo a la muerte, algunos cortes llegaban a una profundidad digna de una cicatriz permanente. Según el código militar tenían derecho a ser curados después de los azotes, pero Evan supo, desde la noche anterior que le visitara su tío, que este no era un procedimiento regular.

Al fin lo había logrado. Ahora conocía el fruto de actuar sin pensar, un fruto pútrido y venenoso, como el excremento de la celda en la que lo habían confinado. Finalmente, su mente se había callado. No lograba hilar una idea completa con la otra, y cuando lo intentaba sólo llegaba a un silencio donde la sed, el hambre y el dolor exclamaban su presencia.

Las horas pasaron y Evan comenzó a marcar el avance de la sombra en la arenilla suelta del suelo irregular de la celda, desde el alba hasta el cenit, y luego conforme caía la tarde. ¿Podrían haber pospuesto el juicio? Tal vez. O tal vez les dejarían ahí hasta morir de sed, y fiebre, con las heridas abiertas.

Volvió a agazaparse, abrazó sus piernas y sumió la cabeza en el hueco remanente tratando de estirar la piel de la espalda que ahora le escocía.

Cuando la luz clara comenzó a tornarse naranja, los goznes de la reja volvieron a chirriar.

Evan y Criz levantaron la cabeza poco a poco.

—¡Por todos Los Dioses! —santificó Alina—¡Padre, no pueden tenerlos así aquí!

Evan se levantó lo más rápido que pudo para encontrarse frente a frente con el rostro de su padre. Se miraron sin decir nada unos momentos. Las profusas cejas del hombre se curvaron hacia el centro de la frente, marcando una profunda línea vertical arriba de la nariz. Sus ojos, rojos, comenzaron a llenarse de lágrimas y la boca se tensó aún más cuando sólo su mirada podía hablar por él. Jéctor negó con la cabeza y cerró los párpados con fuerza, soltando gruesas lágrimas que pararon en sus manos temblorosas.

Evan dio un paso más hacia la reja, apenado, y tomó los barrotes como un niño se aferrase a su cuna, mirando a su padre. Le destrozaba el alma verlo así de deshecho.

Toda la rabia y el resentimiento que acumulara con los años se desvaneció en un instante, como desprendiéndose de él para luego salir flotando; y lo único que le quedó fue la tristeza que se agolpó en su garganta, estrangulándole. La voz de Alina era lo único que se oía, rogando al guardia le permitiera ingresar a las celdas para curarlos.

Jéctor puso sus grandes manos ásperas sobre las suyas, entibiándolo de fuera hacia dentro.

Evan exhaló en silencio, con los ojos húmedos. Todas las barreras, toda la distancia que forzó entre él y su padre durante tantos años, se derrumbaron como si los muros de piedra fueran sólo arena.

—Lo lamento, papá—fue lo único que pudo decir antes de atragantarse.

Su padre se limitó a asentir y a sorber.

—Los…—la voz le salió quebrada y Jéctor carraspeó para limpiar la garganta—los han declarado enemigos de la corona, hijo. El embajador apareció muerto en la plaza principal con un mensaje firmado por el Príncipe Bastardo—continuó, la mirada clavada en los ojos de su hijo, que eran sólo un reflejo más joven de los suyos, y con un nuevo aliento, añadió: — y los culpan a ustedes por el ataque.

—Nosotros no fuimos, padre, ¡lo juro! Nos tendieron una trampa, mi tío está metido con el enemigo…

Su padre asintió, cerrando los ojos, como si de alguna manera supiera toda la verdad.

—Yo te creo, hijo—declaró—. Mi hermano dejó de serlo en el momento en el que tomó las riendas del clan, y no dudo que esté en lo que no debe. Pero no ha ayudado mucho el que ustedes salieran sin permiso de la Villa Militar, con una solicitud falsa, y además golpearan a Nándor casi al punto de la muerte—. El tono de su padre se iba haciendo firme conforme hablaba.

—Fue una trampa, padre. Un mensajero nos dijo que Mauritio Rogdar, el jefe de la guardia…—

Jéctor cerró los ojos, evitando el rostro de súplica de Evan.

—Sea como sea, hijo, hay un embajador muerto, y hay testigos que declaran que ustedes lo hicieron. No tienen muchas opciones.

—Fui yo, Jéctor—dijo Criz desde su celda, y cuando ambos se volvieron a verlo, continuó: —yo fui quien mató al embajador—confesó con el semblante serio y abierto—, Evan no tuvo nada que ver, yo lo arrastré a esto.

Evan se volvió a verlo con los ojos entornados.

—No asumas toda la culpa Criz, no es justo.

—Y no es justo que tú pagues por algo que no hiciste. No tienes por qué soportar más que los azotes que ya te dieron—Criz hizo una mueca de dolor al incorporarse y se acercó, tratando de cuadrar los hombros—. Tienes que decirlo al Consejo, Jéctor—pidió.

El padre de Evan asintió, grave, con el rostro compungido al ver a Criz.

—Daré esta información al Consejo para su deliberación, tal vez ayude a cambiar algo, pero la votación ha sido unánime. El día de mañana anunciarán la sentencia, y para ello sí estarán presentes—dijo, y luego se volvió a Evan—. Este juicio ha sido manipulado desde el inicio, hijo, y creo que tu tío ha tenido algo que ver en ello—. La mirada de su padre se ensombreció al mencionar las últimas palabras, que dijo casi como un susurro.

—Pase lo que pase, padre... Quiero ofrecerte una discul...

—No te despidas, hijo—lo interrumpió—aún hay esperanza—dijo con firmeza, y luego reunió fuerzas para levantar una media sonrisa que le torció el rostro, al tiempo que pasó su mano por los barrotes para tocar la mejilla de Evan.

Alina regresó con una mujer mal encarada que cargaba un par de llaves de hierro. La guardia giró la cerradura y Alina se coló en la celda de Evan como gato antes de que la abriera por completo.

—Gírate—le ordenó a Evan con la voz quebrada—ahora voy contigo, Criz.

Evan tragó saliva cuando Alina posó las manos heladas en su espalda, y permitió que su hermana lo lavara con agua limpia y untara del cuello a la cadera un bálsamo arenoso que le adormeció la piel.

Su padre observó cómo lo hacía su hija y continuó trabajando en la herida del pecho de Evan en lo que Alina hacía el mismo tratamiento con Criz. Evan sintió la diferencia entre las manos de curandera de su hermana y aquellas fuertes y callosas del armero, pero algo en lo hondo de su ser sanó al sentir a su padre cuidando de él.

Después de acabar con la espalda de Criz, Alina sacó de un delantal unos huevos duros, pan, queso y algunas nueces. Cuando terminaron de comer lo poco que pudo llevar, los miró, preocupada.

—Puedo ver la manera de traer más—dijo, aprensiva.

—No podemos, hija, ha sido una suerte que nos dejaran pasar con el nombre de tu tío, debemos irnos ya, no queremos que esto afecte la deliberación del Consejo.

Alina asintió, prendida de la mirada de Evan. Luego se coló a la celda de Criz y le besó la frente. Evan les observó, atento, nunca había visto esa mirada en su amigo, cuando tomó la alargada mano de Alina entre sus manazas y besó el dorso con cariño. Se miraron a los ojos, y Alina se pasó la palma por el cachete, secando una lágrima. Antes de marcharse, besó las manos de su hermano, despidiéndose por última vez antes del anuncio del veredicto.

—Los veré mañana—les dijo, antes de que volvieran a cerrar la reja del pasillo.

El silencio aplastó todo nuevamente en el pequeño recinto.

Sus celdas estaban hechas para pasar poco tiempo en ellas; apenas alcanzaba el espacio para dos personas de pie. Las rocas salientes de la pared tomaban la mitad de la superficie, y ni hablar de lugar suficiente para echarse a dormir. Eran cárceles para presos en juicio pendiente. En una circunstancia normal los hubieran trasladado ya a las catacumbas inferiores con el resto de los criminales, o los hubieran subido a la plaza para su ejecución pública; pero ellos tendrían que pasar otra noche más ahí.

Cuando los muros perdieron la calidez del día, y el sonido de los grillos resonó en las celdas después de horas de lapidoso silencio, Evan escuchó el susurro de Criz tan fuerte como un grito:

—No me arrepiento, ¿sabes?

Evan se volvió a verlo, atento. Toda su concentración estuvo clavada durante horas en las variadas sensaciones corporales de hambre, entumecimiento, náusea y sed, por lo que se sintió como despertando de una pesadilla.

—No estamos locos, y Daet está más jodido de lo que pensaba si creen que matándonos van a resolver algo—añadió Criz desde la oscuridad.

Evan permaneció callado y el susurro de los grillos aumentó hasta que Criz volvió a hablar.

—Esto es…—empezó, cansado— Esto es muchas cosas, pero sobre todo lo demás, es una traición. Nos traicionaron desde el maldito momento en el que decidieron para nosotros algo diferente de lo que nos prometieron toda la vida—dijo Criz, agarrando el barrote que los separaba como aferrándose a sí mismo un poco más—. Nos emboscaron con una misiva falsa y nos traicionaron otra vez al no llevarnos a nuestro propio juicio.

Evan sentía cada palabra como una placa de piedra que iba oprimiendo su pecho. Se preguntaba qué sentido tenía pensar en eso en las últimas horas de su vida, aunque sabía que Criz tenía razón.

—Nos metimos por el camino equivocado, hermano—respondió Evan, con un entumecimiento emocional tan poco común en él, que de no estar adormecido se preocuparía a sí mismo—. Fuimos muy estúpidos y este es el resultado—dijo Evan, fijando la vista en la del otro en la negrura, apenas distinguiendo su silueta —. Sé que no estamos mal—agregó, exhalando—, sé que mi tío es una mierda, que los Nayar lo son también, que todos en el Consejo sólo están a favor de sí mismos—tomó aire y continuó—, pero yo sí me arrepiento de no haber pensado mejor las cosas.

Esta vez Criz permaneció silencioso.

» Pero estaba harto de pensar tanto—agregó Evan, mirando al suelo y tallando la suela de la bota contra la arenilla en una confesión.

Callaron un largo rato más, hasta que la risa rasposa de Criz superó nuevamente el susurro nocturno.

—¿Recuerdas cuando nos metimos al bosque de Ánuin? —le preguntó, como sonriendo.

Criz miró de soslayo a Evan, quien también mostraba un remedo de sonrisa—Recuerdo que saliste disparado del bosque de los ancestros diciendo que escuchaste voces y tuve que perseguirte hasta tu casa. Tardé tanto tiempo buscándote que cuando llegué a casa, le dije a mi padre que habías muerto por mi culpa.

—Fue la primera vez que regresaste a casa después de una de las golpizas del viejo podrido—recordó Evan.

Criz hizo un mohín que pasaba por sonrisa y siguió:

—Recuerdo lo mal que me sentía. Incluso sentí que merecía esa golpiza, y más. Siempre te pensé como mi hermano, mi sentimiento de culpa era inmenso.

—Hasta que me encontraste al día siguiente, durmiendo entre costales de grano. ¡Me perseguiste hasta la loma del taller de mi padre! —rio Evan, y al poco, su sonrisa se tornó una mueca amarga y ambos guardaron silencio.

—Tú no tienes por qué morir, Evan. No es justo. Yo… no es que lo quiera, tampoco, pero ¿sabes? Nunca me imaginé como un viejo de todos modos. Siempre quise morirme antes de ser un anciano y no poder caminar o tener que andar con un bastón.

—No puedes hablar así, hombre. No aquí—pidió.

—Pero tú tienes tanto que hacer. Estoy seguro de que la vida tiene algo más planeado para ti—le dijo, con una sonrisa cálida y triste apenas iluminada por la poca luz de luna que se colaba por la reja sobre sus cabezas.

—Y para ti también, esto no es justo para ninguno de los dos.

—Si te soy honesto, ya no me interesa si es justo o no—declaró su amigo—. Siempre hice lo que quise y eso es lo que me importa. Que me maten si quieren, pero ese bastardo cayó antes que yo y con eso me conformo.

Evan quería reprochar su cinismo, pero prefirió quedarse callado, el hombre tenía derecho a decir lo que se le diera la gana.

—Pero si sobrevives—remontó—, si por algún milagro de Los Dioses no te lleva esta podrida corona, tienes que buscar al Príncipe Bastardo, tienes que terminar lo que empezaste.

Evan lo miró con fijeza y un escalofrío lo recorrió del cuello a los pies.

Asintió, a sabiendas de que podría nunca cumplir esa promesa, y no dijo nada más.

Evan dormitó hasta que un fuerte ruido metálico lo despertó de golpe. Eran ocho soldados, que les encadenaron las muñecas y el cuello, y los sacaron de sus celdas a punta de espada.

Entrecerró los ojos ante la potente luz del exterior, y respiró el aire tibio de la Plaza de la Justicia al salir de la trampilla que servía de puerta a la mazmorra. Entonces, la gente comenzó a gritar. La plaza pública estaba inundada y Evan vio a medio millar de personas que apenas les dejaban pasar entre insultos e improperios. Tensó la mandíbula cuando alguien le dio una palmada en las heridas del dorso y miró sus pies con escupitajos.

Se abrieron camino hasta un pequeño claro entre la masa de gente maloliente, donde esperaba una alta viga de madera como travesaño, de la que pendían dos cuerdas. Su corazón se aceleró y el miedo lo invadió como un veneno lento y pegajoso. Los gritos eran ensordecedores y la visión de Evan se fue tornando borrosa conforme el espeso veneno le inundaba.

Miró a los miembros del Consejo de Clanes, a Culén, al resto de los generales, a los contendientes Yntaura, a Zorro, a su padre, a su hermana. Miraba sin ver, sin sentirse ahí realmente.

La avidez estruendosa del gentío incrementó cuando los colocaron lado a lado, a Criz y a él, sobre la tarima de madera, y luego cuando colocaron la cuerda alrededor del cuello de ambos.

Miró a Criz a los ojos, pero él parecía tampoco estar ahí ya.

La lectura del acta llegó a Evan como un murmullo lejano detrás del pitido en sus oídos:

—Se acusa a Creioz Gléantan, clan Womak, por el crimen de sedición y por el asesinato del general Osgalaj Ravenjut, de la Casa Imperial Ravenjut de Raganjar, que ejercía en Daet como embajador permanente. Se le condena a colgar de una horca por el cuello hasta la muerte.

La respuesta del gentío exigía condena.

—Se acusa a Evan clan Womak, por el crimen de asociación delictiva y presunta traición a la corona de Daet, por lo que se le condena a…

Evan escuchó a Criz tomar aliento:

—¡Que viva el Príncipe Bastardo! —gritó Criz con todas sus fuerzas— ¡Que vivan los Alban y que despierte el pueblo al mal gobierno!

En un par de latidos, Evan escuchó un chasquido en la trampilla del suelo al destrabarse, y una cuerda desplazarse rápidamente. Criz descendió estrepitosamente, y se escuchó un sonoro crujido cuando la cuerda se tensó.

—¡Criz! —gritó con la voz rota.

La gente atronó nuevamente y el vocero continuó la lectura del acta a gritos, mientras Evan veía los rubios cabellos que caían lacios sobre la cara gacha de Criz.

—Se condena al acusado al exilio permanente de suelo Daetano so pena de muerte si volviese a este territorio. Se le retiran todos sus derechos y facultades y se le declara enemigo de la nación.

¡¿Exilio?!

¡¿Dijeron Exilio?!

Entre los píos del pueblo inconforme y sediento de castigo, Evan arrancó su mirada del robusto cuerpo de su amigo, aun balanceándose desde la cuerda, antes de que un par de soldados retiraran la cuerda de su cuello, tiraran de las cadenas que le rodeaban brazos venosos y muñecas, y le obligaran a bajar a trompicones de la tarima.

Buscó frenético a Alina y a su padre entre la gente, pero todo se volvió un mar de caras emborronadas y coléricas. Volvió el rostro con desesperación para mirar a Criz por última vez. Tenía el rostro oscurecido por la sangre.

Su estómago hizo erupción y el vómito empapó sus pies, antes de que los soldados lo forzaran a entrar nuevamente en la trampilla que llevaba a la celda; entre los insultos y quejas del pueblo.

De nuevo en el encierro.

Dio una bocanada como despertando nuevamente en la celda tras una pesadilla, entre la luz y sombra de la gente parada sobre la rejilla del techo. Pero no había sido un sueño. La mazmorra hacía resonar todas las voces y quejas de afuera. Sin importar cuanto aire jalara, la sensación de ahogo aumentaba.

Miró la celda contigua, pero Criz ya no estaba ahí.

Sus manos temblaban, aferradas a la reja que les separara la noche anterior; todo él temblaba sin control, y sólo escuchaba su propia respiración, pesada e interrumpida constantemente por sus palpitaciones. No podía creer que Criz no estuviera ahí. No podía creer lo que sucedía y se negaba a ceder ante la idea de que realmente estaba muerto. ¡Si estaba ahí hace un instante! Pasaron horas, que sintió como latidos. Latidos rápidos y aterrorizados, y luego lentos y dolorosos. Hasta que de pronto, la puerta del pasillo volvió a abrirse.

Cuando Evan reconoció a Culén se puso en pie de inmediato, en parte por costumbre, y en parte conteniendo el querer abalanzarse sobre él.

El rostro del general estaba impávido. Alcanzó la entrada de su celda y lo miró de arriba abajo rápidamente, como comprobando que realmente estuviera ahí.

—La única razón por la que te dejo vivir es porque tu abuelo me salvó la vida—empezó, estacionando su mirada severa en la de Evan—. Sus ojos saltones resaltaban ojeras abultadas con venas diminutas—Es gracias a él que vives ahora. No pienses, por un instante, que ha sido por aprecio— hizo una pausa, mirándolo nuevamente, como asegurándose de que le estuviera entendiendo—Tuviste la prudencia de dejar a Nándor vivo y sólo por eso respiras aún, pero no dudes que, si vuelvo a verte en tu maldita vida, óyeme bien—susurró amenazante, conteniendo su furia—haré que tu cabeza ruede por toda La Escalera—declaró, comenzando a permear el más honesto desprecio.

Evan le sostuvo la mirada, incapaz de responderle. Las palabras se le acumularon en la garganta, pero su mente estaba entumecida e incapaz de articular nada.

—Eres la mayor decepción que he tenido—continuó su general—, pero me hiciste un favor. Estuve a punto de convertir a un farsante, un criminal, en el jefe de la guardia del nuevo rey—calló un momento y luego agregó, con el rostro constreñido de rabia: —No quiero volver a ver tu rostro— terminó.

Evan permaneció rígido, con una piedra por estómago, jadeando del veneno que sentía invadirlo.

Culén se dio la vuelta, con una mirada lánguida de asco que se le tatuó en la mente, y desapareció tras la puerta que llevaba a la trampilla. Pero antes de que se volviese a azotar la reja de nuevo, otra persona entró en el pasillo a pasos pesados.

Con la absurda esperanza de que fuera Criz, Evan se decepcionó cuando reconoció el leonino rostro de Nándor, que se acercó a su celda y la abrió de golpe.

Entró en un paso y atestó un codazo entre la nariz y la boca de Evan que lo llevó a la reja, aferrándose como ave a los barrotes de su jaula. Le hormigueó el rostro y las náuseas volvieron. No tenía fuerzas para responder y Nándor volvió a golpear, esta vez en las costillas. Evan se dobló de dolor, exhalando involuntariamente, y entonces el otro lo golpeó en la espalda con ambos puños en uno sólo. Evan escuchó su propio quejido cuando cayó de bruces al polvo. Luego Nándor lo hizo incorporarse a medias, jalándolo del hombro y le susurró al oído:

—La próxima vez intenta una droga más fuerte, y espera que pueda matarme—. Volvió a atestar un golpe en la mandíbula que lo dejó jadeando mareado contra el muro— Yo no tengo la misma paciencia que mi padre— escupió Nándor, jadeando—, recuerda bien: Te vuelvo a ver y te mato.

Evan quiso responderle algo, pero no podía siquiera mantener el equilibrio, Nándor, el piso de tierra, los barrotes y el muro rocoso pegado a la sangrienta comisura de su boca comenzaron a volverse un borrón lóbrego.

Cuando se iba aclarando la vista, Nándor volvía a cerrar la celda y la puerta al final del corto pasillo se azotó con un estruendo. Evan se deslizó por la pared de tierra y piedra y se dejó caer para descansar un poco, boqueando y saboreando la sangre que manaba de su boca punzante.

Lo que le despertó fue la sed y el sabor metálico y salado de la sangre y el sudor. Gritó pidiendo agua un largo rato, hasta que se apiadaron de él y le llevaron pan húmedo. La siguiente vez que abrieron la puerta del pasillo escuchó varios pasos retumbando en la mazmorra, y alzó la vista para ver a los soldados que regresaban para sacarlo de nuevo.

Cuando regresó a la plaza, su mente no funcionaba como siempre. No entendía qué andaba mal, y sus piernas apenas respondían. Una parte de él le urgió a buscar entre las personas a un Criz que hacía tiempo que ya no estaba ahí. Había mucha menos gente, pero la suficiente para otra ronda de insultos que llegaron a él como graznidos de una parvada de cuervos espectrales.

Lo hicieron subir a un vagón jaula con altos picos de metal que pasaban por rejas; y cuando el carro se puso en marcha la gente comenzó a aventarle huevos y verdura podrida. Tuvo que contenerse de comerla, el hambre le nublaba la vista y le zumbaba en los oídos.

La carreta avanzó a una velocidad vertiginosa por las calles, y apenas alcanzó a ver decenas de soldados vestidos de rojo en los callejones, como sangre real fluyendo en el Corazón de Adobe. Se aventó hacia los agudos barrotes, tratando de vislumbrar de qué se trataba, pero estaba demasiado lejos, ya.

Desdichado, y terriblemente agotado, cedió ante el apabullante agobio y se tiró en el suelo de su jaula, que le llevó entre las subidas y bajadas desde el Corazón hacia los valles del sur.

Capítulo 17
La promesa

A GAZAPADO, OBSERVÓ ENTRE LOS FINOS barrotes de hierro, acabados en grotescos picos, cómo se alejaba poco a poco la silueta del Guerrero Dormido; la cordillera nevada que hacía de cabecera al valle de Daet. Ya no veía las colinas arboladas, ni las casas de adobe. La carreta que le arrastraba lejos de casa dejó atrás los campos donde crecía el amaranto, y los puentes sobre las turquesas aguas que fluían del Laeth. Cada rítmico paso de los caballos lo llevó más y más al sur, donde las magníficas montañas se veían como colinas; y no se detuvieron hasta que cayó la noche.

No había visto el rostro de quiénes lo llevaban, y la pequeña escolta que les seguía a caballo actuaba como si él no estuviera realmente ahí; para ellos no existía. Él tampoco estaba totalmente seguro de que ellos fueran reales, por mucho que se esforzara por ver y sentir lo que sucedía alrededor, era como si no pudiera diferenciar lo que estaba en su mente de lo que no; como si imaginara la realidad más que la viviera.

Por primera vez en dos días tuvo oportunidad de estirarse. Se acostó en el suelo de la carreta con esfuerzos, respirando a martilleos, cuando una punzada lo atravesó al recargar las tiernas costras de la espalda contra las tablas ásperas.

Cerró los ojos, ignoró el dolor y trató de conciliar el sueño, pero tuvo que abrirlos de golpe nuevamente, respirando sin control con un revoltijo en el estómago. Había sucedido de nuevo: cada vez que bajaba los párpados se encontraba a sí mismo de vuelta en la celda; Criz estaba a un lado, con la espalda sangrando como el jugo exprimido de una granada, con el cuello roto y los ojos saltones e inmóviles. Calmó su respiración como hizo todas las veces pasadas e intentó dormir otra vez.

Tan pronto como comenzó a adormecerse, el estrepitoso deslizar de una cuerda seguido de un potente chasquido, le despertó de súbito con el corazón acelerado. Exhaló, frustrado e impotente, llevándose la mano a la frente húmeda. Le tomó un tiempo darse cuenta de que no estaba en su dormitorio en los cuarteles, ni en la pestilente mazmorra, sino en el mugriento suelo de su caluroso encierro, cuya cadencia lo arrullaba hacia la siguiente pesadilla. Apabullado y exhausto, pegó los párpados una vez más; y al poco, Criz le habló desde la celda en la oscuridad de la noche:

—Si logras salir de esto, to, *groo ggg, rrrrroo*—. La voz de su amigo se volvió un sonido extraño, un suave rugir que poco a poco reconoció como un ronquido.

Recuperó la perezosa consciencia con lentitud. Primero se percató de que era de noche y del chillido continuo de los grillos; y después los ronquidos de los hombres en las cercanías y el crepitar de su fogata lo transportaron al presente.

Se incorporó con el ya familiar ardor punzante, y escuchó una espada ser desenvainada en la oscuridad, desde donde un par de chispas simétricas le miraron con fijeza. Le sostuvo la mirada al guardia, que parecía listo para atacar en cualquier momento, y luego se recargó con suavidad contra la única pared de madera de la jaula.

El cansancio lo amodorró de nuevo, como aporreado por una droga invisible. Chascó la lengua seca y fue incapaz de mantenerse despabilado.

No despertó hasta que la carreta reinició la marcha a la mañana siguiente, y encontró media hogaza de pan a un lado suyo, junto a un tomate que se precipitaba hacia el borde. Se estiró para agarrarlo antes de que rodara al suelo, no sin el dolor del tirón, y se lo llevó de inmediato a la boca en lo que abrazaba el pan como una niña su muñeca.

Pasó medio día de traqueteo cadencioso, con la mente muda y desierta como esos valles vírgenes que recorrían, con la hierba seca abajo y el cielo despejado arriba. Ni una sola idea pasó por su mente, y prefirió ni siquiera intentarlo. Se resumió a dar un respiro tras otro sin contar el tiempo, sin ver la hierba o el cielo, sin recapitular, sin planear ni juzgar. Hasta que la carreta hizo un alto total a la orilla de un tupido bosque.

Los hombres se apearon de sus monturas para abrir la jaula en la que estaba. Le pasaron una bota con agua sin decir nada, de la que bebió hasta quedarse sin aire; y luego un poco más.

Salió con las piernas y la mente entumecidas y lo llevaron a empujones hasta un fresno gigante. Su tronco, como trenzado, abarcaba todo lo ancho de la carreta. En la parte baja del mismo había un letrero que rezaba: *"Aquí termina Daet. Inicia Avándar"*.

Lo colocaron justo debajo de las ramas, frente a la comitiva compuesta por cinco hombres y tres mujeres. Todos ellos armados y portando el uniforme militar. Entre ellos reconoció a una lobato que pertenecía al pelotón que entrenó hasta que comenzó la cumbre. La mujer giró el rostro tan pronto sus ojos se encontraron, pero poco le importó cuando el uniformado de capitán desenrolló un papel amate colmado de sellos, y rompió la quietud al anunciar:

—Al criminal anteriormente referido como Evan, otrora perteneciente al clan Womak, acusado de sedición y participación en actos rebeldes en contra de la honorable corona de Daet, y a quien se le ha condenado al exilio permanente; se le deposita en este día a las orillas limítrofes con Avándar, so pena de muerte si el condenado retornara a Daet en cualquier momento futuro—decretó, mirándole a los ojos como evaluando si le estaba entendiendo, y luego continuó: —Sepa ahora el condenado, que ya no es un ciudadano de Daet. Sus derechos a la posesión de tierras, por compra o herencia, a títulos o posiciones de valor social le han sido retirados, así como todo título o rango obtenido en su instrucción militar. Se anuncia que el condenado es ahora un forajido de la ley en Daet y que este castigo se hará extensivo a cualquier ciudadano daetano que se relacione con él.

Terminó de leer y el mundo se resumió de nuevo al susurro del viento y los insectos taciturnos.

El hombre firmó el papel con la asistencia de otro que sostenía el tintero, lo volvió a enrollar y luego le dio la espalda de regreso a la carreta. Uno a uno, todos los demás se alejaron sin más, retomando sus posiciones. Así como así, montaron los caballos, dieron vuelta al carro, e iniciaron la marcha a casa con la escolta detrás.

Durante una eternidad sólo hubo silencio y vacío.

Evan permaneció tieso en su lugar, incapaz de moverse, hasta que, con los ojos como rendijas, miró a la carreta perderse de vista en el horizonte, detrás de una polvareda turbia. Sus pies se movieron y bajó la vista al escuchar el crujido de las hojas muertas que cubrían el suelo, luego miró las enormes raíces del fresno, que se alzaban como dedos flácidos sobre la tierra parda. Se sentó en una de ellas, atónito.

Sin saber qué hacer, su primer instinto fue comenzar el camino de vuelta a casa, pero eso ahora significaba suicidio.

No tenía hogar, ya. No tenía nada.

Miró al suelo, pestañeando, como si sus párpados pudieran cambiar la realidad que tenía enfrente; y por soleado y luminoso que fuese el día, para él todo estaba en penumbra.

Con el espíritu roto, desde la absoluta y vacía oscuridad en su ser, repentinamente sintió una chispa de luz. Un empuje suave y sutil desde dentro, que lo despertaba con una caricia.

Negó con la cabeza, rechazando con una exhalación la oscuridad que buscaba engullirlo, y la caricia aumentó, poseyéndolo. El escalofrío recorrió su cuerpo, como si un espíritu lo despertara desde dentro. Le cosquilleó todo el cuerpo, las yemas de los dedos, los talones y los lóbulos de las orejas, enchinando cada vello y abriendo cada poro, colmándolo de vida. De súbito, como si regresara en sí mismo tras una terrible pesadilla, en un instante de claridad efímera lo entendió:

Podían quitarle todo lo que era. Podían alejarlo leguas y leguas de donde creció y podían golpearlo hasta romper cada hueso, pero no lograrían tocar su espíritu, y éste pertenecía en esas lejanas montañas azules.

Se incorporó, y otro escalofrío volvió a recorrerle el cuerpo de la cara a las piernas, como la caricia que reanima un cadáver, dotándolo de fuerza. Las palabras resonaron en todo su cuerpo como gotas de lluvia helada: «Si sobrevives, si por algún milagro de Los Dioses no te lleva esta podrida corona, tienes que buscar al Príncipe Bastardo, tienes que terminar lo que empezaste». Cerró los ojos con las mandíbulas bien apretadas y asintió con la cabeza.

—Lo juro—susurró para sí mismo—. Lo juro Criz—repitió en voz alta, con los puños temblando con pujanza—, prometo que no descansaré hasta terminar esto. ¡No habrás muerto en vano, hermano! —declaró al vacío. Apretó con más fuerza la mandíbula, y todo el cuerpo después, inhalando y sintiendo la energía de su espíritu despertar y removerse por dentro, como una cascada invertida recorriéndole a chorros. Alzó el rostro al enorme fresno que le daba sombra y gritó:

—¡¿Me oyen?!—dijo, mirando entre las ramas, retador; había pajarillos saltando entre las hojas. Miró a los cielos, a las nubes lejanas, fijó su vista en los rostros invisibles de los árboles, y con absoluta determinación firmó un pacto con los espíritus: —¡Lo Juro!

Una suave brisa recorrió el bosque, haciendo remolinos con las hojas. Al llegar a él acarició su pecho y le removió el cabello con su toque tibio. Cerró los ojos y una sonrisa relajó su rostro. El cosquilleo interno latía en las puntas de sus dedos.

Y por primera vez después de mucho tiempo volvió a sentirse vivo.

Bajó la vista y fue como aterrizar en sí mismo. No el Evan vapuleado y violentado, sino él mismo. Con fuerzas renovadas, se giró para internarse en el bosque en dirección al sur. No daba un paso al norte sin estar terminantemente consciente de no ingresar a Daet. No había nadie que se lo impidiera, en realidad, pero decidió que no lo pisaría nuevamente hasta que estuviera listo para hacerlo; y para eso tenía que iniciar con lo más básico: necesitaba encontrar agua, y una manera con la que defenderse esa noche en lo que creaba un plan de supervivencia.

Siempre que acampaba contaba con los lujos mínimos de una tienda de lona y piedra yesca, pero ahora tenía que bastar con los pantalones y las botas que llevaba puestos y su ingenio. Nada más. Por suerte las lluvias aún no llegaban y podría hacer un fuego con facilidad con tanta yesca en el suelo reseco del bosque.

Caminó entre las rugosas cortezas de los encinos, olisqueando el aire como un lobo, buscando con todos sus sentidos una fuente de agua y recolectando todo lo que encontraba a su paso que podría resultar de utilidad.

Un golpe de suerte lo llevó a un enorme zarzal, de donde comió hasta que sus manos estuvieron teñidas de guinda y arañazos. Luego partió brazuelos de pino, que soltaban nubecillas de polen con cada golpe. El chasquido que hizo uno lo catapultó al momento en que se rompió el cuello de Criz en la horca, y de inmediato su mente latigueó de regreso al presente. Miró en derredor, pestañeando y comprobando la realidad, y al poco siguió golpeando, desconcertado, hasta que una de las ramas se rompió horizontalmente, creando un agudo pico de lanza. Cruzó las piernas al sentarse sobre la cama de agujas de pino y entre las piñas mordisqueadas por las ardillas, y se dispuso a arrancar la corteza seca con ayuda de una piedra durante toda la tarde, hasta que, sin darse cuenta, volvió a quedarse dormido.

Un sonido agudo lo sacó del sopor del sueño. Se aferró con fuerza a su nueva lanza y miró en derredor, instantáneamente alerta. El sonido provenía de arriba, de algo entre las altas ramas de los pinos circundantes. Las siluetas de varias aves se dibujaron en sus ojos. Eran charas azules de pecho gris, que iban brincoteando de árbol en árbol, haciendo su común escándalo cada que detectaban algún depredador en las cercanías.

Evan miró en derredor, seguro de que se trataba de un ciervo o algo más pequeño, pero dio un sobresalto cuando vio, al filo de la loma, la elevada silueta de un hombre a caballo, recortada contra el cielo del atardecer. El tipo pareció reconocerle, e hizo al caballo dar algunos pasos inseguros hacia él. Evan se puso de pie de inmediato, asiendo la suerte de lanza con fuerza y el corazón golpeándole el pecho, cuando otro hombre apareció al lado del primero. Lo sabía, lo estaban buscando a él. Iban vestidos con largas capas rojas y yelmos oscuros.

Miró en derredor como presa arrinconada, buscando algo más con qué hacerles frente y defenderse. En el acto, los hombres desenvainaron sus espadas, y otros dos, también a caballo, aparecieron a ambos lados de los primeros. Los cuatro cargaron en su dirección con las armas en alto.

No tenía posibilidad contra ellos. Tenía que correr, ¡ahora!

Giró sobre sí y corrió entre los arbustos hacia el sur a toda velocidad. Escuchó cómo los otros apresuraron el trote detrás de él, y buscó frenéticamente un camino más estrecho; una vereda donde los caballos no pudieran pasar. Corrió, y brincó como alce un tronco tirado. Con el corazón en la garganta se escabulló entre los macizos de ricino, pero los cuatro se dispersaron en varias direcciones. Los sentía en la nuca, escuchando en las cercanías el eco cuadruplicado de sus propios pasos.

Se agazapó detrás de un espino cuando dejó de escucharlos, evitando aplastar las hojas secas que le delatarían de inmediato. Jadeaba profusamente. No de cansancio sino de prisa, de aferrarse a la supervivencia.

Escuchó a un hombre gritar en un idioma gutural a los otros, y apenas se asomó a un lado del tronco vio de cerca a uno de ellos. Sus ojos se encontraron por un momento. Evan se levantó de un brinco y continuó su carrera, alejándose hacia el borde de la montaña mientras el tipo avisaba a los otros. Remontaron su cacería a toda velocidad tras él. Resbaló con las pajas secas, derrapándose cuesta abajo y se levantó apenas lo suficiente para seguir corriendo.

Por mucho que se alejara los escuchaba cada vez más cerca. Miraba atrás más que hacia adelante, atento a dónde se encontraban, incapaz de escuchar nada por el fuerte latir en los oídos.

Estaban cerca y le estaban rodeando, pero por alguna razón disminuían su velocidad.

Cuando pensó que ya los había perdido, se detuvo un instante y se giró bruscamente para evaluar su posición, justo cuando escuchó el golpe seco de una flecha que se clavó en un tronco, a un palmo de su cabeza. Se lanzó nuevamente hacia delante, aterrado, esperando perderlos entre esos arbustos inclinados, cuando su instinto le hizo detenerse en seco y mirar hacia abajo.

El corazón le dio un vuelco y sus ojos entornados apenas fueron capaces de percatarse de que estaba en el borde de la montaña. Frente a sí sólo había un risco, en cuya base, muy abajo, corría furioso un acaudalado río. Estaba rodeado, le matarían.

Jadeaba, sin saber qué hacer, mirando a todos lados sin pensar.

El agua estaba demasiado lejos, moriría con el impacto, una piedra le partiría la cabeza.

Miró a los hombres apearse y avanzar hacia él con las espadas a punto, y luego escuchó otra flecha encajarse en la tierra después de zumbar a un pelo de su torso. Bajó la vista a las aguas aceleradas y blanquecinas, que arrastraban troncos y ramas a su paso, invadido por un pánico asfixiante.

«*¡SALTA!*»

Dio un brinco, y un agudo hormigueo recorrió todo su cuerpo desde la planta de los pies hasta el nacimiento del cabello. El salto fue eterno y a la vez más breve de lo que esperaba, hasta que le caló el helado impacto del agua. Entró como aguja, primero los pies, luego la cara; y el flujo gélido lo envolvió y le empujó hacia el fondo antes de arrastrarle con furia.

Giró en el agua sin saber dónde era arriba y dónde abajo, y pataleó con brazos y piernas; luchando por salir a tomar aire. Pero la corriente era demasiado fuerte y su mundo se tornó jirones de cielo naranja y tragos accidentales de agua, hasta que pudo hallarse y boquear tan sólo un momento antes de hundirse de nuevo. Entonces la corriente se precipitó aún más, acelerándose en descenso.

Trató de nadar a la orilla. Era inútil, ahora era presa de la velocidad del río, que bajaba vertiginosamente, arrasando con todo a su paso hacia un descanso repleto de rocas del triple de su tamaño. Ahí, el agua se volvía remolinos espumosos y el cadáver de un alce estaba atorado entre los picos salientes.

Se movió como loco y logró esquivar un par de ellos, braceando con todas sus fuerzas y tratando de aferrarse a algo antes de que la corriente lo estrellara contra las rocas; pero abajo todo era lama y lodo y el río lo seguía empujando hacia adelante, insistente y mortal.

Tomó aire y se sumergió un poco, tratando de ver bajo la superficie, cuando, antes de que pudiera hacer nada, chocó con fuerza contra un peñasco agudo. Sintió una penetrante puñalada en el costado, y en su grito involuntario tragó agua.

Lo último que sintió fue la fuerza de la corriente envolviendo todo su cuerpo antes de perder el conocimiento.

Capítulo 18
Las cabras y el huesero

ESTABAN EN LA TARIMA, la soga rodeándoles el cuello. Criz caía, y él caía, y caía sin control, hasta hundirse en las profundas aguas de un río furioso, inundado de capas rojas y espadas puntiagudas. Los soldados tenían nuevamente a Alina, que pedía ayuda a gritos aterrorizados.

—Alina— se escuchó a sí mismo murmurar, casi afónico.

Escuchó otro grito. Esta vez estaba más despierto, y el sentido de alarma le hizo incorporarse con velocidad, entonces una profunda punzada en el costado le hizo doblarse de dolor y permanecer acostado boca abajo.

Abrió los ojos poco a poco, con la cabeza punzando sobre la arenosa superficie. Pasó saliva con ardor en la garganta y su vista aclaró poco a poco un borrón azul que resultó ser una mata de flores silvestres como campanillas con una estrella blanca al centro.

Sólo de alzar el cuello volvió a sentir otra punzada en el torso. Palpó su costado y se miró la mano, no tenía sangre. Se giró con esfuerzos y notó un moretón púrpura que iba desde debajo del pectoral hasta la cadera; al centro estaba sanguinolento e hinchado, y no toleraba siquiera rozar la piel con la yema de los dedos.

De nuevo escuchó otro grito, pero esta vez se percató de que no se trataba de Alina. El grito, quebrado y despreocupado, ni siquiera provenía de un humano. Tomó todas sus energías ponerse en pie y después de tomar aliento se asomó a través de la enredadera de flores en dirección al ruido.

Eran cabras, muchas.

Pastaban en las cercanías, y sus balidos se escuchaban como gritos de mujer.

Se acercó caminando con cuidado para no estirar demasiado el costado derecho, buscando ayuda.

—¡Madre grande y generosa! —santificó un hombre a unos pasos de ahí—¿No te dijeron que no debes echarte al río, hombre?

Evan le observó, inseguro de si el hombrecillo sentado en esa gran roca realmente existía, o si seguía soñando. El pastor, con una larga barba encanecida, llevaba un gorrito curioso como los que usaban los niños cuando su abuelo era un crío, así como detectó un ligero acento cantado al hablar. Pero nada en él era tan interesante como el queso y el pan que tenía el pastor en el regazo.

—¿Tienes hambre? —preguntó el hombre, lentamente cambiando su sonrisa por una mueca de preocupación—no te ves muy bien—agregó.

Evan se tambaleó ligeramente, un fuerte zumbido interrumpió todo pensamiento y sus piernas perdieron fuerzas. Sus rodillas se doblaron involuntariamente y se sintió caer de bruces sobre la hierba con un golpe sordo.

Cuando niños, Criz y Evan siempre habían querido escalar un enorme pino en las lindes del clan. El día que encontraron una cuerda lo suficientemente larga para trepar, perdieron toda una tarde intentando pasarla sobre una de las ramas más gruesas y altas con ayuda de una piedra amarrada a un extremo; pero la condenada piedra se enredó, y no les quedó más remedio que contentarse con usar la cuerda para balancearse. Resultó ser un juego mucho más divertido, se turnaban para colgarse de ella; y al que no le tocaba mecerse, le tocaba empujar. Lo que sucedió después le recordó el mareo emocionante de columpiarse de un lado a otro, con el aire pegando en el rostro y las piernas volando sobre la hierba. Sentía como si fuera y regresara en un vaivén constante entre la realidad y el delirio, impulsado por una fuerza invisible. Sintió al hombre levantarlo de la hierba y arrastrarlo con trabajos durante un trayecto eterno. Luego se desvaneció nuevamente, yéndose muy lejos, y cuando regresó, abrió los ojos para ver el rostro de una mujer de avanzada edad que le miraba con preocupación. Escuchó cabras, gallinas, y a sus amigos cantando a todo pulmón en un bar de la calle Ámbar como un eco lejano.

Cuando despertó de nuevo, alcanzó a ver seis pares de ojos que le miraban fijamente y sintió una mano suave y abultada tocarle la frente; luego exhaló un bufido de dolor cuando la misma mano palpó la costilla. Comenzó a sudar copiosamente, y cuando volvió a abrir los ojos e identificó otro rostro conocido supo que seguía delirando. Hacía años que no veía ese rostro: la nariz como fresa, enrojecida y rechoncha, los ojos pequeños, sombreados por dos onduladas cejas encanecidas y una tupida barba gris donde se asentaba un rostro redondeado y lozano. La única diferencia eran los años que habían pasado por su semblante, que parecían mucho más que los que recordaba Evan.

—¿Wontak? —susurró, pero su voz salió como la exhalación de una cornamusa. El hombre le examinó un poco más y se volvió hacia los pastores.

Entonces volvió a columpiarse entre la realidad y los sueños, sin saber distinguir el uno del otro. Miró a Dino discutiendo con Zorro por la línea de lanzamiento, y a Criz tambaleándose en un burdel buscando sus pantalones. Sintió cómo le acostaron sobre una tabla y luego las gotas de sudor humedeciendo sus cejas en un viaje de cien años entre piedras y hierba.

Cuando despertó de nuevo se encontró en otro lugar enteramente distinto, era una habitación pequeña y en penumbra, y se preguntó si estaría soñando, o si había muerto y ese viaje había sido el que le llevase al Otromundo. Pero poco a poco le invadió un dolor palpitante que emanaba desde el costado, y la boca le supo amarga como la cerilla. En ese momento se supo aún en el plano de los mortales, y le invadió un profundo pesar de desilusión.

Un penetrante olor a hierbas y alcanfor le hizo recordar los preparados que hacía Alina para la rodilla de su padre. Provenía de un gran anaquel del piso al techo que iba desde una ventana circular de un lado de la habitación hasta el otro extremo. Sobre decenas de estantes de madera había frascos ambarinos, cestas, ramilletes secos y diferentes herramientas de molido. Una larga cuerda de yute pendía de los bajos techos de madera, zigzagueando de extremo a extremo, de donde colgaban a su vez ramos de hierbas dentro de bolsas de tela casi traslúcida. En los cestos del suelo ubicó vendas y aparatos de extraña manufactura con pernos y correas; y a la derecha de donde se encontraba acostado había una chimenea apagada, enmarcada con el hollín de muchos años, frente a la que descansaba una silla mecedora.

No había otra alma en la pequeña y olorosa habitación, pero todo parecía indicarle que estaba en el hogar de un curandero; lo que daba sentido a su torso vendado y el ungüento que sintió en el pecho y la espalda cuando se removió entre las sábanas.

—¿Hola?

No reconoció su propia voz en el gemido ronco que salió de su garganta.

No había más sonido que el de unas golondrinas construyendo un nido sobre la ventana, yendo y viniendo entre trinos. Recostó la cabeza nuevamente, sabiéndose incapaz de moverse demasiado, y dormitó hasta que lo despertó la presencia de un hombre. Era el mismo que había visto entre los delirios, pero ¿cómo podría ser? Lo había visto por última vez hacía muchos años, al poco de la muerte de su madre. Le recordaba con menos canas y con la piel más firme, platicando animadamente con su abuelo, o revisando a su madre embarazada de Alina. Nunca hubiera imaginado, ni siquiera en el delirio, encontrarse a su partero y tutor en el rincón más oscuro de su vida.

—¿Wontak? —preguntó, sorprendido.

El hombre alzó la vista, atento a su nombre, pero pareció no reconocerle.

—Permanece acostado, chico, tienes una fisura en la costilla...entre otras cosas—comentó el viejo—. No sé cómo hiciste para hacerte tanto daño, pero no suelo traer a mi hogar a hombres con la espalda latigueada—agregó, enrollando con maestría una venda limpia sobre su muslo y colocándola en el cesto junto a las demás.

—Wontak, soy yo, Evan, el hijo de Dannah y Jéctor.

El hombre entrecerró los ojos, se acercó un poco y escrutó su rostro como tratando de identificar una planta. Luego abrió los pequeños ojos de par en par y asomó una sonrisa incrédula.

—Que Tetautes me parta, ¡si eres el pequeño Phembo!

—Sí—respondió Evan, extrañado de escuchar ese nombre de nuevo—, pero hace años que nadie me llama así...—no necesitó agregar que el apodo que tenía de niño había muerto con su madre, casi once años atrás, pero Wontak pareció entenderlo.

—Pero si estás hecho un hombre, ya—dijo con una sonrisa que le arrugó las cornisas de los ojos hacia abajo— ¿Qué haces aquí? No me digas que te perdiste en una misión del ejército. La última vez que te vi, tu abuelo estaba por ingresarte a la Villa Militar. ¡No parabas de hablar de ello!

Evan sintió un fuerte pesar en el pecho y desvió la mirada a sus manos, luego recorrió con la mirada las sábanas y regresó a los ojos de Wontak, que le miraba de pie, al borde de la cama. No sabía qué responder. No era por falta de confianza, pero todo era demasiado reciente, por no decir doloroso, como para contarlo.

—Caí al río y la corriente me llevó hacia una piedra—empezó a justificarse, y buscó la manera de dimensionar todo lo que había sucedido en los últimos tres días para tratar de explicarlo; si es que no llevaba dormido una semana.

Sin embargo, nada más salió, era como si más bien se hubiera golpeado la cabeza y no fuera capaz de comprender él mismo lo que había sucedido.

Wontak, que le veía atentamente, sonrió para luego decir:

—Estás cansado, hijo, necesitas dormir, ya luego me contarás tus aventuras—dijo, luego le guiñó un ojo y se acercó a la chimenea—¿tienes hambre? —preguntó.

—Mucha—respondió Evan, aliviado de saber por lo menos eso.

Wontak sacó un queso de cabra y pastelillos de maíz, y preparó té en la marmita de la chimenea. Jaló su silla mecedora y compartieron la cena en silencio. Evan evitaba mirarlo directamente, pero cada vez que sus ojos le ganaban y su mirada se cruzaba con la de Wontak, el viejo le sonreía o le guiñaba un ojo sin decir nada. Era tan dulce y respetuoso como lo había sido siempre; cualquier otra persona no esperaría el momento de hacer un largo interrogatorio, sobre todo por las heridas que mostraba su cuerpo; pero Wontak no lo forzó a dar explicaciones.

Evan no sólo tenía el más reciente corte de la espada de Nándor, y las cicatrices en la espalda del látigo de Culén, sin mencionar el cardenal que ocupaba la mitad de su torso; sino que tenía, además, todos los moretones y heridas pequeñas del torneo que no habían sanado por completo aún.

Si bien la rodilla estaba como nueva, era de las pocas partes de su cuerpo donde no tenía una marca, por pequeña o sutil que fuese.

—No sabíamos dónde estabas—dijo Evan, abriendo un tema de conversación diferente—. Desde que Mamá murió, después del viaje que hicimos con el abuelo, te esfumaste del clan.

Wontak jaló un lado de la sonrisa hacia la oreja, pero su mirada permaneció nostálgica.

—Bah, ¡si aquí he estado todo el tiempo! —descartó con un mohín— Heredé la cabaña de un viejo pastor que se estaba muriendo. No tenía a quien dejarla, así que al final de cuentas me admitió como su cuidador personal con la promesa de que me quedaría con el lugar cuando él muriera. Después de tu madre, ha sido uno de los mejores amigos que he tenido—le dijo con otra sonrisa cálida, y luego hizo una pausa larga, sin dejar de verlo—. Tienes tanto de tu tía, es como ver una versión varonil de ella— le dijo.

—Sí, me han dicho—respondió, mirando al suelo—. Enfurecía a mi padre que nos pareciéramos tanto en tantas cosas—recordó de manera involuntaria, las palabras salían de su boca sin que tuviera que pensarlo—. Siempre decía que tenía su mismo carácter temerario y que algún día le mataría de un susto —dijo Evan con una sonrisa, pero de inmediato se mordió la lengua. Si bien estaba acostumbrado a tener esa conversación con amigos de la familia y allegados, por primera vez lo que decía su padre casi se había vuelto realidad. Él y su maldita temeridad, como la que mató a su tía cuando se escabulló a la guerra siendo aún una niña. La angustia que le había acompañado los últimos días volvió a hacerse presente como una sombra siniestra.

Dio varios tragos a un vaso de barro y se quedó mirando la chimenea.

Luego se encontró con la mirada de Wontak, quien le dirigió otra sonrisa antes de que Evan desviara los ojos.

—¿Crees que pronto pueda caminar? — preguntó, algo incómodo con el escrutinio del hombre.

Wontak le miró el torso, evaluando.

—Deberás permanecer en cama por lo menos una semana. No debes ponerte en pie más que para hacer del baño, y lo mejor será que uses esto para las aguas—le dijo, mostrando una jarra vieja que colocó abajo de la cama—. No te preocupes—agregó con optimismo en la mirada—, pronto estarás como nuevo, no hay fractura, y tu cuerpo es joven; estoy seguro de que en menos de un mes estarás listo para regresar a casa.

Evan se limitó a dirigirle una sonrisa tensa y asintió sin mucha seguridad.

—Muchas gracias por cuidar de mí.

—De nada, chico. Aún estoy asombrado de lo rápido que ha pasado el tiempo—le dijo. Luego se puso en pie y retiró los platos sucios—. Descansa—añadió, antes de llevarse la única lucerna y dejar el cuarto con la chimenea como única fuente de luz.

Se quedó pensativo en la oscuridad. Le costaba trabajo hilar ideas de manera coherente. Tratar de pensar le traía un manojo de imágenes dolorosas y sensaciones sin nombre. Sin embargo, había algo en la oscuridad que le rodeaba que iba bien con la manera en la que se sentía por dentro, como si aquella negrura fuese su nuevo hogar y prefiriera permanecer en la seguridad que ésta le inspiraba.

Se arrebujó en las mantas de lana y algodón, que también desprendían un aroma herbal y rancio, y un escalofrío le recorrió desde la frente hasta el estómago, al momento del obvio, pero aun así sorprendente descubrimiento de que lo había perdido todo.

En realidad, no tenía un hogar al que regresar cuando mejorara, ni siquiera tenía derecho a seguir usando su propio nombre, pues ya no pertenecía a ningún clan. No tenía oficio, ni futuro. Su mejor amigo estaba muerto y no había a nadie más a quien culpar más que a sí mismo.

Otro escalofrío le recorrió el cuerpo, como si la oscuridad le calara, helada, y miró entre las sombras con el estómago comprimido. Estaba seguro: así como cayó de súbito en el río, así también fue su tumultuosa caída en la escalera de la sociedad. Ya no era nadie, ni siquiera un paria, ¡hasta ellos podían permanecer en Daet! Ver a Wontak de nuevo le traía tantos recuerdos; y estar ahí encorvado, en la oscuridad de la cabaña del viejo, sin nada por delante y habiendo perdido todo, ocasionó un terremoto en su interior que abrió de par en par la herida de la pérdida de su madre. De pronto fue como si los últimos once años no hubieran pasado y de nuevo se encontrase desconsolado en la oscuridad de su habitación infantil.

Tragó saliva y cerró los ojos, evadiendo la realidad. Tiempo más tarde, cuando logró conciliar el sueño, la imagen de la cuerda deslizándose alrededor del cuello de Criz le despertó de golpe y un frío espectral recorrió todo su cuerpo. Tenía que salir de ahí, decidió. Tenía que recuperarse pronto, y tenía que encontrar al Príncipe Bastardo.

Capítulo 19
Entre las sombras

APRETÓ ENTRE LOS DEDOS LA DÉCIMA bolita de migajón. La enfiló en la superficie fibrosa de la mesa junto a las otras. Cerró un ojo para calcular la distancia hasta la chimenea con el otro, armó el dedo corazón en el pulgar, y disparó con fuerza una tras otra a través del cuarto hacia el recuadro cubierto de hollín en la pared de enfrente. Las bolitas de migajón se chamuscaron entre los carbones.

Terminada su actividad más emocionante del día, se acostó nuevamente en el sencillo colchón, y recargó la nuca en el duro antebrazo, mirando el techo con fijeza. Había visto tantas veces el nudo en la madera de la viga sobre su cabeza, y pasado tanto tiempo pensando mientras lo hacía, que la marca oscura y resinosa se había vuelto un tipo de confidente. Tenía la forma de un gran ojo que le observaba atento, y estaba seguro de que empezaría a tener conversaciones con él, cediendo a la locura, si tuviera que permanecer más tiempo acostado en esa cama.

«No es como si tuvieras un lugar a donde ir» le dijo una voz cruel dentro de sí, una que día con día tomaba más fuerza. Bajó la vista, desmotivado, la voz tenía razón y no encontraba aún un argumento suficientemente bueno para acallarla.

El picaporte de hierro giró, y Evan dio un sobresalto desmesurado al ser descubierto en la desnudez de sus pensamientos. El sentimiento de vulnerabilidad lo embargó en un pestañeo. Estaba harto de sentir el mismo miedo que desde que le dejaran a su suerte a orillas de Daet. Aun así, cada vez tardaba menos en regresar en sí mismo, y cada día pensaba con mayor lucidez.

—¿Cómo vamos? —preguntó Wontak, entrando en la habitación con una bandeja que cargaba dos vasos y algunas viandas.

—Mejor, gracias—dijo él, incorporándose como lo había estado practicando desde hacía dos noches.

—Recuerda no exceder tus capacidades—le dijo Wontak, echando un ojo a sus movimientos—, puedes sentirte más fuerte de lo que realmente estás—agregó, depositando la charola en la mesita como hacía cada tarde—. Aunque me asombra lo bien que has respondido—reveló, mientras servía leche fresca en los vasos.

Algo en sus palabras molestó a Evan más de la cuenta, sin saber exactamente qué.

—Necesito levantarme ya, me van a salir llagas en la espalda—dijo, frunciendo el ceño.

Wontak rio suavemente con condescendencia, y eso lo irritó aún más.

—Hoy se cumplen ocho días—concedió el hombre—, creo que puedes empezar a hacer esfuerzos poco a poco, si sientes el cuerpo listo.

Evan se mordió la lengua, callando que ya había caminado a lo largo de la habitación desde el cuarto día, e incluso intentó algunas flexiones. Volvía a sentarse cuando le faltaba el aire, pero se sentía mucho mejor de lo que esperaría.

—Estoy seguro de que sí— fue lo único que contestó.

Wontak posó su plato de barro sobre la mesa adyacente a la cama y le sirvió un buen trozo de queso, huevos fritos revueltos y ejotes tiernos.

—Te extrañaré cuando partas—le dijo el hombre con una sonrisa melancólica, sentándose con esfuerzos y exhalando el suave gemido que hacía la gente de su edad—, tenerte en casa me ha recordado la parte bonita de vivir en familia.

Evan miró su plato bien servido entre sus manos, los vendajes, las pomadas y los alcoholes que usaba Wontak para curarlo sobre la mesita, y sintió una bofetada de culpabilidad.

—No he sido totalmente honesto contigo, Wontak—le dijo en tono de mal augurio. El hombre alzó las cejas al momento que mordía un trozo de pan—. Realmente yo no...—le costó más trabajo decirlo de lo que había pensado— En realidad, no puedo regresar a Daet. Yo he…—«*maldita sea, Evan, sólo dilo»*— he sido exiliado. No puedo regresar o me matarán.

Las piernas le hormiguearon tan pronto lo confesó, y apretó las muelas con fuerza como impidiendo decir más. Pensó que tal vez Wontak respondería levantándose de la silla y abandonándolo a su suerte, o que tal vez le gritonearía o sermonearía; lo tendría bien merecido. Pero el hombre sólo lo miró con algo peor: lástima, seguido de un entrecejo fruncido.

—Comprendí que la situación era difícil desde que vi las marcas del látigo—dijo, pensativo.

Evan asintió, molesto consigo mismo por haberse abierto de esa forma. Había sido una estupidez decirle a Wo…

—¿Qué sucedió? —preguntó el hombre con interés.

—Es una historia algo larga—dijo, queriendo añadir: «y demasiado dolorosa como para contarla ahora mismo», pero se sintió un cobarde y decidió enfrentar el juicio de Wontak más temprano que tarde.

» Todo comenzó cuando, justo al inicio del torneo para ser Yntaura Ácuila, ya sabes, el del Consejo de Guerra—empezó Evan—Wontak asintió con naturalidad y Evan recordó que el hombre había vivido toda su vida en Daet hasta hace pocos años—. Culén, el amigo del abuelo que se quedó en su lugar, me solicitó atender una reunión en Yaocalli Nayar— Evan le miró con fijeza, leyendo su inexpresividad—, una reunión en la que Sándor Tecuani quedó en un fuerte desacuerdo con la corona y con Ravenjut.

—¿Ravenjut? —preguntó Wontak.

—Sí, Osgalaj Ravenjut, de la casa de no-sé-dónde de Raganjar, embajador y consejero de la reina—explicó, sin hacer un mínimo esfuerzo por ocultar un genuino tono de desprecio.

A Wontak se le ensombreció la mirada y Evan creyó, sin justificación alguna, que entendía la magnitud de la historia que estaba por contarle.

Se lo dijo todo.

Desde los gritos de la reina a Tecuani, la desaparición de los Sabios, la muerte de Digualda, el complot para la masacre en el clan del Ave de Fuego, la traición de Culén, cuando drogaron a Nándor para interrogarlo, la muerte del embajador, y finalmente, hasta la muerte de Criz y su propio exilio.

Para cuando terminó su relato, la chimenea requería nueva leña y la luna llena pintaba los árboles de plata, poco antes de ocultarse en el horizonte. Debajo de dos cejas fruncidas, Wontak tenía los ojos abiertos de par en par, con las ojeras henchidas como lunas menguantes y los labios pegados permanentemente. Sus manos arrugadas y marcadas por el trabajo en el jardín aferraban sus rodillas.

—El pequeño Creioz...— fue todo lo que dijo con mirada acongojada.

Evan apretó los dientes y se forzó a permanecer ecuánime, soportando todo el peso de la culpabilidad que lo aplastaba día con día.

—Todo ha sido por mi culpa—susurró—¡Si tan sólo me hubiera quedado callado! —su cuerpo comenzó a temblar casi imperceptiblemente, sin que pudiera controlarlo—Si tan sólo hubiera sido un buen soldado, si...— cerró los puños con fuerza, negando, con el cuerpo completamente tenso. Giró el rostro cuando sus ojos se aguaron y el costado comenzó a palpitar de dolor. Luego clavó su vista en la de Wontak, quien le veía, conmovido, sin moverse un ápice—Tengo que regresar, Wontak.

—Regresar sería un suicidio—aseguró el hombre con gentil firmeza.

—Pues tal vez me lo merezco, ¿qué justificación tiene vivir cuando Criz murió por mi culpa?, ¿por qué yo sí estoy vivo y él no? ¡Es por la misma razón por la que nos molestamos en un inicio él y yo! Estoy vivo por la corrupción y el favoritismo de unos cuantos —el costado le ardía con cada palabra— ¡Estoy vivo por la podrida gente que me perdonó la vida, después de rebelarme contra ellos! La mierda me perdonó la vida—soltó, y agregó casi sin aliento: —¿En qué me convierte eso?

Wontak le miró atento, para luego ponerse en pie y acercar la marmita al fuego en lo que Evan siguió:

» Y ahora no puedo hacer nada. Ahora soy de la misma utilidad que un viejo saco de mierda. No sirvo ni siquiera para enmendar lo que hice— tomó aire apenas, sin dar paso a que el otro lo contradijera—cosa que no se puede, además, porque Criz está muerto y nada de lo que haga corregirá la injusticia que lo mató—razonó Evan. Por mucho aire que inhalara, no lo abandonaba la sensación de asfixia—. Preferiría estar muerto—terminó; exhalando al fin, como si llevara aguantando la respiración desde la primera noche en la mazmorra.

Un silencio de muerte se extendió por toda la habitación y Evan sintió un frío de ultratumba rodearlo por completo; sumiéndolo en su propia oscuridad, que le abrazaba como una vieja amante; invitándolo a morir en el hoyo en el que estaba.

El cazo comenzó a bullir, y Wontak volvió a ponerse en pie para preparar té. Luego se volvió a sentar y le ofreció una taza en la que flotaban hierbas oscuras. El brebaje supo terriblemente amargo al gusto.

—Evan, es difícil que me escuches ahora, pero creo que estás siendo demasiado duro contigo mismo—le dijo.

Evan dio un par de sorbos al té, quemando todo el tracto en el acto.

—No, es que no lo entiendes—alegó—, estás encerrado en esta cabaña y vives al margen de una sociedad pueblerina y cerrada de mente. No tienes idea de la dimensión que tuvieron nuestros actos, ni la manera en la que arruiné mi carrera militar, mi vida.

Wontak le miró, impávido. Luego asintió en silencio y se puso de pie.

—Tal vez tengas razón—dijo con temple.

Luego atravesó el umbral y cerró la puerta tras de sí.

Evan permaneció sentado en la cama, sujetando el cuenco caliente con ambas manos, y no desprendió la mirada de la puerta hasta que empezó a sentirse insospechadamente cansado, y con la urgente necesidad de recostarse antes de caer en un sueño profundo.

Cuando volvió a abrir los ojos el sol estaba alto en el cielo, y conforme se desperezó, reparó en que no había dormido tan bien en muchísimo tiempo. Esa noche no hubo sueños ni pesadillas. No vio a Criz, desangrándose por toda la eternidad sin poder morir; ni a su hermana gritando entre cientos de capas rojas. Había sido una de las noches más reparadoras y tranquilas de su vida.

Miró el cuenco vacío a un lado de la cama y las hierbas que descansaban al fondo. Wontak lo había drogado.

Un fuerte sentimiento de pesar comenzó a invadirlo y de poco en poco recordó la noche anterior y lo que había dicho al hombre antes de quedarse dormido. Fue un patán con quien le salvó la vida.

Cerró los ojos, exhalando, harto de su propia estupidez.

Se levantó con cuidado y echó un vistazo por la ventana, cosa que había estado evitando hacer todos esos días. Sus perseguidores bien podrían estar buscándolo en los alrededores, y si se enteraran de que Wontak le daba asilo, seguramente lo matarían a él también.

El murmullo de un golpe de hacha sobre la madera lo sacó de sus pensamientos.

Por primera vez desde que llegara, atravesó el umbral de la puerta hacia el resto de la cabaña buscando la salida y se encontró con que la pequeña casa estaba básicamente dividida en dos: el cuarto donde el curandero fabricaba sus brebajes y cuidaba a sus pacientes, y el resto de la estancia, donde él vivía.

Lo que encontró en esa otra habitación lo transportó de vuelta a su infancia; a los años en los que pasaba todo el día en el estudio de la finca Womak, entre hojas de amate encuadernadas, mapas y dibujos con los escudos de los clanes y sus historias.

Al repasar con la mirada el pequeño nicho que fungía como estudio, comprendió quién había acomodado el despacho de su casa cuando era niño. Ahí también había hojas de amate encuadernadas y dispuestas como tesoros en un mueble lleno de artefactos curiosos. Las paredes mostraban colecciones de plantas desecadas, y sobre un amplio escritorio lleno de manchas de tinta, reposaba una gran cantidad de plumillas y tinteros, cuyo contenido cayó al suelo de madera virgen en varias ocasiones. Al fondo, en una esquina frente a la chimenea, había una solitaria cama estrecha con un grueso cobertor de lana.

Evan cayó en cuenta, entonces, de que Wontak no sólo era reservado y silencioso, sino que su naturaleza ermitaña tenía cierta belleza, siempre hundido entre sus cosas y encerrado en un vasto mundo interior; pues había algo en esos espacios vacíos entre libros y botellitas con líquidos curiosos. La manera en la que la luz penetraba por la ventana y bañaba la superficie despejada del escritorio casi desvelaba las ideas que el viejo ahí depositaba, escondidas en el vacío, como si permanecieran flotando sobre su taller.

A un lado de la chimenea descansaban pocos utensilios de cocina, y detrás de una mesa con un par de arcaicos sillones, asomaba algo de grano y papas desde un armario desvencijado.

En pocos pasos alcanzó la puerta roída por el tiempo y salió descalzo, observando en derredor con sospecha; como si sus atacantes lo esperaran entre los árboles. Se amonestó a sí mismo cuando no encontró más que corteza, pajas y maleza. ¿Desde cuándo era miedoso?

Luego de sentir la tierra entre los nudosos dedos de sus pies, y el tibio contacto con los rayos solares, tomó un fuerte respiro que lo llenó de vigor. Tanto tiempo en cama le había hecho olvidarse de la fortaleza de su cuerpo, que le saludaba como a un viejo amigo. Bastó un instante para que el deseo de retomar la actividad acostumbrada lo más pronto posible le picara las ganas.

Volvió a escuchar el sonido del hacha contra la madera, y rodeó la casa para encontrar a Wontak, secándose el sudor del rostro agobiado con la manga de su camisa, frente a una pequeña pila de madera recién cortada.

—Me da gusto que te sientas mejor—le dijo tan pronto como notó su presencia.

—Gracias—respondió, acercándose más—. Escucha, Wontak, por favor disculpa lo que dije ayer en la noche, fui un verdadero patán— declaró. La barba del hombre se acomodó con una sonrisa oculta debajo del recortado bigote gris, y asintió ligeramente. Luego apoyó sus manos sobre el mango del hacha, usándola como bastón.

—No es fácil por lo que estás pasando—dijo—, y de verdad lamento que así hayan sido las cosas. Pero no puedes seguir viviendo en el pasado. El dolor y el remordimiento, créeme, te matarán—dijo, y sus palabras resonaron profundo. Evan comenzó a arrepentirse de haberse disculpado, pero aceptó el mensaje con recelo. Wontak le miró, como comprendiendo su irritación, y agregó: —Mira, sólo prométeme que no regresarás a Daet hasta que estés sano, y que no te marcharás, así como así sin antes avisarme—pidió.

Evan extendió su mano, y Wontak respondió al fuerte apretón de manos con una palmada en el hombro y una sonrisa.

—Ahora, voy a evaluar a mi paciente—anunció.

Palpó la zona de la costilla con más fuerza que de costumbre.

—¿Hay molestia? —preguntó, buscando su mirada, viendo hacia arriba.

—No.

—¿Y aquí? —presionó con más fuerza aún, en varios puntos donde hacía una semana hubiera aullado del dolor.

Evan volvió a negar.

Le pidió que hiciera varios ejercicios y movimientos, algunos de ellos indoloros, otros que de pronto lanzaron una ligera punzada, casi un pellizco; sobre todo al retener el aire y mover el torso.

—Tuviste suerte, por lo visto no pasó de un golpe fuerte, y por fortuna no hubo demasiado daño—dijo, y luego le miró la cicatriz en el pecho, que comenzaba a descamarse—. Necesitamos conseguirte ropa, nada de lo que tengo te quedará, creciste tan grande como tu abuelo. También es hora de que tomes un baño.

—Me gustaría ayudarte, me siento un parásito—le dijo Evan, metiendo los dedos entre la barba que comenzaba a reclamar casi la mitad de su rostro.

Wontak le observó como pensando en otra cosa, y luego echó una mirada a la cabaña.

—Debes ser paciente con la recuperación—dijo—, pero me vendrá muy bien tu ayuda, aquí hay mucho trabajo que hacer, y la edad ya no me permite trabajar en algunas cosas que requieren de atención urgente. Mi techo se está pudriendo—dijo, señalando una zona de tejas de madera que se veían mucho más oscuras que las demás—, y necesito partir toda esta leña y guardarla en el cobertizo antes de que lleguen las lluvias, pero es muy pronto para que manejes un hacha.

Evan echó un vistazo a las tejas y luego tomó el hacha de las manos de Wontak, sopesándola. No era correr a caballo disparando flechas, pero era trabajo y estaba ansioso por ocuparse; su mente le fastidiaba todo el día como una mosca con iniciativa. Cuando no dormitaba, evitando dormir profundamente a causa de las pesadillas, rumiaba obsesivamente cómo podría hacer para regresar a Daet, o si podría buscar un pregonero en el pueblo que le diera noticias sobre su país. Nada le aseguraba que los demás estaban a salvo; así como le habían perseguido a él, también podrían andar tras Alina, su padre o cualquiera de sus amigos. Las ansias y la preocupación le carcomían a cada momento. Conforme pasaba el día, un asfixiante sentimiento de vacío le iba invadiendo como una melcocha ponzoñosa, lenta y eficaz, que le saturaba con cada inhalación.

—No quiero que hagas nada que retrase tu curación, así que, con calma, ¿de acuerdo? —dijo Wontak, despertándolo de su ensimismamiento.

Evan asintió con el hacha en mano; el tacto de la madera le llevó recuerdos de la prueba de lanzamiento de lanza. Wontak le miró con atención, casi parecía escuchar de lo que pensaba. Evan blandió la herramienta, atento a cualquier señal de dolor, y luego la alzó sobre su cabeza con cuidado; notando que tampoco había molestia. Así que dejó que cayera con su propio peso sobre el trozo de madera, que se partió en dos bajo el peso de la cuchilla.

—¡Vaya!, lo que es la juventud—exclamó el otro—pero dejemos esto para dentro de unos días, ¿te parece? Mientras tanto, puedes ayudarme en el jardín.

COMO SI ESTUVIERA INFORMADO de lo que sucedía dentro de su mente, Wontak le mantuvo ocupado cada momento de los siguientes ocho días. Lo despertaba muy temprano con la excusa de tareas nimias, aparentemente urgentes, y cada noche le daba una taza de té amargo antes de acostarse. Evan apreció sus esfuerzos por ayudarle a dormir, pero en realidad era el tiempo estando despierto el que se volvía un suplicio.

Aún ahí, desyerbando el jardín medicinal, una y otra vez repensaba lo que había sucedido en las últimas semanas, y se reprochaba cada vez cuán ingenuos, estúpidos y arrogantes fueron al creer que detendrían al embajador sólo con ponerlo en evidencia ante el pueblo.

Ahora, con la cabeza fría y con una perspectiva renovada que sólo podía darle un castigo como el que estaba viviendo, le quedaba cada vez más claro que no fueron más que una panda de niños jugando con un avispero.

Pero ya no había nada que pudiera hacer para enmendar su error.

Sólo pensaba en regresar, una y otra vez, pero aun harto de decírselo a sí mismo una vez más, todavía no hallaba una respuesta suficientemente satisfactoria sobre cómo resolver la situación de Daet; pues si antes ya era un conflicto fuera de su alcance, ahora estaba más cerca de tocar las estrellas que a los malparidos que le traicionaron.

Solo dos días habían bastado para perderlo todo. No sólo había derribado aquello que tardó años en construir a base de sudor y esfuerzo, sino que además se las había ingeniado para quedarse sin un país, el único lugar donde su vocación tenía valor alguno, y había cortado con todo aquello a lo que habría tenido derecho de haberse quedado callado; sin mencionar la posibilidad de poder permanecer cerca de su familia.

En momentos como ese le embargaba un arrepentimiento ardiente por haber tomado tan malas decisiones, y su mente comenzaba a cuestionarlo todo, como: ¿qué tal si el Príncipe Bastardo era en realidad sólo un impostor?, o, ¿...y si los Sabios no eran en realidad inocentes? Negó con la cabeza, harto de sí mismo y sus intentos infructuosos por aclarar sus ideas. A gatas sobre la tierra, arrancando hierbajos, se encontraba en el mismo sitio que cuando fuera la primera vez al despacho de Culén, con la cabeza plagada de dudas; y la manera en la que sus pensamientos se arremolinaban en una agonía cíclica le estaba volviendo loco.

Arrancó de raíz un ramillete de tréboles violáceos y los echó en la pila de mala hierba.

No podía quedarse como imbécil, viviendo en el pasado. Tenía que hacer un plan. Quería volver a Daet. Bien. Estaba decidido a resolver la situación. De acuerdo. Pero ¿qué necesitaba para lograrlo? ¿Cómo podía solucionar un problema que ni siquiera llegaba a dimensionar del todo? ¿Cómo podía resolver el hecho de que las personas más poderosas de Daet le estaban dando la espalda a su patria?

Simple: no tenía manera de solucionarlo.

Arrancó con coraje otra hierba y de inmediato abrió la mano, sintiendo suaves espinillas encajadas en la palma. Tanto que había pasado y, sin embargo, estaba en el mismo maldito sitio que antes del ataque al embajador.

Así como esas hierbas, que se empecinaban por crecer donde no debían, tenía que arrancar el problema de raíz; pero se sentía un ciego, flotando a la deriva en un mar de preguntas que simplemente no podía resolver. ¿No había sido ese el motivo por el que decidieron interrogar al embajador desde un principio? ¡Qué bien que resultó aquello! Malhumorado consigo mismo y su estúpida forma de ser, se levantó, tallando la mano espinada con el pantalón, para luego agacharse a tomar la pila de malas hierbas y llevarlas a la orilla del bosque.

Desempolvando sus manos, regresó a los estrechos caminitos del jardín para continuar la faena. Caminos como aquellos del laberinto mental en el que daba vueltas y vueltas, donde, sin importar qué rumbo tomara, siempre regresaba al mismo lugar: él ya no era nadie, y no importaba cuántos planes hiciera, estaba demasiado lejos para poder hacer cualquier cosa.

Y no podía culpar a nadie más que a él mismo por ello. Él solito se las ingenió para terminar con su posición social privilegiada y deshacerse del camino pavimentado que había sido su vida hasta este momento, sin enredados recodos traicioneros. No sólo estaba físicamente inclinado sobre la tierra, sino que así era como sentía su vida también: por los suelos, con manos y pies en el polvo, sin herramientas, debilitado, e incapacitado por sus propias malas decisiones.

Su mirada se depositó en su mano sobre la tierra, y la imagen del suelo de la celda volvió a él como flechazo, y el recuerdo de la golpiza que le dio Nándor llegó tan abrupto como uno de sus puñetazos. Nándor sabía que Evan lo había drogado, pero ¿cómo? ¿Acaso Criz y Dino no lo habían dejado inconsciente en los establos? Ahora que lo pensaba un poco, nunca llegó a él el eco del ridículo que hiciera el hombre.

Pestañeo, confundido.

Silenció de golpe su mente cuando vio algo moverse en el bosque, en los límites de la propiedad de Wontak.

Mirando con expectación hacia la vereda que se internaba entre los pinos, una sombra funesta oscureció su mente: ¿Qué haría si los capas rojas estuvieran ahí ahora mismo? Había estado pensando en regresar a Daet y buscar al Príncipe Bastardo; pero no contaba ni siquiera con las armas básicas para defenderse. Sería demasiado arriesgado, incluso, internarse en esos bosques; no podría hacerlo sin antes estar recuperado, y mucho menos sin un arma. ¡Si tan sólo tuviera una espada! Los dejaría ensartados como pescados en lanza a los muy hijos de puta. Se requería un tipo muy específico de malparido para perseguir a un hombre famélico, golpeado y recién exiliado, por no mencionar desarmado y cuatro contra uno.

Necesitaba trazar un plan real, inteligente.

No sería de inmediato, claro, pero lo haría, regresaría a Daet.

Aún no sabía cómo, pero si no creaba un plan para regresar terminaría suicidándose. «Regresar es un suicidio», resonaron las palabras de Wontak en su mente.

«Sí, pero si no tengo un propósito en la vida, da lo mismo.»

Esa noche, vela en mano, buscó un mapa entre los libros y las carpetas forradas de piel en los estantes del estudio. Debía tenerlo aún, era el mismo que utilizara para enseñarle sobre la geografía de la península hacía años.

Lo necesitaba para trazar una ruta para acercarse a donde posiblemente se escondían los Sabios, y con ellos, el tal Príncipe.

—¿Tan tarde y aún despierto? —preguntó Wontak con la voz pastosa desde la cama— No hay cera que alcance contigo, muchacho—agregó, calmo. Evan olvidaba lo costosa que era la cera para alguien en la situación precaria de Wontak—Duerme ya—pidió el hombre, antes de darse la vuelta entre las sábanas para volver a roncar.

No se lo había dicho, pero tenía terror de dormir. Desde que dejara de tomarse el brebaje cada noche, se habían vuelto más y más realistas las pesadillas sobre Criz; por lo que posponía el sueño todo lo que podía antes de ceder ante el cansancio. Apagó la vela de un soplo, comprensivo, y salió de la cabaña a la luz de la luna menguante para aclarar su mente con el aire fresco de la noche.

Se recargó contra el cobertizo, mirando fijamente al bosque y repensando sus sospechas sobre quienes le seguían, hasta que, sin enterarse, se quedó dormido.

De nuevo, la pesadilla hizo acto de presencia, puntual como cada noche.

Esta vez vio a Criz desangrándose a chorros, estaba tirado en el suelo, ahogándose lentamente con la cuerda apretada alrededor del cuello, y por ojos tenía un par de huecos negros. Simplemente permanecía así, sin hallar consuelo en la muerte, sufriendo por toda la eternidad. Las dos canicas oscuras de los ojos lo miraron con rabia, y despertó con un respingo.

Se llevó la mano a la cara sudada mientras recobraba la consciencia, tratando de olvidar la horrenda imagen que seguía impresa en su mente. Antes de volver a cerrar los ojos, escuchó un golpe sordo cerca de ahí. ¿Había sido eso lo que le despertó? ¡¿Los capas rojas llegaron por él?! Su mente comenzó a dar rodeos frenéticos, ofreciendo todos los posibles escenarios. Se obligó a concentrarse y abrió la puerta del cobertizo en silencio, buscando la herramienta más pesada y filosa a la mano. Tomó una escardilla y volvió a parar la oreja cuando escuchó otro ruido.

Era algo así como un forcejeo ensordecido. Luego un agudo grito silenciado provino de la vieja casa de grano detrás de la cabaña.

Con pasos gatunos y todas las defensas en alto, dio vuelta por el recodo de la casa y permaneció a la sombra mientras identificaba qué era lo que se movía en la oscuridad. Sintió que un peso le abandonó cuando se percató que no eran sus perseguidores, sino que parecía tratarse de algo diferente. Era un hombre, que se recargaba sobre otra figura que se le antojó femenina en la penumbra.

Sintió el impulso de alejarse, pensando que se trataba de asuntos de pareja, pero alcanzó a ver cómo la mano del hombre tapaba la boca de la mujer; quien forcejeaba entre la pared del granero y el tipo que se abalanzaba sobre ella.

Con la confianza de que no se trataba de sus perseguidores, volteó la escardilla en el aire, tomándola por la parte metálica, y dejó al descubierto el grueso mango de madera como garrote, mientras se acercaba con sigilo a fin de aclarar sus sospechas.

A unos pasos de ellos, reparó en una pequeña daga tirada en el suelo junto a una blusa hecha jirones. La mujer trataba con todas sus fuerzas de liberarse, con la espalda presionada contra el granero y las piernas contra el pecho del hombre, tratando de alejarlo y a la vez alentando la lascivia del tipo; quien comenzaba a quitarse el cinturón y abrirse los pantalones.

—¡Ey! —llamó Evan con fuerza, pero el tipo siguió el toqueteo.

Entonces dio unas cuantas zancadas, furioso, y soltó la escardilla, no lo golpearía por detrás, quería ver la cara del infeliz cuando se la partiera.

Lo asió por el chaleco de cuero para luego girarlo y propinar un golpe con todo entre el labio y la nariz, al momento que la mujer lanzó un grito y se cubrió con el brazo.

El hombre se tambaleó y cayó hacia atrás, llevándose de inmediato las manos al rostro.

—¡Levántate imbécil! —le ordenó, pero el hombre permaneció en el suelo, gimoteando y doblando la pierna para poner la suela firme en la tierra. Hasta ese momento no había notado Evan del hedor etílico que desprendía. El hombre no se levantaría, aunque quisiera.

Un movimiento violento en el rabillo del ojo le hizo girar la vista hacia la mujer y apartarse con presteza. La chica apretaba la blusa polvorienta contra su pecho desnudo con una mano, mientras que con la otra lo amenazaba con la daga. La mujer tenía en la mirada el pánico rabioso de una presa arrinconada.

Evan abrió los ojos de par en par y mostró las palmas de las manos en rendición. Lo que antes parecía miedo en los ojos de la mujer se tornó en una mirada chispeante y enfadada.

—No te haré daño—dijo lo más suave posible.

Ella no bajó el arma. Luego siguió su mirada hacia algunas de sus pertenencias, que salieron disparadas al momento del ataque. Era sobre todo comida y mudas de ropa.

Evan se movió con suavidad para recolectarlas, y luego le dio lo espalda para permitirle vestirse, mientras sujetaba el bolso a su alcance. Cuando se giró nuevamente, la chica le miró recelosa y aún desconfiada. Respiraba agitada y sus grandes ojos redondos lo observaban con la fijeza de una lechuza. Era joven, más que él, incluso. Llevaba pantalones de montar, pero Evan no vio ningún caballo cerca. Se preguntó qué hacía a esas horas de la noche a las afueras de la casa de Wontak.

Antes de que tuviera oportunidad de preguntarle, la chica se giró hacia una vereda que llevaba al bosque, y dio apenas unos pasos antes de perder el equilibrio y caer de bruces. ¿Podría también estar embriagada? No lo pareció hacía unos momentos. Evan se acercó despacio, sólo para notar la frustración en el rostro compungido de la chica, y se percató que había lágrimas en sus ojos. La miró como a un extraño animal, salvaje y herido.

—¿Te lastimó? —preguntó a la mujer, acercándose para ayudarla a levantarse.

—Déjame. Yo puedo—respondió ella con rudeza, apartando la mirada y secándose las lágrimas con las manos temblorosas.

Evan se detuvo en seco y permaneció perplejo. No era la reacción que esperaría de alguien a quien acabara de ayudar.

La chica trató de ponerse en pie, pero al momento que intentó apoyar el tobillo, gimió del dolor y volvió a caer.

—¿*Ahora* me permitirás ayudarte? —preguntó Evan, perdiendo la paciencia.

Cuando ella no le respondió, decidió dejarla ahí con todo y su orgullo, pero se detuvo cuando la escuchó sollozar por lo bajo mientras trataba de levantarse; no era más que una chica asustada.

Evan exhaló reuniendo temple y volvió para extenderle una mano y ayudarla a levantarse. Apenas la chica tomó su mano, Evan la jaló para ponerla en pie rápidamente. Al momento en que ella apoyó su tobillo con debilidad, él la tomó por la cintura y la cargó en vilo.

—¿Qué haces? —chilló ella, alarmada, tratando de bajarse.

Evan la miró, confundido.

—¿Te estoy ayudando? —respondió, sin saber cómo proceder.

La mujer no replicó, en lugar de ello se prendió de su mirada con una intensidad que sorprendió a Evan, incomodándolo. Lo estudió con sus ojos cálidos como la miel, en demasía expresivos, como si de un vistazo pudiera saberlo todo sobre él.

Se sintió desnudo y vulnerable, y desprendió la mirada de inmediato.

—Te llevaré con el viejo—decidió en voz alta, antes de avanzar con la muchacha en brazos, evitando mirarla de nuevo a los ojos. Wontak sabría qué hacer con ella.

Permaneció callada unos momentos, hasta que reaccionó:

—¡No! Por favor no me lleves con el curandero—exclamó de pronto—, no puede saber que estuve aquí. Nadie puede saber que estuve aquí, debo irme ya.

—No llegarás a ningún lado con el tobillo así. Comienza a parecer un enorme maní—declaró.

La chica le dirigió una mirada de súplica, y en ese momento Evan se percató de lo agraciado de su rostro impoluto: una tregua entre la suavidad de sus labios mullidos y una nariz delicada, y las cejas rebeldes sobre una mirada inquieta, curiosa e indomable.

—Por favor, sólo acércame a mi casa. No tienes que cargarme todo el rato, bastará con que alcance la reja exterior y yo haré el resto—propuso ella, suplicante.

—Bien, pero no puedo llevarte muy lejos—respondió, parco.

En realidad, no quería acercarse ni un poco al pueblo de Avándar. La gente era muy chismosa y lo que menos quería era que alguien supiera sobre su permanencia en casa de Wontak. Además, desde que la levantara notó la textura suave de sus ropas, y la calidad de las botas de piel, una que sólo un mercader con acaudalado podría pagar. Aunque ahí no existiera tal cosa, la chica tenía pinta de pertenecer a una familia de clan.

Se imaginó los rumores que generaría el que un forajido llevara en brazos a la hija de algún señor a la mitad de la noche; y comenzó a dudar tan pronto como cruzaron por un pequeño puente de piedra, que conectaba las lindes boscosas con la villa. Se detuvo entonces, justo en una piedra limítrofe que marcaba el inicio de una enorme propiedad, cuya barda se perdía en la lejanía.

—No puedo llevarte más allá—dijo él, al lado de un gran letrero que rezaba «CAVALERI»

—Has hecho mucho ya...—dijo ella, como preguntando su nombre; pero Evan no hizo más que asentir, tenso, y la depositó en la barda baja que enmarcaba el terreno.

—Adiós—dijo la chica, una vez que Evan se dio la vuelta para alejarse con rapidez.

Evan se volvió apenas lo suficiente para volver a asentir, y desanduvo el camino lo más rápido posible; el costado le reprochaba con insistencia, y no quería andar vagando por lugares desconocidos totalmente desarmado. Después de un corto tramo recorrido escuchó un fuerte y largo silbido, que imaginó que sería de la chica. Qué mujer más extraña. Aun así, no se podía quitar de la mente la intensidad de su mirada exploradora.

Caminando de prisa de vuelta a la cabaña se reprendió a sí mismo por lo que hizo, *«Demasiado riesgo»* se repetía una y otra vez. Ya había tomado la decisión de pensar mejor las cosas, de crear una buena estrategia para salir de ahí, y se prometió que esta vez no haría nada que pudiera poner en riesgo su misión; pero parecía condenado a su falta de criterio.

CAPÍTULO 20
VISITAS

–¿BUSCABAS ALGO ANOCHE? –preguntó Wontak. Deshojaba un arbusto que ocupaba casi toda la superficie de la mesa e iba colocando las pequeñas hojas duras en un envase de vidrio azuloso.

—Sí—respondió Evan, sin detenerse camino a la puerta. Sabía que le reprendería si le confesaba lo que tramaba, y quería establecer de una buena vez que no iba a pedirle permiso para hacerlo. —Un mapa—añadió, posando la mano en el rudimentario picaporte y mirándole de reojo.

Wontak levantó la vista apenas lo suficiente para verlo.

—Vas a tener que ser más específico—respondió, sin dejar de arrancar hojas.

Evan se volvió sin soltar el metal.

—Creo que los Sabios pueden estar en el Bosque de las Estaciones y necesito un mapa para buscarlos.

—El Bosque de las Estaciones es parte de Daet—respondió Wontak, impertérrito, acabando con las hojas de un tallo e iniciando con el siguiente—Además, los mapas no sirven ahí, esos bosques cambian a su antojo.

Evan miró al horizonte, fastidiado.

—Creencias de viejas y tontos—respondió, girándose de nuevo hacia la puerta.

—No estás en condiciones de viajar aún—anunció, alzando un poco la voz y pidiendo su atención—. Además de que el viaje que te propones es por demás infructuoso.

Evan se giró hacia Wontak rápidamente, lo dejaría muy en claro:

—Tengo que encontrar al Príncipe Bastardo, no puedo quedarme a pudrirme aquí el resto de mi vida.

Wontak le miró con firmeza y tomó aire.

—Te has dedicado a tomar una mala decisión tras otra—declaró.

—Mira, Wontak, yo te agradezco, per…—comenzó Evan, pero Wontak lo atajó de un zarpazo:

—¿Tienes prisa para volver a lo mismo, o comenzarás a madurar de una vez por todas y dejarás de actuar como un niñato rebelde? Tendrás el cuerpo de un hombre, pero la mente no le ha alcanzado aún—dijo con desenfado y sin dejar su labor.

Evan apretó la mandíbula y se tragó su orgullo. Antes de que pudiera responder que esto no era de su incumbencia, el hombre siguió:

—No estás en condiciones de viajar, si el trabajo en el jardín te es muy aburrido puedes hacer otra cosa.

—¡¿Cómo qué, Wontak?! Porque estoy harto de recordarme a mí mismo que fuera de la Villa Militar soy tan útil como un caballo cojo. No he entrenado para nada más que para la guerra y no sé pensar en otra cosa que no sea combate. Así que, a menos de que tengas un pelotón allá afuera que requiera de entrenamiento, déjame seguir mi camino.

No esperó a que el viejo le respondiera, se giró con brusquedad hacia la puerta y jaló del picaporte con violencia, dispuesto a dejar atrás la cabaña a trancos; pero por poco chocó con un hombrecillo fornido que iba a llamar a la puerta, justo un pestañeo antes de que Evan la abriera de par en par.

Se refrenó como caballo cabreado y miró hacia abajo con irritación al hombre.

Robusto y pequeño, tenía un sombrero de paja viejo y sudado en las manos, y todo él hedía a establo. Se había quedado mudo, mirándolo desde el pecho hasta la testa, azorado.

—¿Qué quiere? —preguntó Evan, hosco, cuando los ojos del hombre llegaron a los suyos.

—Busco al huesero—respondió con una voz más aguda de lo normal.

—Pasa, Íñigo—dijo Wontak desde dentro de la casa, y el hombre se asomó por el umbral de la puerta.

Cuando estuvo a punto de marcharse, Evan escuchó decir a Wontak desde el interior: «Espera, Phembo», por lo que se detuvo con impaciencia.

—¿En qué te puedo ayudar, Íñigo? —preguntó el viejo, acercándose a la puerta.

—El patrón me mandó llamarle, maese.

—Espero que no sea para uno de sus caballos—respondió el aludido— le he dicho en repetidas ocasiones que yo no me ocupo de los animales, para eso que mejor busque a Artia.

Evan comenzó a perder la paciencia, echando un ojo en derredor. Lo único que quería hacer era buscar un punto alto desde donde pudiera trazar un camino para salir de ahí.

—No. No, señor. Desconozco quién, pero se trata de un miembro de la familia—titubeó el hombrecillo, enrollando el borde del sombrero con ansiedad. Para un cuerpo tan cargado de músculo era un manojo de nervios.

—Bien, entonces. Iré por mis preparados. Phembo, ayúdame por favor—dictó con tranquilidad, antes de desaparecer tras el umbral de la otra habitación.

De la botica sacaron dos pesadas cajas de madera con asa que desprendían un penetrante perfume herbal y alcoholado, en las que tintineaban decenas de pequeños frascos con cada mínimo movimiento. Luego de envolver los hombros de Evan en una suerte de sábana y fijarla con un prendedor oxidado a la altura de la clavícula, como hacían los hombres del norte, Wontak ató el asno a un carro de tiro, viejo y simplón; y posaron las cajas al lado de un pequeño asiento de madera, empotrado en el piso del carro.

—Vamos, pues—propuso Wontak, después de sentarse en el único asiento con un resoplido. Chistó con la boca y el asno inició un curioso caminado en pasos cortos.

—¿Quieres que vaya? —preguntó Evan, sabiendo de antemano la respuesta.

—¿Cómo aprenderás a ser curandero si no? —respondió con una sonrisa en la que Evan notó un dejo de ironía.

No le quedó más remedio que asentir.

Comenzó a caminar junto al hombrecillo fornido a un lado de la carreta, por la ruta que llevaba a Avándar.

Seguramente era una pesadilla transitar por esos caminos en la temporada de lluvias. Se preguntó por qué no podían adoquinar las calles de una buena vez y dejar de vivir entre el lodo y la inmundicia que sacaba la gente de sus casas hacia la vía pública. Pero seguramente no lo harían, dejarían de ser provincianos y pueblerinos. Claramente ellos preferían pasear al ganado por las calles, sin sirvientes que luego se encargaran de limpiar el rastro que dejaban. Ahí no había guardia de la ciudad que les obligara a mantener el mínimo decoro.

Cierto, los espacios amplios entre las escasas construcciones eran un respiro, a diferencia de los atestados callejones del corazón de Daet, y la manera en la que todo mundo parecía ser parte de la misma familia tenía cierto encanto; pero al cruzar camino con la décima persona y decir «buen día» comenzó a pensar que sería más fácil que todos llevasen letreros. Más bien no, se corrigió, seguramente aquí nadie sabe leer.

—Podría ir a la finca Cavaleri con los ojos cerrados—dijo Wontak ahuyentando su contemplación—apostaría mi carro a que es la más pequeña la que requiere de cuidados. Siempre lo es.

Nadie respondió nada.

» Si no se ha caído del caballo nuevamente por andar haciendo trucos, seguramente se trata de una herida por retozar en el bosque—añadió el viejo, sin prestar atención a si le estaban escuchando del todo—. En una ocasión tuve que tratarle un fuerte sarpullido. Tenía ronchas desde los dedos de los pies hasta las orejas. Había sido ortiga... No comprendo cómo su padre le permite andar en cueros entre la maleza—dijo, negando abiertamente; y Evan soltó una risa callada—¿Te parece gracioso? Es un tema serio. La chica dejó de ser una niña hace años y debería de comenzar a comportarse como tal o atraerá a los hombres incorrectos—añadió con una ceja alzada.

Evan frunció el ceño y sonrió de lado sin responder. A él le parecía refrescante que por lo menos una mujer en esa provincia mojigata fuera tan libre y audaz. Las mujeres de familia como ella tenían una renombrada fama de guardar la propiedad en toda circunstancia, como sólo las viejas en Daet hacían todavía.

Viraron hacia otro camino menor de terracería y cruzaron otra de las muchas piedras limítrofes que abundaban en la zona y servían para dividir los terrenos; pues a diferencia de su país, esas tierras se las habían repartido a punta de machete.

Hasta Daet llegaban las historias de los extremos a los que recurrían para hacerse de una parcela de buen tamaño. Por lo visto, el dueño de esas tierras, o había llegado primero, o había matado a muchos para apañarse una tierra tan vasta. Miró con curiosidad una figura nudosa labrada en la piedra que marcaba el inicio de la propiedad, tenía forma de perro, ¿o era más bien un caballo?

El perfume de las flores del peral y del durazno le invadieron las fosas nasales al pasar entre los árboles cultivados en hileras, hasta que el camino dio paso a una zona con escasos y altísimos pinos, totalmente rodeados de hierba corta y delgada a manera de alfombra natural; que cubría toda la ladera con uno que otro arbusto oliváceo. Central al pequeño valle herboso, se alzaba una magnífica casa de tres pisos de altura de robusta factura. Algunas de sus paredes eran de piedras redondeadas y de buen tamaño, mientras que otras habían sido recubiertas con una suerte de adobe y pintadas con blanca cal; y entre las tejas de barro que cubrían los techos inclinados, sobresalían por lo menos siete tiros de chimenea.

El frente del casón era un amplio porche cuyos barandales estaban hechos con troncos completos, descortezados y bien aceitados; y los escalones que levaban ahí eran anchos y semicirculares. Temprano como era, las aves trinaban aprovechando el frescor de la mañana antes de los calores del mediodía.

Parecía el hogar del jefe de un clan, pero sin un clan en derredor al que dirigir. Seguramente era el hombre más rico de Avándar, si no es que su gobernante.

Tan pronto como observó los imponentes establos en las cercanías, de donde llegaban murmullos de relinchos, comenzó a ponerse nervioso. Había hecho todo lo posible por pasar desapercibido, tarea fácil en la lejana y destartalada cabaña del huesero, pero entrar en la casa del señor de Avándar no era precisamente lo que consideraría mantener un perfil bajo. Empezando por el hombrecillo que caminaba a su lado, la finca seguramente tenía una veintena de sirvientes, sin mencionar a los caballerangos que cuidaban de las decenas de caballos que reposaban en amplios corrales, más abajo en la ladera. Sirvientes aburridos y que gustaban de compartir todo lo nuevo y diferente, como el nuevo acompañante del curandero.

Llegados al frente de la mansión un paje les dio la bienvenida, y Wontak bajó de la carreta en lo que Evan tomaba el asa de una estorbosa caja en cada mano. Dos sirvientas más aparecieron en el umbral de la puerta principal, sus ropas eran tan similares que parecían estar uniformadas. Una de ellas miraba al viejo refregando una mano contra la otra, con el rostro constreñido de preocupación.

—¡Maese, gracias a La Diosa! —santificó la mujer. No tenía pinta de ser el ama del casón, pues vestía como sirvienta, pero apostaría que se trataba de la nodriza—Pasen, por favor—les dijo con dramatismo en la voz, y luego ordenó a Íñigo ordeñar a la cabra y llenar el cubo grande.

El hombrecillo desapareció y la señora los apuró hacia el interior, haciendo sonar los tacones de madera sobre las losetas de barro, que habían sido pulidas con esmero. Todas las gruesas paredes eran igual de blancas que las del exterior, y mantenían los interiores bastante frescos. Con razón tenían tantas chimeneas. Los pasillos eran amplios y la sala de estar era lo suficientemente grande como para albergar a una familia numerosa. Combatiendo el frío del interior, había tapetes por todos lados, unos muy bellos y coloridos en las paredes, otros alargados en los pisos de los pasillos; y otro que parecía querer abarcar todo el piso del salón, hecho con un mosaico de pieles de vaca, todavía con el pelo del animal.

Evan echó una mirada al exterior a través de un alto ventanal y observó curioso cómo los árboles se deformaban a través de los múltiples cristales rectangulares con cada paso que daba.

—Por aquí, pasen. Usted ya conoce bien el camino, maese—dijo la señora, haciendo crujir la escalera de madera en cada escalón, con Wontak y Evan detrás del vestido azul marino.

—Me imagino que se trata de Aryam, ¿o es otra de las jovencitas? Aún queda tiempo para el parto de Átara.

La nana se volvió a ver a Wontak con una mirada de complicidad.

—Usted sabe bien, maese—dijo ella con una sonrisa contenida cuando llegaron al primer piso.

El hombre negó con la cabeza y rio por lo bajo.

—¿Ahora qué travesura se le habrá ocurrido? —presagió.

La mujer se detuvo en la penúltima puerta al final de un pasillo, y antes de abrirla se dirigió a ellos en voz baja:

—Ella dice que Mirasol se desbocó ayer por la tarde, pero Fredo la vio escabullirse por la cocina muy noche. ¡Sólo Los Dioses saben qué hace esta señorita!

El moño canoso de la nana rebotó cuando abrió la puerta, y los tres entraron en una estancia amplia e iluminada por otro ventanal. Tenía el mismo olor que el cuarto en el que había crecido Evan: barniz de madera calentado por el sol. Los recuerdos de la habitación de su hermana invadieron su mente, colmándolo de nostalgia. Las viejas muñecas de trapo dispuestas en repisas de madera que tuviera Alina de niña se sustituían en esa habitación por una extensa colección de tallas de madera con forma de caballo. Había de todos tipos, tamaños y posturas. Unas eran una verdadera obra de arte, mientras que otras parecían el intento desidioso de un niño por incursionar en la ebanistería. Había flores frescas sobre la mesita de noche al lado de una ancha cama repleta de cobijas y cojines mullidos, donde descansaba ni más ni menos que la mujer que Evan había conocido la noche anterior. La chica miró a Wontak con una sonrisa con los labios metidos, fingiendo inocencia.

—¡Ah, qué muchacha! ¿Ahora qué hiciste, Aryam? —dijo Wontak, acercando una silla al borde de la cama y pidiendo a Evan que colocase una de las cajas sobre ésta.

Evan se acercó para acomodarla y se topó con la mirada suplicante de Aryam. Wontak y la nana cuchicheaban cerca de la puerta. Aryam apretó los labios de manera exagerada, como enviándole un mensaje, mirándolo con ojos chispeantes en una súplica. Evan entendió de inmediato y asintió de manera casi imperceptible cuando Wontak se acercó nuevamente a la cama.

—Veamos, ¿te caíste? —preguntó el viejo.

—Sí, bajé demasiado rápido de Mirasol y la bota se quedó atascada en el estribo. Pero me di cuenta muy tarde—mintió ella, retirando las cobijas y tirando del fino camisón de su pijama para mostrar un tobillo hinchado y amoratado.

Wontak revisó con detalle cada poro.

—¿Tienes un aprendiz, Wontak? —preguntó ella cuando Evan estudiaba un viejo cabestro colgado al lado de la cabecera.

—¡Oh! Sí, es Phembo. Es el hijo de una prima lejana—dijo Wontak, apenas subiendo la vista para presentarles.

—Phembo—repitió Aryam, mirándolo con una sonrisa cálida. ¿De dónde había obtenido Evan la idea de que se veía desenvuelta y rebelde si a simple vista no era más que otra muchacha guapa? Le respondió con una sonrisa breve y desvió la vista tan pronto como ésta descendió involuntariamente a su camisón; la tela delgada dejaba ver más de lo que una mujer permitiría mostrar a un extraño, y por mucho que la chica pareciera sentirse cómoda de permanecer en su habitación sola con dos hombres, él no se acostumbraba a la idea.

—Mira, Phembo—llamó Wontak—: este es el ligamento que une este hueso con este. Está hinchado y por eso esta parte de aquí se ve saltona y abultada.

Evan observó, fingiendo atención, y luego dio unos pasos atrás, esperando a que Wontak terminara con la minuciosa exploración de su paciente.

—¿Y estos moretones con qué te los hiciste, mujer? —preguntó.

Aryam respondió sin poder ocultar su sorpresa, tenía unos pequeños moretones púrpuras, bien marcados alrededor de las costillas. Evan miró de reojo y recordó que el hombre con el que había forcejeado la noche anterior la había tomado con fuerza de ahí.

—¡Oh, eso! —comenzó Aryam con soltura fingida— Es que rodé cuando se atoró el pie en el estribo—respondió ella con toda seguridad, antes de dirigirle una mirada rápida a Evan y desviarla de inmediato.

Estaba empecinada en no decir nada sobre el ataque.

Apostaría a que, siendo una de las hijas de un hombre tan poderoso, el hombre que la asaltó probablemente acabaría en el cepo, o con un muñón en lugar de mano si ella lo acusara. No comprendía la necesidad de guardar el secreto, el tipo tenía que pagar por lo que le hizo de una manera u otra.

Wontak siguió con su examen y pareció no encontrar más anomalías, aunque era claro que para cuando encontró más moretones en los senos dejó de creerse la historia de la chica. Mientras la mujer tenía el camisón arriba, Evan miraba distraído una vasija de barro con un tiro que atravesaba el muro hacia fuera, como si se tratara de un horno; y no regresó hasta que Aryam volvió a cubrirse las bragas con el camisón y Wontak le entregaba una colección de frascos con líquidos de diferentes colores y ungüentos olorosos.

Terminada la examinación, ayudó al huesero a cerrar las cajas en lo que él dejaba instrucciones precisas a la nana; y cuando se dispusieron a abandonar la habitación, Evan echó una mirada atrás con un asa en cada puño. Aryam, sentada en la cama, miraba cabizbaja uno de los frascos en sus manos; la sonrisa que acompañara su mentira hacía unos momentos había desaparecido, y en su lugar quedó un rostro colmado de tristeza.

Para cuando regresaron a la cabaña, Evan dio una vuelta a la casa buscando algún rastro del pelmazo que había golpeado la noche anterior. Lo único que encontró fue una escardilla abandonada a unos pasos del granero. La levantó, preguntándose dónde podría encontrar al bastardo que se había atrevido a asaltar a una mujer de esa forma. En el clan la ley era muy clara: asaltar a la hija del jefe era castración asegurada.

Luego se percató que su mirada se había quedado fija en una de las veredas que llevaba al norte, transportándolo de regreso a los capas rojas, y trayendo la amarga sombra del exilio sobre él nuevamente.

No podía distraerse con esto.

Tenía que encontrar la manera de irse, y pronto.

C ON CADA DÍA QUE PASABA se iba fortaleciendo más y más. Se recuperaba a gran velocidad, y ya podía cargar sin dolor; pero a esa misma velocidad iba perdiendo la paciencia, y las labores de restauración de la cabaña terminaban más pronto de lo que quisiera.

Si bien durante el día se mantenía ocupado con las tareas que Wontak le asignaba, cada noche se sentaba en el mismo rincón polvoso, con la espalda contra la madera desgastada del cobertizo, observaba fijamente la vereda que imaginaba que llevaba al Bosque de las Estaciones, y elucubraba hasta que no podía más con el cansancio.

Entonces, como un baile coordinado, llegaban las pesadillas, cada vez más vívidas y sangrientas. Decidida a torturarlo, su mente le mostraba una y otra vez cada ínfimo detalle de los hechos de los últimos dos meses. Le transportaba de vuelta a la pestilencia de su celda debajo de la Plaza de la Justicia. Al rojo descarnado de la espalda de Criz. A su voz, detenida en un chasquido; arrastrándolo en un viaje cíclico que siempre lo escupía de vuelta hacia su frustración actual.

Su inconformidad crecía día con día, llevándolo al deseo de triturar cosas, partirlas en pedazos, y, por otro lado, su cuerpo le exigía el mantenimiento físico al que estaba acostumbrado desde siempre. Sentía los músculos aletargados, y se desesperaba ante la ineficiente respuesta de sus miembros cuando intentaba lo que antes podía hacer sin gran esfuerzo.

A falta de algo mejor, se fabricó una espada con una vara de fresno. Duró poco, sin embargo, al poco tiempo de entrenar con ella se partió en pedazos contra un tronco, por lo que se fabricó tres más para mantenerse ocupado por las noches.

Con dos espadas en el suelo, y terminando de dar forma a la empuñadura de la tercera con un cuchillo, observó con impaciencia la luz crepuscular.

Otro día más, perdido.

Clavó el cuchillo con fuerza en la tierra y se puso en pie de un salto para repasar, uno por uno, todos los movimientos rutinarios de las artes marciales que había repetido hasta el cansancio desde pequeño, hasta que cayó una noche sin luna.

Satisfecho y sudado, se detuvo un momento a tomar aire, mirando de frente la misma vereda. Sintió la sangre agolparse en su cara y negó, decidido. No podía esperar más a terminar de curarse, y no tenía otro motivo que lo anclara ahí. Tenía que trazar un plan detallado, y pronto.

No debía compartirlo con Wontak, o el viejo buscaría la manera de refundirle el brebaje para dejarlo dormido. Tenía que hacerlo en silencio: reunir víveres, conseguir armas de verdad, y salir al Bosque de las Estaciones para encontrar al Príncipe Bastardo. Tal vez podría oponerse a la corona a su lado. Tal vez.

Miró al cielo estrellado y sus ojos buscaron el círculo de estrellas que vio la noche en que su vida cambió, cuando su mundo colapsó con la traición de Culén. Si hubiera sabido en ese entonces que al poco se derrumbaría todo…

En un ruego silencioso, preguntó qué querían de él, mirando al cielo, retando a Los Dioses a responderle, pero sólo obtuvo la música de la noche como respuesta.

Dispuesto a preparar su partida, trepó al día siguiente al techo de la cabaña buscando una mejor vista de los caminos que llevaban al norte. Sin embargo, sólo vio un verde océano de pinos y encinos, inundando la tierra en olas y crestas hasta el horizonte, y más abajo, cómo iba cayendo el terreno hacia los valles del sur. Eran montes difíciles, y como había comprobado del modo más doloroso, se rompían en riscos de manera errática e impredecible.

Tronó los nudillos con impaciencia, molesto con darle la razón a Wontak: internarse en esa selva, así como así, sería una estupidez. Necesitaba por lo menos un mapa, pero estaba seguro de que el hombre los había escondido todos en algún recoveco secreto. Aun así, estaba decidido a tomar rumbo tan pronto como supiera a dónde tenía que dirigirse.

—¡Eh Evan! —escuchó desde abajo, y bajó la vista al compacto cuerpo de Wontak, vestido con su viejo caftán, largo y café, atado a la cintura con una suerte de cinturón rudimentario—el martillo está en el cobertizo y tengo algunos clavos. Iré por más con el herrero—anunció a grito.

Por supuesto, el viejo asumió que empezaría a arreglar el techo. ¿Por qué otra puñetera razón estaría ahí trepado?

Respondió con un cabeceo exagerado y luego vio el suelo de tejas oscuras. Wontak había puesto agujas de pino ahí donde comenzaban a cuartearse; si no arreglaba ese techo ahora, la primera lluvia inundaría la cabaña en un tris; aunque no pensaba estar suficiente tiempo como para que eso sucediera. Exhaló con resignación y echó un último vistazo al bosque antes de descender para reunir las herramientas.

Días más tarde batallaba por sacar un clavo oxidado con un martillo viejo, y como ya había pasado antes, el mango volvió a zafarse de la cabeza de metal, que resbaló por el tejado y cayó al suelo espantando a las gallinas. Harto, Evan arrancó de tajo la madera podrida, llevándose dos tejas buenas recién instaladas en el acto, y lanzó una maldición al aire. Aventó la teja podrida con todas sus fuerzas hacia los árboles, y luego volvió a inclinarse con fastidio para tomar el mango de madera, conteniendo las ganas de aventarlo detrás de la teja; cuando escuchó un fuerte silbido.

Giró sobre sí, buscando la fuente del llamado.

—¡Aquí abajo! —gritó una mujer cerca de la reja. Aryam se hacía visera con una mano mientras que con la otra sujetaba las riendas del corcel. Había otro tipo también a caballo detrás de ella.

Evan caminó por el techo como gallo, y de un par de brincos descendió hasta el suelo. Aryam le siguió con la mirada todo el rato, y desvió los ojos de su torso con languidez cuando se percató que sólo llevaba pantalones.

—¿Buscan a Wontak? —preguntó Evan, arrancando la resina de la madera de las nuevas tejas que se había adherido a sus dedos.

—Vengo a dejar los frascos que me prestó—respondió Aryam, sacando de la alforja una bolsa tintineante.

Evan se acercó para recibirla.

—No tarda en llegar—anunció—, pero se los daré de tu parte.

—¿Arreglas techos además de aprender a ser curandero? —preguntó ella, divertida.

—Eso intento.

Lo dijo con tan poco garbo que pareció insinuar que le estaba interrumpiendo.

El hombre que la acompañaba tenía toda la facha de ser un mozo de cuadra aburrido que sólo iba con ella por su protección.

—Eh, quería preguntarte, Aryam. Es Aryam, ¿cierto? Sí, quería preguntarte: ¿Conoces bien estos bosques?

—Tan bien como se pueden conocer—respondió ella con otra sonrisa, su rostro se iluminó de pronto.

—Me gustaría conocer algunas veredas, disfruto pasear, pero no me gustaría perderme—mintió.

—Hay muchas—asintió con ganas— Con gusto te las muestro, sólo que por el momento sólo puedo recorrer aquellas donde entra un caballo—dijo ella, señalando con la mirada un tobillo descalzo y vendado.

—Pero ¡¿qué es esto?! —escucharon, y ambos se giraron para ver a Wontak acercarse—Jovencita, no puede andar a caballo todavía, no han pasado ni siete días desde que comenzó el tratamiento. Ese pie tiene que estar en alto o se pondrá como berenjena en cosecha—amenazó.

Aryam sonrió, apretando los labios.

—Es sólo un paseo, maese Wontak, no aguanto estar todo el día en la cama sin hacer nada. Pero ya mismo regreso a mi casa—accedió—¡Le traje los frascos!

—Gracias—dijo Wontak con el entrecejo como una pasa, tomando la bolsa que le acercaba Evan—Ahora, vuelve a la cama antes de que ese tobillo vuelva a inflamarse.

—Bien, pero vendré luego para dar un paseo—dijo Aryam, mirando a Evan.

Wontak pasó la mirada de Evan a Aryam en silencio.

—Que sea en un par de días, al menos—ordenó.

—¡Trato! —dijo ella, y le dirigió una fugaz sonrisa de complicidad a Evan. Luego dio la vuelta a su montura para regresar a galope.

—¡No trotes! —gritó Wontak, negando con impaciencia.

Dos noches después, Wontak entró en la habitación de las pócimas con un fardo bajo el brazo. Evan estuvo buscando por toda la casa los mapas escondidos sin mucho éxito, y cuando escuchó al hombre acercarse se apartó rápidamente de la botica y fingió encender la chimenea.

El viejo tenía pinta de haber caminado un largo trayecto y sus delgados cabellos encanecidos se pegaban a la frente con el sudor.

—Los días están insoportablemente calurosos, ya vienen las lluvias. Necesitamos cortar la madera que está afuera y guardarla en el cobertizo antes de que lleguen—comentó el hombre, acercándose a la cama—. Te traje algo de ropa—agregó, deshaciendo el nudo del fardo cubierto de yute.

Evan se acercó para verle extender sobre la cama un par de sencillas camisas de algodón claro, y un caftán de lana parda con un chaleco de piel cosido encima. La manufactura era muy sencilla, pero la tela sería duradera y el caftán no estaba nada mal.

—No son los lujos a los que estás acostumbrado, pero deberán servirte un buen tiempo si las cuidas.

Recibió de Wontak una de las camisas, que se enfundó de inmediato, seguida por el caftán. Luego se cambió el pantalón mugriento por otro muy oscuro que venía también en el fardo. Las telas desprendían el mismo olor que las lavanderas de la Villa Militar, a espliego y lejía. Una vez atadas todas las agujetas, Wontak le miró, satisfecho.

—Te sientan bien—le dijo, asegurándose de que las costuras de los hombros coincidieran con los suyos—Y puedes quedarte con estos zapatos, también—le dijo, señalando unas botas altas que estaban como desmayadas en el suelo. Nunca me quedaron bien. A decir verdad—agregó, llevándose el índice a los labios—ahora que recuerdo, eran de tu padre, me las dio

Dannah una vez que fui de visita y nunca tuve oportunidad de regresarlas.

Evan se tragó la conmoción que sintió al ver los zapatos con otros ojos, ¡cómo extrañaba a su padre! Ahora que existía la posibilidad de no volverlo a ver se arrepintió de no haber pasado más tiempo en casa, aprendiendo su oficio, como siempre quiso el armero. De haberlo hecho, ahora tendría algo mejor que hacer que reparar tejados.

—Wontak, ¿cuánto gastaste en esto? —retomó la conversación, espantando a los espíritus de sus monstruos internos como a un molesto mosquito— Ha de haber sido caro, me gustaría pagarte de alguna manera.

—¡Bah!, nada de eso—descartó con la mano—. Todos en el pueblo me deben favores o dinero, y muchos de ellos me deben la vida; un poco de ropa bastará por ahora.

Evan lo miró a los ojos con el rostro tenso.

—Gracias—dijo, pasando la mano por el grueso percal del blusón—. Por todo lo que has hecho por mí—agregó, con una sonrisa honesta.

—¿Qué? ¿Ya te vas? Hablas como si te despidieras—dijo el otro, mirándole con atención mientras levantaba las botas del piso.

Evan sonrió un poco, sintiendo la piel curtida entre las manos raposas; muy consciente de las espadas de palo, del serrucho al que recién le había cambiado el mango y del pequeño fardo con víveres, que esperaban su momento, debajo de la cama.

—No, aún no—lo tranquilizó.

Capítulo 21
Un vistazo a
otro futuro

L A PLANTA DEL PIE ABANDONÓ el último trozo de tierra asomado sobre el risco, soltando terrones y paja que comenzaron a caer lentamente hacia el río a un lado de su cuerpo. Descendía sin control, como jalado hacia un abismo eterno y oscuro.

Un escalofrío lo recorrió con ímpetu, como si una espada helada lo atravesara.

Había flechas por doquier, lloviendo como gotas punzantes, mortales. Sus pies entraron en un círculo de cuerda que se cerraba rápidamente en torno a su cuerpo mientras caía. Se cerró más y más hasta que se atoró en su cuello, sin dejarlo respirar. La asfixia no tardó en llegar, la soga separaba la cabeza del cuello casi al punto de cercenarla; con la tensión suficiente para matarlo, pero poco a poco. Trató de llevarse las manos al cuello, buscando desesperadamente dar una bocanada de aire, pero algo en las tinieblas que le rodeaban se lo impidió, apretaba sus brazos contra los costados, paralizándolo.

Venía de la pestilente oscuridad de abajo: un engendro de los abismos de su interior, que reptaba hacia la superficie para devorarlo desde los pies, haciéndose paso hacia arriba con su aliento de sangre y la cabeza sin ojos. Lo engullía como serpiente, exhalando gruñidos por las fauces, acallados por su propio cuerpo al ser tragado entero.

Trató de gritar con todas sus fuerzas, pero sólo expelió un aliento mudo.

No tenía voz. No podía respirar y moriría en cualquier instante; si no ahogado, desmembrado por el demonio que lo succionaba con fuerza brutal hacia su guarida en las frías e inescrutables profundidades.

Jadeó con la poca fuerza que le quedaba, rogando bastara para sobrevivir un momento más, cuando un acceso de tos poseyó su pecho.

Se esforzó por apaciguarse y pudo escuchar su propia respiración rebotar contra el muro al lado de la cama. Como si se acercaran lentamente a él, comenzó a escuchar a los grillos cantando en el exterior junto a un ululato distante. El viento daba brochazos en las tejas del techo y hacía batir las hojas de los altos fresnos, como aves aterrorizadas.

Estaba vivo. Sólo había sido otra pesadilla.

Respiró con la sed de quien ha vagado en los desiertos, bebiendo bocanadas de aire fresco y buscando ahuyentar la impotencia y la desesperación que aún corrían por sus venas. Abrió los ojos en la penumbra y permaneció un rato mirando al muro a dos pulgadas de su nariz, tratando de sacarse a la criatura demoniaca de la mente en lo que el corazón volvía a latir con normalidad.

Se levantó haciendo el mínimo ruido, y de la chimenea moribunda extrajo una llamita con la que encendió la lucerna. Luego se asomó a la oscuridad debajo de la cama y sacó un bulto que cada día pesaba un poco más. Deshizo el nudo de cuerda y extendió sobre la cama la rústica tela de yute que encontró en el cobertizo.

Ahí estaban: cada una de las cosas que fue reuniendo durante las últimas dos semanas a cada oportunidad.

Como si se tratara de un arcón de tesoro, sacó el serrucho al que había comenzado por cambiar el mango y que ahora era un puñal, aún más peligroso por su filo improvisado, sacado con un cincel a martillazos cuando Wontak no estaba. Tenía también un viejo saco de grano donde guardaba su ropa nueva cada vez que terminaba de usarla, y unas cuantas papas y rábanos que había extraído del jardín del viejo sin que lo viera.

De entre todo, su vista se quedó prendida de una pequeña botellita de vidrio con tapón de cera que hacía dos semanas había captado su atención entre las pertenencias del boticario.

«Es de hierba ojos negros» le había dicho Wontak «Muy útil para conciliar el sueño por una noche, o el sueño eterno en grandes cantidades».

Tardó un par de días más en encontrar otra botella similar que poner en el lugar de aquella en la caja de pociones, y así añadirla a su fardo de viaje sin que el otro se percatase. Tan sólo de verla, el recuerdo de la criatura del abismo devorándole los pies regresó con la misma intensidad que cuando durmiera.

Desde que llegara ahí consideró el suicidio como una de las pocas opciones que le dejaban Los Dioses. Durante la primera semana, más que un pensamiento recurrente, fue una obsesión que no se atrevía a decir en voz alta; ni siquiera para los impenetrables confines de su mente.

Con la planeación del viaje había logrado apartarse un poco de esos pensamientos y utilizar esa misma obsesión como leña para la preparación de su partida. Sin embargo, al momento en que se confió de su recuperación y se volvió a lastimar la costilla cortando madera, se percató de que no estaba tan curado como creía. Bastó un día de reposo forzado para que los pensamientos tenebrosos regresaran, y decidió que esa pequeña puertecilla azabache y líquida que ahora tenía en la mano le acompañaría a dondequiera que fuera.

Por alguna razón, había desarrollado un afecto trastornado por la botellita de veneno. Era algo así como un confidente que le mataría cuando su sufrimiento fuese demasiado.

Un piquete en el orgullo le atravesó el pecho, dudando que tuviera el arrojo para suicidarse llegado el momento preciso. Pero, de cualquier manera -alegó a sí mismo-, debía conservarla en caso de que cayera en manos enemigas, a fin de cuentas, no pensaba regresar a la maldita mazmorra que le arrancó la vida sin antes quitársela él mismo.

Cerró el puño, agradeciendo haberla encontrado, y la escondió en las bolsas del caftán de lana que le regalara Wontak. Volvió a guardar todo en su lugar, ató el fardo, y lo regresó a su escondite debajo de la cama, a un lado de sus espadas de madera.

De nuevo acostado, permaneció mirando el ojo en la viga del techo con fijeza. Afuera de la cabaña se movían con ánimo los artefactos metálicos que utilizaba Wontak para estudiar los vientos. Mientras que el viejo disfrutaba de su castañeo metálico como algo musical y armónico, a Evan le recordaba el *timpi tump, timpiti tump* del choque de las armaduras con las armas, en el caminar desidioso y cansado de los soldados al retornar de la guerra. Rememoró con nostalgia, y con la misma lucidez con la que recordaría un evento reciente, el primer enfrentamiento del que formó parte, y bastó sólo un vistazo al recuerdo de Criz, cargando contra los enemigos a su lado, para que el pecho comenzara a pesarle nuevamente y la sensación de ahogo retornara.

Antes de que el recuerdo le inundara, cerró los ojos y trató de distraerse visualizando cada paso y cada vuelta de los senderos que había recorrido con Aryam, un ejercicio que hiciera cada noche desde el primer paseo.

Todo comenzó hacia dos semanas, unos días después de que la chica fuera a entregarle las botellas a Wontak, y poco antes de que se curara de la costilla, después del incidente cortando leña. Con cada día que pasaba, Evan iba perdiendo la cordura y estaba dispuesto a salir disparado en cualquier dirección con tal de huir de las ganas incontenibles que tenía de matarse y de la idea que poco a poco le seducía, presentándole el acto como algo heroico y honorable.

Pedirle a Aryam que le mostrara los caminos había sido una buena estrategia. Sin embargo, después de una docena de viajes y de recorrer todo tipo de veredas, aún no habían recorrido una que le convenciera lo suficiente como para emprender camino. Al contrario, con cada nuevo rumbo que conocía se convencía de lo traicioneros e intrincados que podían ser esos bosques; el camino que cincuenta pasos antes pareciera llevar a un dócil vado se interrumpía de pronto por un pequeño risco sobre la alfombra de hojas, con la profundidad suficiente para romperse las piernas si uno intentaba saltarlo.

Además de los retos que proponía el terreno mismo, de no haber sido por la instrucción de Aryam, nunca hubiera conocido las señalizaciones de las trampas de osos, sin mencionar que la chica le enseñara cómo reconocer que uno se encontraba cerca. No era fácil, pero, si se era suficientemente observador, era posible distinguir las formas curiosas en los troncos, así como los arbustos peculiares que indicaban en dónde había que torcer para seguir sobre la senda correcta.

La mujer parecía tener en la mente un mapa detallado de las pardas espesuras; de cada puente natural, cada vado seco, y de las lomas que conectaban con barrancos seguros para transitar. Aun así, había tantos caminos que, después de andar durante medio día en cualquiera de ellos, Evan se preguntaba si en algún momento encontraría aquel que le llevaría a donde realmente le interesaba en esa selva laberíntica.

En una ocasión, mientras Aryam le relataba cómo voltear a un potranco desde el interior de su madre antes del parto, Evan se cuestionó por qué no simplemente le preguntaba cómo llegar a donde realmente le interesaba en lugar de seguir paseando, pero la tripa se lo evitaba cada vez, por lo que se resumía a escuchar atento a todo lo que la joven decidía contarle mientras caminaban por rumbos que poco le importaban.

Por otro lado, su compañía no era desagradable, y sus conversaciones le mantenían alejado de los pensamientos sombríos. Además, con cada día que pasaba recorrían rutas cada vez más largas y más al norte; por lo que era cuestión de tiempo que en cualquier momento descubriera el paso más seguro para emprender hacia el Príncipe Bastardo.

Volvió a acostarse y apagó la lucerna con los dedos.

El Príncipe Bastardo, aquello en lo que pasaba la otra mitad del tiempo pensando. En la penumbra del alba cedió nuevamente a sumirse en los mismos pensamientos recurrentes. Imaginaba una y otra vez qué le diría cuando le conociera al fin.

¿Se pondría a su servicio de inmediato?, y, si lo hiciera, ¿éste le aceptaría?

¿Qué tal si al hombre no le interesaba contar con un criminal entre sus filas?

«Criminal.»

Era la primera vez que se refería a sí mismo como uno. Tal vez eso era ahora, nada más que un hombre lo suficientemente estúpido como para llevar su vida a la cuneta sin la ayuda de nadie.

Abrió los ojos de par en par, pues el poco sueño que quedaba terminó por huir, y observó cómo la luz azulosa que se asomaba por la ventana comenzó a dibujar sombras débiles en la habitación. No tenía caso intentar dormir más. Se calzó las botas altas de su padre, apretó con fuerza las agujetas de los pantalones y se fajó la camisa para salir a correr como hacía cada día.

Al poco de la salida del sol, tres caballos se acercaron a trote a la cabaña del huesero. Evan dejó el hacha recargada sobre la pira de leños recién partidos y se apresuró a enjuagar el sudor en el abrevadero. Se volvió a poner la camisa, y antes de montar el caballo que llevaban para él, saludó con la cabeza al hombre que acompañaba a Aryam a todos lados. Era lo mismo cada vez. El tipo, que después de una semana de verse a diario se presentó como Kelten, tocaría su sombrero de paja sin decir una palabra y luego se pasaría la mano por los bigotes largos que caían hasta el mentón.

—Hola—saludó a Aryam con habitualidad, acomodándose en la silla que usaba cada día, bajo la mirada tranquila de la muchacha.

Con el tobillo curado, los mismos pantalones de montar que le viera la primera noche y las botas hasta las rodillas, Aryam se limitó a dirigirle una media sonrisa tibia desde Mirasol.

Tanta seriedad era rara en ella. Podría ser que siguiera cansada por el viaje del día anterior.

Esperó que no fuera por desencanto. Ella debía disfrutar los paseos tanto como él, o ya hubiera dejado de hacerlo. Por todo lo que le había contado, sabía ya a esas alturas que Aryam era el tipo de chica que, sin importar las circunstancias, siempre termina haciendo lo que le viene en gana. Por otro lado, también pasó por su mente que podría estar haciéndolo sólo como agradecimiento por haber intercedido por ella la noche en la que el desgraciado la asaltó; tema del que, por supuesto, no habían mencionado palabra.

Cabalgaron rumbo al norte durante un largo rato, prácticamente en silencio. Pasaron el madroño torcido, tal como había repasado en su mente, y cuando llegaron a la gran roca tomaron el camino más cerrado hacia el oeste en lugar de la suave vereda hacia el norte; para más adelante trepar por la parte alta de un risco, y descender a pie con las riendas en mano por un empedrado, que bajaba a un riachuelo de temporal en el que se detuvieron para que los caballos bebieran un poco.

Aryam no había dicho nada en todo el día, y cuando sus miradas se encontraron, Evan notó sus párpados hinchados y rojizos, que conferían un tono dorado al castaño ámbar de sus ojos.

Al verla, Evan frunció el ceño, pero la chica desvió la mirada y volvió a montar tan pronto como su escrutinio la incomodó.

Cruzaron al monte siguiente pasando la cañada y luego subieron más y más hasta que Evan reconoció un fresno gigantesco al borde del bosque. El doloroso recuerdo del día de su exilio lo alcanzó galopando veloz.

—Es el camino a Daet—aseguró en voz alta.

—El mismo—respondió ella, girando la cintura sobre la grupa del caballo para verlo y luego volviendo la vista hacia el frente de nuevo.

Evan detuvo el caballo, no avanzaría un paso más.

—Me gustaría descansar un poco—dijo él, sintiendo la palpitación en la base del cráneo, y cedió al jalón del caballo, que inclinó el cuello para arrancar la hierba.

Aryam se acercó sin apearse, pero con más ánimos que los que había mostrado toda la mañana.

—¿Qué? ¿Ya te cansaste? —preguntó con una sonrisita interesada.

—Sólo me gustaría hacer una pausa—dijo él, serio.

Aryam no dijo nada, y se limitó a ver cómo bajaba Kelten de su caballo para estirar un rato las piernas.

—¿Se llega por aquí al Bosque de las Estaciones? —se animó al fin a preguntar.

—Sí, sólo hay que bajar un tramo antes de comenzar a subir hacia noreste—señaló ella, antes de apearse—pero nadie va a esos bosques. Todos saben que la gente desaparece ahí.

—¿Por qué todos dicen eso? —preguntó fastidiado.

—Porque es cierto. Persona que entra, persona que nunca vuelve. Son selvas traicioneras y plagadas de hadas.

Evan exhaló con una trompetilla.

—¿No lo crees? Ellas cambian los caminos y te endulzan el juicio con su música. Antes de que lo sepas, estás perdido a la mitad de la nada y no tienes manera de regresar a casa.

—¿Y cómo sabrías eso tú?

—Hay gente a la que le ha pasado. Sólo a un idiota se le ocurriría entrar ahí.

—Entonces sí hay gente que regresa—razonó Evan—. Son cuentos de borrachos.

—Sólo una persona ha regresado, y si la vieras ahora… la pobrecilla no sabe distinguir a la gente de los árboles, escucha las voces de las hadas, y por momentos parece que su cuerpo no está habitado—relató con las cejas en alto.

Evan frunció el ceño y decidió no seguir con el tema. ¿Qué tan diferentes podían ser esas arboledas que las que acababan de recorrer? Luego sonrió para sus adentros, observando el resplandor que proyectaba la tierra llana en la parte baja de los encinos, iluminándolos desde abajo, ¡al fin conocía el camino! Si llevaba suficientes provisiones, podría recorrerlo en un solo día y seguir buscando más allá.

Tomó las riendas del caballo, decidido. Si no les encontrara de inmediato, bastaría con preguntar en alguna de las aldeas en las lindes de Daet, ellos sabrían algo sobre el paradero preciso de los Sabios.

—*Psst.*

Evan se volvió a ver a Aryam, que señalaba a Kelten con la mirada.

El hombre se había recargado contra un árbol con el gorro sobre los ojos, y comenzaba a quedarse dormido mascando un tallo largo. La chica luego le señaló otro camino con la mirada divertida, y montó nuevamente en silencio. Evan le dirigió una mirada de complicidad, y después de montar él mismo, siguió a la yegua en silencio entre las ramas bajas. Cuando se alejaron lo suficiente, Aryam se echó al trote en una vereda tapizada de pajas.

Evan hincó el tobillo en las costillas del caballo y se echó a la carrera tras ella.

Iba tan rápido, esquivando las ramas y saltando rocas como pista de carreras, que penas le podía seguir el rastro, acostándose sobre el caballo para evitar la colisión con las ramas bajas, y dejándose ir con el trote casi desbocado.

La perdió de vista durante un pestañeo, por lo que se detuvo, jadeando, hasta que vio un borrón claro entre los troncos de los árboles y se lanzó tras él, haciendo derrapar al caballo a una brazada de un enorme arbusto espinoso. Para cuando la alcanzó, se apeó del caballo antes de que se detuviera por completo, emocionado.

Estaban en la costa arenosa del río rápido donde hacía poco casi perdiera la vida.

La chica le miró, triunfante, su pecho subía y bajaba a causa de la pesada respiración.

Los ojos de Evan bajaron con naturalidad hacia su figura y no pudo evitar el recuerdo instantáneo de Brenda en la intimidad. Le sonrió de vuelta, ocultando un interés clandestino, y la miró apearse con un brinco vigoroso.

—¡Pensé que te perdía en el zarzal!

—Y yo apostaba a que te estrellarías entero—le dijo ella, casi riendo entre jadeos—¡Hubiera tardado una semana en sacarte todas las espinas! —agregó, riendo.

Evan alzó las cejas sin dejar de sonreír, la idea de que tuviera que quitarle espinas de todo el cuerpo le despertó sensaciones insospechadas. Caminó al río y se enjuagó la cara y el buche con el agua templada, que corría clara y con fuerza a través de sus dedos.

—Estabas muy seria en la mañana—le dijo cuando regresó con Aryam, que se había sentado en una de las enormes rocas de la costa, a la sombra de un encino.

La sonrisa en su rostro se desvaneció poco a poco.

—Es mi padre—dijo ella, negando—, digamos que tenemos ideas distintas de lo que yo debería hacer de mi vida.

Evan se recargó contra el tronco y descansó el pie en la alta roca sobre la que se había sentado ella.

—A veces los padres son así.

—Sí, pero el mío está decidido a hacerme infeliz.

—¿Te ha prohibido seguir con estos viajes? —preguntó Evan, mirándola con atención y apretando una bellota podrida entre los dedos.

—¿Contigo? No, ni siquiera sabe, y es mejor que se quede así. No le gusta que ande con chicos—confesó, jugando con los puños de su blusa polvorienta—. Bueno—levantó la vista con fastidio—, con cualquier chico menos Yaguen Vitákuyen.

Evan frunció el ceño. El nombre no había surgido en ninguna de las pláticas de los últimos días.

—¿No te suena? —preguntó.

Él torció los labios y negó con la cabeza.

—Es uno de los hijos de Vitákuyen, dueños de la mitad de los valles al sur— Aryam exhaló con impaciencia—. Papá siempre ha soñado con ampliar el negocio. Dice que lo que ahora tiene sólo será el comienzo del mejor y más grande criadero de toda la península—lo dijo casi cantado, por lo visto era algo que había escuchado hasta el cansancio—. Será magnífico—añadió con entusiasmo—, y con la inversión de Vitákuyen criará a las mejores razas de caballos, y los hará cada vez más fuertes, bellos y rápidos. No dudo que lo logre; pero cuenta conmigo para conseguirlo...—dijo, y exhaló un poco antes de añadir: —No me imagino su decepción si no lo hiciera.

—Pero lo hará a costa de casar a su hija con el hijo del inversionista—adivinó Evan.

Aryam bajó la mirada a los puños de sus mangas, con los que ya no jugueteaba.

—Siempre soñé con un rancho propio, uno donde pueda adiestrar a los caballos a mi manera, y criarlos por especialización; y en mis ratos libres, galopar por horas y horas, como parte de la manada—dijo con una sonrisa y alzando las cejas, como invitándole a ilusionarse junto a ella; pero al poco, su mirada perdió el brillo momentáneo—. Pero, casarme no es lo que tenía pensado hacer para lograrlo—terminó, antes de bajarse de un brinco de la roca—. No entiendo por qué no puedo encargarme de la administración de los establos. ¡Sé hacer todo lo que se necesita! —reclamó, como si practicara con Evan lo que le deseaba decirle a su padre—Aprendí a caminar en esas caballerizas, y los corrales a mi mando han sido siempre los mejor atendidos, y nadie ahí sabe domar un potro tan rápido como yo, aunque mi papá no quiera verlo—la frustración burbujeó en su rostro de poco en poco, y mirando la punta rayada de sus botas, añadió en voz baja:

» Para él eso no es suficiente. Prefiere que me quede como yegua de cría y que el otro se haga cargo del negocio—agregó.

Su semblante era un cúmulo de tristeza y coraje.

» Además, el tipo es...—miró arriba como hablando con una voz interior— me imagino que no está mal, y muchas chicas se casarían con él con los ojos cerrados, pero simplemente no es mi tipo. Se lleva mejor con mi padre que conmigo.

Aryam hizo una pausa tan larga que Evan no supo si responder o permanecer callado. El chapaleo del río y el martilleo de un pájaro carpintero cobraron su atención. Arrancó una brizna de hierba, se metió el lado tierno a la boca y regresó una mirada comprensiva a la mujer.

» Yo me sacrificaría si supiera que de esa manera podría tener mi rancho y formar parte del proyecto de mi padre; yo aceptaría, pero hablan del negocio como si sólo ellos dos existieran—agregó, antes de mirar a un lado, arqueando los mullidos labios hacia abajo—. Quieren criar caballos suficientes para venderlos al ejército de Daet—terminó, como soltando un plan secreto.

—No creo que sea buena idea—comenzó Evan, inmerso en la conservación—, Culén no confía en caballos que no se hayan criado en los establos militares, y tampoco se fía de los tratos con los sureños—agregó con soltura, viendo las hojas amarillentas contra el cielo despejado.

—¿Quién es Culén? —preguntó ella con mirada reprobatoria.

Evan se atragantó con la ramita que estaba mascando y tosió, golpeándose el pecho.

Se había olvidado por completo de que había decidido ocultarle todo sobre su pasado, y ahora más le valía tener una buena respuesta. Podría mentirle, y seguir evadiendo temas personales, como llevaba haciendo las últimas semanas en cada uno de los intentos de Aryam por conocerlo un poco mejor. Sin embargo, sería injusto hacerlo después de que ella le contara todo el lío del casamiento y de su padre.

La miró a los ojos, ávidos de que al fin estaba compartiendo algo sobre sí mismo.

—Es el líder de los Yntaura Ácuila—dijo—algo así como el general de generales—agregó al ver la interrogación en el rostro de la joven—. Es quien encabeza el Consejo de Guerra de Daet, y el él quien toma todas las decisiones importantes en el ejército.

—¿Y cómo sabes eso? ¿Lo conoces? —preguntó con deferencia—¿y a qué te refieres con «tratos con sureños»? —el ceño fruncido de la mujer le indicó que en breve empezaría con una retahíla sobre el valor de la palabra de los mercaderes sureños y sus códigos de honor.

—Sí, él era mi superior, además de que lo conozco muy bien—soltó Evan, sin muchos ánimos de ahondar en el tema, pero Aryam frunció el ceño aún más y permaneció callada, exigiendo respuestas.

—Mira—empezó, y se chupó los labios, indeciso—, creo que no he sido totalmente honesto contigo, y creo que no lo mereces.

La mirada de Aryam migró casi imperceptiblemente hacia la desconfianza.

—No, no es lo que crees—le dijo, sin saber por dónde comenzar.

Tomó aire, ordenando sus ideas.

—Mira, mi nombre no es Phembo, o sí... Bueno, es más bien un apodo que me dio mi madre antes de morir. Wontak me conoce como Phembo porque era mi maestro cuando yo era niño, antes de que entrara al ejército. Pero mi nombre real es Evan clan Womak, y antes de llegar aquí yo era un coronel, y contendiente del torneo Yntaura Ácuila, por el título de general, y por una posición en el Consejo de Guerra de Daet. Culén era algo así como mi mentor—terminó, y tragó saliva, ahorrándose la parte de la traición y el exilio.

Aryam permaneció callada, pero no despegaba la mirada de él.

Con el ceño ligeramente fruncido, sus cejas delineadas apenas suavizaban la misma peculiar mirada indagadora que le dirigiera la noche que se conocieron.

Él se rascó la cabeza y se pasó la mano por el cabello, reuniendo valor para contarle un poco más.

—Estoy aquí por necesidad, después de que una injusticia matara a mi mejor amigo... Y ahora yo tengo la responsabilidad de enmendarlo.

La chica seguía con el entrecejo tenso, pero poco a poco su rostro se fue relajando. Ahora fue el turno de Evan de no dejar de ver su rostro, atento a todas las sutiles expresiones de la joven.

—Con razón cabalgas así—le dijo al fin.

—¿Cómo?

—Sí, nunca había visto a alguien aquí tener esa soltura y autoridad sobre un caballo. Tu manera de dirigirlo es muy...

—¿Militar?

—Me imagino que sí—asintió, en lo que buscaba una mejor explicación—. Haces al caballo cooperar de una manera en la que parece que es una extensión de tu cuerpo. No había visto a nadie hacer eso más que...

—¿Más que tú?—interpretó Evan, aliviado de cambiar el tema.

—Iba a decir que mi padre, pero sería natural que yo lo hiciera también—dijo con una sonrisa ladeada—. Aprendí a montar a caballo antes que a caminar—su sonrisa se amplió, satisfecha, y Evan se relajó un poco cuando, después de contarle un poco sobre su pasado, ella no huyera a galope.

Después de una larga pausa que se fue tornando incómoda, ella saltó de la roca, emocionada.

—¿Me enseñarías algunos movimientos de lucha? —pidió, con esos ojos que hacen los gatos al jugar.

Evan torció la boca y se rascó la barba mal crecida. Era una mala idea, pero extrañaba tener un compañero de práctica.

—Me imagino que podría enseñarte algo—accedió, incorporándose y pensando qué podría ser ese algo— ¿Traes la daga que llevabas esa noche? Aryam forcejeó con la bota hasta que la sacó de su escondite, entonces se la pasó.

—Para empezar—instruyó Evan—, si vas a traer un puñal en la bota, asegúrate de que esté a la mano y que sea fácil sacarlo sin hacerte daño en el intento. Necesitas que un zapatero te haga una funda apropiada, y el armero puede hacer un ajuste al mango para que se quede en su lugar cuando lo necesites.

Aryam lo miró desde abajo con total atención, meneando la cadera como gato al acecho y echándose las largas ondas castañas a la espalda antes de ponerse en guardia.

Practicaron al borde del río un largo rato, primero lo más básico, como a qué altura debía mantener la guardia y la posición de las piernas para tener un buen apoyo, hasta algunos movimientos fundamentales para soltarse de un atacante. Luego le enseñó dónde cortar a su oponente, y hasta dónde hundir la daga si no quería perderla.

Cuando el tema comenzó a volverse sanguinario, llamó a su atención que el ímpetu de la muchacha cedió a la reserva, no todos tenían el estómago de un soldado cuando se trataba de cortes y vísceras esparcidas. Entonces cambió el enfoque y comenzó a enseñarle a liberarse de un atacante por la espalda, y a defenderse en caso de que volvieran a asaltarla como sucediera aquella noche.

Cuando el contacto entre su pecho y la espalda de Aryam duró un poco más de lo necesario, las mejillas de Aryam tomaron un tono tinto más allá del rosado natural del esfuerzo, y fue a echarse agua en la cara con el pretexto de sentir demasiado calor.

—Venga, digamos que yo estoy por aquí—gritó Evan cerca del tronco, cuando ella regresaba—, y tú estás acá, en la roca, ocupada en tus asuntos—la dirigió por los hombros para sentarla, de espaldas a él—. Entonces yo llego por detrás—dijo, lanzándose y tapándole la boca como hiciera el otro.

Aryam hizo un puño con ambas manos, y tomó impulso para clavar con fuerza el codo en el estómago de Evan, que alcanzó a quitar antes de que lo tocara. Luego la mujer se dio la vuelta y sacó la daga de la bota con tanta rapidez que Evan no pudo retirarse a tiempo. La punta del cuchillo acarició la palma como una plumilla rasgara el papel.

—¡Bien! ¡Ya lo tienes! —exclamó, emocionado.

—¡Madre! —santificó ella con los ojos abiertos de par en par—¡Tu mano! Phembo, digo, Evan, ¡Por favor disculpa! Es que no te vi, y saqué el cuchillo así como así.

Evan se miró la cortada, más profunda en la palma y superficial en una curva hacia el meñique; que comenzó a sangrar con ganas. Negó con la cabeza con una sonrisa, tratando de no preocuparla, pero puso en alto la mano como le enseñó Wontak de pequeño. El frío del agua del río calmó un poco el ardor y comprobó que la cortada no era tan superficial como pensaba, pero tampoco demasiado profunda.

—Lo lamento muchísimo—dijo Aryam por enésima vez, inclinada a su lado al borde del río.

—He dicho que no te preocupes, estas cosas pasan... Si me vieras el cuerpo te darías cuenta de lo común que es esto en los entrenamientos, esto no es nada—le aseguró, tratando de calmarla con una sonrisa—Pero creo que lo mejor será regresar con Wontak para que la revise.

Aryam asintió, pálida, y ambos se pusieron en marcha con presteza hacia la casa del huesero.

Para cuando llegaron, Evan tenía todo el brazo escurrido con sangre seca y la herida comenzaba hormiguear. Kelten estaba ahí, recargado contra unos tambos de agua, platicando con Wontak.

—¡Por Tetautes! Hombre, ¿qué...—comenzó a decir el viejo cuando le vio—¡Andar con esta jovencita pone en riesgo a cualquiera! Déjame ver la herida—exigió, caminando hacia ellos.

—No es nada, fue sólo un accidente.

—¡Fue mi culpa! —empezó Aryam, entrando detrás de Wontak y Evan al cuarto de la botica.

—No te preocupes ya, mujer—insistió Evan.

Una vez que Wontak limpió la herida con un líquido ardiente y oloroso, aplicó un ungüento oscuro y vendó la mano con un retazo de venda clara.

—Es necesario cambiar el vendaje dos veces al día, que no se te olvide— ordenó Wontak, antes de dirigir una mirada suavemente reprobatoria a Aryam, y salir de la habitación.

Evan se había sentado en la cama, y Aryam a un lado de él.

—De verdad que lo lamento muchísimo—le dijo ella apesadumbrada, tomando la mano vendada de Evan entre las suyas, que estaban heladas. El pulgar de ella se movió un poco, apenas rozando el dorso de su mano de manera casual, ¿o era una ligerísima caricia tímida?

Evan buscó la mirada de la chica con un vistazo rápido, pero ella miraba su mano.

—Nada de qué preocuparse—repitió—, es sólo un corte limpio— dijo—. Por cierto—empezó en tono de confidencia—, olvidé decirte que no quiero que nadie sepa sobre lo que te conté, ¿de acuerdo? Nadie puede saber que estoy aquí, o mi vida podría peligrar.

Aryam tensó el rostro y asintió con solemnidad.

—Lo mismo te pido—le dijo ella, seria, y después de un largo silencio agregó: —Creo que debería irme ya.

Se deslizó para bajar de la cama, tan alta como una mesa, y se dirigió a la puerta.

Evan se puso en pie para acompañarla a la entrada, justo cuando la chica se detuvo en seco y se giró de pronto.

—Casi me olvido, ¿te gustaría venir a mi casa a cenar?

Las defensas de Evan subieron con la rapidez de una tormenta. No era parte de su plan inmiscuirse en la casa de "El señor de los caballos", como más tarde aprendiera que le llamaban al padre de la chica. Si bien no era el dirigente de Avándar, era bien conocido por cualquiera de ahí, y no supo cómo actuaría el hombre con su presencia; sobre todo con lo delicado del cortejo de Aryam. Además, ese día había aprendido la ruta para ir al Bosque de las Estaciones, y cerca de sus pies, en ese preciso momento, le esperaba su fardo de viaje ya completo bajo la cama.

—No sé qué tan buena idea sea.

—Por favor, no serás el único invitado—agregó ella, como adivinando sus inseguridades—, es una cena que mi padre está organizando con algunos de sus socios para Llúvine, y me sería de mucho apoyo si estuvieras ahí—dijo, con iguales partes de súplica y entusiasmo.

Evan exhaló con los labios tensos. Supuso que podría devolverle el favor por enseñarle los caminos.

—Bien—dijo al fin, con una sonrisa de poco convencimiento.

La sonrisa de Aryam subió hasta sus pómulos y le vio desde abajo con luz en la mirada.

—¡Te espero pasado mañana! ¡Al atardecer! ¡En la casa! ¡Hasta entonces! —le dijo antes de salir por la puerta de la entrada.

Evan se despidió con la mano vendada y luego disolvió la sonrisa una vez que se topó con el escrutinio de Wontak.

PASÓ EL PULGAR POR LA LENGUA Y SE TALLÓ una pequeña herida de navaja en la orilla del mentón recién afeitado.

—¿Cómo me veo?

Wontak se volvió apenas lo suficiente para verlo, y regresó a la labor de girar una hilera de frascos pardos acostados en la botica.

—Bien—le respondió—¿Quieres llevarte el carro?

—No está lejos—respondió, pasándose las manos por el mentón, buscando algún vello que se le haya escapado de la navaja—creo que prefiero caminar—agregó Evan. Prefería llegar a pie que en el veterano carro jalado por un asno.

—Como quieras—respondió el otro sin prestarle mucha atención.

Se alisó la camisa blanca y se pasó las manos por el cabello, tratando de aplacar las ondas castañas apenas aceitadas. Hacía demasiado calor como para usar el caftán de lana, por lo que tendría que conformarse con sus sencillas ropas nuevas. Se llevó la mano al broche de plata del clan y sintió un cosquilleo en los dedos cuando no lo encontró, por lo que volvió a pasarse la mano por el cabello.

—Cuidado con la bebida—aconsejó Wontak cuando Evan salía por la puerta principal, poco antes del crepúsculo—. Uno de los mejores socios de Éacan Cavaleri es el principal destilador de Avándar, y sus fiestecillas son conocidas por el tamaño de las reservas de su mejor producto. Aquí la gente soporta mucho el alcohol—informó, como callándose algo. Evan asintió y se despidió sin reparo.

Poco después, en la finca, una mujer de aproximadamente su misma edad, con una barriga de varios meses de embarazo, le abrió la puerta y lo invitó a pasar. Era parecida a Aryam, sólo que tenía el cabello más oscuro y los ojos azules. Por un momento, Evan visualizó a Alina embarazada, lo que entorpeció su presentación.

Tan pronto como ingresó en la sala cayó en cuenta de que no sólo iba pobremente vestido, sino que además no encajaba en absoluto en el lugar. No como Phembo, el asistente de curandero, de cualquier forma.

Encontró a dos hombres en el salón, mirando hacia el ventanal. Tenían una mezcla exótica de jefes de clan y vaqueros, con versiones finas y elegantes de la ropa que se usaba para cabalgar; como sus pantalones bombachos de montar, con botas de pieles suaves hasta las rodillas, y una suerte de caftanes cortos con forros de seda y bordados sencillos. Discutían sobre la fabricación de vidrio, mientras que Átara, la hermana de Aryam que le recibiera en el pórtico, se acercaba a uno de ellos para tomar su mano y unirse a la conversación.

Sin ánimos de socializar, permaneció en la entrada como estatua, mirando a los sirvientes ir y venir entre la cocina y la amplia mesa; colocando platillos con frutos y otras cosas que no alcanzaba a distinguir. Exhaló largamente, arrepentido de haberle dicho que sí a Aryam, cuando un grupo de hombres entró por la puerta principal.

—…es un tratamiento de aceite de linaza, pero está ennegreciendo las vigas, y se van volviendo pegajosas con el sol—dijo uno con una potente voz. Era un hombre más joven que su padre, aunque por poco. Portaba un fino sombrero de ala ancha de gamuza con chaleco a juego del que pendían dos colas de zorro por solapas.

—Eso es sólo al principio, verás que en lluvias no te darán problemas— respondió otro muy narigón y con una densa barba alargada y que iba vestido con la misma mezcla curiosa que los del salón.

Otros tres hombres entraron detrás de ellos, mirando la casa como inspeccionando la construcción.

—Qué tal. Éacan Cavaleri—le dijo el primero de la voz potente después de mirarlo de frente.

Aunque no se hubiera presentado, lo habría identificado de inmediato como el padre de Aryam. Tenía sus mismos ojos redondos, sólo que ella no contaba con esa frente marcada por arrugas que enfatizaba su gesto severo y dominante. Pero a pesar de la autoridad que exudaban sus gestos naturales, mostró una sonrisa simpática y brillante en contraste con un oscuro bigote bien recortado. Éacan estrechaba su mano con fuerza desde antes de que Evan se presentara:

—Phembo clan Wo…—Evan carraspeó un poco, sintiendo el apretón de manos— …Wontak, soy sobrino del curandero. Su hija, Aryam, me invitó a cenar.

El otro respondió un sonoro:

—¡Bien, bienvenido! —antes de girarse y continuar mostrándole la casa a los otros—¡Aryam, te buscan tus visitas! —gritó al poco hacia el cubo de la escalera.

Unas zapatillas prorrumpieron por las escaleras a la carrera, y en los últimos escalones, Aryam bajó la velocidad para descender con recato. Costaba trabajo reconocerla sin los pantalones de montar y las botas altas, se había enfundado en un vestido de seda azul que le cubría del cuello a los talones y que tenía volantes claros en los puños de las mangas anchas, en los codos y el cuello.

Le dirigió a Evan una sonrisa breve mientras bajaba los escalones, hasta que su padre se acercó a ella y el ceño serio del hombre pareció contagiarla.

—Caballeros, mi hija Aryam, la más pequeña de las tres, aunque tú ya la conoces Yaguen—declaró Éacan con ímpetu.

—Por supuesto, un placer verla señorita—dijo un chico con ojos de galán y nariz gruesa y alargada, antes de tomar su mano para besarla, inclinando su pomposo sombrero emplumado. Seguro se trataba de su pretendiente, lo que haría al primero, que platicaba con Éacan, el padre del tipo y posible socio, Vitákuyen.

Aryam mostró una sonrisa tensa y retiró la mano al poco que los labios del otro se desprendieron.

—¿Dónde está Etemca, Aryam? —preguntó su padre, con todos mirándolos como público.

—No lo sé, supongo que en la cocina, preparando el cerdo.

Evan miró a la pequeña comitiva adelantarse a la cocina, se volvió a cruzar de brazos y permaneció en el mismo sitio desde que llegase hasta que Aryam se acercó a saludarle con un cabeceo.

No vio a su madre por ningún lado, ella nunca la había mencionado.

—¡Mira, te quiero enseñar algo! —le dijo ella en voz baja, y luego tomó su mano con ánimo para conducirlo a un pequeño armario a unos pasos de ahí. Evan la soltó casi de inmediato, mirando sobre el hombro a quien ya había identificado como quien cortejaba a la chica, como antes hiciera en la Villa Militar cuando se cuidaba de que nadie lo viera con Brenda.

Aryam le mostró entonces sus botas desgastadas, que ahora lucían una nueva funda para puñal.

—Eso fue rápido—le dijo—¿Y la daga?

—La llevo debajo del vestido—confesó ella, casi a susurro.

Evan sonrió algo nervioso, por muy cómoda que ella se sintiera entre hombres, secretear con uno de ellos frente a quien la cortejaba no era de buena educación, ni ahí, ni en Daet, ni en ningún otro lado. Tensó las mandíbulas, ojeando en derredor. Quería irse, y pronto, pero la cena ni siquiera había comenzado.

Lo que siguió tampoco le convenció de quedarse mucho tiempo. Por mucho que respondiera de manera parca y evasiva a las preguntas de la hermana mayor de Aryam, no dejaba de sentirse como un intruso, y no podía esperar al momento en que todos terminaran de cenar para excusarse y largarse de Avándar.

Después de una larga plática sobre las tarifas del mercado para la compraventa de cabezas de ganado en la que Evan no participó del todo, se hizo un corto silencio.

—Así que eres aprendiz del boticario—dijo el padre de Aryam casi a grito, a medio masticar un pedazo de cerdo desde el otro lado de la mesa.

—Así es, señor—respondió con menor intensidad, alzando la vista de su plato y dando un cabeceo educado.

—¿No son los curanderos, disculpa mi expresión, un poco más, delicados? — La ironía en su voz lo decía todo, y la sonrisa ladeada, insinuando más aún, hizo eco en las risitas de los demás hombres. Evan no sabía qué responder, era obvio que no tenía el tipo, ni el porte, ni nada de lo que tienen los curanderos, que los hacían tan fáciles de ubicar con tan sólo verlos.

—Cierto, señor—respondió, en el límite de la afabilidad.

—Es una lástima que no manejes armas, tan pronto como te vi adiviné que con algo así tendrías que ver—dijo otro hombre fortachón y pelirrojo que estaba sentado a la mitad de la larga mesa, hecha con una sola tabla de un mismo tronco.

Evan sintió muy pronto cómo los músculos de la espalda comenzaron a tensarse, y notó todas las miradas sobre él.

Antes de que pudiera responder, terminantemente, que no tenía nada que ver con el tema y que sólo gustaba del trabajo arduo, la voz cantarina de Aryam resonó sobre las miradas:

—¡Oh! Pero si Phembo es un excelente espadachín—dijo ella, con una sonrisa traviesa, inclinándose sobre su asiento para mirarlo.

Evan casi se ahoga con el sorbo de cerveza.

—¡Vaya! Un aprendiz de curandero que además es espadachín, eso es algo que hay que ver para creer—exclamó Éacan— ¿Cómo funciona, primero les haces el corte y luego la sutura? —agregó, para luego tomar un largo sorbo de cerveza entre las risas de todos.

Evan carraspeó y tosió un poco.

—Lo aprendí de mi padre, señor, que La Diosa le tenga en su seno. Era armero.

—Que así sea—santificaron por lo bajo los demás.

El respeto por su falso fallecido padre debía bastar para disuadirlos de preguntar más allá.

—¡Deberías participar en la justa de la feria, entonces! —respondió Éacan con una pizca más de tacto, pero la invitación casi sonó como una orden—¡No puedes perder la oportunidad! Aquí mi amigo Ranút—dijo, observando al pelirrojo—, proveerá las armas y los escudos por si no tienes, y yo donaré un bayo joven como premio.

—¿Habrá una feria? — preguntó Evan, repentinamente interesado en el premio.

—Se nota que no eres de por aquí—respondió Yaguen como dando viejas noticias—, es la feria de Llúvine.

No era algo que se celebrara en Daet, pero por el nombre asumió que se trataba de un tipo de festival por el inicio de la temporada de lluvias.

—Ya tenemos todos los puestos ocupados, pero si te animas, puedo anotarte para las justas—le dijo el tal Ranút, con unas gotitas de jugo de carne pendiendo de las puntas de los bigotes como rocío.

Evan no sabía qué responder. Ganar el caballo no debería ser muy difícil, y acortaría mucho el tiempo de viaje; además de que tendría algo que vender para comprar una espada, llegado el momento.

Por otro lado, su plan de pasar desapercibido se esfumaría, y pelear en una justa de la feria del pueblo sería abandonar por completo el anonimato.

—Vamos, ¿o tienes miedo de que te hagamos daño? —respondió el pretendiente de Aryam, tomando su copa con altivez.

Evan sonrió con anticipación, pero mantuvo la mirada firme, fija sobre los ojos oscuros del tipo.

—Bien, entraré al torneo —respondió, decidido.

—¡Eso! ¡Así se habla! —atronó Ranút, antes de meterse otro trozo de carne a la boca con la punta del cuchillo y masticarlo con un trago de cerveza.

Las chicas comenzaron a hablar sobre lo que usarían para el festival, y el tema finalmente se alejó de él. Miró las pequeñas papas lilas en su plato, cuya salsa mostraba un hilillo de sangre de la carne a medio cocinar, y se preguntó si había tomado la mejor decisión al aceptar.

Luego miró al otro lado de la mesa hasta donde estaba sentada Aryam, quien explicaba a su hermana cómo lograr un tipo de trenzado, y al tipo pedante que estaba sentado a un lado, tomando su mano a cada oportunidad.

Dio un trago largo a su cerveza y sonrió para sus adentros.

CAPÍTULO 22
LA YEGUA BLANCA

LOS TRES DÍAS SIGUIENTES Wontak le mantuvo ocupado a cada momento del día y hasta ya entrada la noche. El viejo pondría un puesto en la feria de Llúvine y había que preparar decenas de saquitos medicinales, además de guardar toda la madera ya cortada en el cobertizo y terminar la reposición de tejas; pues las nubes, de titánicas proporciones, comenzaban a desfilar a prisa sobre la cabaña, augurando el pronto inicio de la temporada de lluvias con chubascos tan esporádicos como intensos.

Al tercer día, después de guardar el último leño seco en el cobertizo, el boticario le pidió que recortase más de cincuenta cuadros pequeños de estopilla para guardar diferentes preparados secos de hierbas para curar varias enfermedades y dolencias. Resultó tedioso al inicio, aprender a utilizar una aguja de hueso y coser cada saquito le recordaba una y otra vez que sus manos no estaban hechas para ese tipo de trabajos; pero luego su tutor comenzó a platicarle animadamente sobre la historia de su clan y sobre su madre, y la tarde pasó ligera entre anécdotas y remembranzas.

Luego de coser el trigésimo saquito, en el que metió medio puño oloroso de incienso, estiró la espalda con fuerza y salió a tomar algo de aire fresco. Tantas historias sobre sus ancestros le inundaron con el escozor apremiante por seguir su camino, pero en poco estaría ya listo.

Alzó la vista hacia las siluetas negras de los árboles, que se recortaban contra una masa nubosa arrastrada con fuerza por el aire del oeste. Los nubarrones, iluminados por lo bajo por el sol moribundo y anaranjado, mostraban tonos grises en las crestas, y en sus entrañas se apreciaba uno que otro destello momentáneo, cuyo eco en el trueno resonaba en la cabaña poco después. Los cachivaches de Wontak para estudiar los vientos tintinearon con fuerza, y la brisa fría y húmeda acarició su cara con vigor, haciendo que el cabello le cosquilleara en las orejas.

La temporada de lluvias se anunciaba inminente y, dada su decisión de esperar, ahora tendría que hacer el viaje hasta el Bosque de las Estaciones en esas condiciones. Seguramente hubiera sido preferible salir sin caballo y llegar a su destino antes de que los caminos se volvieran ríos, pero en la situación en la que se encontraba, sin medio cobre para gastar, un caballo podría asegurar su supervivencia en los meses venideros.

Ni modo, el viaje tendría que esperar.

Un par de cabras que arrancaban un alto tallo de las hierbas de Wontak reclamaron su atención, y se apresuró a meterlas al cobertizo antes de que ocasionaran más destrozos. Luego se recargó en el marco de la puerta, observando el apacible jardín. Una parte de él disfrutaba esa vida sencilla y campirana. Recordó a la familia de pescadores en las cercanías del clan Anawák, y lo que pensara en ese momento sobre las responsabilidades que le alejaban de tener una vida afable y libre de grandes preocupaciones. Ahora ya se podía dar el lujo de pensar en otras opciones alejadas de la vida militar, pero una autoritaria voz en su interior le obligó a enfocarse y bajar de las nubes. No debía dejarse seducir por la fachada bucólica, por mucho que le lanzara guiños provocadores. No hacía muchas generaciones sus propios ancestros habían sido campesinos, y sabía que lo que se antojaba a veces como una vida más sencilla en realidad no lo era.

Por otro lado, una voz interior, la más dominante, le recordaba que él seguía teniendo un propósito, aun si el camino que había previsto para sí mismo había cambiado drásticamente de cómo originalmente lo planeó, y aunque ahora no pudiera imaginar dónde estaría en los siguientes meses, -a diferencia de cómo veía toda su vida desdoblada frente a él cuando estaba en el ejército- aun así, esa voz le aseguraba que era cuestión de tiempo que el camino a seguir se revelaría ante él. No sabía de dónde sacaba la seguridad para creer que así sería, pero por primera vez en su vida escucharía lo que la tripa le decía.

A la mañana siguiente, Evan y Wontak arribaron al recinto ferial de Avándar.

No era ni de la décima parte de tamaño que aquel que se instalara en el corazón de Daet para la Cumbre Quinquenal, pero, ciertamente, muchos de los comerciantes que estuvieran en su país semanas atrás estarían ahora ahí presentes.

Los comercios de la feria no variaban mucho de aquellos en Daet, y el ambiente de oportunidades de comercio eran como en el país del norte. Con un poco de todo para ver y comprar, la gente se paseaba entre los puestos de la misma manera casi perezosa, como yunta de bueyes de arado; deteniéndose a cada momento para preguntar precios y avanzando con lentitud en dos filas por el angosto pasillo, empujándose un poco para mantener el ritmo a pesar de quienes se detenían a comprar a los tenderos.

El ambiente era excitante. Imaginó que, tratándose de una feria de un sólo día, todos interrumpían sus actividades diarias para asistir, y el nuevo centro social y comercial de todo el pueblo se concentraba en ese mercado polvoriento.

Después de la tercera vez de tener que caminar en la calmosa fila para alcanzar el sitio que le fue designado a Wontak por los mayordomos del pueblo, Evan entró desesperado en la pequeña tienda que habían armado esa mañana entre un puesto de ropa para el frío y el de un concurrido vendedor de cerveza.

—Todavía no estamos instalados y ya es imposible transitar por el pasillo—dijo Evan, acalorado, mientras descargaba de su espalda cuatro canastas guangas retacadas de hierbas, sacos y frascos; y ponía en el piso la caja de medicinas.

Wontak rio despreocupado y alegre.

—¡La venta será buena este día, muchacho! Verás que no nos daremos a basto de tantos clientes—aseguró, abriendo la primera canasta para acomodar los saquitos sobre una tabla que hacía de mostrador.

—A propósito de eso, Wontak, no te he dicho—respondió, acabando de poner por tercera vez una canasta sobre otra que no dejaba de caerse, y viendo de frente al hombre—. Me han invitado a participar en el torneo de espada y accedí.

Wontak perdió la sonrisa y tomó su mano izquierda, aún vendada, sin delicadeza.

—¡¿Todavía no te curas de esto y te quieres hacer otros cortes?!— exclamó, exigiendo una respuesta.

Evan contuvo una risa antes de responder:

—Pero si esto sólo fue un rasguño, y además fue en la mano izquierda, yo soy diestro.

—Más te vale que lo seas, esos hombres serán de pueblo, pero son bravos, y he visto cómo se hacen más daño a veces por cortes de armadura y golpes mal propinados—se quejó, todavía negando con la cabeza, mientras comenzaba a acomodar los sacos en pequeños canastos con letreros.

A la memoria le saltó el recuerdo de lo que dijera Zorro, unas semanas antes, en otro recinto ferial, con su tonito de sabelotodo: «Es una pésima idea meterse al ruedo con necios, embravecidos y armados, que no saben ni mantener el equilibrio con el arma en mano». Maldita sea, ¡cómo les extrañaba!

—No tiene por qué pasarme nada. Llevo entrenando desde niño, Wontak. No tiene por qué ser un enorme reto, no debería, al menos. Además, el torneo sólo dura un día, no creo que haya más de diez contendientes.

No podía estar más equivocado.

Para el tercer llamado a las justas, cerca de una cuarentena de hombres se presentaron ante la mesa de registro. La desorganización de todo el asunto era verdaderamente de ver para creer. Mientras que unos iban con armadura completa y espadas de onerosa manufactura, otros no iban con nada más que con su ropa del diario; Evan entre éstos últimos.

Se formó en la fila de quienes requerían de protección y arma, que resultó ser la mayoría de los asistentes, excepto por un puñado que a vistas eran los hijos de las familias más prominentes y de los mercaderes más acaudalados. Se dio cuenta de que uno, incluso, usaba una armadura de un diseño que nunca había visto, y que portaba un sable ligeramente curvo y delgado en lugar de espada larga. Viéndolo con atención, notó que el tipo no parecía ser de por ahí, juzgando tanto por el porte excesivamente reservado, como por el largo cabello castaño casi rojizo. Se preguntó de dónde vendría justo cuando tocó su turno.

Llegado el momento, Evan recibió una espada más pesada que filosa, con un pomo innecesariamente grande y no lo suficientemente larga en proporción a su altura.

—Lo lamento, amigo, no me fijé en que habría alguien más alto que el tipo de ahí—señaló el gordinflón con una barba irregular y rizada a un niñato flacucho que blandía la espada larga de un lado a otro con poco control.

—Bien, tendrá que bastar con esta. ¿Tienes armadura?

—De tu tamaño…—comenzó el hombre echándole una mirada—Sólo que te quede esto:

Le pasó un peto acolchado, desgastado y remendado pobremente en varias ocasiones que apenas le cubriría el pecho. Evan apretó los labios, curvándolos hacia abajo, y lo recibió sin más reparo, era mejor que nada.

—¿Tienes un escudo?

—¡Sí! Hay uno por aquí que el hombre de verde no quiso utilizar—dijo el otro, levantándolo con trabajos. Evan dejó el acolchado sobre la mesa y recibió el escudo. No era más que una tarja de madera con remaches innecesarios y torcidos, pero con una cinta de piel lo suficientemente buena para usarlo.

Finalmente asintió y se colocó las protecciones lo mejor que pudo.

Al poco sonó un cuerno y todos los contendientes se agruparon en un cerco que más bien parecía estar hecho para contener caballos. A decir verdad, Evan estaba seguro de haber visto esas mismas vigas unos días antes afuera de la casa de Aryam, seguramente un préstamo del principal benefactor del torneo: Cavaleri. Apostaría a que la hija no estaría lejos.

Echó un vistazo sobre las cabezas de los demás, buscándola entre la gente.

Con el llamado a combate el pueblo se agolpó alrededor del cerco, por lo que no sería fácil encontrarla, pero no lejos de ahí notó a una mujer de vestido verde y botines sentada en una de las vigas de madera. Sonrió a Aryam y saludó a lo lejos a la chica, que se hacía visera antes de saludarle, efusiva. Sus hermanas estaban detrás, finamente ataviadas y haciéndose sombra con pequeñas sombrillas claras de tela blanca. A unos pasos de él, Evan escuchó el característico chocar del metal en una armadura pesada, y se percató de que Yaguen Vitákuyen, el pretendiente de Aryam, también la saludaba. Su armadura era vieja, probablemente de su padre o su abuelo, y el tono de metal rezaba que no se les había dado el debido mantenimiento a las piezas móviles, lo que dificultaría sus movimientos en el ruedo.

—¿Aún no te colocas la armadura? La justa comenzará en cualquier momento—comentó el tipo antes de colocarse el casco de visera fija sobre un nido de rizos negros—¿O prefieres practicar la sutura en ti mismo? —dijo, con la voz ahogada por el metal.

Los otros dos que también habían estado sentados a la mesa ese día en casa de Aryam rieron un poco y le saludaron con un apretón de manos.

—No la necesita, ¿recuerdas? —dijo uno—Aryam dejó en claro que es «un excelente espadachín»—remedó con voz cantarina y afeminada.

—Te queda bien ese tono, por qué no hablas así siempre y así quedarán menos sospechas de ustedes dos—infirió el pretendiente de Aryam, mordaz.

Evan bufó de la sorpresa antes de exhalar una fuerte carcajada al ver la reacción de ofensa silente de los otros.

El cuerno volvió a sonar en la tercera y última llamada, y Ranút subió a una pequeña tarima junto a Éacan, quien llevaba de la brida a un bellísimo corcel que tenía más musculatura que patas, y cuyo pelaje claro brillaba bajo el intenso sol.

—¡Bienvenidos todos al torneo anual de Llúvine! —empezó el barbón, vestido con un viejo jubón de guerra—Las reglas son simples. Es un torneo por eliminación, se pierde a la primera sangre y se mantiene quien logra permanecer de pie sin heridas al sonido del cuer...— de inmediato, el cuerno perforó con fuerza el silencio del público, a un lado de él a manera de ejemplo. Ranút se destapó el oído y continuó a todo pulmón: —El último hombre en pie ganará este precioso premio, donado por la honorable familia Cavaleri— el público aplaudió y Ranút continuó su pregón: —El primer torneo será de eliminación, habrá dos bandos de veinte cabezas cada uno, y los que permanezcan de la eliminatoria participarán ordenadamente en un torneo uno a uno hasta que se alcance un campeón. ¡¿Queda claro, contendientes?!

—¡Si, señor! —gritaron todos los hombres en un alarido vacuno.

La división de equipos fue un chasco, algunos incluso pedían cambiar de bando al último momento, y cuando estuvieron unos frente a otros y con el cuerno a punto de sonar, algunos ya sudaban los petos y cascos.

La voz ronca y pujante del cuerno resonó con ímpetu y todos se abalanzaron unos sobre otros. Quienes tenían armaduras fueron los primeros valientes en empezar a golpearse con fuerza entre ellos, dejando a los menos protegidos e inexpertos colisionar sin espacio suficiente para blandir las espadas del todo.

Era una locura, Evan no tenía espacio suficiente para maniobrar. Los hombres apenas podían blandir el acero con la única muñeca que quedaba libre al estar aprisionados unos contra otros, por lo que la justa estaba más cerca de ser una pelea de taberna, con empujones y sillazos, que un torneo de espada. Evan alcanzó a propinar varios golpes, y uno a uno, los más débiles iban saliendo del ruedo, dando oportunidad a que la competencia se pusiera interesante.

Con más hueco disponible, se formaron pequeños grupos que se protegían unos a otros con los escudos, mientras otros golpeaban una y otra vez en el mismo lugar tratando de separarles. Evan golpeó con el escudo al menos a unos cinco, antes de que se apretujaran todos a su alrededor en una masa espinosa y tintineante en la que comenzaron a golpearse con puños y codos a diestra y siniestra; y a tropezar con los caídos antes de que se arrastraran hacia las vallas.

En todo momento estuvo más atento a que no lo golpearan en la cabeza, aprovechando para repartir él mismo algunos leñazos al presentarse la oportunidad.

Cuando quedaron al menos veinte de pie, sonó nuevamente el cuerno y al poco recibió un porrazo en la espalda de un tipo atolondrado que no tardó en tropezar con otro que estaba en el suelo. Evan se resumió a levantarlo por la armadura y empujarlo hacia las vallas.

El público aplaudió y los que aún tenían energías para moverse ayudaron a los caídos a arrastrarse fuera del corral, mientras Ranút y Éacan contaban a los hombres que se mantenían en pie. Como era de esperarse, prácticamente todos los que llevaban armadura estaban entre ellos, así como uno que otro campesino fortachón.

—¡Un aplauso para los vencedores! —gritó Ranút antes de que el público volviera a aplaudir—. Ahora es tiempo de los enfrentamientos hombre a hombre por eliminatorias.

Hasta ese momento, Evan no cayó en cuenta de que no había mujeres en el torneo. Por lo visto, los rumores sobre la rareza de Daet en torno a las mujeres espadachines parecían ser ciertos.

Volvió a sonar el cuerno y los hombres fueron invitados a refrescarse en un abrevadero que rápidamente se llenó de lodo y sudor.

—Ey, me sacaron en esta ronda—le dijo uno de los amigos del pretendiente de Aryam, pasándole su casco—, ojalá puedas romperle la cara—agregó, señalando con desprecio al susodicho—, estoy seguro de que ella estará viendo atentamente—agregó, señalando hacia las vigas.

Evan le observó con tres partes de recelo y una de desconfianza, pero tomó el casco y se lo probó. Estaba tibio y mojado, y le quedaba bien.

—¿Quieres el resto de la armadura? No creo que te quede, pero podrías probártela—le dijo el otro, encogiéndose de hombros.

Evan agradeció con el entrecejo fruncido y una sonrisa.

Sólo la cota de malla le quedó, además del casco, pero no necesitaba nada más. Pidió al hombre de la barba rara que le diera nuevamente el acolchado, y estuvo listo para su primer enfrentamiento uno a uno.

Mientras los otros se alistaban, los organizadores dividieron la arena en cuatro cuadros medianos donde serían las siguientes eliminatorias. Bastaría con ganar cuatro de ellas para quedarse con el caballo, y ahora que tenía una armadura sus posibilidades de ganar acababan de multiplicarse.

Una vez ubicados en su cuadrante, Evan observó a su primer contrincante.

Era un hombre por lo menos diez años mayor que él, de espalda ancha e igualmente ancho torso. Lo veía a través de la visera con la espada bien en alto; un arma pesada y estorbosa que sería peligrosa con el tino y la velocidad correctos.

Sonó el cuerno con Evan en guardia, y el hombre se abalanzó sobre él como si buscara derribarlo de un empujón más que con la espada. Distraído por su propio movimiento, el impaciente ignoró que se había acercado demasiado a su oponente; por lo que bastó con chocar las espadas una vez para que Evan sólo requiriera, en un sólo movimiento rápido, adelantar la mano izquierda para tomar el puño del hombre con todo y espada, y luego girarlo con fuerza hasta torcer la muñeca.

Con un rugido, el tipo soltó la espada, que Evan tomó para amenazarlo con ambos sables hasta que no le quedó más opción que rendirse. Eso era lo bueno de estos torneos de chanceros, las reglas eran tan simples que bastaba con tener algo de ingenio para vencer al otro de manera limpia.

Evan sonrió para sí dentro del casco *«quedan tres»*.

El público cercano que había preferido prestarles atención a ellos atronó en aplausos mientras las espadas de los otros tres pares seguían luchando. Uno de los organizadores se adelantó al cuadrante de Evan para levantar su brazo en señal de victoria, mientras que el otro no dejaba de refunfuñar que había sido trampa, mientras salían ambos del pequeño ruedo.

En lo que los otros terminaban de pelear, Evan permaneció en la tarima, estudiando de cerca al caballo y acomodando la crin en lo que observaba a los demás contendientes. Cuando el último hombre cayó, Yaguen se quitó el casco, victorioso, recibiendo los aplausos del público.

El sol alcanzó al cenit, y se dio una segunda ronda de justas de ocho contendientes, dispuestos en cuatro cuadrantes, hasta que alcanzaron cuatro ganadores de ambas rondas, él entre ellos.

Observándoles, se percató de que, si bien varios tenían algo de experiencia, o bien, el entrenamiento básico que recibían los hombres de familias acaudaladas, todos carecían de técnica, y sus estrategias eran demasiado complicadas, o llanamente predecibles. De todos menos uno: el tipo de porte extraño saltó de inmediato a la vista de Evan cuando desarmó a su oponente al tercer choque de espadas, haciendo que el arma del otro saliera disparada por los aires antes de caer a varios pasos de distancia. El público también lo miraba, azorado.

Cuando los contendientes se redujeron a ocho y fue momento de volver a pelear, Evan se encontró con un oponente de pies ágiles, pero poca velocidad con los brazos. Algo en él le recordaba a Dante, desproporcionado, a fin de cuentas; aunque por suerte este no tenía la musculatura ni el entrenamiento del otro.

Después de que el tipo prácticamente bailara y retozara, blandiendo la espada como pájaro armado, Evan logró sacarlo de equilibrio con un par de fintas, para luego tomar su arma por el filo y propinar un fuerte golpe en el casco de su oponente con el anticuado pomo que pesaba lo mismo que la hoja.

El saltarín terminó en el suelo sin poder levantarse y volvieron a declararlo ganador.

«Dos fuera, quedan dos» se dijo a sí mismo, mirando el corcel; justo cuando el del sable volvió a llamar su atención. De alguna manera, su oponente perdió su casco en algún momento del enfrentamiento que le hubiera gustado ver a Evan, y ahora pedía su rendición desde el suelo, con el sable curvo al cuello.

Se dio un breve receso en el que unos malabaristas entretenían a la gente, y Aryam y sus hermanas llevaron pan de nata recién hecho y tarros de hidromiel para Evan y Yaguen. Estaba consciente de que su cabello, además de desaliñado, estaba adherido a la frente por el sudor, e imaginó poco prudente acercarse al sensible olfato femenino, pero moría de sed.

—El tipo del blusón azul debajo de la armadura recibió un golpe en el antebrazo— le dijo Aryam guiándole un ojo.

Evan le sonrió y le guiñó un ojo en respuesta en lo que Yaguen platicaba con Etemca.

—¿Ya vieron al tipo de la armadura de madera? — preguntó Yaguen, pasando su brazo detrás de la cintura de Aryam.

—Su técnica es impecable—aseguró Evan, antes de vaciar el tarro de hidromiel.

—Hablas como alguien que podría juzgarlo—le dijo el otro, mirándolo fijamente.

Evan fingió tomar un último sorbo y se volvió a poner el casco.

—Gracias por la cerveza, chicas—fue lo único que dijo antes de alejarse, en lo que el portador del cuerno volvía a subir a la tarima para anunciar el tercer enfrentamiento.

Dentro de la competencia sólo quedaban Evan, Yaguen, un hombre robusto con una espada a vistas hecha a la medida, y el del sable; que evadía a cualquiera que buscara hacer conversación con él. Evidentemente se trataba de un extranjero que sólo quería ganarse el caballo, un espadachín profesional, o un asesino a sueldo, concluyó.

Por haber sido el primero en reclamar la victoria en la justa anterior, a Evan se le otorgó el derecho de elección de ficha de oponente, lo que definiría también a la otra pareja. Así que tomó una tablilla de madera de un saco opaco con dos puntos en una de las tres caras.

—Rosmerto Túken—le anunció uno de los organizadores.

—Vitákuyen, pelearás con el extranjero—dijo después a Yaguen, quien se acomodó la espada sin quitarle los ojos de encima a Evan.

—Una victoria y te veo en el ruedo—amenazó, antes de colocarse el casco.

Evan soltó una risita, asintiendo, divertido. Era tierno que pensara que podría ofrecer batalla al del sable.

Retiraron dos de las cuatro divisiones, y los contendientes ingresaron en su respectiva arena. Era tiempo de concentrarse y no confiarse ni un momento. Era cierto lo que había dicho Aryam, notó la postura que adoptó el hombre de inmediato, cargaba el escudo con el antebrazo lastimado, mientras que intentaría blandir el arma con el otro. Su espada, sin embargo, era demasiado pesada para lo que se proponía. El hombre no tenía oportunidad en esas condiciones.

Tan pronto como sonó el cuerno, ambos caminaron en círculos, estudiándose el uno al otro. Su oponente se acercó con el primer golpe, y Evan giró su espada para desviarlo, totalmente enfocado.

Siguieron dando vueltas hasta que Evan tomó la ofensiva con tres golpes que midieron la fuerza y la rapidez de su oponente, antes de que éste diera unos pasos atrás, haciendo franca su inseguridad.

Chocaron metal una y otra vez, Evan atento de la intensidad de cada golpe, hasta que su oponente tomó confianza, tal vez demasiada, y Evan permitió que se acercara lo suficiente; hasta que, un paso a la vez, atajó una estocada del otro, al tiempo que propinó una fuerte patada en la armadura sobre el jubón azul, tirándolo de espaldas sobre la tierra. Evan, entonces, salvó el espacio en una zancada, y empuñando con una mano a la vez que tomando la hoja de la espada con la otra, amenazó con perforar ahí donde la armadura se abría, justo en la axila.

El hombre se rindió y el público adyacente aplaudió de nuevo.

Sudando, Evan echó un vistazo a la arena de al lado, donde también había terminado el enfrentamiento tan pronto como Yaguen despegó una mano ensangrentada de su rodilla.

Así que estaba decidido: la última pelea sería con el del sable.

No hubo mucho tiempo para descansar, ni quería hacerlo. Se resumió a recibir las partes que le faltaban de la armadura de quienes apostarían por él, y consideró las peleas anteriores como calentamiento.

Se concentró por completo cuando estuvo frente a frente con el extranjero del sable. Todo en él era diferente, incluso la manera de mantener la guardia, con la espada al frente y abajo todo el tiempo, en lugar de arriba y a un lado.

No podía ignorar la tensión o el nerviosismo, pero más le valía ganar la pelea. No se quedó más tiempo en Avándar para nada, y no podía terminar ese día sin que tuviera un caballo nuevo.

Miró hacia la rendija que dejaba el curioso casco del otro, parecía hecho de madera, aunque podría tratarse de un raro metal. Tan pronto como se marcó el inicio del torneo, Evan tomó la ofensiva, y el tipo sólo pareció dispuesto a reaccionar a sus golpes. Los desviaba una y otra vez, casi sin mover el cuerpo, como si ahorrara fuerzas o algo así, sólo con movimientos sutiles y estudiados en las muñecas y los antebrazos. Si seguía atacando así, Evan se cansaría antes de llegar a nada.

Entonces, Evan optó por una nueva táctica y apuntó los golpes tanto arriba como abajo hasta que las espadas se trabaron una y otra vez.

Dieron vueltas en círculos, midiéndose, intentando diferentes posiciones con la espada sin siquiera tocarse, con las miradas trabadas como en un trance. Los ojos del otro, claros, atentos, y calculadores, no decían mucho sobre lo que pasaba por su mente.

Su oponente subió la espada, y tan pronto como se acercó a él con pasos cortos, Evan chocó el metal, amenazador. Era como un alacrán contra una araña, mientras que él se movía de un lado al otro, el otro se limitaba a responder a movimientos como aguijonazos potencialmente mortales.

Evan perdió la paciencia de golpe en golpe, con el público lanzando aullidos a cada impacto demasiado cercano; y cansándose cada vez más sin poder acercarse a su oponente bajo el sofocante sol, una idea cruzó su mente como rayo y apostó por lo único que tenía.

Comenzó con movimientos fáciles, rápidos y repetitivos. Derecha, izquierda, bloquear estocada, desviar el sable. De nuevo, arriba, abajo, derecha, izquierda, desviar el sable. Se llenaba de vigor con cada movimiento, y se dejó ir por el instinto, haciéndolo al menos tres veces más.

Cuando vio al otro comenzar a agitarse, varió la rutina con estocadas erráticas, cada vez más rápidas; y mandobles bruscos dirigidos al cuello y la cabeza. Estaba funcionando, el tipo sudaba profusamente y Evan supo que sería su única oportunidad.

Regresó a la rutina un par de veces más: Derecha, izquierda, bloquear, desviar el sable, pero cambió de tajo y con un giro rápido y arriesgado: ¡estocada al pecho!

El otro tardó demasiado en hacerse hacia atrás, y hubiera funcionado de no ser porque la espada de Evan no logró penetrar la extraña armadura, que parecía estar hecha de una madera inusualmente dura. El tipo entonces ganó fuerzas, y aprovechó su turno para corresponder el ataque con estocadas rápidas y abiertas. Evan se protegió varias veces con la espada e incluso alcanzó a desviar un golpe con el casco. Su oponente recobró el equilibrio de inmediato y dirigió un mandoble al hombro de Evan, que, aunque vibró de dolor, la cota de malla le salvó del corte. En la emoción del ataque, Evan encontró una única oportunidad en el flanco de su oponente, era arriesgado, demasiado pronto, pero no tenía más alternativa: levantó con ánimos la espada y propinó un golpe lo suficientemente fuerte para penetrar la extraña armadura y cortar la piel. Sintió el golpe sordo y el tipo se protegió el costado; y aunque siguió luchando, poco después Evan se percató de la sangre en su espada, justo cuando volvió a sonar el cuerno dando fin al enfrentamiento.

—¡Damas y caballeros, tenemos a un ganador! —atronó Ranút.

Su contendiente le dirigió una reverencia, que Evan regresó con el saludo militar Daetano.

Al instante se reprendió el atrevimiento, y se percató de que no debería usarlo nuevamente; ya había llamado suficiente la atención hasta ese momento. Aunque no más de la que llamaría después, cuando le subieran a la tarima entre las palmadas de extraños, y los aplausos del público, para recibir de la mano de Éacan las riendas de su nuevo corcel. "El señor de los caballos" le dio una fuerte palmada antes de un apretón de manos, que se tornó en brusco abrazo.

Tan pronto como pudo bajar de la tarima, se acercó al contendiente del sable para estrechar su mano.

—Peleas muy bien—le dijo, amigable, en lo que el hombre evaluaba su armadura rota.

—Gracias. No lo suficiente—respondió el otro en un acento extraño.

—Conozco quién puede curarte, está cerca de aquí.

—No es necesario—respondió, volviendo a atarse la larga melena lacia que caía hasta la mitad de la espalda, y revisando con cuidado el sable antes de meterlo en su vaina con un suave *tac*.

Hubiera querido ver de cerca su espada, o preguntarle dónde había aprendido a pelear así, pero el tipo se limitó a guardar su armadura en una alforja que se echó a la espalda sin dirigirle una palabra.

—Adiós— fue lo único que dijo antes de dar la vuelta y marcharse.

Evan se quitó la armadura, la cota de malla y al acolchado empapado en sudor al momento que una vocecilla cantarina se acercó a él:

—¡Muy impresionante! —escuchó decir a Aryam—Yaguen no podría estar más celoso—agregó con una sonrisa pícara, al momento que le ofrecía un pañuelo para secarse el sudor.

—No es mi intención encelar a tu pretendiente—le dijo él, tomando la tela suave para luego pasarla por la cara y el cuello polvoroso y húmedo.

—Tu sonrisa no dice lo mismo—respondió ella, mirándolo con atención y reflejando su mohín con complicidad—. Tengo que contarte todo sobre Íztak, ¿sabías que es hermano de Miraflor? —dijo Aryam, rompiendo el silencio antes de que se tornara incómodo.

—¿Íztak?

—Es el nombre del caballo.

—Oh, bien. Me encantará que me lo cuentes todo, pero necesito ayudar a Wontak en el puesto o me hará dormir en el cobertizo esta noche.

—De acuerdo, pero te veo antes de que el día termine—dijo ella, fingiendo amenaza.

Evan asintió sin más y fue a entregar la armadura prestada.

Pasó el resto de la tarde escuchando dolencias de señoras mayores y atendiendo a los clientes mientras el curandero daba consulta.

Por enésima vez, respondió el costo de los saquitos de ruda para el dolor de cabeza cuando un grupo de gente familiar pasó por el puesto del boticario.

—Así que aquí es el negocio redondo. Se los dije, primero hace la herida y luego se cobra la curación—ironizó Éacan, del brazo de la hija mediana—. Pedí al mozo de cuadra que llevara a Íztak a los establos, hay demasiado gentío aquí para él—informó a un Evan poco entretenido.

—Gracias, señor—respondió, parco.

—Nada de eso, hijo, te lo ganaste a mano limpia, y de paso le recordaste a nuestro querido Yaguen que algunos somos mejores con la cabeza que con las armas—terminó, con una sonrisa falsa debajo del espeso bigote. Evan se limitó a cruzarse de brazos y saludar a una mujer que buscaba al curandero—. Nos gustaría brindar contigo por la noche, antes de entregarte al corcel—invitó, retomando el paseo con el resto del grupo.

—Veré si tengo oportunidad—fue lo único que respondió antes de girarse hacia la señora que buscaba a Wontak.

Una vez que pasó a la mujer a la parte de atrás de la minúscula tienda, vio a la familia alejarse poco a poco con algo de recelo. Observó con atención cómo la gente los miraba pasar para luego cuchichear tan pronto como estaban lo suficientemente lejos para que no los escucharan.

Se preguntó si hacían lo mismo con su familia en Daet y exhaló por la nariz como caballo, ¡como si eso le importara! El pueblo llano no tenía nada mejor que hacer que hablar de los demás, y lo que opinara no tenía la menor importancia.

Eran idioteces.

Tratar mejor a un hombre sólo por su título o por la cuna en la que fue puesto al nacer, para luego hablar mal a su espalda tan pronto se diera la vuelta. Era patético que hablar sobre lo que hacía la gente rica fuera la única diversión de la gente pobre.

Negó para sus adentros y siguió con su trabajo; de cualquier manera, no tenía por qué soportar sus burlas disfrazadas de humor, ni los tratos de una sociedad a la que no pertenecía, y a la que no quería pertenecer. Tan pronto como pasara por el caballo, recogería su fardo de viaje, se largaría de ese pueblo y les dejaría con sus patéticas costumbres rústicas y sus torneos mediocres.

Con el crepúsculo llegó nuevamente el viento frío del oeste, y el cielo amenazó tormenta con fuertes ráfagas que levantaban la polvareda del valle; por lo que la feria se declaró terminada. Los tenderos comenzaron a levantar sus puestos con prisa, y en poco tiempo, Evan estaba cargando el carro con los últimos canastos, mientras las nubes retumbaban sobre sus cabezas.

—Te veré en la casa, necesito pasar por el caballo—gritó a Wontak sobre el sonido del viento, que cada vez era más fuerte. Él asintió, tomando con fuerza su sombrero para que no saliera volando, y echó a andar al asno.

Lo que en la mañana fuera un mercado bien concurrido parecía ahora un campamento a medio desmantelar, con gente corriendo a sus casas poco antes de que la lluvia convirtiera todo el polvo en un pantano. Los tenderos se ayudaban entre sí a desencajar los troncos sobre los que habían colocado las telas de los techos, y unas familias se llevaban los productos de otras con tal de que no se estropearan con la lluvia.

Evan ayudó a una señora mayor a guardar su puesto de artesanías, antes de que algún pillo se aprovechara del caos; y después de que le asistiera para acomodarse en su pequeña carreta tirada por un caballito, la anciana le agradeció depositando algo entre sus manos antes de echar a andar.

Bajó la vista a la palma y encontró un curioso dije hecho en madera pulida y decorado con una piedra de ámbar. Se lo echó a la bolsa y se apresuró a la casa Cavaleri por su premio.

Al poco de andar se sorprendió al encontrarse con Aryam y sus hermanas en el camino. Átara, del brazo de su esposo, alegó que era de mala suerte que una mujer embarazada utilizase un carro, por lo que habían decidido regresar a casa a pie. Por fortuna, el padre de Aryam sí había optado por el carruaje junto con sus futuros socios, por lo que se había ahorrado los malos chistes del señor durante el camino.

—Por un momento pensé que ya no te vería el día de hoy—le dijo Aryam, caminando muy lentamente, como buscando rezagarse del grupo. Sus botines ya no eran más que polvo, y las flores de su cabello trenzado habían acabado por caerse todas.

—Wontak me necesitaba en el puesto, además, los bailes no son lo mío—respondió, aliviado de haberse ahorrado la peor parte de la feria.

—Bueno, sólo porque no llevas una espada en la mano, ¿has peleado frente a un espejo? No le veo mucha diferencia con una danza.

Evan sonrió un poco, negando.

—Me imagino que no—respondió.

Durante el corto camino a la casa de Aryam la chica no dejó de parlotear sobre las costumbres de los corceles como Íztak. Le indicó con toda precisión qué tipo de cepillado requería y cada cuánto había que cambiar el bocado para que no se hartase. También le relató todo el tratamiento para la artritis del semental que le había engendrado, y le explicó los masajes que tendría que darle cuando fuera viejo y llegara el invierno.

Evan iba en parte poniendo atención y en parte despidiéndose mentalmente de la chica. Con las riendas en mano, ya no tendría nada que lo detuviera en ese pueblo, y no tenía sentido seguir postergando su estancia; además de que pasaría muy poco tiempo para que el padre de Aryam comenzara a prohibirle encontrarse con él, y no ayudaría a nadie el complicar aún más la delicada situación de su matrimonio. Aun así, pasó por su mente un par de veces el besarla antes de irse, por lo menos. En noches como esa, extrañaba a Brenda por todas las razones equivocadas, aunque entre ella y Aryam hubiera un mundo de diferencia.

Miró atentamente su boca mientras abundaba sobre el linaje del caballo, y luego a los ojos, sonriendo antes de plantear un par de preguntas, sólo por seguir la conversación.

Tan pronto como llegaron a la finca, Aryam lo dirigió a los establos para entregarle el del torneo. Estaba dentro de uno de tantos corrales, entre aquellos que lucían elaborados letreros con los nombres de los caballos de la familia.

Aryam después aprovechó para pasar a saludar a Mirasol y obsequiarle zanahorias una vez que Evan tuvo las riendas de Íztak en las manos.

—Por favor excúsame con tu padre, creo que lo mejor será que no los acompañe esta noche, pero tengo esto para ti—dijo Evan, metiendo una mano en el bolsillo. La chica lo miró con curiosidad y anticipación.

—Voy a necesitar tu listón—pidió, señalando el que decoraba su cuello.

Ella se lo dio, y después de chupar la punta para pasarla por el hoyuelo en la madera, Evan se acercó un poco para atar el listón en la nuca.

Aryam subió el rostro, como esperando algo más, y al tenerla tan cerca, Evan sintió un vuelco en el estómago que no se esperaba.

Dio un paso atrás, exhalando sutilmente y le dirigió una sonrisa tensa.

—¡Oh, gracias! Es precioso— dijo ella, mirando el dije y manteniendo la cabeza gacha por más tiempo del necesario para verlo.

Cuando alzó el rostro de nuevo, lo desvió a un lado evitando sus ojos, como profundamente apenada por el atrevimiento de esperar más de él. Inmediatamente, la chica enmudeció sin razón, mirando dentro de uno de los corrales, más allá de donde estaba él.

—¿Qué es? ¿Qué sucede? —preguntó Evan, buscando en la misma dirección, pero todo lo que vio fue un caballo de un blanco perfecto dentro de una caballeriza sin nombre.

Aryam giró sobre sí, con el rostro afectado, como si acabara de ver un espectro, y salió caminando rápido; llamando a Íñigo por todos lados. Evan se acercó al caballo blanco, que resultó ser una yegua. Más que un animal, parecía sólo su espíritu, el pelaje era lechoso y perfecto, y sus ojos saltones eran de un azul casi gris. La puerta no tenía letrero y la yegua comenzó a inquietarse por su cercanía.

Aryam regresó al poco tiempo, tenía el cabello hecho jirones y sus ojos seguían abiertos de par en par, en sorpresa permanente.

—¿Qué sucede, Aryam? —preguntó. Comenzaba a preocuparse.

La chica subió una mirada intensa, con un gesto de agitación y sorpresa que no le conocía, y luego negó lentamente.

—No es… Nada—respondió con languidez.

Evan frunció el entrecejo y permaneció serio.

—¿Estás bien? —preguntó.

Aryam asintió como mirando a un horizonte lejano, y Evan la observó, preocupado. No estaba muy seguro de marcharse sin más, pero antes de volver al embarazoso incidente con el dije, decidió que lo mejor sería simplemente retirarse.

—Creo que debo irme ahora—dijo Evan, aun extrañado.

—De acuerdo—respondió ella, como si estuviera flotando hacia el Otromundo.

No tenía sentido decirle que no se volverían a ver. Fuera lo que fuese que ella vio, supo, o sintió, no tenía caso abordarlo ya. Tal vez fuera mejor de esa forma.

Evan se inclinó y la besó en la suave mejilla. De cerca olía a algo dulzón y fresco.

—Adiós—le dijo.

—Adiós—respondió ella, estupefacta; mirándolo a los ojos y a la vez como a través de él.

Camino a casa, se debatió si regresar o no sobre sus pasos y preguntarle qué había pasado. Estaba tan tranquila unos momentos antes de ver a la yegua, que sólo tenía sentido que su sorpresa fuera por haberla visto… Entonces, remontando un puente de piedra en el que los pasos de Íztak hicieron eco en las cortas paredes, Evan recordó vagamente a unas mujeres ayudando a una yegua a dar a luz en los establos militares, y haberse desanimado cuando se enteraron de que la cría era blanca.

«Nimbosilva.»

Retumbó la palabra como los truenos que comenzaban a acercarse entre las borrascas de viento fresco.

Escuchó historias alguna vez, leyendas donde yeguas blancas llevaban a mujeres vírgenes a una mística hermandad en los bosques de niebla. Pero no podían ser ciertas, ¿o sí? ¿Podría ser que Aryam recién fuera llamada a Nimbosilva?

Ahora era él quien veía hacia un horizonte lejano e inexistente.

Tendría sentido, por la manera en la que la chica había cambiado de un momento a otro su actitud.

De cualquier manera, no podría ser más perfecto, decidió. Él se marcharía y Aryam tendría la puerta abierta para volverse sacerdotisa en Nimbosilva, en caso de que realmente existiera, en lugar de casarse con el pedante ese. Era una decisión que sólo ella podía tomar, pero sería lo mejor, además de que tendría a las otras sacerdotisas para que la protegieran, ¿o no?

Luego de pasar debajo del arco de pasiflora por el que se accedía a la cabaña del curandero, acarreó a Íztak al cobertizo para colocarlo al lado del asno y luego rellenar los cajones de madera con forraje y agua para ambos. Permaneció quieto, mirando al cielo que aún no se decidía a hacer llover. Sentía como si hubiera perdido algo valioso ese día, pero una parte de él se rehusó a averiguar el qué. Abrió la puerta de la cabaña y encontró a Wontak mascando un trozo grande de pan, en lo que contaba monedas sobre la mesa.

—Una—dijo Wontak, tomando una moneda de plata de entre todas las de cobre—dos, y tres platas—agregó, colocando una sobre la otra en la rugosa superficie de madera, y luego las recorrió hasta el lugar de Evan, al lado del plato del que acababa de comer avena pastosa.

—¿Qué es esto? —preguntó con una sonrisa.

—Es tu parte por ayudarme el día de hoy—le dijo el viejo con toda seriedad.

—¿No te parece demasiado? Si estuve ausente la mayor parte.

—¡Bah!, nadie dice cuánto le puedo pagar a mis aprendices, además no es sólo por la feria, haz hecho mucho por aquí—le dijo, dejando las tres monedas de plata frente a él.

Jugó con las monedas con satisfacción, era el primer pago que recibía en su vida que no viniera del ejército.

—Gracias, Wontak—respondió, observando la forma gastada de un águila de un lado y una línea sinuosa, como una serpiente emborronada, del otro.

—Y esto es por reparar mi techo— le dijo el viejo, agachándose para tomar algo que estaba en el suelo.

Sobre la mesa colocó un objeto largo y delgado envuelto en tela, con tres partes de metal sobresaliendo de la parte más lejana del paquete. Evan le miró, sospechando con una sonrisa.

—Wontak, no debías, en verdad—le dijo, al tiempo que desanudó la agujeta y dejó la espada al descubierto.

El cielo tronó con fuerza y ambos se distrajeron unos momentos.

La espada era un ejemplar sencillo, de manufactura común y sin ningún abalorio o sello característico. La empuñadura había sido forrada con una cinta de suave piel oscura, y su longitud bastaba para tomarla a una mano, o mano y media. Las puntas de la guarda, al igual que el pomo, tenían un acabado suave y macizo en los bordes redondeados. No era lo suficientemente larga para su estatura, pero lo que carecía en extensión lo ganaba en filo y ligereza.

Admiró de cerca el hierro templado que reflejaba la luz anaranjada de las velas y la chimenea.

—Debió de costar media fortuna, hombre.

—No del todo—replicó con una sonrisa de satisfacción—el armero se lastima al menos una vez por semana, y me debe lo suficiente como para darme las que le pida—agregó, y luego confesó: —Te vi en el torneo. Evan se levantó para sopesar el arma, y lo volteó a ver, escuchándolo todavía.

» Tienes talento nato, y hasta ahora me es evidente que es tu llamado dedicarte a esto. Por eso compré la espada para ti.

Antes de que Evan pudiera responderle algo, el viejo tomó aire y se acomodó en su asiento para seguir:

» Pero también quiero que sepas que tienes una elección. Todo en la vida es una decisión tras otra, nada más, y tú eres libre de tomar las tuyas.

Wontak permaneció callado, y al fondo sólo se oía el crepitar de la madera en la chimenea, y al viento pasando entre las tejas, sacando silbidos agudos y ondulantes.

» He visto cómo se miran, tú y la hija menor de Cavaleri. Ella es una opción, también.

Evan quitó los ojos de la espada para voltear el rostro hacia él.

—Aryam está comprometida, y sus intereses y los míos no podrían ser más diferentes—se apuró a decir, en parte respondiendo a Wontak y en parte diciéndose a sí mismo de una buena vez.

—Yo no lo creo. Pero, aun así, este pueblo tiene mucho que ofrecer a quien sabe de combate y defensa. Podrías iniciar un pequeño ejército aquí mismo, como hizo tu abuelo después de la guerra, o bien, ser el guardia de uno de los mercaderes más acaudalados; Los Dioses saben que lo necesitan.

—Sí, el guardaespaldas del esposo de Aryam, tal vez—dijo Evan, negando—. La cuestión no es sólo que me gusta la lucha y las armas, Wontak. En realidad, lo que me mueve a ello es la defensa de mis ideales. Ideales que han sido violados y tirados en la cuneta una y otra vez—se interrumpió antes de que el coraje le llenara la boca del sabor amargo que siempre acompañaba esos pensamientos—. No puedo quedarme aquí, este no es mi lugar, y no me veo a mí mismo viendo en qué me gano la vida, envejecer y morir. Hice una promesa y tengo que cumplirla. Así tome toda la vida.

—Así te lleve a la muerte, querrás decir.

—Tal vez, no lo sé, eso no es lo que me importa—dijo con toda naturalidad—. Necesito regresar, necesito resolver lo que quedó pendiente— tomó aire y posó su mano en la rodilla de la pierna que doblaba sobre la otra, después de sentarse—. No puedo vivir sabiendo que Criz murió por mi causa, y no hacer nada al respecto; no puedo quedarme de brazos cruzados y no vengar la injusticia, no hacer nada por los Sabios, ni por la gente de Daet ante una corona sin escrúpulos—declaró.

Respiró con fuerza y sintió un acceso de claridad llegando a su mente, como si algo que hiciera ese día hubiera desencajado el bloqueo de una presa que llevaba llenándose gota a gota hasta que fue imposible contener el agua.

» La guerra va a llegar a Daet—siguió—. Y yo fui por, alguna razón que sólo los Dioses saben, uno de los primeros en darme cuenta, pero hay otros que piensan como yo, y que también están sufriendo de injusticias. El mismo nieto de Digualda culpa a la corona por la muerte de su abuela; y no dudo que por lo menos el clan Anawák esté preparándose ahora mismo para levantarse y reclamar justicia— su corazón latió con fuerza, pero esta vez no había miedo en lo que decía, y no podría estar hablando más en serio.

» Wontak—dijo, pidiendo la mirada del viejo, que parecía perdida mientras le escuchaba—el pueblo no soportará esta traición, y quiero ser parte de quienes luchen para restablecer la justicia; así sea peleando contra quien me crió como soldado.

El silencio se apoderó de la habitación como si Los Dioses hubieran escuchado su decreto.

Hacía mucho tiempo que no sentía esa seguridad y que no veía todo con tanta nitidez.

—Una parte de mí temía que me dijeras algo así—dijo el viejo con ojos tristes y asintiendo suavemente—Pensé que podría disuadirte de seguir, pero conforme pasaron los días y no vi ningún cambio en tus deseos, me di cuenta de que, si no puedo ayudar a cambiar tu opinión, puedo al menos ayudarte— miró abajo un momento, meditando, y luego alzó la barba al techo—. Que me perdone tu madre, pero hace unos días envié una carta a unos amigos que tengo en Daet.

El corazón de Evan dio un respingo, y una triada de escenarios, todos dramáticos y mortíferos, danzaron macabros en su mente.

—¡¿A qué te refieres con unos amigos en Daet?!—exhaló, casi dispuesto a empuñar la espada y largarse en ese instante de ahí.

—Calma, no es lo que piensas. Siéntate, Evan—pidió Wontak, subiendo y bajando las manos despacio.

Se obligó a tranquilizarse, pero se sentó al borde de la silla sin recargarse por completo en el asiento.

—Tengo amigos en Daet que pueden ayudarte a lograr lo que te propones—soltó el hombre, luego de posar la mano abierta sobre la mesa.

—¿A quiénes te refieres?—preguntó Evan, frunciendo el ceño.

—¡Por Tetautes, chico! ¡¿De verdad crees que yo mismo te traicionaría?!—preguntó con las manos en alto—. Son personas que, igual que tú, no están de acuerdo con la corona. Pero yo no puedo explicarte mucho más, ya ellos lo harán para ti tan pronto como lleguen.

—¿Llegarán aquí? ¿Cuándo?

—No lo sé—dijo, mirando de soslayo el gesto inconforme de Evan—. Pronto, me imagino, el viaje no toma más de tres días, y aunque las lluvias están a punto de comenzar, aún no están anegados los caminos—explicó—. Pero tendrás que esperarlos—amenazó—, nada de partir como un desconocido. ¿Me entiendes?

—De acuerdo—respondió en tono serio, con un asomo de sonrisa—Gracias Wontak—le dijo al fin.

Se pusieron en pie y le dio un fuerte abrazo palmeado.

El hombre asintió, optimista, y Evan reparó en lo cansado que se le veía el semblante a la luz de la chimenea.

—Me voy a la cama—anunció el viejo.

—Yo también—respondió, contento, empuñando su nueva espada.

Capítulo 23
El Círculo de Plata

T AN PRONTO COMO AMANECIÓ, Evan salió a correr en las cercanías de la cabaña.
Ya se había acostumbrado a despertar con el sonido de las aves silvestres en lugar de los gallos y gansos de las cocinas; y para cuando dejaba la cabaña poco antes del despunte del sol, cientos de cantos diferentes inundaban los profundos barrancos.

Con cada exhalación repetía en su mente lo que Wontak le dijera la noche anterior, asegurándose de que no hubiera sido un sueño y que en verdad se tratara de un lucero al que seguir, sobre todo después de la noche tan tormentosa que fueron los últimos meses.

De todos los escenarios que transitaran por su mente desde que tenía memoria, nunca imaginó que las cosas resultarían de esta manera; pero por primera vez en su vida, después de que quisiera controlar desde cada movimiento de lucha hasta su carrera militar y terminara perdiéndolo todo, se sentía comenzando de nuevo; esta vez sin la pujante necesidad de pensar y calcular cada movimiento de antemano. Pues, siendo franco consigo mismo, toda noción de control se diluyó en las aguas del río en el que casi muriera.

Le pareció curioso que fueran esas mismas aguas las que estrepito-samente condujeron su vida hasta ese preciso momento, en que, corriendo entre matorrales y píos, casi podía olvidarse de las últimas semanas e imaginarse que nada había pasado, que sólo hacía su caminata matutina de rigor por la pista de la Villa Militar antes del torneo Yntaura.

Pero todo había cambiado, y no había manera, real ni imaginada, de regresar a ser un ápice de quien era antes. Y lo más importante de todo ello era que por primera vez, no estaba seguro de querer volver a serlo.

Dio la última vuelta entre dos pinos muy rectos que marcaban el final de la vereda y se precipitó a enjuagarse en el abrevadero. Se echó un par de cubos de agua fría encima y de paso talló y enjuagó su ropa para luego dejarla tendida a un lado de la de Wontak, lejos de los dientes de las cabras.

Un par de ojos siguieron cada paso que dio hasta el cobertizo. Era Íztak, que le miraba fijamente con las orejas apuntando hacia el frente. Evan se acercó, goteando aún, y estudió con calma su nuevo caballo. Observó su pecho, desproporcionalmente corto, y que casi parecía inexistente entre el cuello grueso y musculoso y las poderosas patas bien rectas y oscuras; de un tono caoba profundo, a diferencia del suave pelaje del color del maíz tierno, corto y sedoso al tacto. La crin, en cambio, al igual que las patas, eran tan oscuras como su propio cabello.

Le acarició con cariño cuando éste se quedó quieto, disfrutando del tacto. Sus ojos, aunque pequeños, no eran faltos de expresión.

—Nos iremos dentro de poco, muchacho—le dijo, palmeando suavemente el amplio cuello—necesito comprarte una silla, y creo que ya sé con qu...

Unos golpes en la puerta de enfrente le interrumpieron.

Ingresó a la cabaña por la puerta trasera y se enfundó una camisa y un pantalón limpios y secos antes de correr a abrir, con el corazón latiendo con fuerza. Podría ser que los amigos de Wontak hubieran llegado ya. Dio tres zancadas y abrió de par en par para encontrar a una chica en atuendo de montar.

—Hola—saludó Aryam sin muchos ánimos, de nuevo tenía los ojos y la nariz rojos, y su gesto se esforzaba por parecer animado.

Evan exhaló al fin el aliento contenido y miró en derredor, como si los otros estuvieran escondidos entre las hierbas, pero sólo encontró a Miraflor atada cerca del arco de pasiflora.

—Hola— se pasó la mano por el cabello empapado.

—Quería ofrecerte una disculpa por cómo actué ayer, no sé qué me picó— dijo ella, con los trinos de las aves y el balar de las cabras al fondo.

—Nada de qué disculparse...

Estuvo a punto de decirle que ese día se iba y que quería despedirse de ella, pero supuso, muy a su pesar, que estaría ahí unos días más, por lo que ya no tenía sentido.

—¿Quieres salir a dar una vuelta? Íztak requiere ejercitarse seguido, no es un caballo que guste mucho permanecer en el establo—agregó, esforzándose en convencerlo— y de paso podría platicarte sobre su manera de ser.

—Bien, sí, pero no tengo silla para él aún—le dijo, aferrado al marco de la puerta, columpiándose.

—Puedes usar la mía, Miraflor está acostumbrada a que la cabalgue a pelo.

No estaba seguro de que salir fuera lo mejor. En cualquier momento podrían llegar las visitas, pero justo cuando estaba elaborando una excusa, miró al asno de Wontak a lo lejos en dirección a la casa, el viejo llegaba solo.

—De acuerdo, espero que no me quede pequeña—asintió con una sonrisa.

Conforme avanzó la mañana, los vientos del oeste no pararon y les agitaban el cabello en todas direcciones. Mientras que arriba corrían nubes tan grandes como esponjosas montañas entre poderosos destellos solares, a sus pies se extendía un amplio valle alfombrado con tierna pelusa verde.

Los cuatro pares de patas hicieron resonar el camino, como si cabalgaran sobre un tambor de tierra hueca. Galoparon por la llanura, compitiendo en los tramos más suaves, hasta que Aryam se detuvo en el pequeño ojo de agua de un prado cercano a los terrenos de la Finca Cavaleri.

La miró apearse de Mirasol y acariciar a la yegua mientras ambos recuperaban el aliento.

—¿Qué tan cómoda te es la silla? —preguntó ella, acariciando la frente de Íztak, mientras Mirasol exigía su atención.

—Bastante, y el bordado de flores es mi favorito—bromeó Evan, apeándose.

—Mi institutriz tuvo que conformarse con que si yo iba a bordar algo sería para ella—le dijo con una sonrisa, acariciando la nariz de la yegua.

Luego extendió el brazo hacia Íztak para acariciarlo también.

La coronilla de la mujer apenas superaba la grupa de los caballos, pero les hablaba como si fueran niños.

Evan permaneció contemplándola durante un rato. La familiaridad y complicidad que compartía con los caballos solo era el reflejo de su carácter dulce y valeroso a la vez. No se parecía a nadie ni a nada que hubiera conocido antes, y eso le picaba aún más el interés de conocerla mejor. Aunque, a decir verdad, después de todos esos paseos sentía que llevaban siendo amigos desde hacía años.

Aryam, que pasaba sus dedos entre la crin de Íztak, no tardó en notar su contemplación.

Sus ojos se iluminaban desde abajo con las aguas claras, dándoles el tono profundo de la miel. Evan le sostuvo la mirada, pero por primera vez ella no desvió los ojos con timidez, sino que le dirigió una sonrisa cargada tanto de franqueza como de gracia. Su gesto, tan gratuito y casual, entibió el pecho de Evan de una manera en la que nunca antes había sentido. Después de tanto dolor reciente, esa sutil sonrisa, confiada y sincera, fue un bálsamo que iluminó parte de su propia oscuridad, que poco a poco comenzaba a ceder; como si al fin se abriera una delgada brecha en el negro techo del pozo en el que vivía.

—Ayer quería despedirme de ti, pero no pude hacerlo correctamente— comenzó él, acercándose de poco en poco.

Algo grande y blanco se movió furtivamente entre los matorrales, cerca de ellos, pero lo ignoró.

Aryam abrió de manera casi imperceptible los ojos, que le miraban como si fuese lo único que existía a su alrededor. Evan buscó su mano para atraerla hacia él, pero aquello que había visto primero volvió a moverse, esta vez en su dirección.

Desvió un poco la mirada para ver de qué se trataba, por mera costumbre. Si su vista no le engañaba, era una mujer a unos cincuenta pasos largos de ellos. Estaba agazapada entre los arbustos, como acechándolos. Vestía las pieles de un animal blanco y peludo, y llevaba una lanza larga, como si fuese cazadora.

—¿Qué ves? —preguntó Aryam, girándose suavemente, a la vez que buscando recuperar su atención.

—Creo que… es una mujer—respondió, entrecerrando los ojos para ver con claridad.

—¿Una mujer?

Aryam se volvió por completo, pero la cazadora desapareció al instante. Evan notó su propio palpitar, pero no sabría distinguir si había sido por la calidez y la cercanía con Aryam, o el miedo de que se tratara de otro matón, buscándole. Como granizo, todos los pensamientos recurrentes de las últimas semanas regresaron a él, martillando en cada vena latiente y apagando de tajo la tibieza que hacía unos momentos lo había colmado.

—¿Qué sucede? —preguntó Aryam cuando Evan se distanció de pronto.

—Es solo que… No es nada—respondió, sin querer sonar tan seco como lo hizo.

Las nubes que antes sólo transitaran sobre el valle redujeron poco a poco su velocidad, como si se hubieran detenido a pasar el día; y después de que lo oscurecieran todo, el cielo comenzó a relampaguear.

—Creo que lo mejor será que volvamos a casa—sugirió Evan, con un fuerte viento agitándole los cabellos.

Aryam le miró con toda atención unos momentos, con las cejas alzadas y sin una sonrisa, callándose algo. Luego, sin decir nada más, tomó a puños la crin de Miraflor y montó con un salto al momento en que un rayo cayó cerca. Evan hizo lo propio sobre un Íztak asustado con el trueno, y ambos comenzaron a desandar el camino.

El viento corrió helado, culebreando entre los altos pastos a su paso, y de un momento a otro, como si los rayos hubieran perforado las nubes, un torrente de gotas gordas y heladas empezaron a empaparles.

—¡Vamos al bosque! —gritó Evan, señalando el grupo de árboles y luchando por hacerse escuchar sobre el sonido del viento y el agua. El cabello se le pegaba al rostro y no podía ver nada entre las ráfagas de aire que empujaban la lluvia como oleaje sobre el campo.

—¡Es más peligroso, sígueme! —gritó ella con los ojos entrecerrados, su cabello también se aplastaba bajo el peso de la lluvia, y la ropa se le pegaba a la piel erizada.

Galoparon hasta el borde de los árboles, donde antes estuviera la cazadora; y al poco tiempo, las flacas veredas de tierra se nutrieron más y más hasta que parecieron pequeños ríos, y el mismo pisar de los caballos chapoteaba y les salpicaba lodo en los pantalones.

—¡No entres en el valle, te caerá un rayo! —gritó Aryam, a lo que Evan asintió con la cabeza, no tenía sentido tratar de hablar entre el escándalo de la tormenta—«sígueme»—le pidió con una seña.

Descendieron por una senda que Evan no conocía entre el retumbar de los truenos y las ondulantes cortinas de lluvia, era una senda en pendiente en la que los caballos lucharon por no resbalar. De un momento a otro, los golpes ya no fueron de agua helada sino de granizo, justo cuando cayó otro rayo cerca de ellos y los caballos relincharon, alarmados, encabritándose.

Evan desmontó para guiar a Íztak por la brida y se enjugó la cara para ver cómo, más adelante, Aryam también bajaba de Miraflor. La siguió en silencio, ensordecido por el crepitar del granizo contra los inesperados ríos, masticando bolitas de hielo y echándose el cabello hacia atrás una y otra vez.

Tratando de convencer a Miraflor de dar un pequeño salto, Aryam resbaló y cayó de lleno en el lodo de una zanja poco profunda. El agua no tardó en pasar sobre ella, rodeando su trasero y fluyendo sobre sus piernas; la camisa blanca se impregnó de lodo y arenilla oscura, y toda ella estaba cubierta de barro. Evan se apresuró a ayudarle a levantarse, pero la chica comenzó a reírse a todo pulmón, carcajeándose entre la lluvia, el granizo y los ríos turbios que le pasaban por encima.

Por unos momentos no existió nada más detrás de la densa cortina de lluvia.

Los truenos, el hielo y el viento no dejaban más espacio en su mente más que para reír con ella de su infortunio. ¿Por qué había dejado que la mujer de blanco les interrumpiera?

Riéndose sin saber bien por qué, bromeó para sus adentros *«¡Si no es un caballo blanco es una mujer que también parece espíritu!»* pensó.

El blanco venado en el bosque de caza entró a su mente con un salto agraciado. Un animal sagrado, una yegua blanca, y una cazadora blanca se formaron en su imaginación como espíritus hechos de niebla.

Y entonces se refrenó de inmediato.

La mujer no era un espíritu. ¡Era obvio!, la yegua blanca no había llegado ahí por sí misma, ¿por qué no lo pensó antes?, seguramente la cazadora no los estaba observando a ellos.

O no precisamente a él, sino a Aryam.

Su risa fue cediendo a la sombra que se formaba en sus pensamientos, mientras trataba de recordar las historias que le contara su madre, o el mismo Wontak; y se percató de que, seguramente, esa mujer estaba siguiendo a Aryam mientras decidía si ir o no a Nimbosilva.

¿O no era de esa manera? ¿No narraban las historias que las yeguas blancas eran algo así como mensajeras, como una invitación, o un llamado? Si recordaba bien, si las historias que le contara su madre no eran cuentos para niños, entonces no tenía sentido que fuera otra cosa.

Inmediatamente, otro recuerdo atravesó su mente.

¿Acaso no eran las mujeres del bosque de niebla, damiselas, antes de ser sacerdotisas?, ¿castas sacerdotisas? Miró en derredor, buscando a la cazadora, con los hombros, el cuello y la espalda entumecidos por el frío. Apostaría a que les estaba siguiendo, incluso en esa tromba, con tal de verificar si la chica cumplía con la pureza requerida. ¿Y si el que estuviera ahí con él hacía que la cazadora se llevara su yegua y retirara el llamado? Tal vez sólo eran imaginaciones suyas, a fin de cuentas sólo eran cuentos de niños, pero, ¿y si no?

Se acercó unos pasos a Aryam, extendiendo la mano para ayudarla a levantarse, terminantemente consciente de que no debería haber contacto entre ellos, entonces. No si la cazadora andaba por ahí. Si realmente pretendía que Aryam fuese a Nimbosilva, y de esa manera evitar el matrimonio con Yaguen, no había más remedio que no poner ni un dedo sobre ella. No podía ser egoísta, sin importar lo él que sintiera. Él se iría a hacer su vida pronto, y no podía arruinar la única puerta de salida que tenía ella a los deseos de su padre.

De gota en gota, la tromba se volvió sólo lluvia, y Aryam, batida de pies a cabeza, propuso ir más abajo.

Evan la siguió nuevamente hasta que alcanzaron un lago pequeño que se nutría de una delgada cascada de aguas precipitadas por el temporal. El viento volvió a soplar, y la brisa fresca erizó cada poro de su piel. Las nubes se arrastraron hacia el norte, y al fin se asomó el sol, reflejando su luz en el turbio manantial que se colmaba de aguas terrosas, provenientes de todas partes del bosque.

—¡Los Dioses deben de estar locos para primero enviar esa tromba y después este sol! —le dijo Evan, empezando a calentarse con la luz.

—Estás completamente cubierto de barro—le dijo ella, vestida de lodo.

—¡Y tú tienes tierra hasta en el cabello! —se burló.

Todavía tronaba el cielo en las lejanías, pero de cerca las aves celebraban el final de la tormenta, mientras una espesa neblina recorría la superficie del agua con languidez. Entonces Aryam dejó a Miraflor cerca de ellos y caminó hacia el pequeño lago.

Pescó la atención de Evan cuando elevó los brazos, quitándose la blusa en el acto, mientras seguía caminando; y luego se agachó ligeramente para retirarse los pantalones en la orilla.

Evan sintió todo el rostro relajarse de inmediato, azorado, y un chorro de calor recorrió su cuerpo entero, despertando ciertas partes de sí sobre las que no tenía control alguno, y que más bien, estaban dispuestas a tomar posesión en cualquier momento.

Respiró profundo, sin desprender la vista ni un instante. Se prendió de su largo cabello ondulado, que caía a su espalda hacia una cintura apretada y la cadera suave y generosa.

Exhaló, aguantando las ganas de saltar al agua a la que la chica entraba lentamente, dándole la espalda; justo cuando Aryam volvió el rostro con la sutileza de quien se sabe observada, y le miró durante la fracción de un momento, tímida y alentadora.

Evan dio un paso en dirección a ella sin pensarlo, pero requirió de todas sus fuerzas para quedarse ahí parado, como eunuco, respirando para calmar la reacción natural de su cuerpo. No podía ir con ella, sin importar lo físicamente difícil que le resultara ahora, debía dejarla ir.

Como si su cuello fuera incapaz de moverse, arrancó la mirada con dificultad de su piel tersa y bronceada, que se perdía en el agua tras un velo de niebla mientras ella se enjuagaba el cabello; y luego permitió que la chica saliera del agua y volviera a vestirse. Cuando se acercó a ellos nuevamente, ya vestida y exprimiendo el largo cabello castaño, Evan tuvo que esconderse detrás del caballo para no quedar en ridículo, y se apresuró a montar antes de que a ella se le ocurriera otra cosa a la que él no pudiera resistirse.

—¿No te gustaría lavarte también? —le preguntó ella, antes de montar. *«Oh, si podría decirte todo lo que me gustaría hacer»* pensó, pero se limitó a negar con la cabeza.

—Estoy bien así—alcanzó a decir, antes de aclarar su garganta.

Cabalgaron durante suficiente tiempo para que el sol secara sus ropas, y cuando el cielo se nubló de nuevo, Aryam le propuso resguardarse en el pueblo y comer ahí.

—No creo que sea la mejor idea, Wontak está esperando visitas y me pidió que estuviera presente—se limitó a decir, con la mayor distancia posible, todavía con la figura de la mujer grabada en las pupilas.

—Oh, de acuerdo—respondió ella, con una mirada que poco escondió su decepción.

Pero era mejor así, debía ser firme. Había cosas más importantes que estar con chicas ahora, y la culpabilidad se adueñó de él tan pronto como separaron caminos en la entrada de la Finca Cavaleri.

Su mente era un torbellino de pensamientos y emociones. No podía evitar recordar las palabras de Wontak sobre que cada quién podía elegir su vida, y se imaginó a sí mismo pidiendo al padre de la chica el poder cortejarla y los comentarios de burla que le haría por considerarlo siquiera.

Necesitaba apartar su mente de aquello de inmediato, él sabía bien lo que quería y no podía tomar el camino más fácil y más cobarde. No podía dar la espalda a todo lo que era, y a todo lo que se proponía sólo porque una chica linda le interesaba, no podía ser tan estúpido.

Galopó un corto trayecto a la cabaña y cepilló a Íztak antes de cubrirlo con una gruesa manta de lana que había sacado el día anterior de la casa sin que Wontak se percatase. Camino a la casa, algo en el suelo llamó su atención. Era una pluma, que levantó para ver más de cerca.

Observó el tono grisáceo que mostraba en una posición, y que al girarla se tornaba azul, como el de las charas de pecho gris que tanto le recordaban a su madre. La llevó consigo, y con el barro seco desprendiéndose a terrones de su ropa, se detuvo en el umbral de la entrada para quitarse las botas, que eran más lodo que piel. Al poco, detectó el olor a humo perfumado que salía por el tiro de la chimenea de la cabaña. Tal vez Wontak tenía visitas.

Tomó la manija de hierro frío, y giró el picaporte con cuidado. Apenas se asomó parcialmente, escuchó a una mujer con la voz aterciopelada que dejan los años:

—Pero si es Evan clan Womak, vivo y en persona.

Evan buscó de inmediato el origen de la voz, aferrando la pluma de chara entre sus dedos.

Frente a la chimenea, girados sobre sus asientos para verle mejor, estaba Wontak bebiendo de un tarro, y una mujer corpulenta sentada a su lado, que fumaba una corta pipa de la que subía humo en un hilillo hasta el techo.

Conforme se acercó, notó que sus hombros redondeados, al igual que el cuello y pecho eran la antesala de un cuerpo robusto, que, junto con su postura regia y autoritaria, exudaba fortaleza. Iba bien vestida, además, a la más elegante manera daetana.

Se acercó un poco más y extendió su mano para estrechar la de ella. Estaba atónito. Después de todo lo que pasara esa mañana, encontrar al visitante, o más bien, a la visitante, en ese momento, sólo se le había ocurrido como una excusa para despedirse de Aryam.

—Servidor—respondió Evan, estrechando su mano en un apretón que reciprocaba la fuerza del de la mujer.

Sin soltar su mano, la señora lo jaló hacia ella y le dio un golpe suave en la cabeza con la otra mano, dejándolo más confundido.

—Eso es por meterte en lo que no te incumbe—le dijo, después de quitarse la pipa de la boca, e inmediatamente añadió con una sonrisa: —Es un placer conocerte. Por favor, toma asiento.

Evan la miró con extrañeza mientras levantaba una silla del comedor para ubicarla en semicírculo con las otras dos, frente a la chimenea. Luego Wontak le pasó un tarro con té que Evan apenas tocó, lo vomitaría de inmediato con todo lo que sentía en el estómago en ese momento.

—Wontak me escribió que estabas vivo, pero tuve que verlo con mis propios ojos—le dijo ella antes de calar la pipa con fuerza, y luego le estudió fija y descaradamente, los ojos, el cabello, las mejillas, el pecho, los brazos y los pies. En tanto ella lo hacía, Evan no lograba recordar en dónde la había visto antes, pues el pensamiento recurrente de que hablaba con alguien que ya conocía no dejaba de rondar su mente.

Él también la observó con atención, tratando de reconocerla. La nariz, los labios finos y las delicadas cejas arqueadas de la mujer estaban enmarcadas por una cara redonda, cuyo mentón se perdía un poco en la abultada papada.

—Mi juicio fue público—dijo Evan, regresando a la conversación, cuando los ojos de la mujer volvieron a los suyos—me perdonaron la vida frente a todo el pueblo—respondió a la señora, contrariado.

—Sí—dijo ella con paciencia—, pero en privado, y por su justo precio— secreteó, exhalando humo—, todos saben que la gente de Ravenjut acabó contigo al poco de tu exilio. Es un secreto a voces que estás muerto—dijo ella, exhalando una nube azulosa.

Miró a la señora atentamente, como si tan sólo de verla pudiera sacar un poco de la gran cantidad de información que se asomaba por su mirada inteligente, en su porte refinado y en la curiosa postura para fumar.

Así que para Daet él estaba muerto. No pudo evitar pensar en el dolor que esa noticia ocasionaría en su padre, o en su hermana; e instintivamente bajó la vista a la pluma de chara que aún permanecía aprisionada entre sus dedos.

—Por poco fue así—confesó—. Pero me encontraron unos pastores al borde del río y…

—Sí—le interrumpió ella—, tan misteriosa la manera en la que te encontró Wontak, y a la vez, con tanto sentido—agregó, mientras miraba en la lejanía. Clavó sus oscuros ojos en los de él y agregó: —Créeme, es mejor estar muerto en estos tiempos.

Evan no encontró qué responderle, aunque las preguntas comenzaron a agolparse de una en una, como las gotas de lluvia antes de formar ríos como los de esa misma mañana.

Antes de que se decidiera por una, ella continuó:

» Tomé muchos riesgos para venir aquí—dijo, acomodándose en el sillón como gallina en el nido—. Con la genial idea que se les ocurrió a ti y a tu amigo, se corrió el velo entre los mundos y se desataron todos los demonios en Daet. Bastó con el más pequeño empujón para que los raganís tuvieran una excusa para inundar Daet con su ejército.

—Los capas rojas—se le escapó a Evan, sorprendido. No había sido una alucinación lo que viera desde la carreta el día de su exilio.

—Precisamente, los capas rojas—dijo ella con tranquilidad—. Teníamos todo bajo control, estábamos listos para apelar al Derecho de Consejo para evaluar si el hijo de la reina sería el mejor gobernante para la nación. —Aspiró una bocanada, y la hierba de la pipa pasó del negro al fuego— Iba a ser difícil—continuó, exhalando—, sin duda, con tanta gente a favor del nuevo régimen, pero aún había varios que no nos daríamos por vencidos tan fácilmente, y que nos jugaríamos el pellejo para exigir el derecho a elegir al clan gobernante, como siempre hemos hecho. —Fijó la vista en él y soltó con irritabilidad: —Y entonces resulta que un par de niños soldados mataron al embajador e íntimo amigo de la reina—reprendió.

Evan tragó saliva y se descubrió sobándose la nuca con aprensión.

» No me malinterpretes, entiendo que tuvieran sus motivos; a decir verdad, varios estaban tras sus pasos; si no lo hubieran hecho ustedes, habrían sido otros; pero echaron a los cerdos un plan que llevaba meses, sino es que años, cocinándose.

Evan no sabía qué decir ni qué hacer, la lluvia de preguntas se volvió una tormenta, y estaba obsesionado con recordar en dónde había visto antes a esa mujer.

» Ahora Anturia está como pavorreal con su hijo al mando; un hombre que no vale ni la capa de su padre, y que heredó el trono por el derecho de una ley raganí—siguió—. Mientras tanto, a nosotros nos están cazando como perdices en temporada.

La mujer dio otra calada a la pipa, y Evan ojeó a Wontak, quien escuchaba tranquilo desde su asiento.

» Bien sabe Potomac con quien meterse—agregó ella—, y ya van varios de los nuestros acusados de conspiración, o de cualquier otra falta, con tal de enterrarnos en las mazmorras bajo la casa de la justicia.

Los recuerdos de la celda volvieron a Evan con un realismo impactante. A decir verdad, hablar del tema con esta mujer era como volver al pasado y encontrarse nuevamente en Daet, con el problema irresuelto y a punto de quemarle las manos.

» Pero la pregunta entre nosotros siempre ha sido: ¿de dónde salieron ustedes y cómo fue que lograron matar a uno de los hampones más poderosos de la península? —terminó ella. Luego golpeó la pipa en su mano para retirar las últimas cenizas y aventarlas al fuego, antes de volver a cargarla con tabaco seco.

Evan no sabía si estaban hablando de lo mismo. Tenía más dudas saliendo a flote que aquellas que ya había identificado, y todo en su mente se comprimió a la vez, queriendo salir todo al mismo tiempo por una boca pequeñísima; como el pus acumulado en un absceso.

—En realidad, fue una serie de eventos que nos llevaron a odiarle— comenzó, acomodando sus recuerdos sin dificultad, pues los había repasado en su mente una, y otra, y otra, y otra vez—. No sabría decir en qué momento preciso sucedió, pero antes de ello, primero ocurrió la traición de Lupo, y antes que eso, la traición a los Sabios.

—¿Lupo? —preguntó ella haciendo memoria—¿Te refieres al general Culén?

—Al mismo—asintió Evan, parco—. Para mi abuelo él era como un hermano y siempre me trató como si yo fuera su sobrino, incluso como su hijo. A veces me confiaba cosas que a nadie más, y hacía solicitudes a título personal—agregó—. En una de esas ocasiones, me confió el hacer de guardia en una reunión en Yaocalli Nayar, antes de la cumbre. Ahí escuché cómo Sándor Tecuani tuvo un fuerte malentendido con la reina, y, desde ese momento, no sé bien el por qué, pero me pareció que el Sabio peligraba.

El rostro de la mujer apenas dejó entrever su tristeza, con sus delgados labios pálidos colgados como viejos pétalos de rosa

—Nuestro querido *Vuelve a ser semilla*—dijo con voz queda—. Lo mató la gente de Ravenjut, pero eso ya lo has de saber—dijo ella con amargura.

—Para mí era sólo una sospecha de que algo podía pasarle, pero luego fui al clan de los Sabios y allí Mayari nos dijo...

—¿A ti y al rubio? —interrumpió ella.

—Sí, a Creioz. Criz—aclaró—. Hasta que Mayari nos dijo que estaban desaparecidos. Pero ella sabía más que eso—dijo Evan, hundiendo el índice en el descansabrazo del sillón—, ella sabía que estaban muertos. Aun así, esperaban ayuda del ejército para buscarlos, una ayuda que nunca llegó, a pesar de haber sido solicitada formalmente; cosa que también nos pareció irregular, por no decir sospechoso.

Miró a Wontak poner más madera en la chimenea y abanicar con vigor, para luego poner más agua a calentar.

» Desde ese momento supe…—confesó Evan— Yo debí haber dicho o hecho algo cuando sentí, el día de la reunión con la reina, que les harían daño. Pero una parte de mí no estaba convencida, y con la avenida del torneo, mi principal prioridad fue concentrarme en ello, era mi vida, mi carrera—dijo, mientras la mujer asentía—; hasta que recordamos la primera prueba del torneo, donde creo que nos acercamos a sus cadáveres.

—¡Gran Madre! —exclamó ella, más comprensiva que escandalizada.

—Un amigo mío encontró un silbato curioso en una zona con un fuerte olor a muerte—continuó, recordando a Dino—, objeto que yo estaba seguro de haber visto en el cinto del acompañante de Tecuani.

—Nareno, era su nombre—dijo ella, con las cejas muy pegadas a los párpados. Su rostro se mantenía tenso y atento cuando Evan encogió los labios con pena—. Por favor continúa.

Evan asintió y jugó con la pluma entre sus dedos.

—Luego me percaté de que el desacuerdo entre los Sabios y la reina iba mucho más allá, en una reunión de la cumbre a la que me invitó mi tío, deseoso de que algún día yo tomara el liderazgo del clan.

—Oh, ya se a cuál te refieres—dijo ella, y luego, girándose hacia Wontak, agregó: —Es la reunión de la que te escribí, cuando Anturia se opuso a todo lo que le decía el Consejo.

La mujer se volvió a girar hacia Evan, sorbiendo de la pipa.

—Sí, esa misma—continuó. ¿Había sido aquella reunión donde vio a la mujer? No había manera de saberlo con seguridad, había demasiada gente ese día—. Después, cuando fui al clan Anawák a entregar el rollo…

—¿Cuál rollo? — preguntaron los dos al unísono.

Evan se mordió la lengua, pero ya no tenía sentido guardar el secreto por más tiempo.

—Un rollo, o más bien—se corrigió—, un tapiz en rollo que me dio una chica del clan Anawák para la pira del rey, que con todo lo que sucedió en el funeral, ella no tuvo la oportunidad de ofrecerlo en el último intercambio.

—¡Que lo sepa Eleya! —santificó la señora con sobrecogimiento.

Evan torció los labios, apenado, pero siguió:

—Cuando fui al clan Anawák para entregarlo, pues Mayari me dijo que los Sabios no podían aceptarlo, me enteré de que Digualda estaba muerta. De hecho, llegué justo el día de su funeral. Ahí me enteré de que alguien más compartía mis sospechas: Darío, su nieto.

—Por supuesto—respondió ella con voz afectada—y son mucho más que meras sospechas hijo, no te engañes. ¡Si fueron capaces de asesinar a Sándor no se detendrían con una viejecilla que se oponía a sus planes! Mi querida amiga...

Dio otra bocanada a su pipa con honesta congoja en el rostro.

—Fue entonces cuando supe que los Sabios en efecto estaban muertos, y no desaparecidos, y que, por alguna razón, sus muertes estaban vinculadas a la de Digualda. Sabía que no debía meterme, pero Criz insistía en que le dijéramos a Culén, y se enojó conmigo cuando no lo hice. No hubiera tenido ningún sentido hacerlo, como comprendí demasiado tarde—concluyó—. Un tiempo después, no recuerdo cuánto, fui con Zorro...

—¿Zorro?

—Sí, un amigo mío, también del ejército. Ferdinando, es el nieto del jefe de Tlatoah—aclaró—. Su hermana le informó de un ritual, que resultó ser una reunión clandestina de los Sabios en el clan del Ave de Fuego.

—No me habías dicho que fue en el clan del Ave de Fuego, Leona—le dijo Wontak.

La cara de la mujer dejó lentamente el enojo para llenarse de amargura y dolor.

—Estuviste ahí—le dijo ella, sacándose la pipa de la boca. Evan no supo si había sido una pregunta o una afirmación, pero esperó a retomar la atención de la mujer, que parecía perdida en sus pensamientos, antes de continuar. Su mirada distante parecía vislumbrar algo más allá de lo que le narraba.

—Sí, lo vimos todo. Fue una masacre—dijo Evan, sintiendo un nudo en la garganta que comenzaba a darle una jaqueca.

El semblante de Leona se endureció como piedra en segundos y la cabaña se inundó de un silencio luctuoso. La chimenea crepitaba con fuerza y afuera comenzó a llover nuevamente.

—Cuando sucedió yo no supe qué hacer, quise defenderlos, pero sabía que perdería mi puesto, mi oficio, mi vida... —. Su voz fue tomando tesón, pero se escuchó a sí mismo como rogando perdón—. Aunque ahora no suene como algo tan descabellado—terminó, sintiendo una puñalada autoimpuesta en el estómago. Frunció los labios en una mueca de conformidad obligada.

—Perdimos a muchos ese día—empezó ella, con los ojos vidriosos y el semblante serio—fue realmente lamentable. Mayari nunca imaginó una respuesta tan violenta—agregó, negando lentamente.

—La guarnición que enviaron fue más nutrida incluso que aquellas que lideré yo mismo en las escaramuzas del oeste. Fue un acto de guerra en tierras daetanas—dijo Evan con toda seriedad. Hacía tiempo que no hablaba como coronel—. Si le soy honesto, señora, para mí fue un evento que cambió mi vida. Nunca me he considerado un hombre que se impresione fácilmente, pero algo ese día me cambió para siempre. Y lo que al poco tiempo descubrí sólo sumó a ello—confesó, bajo la intensa mirada de Leona—. La tuve enfrente, sobre el escritorio de Culén: la misiva para ordenar la matanza. Ahí estaba el sello de Ravenjut—aseveró, su voz saliendo cada vez con más convicción—. Entonces la verdad me golpeó con palos y piedras: era el mismo Ravenjut que había estado en la reunión con la reina, quien la acompañó en la reunión del Consejo, y que estuvo a un lado de ella en todos y cada uno de los momentos clave. ¡Desde el funeral mismo!

—Clave. Sí—repitió ella, fijando una mirada astuta y suspicaz como la de Criz—. Me parece verdaderamente increíble que hayas estado tan cerca de eventos tan relevantes, aunque hubo otros de los que no has de estar enterado. Tal vez de haber sabido, lo habrías matado antes.

—Pero no fui yo quien lo hizo—declaró—, aunque no me faltaban las ganas—dijo, con el puño cerrado con fuerza—. Cuando terminó el torneo Yntaura Ácuila, y salió de su boca la noticia de que no seríamos generales, sino parte de una maldita guardia de cobardes y corrompidos...

—¡Eso! Llamarles por su nombre—atajó ella, asintiendo.

—Cegados por el coraje, dimos un brebaje al hijo de Culén, Nándor, el guardaespaldas de Ravenjut, para sacarle la sopa sobre de quién había salido la decisión, pero nos enteramos de mucho más de lo que imaginábamos: Ravenjut planeaba algo con el oeste, con Peréndimor, y amenazaba con hacer grandes cambios en Daet. —Leona avanzó en su asiento hacia él— Eso fue al poco tiempo de que declararan a los Sabios traidores a la patria; a esas alturas teníamos muy claro quiénes eran los traidores de verdad.

—No porque tenga importancia ahora mismo—intervino Wontak, que había estado acariciando su barba, enfrascado en el relato—, pero me gustaría saber qué brebaje es este del que hablas—pidió, asomado detrás de Leona.

—Le llaman "suelta lenguas", pero no sé qué tanto tiene, sólo recuerdo el terrible olor...

—Oh, si, lo conozco—dijo Wontak. Por supuesto que lo conocía, no extrañaría a Evan que tuviera un poco del preparado en su propia botica.

—Si es lo que creo que es, tuvieron surte de no haber matado al hijo del general—agregó.

—Pues no funcionó, incluso recordó que lo drogamos... Y me lo dejó muy claro.

—Imposible, si fue utilizada la datura correcta, el chico debió haber perdido el conocimiento durante varias horas.

—Eso es lo que pensamos nosotros, incluso Criz y Dino lo llevaron a los establos...

No acabó su idea.

Nunca se enteraron de que nadie encontrara a Nándor en los establos. Un ridículo como ese hubiera sido la comidilla en los cuarteles durante semanas.

—...a menos de que alguien nos haya visto drogarlo y le haya dicho...—balbuceó para sus adentros.

La mirada venenosa de Nikker apareció en su mente como el destello de un rayo.

—Y entonces decidieron matar al embajador—aventuró Leona.

Evan regresó en sí. Dejando a Nikker y su asociación con Nándor para después.

—En realidad, no—respondió—. Nuestra idea original era raptarlo y sacarle información sobre lo que Nándor había dicho, pero el plan no funcionó bien, así que aprovechamos la situación para dejarlo en ridículo y entregar un mensaje al pueblo.

—Nos culparon a nosotros por ponerlo en la jaula—dijo Leona, molesta—. Dos de los nuestros pagaron por sus acciones—agregó, con la mirada densamente clavada en él.

—Lo lamento, mucho, en verdad—respondió, con un hueco en el estómago, pero Leona le pidió que continuara como abanicando con la mano—. Ravenjut nos identificó cuando fue a la Villa Militar un par de días más tarde. Sobre todo a Criz, que fue con quien más habló el día que lo raptamos—siguió—. Fue entonces que nos llegó un comunicado solicitando nuestra presencia con Mauritio Rogdar—dijo, y se recargó en el respaldo de la silla floja de madera—. En ese momento no nos cuestionamos la procedencia del aviso, hasta que unos tipos nos siguieron en el camino, mismos que nos emboscaron y nos llevaron a una cabaña abandonada en medio del bosque, donde nos amenazaron para que les diéramos información sobre un tal Príncipe Bastardo del que no sabíamos nada. Pero eso no fue suficiente para Ravenjut.

—¿Él estaba ahí? —preguntó, escandalizada.

—Sí, y tenía a nuestro amigo, Dino… Bernardino, del clan Namók. Estaba medio muerto cuando lo encontramos en la parte de arriba, y Criz, de un instante al otro, se apalabró con Ravenjut y terminó por matarlo—narró. Luego tomó un poco de aire—, nunca pudo controlar su fuerza y se tornaba en exceso violento con mucha facilidad—admitió, aun extrañado de hablar sobre él como algo del pasado.

—Un arma de doble filo—dijo Leona, dando otra bocanada a su pipa. Evan asintió—¿Y en qué momento lo llevaron a la plaza con el mensaje? —preguntó la mujer.

Evan frunció el ceño, confundido.

—Nosotros no lo movimos de ahí. Tan pronto como nos dimos cuenta de que Dino podría seguir aferrándose a la vida, buscamos a un curandero en la aldea más cercana, donde tuvimos la suerte de encontrar a una partera. —Evan miró a Leona a los ojos, prefiriendo no revelar que Dino podría seguir vivo en secreto—Fue entonces cuando nos encontraron—recordó—. Fue Nándor, hijo de Culén, con quien yo peleé esa misma tarde, pero no tuve las agallas para matar. Él fue quien nos delató con unos soldados que cazaban Sabios en las cercanías…

Evan apartó la mirada como para pensar a solas aun estando frente a ellos. ¿Cómo fue que Nikker había llegado en tan poco tiempo a donde se escondían? Si Nándor estaba en calidad de bulto sobre un caballo detrás de Nikker cuando les encontraron, ¿cómo lo había encontrado Nikker a la mitad del bosque, en medio de la nada y luego los había encontrado a ellos con tan poco tiempo?

No sabía toda la verdad, pero sintió como un balde de agua azotarle la cara. Nándor tenía un vínculo con Nikker, y quien sabe qué tan profunda podía llegar a ser esta asociación.

Leona guardó silencio un largo rato, como mirando figuras invisibles bailar lentamente frente a ella. Recargó su pipa con nuevo tabaco y dio unas bocanadas más.

—El mensaje lo han de haber puesto ellos mismos, la gente de Ravenjut—dijo, mirando a Wontak, y luego tomó otra bocanada—. Él lo ha de haber planeado, aprovechó sus recursos incluso en la muerte—aseguró.

Migró sus ojos a los de Evan, y continuó:

» No pienses, por un instante, Evan, que nuestros adversarios son tontos. Todo lo contrario. Son astutos, brillantes en veces, y no tienen un puñado de escrúpulos cuando se trata de proteger sus intereses—advirtió.

Sus palabras calaron en Evan y resonaron en su pozo interior, que reflejaba los rostros de Culén y de Ravenjut, pero también de Nándor y de Nikker.

Después de un silencio en el que Leona no le quitó la vista de encima, la mujer miró de nuevo al fuego y continuó con amargura:

—Tu amigo no murió por una injusticia. La pena por matar es la muerte y bien lo sabes.

Evan no rechistó, sólo permaneció callado, lamentando el estúpido carácter de Criz, y cómo éste lo llevó a la horca.

» Y tu exilio también es merecido—sentenció Leona—. Ravenjut no sólo era un bastardo brillante, sino también un embajador, y lo que hicieron ustedes fue declarar la guerra. Fue un acto estúpido, elaborado de una manera cobarde y poco pertinaz—declaró, franca, mientras Evan recibía cada frase como una estocada—. Pero nos servirá—agregó, como entreabriendo una puerta que hasta ese momento Evan consideraba impenetrable—. Todo sirve en este juego, siempre y cuando uno sepa moverse con estrategia—agregó ella, alentando su interés.

Evan comenzó a mirar a Leona como si de un acertijo se tratara, ¿quién era y qué se proponía?

—Historias como la tuya han sucedido, por desgracia, muchas veces. Aquí mismo tenemos un ejemplo de ello—dijo brevemente, tomando con cariño la mano de Wontak sobre el brazo del sillón—. Y si yo no actúo con inteligencia, mi cabeza acabará también en una pica en Yaocalli, a un lado de la de tu amigo—añadió.

Antes de que Evan pudiera preguntarle a qué se refería con esas historias, imaginó, con una punzada de hielo, la cabeza de Criz en una alta pica en la explanada del palacio. Apretó la mandíbula y siguió escuchando.

—Lo siento—dijo ella, percatándose de que Evan no sabía, y continuó: —Desde que el líder del Consejo decidió desposarse de una raganí, nada ha sido lo mismo en Daet, y año con año las cosas van empeorando significativamente. Pero los clanes están despertando—agregó, con un brillo peculiar en los ojos—, y ya no van a tolerar los abusos a las leyes sagradas que ellos mismos crearon, reemplazándolas por aquellas de países que nada tienen que ver con nuestras costumbres y raíces—declaró ella, como repitiendo un discurso ensayado—. Aun así, la sangre es fuerte, y sabemos quién tiene el derecho a gobernar Daet, y que planea hacerlo respetando nuestras tradiciones y al sagrado Consejo de Clanes que tanto se esmeran por destruir—agregó.

—El Príncipe Bastardo—aseveró Evan en voz queda.

Leona asintió con una sonrisa determinada.

—Pero con lo que han hecho ustedes, ahora todo se volvió más complicado—continuó ella—. Todos estamos siendo constantemente vigilados, todos bajo sospecha. Tenemos las manos atadas y están empezando a cazarnos uno por uno. El más ligero guiño de disconformidad es un acto de rebelión para su nueva corte—recalcó, haciendo ademanes en el aire—. El Consejo de Clanes podrá haber dejado de existir, pero no es demasiado tarde aún. Necesitamos reunir fuerzas y dar un golpe lo suficientemente fuerte para expulsar de Daet a quienes intentan gobernarla, y de quienes se empeñan en traicionar a los clanes que sirven.

Algo dentro de Evan resonó con las palabras de Leona, y una antigua fuerza en su interior comenzó a levantarse de entre las cenizas a las que se habían resumido sus esperanzas.

—Hay quienes siguieron un camino similar al nuestro, Evan—dijo Wontak.

Ahora Evan estaba seguro de que Leona se había referido a él. El viejo continuó:

—Gente que por la fuerza o por dignidad tuvo que dejar Daet, y que ha estado viviendo todos estos años fuera, esperando el momento preciso para regresar—agregó.

—Son nuestros aliados en otros países—dijo Leona, en tono

educativo—, y tienen las conexiones necesarias para ayudarnos en este momento; pero desconocen el detalle sobre la situación real de Daet, y si no actuamos con celeridad, llegarán más y más guarniciones del ejército imperial raganí a Daet, y nos la arrebatarán de las manos.

El sentido de urgencia se apoderó de Evan.

—¿Y qué esperan para informarles y recibir refuerzos? —preguntó, casi dispuesto a pararse de un brinco y hacerse a la tarea él mismo.

—No es tan fácil—respondió ella con los ojos bien abiertos—. No es como si ellos pudieran sacar ejércitos de un caldero. Son sólo personas— añadió—, pero puede ser que apelemos al acuerdo de las cuatro naciones, y recibir así el apoyo de Lestari y de Ásteros, al menos—dijo ella, antes de girarse hacia Wontak y agregar: —no sabría si Ciudad Etérea estuviera en condiciones de apoyarnos, ya.

—Creo que ya no tiene ejército, se dedican sólo al comercio—respondió éste, para sorpresa de Evan.

—Lo único que queda es esperar un poco a que enfunden la espada nuevamente. Si hacemos algo ahora, será el pueblo el que termine pagando, injustamente, las consecuencias—continuó Leona—. Nuestro enemigo es astuto, seríamos tontos si lo subestimamos, pero si nuestras sospechas son ciertas, no podremos solos contra ellos; tendremos que hacer un plan. Pero para ello hay que alertar a Asteros y a los Lestariar—terminó y luego volvió a acomodarse en el sillón; dio una larga bocanada y guardó silencio un rato.

La mente de Evan se accionó de inmediato imaginando escenarios, y estuvo a punto de sugerir unas ideas, pero Leona no guardaba el tipo de silencio que espera respuesta, sino que ella misma trabajaba en algo.

—Es demasiado tiempo de viaje—recomenzó ella, mirándolo—, pero de cualquier forma tendríamos que esperar. No en vano llevamos años planeando esto para, en un movimiento en falso, echar todo por la borda—dijo, y colmando el ambiente de una determinación muda, agregó: —¿Serías nuestro mensajero, Evan? ¿Te unirías al Círculo de Plata? —invitó ella.

¿Escuchó bien? ¿Le estaba invitando a…? ¿Qué era el Círculo de Plata?

Evan no supo si responder de inmediato. No terminaba de entender en realidad qué le estaba ofreciendo.

—Tendrá que bastar con el apoyo militar de los otros dos. ¡Los dioses saben que ellos odian a los de Raganjar tanto como nosotros, sobre todo Ásteros! —dijo Leona, como impulsando su respuesta, y en parte hablando consigo misma.

Evan, entonces, recordó la mofa de la presentación de Ásteros en la inauguración de la Cumbre Quinquenal, en donde los raganís quedaron en absoluto ridículo. Regresó al presente cuando escuchó seguir a Leona:

» Pero todos los caminos están vigilados, hay tantas capas rojas que parece que Daet se inmola, y estamos bajo constante vigilancia todos los que tenemos actividades... sospechosas—continuó ella—. Como ya dije, tomé un gran riesgo para venir a verte—repitió, observándolo con seriedad—. Pero si comprendí el mensaje de Wontak, estás dispuesto a ayudarnos.

¿Podía ser cierto?

Evan apretó ligeramente los labios para evitar sonreír del entusiasmo.

—Debo de estar loca, pero ya no confío en ningún emisario, y como dije, tú estás muerto para ellos ¡Y más invisible que un muerto no se puede ser! —dijo ella, atenta a la sonrisa de Evan, y anticipando su respuesta, agregó: —Debo ser justa, tienes que estar consciente de los peligros que conlleva un viaje así—advirtió, mirando a sus ojos como si quisiera encontrar su consciencia, la mujer claramente hacía un esfuerzo por confiar en alguien a quien en realidad no conocía.

Evan dio un brinco dentro de sí mismo.

—No me importan los riesgos—declaró.

—Ahora no es tiempo para ser temerario. Los peligros son muy reales, no los subestimes. Hay cosas peores que el exilio, y el enemigo nunca se tocará el corazón.

Evan la miró fijamente, como si estuviera por decir sus votos matrimoniales; si no la necesitara para llevar a cabo la misión, se cortaría una mano y se la entregaría como promesa de su compromiso.

—Cuentan conmigo—declaró con toda la fuerza de voluntad, como si el espíritu que renaciera en sus entrañas ahora le respaldara y extendiera las alas a su espalda.

Leona lo miró, satisfecha, y Evan casi pudo ver un guiño de emoción juvenil en su mirada.

—Para todos estás muerto, Evan, y es como necesito que permanezcas, pero debes ser el doble de perspicaz que tus enemigos—instruyó, y luego aguardó un momento, con la mano de la pipa sobre la rodilla—. Debo de estar loca para confiar algo tan importante a un joven, pero apelaré al general que hay en ti. Tenemos que ser cautos en extremo—agregó, con la emoción contenida.

El corazón de Evan creció tan sólo por la mención de él como general, y continuó prestando atención a cada palabra que salió de la boca de la mujer.

—Los caminos ya no son como antes—explicó ella—. Es difícil llegar a los demás países, pero no tenemos opción. Tendremos que confiar en ti, y tú en nosotros. Eres nuestra única apuesta—dijo ella, mirando a Wontak como buscando su apoyo.

—En realidad—respondió el hombre—, el chico tiene ventajas. Está educado, puede cuidarse sólo, y es un hombre inteligente, aún si no lo demostró con el asunto del embajador—agregó Wontak, bajo la mirada de Evan.

—Pero usaremos todo lo que ha pasado a nuestro favor—intercedió ella—. Además, es muy arriesgado contratar a un mensajero con tantos enemigos y ojos por todas partes. Recuerda esto, Evan, si sigo viva es porque no he confiado en nadie. Tú tendrás que hacer lo mismo—advirtió con firmeza.

La confianza que ambos mostraron fue como pulir una espada antigua y oxidada, y la emoción comenzó a bullir como a fuego lento.

—Wontak te enseñará a usar los bastones que usamos para comunicarnos, tuvimos que cambiarlos luego de que interceptasen nuestros últimos mensajes—anunció Leona—. Tu misión será representarnos ante nuestros hermanos en Lestari y Ásteros, y, con suerte, ellos nos ayudarán con lo que puedan—aseveró—. Esperemos que aún estemos a tiempo, y que sea suficiente; no tenemos más opción—añadió con un cabeceo, como si alzara una plegaria—. No confíes en nadie, no le menciones esto a nadie y miente, miente aunque estés bajo tortura— ordenó, y Evan grabó cada palabra recibida.

—Deberá encontrarse con Yordana Lathanilu en Lestari, y con Cúnan Bowen en Ásteros—afirmó a Wontak, y a él al mismo tiempo.

El entusiasmo de Evan mermó de inmediato al escuchar esos nombres. Eran conocidos en su familia, pero no para bien. ¿Qué no había dicho su abuelo que eran traidores a la patria?, ¿qué acaso no habían sido exiliados por sedición contra la corona?

De inmediato se frenó a sí mismo. ¡¿Cuál era ahora la maldita diferencia entre él y ellos?!

—...Una vez que llegues con él, deberán conseguir todo el apoyo militar posible para Daet—siguió ella, impertérrita a sus pensamientos—. No nos tienen en su mejor gracia, hace años fue Daet el que rompió el acuerdo de las Cuatro Naciones, y apelar a él será como contarle un chiste a la Reina Roja del norte, o al Consejo que rige Lestari, pero son nuestra única esperanza—dijo, mirándolo como asegurándose de que le siguiera el paso—. Yo te proporcionaré los recursos que necesites, pero debes cuidarlos, todo está bajo vigilancia, incluso hasta los aspectos más íntimos de nuestra vida, y nuestras finanzas personales están bajo la mira de la gente de Ravenjut. Es como si nunca hubiera muerto. Ahora mismo debo dirigirme cuanto antes a la casa de una prima, antes de volver con la excusa de la visita—dijo ella, poniéndose de pie, como si rompiera el hechizo que se había apoderado de la salita de Wontak.

—Haré los ajustes necesarios para un viaje por el río—siguió ella, acomodándose un largo y grueso chal sobre los hombros, y luego se acercó a la chimenea para vaciar nuevamente su pipa, antes de guardarla en un pequeño bolso floreado—. Ten cuidado, todo el noreste está invadido de soldados raganís—dijo ella, y Evan imaginó que tal vez era ahí hacia donde se dirigía Ravenjut el día que lo interrogaron.

Rápidamente regresó a lo que indicaba Leona:

—En el poblado pesquero de Sauco deberás preguntar por Eugenia, ¿lo recordarás? Eugenia, como la famosa arpista. Ella te llevará a Lestari, y ahí deberás avisarnos cuanto antes de tu arribo, Wontak te enseñará cómo—agregó, calzándose unas zapatillas finas en la puerta—. Estando ahí deberás encontrar a Yordana. Sólo esperemos que siga viva para entonces, y que pueda ayudarnos a tener el apoyo de Lestari. Luego, tan pronto como las aguas se calmen un poco, trataré de enviarte un mensaje—dijo ella, asomándose por la ventana.

«Pero ¡¿cómo sabrá a dónde enviarlo?!» se preguntó, y un torrente de

pequeñas incógnitas comenzaron a agolparse, para cuando la mujer alcanzaba el picaporte.

—Sé que tienes dudas, pero no hay tiempo para responderlo todo, tendrás que ir resolviéndolas en el camino—le dijo, antes de sacarse una bolsa tintineante de entre las enaguas para entregársela a Wontak, que escuchaba a un lado, tan bajito como la mujer, y arrebujado en su túnica castaña.

—Lo lamento, pero debo marcharme—dijo a Wontak con una ligerísima sonrisa y el entrecejo apretado.

Evan estuvo a punto de sugerir el acompañarla, pero de ninguna manera podrían ser vistos juntos, a decir verdad, lo mejor sería que no se volviera a aparecer ante nadie del pueblo a partir de ese momento.

—No los defraudaré—alcanzó a decir a la mujer, cuando deshacía su abrazo con Wontak.

Leona le miró atentamente desde su baja estatura, sus ojos mostraban en parte esperanza, y en parte lástima; como si en realidad hiciera un esfuerzo por creer en él. Alzó su mano y tocó suavemente su mejilla.

—Que Los Dioses te guíen, Evan.

Evan bajó la vista a sus manos y observó la pluma de chara, que estuvo ahí todo el rato sin que se diera cuenta.

—Espere—le dijo—. Por favor, entregue esto a mi hermana. A Alina Dannah, es muy importante mencionar su nombre completo; ella sabrá el mensaje—agregó, depositando la pluma azul en la palma de la mujer.

—Yo cuidaré que estén bien—prometió con una sonrisa suave.

Él asintió con agradecimiento, y luego la miró despedirse con una última mirada cálida a Wontak, y salir de la cabaña cubriendo su cabeza de la llovizna con su grueso chal.

Viéndola bajar el sendero hacia el arco de pasiflora, Evan recordó a una mujer regordeta esquivarlo con agilidad en las escaleras del clan Anawák. Iba de la mano de un hombre alto y flacucho en una combinación extraña. La mujer en el sombrero de plumas había sido Leona.

La miró alejarse, fundiéndose en la oscuridad de la noche bajo una curiosa sombrilla de tela. Sólo Los Dioses sabían qué hubiera pasado de haberse quedado más tiempo ese día y haberla conocido. Tal vez Criz seguiría vivo, tal vez Ravenjut también, pero el hubiera no era más que una ilusión, como los espejismos de la Plaza Redonda en un día soleado.

Capítulo 24
Al Pie de la Encrucijada

L A FIGURA DE LEONA SE DESDIBUJÓ en la oscuridad conforme se alejó de la cabaña. Wontak cerró la puerta tras de sí y le miró fijamente con un asomo de sonrisa, sus ojos estaban bien abiertos.

—Hay mucho que planear, hijo—le dijo, mientras atravesaba la estancia. Luego se arrodilló, al lado de su cama, retiró un tapete peludo de piel de chivo, y metió dos dedos entre las maderas del suelo, hasta que levantó una tabla y luego apiló un par más sobre esa. Lo que siguió fue un estuche cilíndrico de piel y otros de diferentes formas y tamaños. Lo cargó todo a la vez, resoplando; y luego de que Evan se apresuró a hacer espacio en la mesa, lo depositó en la superficie de manera ordenada.

» Necesitarás varias cosas para el viaje—dijo, desatando los cordones de piel del estuche cilíndrico, que reveló otro dentro de éste, del que sacó un grueso rollo de lienzos de delgada piel y bordes irregulares.

» Es un trayecto de varias semanas—agregó el viejo, levantando la vista—¡Gracias a Los Dioses que sabes cazar! De cualquier manera, te diré qué plantas no debes comer, a menos de que quieras terminar envenenado a mitad del camino—agregó—. Acércame la lucerna que está en la otra habitación—pidió después, reuniendo él mismo varios candelabros de la repisa sobre la chimenea y de una mesita de noche.

Cuando la mesa se pareció al altar del sanatorio de la Villa Militar, con las velas echando sombras repetidas que ondulaban al mínimo movimiento, Wontak desenrolló los lienzos; que revelaron lo que Evan buscara durante días. *«Así que ahí era donde el viejo escondía los mapas»* descubrió, con los ojos clavados en las pieles, que lucían tan nuevas como cuando se las enseñara de niño.

Los gruesos y flexibles pergaminos lucían incontables detalles grabados con maestría; ya fueran burilados a presión, o hábilmente dibujados con una fina punta de hierro al rojo vivo. Describían con detalle cada montaña mayor, cada arboleda y afluente; cada asentamiento y cada camino principal del noroeste de la continental península de Lethendai.

Vio la inscripción de Daet descansando al centro del mapa rodeado de las montañas de "el cuello" de la península. Al sur encontró los amplios valles de Avándar, con el Bosque de las Estaciones al este, entre ambos países, y Peréndimor al oeste, con algunos asentamientos marcados en negro que Evan sólo conocía bajo fuego. Naciente al norte de Daet, una colección de líneas, como una ondulante veta en la madera, representaba al enorme río Laeth, que cruzaba el resto del lienzo hasta el borde; ya que no cabía entero en el mapa.

Detrás del que observaba, había otros lienzos que Wontak fue hojeando con naturalidad. Evan apenas pudo ver los dibujos de las tierras del sur, con los reinos regidos por Ciudad Etérea, enclavada en una frondosa selva, y reposando en su apacible bahía con curiosas bestias grabadas en las aguas, antes de que su tutor buscara el mapa más grande de todos y lo pusiera arriba de los demás.

Se trataba de todo Lethendai, flotando sobre los mares; un mapa que pocas veces había visto en su vida.

En el lejano noreste descansaba Ásteros con su castillo flotante. El reino de los hombres y mujeres que hacía siglos arribaran a la península desde las distantes Tierras Nevadas. Un poco más abajo, vecinos a sus tierras, y tan sólo separados por una gruesa cadena montañosa de picos y volcanes, encontró los amplísimos terrenos del Imperio de Raganjar, asimismo dividido por ducados de los que apenas podía leer los complicados nombres.

El poderoso río Laeth recorría toda la península, desde su nacimiento en el clan Tras la Cascada de Daet al noroeste, hasta sus desembocaduras al este y al sur, como queriendo dividir el mapa en tres desde el centro.

Parecía una curiosa triple espiral, conectando a las cuatro naciones que en el pasado juraran hermandad con el río como el cordón umbilical que les unía: Daet al oeste, Ciudad Etérea al sur, Ásteros en el extremo este, y al centro, en el delta donde el Laeth se dividía en dos, se encontraba la mítica Lestari: Ciudad construida sobre las aguas, en el ombligo del mundo. El mapa la marcaba con hermosas garzas blancas, amplias cúpulas y miradores entre cascadas bajas, acueductos rodeados de flores y árboles que crecían en las aguas.

Wontak presionó la uña de su dedo índice contra el lustroso cuero, y la palidez de la punta hizo contraste con la tierra debajo de la uña.

—Aquí está Lestari—señaló—ahí te encontrarás con Yordana.

Fue necesario añadir al menos cinco leños más a la chimenea y encender un par de velas más para su estudio cartográfico, hasta que el alba les alcanzó. Cuando enrollaron todos los mapas y los volvieron a guardar en el escondite, la mente de Evan zumbaba con detalles sobre el terreno y las veredas seguras, los estrechos plagados de criminales, y los principales caminos a evitar si no quería toparse con los soldados raganís. También seguía extrañado por la reacción del viejo esa misma noche; cuando Wontak le indicara todos los pequeños poblados donde podría tomar un corto descanso antes de reanudar su viaje. Evan había notado que aquellos asentamientos, aunque no estaban tan lejos, se encontraban más bien a las orillas de Lestari, por lo que la primera parte del viaje requeriría rodear el Bosque de las estaciones, sin ningún lugar donde refugiarse de las fuertes lluvias más que con una casa de acampar.

—¿Por qué no atravesar el Bosque de las Estaciones? —le preguntó, señalando la enmarañada floresta en el mapa— Eso me ahorraría por lo menos cuatro días de viaje.

—De ninguna manera—respondió Wontak, mientras medía distancias alrededor de la masa arbórea con un compás. Sobre la mesa flotaba el olor rancio del aceite viejo quemado de las lucernas.

—¿Por qué no? — se quejó más que preguntó—lo de las hadas no es más que patrañas—empezó, pidiendo el compás para medir cuánto tiempo se ahorraría, pero Wontak alejó el artefacto de su mano y lo miró con fijeza.

—En ese bosque no hay más que veneno—declaró, categórico. Su mirada cambió tan drásticamente, colmada de aprensión y pena, que Evan no se atrevió a contradecirlo ni a preguntar más al respecto.

—De acuerdo—consintió, extrañado por la reacción del hombre, siempre tan accesible y calmado.

Evan se fue a la cama aún con la interrogante del porqué de la reacción de Wontak cada vez que mencionaba algo sobre ese bosque. Aun así, por tajante que fuera al respecto, no estaba resuelto en la decisión sobre no cruzarlo; y cada vez le picaba más la curiosidad de adentrarse sólo con tal de ver qué tan cierto era todo lo que se decía sobre él. De cualquier manera, si se internara en aquella selva o no, necesitaría adquirir varias cosas para la travesía silvestre.

Acostado en el catre, y con el suave canto del cuerporruín arrullándole, se esforzó por mantenerse despierto para apenas comenzar a comprender todo lo que pasara ese día; desde la cazadora que siguiera a Aryam, hasta la llegada de Leona, el nuevo descubrimiento sobre la asociación entre Nándor y Nikker, y el inicio de la planeación del viaje.

Era imposible abordarlo todo y tratar de entenderlo de un vistazo. Sería como tomar arena a puños esperando no perder un solo grano. Si bien Leona respondió a muchas de las preguntas que surgieran en noches de desvelo durante las últimas lunas, sentía que no había tiempo suficiente para comprender la complejidad de lo que estaba sucediendo en Daet, y espero que, como había dicho ella, pudiera ir resolviendo las incógnitas andando el rumbo que le había trazado.

Pero entre tantos enigmas, había algo más claro que las aguas que volvían a descargarse sobre el techo de la cabaña, y eso era que, después de meses de tormenta, hoy se iba a la cama con un propósito concreto y una ruta que recorrer para ponerlo en acción.

Los días se volvieron más y más lluviosos conforme Wontak y él preparaban el viaje, creando rutas, calculando provisiones y aprendiendo a utilizar la escítala para intercambiar mensajes encriptados con ayuda de un alfabeto que Evan debía memorizar. Con tan mal clima, Evan aprovechó para hacer encargos en el pueblo sin que muchos le vieran, pues andaba encapuchado por las callejuelas enlodadas, oscurecidas por las nubes bajas en amenaza constante de tormenta.

Todo el pueblo olía al humo perfumado de las chimeneas, que subía desde los tiros para mezclarse con la neblina cuando Evan visitó nuevamente al peletero; esperando que en aquella ocasión sí tuviera lista la capa de viaje que le había encargado.

Tan pronto se la entregó, evaluó con cuidado la calidad de la fabricación, pasando entre los dedos la piel delgada y flexible, bien engrasada para repeler el agua, e ideal para la humedad que le esperaba en los bosques. Viendo su satisfacción, el hombre se aventuró a cobrar media plata por la hechura, además de quince cobres más por la premura de la fabricación, quejándose sobre que tenía mucho trabajo y que sus clientes se molestarían con él cuando no vieran sus encargos listos. Era más de lo que tenía pensado, pero pagó al hombre sin rechistar, y, cuidando el dinero que había dejado Leona para ese propósito, prefirió comprar al talabartero el resto de los recursos necesarios para el viaje.

Esperó a la tarde, poco antes del cierre de los negocios, para entrar al pueblo cuando menos gente había en las calles y entró al taller buscando una silla para Íztak, además del cabestro y riendas a juego.

Esta vez llevaba un presupuesto justo, por lo que comparaba algunas correas y barrigueras que pendían de rudimentarios clavos en la pared de madera, cuando escuchó una voz femenina a su lado:

—No quieres comprar esos broches, hacen mucho ruido y se desencajan al trote.

Evan sintió un leve vuelco en el estómago y se giró para encontrar a Aryam de pie al lado de él.

—Mejor compra estos—le dijo, parándose de puntillas para alcanzar unos aros de metal que colgaban un poco más arriba. Cuando Evan estiró el brazo para alcanzarlos, Aryam dijo de inmediato: —ya los tengo, gracias—, aun siendo que batallaba por alcanzarlos. Una vez que los tomó, depositó dos de ellos en la palma de su mano.

—Gracias—respondió, sin saber qué más decir. Sentía la culpabilidad de no haberla buscado desde el día de la tormenta en el bosque, y aún más por el hecho de haber decidido mejor no buscarla del todo y permitir que cada uno tomara su rumbo.

La joven le miró con los labios tensos y los brazos cruzados, tomando los codos con las manos.

Evan tragó saliva.

—Lamento no haberte buscado, pero he tenido mucho que hacer últimamente—comenzó, sin estar realmente seguro de por qué se justificaba.

Ella se limitó a torcer la boca y asentir con un *mhjm*.

El talabartero terminó de atender a otro cliente y se acercó a él. Cuando Evan terminó de pagarle, ya no había rastro de Aryam en la tienda. Evan salió dando trancos y la encontró afuera montando a Mirasol.

—A decir verdad, me gustaría platicar contigo—le dijo casi a grito.

Unos viejos que platicaban fuera del negocio pararon la oreja y pretendieron seguir hablando entre ellos. Evan entonces se acercó a ella y tomó a Mirasol por la brida.

—Me gustaría platicar contigo—repitió más bajo, y más bajo aún, agregó: —en privado.

El semblante de la chica se suavizó apenas un ápice, pero permaneció callada unos momentos más.

—Bien. Te veo en donde la roca grande, debajo de los encinos—sugirió, esperando un momento a que el hombre hiciera memoria.

—Bien—respondió Evan, con una sonrisa que no fue devuelta.

Tan pronto como él y el tendero terminaron de ensillar a Íztak, Evan emprendió rumbo al lugar acordado. Con las mejillas frías por el aire húmedo y fresco, escuchó las últimas pisadas del caballo, amortiguadas por la gruesa colcha de agujas de pino húmedas en el suelo del bosque, y vio a Mirasol pastando cerca de las rocas.

—Hola—saludó a la mujer sentada en la roca, apeándose.

Aryam le saludó sin más y se incorporó para observar la nueva silla de montar, justo a la altura de sus ojos. Tras asegurarse de la presión de las correas, asintió, silenciosa.

Evan no sabía cómo comenzar a hablar, ni qué decir. Por mucho que lo pensara en el camino, nada se le había ocurrido.

—Gracias por la recomendación—empezó, lejano a abordar el tema que en realidad le interesaba.

—No es nada—respondió ella, distante.

Evan sonrió de lado y, cuando ella lo volvió a ignorar, tomó algo de aire.

—Mira, Aryam, no es fácil decir esto...

Se interrumpió a sí mismo. ¿Por qué era difícil? ¿Qué tan complicado era decirle, «me voy, no puedo decirte a dónde, por qué, ni para qué, pero que te vaya bien y que tengas una buena vida»? Pero cuando Aryam levantó la mirada expectante y la mantuvo en sus ojos, entendió por qué. Sintió un pesar en el pecho y relajó los brazos.

—Me iré de Avándar en muy poco tiempo—soltó. Ella no cambió la mirada, si tan sólo abrió un poco más los grandes ojos, tornándolos aún más expresivos—ha llegado el momento que continúe mi camino.

Aryam miró al suelo y luego frunció un poco el entrecejo.

—¿Regresarás a Daet?

—En realidad, no puedo decirte a dónde iré, disculpa—dijo, odiándose a sí mismo por ser incapaz de decirle una mentira blanca menos hiriente.

Ella miró a un lado, frunciendo más el entrecejo, con los labios apretados, y volvió a cruzarse de brazos.

—Sólo puedo decirte que tu ayuda—se corrigió—, tu apoyo—se corrigió de nuevo—, tu compañía, fue invaluable para mí—confesó, mirándola; y se preguntó si la cazadora seguiría cerca.

Ella levantó la mirada nuevamente, con el rostro en una completa interrogación.

—¿Por qué no te quedas? Creo que podrías ser muy feliz aquí, en Avándar.

—Necesito partir—dijo, ladeando el rostro, buscando su comprensión— necesito vengar la muerte de mi amigo, necesito enmendar la injusticia que le llevó a la horca.

Aryam le miró con una nueva dimensión de aprensión.

—¿Puedo preguntarte algo, algo personal? —le dijo con mesura.

Evan asintió de inmediato, supuso que al menos eso le debía.

—¿Por qué tienes marcas de látigo en la espalda? —Su pregunta parecía inocente—¿Por qué no querías acercarte al pueblo hasta Llúvine? —añadió, y Evan comenzó a sentir cómo subían sus defensas—¿Y por qué sólo te interesaban las veredas que te alejan del pueblo?

—¿Desconfías de mí? —preguntó, cuadrando los hombros.

—No es que desconfíe—dijo, y luego desvió un poco la mirada—Es que todo esto me parece tan extraño. Hemos convivido tanto y a la vez siento que no se nada sobre ti—confesó, por fin abierta.

Evan sintió una vena en su cuello latir con insistencia. No tenía tiempo para meditarlo lo suficiente y su mirada exigía demasiadas respuestas. No tenía por qué darlas. No tenía por qué abrirse, contar su historia y dejar que la mujer lo leyera de la manera en la que desde el primer día insistía con su mirada penetrante y descarada. Pero algo en él deseaba hacerlo, tanto que, si se negaba ahora o mentía, la verdad saldría por sí misma de su pecho contra su propia voluntad.

—Es algo complicado—empezó, y Aryam lo miró, esperando—, pero, para responder a tus preguntas: las marcas del látigo son por haber desobedecido a la ley marcial—dijo con calma, y luego aventuró a añadir, ignorando el cosquilleo de temor al rechazo de la mujer: —...antes de que me retiraran el título de coronel y me expulsaran del ejército—dijo, mirando con absoluta atención el rostro de Aryam, que pasaba de la inquisición a la sorpresa—, de que me declararan traidor a la patria y me exiliaran—terminó.

La vena en su cuello latía con más fuerza, pero su semblante trataba de permanecer tranquilo.

A diferencia de él, Aryam abría cada vez más los ojos, mirándole con una mezcla de extrañeza y miedo.

—Fui inculpado de haber asesinado a una persona a la que no maté—añadió después, con un ligero tono a la defensiva que no esperaba de sí mismo. Aryam se quedó muda, sin mover un pelo, y Evan pasó el peso de una pierna a la otra, mirándola atento—Mira, te dije que era una situación complicada, pero por mucho que te diga, todo lo que sale de mi boca me hace sonar como si fuera un criminal, y no lo soy.

—Sé que no lo eres—dijo con una vocecita, y luego alzó la vista a sus ojos—. Puede ser que no sepa mucho sobre ti, pero te he tratado lo suficiente como para saber que eres un hombre de bien.

Evan la miró con agradecimiento. El que conociera parte de su historia y no se sintiera inmediatamente repugnada era un consuelo que no sabía que necesitaba tan gravemente hasta ese momento.

—Me traicionó mi superior, nos traicionó a todos—le dijo, sentándose en la gran roca debajo de los encinos—. Un grupo de personas en Daet están coaccionando en contra del pueblo llano, y de los Sabios; y Criz y yo sólo queríamos que todos se dieran cuenta. Pero todo se salió de control. —Calló por unos momentos, y ante el silencio de ella, agregó: —unos hombres querían matarme después de que me exiliaron. Seguramente asumieron que morí cuando caí al río, y por poco fue así. Sobreviví por la gracia de Los Dioses, y luego Wontak me encontró.

—¿Era eso lo que buscabas cuando estábamos en el bosque? —preguntó ella, pero Evan no supo a qué se refería—Siempre estabas buscando a alguien, o algo, cuando salíamos—agregó.

Evan alzó las cejas.

—No me había dado cuenta de que lo hacía, pero me imagino que sí.

Ella guardó silencio entonces, como sopesando todo lo que acabara de escuchar. Evan levantó una vieja piña y comenzó a romperla con ansiedad, apretándola con la mano izquierda donde hacía poco Aryam había hecho un corte por accidente, y ahora sólo quedaba una suave línea rosada.

—¿Cómo vas a volver a Daet si te exiliaron? ¿Qué pasará si esas personas te encuentran? —preguntó Aryam, repensando la situación.

—No pienso volver a Daet…por lo menos no todavía—respondió Evan.

—Pero ¿qué pasará entonces, cuando decidas volver? —inquirió acongojada.

—No lo sé, Aryam, no tengo todo fríamente calculado—respondió, molesto, sin saber exactamente por qué reaccionaba así.

La chica contuvo sus ansias y calló un momento.

—No entiendo por qué habrías de regresar si sabes que pueden matarte.

—Porque no puedo guiarme por el miedo a que me maten Aryam, soy un soldado, no puedo permitir que el miedo maneje mi vida o nunca haré nada.

—Ya no eres soldado—insistió, cortante, sin saber el profundo eco que esas palabras ocasionaban en él.

Evan tensó la mandíbula, molesto.

—Pueden haberme quitado todo lo que tenía, pero no pueden quitarme quién soy—dijo, con el semblante de piedra. La rabia comenzó a crepitar desde su estómago.

—¿Pero por qué insistes en regresar si todo lo que hay para ti es muerte? Si piensan que estás muerto, ¿por qué parece ser que todo lo que quieres es regresar para que te maten tan pronto como descubran que sigues vivo? ¿Por qué arriesgarte? Nadie está esperando nada de ti—estocó; su voz y su mirada oscilaban entre el ruego y la obstinación.

—Pero *YO* sí espero algo de mí, Aryam—replicó, presionando el dedo índice contra su pecho—Esto es importante para *mí*. No todos dedicamos nuestras vidas a complacer a los demás—escupió Evan, furioso.

Aryam se quedó en silencio absoluto, como si acabara de ofenderla gravemente.

—No quise referirme a que tú lo hagas...—se corrigió tan pronto pensó lo que acabara de decir—tú has elegido casarte por ti misma y no por tu padre, ¿no es así? —dijo, buscando una respuesta de Aryam, que miraba al suelo, enojada.

Su corazón latió con fuerza, y la rabia se mezcló con la culpabilidad en su estómago.

—Olvídalo ya—respondió ella—. De cualquier manera, no tiene sentido alguno tratar de convencerte de que te quedes—apuntó ella antes de silbar a Mirasol para que se acercase. Luego montó y lo miró por última vez—Que tengas una buena vida, Evan—dijo, con los ojos vidriosos, antes de espolear a la yegua.

—Aryam, ¡Aryam! —llamó, en lo que la miró alejarse con prisa, la gruesa trenza latigueando su espalda al galope.

Arrancó una piedra del suelo y la estrelló contra un tronco cercano. Definitivamente no era lo que había esperado como última plática con Aryam, pero no tenía sentido buscarla de nuevo. Era una lástima que así acabaran las cosas entre ellos, pero no había más que pensar.

Montó en Íztak y se dirigió a casa de Wontak, donde le esperaba el resto de sus pertenencias ya listas para el viaje.

Tan pronto como llegó a la cabaña dejó al caballo en el cobertizo y entró a la casa dando trancos hasta que llegó a la mesa, donde depositó las últimas compras necesarias para el viaje. Tomó una de las alforjas más grandes y comenzó a enrollar un par de mantas con rapidez para luego colocarlas al fondo de una de las bolsas. Metió también los mapas, bolsas con yesca seca y varias piedras de pedernal junto con eslabones de metal para encender fuego; un rollo de cuerda y varios bolsillos de tela con frutos secos, carne salada y galletas de viaje, hasta que se percató de que lo estaba haciendo todo mal.

Irritado consigo mismo, volvió a sacar lo que recién metió y se sentó en la silla.

La maldita vena de su cuello seguía sin calmarse, y comenzaba a perder la paciencia.

Tomó su mentón, tallando los dedos contra la piel rasposa. ¿Por qué le molestaba tanto? ¿Por qué no podía simplemente dejarla ir y ya? Sí, seguramente estaría más segura en Nimbosilva... A menos que hubiera decidido quedarse y casarse con el pelmazo de Yaguen. No podría ser, ¿o sí?

Sintió cómo los celos le encogieron el estómago, pero no tenía sentido enojarse por eso, hasta hace unas semanas ninguno sabía de la existencia del otro, ¿por qué habría de afectar sus decisiones presentes lo que hiciera o no hiciera Aryam?

«Porque la amas» le respondió una parte dentro de él.

Se detuvo unos instantes, llevándose la mano a la frente y recargando el codo en la mesa.

¿Amar? Claro, se sentía atraído hacia ella, pero ¿cómo podría amarla si apenas se conocían? Miró al vacío, tratando de buscar la verdad en sí mismo. *«No»* decidió.

Eran sus miedos los que ahora lo detenían, era el demonio de sus profundidades que jugaba con su mente y le daba motivos para no seguir adelante.

Debía actuar como un hombre y dejarse de niñerías.

Volvió a sacar todo de las alforjas y comenzó a empacar con cuidado y estrategia. Luego se probó el cinturón de la espada, y verificó que la vaina no quedaba tan justa como aquella que tenía en Daet, pero cumplía con su cometido; además de que el cinturón le era más cómodo que aquel que utilizaba con el uniforme.

Terminó de envolver la última ración de comida en una bolsa de tela que ingresó junto a las demás, ya divididas en porciones para dos semanas. Entonces escuchó a Wontak afuera de la cabaña y prendió la chimenea.

Para cuando el fuego comenzó a arder, el hombre entró por la puerta principal cargando con trabajos su caja de medicinas. Evan le ayudó a llevarla hasta la botica y luego se sentaron ambos frente a la mesa para compartir algo de pan con el queso con el que le habían pagado por atender a los niños de la lechera.

—Tengo ya todo listo para partir—le informó Evan, mientras partía un trozo de queso fresco con su nuevo cuchillo de caza.

Wontak echó una mirada a las alforjas cargadas.

—¿Ya tan pronto? —preguntó.

Evan asintió mientras masticaba.

—Estoy listo para partir mañana temprano—le informó, antes de arrancar un buen trozo de la hogaza de pan y separar el migajón para luego meterlo a su boca.

El viejo sonrió con mirada nostálgica.

—Te voy a extrañar—le dijo, cortando el queso restante en cubos medianos—Sé que me dirás que no—agregó—, pero si en algún momento cambiaras de opinión, y decidieras quedarte, esta casa estará siempre abierta para ti.

—Te agradezco Wontak, pero...—le devolvió la sonrisa al viejo—ya sabes.

—Sí, sí, yo sé—dijo él, exhalando, y luego tomó aire con un fuerte silbido para decir: —Creo que nunca te conté por qué vivo aquí y creo que, si no es esta noche, puede ser que nunca te lo cuente.

Evan negó con la cabeza y tocó madera, procurando que el hombre viviera muchos años y que se volvieran a ver, y prefirió no arriesgarse a decirle que no estaba seguro de sobrevivir a su misión.

—No sé si recuerdas, pero cuando antes de ser Evan eras Phembo, y tu amorosa madre amamantaba a la pequeña Alina, había muchos disturbios en Daet—comenzó.

—Honestamente no lo recordaría, creo que estaba demasiado pequeño.

—Sí, eras muy chico, y yo mucho más joven que ahora—declaró—. En ese entonces, y desde que el rey decidiera desposarse con una mujer raganí, hubo varios intentos por romper el acuerdo. Ya no recuerdo exactamente cómo inició la historia, pero sí puedo asegurarte de que llegó un momento en el que una agrupación de Sabios, encabezada por Tecuani y un puñado más de familiares de miembros del Consejo de Clanes, decidieron oponerse a que fuese su esposa ya que, desde que la mujer arribara a Yaocalli, comenzaron a cambiar las más viejas tradiciones de nuestro país—siguió.

» Primero, se pidió que, por respeto a la reina, se hablase un sólo idioma durante las sesiones en la Casa de Eleya. Esto era altamente irregular, pues como bien sabes, los del norte tienen un acento tan distinto que podría considerarse como otro idioma—dijo entre risas, antes de meterse el último cubo de queso a la boca—. Pero se volvió un asunto serio cuando el rey, líder del Consejo, pidió que se cambiase a los representantes de esos clanes por unos que pudieran, y lo digo en sus palabras, «hablar con más decoro». Por supuesto, esto fue una enorme ofensa para los clanes norteños, que, desde entonces, tildados de indecorosos y asilvestrados, miran al sur con recelo—relató animadamente, arrebujándose en la ancha túnica.

» En esa misma línea, años después, la reina fue haciendo una petición tras otra a su esposo. Primero le pidió que se tocara música diferente en el palacio, ya que las cornamusas le daban jaquecas terribles, por lo que prefería escuchar arpas y flautas más delicadas—dijo Wontak, haciendo gestos de suavidad y sonrisas fingidas.

» Así fue poco a poco, hasta que lo que se hacía en palacio comenzó a repetirse en las casas de los líderes de los clanes, y nuevas tradiciones comenzaron a permearse entre los Daetanos—dijo Wontak, retirando el plato frente a él para apoyar las manos entrelazadas al borde de la mesa.

» Un buen día—continuó—, varios en desacuerdo, tomamos la palabra durante una audiencia a la que milagrosamente atendió la reina. Uno por uno, dimos nuestro punto de vista sobre la lamentable pérdida de nuestras tradiciones, entre ellas, pedimos que se reconsiderara que el oficio de partero pudiese ser llevado a cabo por hombres tanto como por mujeres; una práctica antes normal en Daet, pero que, imitando la preferencia personal de la reina, cada vez más y más familias prefirieron que fueran mujeres las que atendieran los partos—continuó, poniéndose de pie e invitando a Evan a sentarse con él frente al fuego.

Acomodó los leños con cuidado y se sentó en el sillón al lado de él.

» Por supuesto, nuestras palabras fueron escuchadas en ese momento con mucha cortesía, pero tan pronto como llegaron nuestros nombres a oídos de la mujer, fuimos tildados de retrógrados y poco fiables en nuestras respectivas áreas de experiencia. A mí, por supuesto, me hicieron fama de pervertido, y soltaron los más terribles rumores a los cuatro vientos.

» Al poco tiempo, así estuviera una mujer con un niño volteado en el vientre, me cerraban de portazo en las narices con tal de no fiarse de mí—agregó Wontak con los ojos abiertos—. Fueron años duros, pero en un buen momento decidí que no tenía por qué tolerar aquello y decidí probar suerte en Avándar, a donde muchos otros también habían preferido desplazarse a causa de los cambios impulsados por los caprichos de la mujer; que cada día se ponían más y más estrictos.

» Las canciones se dejaron de cantar, las lenguas del norte se alejaron de Daet, y los Sabios se fueron retirando a cuentagotas hacia sus asentamientos al norte. Otros no dejaron Daet tan pacíficamente, pero ya ellos te contarán sus historias cuando los conozcas—agregó con una sonrisa—. Daet cambió tanto para mí que, desde entonces, sólo me arrepentí de haberme marchado cuando me enteré de la muerte de tu madre—le dijo, palmeando su mano sobre el descansabrazo del viejo sillón—. La quería tanto.

—¿Ella también estaba en este grupo que se oponía a la reina?

—¿Dannah? No, tu madre siempre fue muy dócil y muy adaptable. Si me permites, creo que sólo por eso podía aguantar el carácter de tu padre—confesó—. De cualquier manera, no se lo hubiese permitido tu abuelo, pues su puesto era demasiado relevante en ese momento como para mancillarlo con una fama como la que yo tenía; aunque hubo personas como Leona, que lograron mantener el anonimato de una forma más inteligente.

—¿Fue por eso que dejaste de ser amigo de mi abuelo?

—Esa es una historia larga y complicada, pero en pocas palabras: no, tu abuelo era para mí un amigo entrañable, y siempre guardaré buenos recuerdos de él y de tu abuela; pero no puedo decir lo mismo de las personas con las que se codeaba.

—Entiendo—dijo Evan, con el rostro de Lupo claramente estampado en su mente.

—En fin. Uno siempre tiene la elección, Evan. Uno nunca pierde el poder de decidir lo que quiere hacer de su vida, pase lo que pase. Que no te llenen la cabeza con patrañas sobre el destino—aconsejó con afabilidad. Su voz siempre le inspiraba escucharlo con atención.

» Alguna vez me dijo un maestro—recordó el viejo—que el destino es como una piedra en el camino, una piedra que tu decidirás si se vuelve una herramienta o un obstáculo, pero el destino nunca será el camino; ese lo decide cada quien, y tú tienes el poder y el potencial para hacer de tu camino lo que tu desees—aleccionó. Evan lo escuchó como cuando era niño, observando atentamente su bigote bien peinado y las profundas entradas en la frente—. Nunca lo olvides—agregó después.

Evan le dirigió una sonrisa meditabunda y durante un tiempo, ambos se limitaron a contemplar el baile del fuego. Aryam apareció nuevamente en su mente en varias ocasiones, pero trató de concentrarse en otra cosa.

—Wontak ¿tú conoces al Príncipe Bastardo?

El viejo se volteó a verlo, como si volviera de sus recuerdos más distantes.

—Te he escuchado mencionarlo, pero no sé a quién te refieres.

—Lo escuché por primera vez de boca de Nándor, decía que temían una insurrección del Príncipe Bastardo, y luego Ravenjut quiso saber sobre él—informó—Aunque tengo mis propias sospechas de haberlo visto en realidad no tengo la absoluta certeza de que sea quien dice que es; y Leona me dejó con tantas dudas—confesó, confundido.

Wontak tensó la barbilla, arqueando los labios hacia abajo, en incógnita.

—Si te soy franco, Leona sólo puede decir muy poco en los mensajes que llega a mandar, cada vez es más arriesgado, y por lo general, ella más bien me mantiene al tanto para saber si es seguro regresar, pero después de lo que nos contara ayer a ambos, dudo que eso suceda algún día—declaró con honestidad.

Evan lo miró, elucubrando sus propias historias.

» Lo que sí puedo decirte—agregó el viejo, pensativo—es que, si están temiendo una insurrección, no será sólo de un tal príncipe, sino de los clanes. Todo lo que nos contó Leona ayer por la noche es tremendamente similar a lo que pasó hace mucho tiempo, poco antes de la Batalla de los Árboles, y creo que algo se está gestando en Daet, y no es nada menos importante que lo que sucedió la vez pasada.

—Revivir la Batalla de los Árboles—remedó Evan lo que Criz dijera alguna vez, mirando el fuego como tratando de ver el futuro.

Leona le había dado mucha información, pero aún quedaban incógnitas en el aire, como el por qué Culén o su tío permitían que Raganjar se adueñara de esa manera de Daet. ¿Qué ganaban ellos con eso? Por mucho que le diera vueltas al asunto, Leona tenía razón, tendría que irlas resolviendo en el camino.

Meditó durante un buen rato, hasta que los ronquidos de Wontak lo sacaron de su ensimismamiento. Se levantó sin hacer ruido, y entró al cuarto de la botica con las palabras del hombre reverberando en su mente.

Se acostó a mirar el nudo de madera con forma de ojo en la viga del techo, repasando todo lo que necesitaba recordar para el viaje, girando entre sus dedos el pequeño bastón de madera que le diera Wontak para mensajearse con él, sin poder quitarse de la cabeza la mirada de Aryam.

Después de vagar con la mente por horas, desgastando cada escenario posible y volviendo al punto de partida con las manos vacías, dormitó un poco hasta que despertó al alba con algo más de claridad.

En la nata grisácea del amanecer, Evan se preguntó por primera vez si realmente quería hacer ese viaje, a lo que la respuesta era invariablemente afirmativa; sin embargo, por un momento se preguntó si existía alguna alternativa en la que pudiesen estar juntos, aun haciendo el viaje; si es que ella quisiera, claro está.

Si todo sucedía como imaginaba, no faltaba mucho para que iniciara una guerra en Daet, una guerra que seguramente llegaría a Avándar como el trueno tras el rayo, y cuando eso sucediera, lo mejor sería que ella estuviera escondida en un bosque, lejos de las armas; pero otra parte de sí luchaba por proponerle un camino distinto; uno en el que ella le acompase a Lestari.

«¿Sería posible?», se preguntó en la penumbra del alba, escuchando el canto de las alondras en la lejanía. Su estómago sintió un vuelco agradable y se incorporó en la cama.

«¿Qué pasaría si le pregunto?»

Era un viaje largo, y peligroso, y tal vez no era la mejor idea por un sinfín de razones, pero tan sólo de pensar en que podría acompañarle lo colmaba de esperanza.

Se apresuró a atarse las botas y salió de la cabaña con el entusiasmo hecho piedra en el estómago. Sacó a Íztak del cobertizo entre la densa niebla, y montó de un brinco para luego apresurarse a la Finca Cavaleri.

Pasando el puente de piedra se preguntó qué le diría cuando la viera, o cómo le propondría nada estando su padre tan cerca. Tal vez sería necesario fingir un rapto, aunque eso tampoco era una buena idea.

No tenía mucho tiempo para pensar, y el camino se le terminaba.

Conforme pasó al lado de los manzanos y los perales, faltaba tan poco tiempo para llegar a la puerta de la casa que sólo quedaría improvisar.

Se apeó del caballo frente al pórtico.

«¿Y si no me perdona por lo que dije ayer?».

Subió los escalones a la casa.

«¡¿Y si prefiere casarse con Yaguen?!».

Llamó a la puerta y esperó a que respondieran, aunque seguramente pasaría un largo rato, pues era muy temprano y no había anunciado su llegada.

Para su sorpresa, la nana abrió de inmediato la puerta, y ahí estaba también Átara, con la barriga bien alta debajo del camisón y con los ojos llorosos. A decir verdad, ambas parecían haber llorado recientemente.

Evan saludó, contrariado, y preguntó por Aryam.

—Mi hermana ya no está—le respondió Átara, y ante la mirada de pánico de Evan agregó: —se ha ido el día de hoy con la Yegua Blanca. Ha sido llamada a Nimbosilva, y ella ha respondido el llamado—le dijo, con los ojos vidriosos.

Evan permaneció como estatua, mirando a la mujer. No podía pensar.

Su rostro, tenso y emocionado hacía unos momentos, se había relajado con un pesar renovado en el estómago. Aunque una parte de él se alivió de saber que estaba bien, y que no lloraban porque algo malo le hubiera sucedido, pero no pudo evitar sentirse ofuscado por la noticia.

Miró hacia el camino que acababa de recorrer entre los árboles, tomó unos momentos sin decir nada y luego asintió lentamente.

—No hay mucho que decir, entonces—dijo a las mujeres, taimado—. Buen día—se despidió casi en silencio con un cabeceo, antes de darles la espalda.

—Hasta pronto, Phembo—escuchó.

Cuando cerraron la puerta detrás de él, miró a Íztak y se preguntó si en los mapas de Wontak pudiera encontrar la ruta hacia Nimbosilva y atajarla antes de que llegase y se jurase al sacerdocio; tal vez podría ganar tiempo por las veredas que ella misma le enseñó.

Pero tan pronto como empezó a desandar hacia la cabaña, refrenó su propio entusiasmo.

Tal vez así debía de ser.

Tal vez esta era la roca del destino con la que debía decidir qué hacer, y lo mejor, decidió, era dejarla en su sitio y continuar su camino, que, además, podría resultar peligroso para ella.

Asintió para sí mismo. Era lo mejor para ambos.

Tan pronto como regresó a casa de Wontak, encontró al hombre aun roncando con fuerza en su cama. En lo que despertaba, Evan fijó las alforjas en su montura y se abrigó con su nuevo caftán con capucha. Tan pronto como los ronquidos cesaron y el viejo amaneció, Evan le indicó que había llegado su momento de partir. Wontak le dirigió una sonrisa soñolienta y Evan le abrazó con fuerza antes de dar un beso en su mejilla, como lo haría con su padre.

—Gracias por todo—repitió cuando cruzó el umbral de la entrada.

—Aquí tienes tu casa, hijo—respondió el otro, con una sonrisa.

Ya montado, con las alforjas repletas, la espada al cinto, el arco y carcaj a la espalda y más fardos abrochados en la silla, chascó la lengua e Íztak se puso en movimiento. Cruzó el arco de pasiflora al frente de la cabaña y se alejó poco a poco.

Volvió la vista atrás, a la puerta de madera astillada y con los pequeños mordiscos que le diera la humedad con el paso de los años; y siguió la calle entre los abedules. Pasó el puente de piedra y tomó la vereda que se alejaba por el este a través del amplio valle donde galopara con Aryam hacía unos días.

Sabía que había hecho lo correcto, sabía que había tenido que dejarla ir.

Algo en él le aseveró, en ese preciso momento, que había pasado una última prueba antes de embarcarse en el viaje de su vida. El cuerpo entero le respondió con un escalofrío, el mismo que tuviera cuando hizo la promesa el día de su exilio, colmándolo de fuerza y anticipación.

Miró el cielo evaluando el tiempo, y observó cómo el viento del oeste llevaba con rapidez a incontables nubes grisáceas de titánicas proporciones, que comenzaban a relampaguear. Una tormenta se avecinaba.

—Dioses, guíen mis pasos—imploró.

El Círculo de Plata II:
La Resistencia

Próximamente

El Despertar de los Clanes es un libro publicado de manera independiente y será gracias a sus lectores que esta historia viaje cada vez más lejos. Comparte, reseña y apoya la creación independiente. Por el fomento de una cultura creativa.

Continúa la aventura en:

www.llcochard.com

www.facebook.com/LLCochard

www.goodreads.com

AGRADECIMIENTOS

Escribir un libro es un viaje transformador, y esta trilogía ha sido -y sigue siendo- una de las aventuras más maravillosas de mi vida.

Desde que iniciara este proyecto hace quince años me he encontrado con muchas personas que sin sus aportes esta historia no sería lo mismo: amigos, mentores, músicos y guías; demasiados para mencionar a todos y a cada uno, pero cuyas palabras, orientación y ánimos llevo en el corazón.

Quiero agradecer especialmente a mis queridos lectores beta: Mona, la primera en caminar en Daet como visitante, Ana, cuyas recomendaciones fueron invaluables en el proceso de edición, Verónica, Gerardo y Montserrat, gracias por ayudarme a tensar el tejido, y León, Rodrigo y Cristina por su interés y apoyo.

Un agradecimiento especial a mi madre, por introducirme en el maravilloso mundo de las letras, y por haberme sugerido escribir todas esas historias que llegaban solas y con las que no sabía qué hacer. A mi padre, por haberme imbuido del espíritu emprendedor e independiente. Y a Alberto, gracias por todas las interminables horas de escucha, por cada aguda observación, por todas las palabras de aliento, y el apoyo y cariño incondicionales de cada día; nada sería lo mismo sin ti.

Y finalmente gracias a ti, lector, que ahora eres parte también de esta historia, ¡bienvenido a Lethendai!

SOBRE LA AUTORA

EN REALIDAD, YO SOY UN HÍBRIDO. Soy mexicana pero también francesa, soy escritora, pero también comunicóloga, me crie en la ciudad de Cuernavaca, pero en realidad en la montaña. Escribo desde los trece y amo el arte, pero también hago divulgación de la ciencia y logística; y aunque recién llegué aquí, Montreal es mi hogar.

Pasé toda mi infancia en el jardín, si no es que en el bosque; y me siento más cómoda entre pájaros y ardillas que entre las multitudes de los días de oferta, de las que huyo despavorida. Soy tan huraña que conocí a mi esposo en el mismo bosque en el que crecí, y mi mente se lleva bien con lo silvestre, tanto así, que el druidismo es una parte vital de mi vida. Me alimento a base de música, historia, imaginación, ciencia, y las recetas de mi madre, que son irresistibles.Mi nombre es Laura y es un placer conocerte.